한국소설,

정치를 통매하다

한국소설, 정치를 통매하다

초판 1쇄 2020년 2월 17일

초판 2쇄 2020년 6월 17일

지은이 임헌영 **펴낸이** 박성모 **펴낸곳** 소명출판 **출판등록** 제13-522호

주소 서울시 서초구 서초중앙로6길 15, 1층

전화 02-585-7840 **팩스** 02-585-7848

전자우편 somyungbooks@daum.net **홈페이지** www.somyong.co.kr

값 23,000원

ISBN 979-11-5905-498-3 03810

ⓒ 임헌영, 2020

한국소설,

정치를 통매하다

임헌영 평론집

KOREAN WRITERS, SPIT ON POLITICS

소명출판

책머리에

침략자 나폴레옹은 점령지에서 괴테를 세 번(1808년 10월 2·6·10일) 소환했는데, 그 첫 만남에서 오만한 황제는 인간의 운명과 비극(『젊은 베르테르의 슬픔』)을 논하다가 이렇게 뇌까렸다.

"운명으로 지금 무엇을 하려는 것인지? 정치가 운명인데."(페터 뵈르너, 송동준 역, 『괴테』, 한길사, 1998, 146~149쪽)

인간의 운명을 천착하는 문학이 한 쿠데타의 주범에 의하여 그 직능이 묵사발당하는 순간이자 정치적 권능을 나타낸 촌철살인이다.

정치권력에 빼앗겼던 인간의 운명의 주체성을 찾고자 역사는 엄청난 피와 땀과 노역에다 생명까지 바쳤건만 21세기에도 여전히 '정치가 운명'인 뫼비우스의 띠의 좌표도를 탈출하지 못하고 있으며, 정치 역시 별로 달라지지 않고 있다.

그럼에도 불구하고 문학은 저 인문학적 황금시대의 왕좌였던 문사철文史哲의 권좌로부터 스스로 삭탈관작한 채 거대담론을 버리고 미세담론에 안주하고 있다. 교양인의 필독서였던 시와 소설이 오로지 문학도를 위한 문학으로 교재로 점점 쪼그라들고 있음을 부인하기 어렵다. 인문학이 문사철이었던 시대에서 지금은 사철문으로 그 배열이 바뀌고 있는 느낌이다. 시와 소설에 빌붙은 존재인 비평문학 역시 그 존재의 운명은 다를 바 없다.

어차피 문학평론은 열심인 인문학 독자들조차도 사돈네 쉰 떡 보듯 하던 터라 대중적인 호기심에 불꽃을 확 당길 화두가 될 문학평론집이란 신기루일 뿐이다. 언감생심임을 번연히 알면서도 정치를 질타하는 문학만을 다뤄보자는 만용을 부리는 건 노망의 징조인가 싶지만 에라, 늘그막에 이런 객기 한 번쯤 부려보고자 추려본 것이 이 평론집이 되었다.

이유는 두 가지다.

간지奸智와 교활狡猾의 현실정치 상황이 너무나 치졸한 데다 뻔뻔스러움에 염치마저 씨를 말려버려 문학적 상상력이 시사 뉴스에 무조건 항복해버린 막가파 세태가 그 첫째 동기 부여가 되었다. 온 국민을 정치평론가로 둔갑시켜 편이 갈리도록 편 가르기 한 우리 시대의 정치에 대하여한국소설이 얼마나 분노하는가를 보여주고 싶었다. 그래봤자 거들떠보지도 않겠지만 내일 민주주의의 종말이 와도 오늘의 이 기록은 남을 것이아닌가.

둘째 평계는 바로 문학인 자신들의 나르시시즘에 취한 초상화에서 찾게 되었다. 사악하고 추악한 시대에 살면서도 내로남불 자세로 고고한 미학적 사도인 양 순수미가 어쩌니 예술적 형상화가 가장 숭고하다느니 주장하면서 미세담론에만 열중하는 그 편집증 현상이 나의 거대담론을 부추겼다.

우리 시대의 정치를 가장 신랄하게 까놓고 조롱조로 비판한 작가는최인훈이다. 그는 "나라의 대통령이라는 것은 이런 경우에 기지촌의 조직 깡패의 대장에 다름 아니었다"(『화두』)라고 할 만큼 직설적이다. 그나마 '두목'이란 단어 대신 '대장'이란 술어를 쓴 게 얼마나 예의를 차린 것인가. 그는 한국의 정치인들이 우리 국민을 위해서가 아니라 강대국의 이익을 위해 봉사한다고 냉철하게 폭로했다. 이런 최인훈의 역사의식과 수사법이 나는 너무나 좋다. 그래서 최인훈론은 이 평론집을 위하여 특별히 쓴 글로 여기에다 처음으로 실었다. 평론이라기에는 에세이에 가까울 만큼 1960년대 후반기에 월계다방을 무대로 쌓았던 개인사적인 관계까지 섞어서 사석에서 담화를 나누듯이 썼다.

제1부에서 다룬 네 작가 중 셋은 공교롭게도 함경도 아바이 출신들로 내 개인적으로 무척 존경했던 분들이었고, 그들의 문학에는 적어도 민족사에 대한 지식인으로서의 부채의식이 담겨있다는 관점에서 접근했다.

제2부에는 우리 시대의 석학 김윤식이 만년에 가장 주목해야 할 작가로 꼽았던 이병주의 작품을 다룬 글만을 모았다. 나름의 탁월한 역사문학의 산맥 중 나는 유난히 박정희를 다룬 작품을 특히 선호한다. 박에 관한 어떤 역사학자나 정치평론가도 이룩하지 못했던 실체를 이병주는 흥미진진하게 풀어주고 있다. 아마 이 평론집 중 가장 대중성 있는 글이 될 것이다. 부디 널리 소문내어 주기를 바란다.

제3부는 남정현을 중심 삼아 분단문제와 제국주의론, 특히 미국의 정체를 탐색하려는 데 초점을 맞췄다. 분단 반쪽인 남한이 미국에 얼마나 헌신적이었던가를, 그런 충직한 한국을 미국은 얼마나 모멸적으로 대응

하는가를 카프카적인 풍자적 리얼리즘으로 멋지게 그려준 작가는 남정현 말고는 아직도 없다. 언론인 손석춘의 두 장편소설은 문단에서는 낯설 것이나 분단시대를 다룬 첨예한 작품으로 주시할 필요가 있다고 여겨 싣기로 했다.

제4부는 우리 시대의 거장 조정래의 『아리랑』을 비롯한 일제 강압 아래서의 민족해방투쟁의 양상을 다룬 작품론들이다. 『아리랑』은 항일투쟁의 조감도이자 민중 수난의 수라도修羅道로, 지금 횡행하고 있는 토착왜구의 정체를 까발려 준 민족 필독의 명작이다. 식민지근대화론의 허구성을 생생하게 입증해 준 글이기도 하다.

바람직한 문학연구서 출판을 소명으로 삼고 있는 소명출판에서 이 평론집을 내게 된 것이 너무나 든든하고 기쁘다. 출판업자라기보다는 문학연구자들의 친근한 동무인 박성모 사장의 배려에 감사드리며, 편집 교열 실무를 담당해준 장혜정 님의 노고에도 고마운 뜻 올린다.

바라건대 제발 널리 읽혀 이 노고들이 헛되지 않기를.

2020년 1월

임헌영

차례

제1부

탈향작가들의 미학적 모험

한 고독한 실존주의자의
역사인식 톺아보기

장용학 문학에 나타난 현실비판 의식

1 ____ 난삽한데도 재미있는 소설

운문으로 된 소설, 스토리 있는 논문, 철학의 르포르타주, 이것이 장용학張
龍鶴(1921.4.25~1999.8.31)의 소설이다. 사르트르에게서 실존을 빌렸고, 알
레고리는 카프카를 닮았다. 니체와 도스토예프스키 사상의 사생아이며
정통 소설문학의 배반자이다.

그의 주인공들은 오늘의 표준도덕률에 의하면 패륜아들이다. 그들 중
의 누구는 남파된 간첩으로 친누이동생과 결혼하려고 온갖 도피행각을
감행하다가 끔찍스럽게도 그 결혼이 이뤄지고 마는가 하면(「圓形의 전설」),
자기 친아들의 간을 끄집어내어 "위 속에" 넣기도 한다(「인간 종언」).

악당이 아닌 자들도 있다. 이들은 불행하게도 철조망에 걸려서 죽기
도 하고(「요한시집」), 한 판사의 오심으로 10년 징역형을 받아 복역 중 허
망하게 사망(「현대의 野」)해버린 예도 있다.

여주인공들은 아름답고 천진난만하게 느껴지기도 한다. 성희聖喜, 난
이蘭伊, 기미起美, 이나梨那 등은 현실 속에서 찾아보기 어려운 우아한 이름

을 갖고 있다.[1]

이들은 한국판 백설공주처럼 순진한 데다 섬섬옥수의 여인상으로 부각되어 있으면서도 남주인공들에겐 강철보다 더 굳게 밀착하여 떨어지기를 거부한다. 이들은 육체가 없는 듯이 순수한 사랑을 나눌 때면 천사처럼 보이기도 하지만 근친상간의 교접의 경지에 이르러서는 동물로 좌천당하기도 한다.

"서울을 벗어버리고 판단을 중지하자"라는 식의 형이상학적인 고민에 차있는 인물이 있는가 하면, "산기슭에서는 셰퍼드까지 쇠고기를 먹고 있는데", "이 노파는 고양이가 잡아온 쥐를 먹고 목숨을 이어"(「요한시집」)가는 생존의 늪에서 허우적대는 인물도 등장한다.[2]

장용학은 등단은 1948년에 했지만 이런 기이한 작품들 때문에 편의상 전후문학인 중 가장 난해한 관념소설가로 알려져 있다. 고교 교사와 대학 교수를 거쳐 언론사의 논설위원을 지낸 그의 경력으로 보면 사회생활에 능하여 폭넓은 교우관계망을 형성했을 법하건만 전혀 그 반대인 장용학의 생애는 의외로 단조롭다.

『현대문학』지를 통해 「아나키스트의 환가 – 장용학의 정치학」이란 평론으로 등단한 저자는 이를 인연 삼아 동아일보 논설위원으로 재직하던 그를 몇 번 예방하며 은근히 남다른 경외와 친선을 도모했으나, 1970년대 후반기 이후에는 인생행로가 달라져버려 풍문으로만 근황을 듣다가 종내는 평론가로 마땅히 섭렵했어야 할 그의 만년의 현장 취재를 놓치

---

1   이런 현상에 대하여 작가는 소설 구상 과정에서 가장 어려운 점은 등장인물들의 작명이라고 말하는 걸 저자는 직접 들은 적이 있다. 그는 구상 단계에서 등장인물의 작명만 하면 그 뒤에는 아주 쉽다고 했다.

2   이 서두는 저자의 등단작 「아나키스트의 환가(幻歌) 장용학의 정치학」, 『현대문학』, 1966.3의 도입부를 약간 수정해 옮겨 쓴 것임.

고 말았다. 대학원생들에게 생존 시인 작가론을 쓰려면 반드시 직접 면담을 한 뒤에 쓰라고 강력하게 주장해왔던 나로서는 큰 실책이었다.

그러던 중 2015년 9월 18일, '문학의 집. 서울'에서 '그립습니다 장용학'이란 행사에 초대받은 걸 계기로 내 청년시절에 열정을 불살랐던 여러 전후 작가들(손창섭, 이호철, 남정현, 하근찬, 최일남 등) 중 세칭 관념소설 혹은 지식인 소설가 둘(최인훈과 장용학) 중 한 분이었던 그를 다시 회억하게 되었다. 먼저 그의 마지막 직장이었던 동아일보 시절이 궁금하여 최일남 선생에게 문의했는데, 결과는 역시나였다. 동아일보 문화부장의 상징인 매력적인 기억력의 대가인 최 선생조차도 사내에서 차 한 잔 나누지 않은 유일한 존재가 장용학이었다는 것이다. 하기야 두 작가 다 고단위의 결벽증적인 순수성을 고수한 점에서는 막상막하이지 싶다.

다행히 '문학의 집. 서울' 행사장에서 장용학 작가의 둘째 영식(장한성)을 만나 몇 가지 궁금증을 풀 수 있었다. 젊은 시절에 좋아했던 작가가 나중에 문학의 본질을 벗어나 행여 어용이나 이념적인 편견으로 변질해버리면 적이 실망인데 장용학은 도리어 그 반대였다. 그의 초기 작품 세계나 이념적인 성향을 아나키스트의 환상적인 노래로 풀이했던 저자로서는(그는 저자의 이런 지적을 수긍했다) 그 뒤 혹독했던 유신 독재에 어떻게 대응했을까 궁금했다. 장한성 님의 증언으로 "아버지가 독재체제의 냉철한 비판자로 관계기관에 연행되는 등 많은 필화와 고통을 겪었다"는 사실도 알게 되었다. 미처 읽지 못했던 장용학의 만년의 작품들을 점검하면서 1970년대 후반기 이후부터 그의 소설은 기법으로는 관념성을 고수하면서도 소재와 주제에서는 민족사의 시련, 특히 친일문제와 한일 두 나라의 반역사성을 가장 신랄하게 다뤘으며, 동아일보 논설위원 시절에 쓴 '횡설수설' 칼럼(주로 1960년대 후반기) 등을 통하여 가장 수위 높은 시사평론을 감행했음을 확인할 수 있었다.

친소관계로 재단비평이 횡행하는 문단 풍조라 비사교적인 이런 작가는 너무나 소외당해 왔겠구나 싶은 안타까운 심경이었다. 후학들이 장용학을 재조명하는 계기가 될 수 있도록 이 글은 작가의 연보에 따라 소략하게나마 소개하는 형식을 취한다.

2___독학으로 문학수업

장용학은 1921년 4월 25일 함북 부령군富寧郡 부령면 부령동 357번지에서 출생했다. 이 지역은 시인 김동환, 이용악의 고향이자, 작가 이효석(경성농업학교)과 시인 김기림(경성중학교)이 잠시 머물렀던 경성鏡城문화권에 속하는데, 장용학 역시 경성중학鏡城中學을 졸업(1940)했다. 파인의 「국경의 밤」을 연상시키는 이 북국의 토착성과 모더니즘이 결합한 문화풍토는 이용악으로 표상된다고 하겠다.

1942년 일본 와세다대학早稻田大學 상과에 입학, 수학하던 장용학은 영락없는 학병學兵세대로 강제 징집(1944)됐으나 희귀하게도 제주도에서 군복무를 하다가 8·15를 맞았다.[3]

그는 짐을 가득 실은 일군 트럭을 타고 귀향하고자 북상 중 한강 인도교에서 교통사고로 골절(정강이뼈와 발목의 잔뼈)을 당해 3개월간 입원했

---

3   학병세대의 문학에 대해서는 김윤식, 『일제 말기 한국인 학병세대의 체험적 글쓰기론』, 서울대 출판부, 2007이 좋은 참고가 된다. 여기에는 주로 이병주, 이가형, 한운사 등 문학인과, 김준엽, 장준하, 박순동, 신상초, 하준수 등 지식인을 중심으로 한반도 이외 지역에 끌려가 고난을 당했던 체험기를 다루고 있다. 앞으로는 학병문학에다 장용학을 추가해야 될 것이다. 특히 학병의 제주도 배치에 대한 연구가 절실하다.

다가 12월에야 가족들이 머물렀던 청진으로 돌아갔다. 장용학은 이듬해 (1946) 봄까지 누워 지내다가 6월, 매부가 후원회장으로 있던 청진여자중학교 영어교사(1946.6부터)로 1년 3개월간 근무했다. 그는 부임하여 보름 가량 지난 어느 날 교직원 회의에서 첫 발언으로 "교실에서 소련기와 스탈린의 초상화를 떼어내자고 했다".[4] 개교 1주년 예술제 때 그는 3·1운동을 소재로 희곡을 썼다.[5] 애초에는 각본을 청진시 예술동맹에 의뢰했으나 시간적인 여유가 없다며 거절당했기에 장용학은 자진해서 "여학교의 연극 대본쯤이면 못 쓸 것이 없다 싶어 한 보름 걸려" 3막짜리 희곡을 써서 연출도 손수 맡았다.

8·15 직후 청진 지역의 문인으로는 당의 문화부에 있었던 극작가 김진수와 청진여자고급중학 교사 강소천(아동문학가)이 있었다. 당연히 학교 연극작품도 관계기관의 허가를 받아야 했는데, 장용학은 먼저 일어로 희곡을 창작한 뒤 문세영의 『조선어 사전』[6] 등을 참고해 한글로 번

---

4   장용학, 「추억을 위하여」, 『장용학문학전집』 6, 국학자료원, 2002, 338쪽. 그가 주장했던 이 문제는 "반대하는 말도 찬성하는 말도 없이 흐지부지해졌지만 나중에 교장이 나를 불러다 놓고, '선생은 세상을 아직 모르는 거 같지만 앞으로도 그런 말을 하겠으면 월남하는 것이 좋겠다'고 한 일이 있기도 했다"는 것으로 결말이 났다. 작가의 순진성을 엿볼 수 있는 대목이다.

5   위의 글, 337쪽. 이 항목은 다 이 글을 참고하거나 인용했기 때문에 이하에서는 각주를 생략함. 3·1운동에 대해서는 장용학이 나중 「3·1운동의 발단 경위에 대한 고찰」 (1969)을 쓸 정도로 관심이 높았다. 이 글의 특징은 3·1운동의 주동 세력을 중앙학교라고 주장한 점인데, 필시 동아일보 근무 시절(1967.1~1973.12)에 썼다는 사실을 간과할 수 없다. 기호흥학회(畿湖興學會)의 주관으로 기호학교로 개교(1908)한 이 학교는 중앙학교로 개명(1910), 경영난에 처하자 김성수(金性洙)가 인수(1915)하여 교장을 맡고 송진우(宋鎭禹), 현상윤(玄相允), 최두선(崔斗善) 등이 교사로 참여했으며, 1917년에 종로구 계동에다 신축 교사를 마련, 이전했다. 그래서 중앙학교 – 고려대 – 동아일보 – 8·15 후의 한민당의 주류로 연계된다.

6   文世榮, 『조선어 사전』, 조선어사전간행회(朝鮮語辭典刊行會), 1938. 이윤재 등 조선어학회의 자료를 이용했다는 주장이 있었던 사전이나 당시 가장 큰 사전이었다.

역했다.

작가가 직접 배역을 선발하여 연습했으나 개막 2일 전 시 인민위원회에서 내용이 반동적이라며 공연 금지 처분을 당했다. 이렇게 되면 문제가 커지기에 교장을 비롯한 일부 간부교사들이 나서서 그 원인을 규명하는 한편 각계에다 로비를 전개한 끝에 밝혀진 이유는 작품 자체에 문제가 있었던 게 아니라 배역 선정이 발단이었다. 애초에는 공산당 주도의 민주주의청년동맹 측 학생들을 부각시키려던 계획이 도리어 그 반대파들이 장악한 데서 발단된 것임이 밝혀졌다. 예술동맹 부위원장을 연극 연습장으로 초치하여 관극시킨 뒤 내용에 별 문제가 없음이 확인되자 교장 재량으로 공연해도 좋다는 결정을 얻어 시내 극장에서 일반인에게도 공개했는데, 대단한 호평을 얻었다.

이듬해(1947) 여름에 북한은 학제를 변경, 중학교를 초급중학과 고급중학으로 분리하면서 9월에 신학기를 시작했기에 7월이 졸업시즌이 되었다. 졸업식을 끝내고 뒤이어 사은회가 시작된 것은 해 질 무렵이었는데 마칠 때쯤 갑자기 정전停電이 되었다. 이 장면을 장용학은 이렇게 묘사한다.

그래서 선생들 자리에만 촛불이 켜진 가운데 마지막으로 교가와 졸업식의 노래를 합창하고 사은회는 그것으로 끝난 것인데 합창은 〈봉선화〉(작가는 '봉선화의 노래'라 함)로 이어졌고, 끝에 가서 간간이 들려오던 흐느낌이 갑자기 울음바다로 변하는가 싶더니 교사들 쪽으로 접시 따위가 마구 날아들었고 촛불마저 꺼져버렸다. 나는 여학생들도 그렇게 과격해질 수 있는 줄 몰랐다. 열성교사(공산당 지지)들의 이름을 마구 불러 대면서 '물러가라', '죽여 버려라' 하고 소리소리 지르는가 하면 '자유를 달라', '소련은 물러가라' 심지어 '김

일성을 타도하자'라는 소리까지 지르는 것이었다.[7]

교직원실에는 이미 교장, 교감과 공산당 지지 열성교사들은 사라지고 없었다. 학교를 빠져 나가자 이 골목 저 골목에서 "선생님, 오늘 밤을 잊지 마셔요, 영원히 영원히요"라는 이름 모를 학생들의 호소가 들렸다. 이에 장용학은 신변의 위험을 느껴, "민족의 발전기에는 연극이 성한다"라는 역사적인 사명을 깨닫고 서울에서 연극에 투신할 각오로 월남(1947.9)을 감행했다.[8]

그러나 서울의 서대문 동양극장에 연극을 보러 갔다가 관객이 거의 청소년들이라 자신의 포부와 너무 다르다고 판단, 희곡을 포기하고 소설로 방향을 바꿨다. 본격적인 창작을 시도하면서 국어 실력이 모자란다는 걸 깨닫고 남대문의 국립도서관(현 소공동 소재)에서 이광수, 김동인을 거쳐 이태준, 박태원 등의 작품 읽기와 국어사전을 통해 어휘력을 길렀다.

이 무렵 그는 처녀작으로 알려진 「육수肉囚」를 탈고(1948, 발표는 1955) 했으나, 너무 길다는 이유로 첫 발표작은 「희화戱畵」(1949, 『신세기』에 김동리 추천으로 연재하다가 중단, 나중 『연합신문』에 연재)가 되었다.

장용학은 평론가 곽종원이 교감이며 시인 구상의 부인 서영옥이 생리교사로 근무하던 상명여고 교사로 취업,[9] 다니자키 준이치로谷崎潤一郎의 『문장독본文章読本』(中央公論社, 1934)을 통해 소설문장과 구성을 습득했다.

여기까지가 장용학의 연보에 자세히 나오지 않는 영역이고, 1949년

---

7   장용학, 앞의 책, 340쪽.
8   장용학, 「데뷔작이 어떤 것인지 모르는 까닭」, 앞의 책, 364쪽. 월남 후의 활동에 대한 글
      로 이후 거의 모든 것은 이 글을 참고 혹은 인용.
9   고은, 「어느 실존주의 작가의 체험」, 『장용학문학전집』 7, 국학자료원, 2002, 51~52쪽.
      이하 『전집』으로 줄여서 표기한다.

부터는 널리 알려진 대로이다. 한양공업고등학교 교사(1949.11) 시절에 그는 「지동설地動說」로 『문예文藝』(1950.5)지의 초회 추천을 받았는데, 통상 이 소설을 그의 등단작으로 삼는다.

강원도 산골에 간 선비 유 선생은 원님의 여종 춘란을 사랑하여 그곳에 정착, 서당에서 학동들에게 한학과 서구 학문을 겸해 가르쳤다. 지구가 돈다는 지동설에 마을 사람들은 우물이 쏟아지지 않는다고 불신하는 등 희화적인 사건이 인상적이다. 유 선비를 괴롭힌 것은 춘란을 사이에 두고 제자 동길과 삼각관계가 이뤄진 것이었다. 춘란은 동길에게 적(籍)자를 파자破字하면 사랑을 얻을 수 있다고 했는데, 유 선생은 원님의 도움으로 이를 풀어냈다. 대죽(竹)은 대나무 밭이고, 그 밑의 왼쪽은 내(來)자이니 대나무 밭으로 오라는 것이며, 그 오른쪽은 21일(日)이니 21일에 대나무 밭으로 오라는 뜻이다. 이 한문 파자 수수께끼는 우리 세대가 중고교 시절에 익히 들었던 것과 일치한다. 유 선생은 대나무 밭으로 가서 춘란을 살해하고 자신도 자살했다는 이 만담 같은 내용은 장용학 소설의 그로테스크성을 여실히 보여준다.

한국전쟁 발발 후 그는 부산에서 무학여고 교사(1951.11~1955.10월까지)로 전직하면서 실존주의에 접근했고 그 영향으로 「요한시집」을 탈고(1953, 발표는 1955)했다.

3 ___ 포로수용소판 실존주의

1952년, 「미련소묘未練素描」로 『문예』지 2차 추천을 완료했는데, 이 부산 피난 시절에 장용학은 서울에서 강사로 나갔던 경동중학 제자 고영주高榮

周로부터 사르트르의 소설 『구토嘔吐』(일역판 시라이 코지白井浩司 역, 人文書院, 1951)를 얻어 읽고 실존주의에 몰입했다. 여기에다 시인 이정호가 일본에 다녀와서는 장용학 식의 파격적인 소설이 대유행이더라며 고무시켰다.[10]

현실적으로는 인간생존의 극한상황이었는데 정신적으로는 고고한 관념적 부유로 그는 「요한시집」을 탈고했고, 1953년 9월에 환도했다. 돌아온 서울의 복마전 같은 상황은 장용학의 「부활미수復活未遂」(1954), 「라마羅馬의 달」(1955), 「비인탄생非人誕生」(1956) 등에 잘 드러난다.

「부활미수」는 "살인이라는 굴신을 했는데 도약은 미수에 그쳤다"는 말로 당시 사회의 몰염치성을 여실히 드러낸다. 신부 허준과 그의 옛 애인 경실, 그리고 선원 한 명이 바다에 표류하게 된다. 기혼녀인 경실은 선원과 불륜을 저지르고는 외국 선박에 구조되고서도 역시 육체를 제공한다. 허준 신부는 제대로 먹지도 못한 극한 상황에서 인간의 실존의식의 위기를 깨닫지만 어쩔 도리가 없다. 육지로 돌아오자 경실은 자신의 부정행위가 탄로 날까 두려워 허준을 독살코자 시도하나 실수로 자신이 죽어버린다. 허준은 자신의 주인은 신이 아니라 자기라고 선언하지만, 새로운 자신으로 부활하려던 그조차 실수로 죽음으로써 부활은 미수로 끝난다.

「라마의 달」은 주인공 김대기가 뇌물로 경무대(현 청와대) 과장직을 차지하여 상류층이 된 걸 로마 식으로 비유한 게 제목이 되었다. 애인의 아버지에게 누명을 뒤집어 씌워 자신은 승진하고 애인은 자살한다. 김대기의 만행은 한발 나아가 친구 두수의 애인을 가로채기까지 한다.

「비인탄생」은 서두에 9시 병九時病이라는 우화를 제시한다. 어릴 때 학교에 가야 할 9시가 되면 아파지는 병이다. 이 우화는 널리 변형, 활용되

10   위의 글, 51쪽.

어 떠돌고 있다.

화가인 주인공 지호地瑚는 졸업반 담임을 맡았는데, 그해부터 실시된 등록제로 우수한 학생이라도 결석일수 때문에 탈락하게 되자 고민에 빠진다. 교장이 규칙을 강조하는 가운데서 졸업 사정회 전날 일람표를 작성하면서 문제의 결석생을 우등생으로 고쳐두자 잠이 안 온다. 일어나 이를 바로 잡아버리자 거뜬해졌지만 이튿날 아침에 다시 수정하여 그 학생을 우등으로 졸업시키도록 해 결국 공문서 위조로 파직을 당한다. 야채장사도 하는 지호 어머니는 채석장일도 겸하다가 다치게 된다. 둘은 일제 시대의 유물로 남은 동굴에서 살다가 어머니의 소원대로 자신이 그린 그림 '마녀의 탄생'을 태워버리려던 참에 마침 녹두綠豆 노인이 등장, 그 그림을 갖고 간다. 이 그림이 빌미가 되어 도둑의 장물이라며 파출소로 연행된다. 그림의 주인공은 애인 종희終姬로 그녀는 부자와 결혼, 신화적 세계에 합류하면서 지호와 헤어졌다. 이를 지호는 미를 저당 잡힌 사이비 미라고 판단하고, 그녀의 쌍둥이 동생 유희惟姬는 아름다우나 태어나면서부터 앞을 못 보는 데다 듣지도, 말도 못하기에 신화세계에 물들지 않은 아름다움을 그대로 유지하고 있다고 가정한다. 그녀는 태어난 지 보름 만에 절로 보내졌는데, 성장하면서 스님들을 다 파계시켰다. 이런 유희를 통해서 지호는 원초적인 순수미를 느끼게 된다. 지호가 파출소에 3일간 잡혀 돌처럼 앉아 있는 동안에 어머니는 죽었다. 시신을 묵시의 벽 앞에서 화장하며 자신의 삶도 함께 태우고는 이제 그 자신이 비인非人으로 다시 태어남을 느낀다.

인간은 하나의 반어. 모든 '인간적'은 '인간'에서의 퇴거증명서에 지나지 않았다. 암호가 인간이 아니라 생이 인간이었다. (…중략…) 인간은 비인非人

으로서 인간이었다.(「비인탄생」)

윤리의식의 마비가 두드러지게 부각된 작품으로는 「인간 종언」(1953)도 빼어놓을 수 없다. 가족 모두가 문둥병에 걸린 걸 알게 된 주인공은 수면제를 먹고 집에 불을 질러 자살하는데, 그 과정에서 죽은 자식의 간을 내어 먹는다.

끔찍한 사건임에도 장용학은 여주인공의 이름에 유난히 정성을 들인다. 「비인탄생」의 두 여인, 그리고 「역성혁명易姓革命」의 유희惟姬, 「원형의 전설」의 공자公子, 「현대의 야」의 성희聖喜, 「위사가 보이는 풍경」의 성희聲姬, 그리고 난이蘭伊, 기미起美, 이나梨那 등등이 그 예다. 초기 소설에서 남주인공의 직업은 교사나 화가 혹은 문학청년이 많다.

장용학은 「요한시집」(『현대문학』, 1955.7)으로 일대 파문을 일으켰다. 이 문제작은 나중 월간 『새벽』(1960.8)에 재수록 됐다.

"「요한시집」은 실존주의문학의 영향을 받고 쓴 첫 작품이 된다"고 작가는 고백한다. 작가가 직접 털어놓은 실존주의란 두 가지였다. 첫째는 "사물을 보는 눈이었다. 예를 들어 말하면 '들어오는 것'은 '나가는 것'이 된다는 발견이다. (…중략…) 마르크스의 '존재가 의식을 규정 한다'와 같은 유라 할 것이다". 둘째는 도스토예프스키 - 신성=사르트르라는 등식이다.

그는 문인들과 찻집에 앉아 있다가 누가 들어오면, 저분이 지금 들어오는 거냐 나가는 거냐고 묻곤 했다. 당연히 들어오는 거라고 답하면 아니다, 그건 찻집 안에서 본 관점이고 문 밖에서 보면 나가는 것이 된다고 하는 걸 여러 사람이 들었다. 이게 사물을 보는 눈의 변혁이다. 둘째는 도스토예프스키에서 신성을 빼면 사르트르가 된다는 기발한 착상이었다.

이런 사고의 전환이 따라야 「요한시집」에 접근할 수 있다.

전후문학에서 가장 난해한 이 소설은 서두에 우화, 이어 상, 중, 하 3부에다 누혜의 유서 등으로 교직 구성되어 있고 화자는 동호이다.

우화는 옛날 깊은 산골의 굴속에 토끼 한 마리가 어느 날 바깥 세계를 찾아 피투성이가 되어 나왔으나 강렬한 햇빛에 눈이 멀어 고향이었던 동굴을 그리워하며 살다가 죽어버린다. 그 토끼가 죽은 자리에 버섯이 돋아나자 사람들은 '자유의 버섯'이라 이름 붙여 이를 소중히 여겼다.

소설이 난삽한 데 비하여 줄거리는 지극히 단조롭다. 거제도 포로수용소에서 동호는 누혜를 만나게 된다. 〈적기가〉를 부르는 다수의 포로들과는 달리 언제나 푸른 하늘을 쳐다보던 누혜는 반동으로 몰려 철조망에 목매어 자살한다. 반공포로 석방으로 풀려난 동호가 누혜 어머니를 찾아가보니, 그곳은 동굴 같은 판잣집이었다. 중풍 든 노파는 고양이가 잡은 쥐를 빼앗아 먹으며 연명하고 있었는데 동호는 그녀의 임종을 지켜준다.

용학의 소설에 등장하는 어머니 상은 거의가 극빈에 육체와 정신이 다 피폐해진 비정상적인 모습인데 누혜 어머니도 예외가 아니다.

누혜는 누에로 흔히 불렸다. 누혜(누에)가 죽은 뒤 나방으로 비상한다는 걸 시사하는 장치다. 누혜의 유서는 자신의 성장 과정을 기록했다. 9세에 소학교 입학, 일본 어느 대학시절에는 혁명과 외국 여자 틈에서 다녔고, 진화론 강의를 듣고 대학 생활을 마감하고 귀향했다. 시인이 되어 "그 늘지는 계절 / 나는 종鐘이라면 좋겠다 / 의욕도 부처도 나는 다 싫어 / 먼동이 트는 나는 그저 종이라면 좋겠다"라고 읊었다. 제2차 대전이 끝나자 '인민의 벗'으로 재생하고자 입당했으나 인민은 없고 인민의 적을 죽임으로써 인민을 만들어 내고 있을 뿐이었다. 이를 극복하고자 참전했지만 결국 포로가 되어버렸다.

그 무엇이 나타나기 위하여는 자유가 죽어야 했고 죽으려고 한 것이 「요한시집」이었다. (…중략…) 주인공은 동호이다. (…중략…) 누혜가 주인공으로 보일 수도 있지만 누혜는 요한적인 존재이고 「요한시집」은 동호가 자유의 시체 속에서 부화되어 탄생하는 과정을 그리려고 한 것이다. 자유라는 벽은 무너지고 동호는 탄생했다. 그러나 내일 아침 해는 동에서 떠오를지 서에서 떠오를지 아직은 모를 것으로 끝난다.[11]

그럼에도 새날은 올 터이고 어제나 오늘보다는 좀 더 자유로운 인간이 등장할 것이라는 기대를 이 소설은 예시해준다. 바로 역사의 발전이다. 이를 작가는 "노예. 새로운 자유인을 나는 노예에서 보았다. 차라리 노예인 것이 자유스러웠다. 부자유를 자유의사로 받아들이는 이 제3노예가 현대의 영웅이라는 인식에 도달하였다"(「요한시집」)라는 누혜의 말로 풀어준다. 이 대목에 이르면 필연코 장용학이 북한을 버리고 남한을 택했으나 이곳 역시 또 하나의 동굴임을 강력하게 고발하는 자세를 간파할 수 있다. 당시 남한에서의 자유야말로 허울뿐이어서 굶거나 타락할 자유밖에 없었대도 지나치지 않았기에 자유는 오히려 또 다른 생존을 위한 구속이었다. 즉 허기를 채우고자 굴레를 뒤집어 쓴 구속 그 자체를 자유라고 불렀다. 「요한시집」을 두고 세례요한과 그 뒤에 올 구세주가 누구냐는 논쟁이 지금도 계속되고 있다. 이 작품은 장용학이 북과 남에서 느낀 절망과 낭패, 파국적인 민족사의 절망 앞에서 동굴이든 철조망이든 인민과 국

---

11   장용학, 「실존과 '요한시집'」, 『전집』 6, 88쪽. 이 글에서 작가는 실존주의의 인식론("존재는 본질에 앞선다"라는 마르크스의 명제를 수용한 사르트르의 견해)을 전개하며, 이 작품을 쓰게 된 배경을 소상하게 풀어준다. 이 무렵의 장용학에게 실존주의란 전위적인 미학이자 사물을 인식하는 방법론의 혁명으로 다가섰을 뿐, 사르트르의 유물변증법적 혁명이론에는 접근하지 않았다.

민을 살해하거나 살해당하면서 새로운 단계의 역사로 발돋움해야 됨을 역설하는 것으로 볼 수 있다.

　　자유의 희생. 「요한시집」의 주제는 자유를 예언자 요한에 비유한 데에 있다. 요한이 나타났을 때 세상 사람들은 그를 구세주라고 생각했다. 그러나 그 뒤에 올 참된 구세주 예수를 위하여 길을 닦고 죽어야 할 존재에 지나지 않았다. 자유도 요한적인 존재에 지나지 않는다는 말이다. 자유도 구세주는 못된다. 자유도 그 뒤에 오는 무엇을 위해서 길을 닦는 존재에 지나지 않는다.[12]

　자유 뒤에 올 그 무엇을 작가는 굳이 밝히려 하지 않았다. 그러려면 자유당 치하의 독재를 정면 공격해야 됐기 때문이다. 이 소설은 그 자유조차 없는 상황에서 자유나마 찾으려고 희생당하는 토끼 곧 누혜의 비극을 제시하면서 동호가 재생하기를 바라는 뜻을 담아낸다.

　누혜는 이렇게 회상한다. "나는 인민의 벗이 됨으로써 재생하려고 했다. 당에 들어갔다. 당에 들어가 보니 인민은 없고 인민의 적을 죽임으로써 인민을 만들어내고 있었다. 만들어 내는 것과 죽이는 것. 이어지지 않는 이 간극. 그것은 생의 괴리이기도 하였다. 생은 의식했을 때 꺼져버렸다. 우리는 그 재를 삶이라고 한다. 선의식에만 선이 있다는 양식. 이 심연. 그것은 십 초간의 간극이었고, 자유의 길을 막고 있는 벽이었다. 그 벽을

12　장용학, 「작자의 말 모음」, 『전집』 6, 20쪽. 이는 곧 자유가 없는 북한을 탈출해 자유가 있다는 남한으로 왔으나, 그 자유는 인간의 실존성(생존권)을 확보해 주지도 못할 뿐만 아니라 자유조차도 없었다는 사실에 대한 우의(寓意)이다. 자유롭다(그것조차도 착각이지만)는 남한은 자유 그 자체가 인간의 궁극 목표가 아니라 자유란 요한처럼 인간의 기본 조건이고, 그 자유를 바탕삼아 다른 인간다운 삶을 투쟁으로 찾아야 한다는 것이 「요한시집」의 주제이다.

뚫어보기 위해 나는 내 육체를 전쟁에 던졌다."(「요한시집」)

이 말은 평등의 복음이라는 사회주의 이데올로기에서 자유의 소중함을 깨닫고 남으로 왔지만 정작 자유는 없고 평등이란 말도 못 끄집어내는 체제에 대한 절망감의 은유다. 그래서 자유조차도 그게 목적이 아니라 자유를 찾은 다음에는 다른 새로운 인간다운 삶을 이룩해야 된다는 걸 알레고리 형식으로 보여준 것이 「요한시집」이다.

1955년은 장용학에게 행운의 해였다. 「요한시집」으로 일약 문명을 높인 데다 10월에는 경기고교 교사(1961.6월까지)로 전직했다. 이 해에는 월간『현대문학』이 창간(1월)한 데다, 월간『문학예술』도 속간(6월)했고, 1953년에 창간된『사상계』가 영향력을 증대시켰으며, 문인협회 회원은 208명에 이르렀다.

작가는 잡문「감상적 발언」(1956)에서 한국문단 및 문학에 대한 견해를 피력했다. 문단을 세대별로는 기성층, 신진들(한국전쟁과 함께 성장한 세대), 신인군으로 3분하면서. 문학적으로는 순수여명파純粹餘命派와 카프 잔류파로 양분했다. 구세대(기성층)에 대해서는 신랄하게 비판하면서 신진과 신인에 대해서도 역시 "물레방아처럼 뱅뱅 도는 것만이 민족 정서"가 아니며, "아리랑고개를 넘어가는 영탄만이 민족문학이 아니다"라고 비꼬았다.

인간을 구원해 내려면 어떻게 해야 될까. 장용학은 그 해답으로 참여문학을 수긍하면서 아래와 같이 주장한다.

오늘의 병고는 자선으로 고치기에는 너무 깊은 것이다. 오늘의 휴머니즘은 인도주의 교회의 우리에서 신도를 구출해낸 것이라면, 그리고 19세기의 인도주의가 자본주의의 질곡에서 프롤레타리아를 해방시키려는 것이었다면,

오늘의 인간주의는 메카니즘 – 합리적 '인간성'에서 '인간'을 구원해내는 의욕이어야 할 것이다.[13]

'합리적 인간성'에서 '인간'을 구출해 낸다는 말은 요즘 식으로 풀자면 해체주의와 일맥상통한다고 볼 수 있다. 합리적 인간이란 서구 철학사상과 지성사가 축적해 온 인공화, 인조화 된 인간성, 곧 교육과 관습으로 교양과 품위와 윤리의식을 갖춘 인간성을 의미한다. 그런데 장용학의 실존의식으로 인식하노라면 이건 참다운 인간의 모습이 아니고, 저 청동기 시대의 본래의 인간의 모습이 진짜 인간이라는 것이다. 여기서 그의 소설은 근친상간이라는 요지경 속으로 굴절하게 된다.

4___근친상간의 정치사회적인 의미

이치우와 이복동생 난이가 결혼에 이르는 전말을 다룬 희곡 〈일부변경선 근처日附變更線近處〉(1959)는 작심하고 인간 존재의 원천적인 양심과 범죄의 함수관계를 파헤치기 시작한 첫 작품이다. 이치우는 부호로 놀부 같은 인간이다. 한때 머슴으로 살던 양반집 규수를 겁탈하여 아들 한지를 낳는다. 한지가 성장, 이치우의 딸이자 자기에게는 이복동생인 난이와 결혼한다. 이 줄거리는 나중 『원형圓形의 전설傳說』에서 재생된다.

"우리는 이 땅 위에서 맨 먼저 남녀로 만났습니다. 우리가 맨 처음 서로 느낀 것은 남매의 우애가 아니라 남녀의 사랑이었습니다. 이것이 이

---

13 「감상적 발언」, 『전집』 6, 35쪽. 이 글로 미뤄보면 장용학은 당시의 한국문단이 몹시 못마땅했던 것 같다.

하늘 아래에서 우리가 느낀 첫 감정이고 관계이고 탄생이었습니다! 인간은 후에 들어온 할아버지神의 바둑돌이 아닙니다!"(《일부변경선 근처》)

문명과 윤리로 억매인 사회적인 존재가 인간의 본질 그 자체가 아니라 인간의 원초적인 존재가 바로 참된 인간임을 입증하고자 장용학은 인류사회의 최고의 터부인 근친상간의 벽을 허물어낸다. 그러면서 "신이 머리 위에 있는 한 인간은 인간이 아니다. 왜냐하면 후에 난 것이 먼저 난 것의 머리 위에 있을 수 없는 것이기 때문이다. 신이 죽는 전진前進 속에서 인간은 탄생한다"고 주장한다.

인간은 원래 자유다! 선택은 네가 해라! 그 책임을 질 용기가 있는 한 그것은 곧 진리다. 이것만이 진리다! 그 이외의 것은 모두 어머니가 입혀 놓은 때 때옷이다! 간수가 입혀 놓은 죄수복이다! 그런 것을 걸치곤 이젠 인간답게 살수 없다! 인간은 무엇보다 위신이 있어야 한다. 인간의 머리 위에는 아무 것도 둬서는 안 된다!(《일부변경선 근처》)

이런 근친상간을 가장 첨예하게 드러낸 장편소설이 『원형의 전설』(『사상계』, 1962.3~1962.11 연재, 사상계사에서 같은 해 12월에 단행본 출간)이다.

한 좌담에서 작가는 "인간성을 상실하게 만든 인간사회의 관례, 습관, 윤리, 이 마지막 한계를 거기서 넘어뜨리는 것" 이것이 근친상간이며, "인간의 죄 가운데 제일 깊은 것이 그것이 아닌가 생각해요. 그 죄가 현대 상황을 말할 때는 알맞은 것 같습니다"[14]라고 했다.

---

14 장용학·김붕구·이정호 방담, 「뛰어 넘었느냐? 못 넘었느냐? ─ 연재소설 『원형의 전설』을 읽고」(1962), 『전집』 6, 65~82쪽. 아래 인용도 이 글로, 근친상간을 다룬 작가의 의도가 명백하게 드러남.

그는 원죄의식에 대하여 "하느님의 말씀을 어겼다는 데서 오는 원죄가 아니라 인간이 자기 자신을 어긴 데서 온 원죄입니다"라면서, "저는 인간을 피조물로 보지 않고 인간을 낳은 것으로 봅니다"라고도 했다. 그러면 왜 굳이 신을 언급하느냐는 반문에 그는 "신을 부정하기 위해서 신을 설정해야 할 것"이라고 반박했다.

'원형'이란 양극적인 대립을 넘어설 수 있는 "둥글둥글 돌고 있다는 것"으로, "인간성을 상실하게 만든 인간사회의 관례, 습관, 윤리, 이 마지막 한계를 거기서 넘어뜨리는 것"이라고 해명했다.

오택부가 여동생 오기미를 강간하여 출생한 게 주인공 이장李章이다. 경성제대 출신인 그는 의용군에 차출당하거나 국군에 편입되는 등 혼란을 겪는데, 이건 남북분단이 민족의 본질을 벗어난 것임을 상징하는 것이다. 인간이 문명에 의해 본질을 상실했듯이 민족 역시 외세에 의해 분단되었으며, 어느 편이냐가 중요하지 않음을 빗댄 것이 이장의 남북한에 대한 관점이다.

이장이 부상으로 동굴 속에 피신해 있을 때 털보가 그를 구출해서는 자기 집에 데려가 딸 윤희倫姬와 동침시킨다. 그녀의 이름은 지극히 윤리적이지만 전혀 그 반대인데, 이건 존재가 본질과 다름을 나타낸 작가의 의도적인 작명이다. 이장에게 딸을 제공한 이유는 털보가 자기 딸과 관계하여 임신하자 그 아이를 이장의 아이로 만들고자함에서였다. 윤희는 소나무 가지에 목매어 자살한다.

숱한 우여곡절 뒤 이장은 북에서 탄광 노동, 대학원으로 호출당해 공부하게 된다. 그는 대학원장을 몰아내고 자신이 그 자리를 차지하려는 교수를 고발하다가 시골 농업학교 교사로 발령받는 등 파란만장한 청춘을 보낸다. 1년 남짓 간첩교육을 받은 후 남파되자 그는 대학생을 포섭할 임무는 뒷전으로 미룬 채 자신의 출생의 비밀을 캐기에 바쁘다.

그는 이현우 화백을 통해 알게 된 흑나비 다방의 마담 바타플라이 안지야安芝夜(밤에 피는 버섯, 곧 한국적인 자본주의를 상징)와 밀착한다. 간첩 임무 수행에 충실치 못한 데다 적성이 아니라는 판단에서 그는 평양으로 돌아가게 해 달라고 김 사장 동무에게 간청했지만 실패한다. 포로수용소 시절에 만났던 국군 제대병을 만나면서 신분이 노출되자 피신해야 할 위기를 맞은 그는 안지야의 집으로 피신한다. 여기서 다시 생부 오택부의 별장이 있는 P읍 뒷산 동굴로 가서 1년간 피신하다가 탈출하여 안지야를 찾아가니 그녀도 오택부의 딸임이 밝혀진다. 그들은 오택부에게 결혼하겠다고 선언하는 등 윤리적인 파괴까지 감행한다.

결국 이장은 통금 30분 전을 알리는 사이렌 소리를 들으며 어디로 갈까 서성댄다. 평등(북한) 쪽에서는 서둘러 귀환을 독촉하고, 자유(남한) 쪽은 엽전근성의 오택부가 자수하면 공자와 결혼시켜 동화처럼 즐기도록 만들어 주겠다고 유혹한다. 그는 김 동무도, 오택부도 아닌 P읍 뒷산의 동굴, 말뚝이 박히기 전의 자유로운 인간의 그 거주지에서 지야를 범한다. 그러나 오택부를 총으로 쏘아 죽이자 동굴이 무너지며 그도 함께 죽음을 맞는다.

이 줄거리와 묘사를 통해 작가는 남북분단을 희화화시켜버리고, 동시에 두 체제가 지닌 이념을 함께 구겨서 짓밟아버린다. 근친상간은 '인간적'의 허울을 벗고 '인간' 그 자체로 나아가려는 도정을 상징한 것으로 파악되며, '인간적'은 금지와 죄와 신이라는 삼위일체로 구성되어 있는 것인데, 이 전체를 부정함으로써 무정부주의적인 상태를 선망하는 단초를 제시한다.

근친상간에다 살인, 간첩 행위까지 저지른 이 주인공의 행동에 대하여 작가는 메카니즘과 합리주의적인 질곡에 묶인 현대인을 인간주의로 구원해 내기 위함이라고 강변한다. 그의 논법에 따르면 인간성이 인간이 아니다. 우리들이 정의니 진리니 하는 것 자체가 따지고 보면 인간을 속박하는 장치여서 참된 인간을 구하려면 인간성에서 '성'을 빼어버려야 한다는 것이 장용학의 인간론이다. 즉 존재(인간)는 본질(인간성)에 앞서는 것이다. 그리고 본질이란 따지고 보면 본질이 아니라 허위와 기만술인 것이다.

『원형의 전설』의 모티브가 된 작품이 있다. 1950년 11월 15일에 초고를 마쳤다는 「폐허에 종이 울리다」이다. 이 작품은 나중 희곡 「세계사의 하루」(『한국문학』, 현암사, 1966 추계호)로 발표됐다. 자유진영이니 공산진영이니 하며 민족상잔을 일삼는 게 얼마나 우스꽝스러운 것인가를 이복형제의 쓰잘 데 없는 갈등으로 표출시켜준다. 첩의 아들로 인민군 준위인 김학준은 본처의 아들로 이복형인 남한의 안재명을 찾아 내려와 형의 연인 최현숙과 동거한다. 둘은 형제지만 원수로 서로를 죽이려 한다는 구도는 결국 파국으로 끝나는데, 이건 분단이 얼마나 허황하면서도 견고한 것인가를 느끼게 해준다.

부모형제 이웃들이 귀신에라도 씌운 듯이 증오심으로 파랗게 질려 서로를 죽여댄 6·25를 보노라면 그 살육행위가 근친상간보다 더 악독하지 않았다고 말할 수 있을까.

이런 인간들이 적대감이 없이 자유롭게 살 수 있는 말뚝이 박히기 이전의 푸른 들판은 정치 이데올로기로는 아나키즘밖에 없다.

아나키즘, 이것은 무질서를 의미하지 않는다. 어의로 따지면 지배자 없는 사회로 당연히 노예도 없다. 절대평등이 지배하는 저 대초원이 장용학이 지향하는 이념의 유토피아일 것이다. 도로의 한가운데를 비틀거리며 걷고 싶은데 왜 굳이 좌측통행이나 우측통행을 강요하는가. 내가 가려는 곳은 푸른 초원지대인데 왜 그 길은 막아두고 꼭 좌측이나 우측통행만을 강요하느냐는 이의제기가 장용학의 문학사상이다.

인류 역사상 결코 이룩할 수 없는 낭만적인 꿈이 아나키즘이 아닌가. 이미 1872년 헤이그회의에서 바쿠닌 일파를 제명하면서 실현 가능성이 전혀 없음이 입증되었건만 오히려 그렇기 때문에 더 매혹적인 환상으로 떠돌고 있는 아나키즘의 운명![15]

아무리 넓고 푸른 무한한 들판이라도 거기에 곡식을 심어 싹이 나고 열매를 맺으면 인간들은 거기에다 다시 말뚝을 박는다는 게 장용학의 고민이다. 번연히 이 사실을 알면서도 그는 왜 아나키즘을 내세웠을까. 이유는 간단하다. 진정한 자유는 요한 뒤에야 오는데, 이제 우리는 겨우 요한을 희생시켰을 뿐이기 때문이다.

이래서 장용학의 소설세계는 다시 방향전환을 시도한다. 그것은 대지와 민중의 현실로 귀환하는 것이다.

---

15 포스터(フォスター) W. Z., インタナショナル研究会 訳, 『三つのインタナショナルの歴史』, 大月書店, 初版 1957, 第8刷 1972年版, 102~111쪽 참고. 1871년 파리콤뮨 좌절 이후 마르크스(총평의회)와 바쿠닌(사회민주동맹)은 사실상 분열되었는데, 1872년 9월 2일 헤이그에서 개막한 국제노동자협회 제5회 대회에서 "프롤레타리아가 자신의 세력을 독립된 정당으로 조직하여, 유산계급에 의하여 형성된 모든 낡은 정당에 대항"할 것을 공식적으로 결의하면서 이에 극력 반대하며 혁명은 자연발생적인 군중으로 이뤄진다는 바쿠닌 세력을 제명 결의했다. 국내 자료로는 장 프레포지에, 이소희 역, 『아나키즘의 역사』, 이룸, 2003; 이호룡, 『절대적 자유를 향한 반역의 역사』, 서해문집, 2008 등이 있다.

5 　아나키즘 넘어서기

한국전쟁을 겪으면서 영글어진 장용학의 아나키즘은 이승만 독재가 빚은 비인간화 현상을 예술적으로 승화시켜 난해한 관념소설로 형상화되어버렸다.

　4월혁명 직전에 발표한 「현대의 야(野)」(『사상계』, 1960.3)는 장용학이 관념론적인 시선이 아닌 사회적인 관점으로 한국전쟁과 이승만 체제의 포악상을 다룬 첫 작품이다. 문학청년인 서울 출신의 현우는 인민군 점령 치하에서 어머니의 부고장을 돌리려고 나갔다가 붙잡혀 차출당한다. 시신 치우는 작업에 동원된 그는 시체 더미에 파묻혀 죽을 고비를 넘기다가 간신히 빠져나왔으나 방위군에 끼여 남하하여 온갖 노역으로 생존하는 사이에 박만동이란 새 이름에다 호적을 이북으로 고쳐 은행에 취직한다. 하숙집 딸 미숙과 결혼을 약속한 뒤에 거리에서 지난 날 애인 성희를 만나나 외면했는데, 어느 날 간첩으로 피체된다. 분단문학에 등장한 조작간첩 제1호다. 아무리 부패와 타락으로 얼룩진 재판정이라도 심리를 거치면서 그의 무죄는 명백해졌지만 검사는 당시의 법정 풍속대로 10년을 구형하면서도 내심으로는 무죄가 언도되리라 예상하며 그러면 체면상 형식적인 항소를 할 작정이었다.

　그런데 판사는 태연스럽게 구형 그대로 10년을 언도하자 검사는 "재판장이 노망했나"라고 곤혹스러워 한다. 판사는 그 전날만 해도 무죄를 내릴 결심이었는데, 그날 아침 부부 싸움 중 "마누라에게 멱살을 잡혀 두세 번 휘둘리었다. 그 때문에 와이셔츠의 윗단추가 떨어졌다는 것을 알기는 등청해서 법정으로 나가려 할 때 배석판사가 가르쳐주어서이다. 그의 관자놀이는 수치와 부아로 경련을 일으켰다". 이런 연유로 판사는 멀쩡한 조작

간첩에게 10년형을 내린 것이다. 주인공이 형무소의 감방엘 들어가기 싫어 앙탈을 부리자 간수는 강제로 밀어 넣고는 문을 쾅 닫아버렸는데, 계속 신음소리가 들렸지만 무시해버렸다. 조용해진 밤중에 간수가 가보니 그는 감방 문을 닫을 때 손가락이 문에 끼인 채 "기도드리듯 무릎을 꿇고" 죽어 있었다. 간수는 "이렇게 죽는 등신이 어디 있어!"라고 울면서 화를 냈다.

「현대의 야」는 한국전쟁 전후의 잔혹상을 알레고리화한 수작인데, 「요한시집」에 밀려 푸대접을 받았다. 지금이라도 다시 살려내어 재평가해야 될 것이다. "나는 나를 산 적이 없다. 내 밖에서 살았다. 따라서 거기에 나는 없었다. 부재였다. 그래서 부재증명이 생인 줄 알았다. 부재증명을 하는 것이 산다는 것인 줄 알았다."(「현대의 야」) 이 말은 곧 분단 독재 치하에서의 삶이 실존적인 개체의식이 말살된 조종당하는 꼭두각시였음을 입증해준다.

1961.5.16 쿠데타 이후 장용학은 "야만의 집단이 들어서자 붓을 꺾고 곧바로 칩거하게 되는데, 이러한 태도는 허무의 세계에 대한 냉소적 자세에서 비롯되었으며, 그의 소설 주인공들에게 그대로 반영되어 나타난다".[16]

그의 칩거는 세속적인 일상성으로 뒤덮여버렸다. 덕성여대 조교수 (1961.8~1963.2), 경향신문 논설위원(1962.1~6)을 지냈던 1960년대 전반기의 대표작들은 「위사僞史가 보이는 풍경」(『사상계』 증간호 128호, 1963), 「상립신화喪笠新話」(『문학춘추』, 1964.4), 「부화孵化」(『사상계』, 1965.2), 「태양의 아들」(『사상계』, 1965.8~1966.6 연재) 등이다.

4월혁명과 5·16을 겪으면서 작가는 철학적 실존주의에서 현실비판적인 실존주의로 작품을 바꾼다. 이에 따라 소설도 그 이전보다 논설조의

---

16   박창원, 「장용학 소설 해설」, 『전집』 7, 27쪽. 박창원은 『장용학문학전집』(전7권)의 편찬을 주관했음.

비판의식이 늘어나며 잡문 혹은 논설조의 산문도 증가한다.

「형용사의 나라 한국」에서 그는 당시 한국을 신랄하게 비판한다. "이 나라가 잘 되려면 삼천만 중에서 이천만은 죽어서 없어져야 한다고 하는 말에 이의를 제기하는 사람은 별로 없었다." 이 말은 작가 자신의 주장이 아닌 떠돌던 걸 인용한 것이긴 하지만 황당하고 위험천만한 수준이다. 그런데 장용학의 속뜻은 그만큼 민족적 주체성을 잃고 외국병(외세지배)에 휘둘리는 사회풍조를 개탄하려는 것이었다. 외세의 지배에다 부정과 비리까지 만연한 데서 이런 극단적인 낭설도 떠돌았을 터였다.

그는 부정보다 비리가 사회혼란을 더 부추기는 것이라고 하면서 이걸 "거짓말 탐지기로 알아낼 수 있는 것"과 "신념이나 그 나름의 논리에 의해서 감행되는 비리"로 구분했다. "전자는 8·15해방으로 감투와 돈방석이 터져 나오게 된 데서부터 생기기 시작했다가, 6·25동란으로 수치심이라는 것이 타버림으로 해서 한층 안하무인으로 발호하게 된 것으로, '백주의 테러는 테러가 아니다'라든지 '사사오입'(개헌) 같은 것이 그 예가 될 것이고, 후자(거짓말 탐지기로 알아낼 수 없는 것)는 그 연유하는 바가 깊고 전자는 이것에 의해서 배양된 것이라고 할 성질의 것이다."[17]

문학에 대한 자세가 개인에서 사회와 역사로 변모한 원인을 작가는 산문 「불모의 문학풍토」에서 이렇게 해명해준다.

필자가 흔히 다루는 소재는 막다른 골목에 빠져든 인간이다. 현대라는 상황이 그렇게 생각되기 때문이다. 거기에는 핑계 댈 구멍도 없다. 전에는 운명이라든지 신의라든지 환경 또는 유전을 끌어대면서 자위나마 할 수 있었지만

---

17   장용학, (산문)「형용사의 나라 한국」(『세대』, 1963,6), 『전집』 6, 92쪽.

현대에 있어서의 인간의 불행은 그 원인이 인간에게 있다.[18]

「상립신화」는 유종호 등과 긴 논쟁을 전개(1965년까지 이어짐)해서 일약 화제가 된 작품이지만 장용학의 작품세계의 본류에서는 벗어나 있다. 어머니가 복막염으로 앓게 되자 낫게 해달라고 애원하는 아들 인후人後의 기원祈願을 여러 형태로 그리고 있다.

지난 밤 그는 하늘에 기도를 드렸던 것이다. 하나님이란 것이 있는지 없는지 그는 모른다. 그래서 신이 먼저 있고, 다음에 기도가 있는 것이 아니라, 기도가 있은 다음에 하나님이 있으면 있고, 없으면 없다 하고 고향이 있는 북쪽 하늘을 향해 세 번 절했다. '하나님, 어머니의 배에서 물이 나오게 해 주십소서. 저의 목숨 5년과 어머니의 수명 1년을 바꾸어서 어머니의 병을 낫게 해 주십소서. (…중략…) 그날 밤 그는 다시 북쪽 하늘을 향해 세 번 절하고 기도를 드렸다. 기도를 드렸다기보다 어젯밤 기도를 수정했다. '하나님 어젯밤 5년이라고 한 것을 3년으로 고쳐 주시옵소서. 5년이면 어머니보다 제가 먼저 죽을 것이 아니겠습니까. 그리 되면 누가 어머니를 봉양해 드리겠습니까.'(「상립신화」)

여기서 작가의 종교관이 그대로 드러난다. 장용학은 나중 가톨릭신자가 되었지만 초기에는 무신론적 실존주의자라 할 정도로 종교 그 자체와 신앙적인 요소까지도 외면했다.

어머니는 전통적인 불교신자였으나 돈을 갖고 오라니까 천주교로 옮겼다는데, 이런 언급에는 의구심이 들기도 한다. 어떤 종교든 믿고 다니는

---

18 장용학, 「불모의 문학풍토」(1965), 『전집』 6, 142쪽.

데는 통상 금품이 들어간다는 것이 보편적인 상식이기 때문이다. 성당이라고 그저 다니지는 않는다. 여기서 작가가 강조하려는 것은 환자인 어머니의 변덕일 것이다. 어머니는 치료도 한의에게 받다가 양의에게 의뢰했지만 다시 한의에게 돌아가는 등 나약한 환자의 심한 변덕 과정을 다 거친다. 학교에서 아이들에게 사회문제를 거론했다고 교장에게 질책당하는 인후의 모습은 한국적인 정치풍토의 한 단면이겠다.

여담이지만 작가 자신의 어머니도 복막염으로 타계했고, 천주교 신자였다고 한다. 저자가 보기에는 이 작품은 한국적인 후진사회가 지녔던 여러 편견들을 오롯이 드러낸 듯하다.

「부화」의 주인공 기을하는 퇴역 육군 소령이다. 정노인은 그에게 자기 딸 복희와 결혼하라고 강권하는데, 그녀는 창녀다. 그 사실도 모른 채 사랑하지만 진실이 밝혀지자 노인과 복희는 자살하고, 을하는 그 충격으로 쿠데타 반대 시위를 하다가 차에 치여 죽는다.

「태양의 아들」은 『원형의 전설』처럼 분단과 한국전쟁이 빚어낸 윤리의식의 부재와 이를 계기로 그 이후 한국사회의 악의 독버섯이 성행하는 현상을 보여준다. 액자형식의 소설에다 판소리의 분위기도 풍기는 이 소설은 한국사회의 음습한 숨겨진 범죄의 영역을 상징한다. 유승의 집 머슴인 김준업은 선비의 딸 최 씨를 강간하여 데리고 살면서, 그녀를 주인 유승과 불륜을 저지르도록 조장한다. 이를 빌미로 유승의 마곡광산 노무과장이 된 김준업은 6·25전쟁이 나자 유승과 최 씨를 죽여 그 시신을 같은 방에 둬버린다.

이 희대의 범죄자는 어떻게 되었을까? 궁금해 할 필요도 없이 분단 한국의 상류층으로 건재하고 있다는 것이 장용학의 진단이다. 소설은 그 죄과가 들통 나 개에게 물려 죽는 것으로 전개되나 작가의 한국사회관은 다르다.

인간은 문명에 의해서 점점 태양과 멀어져 건강을 잃어가고 있다. 제목의 태양은 그러한 원시성의 상징이기도 하다. 6·25동란은 그 참화와 함께 헤아릴 수 없는 악의 씨를 뿌렸고, 그 씨는 땅에 뿌리를 내고 그 가지는 하늘을 가리는 잎사귀를 달고 있다. 「태양의 아들」은 그러한 나무 그늘 아래에서 빚어진 하나에 지나지 않는다. 배경이 되고 있는 것은 자유당 말기이지만 그것은 사변을 기점으로 하는 이 작품에서는 등장인물들의 연령으로 보아 이쪽으로 끌어올 수 없기 때문일 뿐이고, 요새 세상을 배경으로 해보아도 별로 어색한 데가 없을 것 같다.[19]

인용문의 끝부분은 이 소설이 비록 시대적으로는 자유당 말기로 잡았지만 지금도 한국사회는 이런 악당들에 의하여 지배당하고 있다는 걸 입증하고도 남는다.

1960년대 중반을 넘어서면서 장용학은 사실주의적인 작법으로 바꿈과 동시에 주제와 소재도 가능한 한 현실 사회로 방향 전환한다.

민족문학의 개념을 정리해 보려고 시도했던 「국민문학을 위해서」(1965)나, "그 비리에 눌려 신음하는 소리가 분명히 들려오고 있는 데도 능률을 노래하는 피리에 맞추어 춤을 추거나 나아가 피리를 분다면 그것은 문학이 아니고 문학업文學業이라 할 것이다. (…중략…) 여기에는 아무런 미덕도 없고 완전한 공범자가 되는 것이다"라고 당대의 어용문학 풍조를 그는 개탄했다.

「소명召命」(발표 연대 미상) 역시 이 시기 장용학의 작가적 자세를 보여준 것으로 추정된다.

19　장용학, 「작가의 말 모음」, 『전집』 6, 19쪽.

1967년 1월부터 동아일보 논설위원(1973.12월까지)이 된 장용학은 그해 1월 27일부터 1969년 11월 16일까지 신문 칼럼 「횡설수설」을 간헐적으로 집필했는데, 대단히 날카로운 사회 비판 의식이 반영되어 있다.

이 논설위원 시기에 발표한 「형상화 미수形象化未遂」(『신동아』, 1967.8)는 현대 한국사회가 얼마나 권력층의 범죄로 가득 차있는가를 여주인공 유래의 생애를 통하여 사실적으로 그려준다.

그녀는 애인 상하를 버리고 김동태와 약혼하려 한다. 김은 형이 북으로 가려다 죽자 국군 전사자로 둔갑시켜 대학까지 졸업, 5·16쿠데타 주체세력인 사촌 덕분에 출세하자 국회의원을 꿈꾸는 처지이다. 약혼도 하기 전에 유래를 침실로 끌어들이는 김동태를 뿌리치다가 석유난로가 폭발하여 그녀가 화상을 당하자 다른 여자와 결혼해버렸다.

유래에게 배신당한 상하는 월남으로 이민 수속 중 그녀와 만나 정사를 나누지만 유래는 죽고 만다. '형상화 미수'란 인간다운 삶의 형상화가 불발로 끝남을 이른 말인데, 작가는 이들과 대조적으로 악을 행한 자들에게는 지배계급의 자리를 제공해 준다. 그게 바로 현실임을 확신한 작가는 여기서 현대사회의 심층을 흐르고 있는 역사의 실체로 다가가기 시작한다.

6___유신체제에 정면 도전

1972년, 남북한은 각각 강력한 독재체제로의 전환을 위한 개헌을 서둘렀다. 한국은 바로 유신독재의 길로 접어들었다. 장용학은 신년 벽두에 「정지된 시간 속에서−신년 수상」(1972, 게재지 미상)을 통해 종교의 어용화를 거론하며 유독 가톨릭에 대해서만은 긍정적으로 기술했다. 1973년 12월에 그는 동아일보사를 사직, 이후 더 이상 직장을 갖지 않았다. 왜 사직했는지에 대해서는 저자 나름대로 들은 풍문이 있지만 미확인 사실이라 밝힐 처지는 아니다. 다만 작가의 둘째 아들 장한성의 증언에 의하면 몇 가지 중요한 단서를 찾을 수 있는데, 그 요지는 아래와 같다. 좀 길지만 되도록 원문 그대로를 인용해본다.

중앙정보부가 아버지를 요주의 인물로 보면서 사찰하게 된 시점은 72년 10월 유신 시기경부터인 것으로 생각된다. 동아일보에 계실 때에 한두 차례, 동아일보를 사직한 73년 12월 이후 한두 차례 정도 남산 중앙정보부에 체포되어 가서 하루 밤 정도를 잡혀 있다가 돌아온 일들이 있었다. 어머니가 정확히 기억하는 어느 하루는 새벽 4시에 중앙정보부 사람들이 집으로 와서 아버지를 데려가서 다음날 남산 문 밖으로 놓아줘서 돌아왔다고 한다. 협박과 회유는 있었으나 구타 혹은 고문은 없었다.

보통 주변 사람들은 아버지가 동아일보에서 해직당한 것으로 알고 있는데, 아버지는 스스로 사표를 냈다고 했다. 아버지의 말씀에 따르면, 신문사 사주로부터의 부탁이 있었는데, 그 부탁을 아버지께서 거절하시며 사표를 내셨다고 했다. 아버지께서는 그 길로 집으로 오셨고, 아버지가 남겨 놓은 짐들은 나중에 제 어머니가 홀로 사무실로 가셔서 슬픔 속에서 찾고 오셨다고 한다.

중앙정보부는 아버지를 긴 시간을 사찰했다.

동아일보사를 그만 둔 1973년부터 자신을 '후배'라고 지칭하는 중앙정보부 직원이 1980년까지 거의 매달 연락을 해왔고 만나야 했다. 당시 서부경찰서에서는 정보과의 '조'형사라는 분이 외부의 반정부 활동 발생 여부에 따라서 부정기적으로 우리 집을 찾아와서 아버지를 만나고 갔다. 그 형사도 전두환이 대통령이 되던 시점부터는 찾아오지 않았다.

그런 일들로 아버지의 창작활동은 지속적으로 방해를 받았다. 소설을 쓰신 뒤에 출판사로 원고를 보내면 그 원고지 위에 빨간 줄이 죽죽 그어진 채로 집으로 돌아왔고, 그 내용이 있는 상태로는 출판이 불가능하다는 말을 전해왔다. 빨간 줄이 그어진 이유는 예를 들면, 소설 중에 나쁜 일을 하고 있는 인물의 직업이 군인이라는 이유 등이었다. 빨간 줄이 그어지는 일들은 출판사들을 가리지 않은 공통적인 행위들이었다.

우리 가족들은 정부의 누군가가 아버지의 행위를 들여다보고 있다는 생각을 하며 살았고, 아버지는 창작활동을 본인 마음대로 할 수가 없게 되어서 절필하게 되고 그에 따라서 우리 집의 가장이신 아버지로부터 들어오는 금전적인 수입은 거의 끊긴 상태로 살아야 했기 때문에, 1988년도에 제가 삼성그룹에 취업하기 이전까지의 십몇 년 동안은 정말 거지처럼 가난하게 살았다.

박정희 정권이 끝난 이후에는 제 아버지께서 정치적으로 관련된 일은 거의 하지 않으셨다. 아버지가 사람들과 어울리지 않는 분이셔서 늘 혼자서 민주화가 되기를 갈망하시며 사셨다.

단지, 1987년에 전두환 대통령이 4·13호헌 선언을 했을 초기에 문인들이 곧바로 호헌철폐 성명을 냈는데, 신문에 나온 문인들의 명단에서 제 아버지의 성함이 맨 앞에 있었다. 맨 앞에 이름이 놓여져 있다는 사실을 보면서 제 어머니와 저는 과거에 있었던 사찰 같은 일들이 재현될 수도 있겠구나 라는 생각을 하며 긴장했다. 그런데, 그 바로 이후에 세상이 뒤집어져서 우리가족의 걱정은 기우에 그쳤다.

김영삼이 대통령이 되었을 때, 문공부에서는 제 아버지에게 문화훈장을 주겠다고 전화 연락이 왔다. 제 어머니와 제가 훈장 수수 여부에 대해서 먼저 상의를 했는데, 우리 두 사람의 의견은 '받았으면 좋겠다'는 것이었는데, 아버지는 "정부로부터 훈장을 받을 생각이 없으므로 훈장을 받지 않겠다"고 하실 것이 뻔하다고 생각했다. 아버지를 속이고 훈장을 받아놓아 볼까 라는 생각을 했었지만, 그 이후의 아버지의 분노를 감당하지 못할 것으로 결론을 내리고, 결국 아버지께 사실을 말씀 드리고 훈장 수여를 거절하는 것으로 일을 마무리하였다. (…중략…)

제 어머니께서는 가끔 제 아버지가 인격을 높게 보고 있는 분들이라면서 대여섯 분에 대해서 말씀해 주셨다고 했는데, 최인훈, 송건호, 임헌영이 그 안에 들어있는 분들이라고 하셨다.[20]

이런 시대적인 핍박 속에서 사회 부조리를 직설적으로 고발한 소설이 「잔인의 계절」(『문학사상』, 1972.11)이다.

대학교수 K는 '인간전선'이란 기고문 때문에 해직된다. 이에 아내가

---

20 이 인용문은 차남 장한성 님이 저자에게 2018년 12월 19일 메일로 보낸 글을 요약한 것이다. 장한성 님은 2019년 1월 8일, 월간 『한국산문』 초청 특강 '나의 아버지 장용학을 말한다'에서 더 구체적으로 언급했는데, 모든 내용은 아버지 생전에 직접 들었던 내용에다, 미심적은 것은 어머니와 깊이 논의한 것이라 신빙성이 있다면서 90여 분간 강의했다. 그중 신앙문제에 대해서는 "아버지가 천주교를 본인의 신앙으로 받아들인 건 제가 태어나고 1년 뒤인 1964년으로써 제 부모님께서 제 형(장한철)과 저를 명동성당으로 데리고 가서 네 식구가 함께 영세를 받았다고 했습니다". 굳이 가톨릭을 선택한 이유는 "천주교가 만들어주는 그늘이 넓어서, 자신의 자식들이 어긋나지 않고 올바른 사람으로 성장할 수 있도록 보호해줄 수 있는 든든한 울타리가 되어 줄 것"이라는 기대였다고 했다. 저자가 1967년경 들었던 내용도 이와 비슷했다. 장용학은 "요즘 사회 환경이 너무나 오염되어 있어서 아이들을 마음 놓고 놀도록 해 줄 곳이 없어서 천주교를 믿게 되었다"라고 했다. 이런 결벽성은 장용학의 교유관계에서도 그대로 들어나, 장준하, 구상, 송건호, 이호철, 최인훈, 백도기 제씨와 가까웠다고 증언했다. 장한성은 이밖에도 아버지 장용학의 자유실천문인협의회 활동상을 소개해 준다. "자유실천문인협의회(대표 간사 장용학)는 25일 하오 성명을 발표, '민주인사와 문학인들이 전국 각지에서 겪고 있는 고난에 성원을 보내며 어떠한 압력과 탄압에도 문학의 표현의 자유와 정의, 진리, 양심을 실천하기 위해 노력할 것'을 다짐했다."(『중앙일보』, 1975.2.26)

취업하러 나섰다가 김영규에게 강간당하자 장모는 도리어 그 남자에게 자기 딸을 보내려 한다. 마침 K에게는 제자 미연이 접근해오자 장모와 아내는 이를 수용하여 성사시키려 한다. K 역시 어쩔 수 없이 그럴 처지에 몰린 걸 받아들이려 했으나 홀연히 아내가 강간당한 치욕을 못 견디고 자살하고 만다.

이 작품은 장용학 소설의 일대 전환점을 이룬다. '근친상간에다 살인과 불륜을 다반사로 저지르던 주인공들이 왜 갑자기 강간을 치욕으로 여기며 자살을 감행하는가'라는 의문은 작가가 아나키스트의 환가에서 실존주의적인 참여의식으로 선회한 것임을 나타낸 것으로 볼 수 있다.

장용학의 시선에 비친 1970년대 한국사회의 문제점은 여러 종교의 급격한 타락상과 외세에 의한 민족정기의 말살이었다. 그는 이에 「정지된 시간 속에서 – 신년 수상」에서 종교의 어용화를 비판하며 그나마 가톨릭을 부드럽게 긍정적으로 기술하고 있다. 그는 이미 가톨릭에 입문해 있었다. 저자가 왜 신앙을 가졌느냐고 물었더니 너무나 세상이 험악하여 자라나는 아이들을 보낼 곳조차 없다며 그나마 성당이 좀 낫지 않을까 싶어서였다고 답했다.

이 작가가 한국 현대 민족사적 비극의 원천을 일제 침략에서 찾은 것은 이미 오래 전이다.

「115인의 발언 – 앙케이트」(『사상계』 증간호, 1965)에서 작가는 한일협정을 맹비난했다. "방독면을 쓰고 학생과 시민을 두들겨 패고 있는 광경을 보노라면 '굴치적屈恥的을 넘어 이 한국은 누구를 위한 국가였던가 하는 회의에 사로잡히게 된다"라면서, "원래 한일회담은 5·16 같은 것으로 다룰 성질의 것은 못되고, 국민의 지지를 받고 정치도 제대로 할 줄 아는 정권도 다루기 어려운 것인데, 국민의 30% 내외의 신임밖에 못 받은 대

통령과 정당이 거기에 손을 대려고 든 것부터가 불만이었다"고 단호하게 차단한다. [21]

공화당 정권이 후세 사가들의 심판을 받아야 할 최대의 죄악은 국민의 의사를 무시한 한일회담과 함께 국민을 '근대화'라는 이름으로 도덕적으로 타락시켰고 시키고 있는 점인 것이다.(「115인의 발언」)

1965년에 이처럼 박정희 군사정권의 역사적인 죄악상을 명쾌하게 찍어낸 글은 흔하지 않다. 그러니 당연히 이 문제를 소설로도 썼을 터이다.

「상흔傷痕」(『현대문학』, 1974.1)은 일어로도 번역(『朝日아시아 리뷰』 여름호)된 작품으로 조선인 아버지에 일본인 어머니 사이에 출생한 주인공 병립을 내세운다. 그의 시선에 비친 일본인의 한국사관은 반도에서 건너간 기마민족이 일본 통치의 명분을 내세우려고 만든 허구라는 것이다. 그는 일녀(시에즈)를 사랑하면서도 성장기에 겪었던 반半일본인이라고 놀림감 당했던 트라우마를 극복하기 어려워 거절한다.[22]

소설 「효자점경孝子點景」(『한국문학』, 1979.1)은 참판을 3대에 걸쳐 지낸 가문에다 국회의원에 장관을 지낸 자의 아들이 주인공이다. 그런데 아버지의 장례식장에서 친일행각과 독립운동가를 밀고한 사실 등에 대한 아버지의 과거를 알게 된다. 8·15 이후 개명하여 독립운동가로 행세하며 권모술수로 출세가도를 달려 온 아버지의 마각.

---

21 장용학,「115인의 발언」,『전집』 6, 135~137쪽. 이 글에서 작가는 "독립 축하금으로까지 타락한 청구권은 이를 포기하는 것이 선열에 대해서 우리 자손이 취할 길이면서 일본의 발치에 서지 않는 민족생활을 영(營)할 수 있는 기틀이 될 것이다"라고도 했다.
22 작가는 소설로도 미처 못다 한 일본에 대한 비판을 『허구의 나라 일본』, 일월서각, 1984에서 풀어냈다.

독립운동가의 딸(술집 여인)과 혼전 부정 관계가 있다는 구실로 재벌의 딸(혜란)과 결혼식장에서 혼례식을 파탄내고는 탄광촌에서 회계를 보며 살아가는 그 아들이야말로 효자라는 것이 이 소설의 주제이다. 조상의 죄과를 청산하는 자세를 그리면서, 5·16 이후에 친일파가 독립운동가로 둔갑하는 현상이 두드러지게 늘어났음을 비판한 작품이다.

「부여夫餘에 죽다」(『현대문학』, 1980.9)는 이듬해에 일역, 『아시아 공론』에 게재된 소설로 참회하는 일인을 등장시킨다.

하다나카는 일제 때 조선인을 괴롭혔던 악질 경찰로 어머니는 조선인이었다. 조선을 연구하다가 천황제가 조선인을 통치하려는 이념이란 결론에 이르게 된다. 그는 아버지의 원죄의식을 씻고자 피해자들을 탐색 중 한 희생자의 딸과 사랑하여 임신까지 시켰으나 그녀는 산욕열로 죽고 만다. 이에 어머니의 땅에 그녀와 함께 묻히고 싶어 부여에서 자살한다는 줄거리로 약간 로맨틱하다. 남녀가 결합해 행복하게 살기에는 아직 과거청산이 덜 됐다는 판단에서 작가는 소설을 죽음으로 결말 지은 것이리라.

「산방야화山房夜話」(『동서문학』, 1986.2) 역시 한일관계의 과거사 청산이 없이는 진정한 화해와 협력은 어렵다는 작가의 신념을 읽을 수 있는 작품이다. 오랫동안 가족을 다 잃고 외롭게 지내는 주인공에게 한 일본인이 찾아온다. 일본군에 복무 중 일녀와의 사랑에서 태어난 아들이었지만 그 사실을 밝히지는 않는다. 청년은 재일 한국 여성과 결혼하여 한국인 아버지의 아들로 제2의 인생을 살 생각이었으나 여러 방해로 사랑이 깨어지자 생부에게 비밀을 안 밝힌 채 떠난다는 것이 이 소설의 결말이다. 죽지 않고 살아남는다는 게 변모라면 변모지만 역시 한일 간의 화해에는 이르지 못하고 있다.

장용학의 판단으로는 일본의 역사적인 사죄와 정당한 배상이 없는 한, 한일 사이의 어떤 혼혈과 사랑으로도 진정한 화해에 이르기는 어렵다는 것이며, 위의 여러 작품에 나타난 실패한 사랑담은 이를 입증해준다. 지금 일본에서 전개되고 있는 파렴치한 극우 파시즘 행각을 보노라면 장용학의 예견은 너무나 적중하는 것 같다.

긴급조치 시기(1974.1.8~1979.10.26)에 아마 가장 강한 비판의식을 담은 글 중 하나가 「혼란과 국민투표」(연도 미확인)일 것이다. 1975년 1월 22일은 유신헌법 찬반 국민투표안이 공고 된 날이며, 2월 12일은 국민투표를 실시한 날인데, 유추컨대 1월 하순경 장용학은 이 글을 집필하여 발표했을 것으로 본다. 제목이 시사하듯이 이 글은 유신통치에 대해 정면 도전한 글이다.

유신체제는 유신헌법의 제정 취지로 보아 신임을 묻지 못하게 되어 있는 체제이니, 신임을 묻는 것은 그 자체가 유신체제를 부정하는 행위라고 할 것이다. 스스로를 부정하면서 국민들에게 그 신임을 묻는다는 것은 가식이고 우롱이라고 할 것이다. 이러한 종류의 일로 유신체제하에서 할 수 있는 국민투표는 개헌에 관한 것뿐이다. 그러니 유신체제하에서 할 수 있는 것은 유신체제를 끝까지 밀고 나가든지 개헌을 하든지 둘 중 하나뿐이라고 할 것이다.[23]

이 살벌했던 긴급조치 시대 때, 아마 1977년일 것이다. 저자는 태극출판사에서 『한국문학대전집』을 기획 총괄하면서 장용학 선생을 몇 차례 뵈었다. 작품집마다 작가들의 연보가 달라 어느 걸 믿어야 할지 곤혹스러울 때가 많았던 터라, 가장 신뢰할 만한 작가연보를 게재하려고 작가들에

---

23 장용학, 「혼란과 국민투표」, 『전집』6, 375~379쪽. 여기서 장용학은 1971년 대통령 선거가 공정하게 치러졌다면 야당 후보(김대중)가 당선되었을 것이라는 말도 있었다고 썼다.

게 직접 제일 가까운 가족이나 연구자, 문단 친지를 연보 작성자로 해 달라고 청하면서 정확성을 신신당부하며, 아예 연보 작성자의 성함을 명기하기로 했다. 그런데 장 선생은 그 작성자로 나를 지명했다. 그래서 태극출판사판 『한국문학전집』에는 모든 작가의 연보에 작성자 성함이 명기되어 있는데, 장용학 연보 작성자는 임헌영이 되었다. 그 2년 뒤 나는 모종의 사건으로 투옥됨으로써 장용학 선생과의 내왕이 끊어져 버렸다.

그 얼마 후 장용학은 서대문구 갈현동 462-44의 단층 양옥으로 이사했다, 서재 겸 집필실이 문간방에 있던 이 집에서 10여 년간 거주했는데, 이 집은 2015년 서울시가 미래 유산으로 선정했다.[24]

바로 뒤이어 1980년 5·18시민항쟁이 있었고, 이후에도 그는 비판의 초점을 사회악과 일본문제에 맞췄다.

소설 「풍물고風物考」(『현대문학』, 1985.6)는 나중에 「오늘의 풍물고」로 개제했는데, 중앙청 과장급이었던 아버지가 수뢰사건에 휘말려 사직한 뒤 사업에도 실패하자 일가족이 자살 등으로 몰락하는 과정을 사실적으로 그린 작품이다.

사회악을 다루면서 장용학은 저항이나 비판적인 행동보다는 죽음을 자주 활용하여 마치 1920년대의 초기 신경향파 소설을 연상시키기도 하지만 그 묘사와 분석력이 강한 문장이라서 독자를 압도한다.

만년의 작품 중 높이 평가받는 것은 단연 「하여가행何如歌行」(『현대문학』 1987.11)일 것이다. 한 시대의 양심적인 인물이었던 진우가 변절로 차관이란 지위를 차지하면서 꿈에 선죽교에서 정몽주를 죽이라는 이방원의 명령을 받는다는 설정이 흥미를 끈다. 선죽교에서 대기하던 그 자신이 정몽

---

24   장용학, 「근황」(『문예중앙』, 1980.3), 『전집』 6, 331~334쪽.

주의 얼굴로 환치되자 놀라서 진우는 깨어난다. 변절은 항상 윤리적인 파탄을 동반한다. 아이까지 가진 애인 다전을 외면하고 미경과 결혼한 그는 나중에 그 아이에게 자신이 생부임을 부인하여 자살토록 만든다. 탤런트와 추문으로 얼룩진 미경이지만 자신 역시 바람둥이라 부부는 형식적일 뿐이다.

관직에서 물러나 공공기업의 부사장이 된 그에게 나타난 벗 준일의 전락은 그에게 충격을 준다. 정의의 투사였던 그의 파국 앞에서 진우는 이민을 결심한다.

이 작품에 이르러서야 장용학은 죽음의 결말에서 벗어나 이민을 선택하는데, 이건 한국사회의 반영이기도 하다. 실제로 1970~1980년대에 중간계층들의 도피성 이민이 급증하지 않았던가.

장용학이 일생 동안 주장했던 소설에서의 한자 병기 문제를 잠간 짚고 넘어갈 필요가 있다. 그는 한자를 괄호 안에 표기할 게 아니라 아예 강력한 국한문 혼용을 주장했다. 8·15 후 한국은 대통령이 누가 되느냐에 따라 언어정책이 춤췄다. 한글이 애국 사상이나 민족 주체성을 담보한다, 한글이 세계에서 가장 과학적이고 위대한 언어다, 가장 배우기 쉽다는 등등의 이유를 들어 한글전용 주장으로 몰아가는 풍조에 장용학은 동의할 수 없다고 강력히 이의를 제기했다.[25]

이 쟁점에 대해서는 더 이상 언급하지 않겠다.

---

25 「한글 전용이 의미하는 것」, 「한글과 언어예술」, 「한글 신화의 허구」, 「한글 전용의 이상향」, 「한글전용 정책과 이론」 등이 한글전용에 대한 비판임. 「나는 왜 소설에 한자를 쓰는가」는 자신의 한자병용 소신을 밝힌 것이다. 다 『전집』 6권에 수록되어 있다. 작가의 차남 장한성은 국한문 혼용 주장을 계기로 장용학이 이희승과 밀접해져 한국어문교육연구회 창립(1969) 이사직도 맡았다고 증언했다.

7___서거 전후

만년의 장용학은 무척 쓸쓸했다. 박창원은 이 작가의 만년을 이렇게 묘사한다.

> 작가는 경향신문과 동아일보의 논설위원을 지냈으나 박정희 정권에 대한 부정적인 입장 때문에 해직된다. 이때 작가는 남산 중앙정보국에 2차례에 걸쳐 연행되고 심문을 당하였고 서부서의 조 형사와 후배라고 호칭하는 청년들의 감시를 받으며 지내게 된다. 필자는 제3공화국이 오래 가지 않을 것으로 예상을 하고 칩거 생활을 하면서 지내게 되었다. 그러나 이러한 칩거 생활이 임종 때까지 계속될 줄은 몰랐다.[26]

1989년 8월 31일 장용학은 서거했다.

그로부터 10년 후, 독재정권 타도를 위한 환상적인 혁명소설 「빙하기행氷河紀行」(『문학사상』, 1999.10)이 장용학 특집호에 유고로 게재됐다. 미완성 작품이지만 작가의 울분과 원한을 감지하기에 충분하다.

독재자 대총통은 일제 식민통치 때는 일본군 소위로 만주군에 배속되어 독립군을 억압했다. 8·15 후에는 빨치산으로 군의 적화공작을 주도했다. 체포되자 비밀요원 명단을 넘겨주고 생명을 건졌다. 실로 일제 군국주의와 공산주의의 혼혈아로 손색이 없다. 거기서 나온 것이 10월 유신인데, 10월은 소비에트의 10월혁명이고, 유신은 일본의 유신이다. 누가 봐도 대총통은 박정희다.

---

26 박창원, 「장용학 소설 해설」, 『전집』6, 45~46쪽.

대총통은 온갖 엽색행각, 암살, 고문, 악행을 일삼으며, 영구집권을 위해 수도를 충청도로 옮겨 '천년성'이라 개칭하고, 나라 이름도 천년성공화국이라 했다. 수도 천년성은 거대한 폭탄 위에 건립하여 국민들이 항거하면 도시 전체를 폭파해 버리겠다고 위협한다. 외국의 민주국가들이 침공하면 자폭하겠다는 엄포다. 혁명을 도모하려면 먼저 도시의 폭파를 막는 게 급선무라 대총통이 숨겨둔 폭파 열쇠를 빼내어야 한다. 그래서 혁명군은 무평과 금요 부인을 침투시켜 두고 있다.

이만하면 걸작이 아닐까. 유신통치 시기에 공포를 억누르고 썼을 작가의 세심함이 느껴진다. 작가는 "1980년대가 되면 천년성은 공산국가가 되거나 일본의 식민지로 전락할 것"이라고 예측했다. 물론 경고성 장치다.

2001년 유고 「천도시야비야天道是也非也」(『한국문학』, 2001.가을)가 공개됐다. 운동권 학생 출신 경일은 정보원에게 노트 때문에 연행, 고문으로 정신분열 증세를 나타낸다. 육체적인 고통이 너무나 가혹해 의식이 몸에서 분리되고 싶어진 것이다. 그는 정신분열 상태에서 환상 속으로 몰입한다. 독재국가를 잡초원에 비유하여, 그 잡초를 장미처럼 아름다운 꽃밭으로 만들려고 하나 안 되자 시민들에게 조화를 꾸며놓고 보여준다.

홀연히 그는 동물원에 있는 꿈을 꾼다. 모두가 짐승으로 변해버렸는데 자신만이 인간으로 존재한다. 그 속에서 느끼는 바닥 모를 고독감.

장용학이 남긴 유고는 생전에 도저히 발표될 수 없었던 작품이었다.

이만하면 그를 재평가할 만하다는 걸 감지했으리라고 본다.

(2015년 9월 18일, '문학의 집. 서울'에서 '그립습니다 장용학' 세미나 발제문을 수정 보완하여 『문예바다』, 2017.여름호에 게재한 뒤 다시 보충했음)

냉전 시대의
고정관념 허물기

이호철의 한국문단 종횡기

1___보안사 수사관과 러시아 노래를 부른 작가

1974년 1월 14일은 "겨울 날씨치고는 후덥지근하게 흐린 날이었다". 아침 10시경, 불광동의 이호철李浩哲(1932.3.15~2016.9.18) 자택으로 "잠바 차림의 낯선 청년들"이 나타나 "윗분께서 조금 뵈었으면 해서 선생님을 모시러 왔습니다. 한 30분 정도 틈 좀 내주시지요. 바쁘실 텐데 죄송합니다"라고 사뭇 정중하게 청했다. 언제나 그랬다. 연행할 땐 누구에게나 30분이면 된다고 했다. 43살의 중견작가 이호철이 검은 지프에 실려 끌려 간곳은 빙고동 육군보안사령부 대공분실이었다.

보안사령부의 뿌리는 깊다. 미 군정청 국방사령부 산하에 설치됐던 정보과(1945.11)가 남조선국방경비대 정보과(1946.1), 육군본부 정보국 특별조사대(1948.11), 방첩대(1949.10)란 명칭을 거쳐 육군본부 직할 특무부대特務部隊, CIC(1950.10)로 신분을 바꾼 이 기구는 이승만 독재체제를 위하여 비판세력에게 온갖 만행을 저질렀던 공포의 대상이었다. 4월혁명 후 육군 방첩부대로 개칭(1960.7)됐으나 5·16쿠데타 세력은 육군 보안사령부로 개칭(1968.9), 이어 육군뿐이 아니라 해공군을 망라한 국군보안사령부로 확대 개편(1977.9), 시종 박정희 군사정권의 버팀목으로 중앙정보부와 충성 경쟁을 전개한 지옥의 쌍두마차였다.

연행당해도 가족은 어디로 끌려갔는지조차 알 수 없었고, 더구나 보안사라면 필시 병신이 되거나 최소한 팔다리 정도는 부러져야 나오는 걸로 알던 수상한 유신독재 시절이었다. 매타작은 기본이었기에 '보안사로 연행'됐다는 그 자체가 소름 끼치는 공포였다. 연행 1주일이면 위협과 매질을 번갈아 다그치던 조사가 대충 마무리에 이르게 되고 이어 베테랑 수사관이 심문조서를 작성하는 단계로 들어선다.

1월 20일 오후였다. "대머리가 훌렁 벗겨진 생김새와는 도무지 어울리지 않게 음치 목소리"를 가진 수사관이 느닷없이 "좀 쉴까"라더니, "우리 슬슬 노래나 해볼까. 그쪽 이북에서 많이 불렀잖아. 〈젊은 병사의 노래〉랑"이라며 피의자 이호철과 궁합을 맞춘다. 평양고급중학생 때 월남한 수사관과 원산고급중학 졸업반 때 LST로 부산항에 내린(1950.12.9) 이호철은 8·15 직후 북한 체험 공유자로서의 유대감으로 장단이 척척 맞았다. 둘은 카자크의 민요를 거쳐 유명한 영화 〈시베리아 대지의 곡The Ballad of Siberia, Сказание о земле Сибирской〉(1948)의 주인공 안드레이가 "바이칼 호수를 건너가면서 배 안에서 아코디언 켜면서 부르던 시베리아 민요(〈The Song of the Siberian Earth〉)"를 흥얼거린다.

수사관은 고향친구라도 만난 듯이 "그 영화 참 좋았지. 노래는 말할 것도 없고"라며 신명을 내다가, "이거 뭐, 당신하고 이렇게 앉아서 20여 년 전의 그 시절 노랠 하니까 나도 좀 이상해지는데. 그 무렵이 그리워진다면 뭣하지만, 골머리가 조금 횡해져. 당신, 나까지 슬슬 포섭하려 드는 거 아냐? 혹시"라며 정색을 한다. 이윽고 수사관은 말한다. "겪어 볼수록 당신이라는 사람, 나쁜 사람은 아닌 것 같은데"라더니 슬슬 퇴근 채비를 서두른다.(이호철 실록소설 「문」, 인용)

무시무시한 보안사 취조실에서 수사관과 태연히 러시아 노래를 부르는 이 장면은 이호철의 삶과 문학을 풀어가는 열쇠 역을 해준다. 보안사의 베테랑 수사관이 볼 때도 좋은 사람일 정도로 이호철은 도무지 어떤 잣대로도 잴 수 없는 호인 풍이라 그에게는 적이 없다.

분단문학사에서 이호철만큼 문학 동네 구석수석을 넘나들며 교유관계가 원만했던 작가는 드물다. 그는 전후문학 세대에 속하면서도 북한에서 식민지 시대의 문단에 대해 충분한 예비지식을 가지고 월남하여 웬만한 비평가 수준의 분석력을 구사했다. 그에게 식민지 시대 이후 문단이란 홍명희, 이기영, 이태준, 임화 등과 8·15 직후 북에서 활약했던 작가들로 각인되어 있다. 그의 뇌세포에 각인된 문인들의 이름을 보고 그를 빨갱로 몰아대면 웃기는 이야기지만 그렇다고 반공주의자라면 그 역시 웃긴다고 할 만큼 주이불비周而不比의 넉넉함을 지니고 있다.

이런 넉넉한 인품 때문에 이호철은 대하소설의 주인공으로 손색이 없는 폭넓은 체험을 간직한 작가의 한 분으로 꼽힌다. 작품에 대한 천착은 여러 각도에서 이뤄지고 있으나 그 연구만으로는 작가의 심도 있는 삶을 미처 다 표출해내기 어려울 수도 있다는 기우도 없지 않다. 이호철처럼 연령, 신분, 이념, 지연, 학연, 신앙 등에 얽매이지 않고 여기저기 넘나들며 교유관계를 넓힌 경우는 없다고 해도 지나치지 않을 것이다. 그는 분단 체제 아래서 연령과 세대의 상하를 두루 넘나들었고, 민주화 투쟁 시기 이후에는 한국문인협회와 작가회의 쪽 문인들의 교유가 거의 단절된 상태인 데도 양쪽을 친숙하게 드나들었다. 그의 교유록은 문단을 넘어 전 예술계에 걸쳐 있을 뿐만 아니라 학계와 정계 전반에 걸쳐 있었는데, 특이한 현상은 보수와 진보 양쪽에서 아무런 격의 없이 친숙했었다는 점이다. 실로 이호철 앞에서는 냉전 시대의 일체의 고정관념은 봄눈처럼 흐물흐물 녹아내릴 수밖에 없는 묘한 온기가 느껴진다. 분단 시대의 냉전적 가치관이 지배하는 권위주의 사회체제에서 이호철이야말로 종횡무진한 행보로 좌우의 철벽부터 지방색이나 신앙, 연령이나 학파 따위의 어떤 경계선도 무시로 넘나들었던 선두주자였다.

이호철이 이럴 수 있었던 데는 고향 원산이라는 특이한 문화권의 분위기에다 탈향자라는 신분적 분방성, 인간적인 선량함과 진리와 정의에 대한 일관된 열망이 한몫 했을 것으로 추정된다. 그의 전모를 살피기보다는 그 문단활동에 초점을 맞춰 정리해 보자고 시도한 것이 이 글이다.

2 ___ 일제 식민 시대와 북한 체제에서의 교육

그는 1932년 원산시 현동리, 속칭 전산(원산에서 남쪽으로 십 리가량 거리)에서 태어났다. 이 마을은 전주 이씨 집성촌(50여 호)으로, 이성계의 서제庶弟 의안대군 자손들이 이룩한 지역이다. 작가는 고향의 푸근함을 단편「큰산」에서 증언해준다.

외가(밀양 박씨) 마을은 강씨와 박씨의 집성촌인데, 태조의 계비인 강비의 친정마을로, 강씨는 민족주의 계열이었고, 이호철의 외가인 박씨는 아나키스트와 사회주의 계열 인물이 많았다.

조부의 처가는 강씨로 3·1운동의 투사였던 강기덕은 할아버지의 처육촌이었다. 그의 친사촌은 풍산 군수였는데, 조부는 이런 처가의 위세에서 슬기로운 민중상으로 처신했다고 작가는 기억하고 있다.

이호철의 외조부는 온화했는데, 두 외삼촌이 예비검속으로 투옥당한 처지여서 속을 태웠는지 일찍 작고했다.

아버지는 과수원을 했다.

4살부터 서당에 다녔던 이호철은 천자문을 역순으로 외울 정도로 총기가 뛰어났다.

통칭 원산 출신이라고 하는 이호철의 정신적인 무대인 이 지역은 특이하다. 원산을 배경으로 맺어진 인연의 문학인들로는 다음과 같은 다양성을 지니고 있다.

① 모윤숙(1910~1990)은 원산 출생이라고 하는데, 이호철은 그녀가 정주 출생이라며 고모가 명사십리 옆에 살아서 원산과 깊은 인연이었다고 주장한다. 둘은 동향 출신에다 탈향의식의 공감대에서 매우 가깝게 지냈다.

② 중국 조선족 문학의 대가인 김학철(1916~2001)은 함남 덕원군 현면 룡동리(현 원산시 룡동, 이호철 고향 현동리와 2km 거리)에서 누룩제조업자 홍각구洪閣構(1922년 김학철이 6살 때 사망)와 김상련의 3남매 중 외아들로 출생(여동생 性善, 性子)했으며, 본명은 홍성걸性杰이다.

서울 보성고보(1929~1934) 재학 중 윤봉길 의사의 거사(1932.4.29)소식에 충격을 받았지만 문학에 심취했던 그는 페퇴피Sándor Petöfi(1823~1849, 헝가리 애국시인, 1848년 독립 전쟁에 참가, 이듬해 전사)의 시 "사랑이여 / 그대를 위해서라면 / 내 목숨마저 바치리. / 하지만 사랑이여, / 자유를 위해서라면 / 내 그대마저 바치리"라는 구절에 전 인생을 건 독립투사였다.

홍성걸은 의열단에 가입, 약산 김원봉과 윤세주 밑에서 반일 지하테러활동을 시작하면서 가명으로 김학철을 쓰기 시작한 후 평생 본명을 쓰지 않았다. 팔로군에 들어가 제2분대장으로 참전한 그는 화베이 성 원씨현元氏縣 호가장전투胡家庄戰鬪(1941.12.12)에서 대퇴골 관통상을 입고 일본군 포로로 잡혀 나가사키長崎형무소에 투옥당했다. 전향을 거부하여 다리 총상 치료를 전혀 받지 못해 상처에서 나오는 구더기를 젓가락으로 파내며 견디다가 수감 3년 6개월 만에 왼쪽 다리 절단 수술(1945.2)을 받아 절름발이가 되자 여동생에게 "사람의 정의는 인력거를 끄는 동물이 아니다. 다리 한 짝쯤 없어도 문제없다. 걱정마라"고 편지했다.

형무소라서 요행히 원폭(1945.8.9, 3만 5천여 명이 죽음)을 피한 그는 맥아더사령부의 정치범 석방령에 따라 출옥(10.9), 서울 – 평양을 거쳐 북경에서 맹활약 중 필화로 온갖 고초를 겪다가 1980년(64살)에야 복권, 많은 걸작을 쓰는 한편 한국에도 오갔는데, 이호철과는 각별한 사이였다.

③ 소설가 박찬모는 원산 근교 농촌 출생 작가인데, 그의 친동생이 이호철의 큰누님의 남편인지라 이호철은 그의 서재에서 일어판 세계문학전집을 비롯한 각종 책을 5~6권씩 빌려다 보기도 했다. 필시 신초사新潮社판 『세계문학전집』이었을 것이다.

④ 시인 구상(1919~2004)은 서울 출생이나 덕원에서 성장기를 보냈고, 8·15 후 원산에서 「응향凝香」 필화로 월남했다. 응향이 정치문제화 되자 중앙에서 조사단을 구성, 파견됐는데, 그들은 최명익, 김사량, 송영, 김이석이었다. 이 중 유일하게 월남한 김이석의 명예를 위해서 생전에는 성명을 밝히지 않다가 그의 사후에야 구상이 기록으로 남겼다.

⑤ 최인훈(1936~2018)은 원산고교 후배로 막역한 사이였다.

이 다섯 문학인들이 원산문화권의 권역이었다는 사실을 주시할 필요가 있다. 이들은 서로가 못 만나기도 했지만 이호철은 모두 다 친하게 지냈다. 이들은 이념이나 문학관이 제각각이었지만 원만한 이호철에게는 다 친밀할 수 있었다.

이호철은 1939년(8살), 갈마국민교 2학년 때 〈망루의 결사대望樓の決死

隊）라는 영화를 처음으로 관람했다. 독립군이 총 맞아 쓰러지면 박수치는데 착잡해서 차마 따라 치지 못했다고 한다. 이마이 다다시今井正(1912~1991)감독의 이 영화는 1935년경 조선-만주 국경 수비 경찰과 항일 게릴라간의 결전을 다룬 일본 군국주의 찬양물로 사회주의자인 이 감독은 전후에 일본 좌익 영화계의 주도적인 인물로 활약했지만 그 당시에는 군국주의에 봉사하는 영화를 만들었다.

먹 감다가 급류에 떠내려가던 중 스스로 헤엄쳐 나온 널리 알려진 이 사건은 9살 때(1940)였다. 물에 떠내려가면서도 겁 없이 태연했던 걸 자신의 낙천적인 천성을 상징하는 것으로 그는 소중하게 기록하고 있으며, 주석담酒席談으로 자주 거론하곤 했다.

1945년(14살) 4월에 원산공립중학에 들어간 그는 1학년 3반 동기생이었던 고토 메이세이後藤明生(1932~1999)를 만났다. 고토는 와세다 대학 노문과를 나와 내면 지향의 작가가 됐는데, 나중 이호철은 일본 여행 중 그와 만났으나 동창이라는 관계 말고는 별다른 교류는 없었다.

1942년부터 함흥형무소에 갇혔던 두 외삼촌, 외육촌이 출소한 건 1945년 8월 17일. 일제 경찰에 갇힐 때 압수당한 책이 소 달구지로 몇 번 실어 날랐을 정도였던 그들은 외갓집에서 공청共靑을 조직했기에 중학생 이호철은 그런 정치적인 분위기에 익숙해졌다. 8·15 후 외가동네 사람들이 전개하던 이론 투쟁 광경까지 목도하면서, 이호철은 강기덕이나 외삼촌 등 거물들은 다른 데 가고 시골에서는 아류들이 좌우익 논쟁을 치열하게 벌이는 걸 매우 비판적으로 받아들였다.

원산 첫 시장이 강기덕(아버지의 외육촌), 작가의 큰 외삼촌은 비서실장으로 실권을 잡았고, 공청(나중 민청)위원장은 외육촌 형이었다. 작은 외삼촌은 폐병으로 죽었는데, 그의 주황색 비단천으로 싼 일어판 『영일사전』

은 이호철의 차지가 되었다.

중학 시절부터 맹렬한 독서광이었던 작가는 특히 신초샤판『세계문학전집』을 섭렵하는 한편 북한 체제를 생생하게 체험했는데, 농촌 변모 현상 등은 중편「변혁 속의 사람들」의 배경이 되었다.

1946년(15살) 초부터 신탁통치 문제 논쟁이 격렬한 속에서 우익 거물들의 월남이 시작됐다. 교장도 월남해버려 새 교장이 취임식에서 반동을 증오하라고 장광설을 늘어놓았다. 사회과학 담당 교사 김병욱(강기덕의 사위)은 교토대 출신으로 공산주의 이론의 대가였다. 그의 사상은 사회주의이나 자기 집은 부르주아라는 갈등으로 결국 월남해버려 이호철의 주변은 다소 삭막했다.

1948년(17살), 고교 1학년으로 학급 벽보 책임자가 된 그는 그 벽보를 잘 써서 전교에서 유명해졌다. 그러나 아버지는 연안파 계열인 신민당에 입당하여, 이남 방송을 들으며 안창호, 이상재 등 작고한 인물들을 동경하다가 반동으로 재산을 몰수당해 원산 시내 국영 한약국에 일자리를 얻었다. 아버지는 아들을 역사교사로 만들려고 원산교대를 추천했으나 시인이었던 황수율 교사는 더 크게 평양사범에 가라고 격려했다. 원산시 청년구락부 청년합창부에서 활동한 이호철은 이때의 경험으로 문인들의 모임에서 러시아 노래를 즐겨 불러 인기를 얻기도 했다.

고교 시절 이호철은 문예반 책임을 맡았는데, 시인 황수율이 아껴주었다. 절친한 벗이었던 최진만은 러시아어반 소속으로 권력욕도 강했는데, 포로수용소에서 북한을 선택, 나중 시인이 되었다.

"3·1운동의 배경과 의의를 말하시오"(1946년 봄 학기)라는 시험문제에 대한 이호철의 답안지는 95점을 받을 정도로 탁월해서 소련 유학생 후보로 선발되어 면접까지 했으나 낙방하고 말았다. 수재로 히토쓰바시一橋대

출신인 이종사촌 형은 선발되어 나중 국가계획위원회 부위원장 등을 지냈다. 외육촌 형도 모스크바 유학 후 민청 중앙위원장, 노동당 국제부장, 정치국 후보위원 등을 지냈다.

1949년(18살) 8월, 서울에서는 모윤숙이 『문예』를 창간, 1954.3. 종간했다. 이 잡지는 발행인 모윤숙, 편집인 김동리, 곧 조연현으로 교체, 편집 실무 홍구범으로 보수파 문단의 집결지였다. 그러나 나중 조연현 – 김동리 파는 『현대문학』으로 집결, 모윤숙을 문인협회나 예술원에서 배제해 버려 그녀는 펜클럽의 주축이 됐다.

3 ___ 한국전쟁 전후의 스산한 삶

1950년(19살), 졸업시험(6월)에서 작문 주제는 '소련과의 친선'이었다. 작가는 소설 한 편을 써서 교장이 호출해 칭찬할 정도로 유명해졌다. 졸업이 임박해서 문예반 핵심멤버들과 바닷가 중국집에서 처음으로 음주 경험을 하는 등 화려한 청춘을 구가하던 참이었는데 한국전쟁(6·25)이 일어났다. 동원령(7.7)으로 고3년생 360명이 입대, 대기하다가 87연대 육전대에 배속, 속성 간부 양성소 낭성 특간대를 거쳐 여단 보충대대에서 남에서 온 의용대 교육을 담당하게 되었다. 이 경험이 소설 「남에서 온 사람들」의 배경이 된다.

울진에서 249부대 박격포 중대에 배치된 그는 9·26 북상 중이던 국군과 교전 중 중대장 연락병이 된다. 소련 군가로 오락회장 역할도 한 그는 정찰 나갔다가 미리 후퇴해버린 중대에서 이탈, 태백산으로 피신했으나 이내 양양 남대천에서 국군 포로가 되어 스리쿼터로 강릉까지 후송,

해변 능선 길을 뚫고 나갈 수 없어 다시 북상, 양양을 지나 간성에 이르렀을 때는 인민군 포로가 2백여 명으로 늘어났다. 고성에서 2백여 포로들이 좁은 극장에 갇히자 전원 사살당할 공포 속에 떨었지만 그는 하늘의 별자리 찾기에 태연하자 또라이 취급을 당하면서도 죽음이 두렵지 않았다. 자신은 안 죽을 듯한 예감이 들었는데, 그건 아홉 살 때 먹 감다가 위기에 몰려서도 태연했던 낙천성의 되풀이였다.

낙천성이 주효해서 흡곡에서 자형(현지 청년회 일을 보던 최우진)을 만나 석방, 귀가 조치되었으나, 10월 19일, 중공군이 압록강을 건너 참전이 본격화하자 원자탄 투하 소문 등으로 어수선해지자 12월 6일 하원산 부두에서 행선지도 모르는 배를 탔다가 도로 내려서 부산행 LST를 타고 남하, 12월 9일 부산 제1부두에 내렸다. 그는 DDT를 듬뿍 뒤집어쓴 뒤 피난민 수용소 등을 거쳐 제3부두 노동을 하면서 탈향자의 고생길로 들어섰다.

이때 남한 사람들이 즐겨 부르던 〈신라의 달밤〉(유호 작사, 박시춘 작곡, 현인 노래)을 비롯한 유행가와 각종 군가를 들으며 그 퇴폐성에 맥이 빠진 느낌이 들었다고 그는 저자에게 실토한 적이 있다. 이 무렵의 한국 군가나 가요는 북에 한참 뒤져 있었다.

그는 제면소 도제, 미군부대 경비원 등을 거치며 어려운 삶 속에서도 문학에 대한 꿈을 놓지 않았다. 인민군 복무 체험 소재로는 「나상」, 「만조」, 「빈 골짜기」, 「남녘사람 북녘사람」 등이 있고, 월남 직후의 고난을 다룬 작품으로는 「탈향」, 「소시민」 등이 있다.

연줄로 미군 JACK부대 경비원이 되었는데, 마침 종군작가로 해군중령이었던 염상섭의 조카와 그 딸이 같이 근무하는 걸 알고 그 소개로 자기 소설을 염상섭에게 전하게 되어 싹수가 있다는 촌평을 들었다.

1953년(22살), 미군 기관 경비원으로 상경한 그는 황순원과 연이 닿아 문예살롱으로 찾아가 소설 습작을 본격화했다.

1954년, 한국은 예술원을 설립했는데, 초대 회원으로는 염상섭, 박종화(이상 서울 출신), 김동리, 조연현, 유치진(이상 경상도 출신), 서정주(호남), 윤백남(공주 출신)으로 월남 문학인은 전무했다. 제2대에야 황순원(평남), 이헌구(함북 명천), 모윤숙(함남)이 김말봉(부산), 곽종원(경북 고령)과 함께 추가되었고, 1960년에는 신석초(충남 서천), 박영준(평남 강서)이 추가됐다.

그러나 주요한, 오상순, 유치환, 김광균, 조지훈, 박두진, 박목월, 김광섭, 김동명, 신석정, 이은상, 노천명, 김현승, 김용호 등 시인, 주요섭, 안수길, 계용묵, 박계주, 정비석, 오영수 등 작가, 김팔봉, 백철 등 평론가들은 초기에 소외되어 있었다. 이 명단을 참고하면 예술원의 편파성이 그대로 드러나는데, 이게 한국문단을 파벌화하는 계기로 작용했다.

황순원과 인연을 맺은 이호철이 보기에 한국문단은 조연현과 『현대문학』의 독무대였다.

예술원이 발족하자 이에 대한 반감으로 한국자유문학자협회가 창립(1955.4)되었는데, 위원장 김광섭, 부위원장 이무영, 백철, 모윤숙, 김팔봉, 서항석, 이헌구 등이 주도했다. 문단 비주류파인 한국자유문학자협회는 기관지로 『자유문학』(1956.6)을 창간했으나 1963년 8월호 통권 71호로 종간됐다. 비록 단명으로 끝났지만 『자유문학』은 『현대문학』과는 달리 현실비판 의식이 강한 작가 남정현, 최인훈, 박용숙, 유현종 등과 시인 권용태, 황명걸, 이세방 등을 등단시켰다.

역시 비주류파가 주동이 되어 나온 『문학예술』은 1954년 4월에 창간했는데, 주간 오영진, 편집 박남수, 부주간 원응서 등이었다. 사무실은 『사상계』가 있던 한청빌딩 3층으로, 장준하의 호의로 10평 정도의 공간을 사용했는데, 2호까지는 『문학과 예술』, 3호부터 '과'가 빠졌다. 조연현의 『현대문학』과는 달리 외국문학에 지면을 대폭 할애한 게 특징이었다.

『문학예술』 등단자로는 평론가 유종호, 이어령, 이환, 이교창, 소설가 이호철, 최상규, 조백우, 선우휘, 송병수, 김성원, 송원희, 시인 박희진, 박성룡, 인태성, 성찬경, 신경림, 민재식, 이희철, 조영서, 신기선, 이일, 임종국, 허만하 등을 배출했다. 1957년 12월 33호로 종료됐는데, 이 계열의 문인들은 나중 『사상계』로 합류했다.

『사상계』에서는 조연현을 사갈시했다고 이호철은 증언하는데, 그러나 조연현은 "다부진 배짱이며 날카로운 평론으로서도 당대 1급"으로, 명강의로 유명했다고 평가하고 있다.

1950년대 중반부터 『사상계』가 문학인뿐만 아니라 함석헌, 신상초, 지명관, 안병욱(다 북한 출신) 등 문사철 지식인들에다 김팔봉, 백철, 안수길, 손우성, 여석기, 나영균, 김진만, 김봉구 등 외국문학자들, 그리고 『문학예술』 출신 문인들의 대거 활약으로 한국 지성사의 풍토가 변하기 시작했고, 이것은 이승만 체제에 대한 비판의식을 고조시키는 계기가 되었다.

이런 연연으로 초기 동인문학상 수상자는 거의 북한 출신으로 채워졌다.

1회(1956) 김성한 「바비도」, 2회(1957) 선우휘 「불꽃」, 3회(1958) 오상원 「모반」, 4회(1959) 손창섭 「잉여인간」, 5회(1960) 이범선 「오발탄」과 서기원 「이 성숙한 밤의 포옹」 공동수상, 6회(1961) 남정현 「너는 뭐냐」, 7회(1962) 전광용 「꺼삐딴리」, 7회(1962) 이호철 「닳아지는 날들」로 이 중 남한 출신은 서기원과 남정현 둘 뿐이었다.

4 ___ 문단 비주류에 뿌리 내리기

1955년(24살), 『문학예술』 7월호에 「탈향」으로 문단의 첫 관문을 통과한 이호철의 앞길은 창창했다. 그러나 고향 선배 S에게 미군부대를 그만 두고 교사로 취직시켜준다는 사기에 걸려들기 직전까지 갔던 이호철은 황순원의 소개로 출판사 광문사에 취직. 이후 홍릉, 삼선동, 청운동 등지로 옮겨가며 하숙생활을 했다.

1958년(27살), 이호철은 단편 「여분의 인간들」을 『사상계』에 게재하면서 장준하와 교분을 텄고 함석헌과도 알게 되었다. 『사상계』에는 작가 한남철이 근무하며, 『현대문학』에서 소외된 문인들의 거점이 되었다.

자유당 치하의 살벌했던 시절에 이호철은 조봉암의 진보당 비밀 청년 회원이었고, 이로 인해 조봉암 사건(1958년 1월 구속, 1959년 7.31 처형) 이후 그 천하태평의 이호철도 약간은 전전긍긍했다고 『우리네 문단골 이야기』 (자유문고, 2018)에서 털어놓았다. 아마 가입 후 별 활동은 없었던 듯하나, 그 계열의 인사들과의 교류는 활발했던 것으로 보인다. 1950년대의 문단 질서가 4·19와 5·16 이후에도 변함없이 지속되었는데, 이호철은 5·16 직후 서정주가 국문학자 조윤제와 연루되어 잠시 검거됐던 사실을 놓치지 않고 증언해 주기도할만큼 오지랖이 넓었다.

1960년(29살), 판문점을 방문한 이호철은 북한 기자에게 이종사촌 형 (소련 유학 간 형) 이름을 대니 경제학 강의를 들었다고 해서 놀랐다. 이듬해에 다시 판문점에 가니 이대 출신 여기자가 팔꿈치로 그를 건드리며 "뭘 그런 걸(소설 「판문점」, 『사상계』, 1961.3 게재) 써설라므니 그 동무를 이젠 이쪽에는 못 나오게 해요"라는 말을 들었다. 바로 소설 「판문점」의 후일담인데, 이호철이 털어놓은 바에 따르면 소설처럼 남남북녀가 애정 표현을 짙게 하진 않았고 다만 몇 마디 대화만 오가면서 눈길에 호감을 느꼈다고 했다. 그러나 소설에 나타난 바로는 마치 북녀(북측 여기자)가 남남(남측 남자 기자)에게 말려들어버린 것처럼 묘사되어 그 여기자가 판문점 출입을 봉쇄당했다는 후일담이다. 예기치 못한 남북간의 첫 필화가 발생한 셈이다.

이 무렵 이호철은 청운동 꼭대기에서 하숙하며 한남철과 의기투합, 그를 통해 나중 기업인이자 문화운동가이며 교육자인 채현국과 평론가 백낙청 등 많은 인사들을 만나게 되었다.

1961년(31살), 첫 창작집 『나상』(사상계사)으로 제7회 현대문학상을 수상했다.

5·16쿠데타 직후인 6·17포고령 제6호로 모든 분야의 사회단체가 해산당하고 단일화조치로 한국문인협회가 결성되었다. 한국문인협회는 조연현이 주도해 전영택(1963년까지), 박종화(1969년까지) 이사장 체제로 온존되었다.

1964년(33살), 박정희 정권이 일방적으로 추진했던 불평등한 한일협정 체결 반대를 위한 6·3항쟁사태 무렵 작가는 명보극장 앞 초동 골목에서 하숙하며 『소시민』을 연재(『세대』)했다. 이듬해 1월 9일 밤, 명동에서 전혜린, 전채린 자매, 작가 김승옥 등등과 술을 마시다가 김승옥을 데리고 초동 하숙방으로 갔는데, 이때 김승옥은 스케치 〈1965년 1월의 이호철〉을 그렸고, 그 이튿날 아침 전혜린은 작고하여 충격을 주었다.

한국 문단사와 지성사에서 일대 전환기를 이룩한 시기를 이호철은 1966년으로 잡는데, 이때 그는 원효로로 하숙(1966년 봄)을 옮겼고, 『서울은 만원이다』(『동아일보』)를 연재했는데, 이 해에 『창작과 비평』(1966.1.겨울호)이 창간됐다. 문우출판사文友出版社(7호까지), 일조각一潮閣(14호까지)을 거쳐 1969.가을-겨울 합병호인 제15호부터 창작과비평사 발행으로 정착

됐다.

1967년(36살) 1월, 조민자와 결혼한 이호철은 문단의 호남 총각으로 한때는 최정희가 사윗감으로 탐내기도 했을 정도였다.

이해 10월, 세계문화자유회의(1950년 베를린에서 창립, 한국지부는 1961년 사이덴스티커 등이 내한하면서 개설) 주관으로 워커힐에서 '작가와 사회' 세미나가 열렸다. 세계 문화 자유회의는 미 CIA가 배후라고 『뉴욕 타임즈』가 이미 1966.4에 시리즈로 폭로했기에 온갖 유언비어가 떠돌던 행사였다. 이후 한국문단과 지식인 사회는 보수와 진보의 이데올로기적인 틈새를 보여주는 순수-참여논쟁이 끈질기게 전개되었다. 물론 이 세미나는 참여문학을 봉쇄하기 위한 기획이었으나 논쟁은 참여문학의 불가피성으로 여론이 변해갔다.

사이덴스티커Edward George Seidensticker(1921~2007)는 콜로라도 출신으로 일문학을 전공, 가와바타 야스나리川端康成를 번역하여 노벨상(1968년 수상)을 받도록 만든 장본인이다. 그는 『설국雪國, Snow Country』의 첫 구절("国境の長いトンネルを抜けると雪国であつた")을 "The train came out of the long border tunnel into the snow country"(열차는 국경의 긴 터널을 나와 설국으로 들어섰다)로 의역하여 원문보다 더 빛나는 문장을 창작했다는 평을 받을 정도였다. 여기서 말하는 터널은 시미즈清水이며, 국경国境은 '콧쿄'가 아닌 '쿠니 자카이'(지방 행정 경계)이다.

이 무렵 한국에서는 미·일의 숭배열이 극에 달했던 터라 사이덴스티커의 명성은 대단해서 한국 펜클럽엘 자주 들락거리며 거드름을 피워 나 같은 신진 평론가는 그를 존경의 염으로 바라봤는데, 지금 생각하니 오롯이 억울하다. 그러나 그 당시 그가 참석하여 창립한 세계문화자유회의는 위풍당당했다. 워커힐에서의 이 세미나에서 불문학자 김붕구가 '작가와 사회'란 주제로 발제를 하면서 참여문학과 사르트르를 맹공했다. 이 발제는 치열한 공방전을 야기, 남정현, 임중빈 등이 정면으로 반박한 데 이어전 문단이 참여문학 논쟁으로 토론장화했다. 이호철은 「작가의 현장과 세속의 현장」(『동아일보』, 1967.10.21)에서 "그 시대 그 사회의 도덕적 위기나 사회적인 문제에 가장 민감한 반응을 보이고 간접적으로든 직접적으로든 제때제때에 경고를 발하는 것은 작가다"라고 주장했다. 이호철이 역사의 현장으로 뛰어든 신호탄이었고, 이 논쟁은 1968년까지 지속됐다. 바로 참여문학을 압살하기 위한 일환이었음이 드러난 것은 그 뒤의 일이다. 이 논쟁의 끝자락에서 김수영(1968 작고), 신동엽(1969 작고) 두 시인이 타계한 것은 무척 애석한 일이다.

이호철에게 한국의 기성 비평문학은 임화와 백철, 조연현의 삼각구도로 비춰졌다. 최일수를 비롯한 몇몇을 임화 계열로 본 그는 중도론자인 백철에 대해 그리 신뢰감을 주지 않은 대신 문단적으로는 맹비난하면서도 조연현과 작가 김동리를 높이 평가했는데, 이건 필시 중년기를 지난 만년의 작가의 입장이 반영된 것으로 봐야 할 것이다. 내가 들은 바로는 1980년대까지 이호철은 조연현(1981 작고)의 문단 주도에 대해서는 강력한 반감과 비판이 지속됐다. 중년기의 이호철은 『현대문학』과 조연현 지배체제의 문단 위계론에 매우 날카롭고 싸늘하게 대했는데, 만년에 너그러워진 관점이 반영된 것이 『우리네 문단골 이야기』이다. 필시 이런 관점은 1987년 자유실천문인협의회 대표를 떠난 이후 그의 문단 친밀도와 문학관에 변화가 생긴 결과로 볼 수 있을 것이다.

1960년대의 한가운데서 김질락을 비롯한 통일혁명당(1968년 구속 사태 일어남)의 일부 활동가들과 그 월간지 『청맥』 인사들과의 교우도 특기할 만하다. 이 정도로도 이호철의 활약상은 천의무봉天衣無縫이었음을 알 만하다. 당시 『청맥』 편집실에서는 한국문단을 작가로는 김승옥, 시인으로 는 주성윤, 평론가로는 조동일을 높이 평가했다.

불광동으로 이사(1968)한 이호철 작가는 무남독녀 이윤정을 얻었고, 장편 『공복사회』(홍익출판사), 작품집 『자유만복』(서음출판사) 등을 내며 한 국사회에 정착할 수 있었다.

이 무렵 모윤숙은 화양동 자택에서 '라운드 클럽'이라는 비공개 친목 단체를 만들어 그 클럽 회원들의 사교와 자유로운 토론을 월 1회씩 개최 했다. 김광섭, 박종화, 이헌구, 전숙희, 이호철, 남정현, 최인훈, 박용숙, 이 철범, 김후란 등 20여 명의 문단 비정통파들이 참여했으며, 그 밀착도는 아주 높았다.

이호철은 회고록에서 펜클럽 주최 대구 마산 부산 등지의 강연 때 곽 복록(펜클럽 전무이사, 당시 서강대 독문과 교수)의 요청으로 모윤숙에게 보고 사항이 있는데 상대가 할머니지만 여성이라 혼자 가기엔 찜찜하대서 함 께 들어갔는데 그냥 누운 채였던 그녀는 스스럼없이 양해하라고 했다. 넉 살 좋은 이호철은 안마나 해드릴까요 하니 모윤숙은 "고향 젊은이에게 안 마 한번 받아 보자꾸나"라고 선뜻 응낙하여 "파자마 입으신 엉덩이를 타 고 앉아 그렇게 등을 두드리고 주무르면서 능청 섞어" 한 말이 "모 여사님 등허리를 이렇게 타고 앉기는, 하나, 둘, 셋, 그러니까 내가 네 번째 정도나 될까요?" 했다. 춘원, 안호상, 인도의 메논을 빗댄 이 멘트에 통 큰 모윤숙 도 참지 못하고 "비켜라, 이눔 자식" 하며 와락 등을 흔들어 이호철을 떼 어냈다. 물론 그런 일로 꽁할 모윤숙은 아니다.

5 ___ 문학인 민주화 운동 1세대

1970년(39살)은 한국문인협회에 일대 파란이 일어난 해였다. 문단에 감투 바람이 일어난 것은 이 해에 김동리가 박종화에 도전하면서였다. 형식적인 선거로 월탄을 묻지 마 추대해오던 문단에서 김동리가 이사장 출마로 도전하자 월탄을 지지하던 조연현이 대립각을 세웠다. 우정도 감투 앞에서는 쪼개지고 마는가. 김동리 지지파에는 강용준, 하근찬, 박경수, 이문희, 송병수, 정인영, 이문구 등 작가에다 정창범, 김상일, 구인환 등 평론가가 뛰어들어 김동리의 승리(1973년까지 이사장)를 견인했다. 김동리 체제의 한국문인협회에 이문구가 근무하면서 참여문학 쪽 문인들과 문학과지성 쪽 문인들의 출입이 잦아졌는데, 이호철도 그중의 한 분이었다.

이후 문인협회는 조연현(1973~1976), 서정주(~1978), 조연현(~1982), 김동리(~1988), 조병화(~1991)로 이어졌다.

1971년(40살), 명동 대성빌딩에서 민주수호국민협의회가 발족(4·19)했다. 김재준, 이병린, 천관우 3인 대표에 함석헌, 지학순, 장일순, 법정, 이호철 등 운영위원, 사무국장 전덕용이었다. 이호철은 이 단체에 가입하게 된 계기가 한남철 때문이었다고 밝혔다.

1971년은 4·27대통령선거(박정희와 김대중의 대결)에 이어 5·25총선이 겹쳤던 해로 민주수호국민협의회는 선거감시를 주요 투쟁목표로 삼아 범국민적인 참관인단을 모집, 전국적으로 파견했다. 문학인으로는 이호철, 남정현, 박용숙, 권일송, 구중서, 박태순, 한남철, 신상웅, 임헌영 등이 참여, "총칼에 의하여 짓밟힌 민주주의가 나약한 종이와 인주에 의해서 도로 찾아지기를 실로 열망"하였으나, "사탄이 성서를 인용하듯이 이번 선거야말로 다시 한번 정상배가 선거라는 요식행위를 거쳐 자기 합리화의 구실"로 삼은 "총성 없는 또 하나의 조용한 쿠데타"라고 논평했다.

문인협회의 감투싸움 태풍이 1971년 펜클럽에도 닥쳤다. 1954년에 설립된 국제펜클럽 한국본부는 변영로(1~2대 대표), 정인섭(3대), 주요섭(4~5대), 모윤숙(6대), 주요섭(7~9대)에 이어 백철이 10~19대(1963~1978)에 걸쳐 장기집권할 정도로 무풍지대였다. 1966년부터 계속 부회장을 맡았던 모윤숙이 1971년에 회장에 도전했는데, 문제는 문단의 중견들이 거의 그녀를 지지한 것이었다. 위로는 안수길부터 전광용, 조병화 등에다 내가 존경해 마지않았던 이호철, 남정현, 박용숙 등이 모윤숙 시인 추대(라운드 클럽 회원들)에 적극성을 띠어 가히 전투적이라 할 정도였다. 펜 선거에 낙방한 모윤숙은 몇 달 뒤 총선 때 공화당 전국구 의원이 되었다. 그러나 이듬해(1972) 유신독재로 금배지를 떼야 했다.

신출내기 평론가로 펜클럽 최연소 이사였던 나로서는 백철. 조병화(둘 다 東京高師 출신) 두 거물 스승 사이에 끼인 새우 꼴이었지만 굳이 촌수를 따진다면 은사였던 백철을 배신할 수는 없었다. 아마 이때가 내 문단생활 중 가장 난처한 시기였을 것이다. 더구나 백철의 당선으로 막을 내리자 모윤숙 지지자들은 그 앙금을 꽤나 오랫동안 간직한 채 씹어댔다. 심지어 조병화는 한동안 나에게 만날 때마다 이 문제를 거론하곤 했다. 모윤숙이 다시 펜 대표가 된 것은 1979~1982년이었다.

1972년(41살), 7·4남북공동성명이 있는 등 서광이 비칠 듯했던 한반도는 불과 석 달 뒤에 암흑의 유신 시대로 접어들었다.

이호철은 펜클럽 일본문학 심포지엄에 참여, 15일간 여행 중 원산중학 동기로 작가가 된 고토 메이세이도 만나 옛 정을 나눴다. 작품집 『큰 산』(정음사), 이회성의 『다듬이질 하는 여인』(정음사) 번역으로 이호철은 인기 절정이었다. 조총련에서 전향한 이회성은 이호철과 아주 가까이 지냈다. 당시 이회성의 소설은 한국의 진보적인 독자들에게 엄청난 감동을 불러 일으켰다. 특히 유신독재 치하의 한국을 본격적으로 다룬『금단의 땅』(미래사, 1988)은 이호철, 김석희 공역으로 논쟁의 폭풍을 자아냈다. 5·16 쿠데타 세력에 의한 유신독재를 이 소설은 신랄하게 비판했다.

1973년(42살) 1월, 육군본부 주선으로 베트남 파병 국군방문 작가단에 김광림, 고은, 최인훈 등과 함께 참여, 사이공, 퀴논, 나트랑 등을 두루 다녀왔다. 이 해 10월에는 육영수의 나주 나환자촌 방문에 동행 요청을 받고 한하운과 함께 갔다. 이호철은 초청 전화를 받고 자신이 민주수호국민협의회에서 활동하는 걸 모르고 있나 망설이다가 참여하면서도 끝내 육영수와 함께하는 사진은 교묘히 피했다는 걸 자랑했다.

한국문인협회 이사장 선거(1973)에서 기존 김동리에 조연현이 도전했다. 이문구가 김동리를 결사적으로 옹위했기 때문에 이호철도 반 조연현 편이었다. 총 회원 971명 중 조연현 334표, 김동리 284표였다. 이에 이문구는 삭발로 그 분노를 삭였다. 패배 원인이 문학지의 부재로 본 김동리는『한국문학』을 창간, 이문구가 편집을 맡았다. 1976년 경영난으로 이근배에게 넘어간 이 잡지는 이내 조정래가 인수했다가 이후에는 홍상화가 맡았다.

1974년(43살), 1월 7일 문학인들이 유신헌법을 반대하여 시국성명을 내자마자 박정희 독재정권은 긴급조치를 선포(1.8)했다. 시국성명에 서명한 문인들을 중앙정보부가 일일이 탐방하며 반성문을 작성하던 중 문인간첩단사건(1.14, 보안사 연행)이 터졌다. 바로 이 글 맨 앞 장면에서 묘사한 것이 이때의 이호철의 보안사 연행이다. 작가 이호철과 정을병, 평론가 김우종과 장백일, 그리고 임헌영으로 엮어진 문학인 간첩단 사건은 간첩 조작 사건의 사례로 국제적인 비판여론을 일으켜서 엠네스티에서는『남한의 5명의 솔제니친』이란 팜플렛을 제작하여 뿌렸다.

이 옥중 체험기를 이호철은 연작으로 묶어 장편소설『문』이란 제목으로 냈는데, 실록이라 할 만큼 사실에 충실했다. 다만 등장인물들은 물론이고 지명이나 학교명 등을 바꿔버려 독자들에게 혼란을 자아내기에 여기서 그 인물들의 실명을 밝혀둔다.

1970년 한국에서 개최되었던 국제펜대회 때 가와바타 야스나리와 함께 기념 촬영한 화보에 등장하는 문인들은 박철(백철, 괄호 안은 실명), 고인숙(모윤숙), 한모모(이호철) 등이다.(문학세계사 판『문』, 32쪽. 이하 쪽수만 표시함)

서대문 구치소에 갇힌 이호철에게 사과 서른 개를 영치물로 넣어준 것은 천상수(천승세, 39쪽)이며, 구치소 부소장실로 취조차 나온 건 이 검사(이창우, 47쪽), 북쪽 고향의 출신학교는 원강고급중학교(원산고급중학, 59쪽)이며, 장정후(장준하, 74쪽), 재일 동포 잡지는『한성』(『한양』, 95쪽)이다.

5명의 문인간첩단 사건 연루자는 조알봉(정을병), 안한웅(임헌영), 장북일(장백일), 곽어중(김우종)이다.(145쪽)

공 변호사(강신옥, 151쪽), 현 변호사(한승헌, 154쪽), 김종려(김정례, 164쪽) 등도 비중 있게 다루고 있다. 김정례는 여성유권자연맹을 이끌던 투사로 김철 통일사회당 당수(김한길의 아버지)와 항상 함께 검사실을 방문, 다섯 문학인들에게 온갖 편의를 제공해 주었다는 점을 추기 해둔다.

한웅(함석헌, 166쪽), 차검사(최상엽, 168쪽), 정광우(전병용, 213쪽)도 자주 등장한다. 전병용은 교도관으로 서대문교도소에서 많은 정치범들에게 각종 편의를 제공해준 이후 1987년 박종철 사건 폭로에 일조해서 더욱 유명해졌는데, 이 체험을『감방별곡』(공동체, 1990)이란 저서로 묶어냈고, 영화(〈1987〉)에도 등장했다.

"곽이중(김우종)을 맡은 늙은 변호사"(219쪽)는 권순영 변호사다. 그는

1955년 희대의 플레이보이 박인수 사건 제1심을 맡았던 판사로서 "법은 보호할 가치가 있는 정조만 보호한다"는 취지로 혼인빙자 간음죄에 무죄를 내린 것으로 유명했다.

백고안(227쪽)은 백기완이다.

문학인간첩단 사건을 주관했던 기관은 육군보안사령부 대공처였고, 당시 처장은 김교련, 사건 담당관은 우리들 앞에서 '강 전무'로 호칭했는데, 전두환 독재 때 언론 통폐합을 맡았고 민정당 조직국장과 사무차장을 지낸 공주 출신 이상재 의원이었다.

1975년(44살), 한국문인협회 이사장 선거에 이호철이 출마, 조연현과 맞대결했다. 출마 첫 제의는 한남철이 했고, 고은이 선거총책을 맡고 이문구, 박태순, 이시영, 송기원, 손춘익 등이 적극 뛰었으나 총회원 1,180명 중 조연현 528표, 이호철 266표였다. 이미 결과를 예측했으면서도 기존 문단에 경종을 울리려는 것이 이호철의 속내였다.

1978년(47살), 김지하 석방 기도회 참석 후 '노래' 사건으로 원주에서 구류를 살았고, 이듬해에는 박정희 피살 직후 계엄 치하에서 YWCA강당에서 항의집회를 위한 위장 결혼식 사건으로 구류를 살았다.

1979년 10월에 나는 모종의 사건으로 다시 투옥(1983년 출옥)되어 이호철 작가의 활동 주변에서 멀어져 버렸기에 기록에 따라 그 뒤 경력을 정리한다.

6 ___ 광주시민항쟁 이후

1980년 5월, 김대중내란음모사건에 연루된 이호철은 남산 지하실에서 2개월간 조사를 받은 뒤 육군본부 군사재판에 회부됐다. 서대문 구치소 9사 상 37방에 갇혔던 그는 징역 3년 6개월 선고를 받았으나 11월 4일 석방됐다.

워낙 산을 좋아했던 이호철은 1950년대 중반부터 등산을 즐겼는데, 언젠가부터 이돈명, 백낙청, 변형윤, 박현채, 송건호, 리영희, 박중기, 조태일 등과 매주 일요일 북한산에 오르게 되면서 거시기산악회가 형성됐다.

작품집 『월남한 사람들』(심설당, 1981)을 낼 무렵부터 중앙일보 문화센터에 출강, 창작강의를 하면서 후진 양성에 진력했는데, 중견작가 박충훈을 비롯한 30여 명의 작가들이 문향회를 조직, 동인지 『서울 소나무』를 10집까지 출간했다.

1985년, 자유실천문인협의회 대표를 맡은 이호철은 역사상황소설 『까레이 우라』(한겨레, 1986), 작품집 『탈사육자회의』(정음문화, 1986), 등단 30주년 기념 작품집 『천상천하』(산하, 1986), 수필집 『명사십리 해당화』(한길사, 1986) 등을 냈다.

1987년, 전두환의 호헌선언인 4 · 13조치 반대 투쟁 민주헌법쟁취 국민운동본부 공동대표로 6 · 29선언을 맞은 그는 자유실천문인협의회 대표를 사임했지만 변혁을 위한 투쟁의 정신은 그대로여서, 번역본 『푸시킨과 12월혁명』(실천문학), 정경모의 『일본의 본질을 묻는다』(창비)를 냈다.

청계연구소(대표 손세일)에서 『이호철 전집』 기획(1991년까지 7권 출간했다), 『퇴역선임하사』(고려원, 1989), 『네겹 두른 족속들』(미래사, 1989), 산문집 『ㅁㅣㄴㅜㄴ과 지그재그론』(푸른숲, 1990) 등을 출간했다.

1991년(61살) 10월, 약 50일간 소련, 폴란드, 헝가리, 독일, 이태리, 프랑스 등 취재여행을 다녔는데, 이 기행 때 소련에서 김레호를 만났다. 함흥사범 출신으로 소련에 유학한 그는 이호철 작가의 육촌 형도 함께 유학해서 잘 아는 사이였다. 귀국 않고 소련에 체재한 김레호는 고리키세계문학연구소 교수였는데, 그를 보며 작가는 자신이 북에서 소련 유학생으로 선발되었다면 저랬을까 만감이 교차했다고 말했다. 이듬해 이 기행을 『세기말의 사상기행』(『세계일보』, 1992)으로 연재, 민음사에서 단행본으로 1993년 출간했다.

이 무렵, 연변작가들이 자주 모국을 방문했는데, 연변작가의 집 건립을 위한 캠페인에 이호철은 앞장서서 적극 도와주었고, 이를 계기로 이호철은 김학철, 이근전 등과 교유를 맺었다.

예술원 회원(1992)이 된 작가는 장편 『개화와 척사』(민족과 문학사, 1992), 『한살림 통일론』(정우사, 1999)을 냈다. 『한살림 통일론』은 통일론 중 특이한 견해를 담아내고 있다.

1987년 6월항쟁 이후 이호철의 문단활동은 변곡점을 그린다. 그 이후에 대해서는 앞으로 많은 연구가 필요할 것이다.

(서울 은평구청 주관 이호철 통일로문학상이 2017년 제정되어, ① 기념 세미나에서 발제한 글, ② 앞의 글을 수정 보완하여 『동리목월문학』, 2017.겨울 게재, ③ 「해설」, 이호철, 『우리네 문단골 이야기』 전2권, 자유문고, 2018, 위 3가지를 보완)

헤겔리언,
한국정치를 통매하다

『광장』에서 『화두』까지의 최인훈 들여다보기

1___지성의 마술 항아리

최인훈崔仁勳(1936.4.13∼2018.7.23) 문학은 지성의 마술 항아리나 사상의 도깨비 방망이인지라 웬만한 비평가의 해부도로는 분해되지 않는 관념과 상상의 철옹성으로 아스라이 솟아 있는 데다 접근하기 어렵도록 상상의 늪지대로 이뤄진 해자가 둘러싸고 있다. 소설, 드라마, 희곡, 수필, 비평이라는 다양한 장르를 넘나들며 한껏 심미주의적인 외도를 즐길 만큼 문학적 팔방미인인 데다 문사철文史哲의 광역에 걸친 현란한 지적 곡예, 여기에다 한국문단에서는 흔치 않는 남북한 동시 체험자라는 경력까지 가세하여 자칫하면 코끼리 앞에 선 장님이 되기 십상이다.

그의 문학은 민족적, 역사적, 사회적인 우리 시대의 모든 과제들을 분산시켜 암매장하고 있어 어떤 비평가의 입맛도 한껏 돋궈줄 수 있는 미각적 백화점의 진열장 형식을 취하고 있다. 그런데 최인훈에 대한 연구는 이런 당대적 현실보다는 관념론과 상상, 미학적 실험성과 철학적 난삽함에 초점을 맞춰 접근하는 게 관례나 유행처럼 굳어져버렸다.

『두만강』, 『광장』, 『회색인』, 『태풍』, 「총독의 소리」, 『화두』 등 일련의 작품에 드러난 너무나 선명한 최인훈의 민족과 역사의식, 정치 이데올로기와의 정면대결 문제는, 이와 다른 한 계열인 『가면고』, 『구운몽』을 비롯한 상당량의 심리주의적 환상기법의 작품에 밀려나 관념소설로 다뤄지기 일쑤다. 예리한 해부도라면 고도의 관념적인 심리주의 소설 속에서도 이 작가가 일관되게 추구했던 것은 이 시대의 이 나라, 이런 사회에서 살아가는 인간의 실체와 고뇌, 그리고 지향할 바가 무엇이냐를 고뇌하는 작가적 자세임을 감지할 수 있을 것이다. 중반기 이후 이 작가는 정통적인 창작기법에서 너무나 이탈해 버렸기에 그 기교의 전위적인 혼란 속에서 방황하느라 작가가 제기한 문제를 포착하지 않고 있는 게 아닌가 하는 조갈증이 들곤 한다.

1960년대 후반기 때부터 그에게 붙여진 헤겔리언이란 사상사적인 상표는 관념의 고가판매용으로 지식인 독자들을 매료시켰다. 그러나 최인훈은 당대의 어느 작가에 뒤지지 않게 민족현실 문제에 골몰했었다. 헤겔리언이란 모호한 사상사적인 약방감초의 위력을 빌려 한창 뻗어가려던 당대의 현실참여문학을 잠재우려 했다는 견해도 있지만 전적으로 동의하기는 어렵다. 비평적 성찰력이 탁월했던 일부 평론가들은 그에게 헤겔리언이란 딱지를 달아서는 좌파냐 우파냐라고 각본에 짠 듯한 질문을 함으로써 당대의 비판적 지식인과 청년 학생들에게 좌경화를 신사적으로 은근히 방역망을 치려는 의도를 십분 달성할 수도 있었을 것이다.

대체 헤겔주의자란 무엇인가. 우파(주로 기독교 신봉자와 국가주의자)에 좌파(혁명가), 거기에다 중도파까지 나누노라면 '나는 헤겔리언이다'는 명제는 곧 '나는 철학에 관심을 가진 인간이다'는 말과 무엇이 다를까. 변증법이란 단어만 들어도 가슴이 뛴다고 헤겔주의자라 할 수 있을까?

김현은 최인훈을 "좌파의 윤리와 우파의 인식론을 지양할 수는 없는 것일까?"라고 자문하면서 이렇게 지적했다.

좌우를 결합시키려는 태도는 기독교적인 것이며, 그런 의미에서 비동양적이다. 한국은 기독교적인 이념을 육화할 수 있는 국가가 아니다. 그렇다면? 최인훈은 항상 주저한다. 그가 가설로서 조심성스럽게 내세우는 것은 불교적 이념을 통한 좌우의 지양인데, 그것 역시 뚜렷한 것은 아니다. (⋯중략⋯) 불교적 이념은 '새로운 인연을 만들기 위해서 낡은 인연의 끈을 푼다'는 선에서 그치고 있다. 불교에서 이 정도의 정치학밖에 이끌어내지 못하는 것은 그가 본질적으로 변증법에 심취해 있는 헤겔주의자이기 때문이 아닐까? 그는 좌파인가, 우파인가? 불교적 이념의 정치학이 불가능하다면, 좌우를 밝히는 것이 그의 앞날의 과제가 아닐까?(김현, 「헤겔주의자의 고백」, 김병익 · 김현 편, 『최인훈』, 도서출판 은애, 1979)

좌우를 결합시키려는 태도를 기독교에서 찾는다든가, 한국이 기독교를 육화할 수 없다는 명제는 논란의 여지가 많은데, 여기에다 최인훈이 뚜렷하지는 않으나 "불교적 이념을 통한 좌우의 지양"을 가설로 삼았다는 구절 역시 탁견이면서도 더 많은 유추를 갖도록 유도한다. 그럼에도 김현의 지적 중 "불교적 이념의 정치학이 불가능하다면, 좌우를 밝히는 것이 그의 앞날의 과제가 아닐까?"라는 대목 역시 김현의 탁견이면서도 행여나 분단 시대의 지성적 판 가르기 식 타성의 속내 드러내기로 최인훈을 우파로 편입시키려는 의도로 읽히기도 한다.

이렇게 이념적인 분수령 만들기에 열중하기보다는 차라리 민족 수난사를 대입하면 최인훈의 또 다른 한 단면이 더 선명하게 드러나지 않을까

하는 조바심이 일어난다.

이런 관점에서 나는 선입견을 가진 심판의 자리에서 내려와 역사 앞에 겸허하게 최인훈이 민족 현실문제를 어떻게 보았으며 그게 오히려 좌우파의 선 긋기가 아닌 인류 보편사로서의 인문주의적인 작가의 진면목을 드러낼 수 있지 않을까 하는 기대를 가져본다.

최인훈은 철학자가 아니라 문학인이다. 아무리 현란한 지적 상상력으로 사상적 주택을 지었어도 그 실체는 철학의 영역이 아니라 문학이며, 그래서 차라리 훨씬 현실적일 수밖에 없다. 그 현실은 민족사적 실체와 대응하는 것이지 이를 군이 철학적 관념으로 대체할 필요가 있을까.

최인훈을 역사의 '구경꾼'적인 헤겔리언으로 몰아가는 입장은 묘하게도 이런 결론에 이르기까지 전개하는 논리적 구조가 마치 조봉암의 판결문을 읽는 듯한 착각에 빠지게 만든다. 판결은 사형이면서 그 논지에서는 뚜렷한 죄상이 명백히 밝혀지지 않아서 방청객들로 하여금 살았구나란 착각을 일으킨 글로 알려진 조봉암의 판결문처럼, 최인훈에 대한 너무나 진지하고 심도 있는 철학적 위상 논구는 혼미의 연속으로 보인다. 우리 시대 최고의 한 문학인의 사상적 궤적을 해명해 주기보다는 미로의 속을 헤매는 듯하다.

이렇게 쓰고 있는 저자 역시 분단 시대라는 지성적 대기권 안에 갇힌 채 객관적이라는 마취제를 동원하여 어느 한 쪽의 편견에 사로잡혀 있는 왜소한 소 지식인임을 부인할 수 있을까 하는 자괴감을 버릴 수 없다. 그럼에도 불구하고 이 글을 꼭 써야겠다는 충동을 억제하지 못하는 데는 작가 최인훈에 대한 경의의 염과 감사를 드려야 할 인연 때문이다. 20대 중반에 평론가로 등단했던 초라한 내 지성적 자화상의 이력서에서 그의 영향은 가히 스승의 위치를 넘어서는 사상적 사부 같은 존재였다.

그래서 이 글은 「GREY 구락부 전말기」(1959)를 읽고 홀딱 반했던 고교 3학년 때부터 1973년 최인훈이 제1차로 도미하기 전후까지 저자가 그를 선망하면서 얽혀들었던 인연을 중심삼아 본격적인 평론이라기보다는 차라리 에세이 식으로 풀어보고자 한다.

2 ___ 육군본부 정훈 장교와의 첫 만남

1963년은 한국정치사에서 5·16쿠데타(1961)세력이 민정이양民政移讓이란 절차를 통해 박정희가 대통령으로 선출(10.15)되어 '제3공화국'이 발족(12.17)한 해였다. 일부에서는 쿠데타 세력이 선거를 통해 국민들의 지지를 얻었다고 하지만 냉철하게 뜯어보면 '선거의 기교'를 통한 정권 탈취의 결과에 다름 아니다. 대통령 후보자들을 득표 순서대로 정리하면 아래와 같다.

    박정희   470만 2천 6백 42표.
    윤보선   454만 6천 6백 13표.
    오재영   40만 8천 642표.
    변영태   21만 6천 253표.
    장이석   19만 8천 37표.

윤보선보다 15만 표가 많아 박정희가 당선되었으니, 산술적으로는 나머지 셋 중 한 후보만 사퇴했어도 쿠데타 정권은 역적이 될 순간이었다. 넷 다 반 쿠데타를 표방했으니 박정희의 반대표가 70여만 표로 우세했다는 뜻이다. 국회의원 선거(11.26)도 득표율이 66%인 야당권은 43석을 겨우 차지한 데 비해 34%의 지지를 얻은 쿠데타 세력(민주공화당)이 86석이라는 압도적인 다수를 획득해버렸다. 분열을 일삼던 지리멸렬한 민주 세력의 작태가 낳은 준엄한 자승자박이었다.

쿠데타 세력은 불과 2년 5개월 사이(1961.5.16~1963.10.15)에 이승만 독재 12년간 저질렀던 구악舊惡에 맞먹는 신악新惡을 자행하면서 지식인들과 청년들을 절망에 빠트렸다.

경상도 촌놈으로 어렵사리 1961년에 대학생이 된 나는 자취와 입주 가정교사를 번갈아가며 전전하다가 1962년 가을부터 학내의『중대신문』 기자가 되어 비교적으로 생활이 안정되기 시작했다.

그런데 나에게 1963년은 벽두부터 정치사회적인 문제에 뒤지지 않은 충격과 맞닥뜨렸다. 4 · 19세대로 분류되는 대학생들(이광훈, 임중빈, 조동일, 주섭일, 최홍규. 가나다순)로 이뤄진 '정오평단正午評壇' 멤버들이 낸『비평작업』(시사영어사, 1963.1.10)이란 평론전문지가 나온 것이었다.『고대신문』 취재부장으로 발이 넓었던 이광훈李光勳(1941~2011)과는 이미 1961년 겨울부터 익히 알고 지냈던 터였고, 그를 통하여 임중빈任重彬(1939~2005)과도 이야기를 나눌 기회가 있었다. 그런데 막상 이광훈으로부터『비평작업』을 받아든 순간 나의 빈약한 문학세계와 그 초라함이 이 촌뜨기를 한껏 옥죄어들게 만들었다. 그때까지 내가 하늘처럼 여겼던 평단의 선배들(백철, 조연현, 이어령)에게 그들은 포청천의 작두를 휘둘러대고 있었다. 그러고 보니 임중빈은 입버릇처럼 나의 은사인 백철을 비롯한 여러 평론가들을 두고 "원고지 50 내지 70매면 매장시킬 수 있다"며 큰소릴 치던 장면이 떠올랐다. 그만이 아니었다. 이어령과는 개인적으로 친분이 깊다고 은근히 뽐내던 이광훈도 직접 그를 향해 서간체 형식을 빌려 L형, 하면서

"쁘띠 인텔리의 비극"이라고 비수를 꽂아대는 용기에 나는 입이 딱 벌어졌다.

『비평작업』이 준 충격이 미처 가라앉기도 전인 이 1963년 초봄에 이광훈은 전화로 나에게 자기가 곧 나올 종합 월간지의 편집장이 되었다며 『중대신문』에다 크게 선전해 달라고 했다. 격동하는 세기의 초상화로 세대 간의 갈등을 넘어 내일에 대한 꿈과 신념을 심어주는 알찬 종합교양지를 목표로 삼아 월간 『세대』를 발간한다며 그는 너무나 자신만만했다. 학교는 중퇴하느냐는 내 물음을 얼버무리더니, 최인훈의 소설을 연재한다며 야코를 팍 죽였다. 그와의 만남 중 자주 화두에 올렸던 작가로는 장용학, 손창섭, 이호철, 최인훈 등이었으니 그로서는 만족한 낌새였다. 현역 문인이라고는 중앙대에 재직 중이었던 백철을 위시해서 시 창작 강사로 출강했던 조병화, 소설창작 강사 최인욱, 그리고 프랑스어 교수 김의정, 『중대신문』 편집국장이었던 작가 최진우, 동문 선배 작가 박용숙(『자유문학』 편집장), 시인 권용태, 그리고 중앙대에 잠시 몸담았다가 경희대로 가서 작가가 된 뒤 이내 영화와 드라마작가로 이름을 날린 신봉승밖에 몰랐던 나로서는 그의 처지가 너무나 부러웠다.

얼마 지나지 않아 『세대』는 이낙선李洛善(1927~1987)의 주선으로 나오게 된 잡지이며, 그는 전의全義 이씨李氏 집성촌인 안동군 풍산읍 하산리 출신으로 이광훈과는 같은 집안임이 밝혀졌다. 5·16쿠데타 때 제2군사령부 소속의 소령으로 참여했던 이낙선은 국가재건최고회의 박정희 의장 비서관을 거쳐 대령으로 예편한 뒤 대통령 민정비서관, 초대 국세청장, 건설부 장관 등 정재계의 요직을 두루 거쳤다. 이런 사실이 밝혀진 뒤에는 『세대』가 지닌 태생적인 한계 때문에 유능한 편집진들의 노력으로 이룩한 빛나는 성과에도 불구하고 그 선입견을 넘을 수는 없었다.

각설하고, 바로 이 1963년 봄날, 나에게는 작가 최인훈을 처음으로 '알현할 기회'가 생겼다. 국문학과에서 유명 문학인 2명을 초청하여 강연회를 갖기로 했는데, 그걸 맡은 선배가 나에게 강사 선택과 교섭을 함께 추진하자고 졸랐다. 전화가 귀하던 시절이라 우리는 중대신문사에 죽치고 앉아 여기저기 전화질을 해댔다. 그 첫 초청 대상이 최인훈이었고, 두 번째가 이어령, 세 번째는 예비로 송욱을 꼽았다.

우리는 육군본부 정훈국 최인훈 중위를 만나러 약속한 삼각지의 삼각다방으로 갔다. 애초에는 육군본부 정문에서 구내전화를 하라고 해서 그대로 하자 그는 바로 길 건너편의 삼각다방에서 기다리라고 하길래 어떻게 선생님을 알아볼 수 있겠느냐는 촌스러운 내 질문에 그는 다 아는 수가 있다고만 했다. 그 시절에는 그토록 유명한 『광장』의 작가인데도 얼굴은 그리 널리 소개 안 되었던 활자매체 시대였다.

삼각다방에서 두 촌놈이 출입문 쪽을 향하여 나란히 앉아 긴장하며 기다리는데 카키색 장교복을 단정하게 입은 채 가슴에 이름표까지 달고서 그는 너무나 얌전하지만 절도 있는 장교식 걸음걸이로 들어섰다. 자리에 앉자마자 그는 차 주문을 했고, 이미 전화로 얘기한 초청강연 건을 재방송했다. 이어 나는 내 자랑을 하고 싶어서 얼른 대학 1학년 때 썼던 「행운의 니힐리스트 – 최인훈 씨의 '광장'론」이란 글이 실렸던 중앙대 문리대 학보인 『문경文耕』(1961.9 발간)을 정중하게 드렸다. 그는 무표정하게 받아들더니, "이 글 나는 이미 읽어봤습니다. 작가 최진우 씨가 그 잡지를 주길래 잘 봤습니다"라고 했다. 순간, 내 뇌리에서는 최진우 국장이 평소에 우리 학생기자들 앞에서 자신이 보령 동향 출신의 이어령과 절친이며, 같은 『자유문학』 출신인 최인훈과도 잘 안다고 별 사심 없이 넉넉하게 자신의 문단적 위치를 띄우던 모습이 떠올랐다.

이로써 이야기는 한결 쉽게 풀려나갔다. 여기에다 이미 내가 알고 있던 정보인 『세대』에 소설을 연재하시기로 했다는 이야기까지 하면서 더욱 화기애애해졌다. 그러나 군 복무 중이라 외부 강연은 허가를 받아야 된다면서 가부간의 결과는 전화로 알려주겠다고 했다.

이 대목쯤에서 다방의 레지가 우리 테이블로 다가서더니 "최 중위님" 하며 아주 다정하게 불렀다. 무슨 일이냐는 최 중위의 반문에 그녀는 조금 전 손님 한 분이 나간 뒤 그 자리에 백을 두고 가버린 걸 발견했는데, 어떻게 처리해야 되는가를 물었다. 이에 최 중위는 "그 백을 열어 봤느냐?"고 되물었고 그녀는 아직 안 열어봤다고 답했다. 이에 최 중위는 "그 안에 수첩이나 연락처가 있으면 그리로 알려주면 되지 않느냐"라고 조언했는데, 조금 뒤 연락처를 알아서 바로 조처했다고 레지가 말하며 감사의 인사를 했다. 그 자초지종을 멀거니 쳐다보기만 하던 나는 별 생각 없이 불쑥 혼잣말로 "그런 것도 모르나" 하자 최 작가는 허탈한 모습으로 "그런 것도 모르는 사람이 많아야 세상이 편하지요. 다 똑똑하면 어떻게 살겠어요"라고 나지막이 읊었다. 순간 나는 아차, 내가 너무 못할 말을 무심코 뱉았구나 라는 후회와 함께 최인훈이 한숨처럼 읊은 그 한 마디가 세상 살기의 어려움을 응축시킨 것 같은 감동으로 다가와 마치 나를 개안開眼시키는 듯 했다. 나도 잘 나지도 못한 주제에 오히려 나보다 더 세련되어 보이는 레지를 그렇게 폄하시킬 생각은 전혀 없었는데 그냥 할 말이 없어 불쑥 나온 말이었지만 다시 쓸어 담을 수는 없었다. 이런 내 졸렬함을 최인훈 작가는 저 아득한 높이에서 세상이 얼마나 넓고 험한지를 일깨워주는 듯했다.

이 첫 만남은 순조로웠으나 강연 계획은 수포로 돌아갔다. 그가 군 복무 중이라는 이유로 강연을 할 수 없다고 통보했기에 우리는 이어령(당시

경향신문 논설위원)과 송욱(서울대 교수)을 초청연사로 모셨고, 나름대로 만족했다.

그리고 이내 최인훈은 예상대로 월간 『세대』에 장편소설 『회색의 의자』(1963.6~1964.6 연재, 나중 『회색인』으로 간행)를 썼고, 이듬해에 제대했다. 나는 그 연재를 꼬박꼬박 읽으며 더욱 깊숙이 그에게, 그리고 독고준에게 매료당했다.

3 ___ 이명준은 행운의 니힐리스트인가?

『광장』을 월간 『새벽』(1960)지를 통해 처음 읽었을 때 나는 고향의 내 모교였던 국민학교 교사로 재직 중(1959.4~1960.12)이었다. 당시에는 고등학교 과정에 사범학교라는 고교 과정의 교육기관이 있어서 졸업하면 바로 초등학교 2급 정교사가 될 수 있었다. 전기도 전화도 없던 시골 학교였지만 우리 집에서 1.5킬로미터 정도의 거리라서 내가 간절히 원해서 몸 담았던 첫 근무지였다.

내가 열 살 때 일어난 한국전쟁으로 우리 집안은 멸문지화滅門之禍를 당해서 논밭의 위치도 잘 몰랐던 홀어머니가 우리 6남매를 길러야 했다. 해가 지고 저녁 식사를 마치고는 어머니와 누나 셋은 부둥켜안고서 통곡을 터트리는 게 일과처럼 반복되었던 시절이었다. 두 남동생과 나는 그래도 남자라고 울음소리는 내지 않고 눈물만 삐죽거리며 어머니와 누나들이 울음을 그쳐주기만을 기다리곤 했다. 우리 동네와 심지어는 이웃 마을과 면내에서는 이미 우리 집안은 그렇고 그런 집안이라고 알려져 버렸다. 그래서 학교엘 가면 이 콤플렉스를 숨기려고 아이들을 피했고 이게 자라나면서 대인 기피증으로 굳어져 버렸다. 수업 시간에도 교사의 강의가 전혀 귀에 들어오지 않고 서럽고 원통하고 분한 생각만 오락가락했다. 중고교 시절까지도 이런 트라우마를 극복 못했는데, 여기에다 막내 누나가 상급 학교 진학도 못 한 채 멀리 부산으로 취업하러 떠나버리자 그 슬픔으로 교실 앞에 걸려 있던 우리나라 지도 중 부산 지역만 물끄러미 쳐다보곤 했다.

이런 집안이라 얼른 고향을 떠나고 싶었지만 어머님과 어린 동생들 때문에 엄두도 못 냈기에 6년 전 내가 초등학생 때 근무했던 교사가 그대로 근속 중이었던 모교로 자원해 간 것이었다.

그러나 예기치 않은 새로운 세상과 당면했다. 가끔씩 3킬로미터 정도 떨어져 있던 면내 파출소에서 경찰이 자전거로 내 근무지에 찾아와서는 근황을 탐지해 가곤 했다. 드물게 우리 집으로 찾아오기도 했다. 그는 당시 내가 구독했던 『동아일보』를 너무 비판적이라며 『한국일보』로 바꿨고, 내 책꽂이에 있던 카뮈의 『반항적 인간』을 트집 잡아 말꼬리를 물고 늘어져 나로 하여금 술 접대를 하지 않을 수 없도록 유도하기도 했다.

이듬해 4월혁명이 일어나자 당장 좋았던 건 경찰이 나타나지 않은 것이었다. 너무나 환희에 찼던 나는 얼른 고향을 탈출하고 싶어졌다. 그럴 때 『광장』을 읽으며 혼자 무척 울었다. 『새벽』에 게재된 「머리말」 전문은 당시 어떤 사설에도 뒤지지 않은 비판의식을 자극했다.

메시아가 왔다는 이천년래의 풍문이 있습니다. 신이 죽었다는 풍문이 있습니다. 신이 부활했다는 풍문도 있습니다. 코뮤니즘이 세계를 구하리라는 풍문도 있었습니다.

우리는 참 많은 풍문 속에 삽니다. 풍문의 지층은 두껍고 무겁습니다. 우리는 그것을 역사라고도 부르고 문화라고도 부릅니다.

인생을 풍문 듣듯 산다는 건 슬픈 일입니다. 풍문에 만족지 않고 현장을 찾아갈 때 우리는 운명을 만납니다. 운명을 만나는 자리를 광장이라 합시다. 광장에 대한 풍문도 구구합니다. 제가 여기 전하는 것은 풍문에 만족지 못하고 현장에 있으려고 한 우리 친구의 얘깁니다.

아세아적 전제의 의자를 타고 앉아서 민중에겐 서구적 자유의 풍문만 들려 줄 뿐 그 자유를 '사는 것'을 허락지 않았던 구 정권하에서라면 이런 소재가 아무리 구미에 당기더라도 감히 다루지 못하리라는 걸 생각하면 저 빛나는 4월이 가져온 새 공화국에 사는 작가의 보람을 느낍니다.(『새벽』, 1960.10)

1960년 12월, 나는 어머님이 극구 만류하는 걸 뿌리치고 교사직을 사직하고는 상경하여 아르바이트 자리를 마련해 놓고서 이듬해에 대학생이 되었는데, 내 희망을 원천적으로 짓뭉갠 5·16군사쿠데타가 일어났다. 절망 속에서 나는 정향사正向社에서 단행본(단기 4294년 2월 1일 인쇄, 2월 5일 발행. 인쇄 광명인쇄공사)으로 나온 『광장』을 다시 읽으며 내 울분을 달랬다. 소설도 좋았지만 출판사 정향사는 4월혁명 직후에 패전 일본에서 발 빠르게 강력한 반군국주의 전쟁소설을 쓴 고미카와 준페이五味川純平(1916~1995)의 『인간의 조건人間の條件』(이정윤 역)을 냈던 곳이라 너무나 나에게는 친숙하게 느껴졌다. 그 다음에 낸 책이 『광장』이었고, 바로 이어서 쿠바혁명을 찬양하며 미 제국주의를 비판한 라이트 밀스Charles Wright Mills(1916~1962)의 『들어라 양키들아Listen, Yankee : The revolution in Cuba』(신일철 역)를 낸 멋진 곳이었다. 이 출판사 사장(周采元, 1924~1991)을 내가 만난 것은 1975년이었는데, 그는 예상대로 독립유공자였다. 그러면 그렇지. 『광장』에는 S서의 사찰계 형사들이 "일제 때 특고 형사 시절에 좌익을 다루던 이야기"를 너무나 자랑스럽게 해대기에 이명준은 "일본 경찰의 특고 형사실에 와

있는 듯한 생각에 사로잡힌다"라는 구절이 나오지 않는가.

정향사 1961년판의 「서문」은 아래와 같다.

인간은 광장에 나서지 않고는 살지 못한다. 표범의 가죽으로 만든 징이 울리는 원시인의 광장으로부터 한 사회에 살면서 끝내 동료인 줄도 모르고 생활하는 현대적 산업구조의 미궁에 이르기까지 시대와 공간을 달리하는 수많은 광장이 있다.

그러면서도 한편으로 인간은 밀실로 물러서지 않고는 살지 못하는 동물이다. 혈거인의 동굴로부터 정신병원의 격리실에 이르기까지 시대와 공간을 달리하는 수많은 밀실이 있다.

사람들이 자기의 밀실로부터 광장으로 나오는 골목은 저마다 다르다. 광장에 이르는 골목은 무수히 많다. 그곳에 이르는 길에서 거상(巨象)의 자결을 목도한 사람도 있고 민들레 씨앗의 행방을 쫓으면서 온 사람도 있다.

그가 밟아온 길은 그처럼 갖가지다. 어느 사람의 노정이 더 훌륭한가라느니 하는 소리는 아주 당치 않다. 거상의 자결을 다만 덩치 큰 구경거리로밖에는 느끼지 못한 바보도 있을 것이며 봄 들판에 부유하는 민들레 씨앗 속에 영원을 본 사람도 있다.

어떤 경로로 광장에 이르렀건 그 경로는 문제 될 것이 없다. 다만 그 길을 얼마나 열심히 보고 얼마나 열심히 사랑했느냐에 있다. 광장은 대중의 밀실이며 밀실은 개인의 광장이다.

인간을 이 두 가지 공간의 어느 한쪽에 가두어 버릴 때, 그는 살 수 없다. 그럴 때 광장에 폭동의 피가 흐르고 밀실에서 광란의 부르짖음이 새어 나온다. 우리는 분수가 터지고 밝은 햇빛 아래 뭇 꽃이 피고 영웅과 신들의 동상으로 치장이 된 광장에서 바다처럼 우람한 합창에 한몫 끼기를 원하며 그와 똑

같은 진실로 개인의 일기장과 저녁에 벗어놓은 채 새벽에 잊고 간 애인의 장갑이 얹힌 침대에 걸터앉아서 광장을 잊어버릴 수 있는 시간을 원한다.

이명준의 경우도 마찬가지다.

그는 어떻게 밀실을 버리고 광장으로 나왔는가. 그는 어떻게 광장에서 패하고 밀실로 물러났는가.

나는 그를 두둔할 생각은 없으며 다만 그가 '열심히 살고 싶어한' 사람이란 것만은 말할 수 있다. 그가 풍문에 만족치 않고 늘 현장에 있으려고 한 태도다.

바로 이 때문에 나는 그의 이야기를 전하고 싶어진 것이다.

1961년 2월 5일

저자

소설에서 특히 1949년 5월로 추정되는 어느 날이 이 책을 읽던 나의 현실(나도 5·16 직후에 이 책을 읽었다)과 겹쳐지면서 생생하게 다가왔다.

"푸른 하늘이다. 좋은 철이다. 뭉실한 솜구름이 여기저기 떠돌아가는 하늘이 좋다"던 어느 날, 아버지 이형도가 북에서 대남 방송에 나오자 이명준이 S서로 끌려가 매타작을 당하고는 코피를 흘리면서 풀려나, "좋은 철 / 궁리질 공부군은 / 보람을 위함도 아니면서 / 코피를 흘렸는데 / 내 나라 하늘은 / 곱기가 지랄이다"(인용은 문학과지성사, 전집 1976년판)라고 중얼거리는 장면에서 나는 지금도 눈시울이 뜨거워진다. "눈물이 주르르 흐른다. 분하고 서럽다. (…중략…) 아버지 때문에?" 이런 이명준의 처지가 딱 나와 일체화되었다.

5·16쿠데타 이후 밥벌이 자리를 잃어버린 나는 그 울화통 속에서 「행운의 니힐리스트─최인훈 씨의 '광장'론」이란 치기 어린 평론을 써서 발표(『문경文耕』, 1961.9)했는데, 그 전문은 아래와 같다. (약간의 가필을 했음)

서 – 광장의 입구

얼마나 많은 눈물들이, 그리고 피와 땀들이 보잘것없는 현실을 만들려고 흘려졌는가를 당신은 알 것이다. 아울러 그들(선배작가)이 흘린 눈물과 피와 땀은 공허한 것이었음을 의심치 않을 것이다. 나라가 덜컥 빼앗겨서도 『흙』이나 쓰던 분들에게 우리는 무엇을 기원할까? 백만 명이 흘린 동족의 피를 보고서도 『여성전선』을 쓴 작자에게 우리는 무슨 주문을 외워 보낼까? 아니 『나무들 비탈에 서다』를 쓴 작가에게 또 무슨 구걸을 할 수 있을까? 메말랐던 땅. 저 엘리엇의 「황무지」가 전형이던 이 땅. 여기에 과연 낙원이 성립될 수 있을까를 의심하던 이 땅. 그런데 『광장』이 나타난 것이다. 좀 속된 말로 표현하자면 사막의 오아시스처럼 『광장』은 존재를 나타낸 것이다. 과연 『광장』은 우리가 쉬어가도 좋을 낙원이냐, 아니면 가까이 갈수록 멀어져버릴 신기루냐.

『광장』이란 "운명을 만나는 자리"를 뜻한다. 운명이란 누구나가 다 갖고 있으며 또 만나는 게 아니다. "풍문에 만족치 않고 현장을 찾아 갈 때"만이 만나며 또 그 자만이 운명을 갖는다. 이명준도 만약 "풍문에 만족"해서 인천에서 윤애와의 생활만을 즐겼다면 결코 운명을 만나지는 못 했으리라. 그러나 그는 다행스럽게도 "풍문에 만족치 못 하고 현장에 있으려고 한" 것이었다. "아시아적 전제의 의자를 타고 앉아서 민중에겐 서구적 자유의 풍문만 들려줄 뿐"이던 우리의 과거와 수 천 피트만 떠오르면 넘겨다보이는 그곳에 대한 갖가지의 '풍문'에서 이명준은 만족치 않았단 말이다. "광장에 폭동의 피가 흐르고" 있어도 저마다의 밀실에서 문고리만 꼭 잡고 있었던 우리의 과거에 대해서 명준은(혹은 최인훈 씨는) 분노를 느낀 것이다. 그래서 그는 운명을 만난 것이다. 즉 광장에 나선 것이다. 그가 만난 광장(운명)은 우리가 만난 광장과 동일하다. 그러기에 우리는 『광장』을 눈 감아버릴 수는 없다.

광장의 안내도

그곳엔 우리만이 느낄 수 있는 슬픔이 고여 있는 연못이 있다. 그곳엔 우리만이 이해할 수 있는 비극을 풀이한 핏자욱이 있다. 또 그곳엔 우리만이 생각해야 할 수수께끼의 무덤들이 있다. 마지막으로 그곳엔 현대인만이 가진 절망의 늪이 있다.

『광장』은 이명준이 "타락할 수 있는 자유와 나태할 수 있는 자유"가 있을 뿐인 남한과, "게으를 수 있는 자유까지도 없는", "기본인권의 유린"지인 북한을 버리고, "아무도 아는 사람이 없는 땅. 하루 종일 시가를 싸다녀도 어깨 한 번 치는 사람이 없는" 중립국을 택해 타골호를 타고 남지나해까지 가다가 "만화보다 더 초라한 조국"에 "그녀들을 묻어 놓고", "실패한 광구(廣口)를 버리고 새 굴을 뚫는" 자신의 초라함과 비굴성을 깨닫고 탈출한 이야기인 것이다.

형식에 있어선 재래종과 조금도 다를 바 없다. 멜빌의 『모비 딕』처럼 바다에 떠가는 한 척의 배에서 이야기는 전개되며, 또 끝나는 것이다. 그러나 형식 따위는 여기서 큰 문제가 안 된다. "어떤 경로로 광장에 이르렀건 그 경로는 문제될 것이 없다. 다만 그 길을 얼마나 열심히 보고 얼마나 열심히 사랑했느냐"가 우리의 관심사이다. 그러면 명준은 "얼마나 열심히" 생을 사랑했었나?

역설 같지만 그가 생을 사랑한 증거는 잠시나마 중립국을 택해서 출발했다는 사실에 있다. 우리의 조국, 하나의 조그만 땅덩이를 두고 "사우스냐, 노오스냐"라고 물었을 때 그는 천정만 쳐다본 채 "중립국"이란 파라독스를 아홉 번이나 외쳤다. 이 서글픈 대답을 그는 왜 했을까?

그는 어디선가 생각했었다.

"나는 영웅이 싫다. 나는 평범한 서민이 좋다. 내 이름도 사양하고 싶다. 수억 마리 인간 중의 이름 없는 한 마리면 족하다. 다만 나에게 한 뼘의 광장과 한 마리의 벗을 달라. 그리고 이 한 뼘의 광장에 들어설 땐 어느 누구도 나에게 충분한 경의를 가지고 허락을 받은 연후에 움직이도록 하라. 내 허락도 없이 그 한 마리의 공서자(共棲者)를 학살하지 말라."

이 평범한 꿈이 사우스에서도 노오스에서도 불가능함을 그는 알았던 거다. "내가 바르샤바를 우울하게 만든 것이 아니라 바르샤바가 나를 우울하게 만들었다"라며 조국의 수도를 버리고 프랑스로 망명한 원인을 역설적으로 선언한 작가 마레크 플라스코(Marek Flasko, 1934~1969)의 논리를 빌리면 아마 이명준은 이렇게 말할 것이다. '내가 코리아를 버린 것이 아니라 코리아가 나를 쫓아 낸 것이다'라고.

우리는 쫓겨난 이명준을 동정하자. 그러나 쫓아낸 코리아도 잊지 말고 도와주자.

문제점 – 행운의 니히리스트

이명준은 비록 코리아에서 쫓겨났을망정 행운아다. 삶에의 고뇌가 있을 땐 정 선생을 찾아가서 온갖 속내를 다 털어버릴 수 있었고, 현실에 환멸을 느끼거나, 빨갱이라고 매질을 가하는 형사들의 고문을 당할 때는 "공포를 그 속에 용해"시킬 수 있는 윤애가 있었다. 좀 통속적인 행운이지만 C대학 철학과까지 그는 다닐 수 있었다. 밀선으로 북에 가서도 "호랑이 아가리에 스스로 걸어 들어온 자신"의 불안을 불태워 줄 "뜨거운 살결"로는 은혜가 있었다. 종내는 죽었지만 낙동강 전선까지 은혜는 같이 있었다. "백 사람이 나무뿌리를 먹는 보상으로만 한 사람이 파리제 화장수를 사용할 수 있는 슬픈 질서 속"(남한)에서도 그는 S은행 지점장 덕분에 결코 나무뿌리를 먹는 처지는 아니었고, "일착(一着)을 해도 상품은 없는"(북한) 곳에서도 그는 상품 걱정을 하지 않아도 좋을 믿음직한 아버지가 있었다. 그런데도 어째서 그는 사우스에서 노오스로, 이어 중립국으로 떠나버렸을까. 그는 행운아인 동시에 허무주의자였다.

만약 그가 누릴 수 있었던 행운에 만족했다면 노오스엔 아예 가지조차 않고 윤애와 인천쯤에서 살 수도 있지 않았을까. 물론 사찰계(査察係) 형사들의 등쌀에 시달렸겠지만 그 정도는 약과일 수도 있다. 그리고 설사 노오스로 갔다 손 치더라도 원산 해수욕장이나 낙동강 전선에까지는 보내지지 않았을 수가 얼마든지 있었다. 하물며 중립국 행은 언감생심일 수도 있는 처지다. 그러나 그는 "파리제 화장수를 쓰는" 따위의 행운에는 만족할 줄 모르는 허무주의자였다. 다만 행운의 니히리스트였다.

그의 허무의식은 어떤 형체일까. "사람에게 조언할 자격이 있는 사람은 없다. 하느님만이 조언할 수 있지만 그도 지금은 지쳤다. 옛날처럼 친절하지 못하다. 인간이 나쁠 수도 없다. 어떻게 되다보니 일이 그렇게 된 것뿐이다." 이래서 그는 생각했다. "내가 영웅이 아닌 줄은 벌써 배웠다. 그런 어머어마한 이름은 사양하겠다. 이 여자를 죽도록 사랑하는 수컷이면 그만이다"라고. 그러나 그는 "여자를 죽도록 사랑하는 수컷"이 되지도 될 수도 없었다. 아무리 전파를 보내도 한 편의 수신기가 헐었거나 주파수가 안 맞았기 때문에 윤애나 은혜는 그에게 그저 이렇게 느껴졌다. "이거야말로 확실한 진리다. 이 매끄러운 감촉. 따뜻함. 사랑스러운 탄력. 이것을 의심할 수 있나? 모든 광장이 폐허로 돌아가도 이 벽만은 남는다." 그러나 그 가슴들을 믿을 수 없는 데서 새로운 아픔이 생긴다. 이런 보잘것없는 행운아인 니히리스트의 회상이 어째서 우리의 가슴에 파도처럼 페이소스가 솟구치게 할까? 문제는 바로 이거다. 행운의 니히리스트. 그(우리를 대표한)는 약했다. 미지근했다. 그가 노오스로 갈 수 있었던 것은 목로술집의 주인 때문이었으며, "콜호즈(kolkhoz, колхо́в)기사" 사건으로 자아비판을 당할 때도 쉬 허리를 굽혔다. 우리 모두가 그랬듯이 그도 각박한 우리의 현실에 정면대결을 못한 것이다. 기요(Kyo Gisors)처럼 자기의 허무의식과 현실을 조화시키려고 갱단을 조직할 능력은 없었으며, 그렇다고 버틀러(Rhett Butler)처럼 현실과 교묘한 타협을 할 수도 없었다. 이명준은 이 래서 타골호를 탔다는 것을 우리는 너무나 잘 알며 또한 양해할 수 있으며, 동 정도 하게 된다. 이 보잘것없는 꿈을 좇아 그는 밀선을 탔으며, 집단농장을 시 찰했다. S서에서 윤애를 겁탈했으며, 낙동강 전선에서 싸웠다. 그리고 "죽기 전에 열심히 만나요!"라던 은혜를 만났던 것이다. 그러나 그는 기요나 버틀러 가 될 수 없었듯이 돈 판일 수도 없었다. 이 니히리스트의 보잘것없는 회상이 우리를 울리는 이유는 바로 이것이다. 기요도 버틀러도 돈 판도 아닌 바로 이 명준이었다는 점이 우리를 슬프게 만든다. "새로운 광장"을 찾아 헤매던 우리 자신의 회상이기 때문이다. 아마 당신은 이 회상의 이야기를 다 읽으면 한가 지의 커다란 의문이 남을 것이다. 그건 이 이야기는 인간이 설 광장을 제시한 것이냐, 광장에 설 인간을 제시한 것이냐? 라는 문제이다. 이 회상의 이야기는 광장에 설 인간을 그리는 데는 성공했을 수도 있다. 그러나 인간이 설 광장을 그리는 데는 역사적인 사례와 현장적인 실록적 체험의 감도가 약간 떨어지는 듯하다.

인간이 밀집해 있는 광장인데 출구가 보이지 않는다는 게 너무나 갑갑하 게 느껴진다. 아무리 생을 "열심히 사랑"하는 인간일지라도, 그리고 아무리 밀 실에만 갇혀서 답답한 나머지 탈출하고 싶어도 출구가 없는 광장이라면 그곳 에는 들어서고 싶지 않을 것이다. "광장에 폭동의 피"가 흐를 때 그는 분노를 느꼈다. 이때 그는 국면탈출을 위해서 출구를 만들려고 한 것이 아니라 피신 처를 찾아 노오스로 떠나버렸고, 거기서도 새로운 도피처를 찾아 중립국을 향 해 한반도의 남북을 다 버렸다. 그러나 종내에는 언젠가 남북 어느 쪽이든 모 국을 찾아 회귀하겠지 하는 기대조차 버리도록 남지나해 부근에서 투신자살 해 버림으로써 "새로운 출구를 찾는" 모든 방법을 원천봉쇄해버리고 말았다. 결과적으로 그가 한반도에서의 역사의 광장을 벗어날 수 있었던 것은 광장의 정당한 출입구, 밀실과 광장을 자의에 의해 수시로 드나들 수 있는 출입구를 통해서가 아니라 천정을 통해 비상하여 탈출한 것이다. 왜냐하면 한반도의 남과 북, 특히 1950년대 전후의 남북에는 밀실은 어디에도 없었고, 오로지 살벌한 광장만이 덩그러니 만들어져 있었으며, 아예 출입구를 봉쇄해버려 누구도 그 살육의 광장을 벗어날 수 없도록 되어 있었기 때문이다. 그 밀폐된 광장에서 지지고 볶기며 죽든 살든 해야지 왜 우리를 두고 너만 천정으로 치솟아 도망쳐버렸느냐는 야유와 욕설과 불평이 쏟아져도 막을 도리가 있을까. 그 광장을 둘러싼 장벽이 암석이나 강철로 만들어져 도저히 허물어낼 수 없다 할지라도 한 세기가 걸리든 한 겹이 걸리든 우공이산(愚公移山)처럼 도끼나 곡괭이나 칼로 그 벽을 한 조각씩 허물어 내는 데 힘을 모으는 게 민족의 도리가 아니었을까. 만약 어떤 도구도 없다면 몸통으로, 다리와 팔로, 그래도 모자라면 손톱으로 할퀴어서라도 장벽을 허무는 데 함께 했어야지 않았을까.

그래서 그 밀폐된 광장에 비록 조그만한 문짝이라도 달린 출구가 세워진다면 우리는 그 앞에다 이명준의 동상이라도 세워줄 아량을 베풀어도 좋을 것이다. 그런 세월이 오기라도 하는 날이면 이제 우리는 이런 비극, 이명준이 심문을 당했으며, 얼마 뒤엔 자신이 심문을 자행했던 S(경찰)서에서 오래 전에는 "아리가도 고자이마스"라고 하다가 지금은 "댕큐 베리머치"를 하는데, 경우에 따라서는 "아첸 스빠시보"라고도 했던 그런 비극을 극복하고 정중히 "고맙습니다"라고 인사하도록 하자. 그러기 위해서 이 한 많은 한반도에서 도피하지 말자. 우리의 노력과 힘으로 광장을 둘러 싼 담장을 허물어내고 자유로이 드나들 수 있는 출구를 만들자.

지금 보면 낯 뜨거워지는 치기 어린 글이지만 추억삼아 옮겼다.

4 ___ 월계다방 시절의 최인훈

『광장』은 그 뒤 이명준의 죽음 결말을 두고 시비와 논란이 많았고, 작가 스스로도 "지금이라면 이명준이 혹시 목숨을 보전하는 데 도움이 되지 않을까 싶은 만큼의 심해 정보를 가지게 되었다".(1973년판 서문. 인용은 1976년 문지 판)라고 했다. 앞뒤 문맥으로 보면 타골 호에서 투신한 이명준을 선원들이 구출할 수 있을 정도의 과학적인 기술과 함께, 한국에서의 냉전의식이 꼭지점을 찍고 하향곡선을 그리기 시작한 시대적인 변화(1972년 7·4 남북공동성명)를 동시에 상징하는 의미로 읽을 수 있다.

일개 독자였던 나로서는 1961년에 쓴 「행운의 니힐리스트」에서 이미 "이 한 많은 한반도에서 도피하지 말자"고 했으니 이런 작가의식의 변모에 전적으로 지지를 보냈다.

1960년대 중반 이후, 그러니까 1964년 대학 졸업을 앞둔 나는 절친했던 벗의 소개로 주간 『약업신문藥業新聞』 기자로 취업하면서 이듬해에 대학원생이 된 데다 문학평론가로 등단(1966)했고, 대학 선배 작가인 박용숙을 통하여 필화사건(1965)으로 고난을 당하던 남정현을 광화문의 월계다방에서 만났는데 거기서 최인훈을 재회했다. 『자유문학』을 중심축으로 삼았던 그들의 교유관계는 끈끈할 정도를 넘어 아예 월계가 오후의 근무지처럼 여겨졌다. 여기에 한무학, 박치원, 이호철, 신동엽, 그리고 에세이스트에 영문학자인 박승훈 등이 가세하기도 했다.

군목으로 군단 사령부에 근무했던 함주 출신의 박용숙은 같은 함경도 아바이 출신인 최인훈에게 안수길(함흥 출신)을 소개시켜 주어 등단의 길을 열어준 무척 끈끈한 관계여서 정초正初에 함께 안 선생 댁으로 세배를 올리곤 했는데, 나도 거기에 끼어들었다.

『광장』 이후 최인훈은 어딜 가나 '빨갱이'라는 쑥덕임 때문에 괴롭힘을 당하곤 했다. 그럴 때면 박용숙이 앞장서서 군목이라는 신분도 잊은 듯이 "너, 이리 나와 봐" 하고는 그 시비자를 끌고 나가서 함경도 기질을 발휘하여 아예 그런 말을 원천봉쇄했다는 후문도 있다. 제대 후『자유문학』편집장을 지낸 박용숙은 여전히 최인훈에게 '빨갱이 운운'하는 문인들을 혼쭐내곤 했는데, 이런 사례는 월계에서도 드물긴 했지만 사라지지 않았다. 한국문단은 이 정도로 사회과학적인 몽매파들로 득실거렸다.

남정현, 최인훈, 박용숙 셋만의 모임에 내가 끼어들어 4인방이 되었을 때는 1966년 이었다. 넷이서는 온전히 언론 자유를 한껏 누리며 친일파, 미 제국주의, 남북 분단과 민족문제, 이승만과 박정희, 김일성, 헤겔과 마르크스, 레닌, 마오쩌둥, 호지명 등등 못할 말이 없었고, 내가 무슨 책을 보고 싶다면 그들은 기꺼이 빌려주었다. 물론 거의가 일어 번역판이었다. 우리 집안 이야기를 맘 놓고 털어놓은 것도 이 자리였기에 그들은 한국전쟁 때 월북해버린 내 큰형처럼 여겨졌고, 이를 계기로 나는 가족 콤플렉스와 트라우마를 서서히 극복할 수 있게 되었다.

그런데 시간이 흐르면서 남, 최, 박 셋 사이에 어딘가 틈새가 약간씩 벌어지고 있다는 낌새가 느껴지기 시작했다. 남과 박은 별 간극이 없었으나 최인훈은 그 둘과 달리 꼬집어 말할 수 없는 '다름'이 늘어난 게 아마 1968년경이었으리라. 이때 나는 경향신문이 소공동에 있던 시절의『주간경향』기자로 있었고, 그 위치상 남정현, 최인훈은 무시로 들렀고 그때마다 남대문에 사무소를 둔 시계 수입업으로 넉넉한 내 대학 절친이 흔쾌히 밥값과 술값을 댔다. 박용숙은 이들과는 달리 직장이 있어 월계다방 출입도 뜸해졌다. 내 절친은 유독 최인훈을 너무나 좋아했다. 그래서 살짝 셋만 따로 자리하는 경우가 점점 늘어났다. 그는 나와는 보통급 식당에만 가더니 최인훈과 합석하게 되자 식당 급수가 달라졌다. 심지어는 고급 룸살롱도 다반사였고, 통금이 엄격하던 시절이라 외박도 잦았다. 종종 남정현, 박용숙도 함께 했지만 그보다는 최인훈만 모신 경우가 점점 늘어났다.

이 무렵 최인훈은 장가를 들면서 함 잡이로 남정현, 이호철, 이문구와 나를 지목했다. 이런 일에 능숙한 이문구는 오징어에다 눈이 보이도록 구멍을 내서 가면처럼 쓰고는 함을 지고서 앞장섰고, 나는 그 뒤에 붙어 "함 사세요!"라고 소릴 질렀다. 남과 이는 내 뒤에서 후렴으로 "함 사세요!"라고 외치다가 말다가 했다. 이문구는 목적지 부근에 이르러 함잡이를 맞으러 나온 인물들이 보이자 비틀대며 가제처럼 옆걸음질만 해대며 '땡깡'을 잘도 부렸다. 남정현은 "함 값은 ○○원이다. 그렇게 안 주면 절대 함 주지 말아라"라고 생떼를 썼다. 평소의 남정현에게서 볼 수 없었던 단호함이었다. 나는 뭔가 이상하다고 생각했으나 당장 할 일이라고는 "함 사세요!"를 외치는 것뿐이었다.

그런데 우리의 결의와는 달리 함을 사야 할 댁에서는 전혀 금일봉 봉투를 내놓을 생각도 없이 인해전술을 동원하여 이문구를 강제 연행하려고만 덤볐다. 이에 나는 이문구의 허리통을 잡고 안 끌려가도록 안간힘을 썼는데, 최인훈이 나서서 버럭 화를 내며 "그만하면 됐으니 이제 그만 집으로 들어가자!"고 단호하게 잘랐다. 역시 평소에 못 보던 표정이었다. 이문구도 엉거주춤하더니 마지못한 듯이 끌려 집안으로 들어가 잘 차려진 멋진 저녁상 앞에 앉아 절차대로 늦도록 화기애애하게 만찬을 끝냈다.

그 댁을 나와 큰길을 찾아 나가던 중 최인훈이 같이 가자며 따라붙어 일행은 5명이 되었는데, 11시 30분 통금 예비 사이렌이 울렸다. 누가 먼저랄 것도 없이 집에 가긴 틀렸으니 어서 여관집을 찾아야겠다며 헤맸지만 부근엔 초라한 여인숙 하나밖에 없었다. 작은 방 하나에 다섯이 들어서자 편하게 눕지도 못할 처지라 벽에 기대어 다리만 가운데로 모아 눈을 붙이려는데 여인숙 아주머니가 문을 열더니 숙박부를 쓰라고 했다. 나는 얼른 써주려고 숙박계를 받아 들었는데 누군가가 "아주머니, 우리 통금해제 사이렌 불면 바로 나갈거니 쓸 필요 없어요"라고 어깃장을 놓기에 나도 안 쓰고 숙박계를 돌려주었다.

그러자 조금 지나서 아주머니가 다시 문을 열더니 안 쓰면 안 된다고 막무가내였다. 입씨름이 오가자 이호철이 성큼 나서더니 "대표로 나만 쓸게" 하면서 숙박부를 받아 이호철 외 4명이라고 끌쩍이더니 아주머니에게 건너면서 "순경 오면 내 이름만 보여주면 금방 알고 괜찮을 겁니다!"라고 호기를 부렸다. 「서울은 만원이다」(『동아일보』, 1966)로 유명세를 탄 그다운 발상이었다. 그런데 얌전하게 돌아섰던 아주머니가 잠시 뒤에 또 나타나 "다 써야 됩니다"라며 강짜를 부렸다. 결국 강짜 앞에 우리는 굴복하고 다 써서 아주머니는 돌아갔는데, 그 순간 최인훈이 불쑥 "나는 이런 아주머니를 보면 공산당이 싫어"라고 정색을 했다.

기다리기라도 했다는 듯이 남정현이 "야, 이 ××야, 이거하고 공산당이 무슨 관계가 있어"라며 비아냥조로 쏘아붙이자 최는 "저런 여자가 간부라도 되어봐. 얼마나 세상이 살벌하겠느냐"고 반박했다. 넉살 좋은 이호철이 나서서 "둘이 왜 이래? 나중에 따로 싸워!"라며 화두를 딴 데로 돌려버렸다. 이문구와 나는 멍하니 지켜볼 뿐 감히 끼어들 판이 아니었다.

이 쓸 데 없어 보이는 삽화를 자상하게 까발긴 데는 나름대로 이유가 있다. 남, 최, 박 사이의 미묘한 틈새가 무엇이었던가를 밝힐 수 있는 단초가 되기 때문이다. 일제와 미제의 식민지 상황으로서의 한국적 현실 인식, 국가독점자본주의 체제의 비인간화, 한국 정치의 야만성과 반역사성, 종교, 특히 기독교의 타락이 야기한 한국사회의 혼탁, 부정부패 등등에 대한 비판의식에서는 이 셋이 일치했다. 그리고 이런 비판의 도구로 필요하다면, 아니 가장 효율적인 비판의 도구로는 마르크시즘과 이와 맞먹을 만한 진보적인 이데올로기와 운동까지도 공유할 수 있었다. 그러나 이게 정치체제화되었을 때의 부작용을 최인훈은 이미 8·15 직후의 북쪽 체험에서 너무나 명백하게 체득했기에 그 한계선을 엄수하려 했다.

이래서 최인훈은 그들 셋의 모임에서 서서히 원심작용을 일으키게 되었고, 그로 인해 점점 혼자서 만만했던 나와 내 부자 친구가 접대할 기회가 늘어나게 되었다. 그럼에도 불구하고 나는 여전히 남정현, 박용숙과 밀착했고, 어느 시점부턴가 최인훈은 『창작과 비평』(1966 창간)에서 『문학과 지성』(1970.8 창간)으로 거주지를 완전히 옮겨버렸다. 어쨌든 60년대 후반의 내 평론가 등단 초기부터 몇 년간은 최인훈이 스승의 차원을 넘어선 사부격인 존재여서 그의 가르침으로 나는 헤겔의 『정신현상학精神現象學』(河出書房, 1966)을 가시야마 긴시로樫山欽四郎의 일역판(한국어 번역판이 없었던 시절)으로 탐독하기도 했다.

『문학과 지성』 창간을 전후하여 최인훈과의 만남은 서서히 빈도수가 줄어들기 시작했고 화두도 성글어져 갔다. 그러다가 1973년 그는 도미했고, 이듬해 내가 문인간첩단사건(이호철, 정을병, 김우종, 장백일, 나 5명)에 연루되어 징역을 살고 나오자 문단의 판도는 전체가 하나였던 자연변증법적인 교유와 친선의 단계를 지나 유파주의가 생생하게 드러나기 시작했다. 70년대 후반기 언젠가 옛 월계파들이 한 자리에 모였을 때 이호철이 최인훈에게 "너나 나나 한심하다. 후배들에게 얹혀서 문단생활을 하고 있으니……"라고 얼버무리던 기억이 생생하다. 이호철은 창비, 최인훈은 문지에 속해버린 처지를 이른 지적이었는데, 역시 이호철다운 세상과 문단을 통달한 예지력이 담긴 말이었다.

5 ___ 『회색인』에 담긴 반 이승만 정서와 임정지지

월계다방 시절 내가 흠씬 빠져들었던 최인훈의 작품은 『광장』 이후 단연 『회색인』과 「총독의 소리」 및 「주석의 소리」 등이었다.

최인훈의 작가의식을 연대기로 편성해보면 이명준의 한 세대 후배인 독고준과 김학 등 대학생들이 이승만 독재 치하에서 4·19혁명의 출산을 앞둔 만삭의 시기인 1958~1959년간의 삽화에 해당하는 작품이 『회색인』이다. 『광장』의 이명준이 살아남았다면 단언컨대 『회색인』의 김학이나 독고준처럼 되었을 것이다.

첫 장면은 1958년 어느 비 내리는 가을 저녁에 소설가 지망생 독고준의 하숙집으로 정치학과생 김학이 "진로 소주 한 병과 말린 오징어 두 마리를 사 들고 찾아들었다"로 시작된다. 김학은 정치학과생들 몇몇의 학술 동인지 『갇힌 세대』의 동인이다. 둘은 소주를 들이키며 이 동인지에 실린 자신들의 글을 화두로 삼는다. 독고준은 골계미 넘치는 식민지 가상론假想論을 썼는데, 만약 한국이 식민지를 가졌다면 각종 불만이나 사회분쟁 등을 쉽게 해결할 것이라는 만상을 열거한 뒤, "제국주의를 대외정책으로, 민주주의를 대내정책"으로 쓸 수 있었던 시대는 가버렸기에, "식민지 없는 민주주의는 크나큰 모험이다"라고 했다. 글은 소설가다운 재치가 넘치게 식민지의 대안을 찾아보라는 여자 친구의 요청에 그런 건 없다고 답한다. 이에 소설가의 애인다운 재기 발랄한 그녀는 그게 "사랑과 시간"이라 답했고, 이에 필자인 독고준은 "여자여, 그대의 언言은 미美하도다"고 선언하며, "그녀를 미친개처럼 키스하였다"라는 희화화로 독고준의 글은 끝맺는다.

최인훈의 등단작 「GREY 구락부 전말기」는 1950년대의 서울대 법대 (1952~1956년 졸업 한 학기를 앞두고 중퇴 후 입대)에서의 암담했던 정신적 방황이 묻어난다. 뿐만 아니라 초기 작품인 『광장』, 『회색인』 등도 바로 이 계열에 속하는데, 이들 작품을 이해하려면 먼저 서울대를 배경으로 한 당대의 민족정신사적인 좌표도를 찾아볼 필요가 있다.

영국의 진보적인 정치경제 학자이자 실천가였던 라스키Harold Joseph Laski(1893~1950)사상을 한국에 도입한 민병태閔丙台(1913~1977)교수가 서울대 정치학과 교수로 부임한 것은 1953년이었다. 그의 서양 정치사상사를 수강하던 김지주, 하대돈(4학년), 류한열, 이자헌, 최서영(3학년) 등이 헤럴드 라스키의 정치사상을 천착해 보자는 취지로 규약과 회칙 등을 최서영이 작성해서 조직한 정치학과 일부 학생들의 임의 연구 서클(신진회)이 씨를 뿌린 게 1956년 무렵이었고, 이게 싹으로 자라나 2학년과 1학년 후배들 중에서는 고교 수석졸업자인 정구호, 이채진(2학년)과 류근일, 고건(1학년)을 입회시키게 되었다. 나중 입회 희망자가 늘어나 20명 정도 되었다.

신진회는 러시아 볼셰비즘이 아닌 영국 노동당(페이비언 사회주의자들)과 독일 사회민주당(베른슈타인, 페르디난드 라살레 등)노선을 지향했다. 사회민주주의 혹은 민주사회주의가 신진회의 연구 관심사였다. 반공정책의 촉수를 피하려는 방편으로서만이 아니라 독재적 – 전체주의적 극좌노선 대신 의회주의적 – 중도적 – 민주적 – 점진적 개혁노선을 의지적으로 선택했고, 이런 이념적 좌표를 회칙에 명시했다. 자유당 정권에 비판의식을, 민주당에 대해서는 호감을 가졌던 이 모임은 조봉암의 진보당에 더 깊은 호감을 가졌어도 직접적인 접촉은 없었다. 이동화(성균관대 교수), 조동필(고려대 교수), 고정훈(조선일보 논설위원)을 강사로 초청한 데서도 그 성향이 드러난다.

신진회의 영향은 매우 진해서 서울대 법대에서는 신조회(김동익, 이채주, 남재희 등)가 생겨났고, 고려대에서는 경제학과 중심으로 협진회(김두환, 김낙중 등)가 발족되어 세 단체는 횡적으로 튼튼한 유대를 맺고 활동, 4월 혁명의 불씨가 됐다. 그렇다고 결코 순탄했던 것은 아니어서 사상 첫 학생 필화사건을 일으키기도 했다.

서울대 문리대 부정기 학생신문이었던 『우리의 구상』에 신진회 회원 류근일의 글 「모색 – 무산대중을 위한 체제로의 지향」(1957.12.9)이 실렸는데, 그 끝 구절은 "전체 무산대중은 단결하라!"였다. 그가 동대문서로 연행(12.14)된 뒤 서울대는 온 학내가 어수선할 정도로 내사가 펼쳐지자 신진회는 문리대 7강의실에서 해산(1958.1)했고, 다른 단체들도 숨을 죽였다.

최인훈이 자진 중퇴했던 앞뒤의 서울대 학내의 물밑 흐름을 조감하는 이유는 바로 「GREY 구락부 전말기」를 사회정치사적으로 규명해보고자 함에서이다. 회색으로 밀봉된 듯한 이 구락부는 4명의 남성(현, 화가 K, 발당 선언을 한 M, 그의 친구인 젊은 C)으로 이뤄진 비밀결사 형식을 취하고 있는데, 미스 한(키티)이 가입하면서 다섯이 된다. 그들이 궤도 없는 열린 대화로 각자의 영혼을 살찌우며 지내다가 현은 어느 날 귀가 길에서 P서의 형사가 나타나 경찰서까지 임의동행하게 된다. 말이 임의동행이지 강제연행이다. "불온서적을 읽고, 이자들(이미 끌려와있던 K, M, C)과 연락하여 국가를 전복할 의논"을 했다는 혐의였다. 별다른 혐의점을 찾지 못해 풀려난 현은 키티에게 마치 여전히 진짜 결사의 조직은 그대로 살아 있으며 경찰 역시 석방시킨 듯 보이지만 실은 계속 감시한다는 등 횡설수설하여 그녀를 혼란에 빠트렸다가는 자신의 말이 일종의 연극이었다고 둘러댄다.

그러니 그레이 구락부는 영원한 미스터리로 남지만 분명한 것은

1950년대의 이승만의 '전제의 의자'가 지배했던 시절에 지성의 전당인 대학가가 겪었던 시련을 가면무도회처럼 희화화한 것이란 사실이다. 필시 작가 최인훈이 몸 담았던 서울대에서 듣거나 보거나 스쳤던 학생운동권의 실루엣에 다름 아닐 것이다.

작가는 비록 서울대를 자진 중퇴한 뒤 입대했지만 4월혁명으로 변모하는 일련의 역사적 변증법을 독파했을 것이며, 그래서 그는 「GREY 구락부 전말기」에서 한 걸음 진보한 『회색인』을 썼을 것이다.

다시 『회색인』의 첫 장면으로 돌아가 보자. 동인지 『갇힌 세대』에 실린 학의 글을 준이 대신 읽어준다.

만일 상해 임시정부가 해방 후 초대 내각이 되었더라면 사태는 훨씬 좋아졌을 것이다. 그들은 선거 없이 그대로 정권을 인수한다. (…중략…) 국가는 신화로 시작되는 것이기 때문에 그들은 우선 친일파를 철저히 단죄했을 것이다. (…중략…) 행정은 서툴지만 고지식해서 거짓말이 없으며 주석이 지방 순시 때 허물이 있는 면장을 대통으로 때렸다는 보도가 신문에 나면 국민들은 가가대소했을 것이다. (…중략…) 광복군 장교들이 국방군의 창설자가 되어 황포군관학교식의 약간 고색창연하나 틀림없이 애국적인 전통을 수립하여 광복군의 전사(戰史)가 사관생도의 필수과목이 되었을 것이다. (…중략…) 일본에 대해서는 36년 후에 국교를 재개토록 방침을 세우고 모든 행사시 동쪽을 향해서 이빨을 세 번 가는 절차를 국민의례에 규정한다. (…중략…) 그럴 즈음 외국에 유학 갔던 친구들이 하나 둘 돌아와서 영감들 시대는 이 정도로…… 하는 의견을 슬금슬금 비치면서 근대화니, 국민 경제니, 실존주의니 하며 영감들이 자신 없는 시비를 걸어온다.

김학이 생각하는 당시의 한국문학이란 "어느 나라에 살고 있는지 어느 시대에 살고 있는지 시공의 좌표가 부재란 말야. 한국인의 정신풍토는 나침판과 시계가 없는 배 같은 거야. (…중략…) 어쩌다 소설을 읽어봐도 조금도 절실하지 않아. 문학에 소양이 없어서 그럴 테지만 요새 나오는 시 같은 건 아주 손 든 지 오래. 그건 무슨 소리지?"라는 냉소주의로 일관한다. 이에 공감하면서도 독고준은 그에게 루카치 같은 문학평론가가 되어 보라고 빈정댄다.

준(최인훈의 자화상)은 홀연히 원산에서의 학창시절을 회상한다. 자아비판 받던 일, 그러나 6·25에 이어 국군의 북진 때 트럭에 탄 국군병사들이 군가를 의기양양하게 부르면서 사과를 집어 길에 걸어가던 늙은 농부를 겨냥해 맞히나 못 맞히나 던지며 희희낙락하는 장면에서 곤혹스러워하면서도 남으로 피난한다. 한국에서 입대, 제대, 복학(최인훈의 경력과는 다르다)한 그는 "남쪽 나라는 와보니 실재하지 않는 허깨비"임을 느낀다. "다른 누가 와서 또 한번 겁탈하는 것을 기다리는 도착성욕倒錯性慾의 갈보처럼 우리 엽전은 언제까지고 임을 기다릴 것이다"라는 게 준의 분단 한국의 현실관이다.

그런데 그 님이 미국이 아니던가! 작가는 이 사실을 한국에서 혁명이 불가능한 원인 중 하나가 "미국이라는 숨 쉴 구멍"이 있기 때문이라고 해명한다. 제정 러시아의 프랑스 유학생들이 "과격한 개혁주의자"로 변해 귀국하는 것과는 달리 한국의 미국 유학생들은 "얌전한 공리주의자"로 돌아온다는 귀결이다.

김학을 비롯한 『갇힌 세대』 동인들은 제2차 세계대전 후 후진국들에서는 내셔널리즘이 휩쓸었지만 한국만은 "그런 바람이 불 기미"도 없었는데, 이유인즉 일본 제국주의에 대한 증오의 목표물이 6·25를 거치면서 "빨갱이가 그 자리를 메꾸었어"라는 것으로 파악했다. "지금 한국 정치를 맡아보고 있는 사람들은 다 (친일) 전과자들"임은 누구나가 수긍하는 터였다. 그 역사적인 오류의 작동 단초를 최인훈은 "늙은 체신도 없이 노상 홀몬제를 복용하고 실버텍스를 조끼 주머니에 넣고 다니는", 그러면서 "거짓말만 하는 이 기독교인 박사님(이승만)"에서 찾고 있다.

만약 "김구가 대통령이 되었더라면 다른 일은 몰라도 자그마치 친일파에 대한 태도만은 철저했을 거야"라는 긍정론으로 이어져 이들은 백범 묘소로 향한다. 언감생심이지 이승만 박정희 통치 아래서 효창공원은 포고령만 없었지 삼엄한 금엽 구역처럼 경계를 당했다. 그걸 알면서도 작가는 왜 구태여 이 청년들을 효창원으로 향하게 만들었을까. 효창원의 역사에는 우리 민족사의 영욕이 그대로 담겨 있다.

효창원孝昌園은 정조(1752~1800)의 맏아들 문효세자文孝世子의 묘지에다 정조의 후궁 의빈 성씨宜嬪成氏와 순조의 후궁 숙의 박씨淑儀朴氏와 그 소생인 영온옹주永溫翁主의 무덤도 더해져 조성되었다. 숭례문 밖만 나서면 창창하게 펼쳐졌던 숲은 지금의 만리동, 공덕동, 청파동, 남영동, 도원동, 도화동, 용문동에 이르는 100여만 평의 대 묘역이었다. 그러나 청일, 러일전쟁 때 군 숙영지로 잠식당하다가 일본군 사령부와 철도 거점, 유곽촌 등이 들어서면서 식민통치의 길을 닦아주는 교두보로 전락했다. 조선 왕실의 권위를 탈색하려던 일제는 1921년 6월 경성 최초의 골프장(1924년 폐장)을 열었고, 창덕궁처럼 공원으로 개발하여 유원지화하여 1940년에는 '효창공원'이라 개칭했고 이어 1944년에는 이곳의 묘지를 고양의 서삼릉으로 천장遷葬해 버렸다.

8·15 때 이 공원은 겨우 5만여 평으로 쪼그라들어버렸는데, 김구 주석이 이봉창, 윤봉길, 백정기의 삼의사 묘역에다 안중근 의사의 가묘, 이

동녕, 차리석, 조성환 네 임정 요인의 묘역을 조성했는데, 그 자신도 여기에 자리하게 되어 오늘에 이르고 있다.

그러나 1956년 5월 이승만은 이 독립투사들의 성지에 공병대를 동원하여 운동장을 만들려고 시도했다. 배산임수로서 선대 – 후대 간 생성 – 소통을 의미하는 연못을 없애려고 나무를 파헤치는 등 불도저 5~6대가 설쳐대자 애국지사들과 언론에 비상이 걸렸다.

김창숙, 신창균 등이 불도저의 칼날 앞에 드러눕는 등 극한상황으로 치달아 대학생들까지 항의하자 공사가 잠시 주춤했으나 이기붕 대한체육회장 등이 1959년 11월에 공사를 재개, 1960년 10월 12일(민주당 집권시기)에 개장된 것이 국제규격에 맞춘 국내 첫 축구 경기장인 효창구장이다. 이승만의 김구 콤플렉스를 지우려는 추악한 야욕의 결과물인 이 반역사적인 작태는 친일파 박정희에게 그대로 계승되어 효창원 묘소를 옮기려고 시도(1962)했으나 좌절당했다.

1969년에는 '북한반공투사위령탑'(1950.10.19, 평양 점령일), 어린이 놀이터와 원효대사 동상 건립에 이어 1972년 신광학원 도서관(현 대한노인회 서울시연합회 건물), 대한노인회중앙회, 육영수 송덕비 등을 건립하여 독립투사들의 정기를 질식시키고자 진력했다.(이순우,「효창원 수난사는 왜 해방 이후에도 지속되었나? – 효창공원, 결국 애국선열묘역으로 남다」, 민족문제연구소 월간 『민족사랑』, 2018.11)

심산 김창숙은「효창공원에 통곡함」이란 시에서 이렇게 읊었다.

효창공원에
스산한 바람 불고
처절한 비 내리는데

통곡하며 부르노라

일곱 선열의 영혼을.

(…중략…)

저 남한산

저 탑골 공원을 보라

하늘을 찌르는 (이승만)동상이

사람의 넋을 빼앗는구나.

독재의 공과 덕이

지금은 이렇듯 높을지나

두고 보시오

상전(桑田)과 벽해(碧海)

일순간에 뒤집힐 것을.

아마 작가 이병주라면 효창공원의 역사를 1백여 쪽쯤 할애하여 장황하게 썰을 풀었겠지만 최인훈은 그 정반대다.

『회색인』의 김학 등이 이곳을 찾았던 1958년의 정황을 상상해 보면 "스릴이 있단 말이야"라는 대화의 깊은 함의를 이해할 수 있을 것이다. "대통령이 지나가는 연도에서 손뼉을 치는 것과 꼭 반대의 일을 하고 있단 말이야 우리는, 지금……"이라는 말은 효창공원이 이승만에 의한 묵시적인 금지 구역임을 시사해준다.

학은 고향 경주에서 해군 소위인 형의 말을 상기한다. 원양 훈련 중 요코하마橫浜항에 정박했을 때 한 동료 사관이 함포를 돌려 시내를 향해 "저기다 대고 그냥 쏘아붙인다면……"이라고 해 쭈뼛했다는 추억담이었다. 형의 말인즉 민족(국민)국가로 형성되어야 할 시기를 일제 식민지 시대로 반항할 내셔널리즘만 가졌지 긍정적인 내셔널리즘은 없었다면서, 이렇게 말한다.

> 서양 사람들에게는 짓밟을 식민지와 사랑할 조국이 같이 있었는데 우리에게는 사랑할 조국은 있으나 빼앗을 식민지는 없어. 그래서 우리는 조국 속에 갇혀 있어. 그 조국이 둘로 갈라져서 서로의 목줄기를 물고 있다면 이 이상 나쁜 상황이란 좀체로 찾기 힘들 거야. 이 현실이 유래한 바를 캐 본다면 거기는 두말할 것도 없이 일본제국주의의 피 묻은 얼굴이 있거든.

이런 역사적인 정황에서 학은 생각한다.

> 그러나 우리가 무엇을 할 수 있단 말인가. 해야 할 것은 하나밖에 없다. 혁명(革命). 혁명이 있을 뿐이다. 그것은 불가능하다. 우리는 파멸로 향해 가면서도 정작 기사회생하는 손은 쓰지 못할 이상한 시대에 살기 때문에. 이것은 무엇인가. 한 그루 연꽃조차 키우지 못할 이 괴상한 진흙탕.

그런데도 세월은 흘러 해가 바뀌었다. 이를 작가는 "1959년은 이른바 2·4파동의 소란한 소문을 안고 시작되었다"라고 축약했다. '보안법 파동'이라고도 부르는 이 사건은 대통령 선거(1960년)를 앞둔 이승만이 혁신계와 야당의 손발을 묶고 언론에 재갈을 물리고자 '신국가보안법'을 1958년 12월 24일 날치기 통과시킨 사건을 말한다. 경찰이 야당 의원을 감금한 채 정문을 폐쇄해 여당만 출석하여 행한 이 만행에는 지방자치 단체장을 선출이 아닌 임명제로 뽑는 지방자치법 중 개정안도 포함되어 있었다. 이 사건의 경과를 작가는 냉철하게 축약해서 이렇게 썼다.

크리스마스이브에 한 무리의 무인(武人)들이 국회에 나타나서 눈부신 활약을 한 이 사건은 분명히 한국의 정치사에 길이 남을 만한 중대사임에는 틀림없었으나 그렇다고 해서 2천만 국민이 모두 다 이 문제에 비분강개해서 인심이 흉흉해 있었다고 생각하는 것은 잘못이고 사실 그렇지도 않았다.

김학은 1959년 겨울 어느 날 형이 '현자'라며 만나보라던 황 선생을 찾아가 장황한 강의인지 설법인지를 듣는데, 이 장면은 최인훈 문학에서 정치사회사상을 엿볼 수 있는 가장 소중한 대목의 하나가 된다. 젊었을 때는 "연해주로 만주로 중국으로 방랑도 하고. 그렇지 않고는 배기지 못할 그런 무엇이 몸속에서 꿈틀거린" 추억을 간직한 황 선생의 사설은 민족 활로의 가교를 찾는 혁명사상의 요체이다. 그는 갑신정변도, 동학혁명도 좌절당한 민족이라 식민지 – 분단 – 독재 아래서 자학에 빠져 있지만, "한국이 제일"은 아니지만 "제일 못 난 것은 아니란" 전제에서 혁명의 절박성을 거론한다. "혁명은 사상과 엘리트와 대중의 삼중주"로 이뤄지는데, 한국에서의 민주주의 혁명은 이 셋 중 어느 하나도 튼실하지 못하다는 진단이다. 독립투쟁조차도 "왜놈을 (내쫓기) 위해 피를 흘렸을망정 민주주의를 위해 피를 흘린 적은 없어"라는 황 선생의 단언은 식민지 시기의 사회주의자들의 민족해방과 인민해방의 동시 성취를 위한 처절했던 투쟁사를 간과한 것으로 비판받아 마땅하지만 1950년대 후반기의 법대생 김학에게는 그럴싸하게 들렸을 수도 있겠다.

황 선생은 혁명의 제일 조건인 사상문제에서 정치 이데올로기는 제쳐두고 종교문제에 초점을 맞춘다. 그는 유럽의 역사를 기독교 사상의 변천사로 풀이하면서 그 부정적인 요소에도 불구하고 인간 개개인의 궁극적인 인간됨의 본질을 구성해준 고귀한 사명만은 높이 평가한다. 사회주의

혁명의식조차도 이런 기독교적인 인도주의 사상의 궤적을 벗어나지 않았던 데 비하여, 러시아 사회주의는 유럽과는 달리 기독교를 탈색시켜 버린 채 러시아적 국민국가 체제와 결탁해 버림으로써 타락했다는 것이 황 선생의 논리다. 더욱 놀라운 사실은 기독교든 사회주의든 그게 한국에 진입하면서는 영혼이나 사상의 구제가 아닌 개화와 물질적인 욕망과 결탁하는 것으로 변질해 버렸다는 주장이다. 그 결과 어느 나라보다 격렬한 파벌싸움으로 치달아버려 "미래의 전망은 대단히 비관적"이라는 게 잠정적인 결말이다.

여기서 황 선생은 불교를 대안으로 제시하며 그 정당성을 피력하고 있으며, 일부 논자들이 최인훈의 이데올로기에서의 출구를 불교로 풀이하는 근거로도 작용한다.

한편 독고준은 천둥 번개 치는 비오는 밤, 대북방송을 끝날 때까지 듣다가 애국가가 울려퍼진 뒤 방송이 종료되자, 다이얼을 여기저기 돌리다가 우연히 북한의 대남방송이 전하는 난수표 같은 숫자로 된 암호방송을 듣게 된다. 대북방송과 대남방송을 번갈아 듣는 게 이 소설의 마지막 장면이다. 남북을 등거리에서 비판적으로 바라봤던 『광장』과 같은 입장이 그대로 견지되고 있음을 보여준다.

6___여전히 총독의 소리가 지배하는 나라

「총독의 소리」(1967~1976년간 4회 분재)는 "조선총독부 지하부 소속 유령 해적방송"의 목소리이며,「주석의 소리」(1968)는 상하이임시정부 주석이 민주주의와 민족주의의 건전한 발전을 위한 방책을 웅변적인 목소리로 설파하는 내용이다.

방송에서 무슨 무슨 소리라는 술어는 우리에게 아스라한 추억이 담긴 〈미국의 소리Voice of America〉(약칭 VOA) 방송을 연상케 한다. 태평양전쟁 중 (1942.2.24)에 시작된 이 방송은 미국의 대외선전용으로 40여 개 국어를 단파로 송신한 특수 방송으로, 한국어 방송은 1942년 8월 29일부터 매일 30분간 실시되었다. 단파수신기로만 청취 가능했던 이 〈미국의 소리〉는 이승만의 「2천만 동포에 고한다」라는 연속 담화로 유명하다. 8도 조선어 방언 중 어느 지역 사투리에도 해당되지 않는 데다 외국인처럼 더듬거렸던 그 특유의 어법과 어조는 단파 방송이 주는 바람소리 같은 잡음이 섞인 난청도와 조화를 이뤄 청취자들에게 감동을 배가시켜 그를 일약 영웅으로 만들었다. 일제는 단연코 그 방송 청취를 엄금했으나, 몰래 들었던 경성방송국기술직 직원들을 비롯한 상당수가 수난을 당했던 단파방송밀청사건短波放送密聽事件(1942.12)으로도 유명하다.

8·15 이후에는 오키나와에 중계소가 설치되어 한결 청취조건이 좋아져 자유당 독재 시기 말기였던 1960년 벽두부터는 나도 자주 들었던 〈미국의 소리〉였다. 대학생 데모 사건 보도에 극히 인색했던 국내방송과는 달리 〈미국의 소리〉는 단신短信으로나마 알려주었기에 아침 저녁으로 하루 2회에 걸쳐 30분간 기독교방송이 중계해 주던 "여기는 워싱턴에서 보내드리는 미국의 소리입니다"라고 시작되던 그 '목소리'가 지금도 귀에 선연하다.

최인훈이 「총독의 소리」 연작 1부를 발표했던 1967년은 바로 월계다방 3인방의 우애가 호시절이었던 절정이자 5·16 세력이 집권 2기(5·3 대통령선거와 6·8총선)를 맞은 해였다. 그들은 이미 미국이라는 상전에다, 1965년 한일협정으로 일본이라는 옛 상전까지 다시 모셔 외부적인 집권

여건이 든든해졌다.

한일협정이란 절차가 일본이 무력이 아닌 경제로 한국을 신식민지화하려는 큰 얼개임을 상당수의 국민들은 익히 깨닫고 있었기에 그 반대의 열기는 대단했으나 역부족이었다. 이에 최인훈은 그 충격과 혼란과 위기의식 때문에 "소설의 통념적인 형식"을 벗어나 "적의 입을 빌려 우리를 깨우치는 형식이다. 빙적이아憑敵利我이다"(「원시인이 되기 위한 문명한 의식」, 『길에 관한 명상』, 청하, 1989, 39쪽)라고 「총독의 소리」의 창작동기를 털어놓는다.

충용한 제국 신민 여러분. 제국이 재기하여 반도에 다시 영광을 누릴 그 날을 기다리면서 은인자중 맡은 바 고난의 항쟁을 이어가고 있는 모든 제국 군인과 경찰과 밀정과 낭인 여러분. 제국의 불행한 패전이 있은 지 20유여년.(「총독의 소리 1」(『최인훈 전집』 9), 80쪽. 이하 「총독의 소리」 연작은 '편-쪽수'로 표기)

첫 방송, 엄밀히 말하면 소설의 화자(문인)가 들었던 '총독의 소리' 1회분은 임종국이 『친일문학론』(1966.7.30)을 집필하게 된 동기로 널리 알려진 일화를 연상케 한다. 17살 때 해방을 맞았던 임종국은 학교 강당에 열흘 정도 머물던 일군 상등병 하나가 "너 어떻게 생각하느냐?"고 묻기에 "조선이 독립하게 돼서 기쁩니다"고 했다. 이에 군인은 결연한 표정으로 "20년 후에 만나자!"라던 말 그대로 패전 20년을 앞두고 서둘렀던 한일협정의 충격 때문에 『친일문학론』을 쓰게 되었다는 이야기는 널리 알려져 있다.(민족문제연구소 홈페이지, 「술과 바꾼 법률책」, 『망국을 할 것인가』)

일본이 20년 후에 다시 온다는 설은 8·15 직후의 "일본이 일어난다, 조선아 조심해라"라는 참요와 함께 우리에게 너무나 익숙하다. 한국전쟁으로 삼천리강산이 한 번 바뀌더니 정확하게 한일협정으로 역사가 두 번 바뀐 이 신식민지 시대의 도래 앞에서 1929년생 임종국과 1936년생인 최인훈은 역사인식의 동질성을 공유했을 것이다.

「총독의 소리 1」은 바로 이런 민족사적인 공감대에서 다카키 마사오高木正雄정권을 비판하고 있다. 소설은 일본의 조선 재래再來복음을 전파하고 자 진력하는 일본 파시스트들의 이데올로기가 투철하게 묻어나도록 장치한다. 임종국처럼 최인훈도 8·15 후 일군이 철수할 당시의 정황을 회상하면서 화두는 전개된다.

반도에 주둔한 병력과 거류민도 폐하의 명에 따라 철수하였거니와 무엇보다 다행한 것은 철수하는 내지인에 대하여 반도의 백성이 취한 공손한 송별 태도였습니다. 피해 입은 내지인은 거의 없었으며 이는 오로지 그동안 제국의 반도 경영에서 과시한 막강한 권위와 그로 인한 반도인의 가슴 깊이 새겨진 신뢰의 염과 아울러 방향 감각을 상실한 반도인의 얼빠진 무결단에서 온 것으로서 오랜 통치의 결실이라고 하겠습니다.(1-81)

성공적인 식민통치였기에 송별회까지 받아가며 귀국했던 달콤한 추억을 되뇌이며, 독일군이 프랑스에서 패주할 땐 "현지 주민으로부터 갖은 잔악한 습격을 받았던 것"(1-81)과 대비시켜 한국인의 민족정서를 자극한다. 이때 한반도 재 침탈을 위해서는 "본인(총독)은 뜻을 같이하는 부하들과 민간인 결사대를 거느리고 이 땅에 남기로 한 것"(1-82)이며, 은인자중하면서 그 때를 기다리기로 한다.

그런데 총독이 보기에는 예상대로 "반도의 역대 정권은 본질적으로 매판정권으로서 민족의 유기적 독립체의 지도부 층이 아니라, 외국 세력의 한국에 대한 지배를 현지에서 대행해줌으로써 자신들의 지위를 보존해 왔던 것"이다. 그러기에 "그들은 부족의 이익보다 외국 상전의 이익을 먼저 헤아렸으며 그렇게 함으로써 자신들의 위치를 유지할 수 있었던 것"(1-82)이었다. 이승만 – 장면 – 박정희 정권까지를 겪었던 총독의 시선에는 일인 총독이 미국인 총독으로 바뀐 것으로 비춰졌음을 이 구절은 암시해준다. 그러기에 조선의 역사는 신라의 외세 의존 통일론부터 그 이후 왕조 자체가 "매판왕조"라는 인식이다.

총독은 이어 중대한 역사인식을 지적한다.

우리는 내지(일본)가 미·소에 의해 점령될 것으로만 알았고 그렇게 되는 경우 내란은 필지라고 보았던 것입니다. 다행히 거꾸로 되었음은 천우신조와 더불어 이 또한 반도인의 저열한 도덕적, 인간적 성격에서 말미암은 것입니다.(1-84)

이 구절에는 ①세계사의 순리라면 전범국인 일본이 분단당해야 했고 일본은 그럴 각오까지 했다. 진술은 않았지만 그래서 분단을 피하고자 일본은 온갖 술책을 다 썼다는 의미가 풍겨난다. ②그럼에도 일본이 분단을 면한 것은 소련이 태평양 진출의 교두보를 확보하려는 걸 원천적으로 차단하려는 미국의 전후 반소 정책이 큰 몫을 했음을 숨기고 있다. ③만약 일본이 분단 당했다면 일본의 남북전쟁은 피할 수 없었을 것이다. 이 말은 총독 자신이 일본의 국민성이 잔혹한 호전성임을 드러낸 실언에 속한다. 독일이 분단 당했지만 전쟁을 않았듯이 일본도 그랬을 것이라고 했다면 조선인의 열등성을 지적하는 논리가 더 설득력이 있었을 것이기 때문이다. ④일본이 분단 안 된 대신 한반도가 분단되었는데, 그 원인 중 가장 중요한 변수는 "반도인의 저열한 도덕적, 인간적 성격"에 있다. 이 지적은 한반도의 비극을 외인론이 아닌 내인론으로 돌려 반도인의 민족성 결함을 거듭 부각시키려는 의도에서 나온다. ⑤그러기에 분단 한반도는 독일과는 달리 남북전쟁이 일어날 수밖에 없었다. ⑥그 전쟁조차도 민족의 이익을 위해서가 아니라 남북이 다 식민종주국의 이익을 위해 피를 흘렸다.

⑥에 대한 최인훈의 입장을 선명하게 볼 수 있는 구절은 한국전쟁에 대한 반도의 공산주의자들의 비판에서 찾을 수 있다. "그들이 반도인의 안녕보다 소련 공산당의 긴장 격화 정책에 충실했던 때문"에 한국전쟁을 유발했다고 작가는 풀이해준다. 이 대목은 1960년대 한국의 지성사에서 이뤄졌던 세계사 인식에서 단연 돋보이는 구절이다. 한국전쟁의 여러 가지 발발 원인 중에서 소련이 동유럽 공산권을 안정시키기 위해서 미국의 시선을 한반도에 묶어두려는 스탈린의 고도의 음모론이라는 설은 1980년대 후반기야 널리 퍼졌기 때문이다.

최인훈의 국제정치에 대한 감각이 이처럼 예민했기 때문에 "반도의 매판정권들은 항상 제 백성들을 잡았던 것"(1-85)이며, "그들은 정치적 음치音癡이며 풍문에 사는 자들이며 현장에 있으면서 없는 자들이며 이목구비가 있으면서 죽은 자들이며 다시 말하면 반도인들입니다"(1-86)라는 결론을 도출할 수 있게 된다.

이와 대조적으로 일본이란 나라, 즉 "제국의 이데올로기는 만세일계萬世一系의 황실과 그 아래로 충용한 적자赤子로서의 신민臣民이라는 요지부동한 체계"를 갖고 있다고 자부한다. 이 섬나라 제국의 종교는 "식민지인 것입니다. 식민지는 무엇인가? 반도인 것입니다. 반도야말로 제국의 종교였으며 신념이었으며 사랑이었으며 삶이었으며 비밀이었던 것입니다".(1-96)

반도의 영유는 제국의 비밀이었습니다. 영혼의 꿈이었습니다. 종족의 성감대였습니다. 건드리면 흐뭇하게 간지러운 깊은 비밀의 치부였습니다. 오늘날 제국은 이 비밀을 잃었습니다. 이것은 반드시 회복되어야 합니다. (…중략…) 실지 회복(失地回復), 반도의 재 영유, 이것이 제국의 꿈입니다.(1-97)

아무리 일본이 반도 야욕의 꿈을 가졌어도 한민족이 항쟁하면 침탈이 불가능할 텐데, 반도인에게는 그런 민족의식을 성숙시킬 민주주의가 불가능하다는 게 총독의 견해다. 민주주의의 꽃인 선거가 반도에서는 결코 제대로 피울 수 없기 때문이라고 그는 단호하다.

"(1960년) 3·15(대통령 선거)에서는 인기를 잃은 늙은 추장(이승만)이 망측한 방법"을 썼는데, 그것은 "쌍가락지표, 피아노표, 올빼미표, 따위 듣기에 화사한 방법으로 제사(선거)를 망쳤던" 것이다. 이 부정선거 규탄을 발화점 삼아 4월혁명이 일어났는데, 이걸 총독은 "반도인들은 주기적으로 집단적 지랄병을 일으키는 버릇"으로 풀이한다. "기미년 3월에도 그 발작이 있었던 것"이고, "그 4월의 지랄병"도 여기에 속하는데, 4월혁명의 와중에 총독은 자못 당황한다. 행여 반도인들이 진짜 민주주의를 실현해 민족의식을 각성하면 일본의 종교가 사라지고, 심지어는 "제국(일본)에 대한 노골적인 위협"일 수도 있다고 보았다.

그러나 이내 "반도인들의 그 썩은 근성"이 다시 살아나 적이 안심하게 된다. 바로 5·16쿠데타가 4월혁명의 얼을 뿌리째 아작 내버렸기 때문이었다. 뿐만 아니라 쿠데타 세력은 부정부패와 부정선거에서 이승만을 능가하여 "막걸리는 흘러서 강을 이루고 부스럭 돈은 흩어져 낙엽을 이루었습니다. 또 다시 피아노표, 쌍가락지표, 다리미표, 무더기표, 대리투표, 개표 부정의 난장판이었습니다. 민주주의가 난장 맞은 것입니다".(1-100)

오늘도 조선 신궁의 성역(性域)에서 반도인 갈보년들의 성액은 흐르고, 아아 남산을 타고 넘는 밤 구름은 어찌 그리도 무심하여 이역에서 구령(舊領)을 지키는 노병의 심사에 아랑곳없는가.(1-103)

한시름 놓은 총독은 이렇게 호기를 부리면서, "지금까지 여러분은 프랑스의 알제리아 전선의 자매단체이며 재한 지하 비밀 단체인 조선총독부 지하부의 유령방송인 총독의 소리가 대한민국 제6대 대통령 선거(1967.5.3) 및 제7대 국회의원 선거(1967.6.8) 종료에 즈음하여 발표한 논평 방송을 들으셨습니다"(1-104)라며 방송은 끝났다.

두 번째 방송은 "총독 각하의 노변담화 시간"이다. 이제 한반도는 1·21사태(1968)와 푸에블로호 사건(1968.1.23)으로 전쟁 재발의 위기감이 고조됐다. "반도의 평화가 이어감으로 해서 살림에 윤기의 이끼가 끼고 멍든 마음의 다친 자리가 가시는 것을 이 사람(총독)은 눈뜨고는 못 보는 것이외다." 일본으로서야 남북한이 증오심으로 이글대며 서로가 엄청난 병력을 유지하기 위하여 스스로의 팔다리를 튼튼한 쇠사슬로 묶여 있기를 고소원불감청固所願不敢請이 아닌가. 하물며 "그 국경이라는 것이 제 나라 한복판에 있으니 잘된 일"(2-107)이라고 총독은 희희낙락이다.

한반도의 기를 꺾어 맥을 못 추게 하려고 일본은 임진침략전쟁 때 조선의 "명산대천의 맥을 찾아서 산줄기에 말뚝을 박는다든가, 명당자리에 세운 건조물에 흠집을 입혀서 산천을 상징적으로 주살"(2-109)하였으며, 조선이 근대화 운동으로 개화할 찰나에 일본은 식민지화하여 그 발전을 막아버렸다. 분단 이후 남북한 그 어디서든 민주주의 정권이 들어서는 건 일본의 재앙이라는 게 총독의 역사인식이다.

특히 남한의 경우, 역사의식을 마비시키기 위하여 일본은 문화예술을

"치정 세계에서의 성욕과 터부의 갈등이라는 자리로 옮겨져서 카타르시스"(2-115)되도록 작용한다고 총독은 장담한다.

세 번째 방송은 "총독 각하의 특별 담화"로, "총독부 당국은 민주주의란 귀축 미영의 세계 경영의 선전 문구에 지나지 않으며 공산주의란 적마 러시아의 세계 재편성의 아편에 지나지 않는다는 정통적인 견해"(3-129)를 밝힌다. 그러니까 한반도인은 소련이나 미국이 아닌 일본을 신뢰해야 된다는 요지다.

네 번째 방송은 "총독 각하의 특별 말씀"으로 미소 간 데탕트가 이뤄지자 행여 한반도에도 평화가 정착될까 염려해서 그 방역망을 설치하려는 경계심과 우려를 나타낸다. 일본의 입장에서 볼 때 미소간의 데탕트란 한반도의 분단을 영구화하려는 야합에 지나지 않는다는 요지다.

> 냉전이란, 귀축들의 코흘리개 평론가들이 말하듯, 열전 아닌 차가운 전쟁도 아니요, 이름만 들어도 정떨어지는 술주정뱅이 처칠이 말한 것처럼 무슨 무쇠의 장막의 이쪽 저족에서 벌인 독재와 자유라든가 하는 사이에서 일어난 이데올로기 싸움도 아닙니다. (…중략…) 언제나 재물을 다툴 뿐입니다.(4-156)

총독은 유럽 제국주의의 변천사를 일별하면서, 한국전쟁의 발발 원인이 스탈린의 음모임을 재삼 강조한다.

> 조선반도에서 전쟁을 일으키기로 한 스탈린의 목표는 장개석군의 개입을 유발하여, 장군을 본토(중국)에 상륙시키고, 상당한 지역을 되찾게 한 다음 휴전을 성립시킨다는 것이었음을 본 총독부가 모은 정보는 뚜렷이 하고 있습니다. 모비(毛匪, 마오쩌둥을 지칭)의 불필요한 승리를 원장(原狀)으로 되돌려놓

은 일이었습니다.(4-169)

중국의 대국화를 막겠다는 스탈린의 야심은 미국과는 이심전심일 것이다. 그래서 러시아는 유엔 안보리에 불참하여 미국의 한반도 참전을 허용했다. 만약 장제스가 스탈린의 속셈도 모르고 단견으로 본토상륙을 시도했다면 동아시아는 어떻게 되었을까.

총독부는 이 비밀을 알고 일본 본국에 알려서 제국의 군대를 편성, 중국 본토 개입도 하려고 노렸다. 그랬다면 한반도는 제국의 영토로 환원되었을 수도 있다는 이 만화 같은 환상.

그러나 모비는 도리어 실리를 챙겼는데, 그 첫째는 한국전에 참전함으로써 중국 본토를 사회주의 체제로 조직할 능력을 만천하에 증명해 주었고, 둘째는 스탈린이 계속 모비에게 출혈을 강요하면 미국과 단독으로 강화할 수도 있을 것이란 의지를 풍기면서 소련의 야심을 꺾었다. 이로써 미국은 장제스가 대륙 수복 능력이 불가능함을 확신하게 되었고, 스탈린은 모비의 동원력에 경악하여 중국은 소련식 사회주의가 아닌 티토식 독자노선의 체제가 형성되어 소련과의 연결고리가 끊어질 걸 예상했다. 이런 불안정 속에서 일본으로서는 김일성 체제가 안전해야 반도의 분단이 굳어지기 때문에 북한은 일본제국에 도움이 된다고 결론 내렸다.

그러기에 당연히 총독은 1972년의 7·4남북공동성명을 맹비난하며 경계하나 반도인 중에는 일본제국을 지지하는 세력이 있는 데다 기득권자들은 이에 대해 불만을 간직하고 있기에 "나의 마하장병摩下將兵이여. 관민 여러분. 식민지의 모든 밀정, 낭인 여러분. 불발不拔의 믿음으로 매진하라. 제국의 반도 만세"로 방송을 맺는다.

총독의 입을 빌린 작가의 역사의식과 시국관을 여지없이 드러낸 이 연작 중 가장 중요한 부분은 문화민족에 대한 해석일 것이다.

> 문화민족이란 것은, 금속활자를 만들었다거나, 불경을 나무토막에 파가지고 축수했다거나, 항아리를 구워낸다는 말이 아닙니다. 문화민족이란 누가 나의 적이며, 그 적을 몰아내자면 어떤 방책을 어떻게 힘을 모아서 실현시킬 것이냐를 아는 집단 슬기라고나 할까요, 그런 재주를 부릴 줄 아는 민족을 말합니다.(4-195)

자기 민족을 증오하는 걸 애국이라고 가르치는 국가권력이 지배하는 나라가 어찌 문화민족이겠는가!

최인훈의 이런 민족적 양심은 2001년 인촌상 수상 거부로 재확인되었다. "최인훈 씨는, 동아일보사의 설립자인 인촌 김성수를 기려 제정한 인촌상을 거부한 이유를 명확히 밝히지는 않았다. 그러나 그가 우회적으로 들려준 배경과 동기 설명으로부터 그의 생각을 짐작하기란 어려운 일이 아니다. 그는 자신의 수상 거부에 상식 밖의 이유가 있을 수는 없고, 어디까지나 공적인 이유 때문이라고 설명했다."(최재봉, 「문학상 거부 통쾌한 파격」, 『한겨레신문』, 2001.10.8) 이어 이 기사는 아래와 같은 최인훈의 말을 인용한다.

> 최근 어떤 문학상을 둘러싸고 모종의 상황이 전개되고 있다. 내가 그에 대해 뭔가 개인적인 견해를 밝히는 것은 적절하지 않지만, 이런 경우에는 구체적으로 내 문제로 다가왔기 때문에 결단을 내려야 했다. 지금까지 두루두루 좋은 게 좋다는 식으로 살아왔지만, 더 이상 그럴 수는 없다. 눈에 보이지는 않지만 나에 대해 긍정적인 기대 지평을 지니고 있는 분들이 있다. 이번의 결정을 통해 나는 그 분들에게 무언의 말을 한 것이다.

『친일인명사전』이 출간된 것이 2009년임을 감안하면 최인훈의 이런 결단은 실로 경이로움 그 자체여서 그 용단을 경외하지 않을 수 없다. 더구나 작가회의 회원들조차도 동인문학상, 팔봉비평상, 미당문학상을 예사로 받는 풍토가 이어지고 있지 않은가. 물론 황석영은 이미 2000년도에 동인문학상을 거부한 데 이어 그 뒤 공선옥도 거부했지만 친일문인 명의의 문학상은 여전하다.(최재봉, 「미당문학상 이어 친일 문인 기리는 동인문학상도 폐지해야」, 『한겨레신문』, 2018.10.7)

이보다 더 놀라운 소식은 최인훈의 작고 후 그 영식 최윤구(음악 칼럼니스트)가 전해주었다. 민족문제연구소가 2004년 8월 1일부터 『오마이뉴스』와 공동으로 '『친일인명사전』 편찬 국민의 힘으로'라는 캠페인을 전개했는데, 그때 최인훈은 적극 지지하며 자신이 나서면 혹 불필요한 잡음이 있을 수도 있으니 아들의 이름으로 후원을 했다는 것이었다. 『친일인명사전』 부록에는 당시의 후원자 명단이 다 실려 있는데, 실지로 '최윤구'란 성함이 등재되어 있다.(최재봉, 「아버지의 이름으로」, 『한겨레신문』, 2019.5.17)

나를 만났을 때에도 전혀 내색조차 않았던 이런 알려지지 않은 역사적인 미담을 실천했던 작가가 바로 최인훈이다.

「총독의 소리」와 대비시킨 「주석의 소리」(1968)는 제목이 시사하는 바와 같이 "삼천리 금수강산 만세. 여기는 환상의 상해임시정부가 보내는 주석의 소리입니다. 주석 각하의 3·1절 담화를 보내드리겠습니다"로 시작된다. 『회색인』에 등장했던 저 효창공원의 김구 주석을 연상하는, 그리고, '문화민족'을 강조했던 그의 사상사적인 초상을 최인훈은 그리고자 각고의 심혈을 쏟는다. 방송은 민족해방의 투쟁을 위한 격려사일 것이라는 예상을 깨고 심오한 역사철학과 참담한 민족사를 재창조하기 위한 정부의 역할과 기업인과 지식인들의 책무를 강조한다.

주석에 의하면 유럽의 근대화 이전 세계사는 지역사로 어느 특정 제국이 먼 남의 나라나 민족의 운명을 지배할 수 없었다. 그런데 산업혁명 이후 지역사의 장벽이 무너져 세계사로 확산·전개됐으며, 이 과정에서 민족과 국가와 계층성이 등장했다.

이런 세계사관은 마르크스나 홉스봄의 견해와 일치한다. 산업혁명 이후 대포와 선박의 질을 향상시킨 열강들이 제국주의적 침탈에 광분하면서 식민지 개척의 동진東進 시대를 연 것이 세계화의 시대였다. 이런 현상을 주석은 막스 베버의 윤리적 자본주의가 배신당하면서 제국주의화되었다고 풀이했다. 여기에 정면 대결한 사회주의는 그 역량을 강화하게 되었고, 이런 공산주의 운동에 의하여 자본주의의 부정적인 요소는 수정당해 그나마 일말의 인간화의 모습으로 변할 수 있었다는 것이다. 물론 이런 현상은 그냥 얻어진 게 아니라 민중의 투쟁의 결실로 선진국일수록 그 실현이 빨랐다고 주장한다.

그런데도 후진국들의 정부는 "자기 국민을 적에게 파는 정부, 그것이 최악의 정부"(「주석의 소리」, 『최인훈 전집』 9, 60쪽)로, 식민지로 전락했는데, 한반도 역시 예외가 아니었다. 매국노와 친일파들의 변호가 근대화론으로 아무리 위장해도 그 어떤 변호도 불가함을 주석의 소리는 단언한다. 3·1운동과 4·19혁명에 나타난 국민주권 의식의 선명화를 강조하며, 그게 정부의 역할이라는 것이 주석의 정부관이다.

식민지적 정부 아래서의 기업 역시 착취와 수탈의 구조이기에 유럽처럼 기업 자체가 자본주의의 개념을 수정해 나가도록 해야된다는 주장이다.

이런 사회적인 변혁을 추진함에서 지식인은 기술자인 동시에 윤리적 기술자이기도 해야 하며, 지구적인 보편성과 함께 민족적 특수성도 중요하다고 주석은 주장한다.

이 모든 것 위에 가장 중요한 것은 국민 "개인의 책임이 민주주의의 주체적 조건"으로 각자가 각성할 것을 촉구한 주석의 소리는 최인훈 정치학의 뼈대를 이룬다.

이 시절, 월계다방 무렵의 최인훈의 사상적 면모를 그대로 드러낸 것이 여기까지인 것으로 볼 수 있다. 내가 최인훈을 면허증도 없이 사부로 모셨던 이 시기에 그는 때로는 나와 내 부자 친구를 대상으로 한 주석담酒席談 혹은 강론으로, 때로는 남정현 박용숙과 함께 벌렸던 담론들의 결집이 「총독의 소리」와 「주석의 소리」를 이루고 있으며, 나 역시 십분 공감했다.

7 _____ 『태풍颱風』을 쓸 무렵

1971년, 나는 소공동의 경향신문을 떠나 도렴동(현 세종문화회관 뒤)의 월간 『다리』사로 밥벌이 자리를 바꿨다. 청년 정치인으로 유망했던 김상현 의원이 자금을 댔고, 모든 운영책임은 윤형두(범우사 대표)가 맡았던 이 야성 강한 잡지에는 외우 구중서가 주간으로 있다가 가톨릭에서 창간한 월간 『창조』로 옮겨 간 후임으로 내가 자원한 것이었다. 안정적인 신문사 대신 가시밭길을 선택한 우행이었지만 배짱 맞는 일이었고, 이 사무실로 남정현은 무시로 드나들었으나 최인훈은 소원해져 가던 무렵이었다.

이후 최인훈은 『태풍颱風』(『중앙일보』, 1973 연재)을 쓴 해에 도미했다가 1976년에야 귀국했고, 나는 박정희의 긴급조치 통치 첫 해(1974)에 징역을 살고 나오자 문단에서 우연한 만남 말고는 저 아득했던 월계다방 시절의 달콤한 추억과는 점점 멀어져 갔다. 내 평론에서도 최인훈은 서서히 언급을 줄여가던 차에 『문학과 지성』의 의뢰로 장편 『태풍』의 서평을 쓰게 되었다. 『문학과 지성』 1979년 봄호에 실렸던 이 글의 원 제목은 '증언과 예언'으로, 김원일의 『노을』, 이호철의 『그 겨울의 긴 계곡』을 함께 다뤘는데, 그중 『태풍』을 다룬 부분만 발췌, 수정한 걸 그대로 살려 여기 옮겨본다.

『태풍』은 상징과 우의寓意의 형식을 취한 역사소설 형식을 취하고 있다. 시대적인 배경을 제국주의 세력이 서로 겨루느라 가장 위기에 몰려 있었던 1940년대로 설정한 이 소설은 피식민지의 한 지식인을 주인공으로 내세운다. 오토메나크는 애로크(식민지 시대의 한국으로 추정)인이면서도 식민 종주국인 나파유(일본이나 그와 비슷한 제국주의국가로 추정)에 동조하는 청년으로 성장한다. 재벌에다 친 나파유 파인 아버지 아래서 외아들로 자라난 오토메나크는 나파유 유학생활을 통하여 자연스럽게 군국주의 사상에 길들여져 아시아공동체 건설의 꿈(일제의 대동아공영大東亞共榮 정책)에 부풀어 있다. 그 충성심을 인정받은 그는 중위로 복무 중 직속상관인 아나키스트 소령의 심복으로 아이세노딘(인도네시아나 남태평양 지역의 어느 식민지로 추정)의 독립투사 카르노스(수카르노 연상)를 감시하는 역할을 맡게 된다. 이 나라는 유럽의 니브리타(네덜란드)제국의 오랜 식민지였는데, 나파유가 니브라타군과의 격전에서 승리하여 아이세노딘을 점령, 자치정부를 수립코자 했다.

그러자 아이세노딘은 동서로 갈라져 친 나파유와 반 나파유(동부 아이세노딘 독립임시정부)파로 분단된다. 오토메나크 중위가 감시를 맡은 카르노스는 반 나파유의 지도자로 임시정부를 새운 국민적 영웅이 된다. 그러나 카르노스는 나파유 군에게 체포당해 억류되고 말았다. 억류자 중에는 니브리타 군 관련 친속 40여 명의 여인들과 동부 아이세노딘 독립투사 5명도 포함되어 있다. 오토메나크 중위는 이들을 배에 태워 동부 아이세노딘 깊숙한 지역으로 잠입, 대기하라는 명령을 실행하고 있다.

나파유 군은 니브라타의 여포로를 미끼삼아 니브라타 군과 휴전을 흥정하는데, 니브라타 군은 동부 아이세노딘의 독립투쟁이 더욱 맹렬해진 데다가 본국의 야당이 정치적인 공세를 펴서 궁지에 몰린다.

이런 와중에서 오토메나크 중위는 카르노스를 감금하고 있는 대저택에서 감시업무에 충실하던 중 그에 대한 존경심이 생기는 한편 카르노스의 시중을 들던 소녀 아만다와 정사를 나누게 되는데, 그녀는 카르노스와도 육체적인 관계를 가진 상태였다. 그러던 어느 날 아버지가 곧 나파유의 패전이 가까웠으니 미리 준비하라는 은밀한 소식을 전해 주었지만 워낙 나파유에 대한 충성심으로 다져진 터라 별 흔들림이 없었다.

착잡해진 그에게 나파유 군은 포로들을 이동시키라고 명령해서 집행 중 여포로들이 반란을 일으킨 데다 태풍이 겹쳐 배는 대파되어 버렸다. 오토메나크가 정신을 차려보니 어느 섬에서 12인의 여포로와 15명 남짓의 군인들뿐이고 카르노스와 아만다는 사라지고 없었다. 생존본능만 작동하는 극한상황 아래서 군인들은 여포로와의 동침을 강요했고, 오토메나크 역시 아만다를 생각하며 한 여포로와 정사를 즐겼다.

그로부터 30년 후 아이세노딘 국의 수도에 바냐 킴이란 유명한 사나이가 소개된다. 바로 오토메나크의 변성명으로 그는 카르노스와 합세하여 독립전쟁을 승리로 이끌어내어 독립유공자가 됐다. 대통령이 된 카르노스는 아만다를 부인으로 삼았는데, 딸 하나를 낳았고 대통령이 죽자 그녀는 화란 선박업자 재벌과 재혼해 버렸고, 그 딸은 바냐 킴이 양녀로 입양했다. 덧붙이자면 바냐 킴의 아내는 섬에서 정사의 상대였던 여포로이다.

　이렇게 자상하게 줄거리를 간추린 까닭은 최인훈의 유일한 신문 연재 소설이라 관념적인 의식의 흐름이나 등장인물들의 사념이 거의 없이 줄거리 그 자체가 곧 주제의식과 연관이 된다고 보기 때문이다. 아만다의 재혼은 누구나 재클린 케네디 오나시스를 연상할 터인데, 최인훈은 거의 모든 작품에서 여인상을 매우 개방적이고 육감적으로 부각시키고 있다. 그의 여주인공들은 다분히 성적인 매력이 충만하며 개방적인데, 그 성행위는 단순한 쾌락으로의 기능을 넘어 이기주의로의 변신을 위한 발판이자 그릇된 사회체제나 가치관으로부터의 도피의식 혹은 소극적인 저항의식까지 담아낸다. 이명준이 두 여인의 육체를 통하여 남북을 방황하듯이 오토메나크 중위도 아만다를 통하여 나파유 제국에 대한 회의와 갈등을 점점 증폭시켜 나간다. 뿐만 아니라 최인훈에게 성행위란 한 자연인이 다다를 수 있는 가장 원초적인 유토피아의 초보단계로 인식되기도 한다. 부연하면 인도네시아의 독립투사이자 초대 대통령이었던 희대의 바람둥이 수카르노는 민족주의와 여러 종교 세력, 그리고 공산주의 세력을 연합한 나사콤NASAKOM 체제로 국민적 영웅이었음을 상기할 필요가 있다.

　『태풍』에서도 포로 수송 중 파선된 채 외딴 섬에서 남녀들이 행하는 묵인된 집단 섹스는 도피형 이상향일 수도 없지 않다. 성행위의 난잡화 현상을 통하여 작가가 겨냥하는 것은 엄숙한 권력을 향한 비웃음과 권위 없음의 풍자이기도 하다. '민족의 지도자'라는 카르노스가 어떻게 식민 종주국 하급 장교의 정부를 정식 아내로 맞을 수 있단 말인가'라는 현실적인 반문 앞에서 이 작가는 아마 태연하게 그것이 식민지와 신식민지 시대가 낳은 국제 정치권력의 메카니즘이라고 대답할 수 있을 것이다. 더 나아가 사르트르의 이론처럼 사디즘과 마조히즘의 심리구조를 식민지와 피식민지의 생태로 비유할 수도 있을 것이다. 그래서 인도네시아의 걸출한 지도자 수카르노를 연상한들 망발이 아니다.

달콤한 사랑 이야기에서 시선을 오토메나크 중위로 돌려보면 우리 근현대사와 너무나 닮은 꼴이 많음을 눈치 채게 될 것이다. 그는 식민 종주국 나파유제국의 이데올로기에 착실하게 순종한 지식인이었다. 지식인이란 반드시 올바른 역사의 방향을 제시하거나 정의를 실천하는 존재가 아니라 그 역행이 얼마든지 가능한 나약한 인간이 될 수도 있다. 대일본제국의 패배를 대부분의 사람들은 상상도 못했듯이 역사란 그 현장(최인훈식 표현으로는 광장)에서 보면 항상 밀림뿐 계곡과 능선은 보이지 않을 수도 있다. 이런 밀림 속을 운 좋게 살아간 오토메나크는 전후에 전범재판 법정이 아닌 어느 먼 나라의 해방투사로 재등장하고 있다.

이런 사실은 이명준이 중립국으로 간 것처럼 오토메나크도 전쟁이 끝난 뒤 귀국하지 않고 제3국에 그냥 머물며, 조국으로부터 명예 총영사직을 맡아 달라는 걸 거절한다. 이런 인간상에 대해서는 자신의 조국을 버렸다는 비판부터 민족이나 고향에 대한 집착의 시대가 아닌 이데올로기나 지구촌 시대의 가치관으로 변모한 유형의 인간상으로 접근할 수도 있을 것이다.

오토메나크 같은 인물을 등장시킨 것은 작가가 본 근대 민족해방투쟁사의 착잡한 심경의 반영일 수도 있다. 아편장수가 독립운동가로 변신한 예가 횡행하는 8·15 이후의 한국사회를 역설적으로 우의화한 것은 아닐까. 하물며 이런 반민족적인 인물에게 명예총영사직을 구걸하는 추태까지 보여주고 있는 판이 아닌가. 오토메나크 중위(독자들은 쉽게 다카키 마사오, 高木正雄를 연상)의 활약상이 전개되는 순간에는 그를 자기 조국의 지도자로 내세워 바로 한국형 신식민지 상황을 빗대어 역사의 심판대에 올리려나 하는 일말의 기대가 없지 않았으나 이내 포기했다. 이 소설이 발표됐던 1973년이란 한국사회가 유신헌법의 굴레에서 지식인들이 연옥의 계절에 처해 있었을 때임을 고려하고서였다.

아이세노딘이 동서로 분단된 것은 제2차 대전 후 분단된 나라들을 연상하는 게 자연스럽다. 그 나라의 지도자로 카르노스를 내세운 건 최인훈이 지닌 민족적 정체성에 대한 재확인일 것이다. 작가는 이미 『회색인』에서도 상해 임정을 법통으로 삼았어야 했다고 주장했듯이 카르노스는 독립을 위하여 무장투쟁도 불사한 인물로 자신을 감시하는 임무를 맡은 오토메나크조차도 존경심을 갖도록 만든 카리스마를 지녔다.

그럼에도 불구하고 『태풍』은 진지한 민족운동사의 추구라기보다는 인간 개체의 삶과 권력과 역사의 상관관계를 탐구하는 작품으로 보는 게 좋을 듯하다. 인간이 인간답게 살기에 가장 나쁜 조건인 역사적 상황을 설정해 두고는 그런 가운데서 각자가 저마다 안락한 삶을 누리고자 부대끼는 모습에 작가는 초점을 맞추고 있다. 민족적 수난이나 역사에의 의지보다는 개인적인 비극과 지식인의 좌절에 초점을 맞추는 경향의 소설이 최인훈에게는 밀실형 작품으로 분류되고 있다. 광장형 작품과는 달리 밀실형 작품일수록 작가의 문체는 환상과 상상력과 시적인 장치로 빛난다. 그 대신 광장형 작품은 서사구조가 뚜렷해지는데, 희곡은 아마 광장형과 밀실형 작품 기법을 통섭화 시키려는 시도로 보인다.

8___『화두』에 나타난 작가의 성장 시대

『태풍』 이후, 나는 1979년에 두 번째 투옥으로 10·26과 그 이듬해의 5·17(1980)을 옥중에서 보내다가 1983년에야 광복절 특사로 출옥했다. 전두환 군부의 탄압이 극한에 이르렀던 때라 세상 전체가 차라리 철창이라 불러도 과장이 아니어서 서울의 도심은 최루탄 냄새가 일상화되어 버렸다. 1987년 6월 시민항쟁으로 전두환 군부독재의 영구집권 음모는 분쇄되었으나 김대중-김영삼의 분열로 반쪽 민주화가 이뤄진 상태에서 민주화와 통일운동은 점점 뜨거워졌고 이에 따라 한국문단 역시 사상 유례를 보기 드물게 다양한 유파들이 대립 혹은 공존하는 시대로 진입했다. 전후문학파의 바톤이 4·19세대를 거쳐 5·17세대로 교체되었고 이런 와중에서 최인훈과는 내면적인 그 깊은 정리와는 상관없이 물리적으로는 멀어져 버렸다.

그렇게 한참 세월이 흐른 뒤 『화두』(1994)를 만났을 때 반가움과 감탄은 일시에 되살아났다. 월계다방 시절에 내가 흠모해 마지않았던 역사와 민족에 대해 꼿꼿했던 그의 자세가 역시 변하지 않았구나 하는 신뢰와 함께 그에 대한 그리움이 솟았으나, 세속의 번잡한 일에 치여 지내느라 나는 미처 그 감동을 정리할 틈조차 없이 지냈다. 이제 더 이상 미룰 수도 없다는 다급함에 밀려 『화두』에 빠져들고 싶은 유혹에 내 붓을 맡긴 게 이 부분이다.

『화두』에서 밝힌 최인훈의 삶을 순서대로 따라 가보면 그는 회령에서 출생했고, 아버지는 목재상이었다. 해방될 무렵에는 벌목산판과 제재소를 경영하며 군내郡內 땔감 나무와 숯 배급을 하는 이권을 가져서 나름대로 궁색치 않았지만 술도, 담배도 않았고 서가는 다양했다. 그중 최인훈의 기억에 남는 목록(거의 日書)을 밝혀주는데 이를 이해하기 쉽게 소개하면 다음과 같다.

「북유럽의 임산업」, 「조선경제사」(백남운), 러셀의 「사회개조의 원리」와 베벨 「부인론」이 한 권에 묶인 사상전집 중 한 권. 이쿠타 슌게츠(生田春月)시집 『영혼의 가을(靈魂の秋)』, 붉은 색 표지의 문고판 아니타 루스(Anita Loos, 1889~1981)의 『신사는 금발을 좋아한다(Gentlemen Prefer Blondes: The Intimate Diary of a Professional Lady, 紳士は金髮がお好き)』, 코헨 브렌타노의 『현상학(現象學)』, A. H. 호킨스(Anthony Hope Hawkins, 1863~1933)의 소설 『젠다성의 포로(The Prisoner of Zenda)』, 『메트로폴리스』, 조선일보 간 『조선문학전집 시가편』, 『흙』, 『김립(金笠) 시집』, 히노 아시헤이(火野葦平)(1907~1960)의 소설 『보리와 병정(麥と兵隊)』, 잡지 『改造』 등등.

작가의 아버지는 8·15 후 조선민주당에 가입했던 것으로 봐 민족과 사회문제에 나름대로 민감했을 것이다. 북한이 토지개혁(1946.3.5)을 실시하자 산림 국유화 등으로 제재소 등을 팔아도 경영이 어려워져, 청진 국영임산사업소 책임자로 들어갔다. 이 무렵 할머니가 작고하자 장례식을 성대히 치른 뒤 집을 지인에게 팔아 달라고 부탁하고 고향을 떠나 원산으로 이사했다. 집이 팔리면 그 자금으로 원산에다 과수원을 살 계획이었으나 뜻대로 되지 않아 한 지인의 소개로 원산의 국영화된 목재회사 평직원으로 취업해 그 사택에 살았다.

최인훈은 8·15 후 약간 엉성했지만 북한의 사회주의적 교육 체험을 선명하게 기억하고 있다. 그가 정말 아름다웠다고 기억한 영화 중에는 〈돌꽃〉과 〈시베리아 대지의 곡〉 등이 있다. 전자는 한국전쟁 중 인민군이 점령했던 시기의 서울에서 〈석화石花〉라는 제목으로 상영했던 명화다. 작가 바조프Pavel Petrovich Bazhov, Па́вел Петро́вич Бажо́в(1879~1950)가 우랄지역의 민화를 다룬 설화집인 『공작석 상자The Malachite Box, Малахитовая шкатулка』(1939)에 실려 있는 이 작품("The Stone Flower(Каменный цветок)")은 1946년에 영화화되어 바로 북한에 소개되었을 것이다. 지금은 유튜브에서 영어 자막으로 감상할 수 있을 정도로 유명하다.

영화 〈시베리아 대지의 곡The Ballad of Siberia〉은 이호철이 감동적이었다고 자주 소개했던 작품으로 그 주제곡을 즐겨 불렀던 것인데, 최인훈은 극장 간판만 봤다고 한다. 이 작품 역시 유튜브에서 볼 수 있다.

소설의 첫 장면은 원산고교 1학년 교실에서 고등국어 책에 실린 조명희의 「낙동강」 소개에서 시작된다. 이 작품의 여주인공 로자는 폴란드 출신으로 독일에서 활약했던 로자 룩셈부르크로 나중 『광장』에도 등장하는 위대한 여성 혁명가다.

당시 국어책에 게재됐던 작품 목록에는 이태준 「영월영감」, 최서해 「탈출기」, 임화 「우리 오빠와 화로」, 박팔양 「봄의 선구자」 등이라고 최인훈은 회상했다.

이호철이 회상하는 원산고교 2년 후배 최인훈의 실루엣은 "48년엔가 원산 송도원 옆으로 솔가해" 와서 "내가 다녔던 한길중학교에 편입", 졸업 후 원산고교에 진학해 "내가 고3 때 그는 고1이었고, 7개 학급 속의 6반에 속해 있었다". 문학서클의 책임자였던 이호철은 "매우 자질이 있는 아이가 하나 있다고 해서 어느 날 점심시간이 끝날 무렵에는 그에게 문학서클에 들도록 권고하기 위해 6반까지 찾아" 갔다. 복도에서 창문으로 교실을 들여다보며 최인훈이 누구냐니까 "둘째 줄 앞에서 두 번째인가 앉았던 최인훈을 가리켜, 그 학급으로 마악 들어서려 할 때 마침 수업시간이 시작되며 선생님이 들어서는 것과 맞부딪쳐 그냥 돌아섰던 것이었다". 이호철이 최인훈을 처음 만난 것은 남정현의 소개로 월계다방에서 "육군 중위 견장을 단 군복차림이었고 버쩍 마른 청년" 때였다.(이호철, 『우리네 문단골 이야기』 2, 자유문고, 2018, 101~104쪽)

『화두』는 한국전쟁 시기의 원산 시내 풍경들과 함께 임산사업소를 그만두고 자영 목재상을 시작하려던 아버지의 꿈의 좌절과, 낙천적인 어머니가 어렸을 적 소학교 담임과 동업으로 국밥집을 냈던 등의 정황들을 추억의 앨범으로 펼쳐 보여준다. 1950년 9월, 고교 2년생으로 진급한 최인훈의 시선에 비친 전쟁은 누구에게나 마찬가지듯이 참담했다. 이내 남쪽 군이 북으로 진입하여 원산도 국군이 점령하게 되자 세상이 순식간에 뒤바뀌었다. 그래도 여전히 군중들은 깃발을 들고 소리 높이 외쳤으나 그 깃발과 구호는 달라졌고, 학교에서는 러시아어 대신 영어과목이 들어섰다. 그러나 그도 잠깐이어서 국군과 유엔군의 후퇴로 원산은 엑소더스의 겨울을 맞게 된다. 여기에 작가의 가족도 동참했다. 배를 타고 남하하던 중 "한 무리의 선원들이 젊은 여자를 끌고 내려와서 계단 바로 뒤쪽의 기둥에 세워서 묶어놓고 올라갔다. 여자는 고함을 지르면서 반항했으나 묶이고 나자 고개를 숙이는 것이 보였다. 풀어 헤쳐진 머리가 가슴으로 쏟아져 있었다. 미친 여자다, 하는 소리가 들렸다". 그녀는 자다가 끌려나온 양 하얀 속저고리 속치마만 걸쳤는데, 느닷없이 포효 하듯이 〈적기가〉를 불러댔다.(『화두』 1, 267~269쪽. 이후 이 책은 권-쪽수로 표기함)

왜 이런 장면을 삽입시켰을까. 아마 작가의 시선에는 전쟁의 공포가 가져다 준 혼란상은 어느새 이데올로기 조차도 형해화되어버린 채 그냥 물결에 휩쓸리듯이 남북으로 대이동을 감행한 것이었음을 상기시키고 싶었을 수도 있겠다는 생각이 든다. 함경도 아바이 출신의 세 작가(장용학,

이호철, 최인훈)의 경우만 봐도 북에 남으면 명백히 탄압을 받을 것 같은 공포감에서 떠난 건 장용학뿐이고, 이호철 최인훈의 경우는 그저 휩쓸리듯 월남행 배를 탄 것처럼 모호하다.

9 ___ 역사인식의 새로운 지평을 열다

어쨌든 그해 겨울 남하한 최인훈은 부산에 잠시 머물다 철도국 간부였던 먼 친척의 소개로 목포로 이사, 이듬해 4월에 목포고교 3년으로 진급 편성됐다. 이어 서울대 법대에 입학한 그는 부산과 대구에서 강의를 듣다가 1953년에야 처음으로 서울에 왔다.(2-233)

아무런 문제가 없었는데도 대학을 버리고(1956), 입대한 건 1957년이었는데, "공부를 하고 싶지 않다는 생각을 그렇게 과격하게 내밀지 않아도 될 일이었다"(2-235)라고 그는 『화두』에서 후회한다.

일제 식민통치 말기에 학병들이 출발했던 똑같은 장소인 용산역에서 그는 떠나 논산 훈련소의 내무반 생활을 겪었다. 소지품 분실자에게 가해졌던 야만적인 폭행과 온갖 부정행위와 욕설 투성이 언어들을 견뎠던 최인훈은 대구 육군부관학교엘 갔고, 틈만 나면 일본 서적을 구입해 탐독했기에 서점은 그에게 대학의 기능을 대행했다. 통역장교 시험에 합격한 뒤 그는 중위로 임관되어 포천 등지에서 근무했으며, 이 무렵에 P씨(작가 박용숙)를 알게 되었고, 그의 소개로 A씨(안수길)를 통해 작가로 등단했다.(2-211~258)

『광장』을 쓴 직후 강원도 산골 양구에 잠시 복무했던 최인훈은 "백범을 암살한 자가 군납 두부공장을 한다고 들었는데 세상에 참 별일도 다

있다고 생각한 기억이 난다".(1-204)

바로 안두희를 지칭한 이 대목은 최인훈에게 무척 구미가 당긴 소재였을 것이지만 "세상에 참 별일도 다 있다"는 표현으로 그 억하심정을 축약한다. 1949년 6월 26일, 백범을 암살한 안두희는 육군정보국 김창룡(『친일인명사전』1, 637쪽)방첩대장의 특별조치 아래 특무대 영창으로 이감됐다. 수사 책임부서인 헌병대 장흥 사령관은 임정 계열이라 그 배후가 밝혀질까 두려워 바로 해임해버린 이승만은 신임 헌병 사령관으로 친일파 전봉덕(『친일인명사전』3, 391~392쪽)으로 잽싸게 교체했다. 수사가 아니라 특별처우를 받은 살해범 안두희는 나중에 강원도 양구에서 1군사령부 소속 모든 사단 식료품을 보급하는 신의기업사信義企業社를 1956년 10월부터 운영한 것으로 알려져 있다. 3의사(곽태영, 권중희, 박기서)들이 각각 1965, 1987, 1991, 1993, 1996년 5차에 걸쳐 사건의 진상을 밝히고자 했지만 여전히 배후는 모호하다. 그러나 보통사람이라면 누구나 짐작하는 인물을 지목하는 데는 별 이의가 없을 것이다.

제대 후의 최인훈은 월계 다방 시기를 거쳐 가족들이 영주하고 있던 미국 체험 시대로 이어진다. 소설에 따르면 1972년 첫 도미 이듬해에 아이오와대학 창작 캠프에 참가한 걸 계기로 그의 사상사적인 관심이 훨씬 실용주의화 혹은 역사주의화되어 창백한 헤겔리언에서 코제브Alexandre Kojève(1902~1968)식 헤겔리언으로 변모하지 않았나 싶다.

화가 칸딘스키의 종손자從孫子인 이 매력남 코제브는 러시아 혁명 때 독일로 피난해 수학한 뒤 프랑스에 정착한 헤겔리언이자 관료로 생애를 마쳤는데, 헤겔의 『정신현상학』을 다룬 『헤겔 독해 입문Introduction à la Lecture de Hegel』(1947)은 『역사와 현실 변증법』(설헌영 역, 한벗신서, 1981)으로 소개되면서 한국에 알려졌다. 오래전부터, 아마 김현보다 먼저 최인훈을 헤겔리언이라고 논평했던 김윤식金允植(1936~2018)은 『화두』 이후의 최인훈을 '코제브의 헤겔리언'이라고 자주 언급했다. 만년의 김윤식은 사석에서 근대문학 백년사에서 주목할 작가로 나림那林 이병주李炳注(1921~1992)를 거론하면서 2005년부터 작고할 때까지 그 기념사업회의 공동대표를 맡았기에 그 부대표를 맡았던 나로서는 가장 빈번하게 그와 동석할 수 있는 행운을 누렸다. 김윤식과의 사석이란 곧 강의와 세미나와 심포지엄을 겸한 분위기인지라 나는 근대 한국 지성사에서 유례를 찾기 어려운 이 박람강기한 스승에게 평소 궁금했던 모든 쟁점과 문제를 풀 수 있는 절호의 기회로 삼았다. 지방 여행 때조차도 편리한 일본어 문고판을 탐독하던 김윤식은 질문을 해주는 것이 고마운 듯 무슨 문제에 대해서나 척척 요약 정리해주기를 즐겼다.

일역판(『ヘーゲル読解入門－'精神現象学'を読む』, 上妻精·今野雅方 訳, 国文社, 1987)보다 먼저 한국어 번역본이 나왔기에 김윤식(그는 일역본을 신뢰하는 편이다)이 어느 쪽 번역본(혹은 프랑스 원전을 봤을 수도 있다)을 봤는지는 모르겠으나, 그는 코제브를 마르크스와 하이데거와 니체의 통섭으로 보았다.

헤겔의 『정신현상학』에서 인간의 정신을 중시하는 의식으로 거론한 것은 주인의식과 노예의식(소시민의식)의 개념이었다. 이를 코제브는 인간과 동물과 속물의 차이로 변주시켜, ① 주체의식을 갖고 변증법적으로 행동하는 게 인간, ② 주체의식을 망각한 채 본능적인 욕구 충족만 추구하는 게 동물, ③ 환경이나 다른 인간의 욕구(체제)에 순응하는 인간을 속물로 보았다. 여기서 김윤식의 유명한 "인간은 벌레다"라는 명제가 등장했다.

이런 코제브 사상을 국제관계에 대입시키면 러시아를 근본적으로는 옹호하면서도 현실정치에서는 비판하며, 미국 주도의 세계사 지배를 방어하려면 유럽공동체가 절실하다는 등등으로 풀이한 것이 김윤식의 접근법이었다.

30대 때부터 나는 헤겔의 후계 중 마르크스와 프로이트를 연결시킨 마르쿠제Herbert Marcuse(1898~1979)의 『이성과 혁명Reason and Revolution: Hegel and the Rise of Social Theory』(1941)의 한국어판(김종호 역, 박영사, 1972)을 애독했던 터라 김윤식과는 달리 오히려 실천성에 더 가까웠다. 그러나 내 취향을 떠나 객관적으로 보면 최인훈의 『화두』에 대한 김윤식의 언급은 촌철살인으로 받아들여졌다.

인간 벌레론이 『화두』에서는 "송충이가 솔잎을 먹고 살 듯이 인간도 이 지구상에서 그들의 전통적 생활권에서 오래 전부터 선조들이 살던 방식대로 살아왔다"는 것으로 표현하면서 최인훈은 이렇게 고백한다.

> 그 송충이가 나였다. 나는 그때까지 그런 생각(미국에 말뚝 박기)을 하지 못했다. 한국이 아닌 곳에서 산다는 생각. 그런 생각을 해보지 못했다. 그래서 가족의 이민 대열에도 끼지 않았다.(1-363~364)

송충이가 소나무를 떠날 수 없듯이 "우리 국민은 이 세기의 전반 부분을 외국인의 노예로 살아왔다"(1-365)는 최인훈은 한국 근현대사를 이렇게 요약해준다.

> 점령자들이 이 지구의 다른 곳을 같은 방식으로 점령하고 살던 나라들과의 싸움에서 지는 바람에 우리는 점령의 사슬에서 풀려났는가 싶더니, 남북전쟁이 터지고 전쟁은 3년이나 끈 끝에 온 나라를 잿더미로 만들고 그나마 별것도 아니던 사람들의 살림은 너나없이 피난 보따리만 남게 되었다. 전쟁은 멈췄지만, 먹고살 거리가 부족한 땅에서 사람들은 미군 부대 주변의 양아치, 얌

생이꾼, 양공주 생활에 본질적으로는 다름이 없는 생활을 할 수밖에 없었다. 나라의 대통령이라는 것은 이런 경우에 기지촌의 조직 깡패의 대장에 다름 아니었다.(1-366)

이런 판국이라 최인훈은 어떻게 하면 송충이가 솔잎이 아닌 다른 먹이를 취해서 변신할 수 있는가를 꿈꾼 것이 코제브의 헤겔리언의 자세가 아니었을까 생각해 본다. 그것은 헤겔좌파들의 공통성인 식민지로부터의 독립과, 독립 성취 후의 민족 주체적인 민주주의의 실현일 터인데, 그런 맥락에서 최인훈은 『광장』과 『회색인』의 연속작업으로 『화두』를 완성시킨 것으로 볼 수 있다. 변신은 투철한 자기존재의 자각에서라야 가능하기에 작가는 송충이 의식을 더 냉철하게 파고든다.

마흔 살 고개를 넘기까지 이처럼 정신없이 살아온 따라지 반평생이었다. 이야기를 예술적으로 꾸며낸다는 그 계면쩍고 이상한 길에 그만 들어서고 보니 모르는 인생을 더욱 모르게 스스로 헝클어 뜨렸고 눈앞에 이치가 환해야만 할 아수라 아귀다툼 터를 보면서도 '행동과 의식'이니 '역사와 인생'이니 '공시적과 통시적'이니 '전체와 부분'이니 '주관과 객관'이니 '사실과 상징'이니 하면서 세상은 더 어려워만 보인다. 그런 세월을 나는 살았다. 소나무 숲의 송충이처럼 독 묻은 솔잎일망정 갉아먹을 내 처지는 그런 나라 그런 사회의 그런 나날이었다.(1-370~371)

이미 식민지 시대의 뒤를 이었던 이승만의 '전제의 의자'는 『회색인』을 통해 신랄하게 비판의 난도질을 마쳤기에 그 뒤에 온 메시아로서의 4·19를 작가는 '광장'으로 맞을 수 있었다. 이를 이 소설에서는 '광장'을

'밀실'로 바꿔 서술하고 있는데, 이런 현상은 최인훈 소설 곳곳에서 볼 수 있는 환치나 상징의 기법으로 넘어갈 수 있다.

그런데 그 4월혁명의 "환한 세상은 잠깐이었다. 한 무리의 군인이 지휘한 반란이 국가를 가로챘다"(1-367)라고 5·16쿠데타를 질타한다. '군사반란'(최인훈은 이렇게 칭한다) 다음 해에 쓴 『아홉 겹의 꿈』은 바로 『구운몽』을 지칭한 환치이고, 이 소설은 "내란이 벌어진 어느 가공의 도시에서 헤매는 영문 모르는 개인의 희극적인 모습이 사실주의의 규칙을 벗어 버리고 혼돈과 당혹감만이 두드러지게 그려져 있다"(1-379)라고 풀어준다. 이어 작가는 이런 기법이 "예술가로서는 이 세계에 대한 육체적 저항에 맞먹는 본질적 저항처럼 느꼈다"라고 밝혀서 「구운몽」이 박정희 쿠데타에 대한 강력한 비판이었음을 내비쳐 준다.

그러나 어차피 지식인도 송충이 신세임은 면하기는 어렵다. 「소설가 구보 씨의 일일」은 '나도 송충이'임을 보여준 소시민적 자아의 자화상에 다름 아니다. 그런 가운데도 분단 한국에서 1970년대는 "소신공양의 등신불이자 인간 횃불"(1-375)이었던 전태일의 분신(1970.11.13)을 역사의 등대로 삼아 열렸다.

10 ___ 미국에서 『자본론』을 독파하다

이럴 즈음 미국에서 살고 있던 가족들을 만날 계기가 마련되었는데, 출국할 즈음 첫 남북적십자 회담(1971.8.20)의 막이 올라 이후 25회에 걸쳐 예비회담(1971.9~1972.8)이 계속됐다.

이를 작가는 중국의 국공합작(물론 결과적으로는 파탄 나 나라가 갈라졌으나 한반도처럼 적대감은 강하지 않음)이나, 동서독처럼 국제사회가 결단코 분단 영속을 바라는데도 "독일국민은 그 흐름(분단)에서 빠져나오려는 노력"(1-312~313)을 꾸준히 하고 있음을 지적한다. 이런 뜻에서 같은 분단국가지만 중국이나 독일은 결코 송충이가 아니다.

이런 예상을 깨고 1972년의 7·4남북공동성명은 하루아침에 송충이 민족 신세를 탈피할 야무진 환상을 심기에 충분했다. 그러나 언제나처럼 환상은 화려하나 이내 깨어진다. 이해 10월 17일에 유신 시대를 선포함으로써 공동선언은 졸지에 백척간두에 서게 되었다.

7·4남북공동성명은 유신으로 고도의 정치사기극이었음이 드러났지만 야당은 무기력했다. 김대중 납치사건(1973.8.8)을 북한 소행이라 뒤집어씌우려다 그 마각이 드러나면서 남북한은 분단 이후 가장 증오와 악의에 가득 찬 대결구도로 돌아 가버렸다.

"지난 해(1973) 내가 이곳(미국)으로 오기 얼마 전인 여름에 우리들 한국 사람들은 TV에서 참으로 섬뜩한 광경을 보았었다. TV화면에는 셔츠바람의 초췌한 사람(김대중)이 입술 가에 피딱지인 듯한 자국을 애처롭게 달고서 그가 납치된 경위를 설명하고 있었다." 이를 작가는 "캄캄한 도깨비들이 오락가락하는 시간을 살고 있다는 말이었다"(1-372~373)라고 축약했지만 못내 아쉬워하면서 근현대 민족사의 정체성을 이렇게 서술해준다.

동학운동도 있었고, 3·1운동도 있었고, 상해임시정부도 있었고 일본 통감을 사살하기도 하고, 일본 국왕의 마차에 폭탄을 던지기도 하고, 청산리에서 일본 정규군과 싸우기도 하고, 노동자의 권리에 눈뜬 사람들이 총독의 칼 밑에서 훌륭히 싸우기도 한─20세기 첫 무렵부터 지금까지 인간의 이름에 부끄럽지 않은 개화와 개혁과 혁명과 무장투쟁의 모든 업적에도 불구하고 그것들 모두

를 비웃기라도 하듯 역사는 한국 사람들에게 그러한 민족으로서의 인간 자격
증 점수에 아랑곳없이, 식민지 군대의 하급장교를 대통령으로 점지한 생활을
선고한 것이었다. 역사는 한국 사람들의 귀싸대기를 보기 좋게 갈겨 준 것이었
다.(1-376)

이 기간 동안 최인훈은 잠시(1972) 미국엘 다녀왔다가 1973년에 다시
도미, 4년간 체재했다. 그가 미국에 머물렀던 때에 긴급조치(1974.1.8)가
내려지자 그는 "1974년의 봄의 이 시간에 국내에서는 군사정권의 폭압이
끝 갈 데를 모르게 날로 수위를 높여가고 있었다"(1-372)라고 썼다. 마음
이 편할 수가 없었던 심경을 그는 작가란 어떤 존재인가 생각하며 이렇게
피력한다.

이 세상이 잘못되었음을 알면서도 꿈적 못하고 사는 생활. 입을 다물고 사
는 것도 아니고 글이라는 입을 놀리면서도 세상에 어김없이 맞서지 못하는 생
활. 글이자 세상에 던지는 폭탄까지는 되지 못하는 생활. 행간을 읽어달라는
궁색한 희망. 그 희망이 할 일을 하지 않고 있는 데 대한 면죄가 되지 못함을
잘 알면서도 그 이상 어쩔 생각을 못 내는 생활.(1-368)

1974년 그 해에 미국에서는 워터게이트 사건이 터져 온 세계의 화제
가 되었고, 작가는 이걸 통해 한국과 미국의 다름을 숙지하게 된다. 미국
이라는 요지경 세상을 진짜 요지경을 보여주듯이 묘파하던 작가는 문득
모국의 처지를 생각한다.

주둔군의 사령관인 미국 장군이 우리 군대의 지휘권을 4반세기째 가지고

있고 5·16군대반란은 이 지휘체계 안에서 일어났다. 미군 사령관의 지휘권 안에 있는 부대의 반란을 미국 사령관은 어쩌지 못했다고 되어 있다. 이렇게 강한 나라의, 이렇게 엄한 법을 시행하는 나라의 사령관은 우리나라 안에서만 자기 휘하의 군대에 대해서만은 군법을 시행하지 못했다고 되어 있다.(1-457)

　미국에 장기 체류했던 작가는 어느 교포의 소개로 "워싱턴 D.C.의 동쪽 변두리에 있는 천장이 높은 커다란 서적창고"(1-458)에서 아르바이트를 하게 되어 틈새 시간에 『자본론』을 탐독한 데 이어 마르크스-엥겔스 선집을 구입해 역시 탐독했다. 이미 볼셰비키 당사까지 익히 꿰뚫고 있던 그가 굳이 이런 독서 절차를 밟은 배경은 신부나 목사의 설교로는 만족할 수 없어 『성서』를 직접 읽어야만 되겠다는 탐구심이자 분단민족사의 실체를 작가적 책무로 감당해 보겠다는 의욕 때문이었을 것이다. 아무리 여러 사람들이 마르크스와 엥겔스를 언급해도 『광장』의 작가로서 그 원전을 재확인해야 될 절실함을 억누르지 못했던 그는 이 독파의 정신현상학적인 결실로 언젠가는 『화두』에 착수하리라는 계기가 되었을 것이다. 그래서 『화두』는 미국 체재와 마르크스-엥겔스 선집 독파 이후 역사 인식에서 미묘한 파장의 변모를 보여주는데, 그것은 세계사에 대해 보다 치밀하게 언급하게 되었다는 점으로 나타난다.

　최인훈에게 일생을 두고 떠나지 않았던 화두는 마르크스-엥겔스의 사상과 이를 전범으로 구현된 정권의 실상이 지닌 오차의 해결이었다. 북한에서의 체험은 그로 하여금 "그 체제는 내 마음이 받아들이기에 걸리는 데가 너무 많았다. 남쪽에 온 후의 추가되는 검토와 생각을 거치면서도 사정은 여전히 마찬가지였다". 그래서 그는 일생 동안 이 문제를 사유하면서도 반복하여 주장하는 요지는 이렇다.

나는 북한 정권에는 중대한 결함이 있다는 인식을 유지한다. 북한뿐 아니라, 소련까지도 그렇게 보인다. 그들의 대의명분과 현실 사이의 괴리(물론 내 눈에 비치는)를 설명하는 데 지금 현재까지 나는 성공하지 못하고 있었다. 그것이 현실의 괴리인지, 내 인식의 괴리인지를 알아야 하는 것은 나의 의무였다. 내가 속한 가족이 당한 불이익의 공동 피해자일망정, 만일 그 세계 해석이 '그래도 도는' 세계의 실상이라면 나는 그것을 받아들이는 것이 인간적인 의무라고 생각했기 때문에 그것은 비켜가도 좋은 일이 아니었다. 그러면서 불혹이라는 이 나이에 이르도록 나는 이 문제를 해결하지 못하고 있었다. 이 문제를 해결하지 못한 자리에서 글을 쓴다는 것은 또 무엇인가. 그러나 그때까지 나는 국내에서 이 책들을 구할 길이 없었고 그래서 장님 코끼리 더듬듯 여기서 한 조각 저기서 한 조각씩의 귀동냥 눈동냥에 의지해서, 엉뚱한 사람의 저작물에 반영된 2차반사, 3차반사 된 마르크스와 엥겔스의 그림자 속을 숨바꼭질했다.(1-479)

그 괴리를 찾아내는 작업은 곧 민족사의 새 진로 모색일 뿐만 아니라 세계사 전체가 직면한 과제이기도 하다. 이런 진지함과 진솔한 고백이 우리 시대의 지식인들에게 영혼의 울림을 주는 건 너무나 당연하고 그래서 민족과 역사를 고뇌하는 사람이라면 누구나 최인훈의 그 아픔을 공감하며 스승으로 삼기 마련이다.

최인훈은 아버지가 한국의 정세 불안을 빌미로 미국 정착을 간절히 권유하는 데도 그는 이명준처럼 한국을 버릴 수 없었을 것이다.

1975년, 한국에서는 긴급조치 9호(5.13)가 발동된 해였다. 그런데 작가는 시선을 세계로 돌려 동서의 두 장기집권 독재자였던 장제스蔣介石(1887~1975.4.5)와 프랑코Francisco Franco(1892~1975.11.20)가 죽은 사실을 소상하게 다루고 있다. 장제스를 향한 신랄한 비판(1-426~435)은 바로 박정희에 대한 비판이기도 할 만큼 닮았다. 장제스에 뒤지지 않는 잔혹했던 에스파냐의 파시스트 프랑코는 박정희와 함께 세계 군부독재의 장기집권자로 꼽혔다. 긴조 9호 아래서 신음하던 우리가 그때 그들의 죽음에 축배를 들었던 추억이 새삼스럽다.

그런데 작가는 스페인 내전(1936~1939)이 유럽사에서 어떤 의의를 지녔던가를 파고든다. 우리의 4월혁명을 5·16쿠데타가 작살냈듯이 스페인의 민주화정부를 프랑코가 쿠데타로 말살하려 하자 유럽의 지성들이 대거 공화파 정부를 지지하고자 지원했으나 결국 미국을 비롯한 유럽 제국주의 열강들이 반소 전선을 구축하려고 프랑코를 지지함으로써 민주세력이 참패했다. 이를 두고 최인훈은 "소련은 스페인 내란에서 뜻에 맞는 결과(친소파 공화주의자들의 승리)를 만들지 못했기 때문에 2차세계대전이 끝날 때까지 결국 유럽에 혁명을 파급시키는 일에 실패"했다는 것이다. 만약 스페인에서 공화파가 승리하고 프랑코가 반역죄로 처단당해 버렸다면, "히틀러의 이후 행동에도 당연히 영향을 미쳤을 것이고 이후 연쇄적으로 역사의 진행은 그 영향 에너지를 전달했으리라고 추정해보는 것은 그리 엉뚱한 생각이 아니다"라고 『화두』는 유추한다. "그 힘(공화파)은 러시아의 일본 정책도 좌우했을 것이고, 그것은 중국 정세에 대한 다른 변수로 작용했을 것이다. 장개석, 모택동, 주은래의 생애는 다른 사건들로 구성될 수도 있었다"(1-448)는 가상의 역사는 최인훈이 미국체험 이후 숙련된 세계사 분석력이 쌓은 성과로 볼 수 있다.

장제스와는 대조적으로 그 이듬해에 작고한 저우언라이周恩來(1898~1976.1.8)와 마오쩌둥毛澤東(1893~1976.9.9)에 대한 애정과 긍정적인 서술(1-435~447)이 시선을 끈다.

11___다시 밀림 속에서 역사의 미로를 헤매다

1976년 5월 초순에 미국에서 귀국한 최인훈은 1977년부터 서울예술전
문대학 교수로 안정을 찾았다. 겉보기에는 다시 지식 노동자로 나날을 보
내는 듯 평온해 보였으나 긴조9호 시대인지라 그 역시 고뇌는 컸을 것이
고 그래서 1979년에 또 미국 여행길에 올랐다. 용케도 그는 한반도가 격
랑에 휩싸일 때면 미국에 머물렀는데, 1980년 5·18쿠데타 소식을 전하
는 본국의 보도를 접하면서 그는 이렇게 자책했다.

> 특히 학생들과 지식인들의 저항이 신문의 억제된 보도에도 불구하고 분
> 명히 보도되고 있었다. 그들은 자기를 해방시키지 못하고 있기에 여전히 노예
> 였으나, 싸우는 노예들이었다. 그들은 내가 거기에 속한 계층이었다. 나의 동
> 료인 지식인 노예들이 자기 해방을 위해 싸우고 있는 그곳에 나는 즉시 달려
> 가서 그 속에 합류하는 것이 가장 훌륭한 처신일 터였다.(1-414)

『화두』 제2권의 첫 장면은 서울에서의 일상생활이 펼쳐진다. 대학에
서의 창작 강의와 자잘한 회의 등 그런 일상 속에서 내적으로는 거대담론
을 구상하는 작가의 모습이 부각된다. 이용악론(2-44~62)을 중심축으로
삼아 이태준, 임화, 조명희, 김사량, 김태준 등등을 거론하며 글쓰기란 무
엇인가를 자신의 처지와 빗대어 논(2-66~81·295~304·279~289)하다가
역시 그의 본령인 역사 속으로 들어간다.

> 1980년대는, 미국 군함이 서해바다에서 뒷짐을 지고 망을 보는 가운데,
> 광주 한 고을을 겹겹이 둘러싸고 본때를 보이는 피잔치를 벌인 끝에 얻어낸

공포의 우산 밑에서 출발하였다.(2-62)

"세계를 경영해오는 자들의 참모부(미국)의 작전 방침에는 전 시대적이고 후 시대적이고가 없었다. 겨울 다음에는 봄이라는 말은 웃기지도 않는 말이었다"(2-63)라고 그는 미국을 작심하고 비판하듯이 내뱉었다. 어떻게 20년 만에 똑같은 쿠데타가 일어날 수 있는가. 제국주의의 정체성을 파악하고 나면 새로울 것도 없는 처지였기에 작가로서는 은근히 러시아혁명을 동정한다.

"1917년에, 제정帝政 러시아가 지배하던 판도에 소비에트 러시아라는 나라가 건국한 순간까지, 이 지구 사회의 인간 생활은 자본주의 열강의 사냥터였다."(2-164) 그래서 러시아혁명은 안으로는 차르 독재를 타도한 민주혁명이자 밖으로는 반제국주의의 구국투쟁이었다는 것이 최인훈의 판단이다. 그는 제1차대전 전후의 세계사를 "식민 모국들과 그들의 식민지들로 편성되었고, 모국은 인류역사상 유례없는 풍요를 누리고, 식민지는 그 풍요를 생산하기 위해서 물질적 빈곤과 정신적 파괴를 강요당해야 했다"(2-166)고 보았다. 그래서 전통적인 마르크스주의자들의 주장과 똑같이 "제1차 세계대전은 식민모국 사이의 식민지 재분할 전쟁"으로 "열강이란 이름의 맹수들이 사냥터의 기득권의 수호와 재분할 요구를 앞세워 전 세계 규모로, 그리고 당연히 인류사상 최고의 파괴력을 동원하면서 동종同種 죽이기를 벌였다".

이 전쟁에 참가하고 있던, 사회적 진화의 후진성 때문에 '자본주의의 약한 고리'라고 불린, 제정 러시아에서 혁명이 일어나고. 제정을 전복한 새 정권은 사회주의를 국가이념으로 선포하고, 일방적으로 독일과 강화하여 전쟁에서 빠져나왔다.

그것이 1917년 11월이었다.(2-168)

혁명의 산물로 형성된 소비에트 사회주의 정권은 마르크스나 레닌이 주장했던 국제주의 혁명으로 확대되지 않고 스탈린의 일국 사회주의론 (1924)으로 축소 조정되어버렸다. 이걸 최인훈은 나름대로 자상하게 그 역사적인 정황을 풀어준다.

> 유럽 자본주의 국가에서는 끝내 공산혁명이 일어나지 않았다는 것이, 공산체제의 허위와 자본주의의 우월성으로 논의되지만, 그것은 유럽 자본주의 국가들의 노동계급이 전 세계의 일하는 형제들과 빵을 나누기보다는 자신들의 주인들이 그 형제들에게서 빼앗아온 빵을 나누는 쪽을 택한 탓이기도 한 것이어서, 유럽 노동계급이 영웅적이 아니었다(아무나 영웅적이 될 수 있는 것은 아니므로)고 탓할 수는 없는 대신, 그렇다고 해서 인류형제의 감각에서까지 유럽 노동계급의 의식이 성숙하지 못한 일이 위대한 저질인 것은 아닐 것이다. 그러나 여기까지도 어쨌건 팔자 좋은 식민지 모국의 노동계급의 이야기다.(2-172)

그러나 제1차 세계대전의 종료로 제국주의 국가들 사이의 쟁탈전은 당연히 끝난 것이 아니었기에 제2차 세계대전이 발발하지 않았던가. 항상 그랬듯이 전쟁은 끝났으나 여전히 제국주의는 더욱 번영을 누리게 되었다. 이것 역시 식민지를 가진 강대국들이 그랬다는 것이고 약소국가들은 언제나처럼 수탈을 당하는 처지를 면할 수 없었다는 것이 최인훈의 국제정세관이다. 여기부터는 이론적인 접근이 아니라 바로 자신이 살아온 시대의 체험자로서의 증언적 요소가 첨가되어 한반도의 운명을 중심축으로 삼게 된다.

제2차 세계대전 종료 후 한국이 당면했던 가장 중요한 민족사적인 과제를 친일파 미청산으로 본 그는 같은 시기의 유럽 – 독일의 과거사 청산을 언급하며, "아시아에서 일본이 침략한 나라들에 대해서 침략 배상의 성격을 띤 어떤 청산도 하지 않은 것과 대조적이다"(2-178)라고 기술한다. 세계 식민통치 사상 유례를 찾기 어려운 폭압과 수탈이 자행된 한반도의 처지를 작가는 미국 주도의 각본대로 일본이 저지른 것으로 파악하며 이렇게 기술해준다.

냉전의 어부지리를 얻은 일본은 미국의 비호 아래 아시아에서 소련과 중국을 감시하고 제압하는 역할이 주어지고 있는 것을 우리는 본다. 식민지 조선에서의 침략자들의 협조자들(친일파 – 인용자)은 마치 트로이의 목마 속에 숨겨놓은 군대들처럼 그들의 주인이 물러간 즉시 한국에서 권력의 중심이 되었고, 30년에 걸쳐 군사독재를 하필이면 식민지 군대의 용병 출신들을 핵으로 삼아 조종한 미국의 정책을 보고 있다. 그곳에는 한 민족의 역사적 권리나 문화적 자존심에 대한 추호의 배려나 상상력조차 찾아볼 길이 없다.(2-178~179)

8·15로 해방은커녕 다시 더 심각하고 전망이 보이지 않은 신식민지로 전락해 버린 모국의 참담함 앞에서 작가는 미국 방문으로 이론적인 체계화를 구축한 마르크스-엥겔스의 영향 아래서 자신이 태어났던 1930년대를 상상한다. 조명희를 비롯한 카프 문학인들과, 독립투쟁 노선(김사량)을 택하거나, 친일을 피해 농촌으로 은거(이태준)했던 인물들과는 달리 친일

의 길로 들어선 문인에 대하여 그는 아주 싸늘한 역사의 매질을 가한다.

　마찬가지로 세계사에서 중요한 논쟁거리가 되었던 소련에서의 숙청 옹호론과 비판론을 거론하며, 제국주의 강대국들이 힘을 합쳐 혁명을 분쇄하려고 했던 상황을 들어 숙청 불가피론을 언급(2-283~284)한다. 반공주의자 최인훈이 이렇게 변모한 것은 러시아 사회주의의 정당성을 긍정한 게 아니라 외세 침탈의 위기 앞에서 자기 나라를 방어하기 위한 조처를 긍정적으로 본 결과였다. 그만큼 분단 한국이 처한 현실이 민족적 자주성을 상실하고 있음을 반증한 논리이기도 하다.

　"외국에 와서 주둔하고 있는 군대의 야전 시설물이 토박이 도시의 정상 건조물보다 훨씬 반듯하고 깨끗한 것이다"(2-185)라는 진술은 주둔군이 쉽게 물러날 기미가 없음을 드러낸 우려에 다름 아니다.

　더구나 1989년, "11월 9일 베를린 장벽이 무너졌다"(2-268)는 선언과, 그해 가을 한국을 방문했던 빌리 브란트의 '동방정책'(2-156~164)에 대한 해설은 한국에서도 그런 정치인이 등장하기를 대망하는 작가의 의도가 여실히 드러난다. 이를 분수령 삼아 고르바초프가 촉진한 동유럽 사회주의권의 분해(2-174~176)는 『자본론』을 독파해서 터득했던 자신의 세계사에 대한 이론의 틀을 다시 뒤흔들어 버려 곤혹감을 느끼게 된다.

　　남에게 탓을 돌릴 수 없는 진짜 절망이 찾아왔다. (…중략…) 참으로 그것은 밀림이었다. 그럴듯한 오솔길을 발견했다 싶어 따라가면 어느새 그야말로 '일찍이' 다져진 밀림속의 광장에 이르는가 하면, 지금 자기가 가진 연장과 차림을 가지고는, 타고 내리기가 어림없는 낭떠러지가 나서는 것이었다. '전 세계 약소민족의 해방자이며 영원한 벗들'도 이 밀림의 어디선가에서 길을 잘못 든 것이 틀림없었다."(2-291~292)

맙소사,『화두』를 길라잡이 삼아 착실하게 따라오다가 이 무슨 횡액인가. 다시 밀림에 서면서 새로운 세기가 열리는데, 그것은 "1991년 초에 쿠웨이트에 대한 연합군의 공격이 있었다. 이것도 소련사태에 음산한 조명을 제공하는 광경이었다". 이어 "전 세계의 TV 시청자들은 마치 기동연습을 방불케하는 실전 중계 화면에 전개되는 모습에 그저 입만 딱 벌어졌다. 너무나 19세기적인 광경이었다. 19세기에만 그랬다는 말이 아니라, 우리들 무력한 식민지 경험자들의 습관성 용어에 따라 표현한 말이다". 이어서 작가는 예언서를 흉내 내어 아래와 같이 기록한다.

옛 식민지였던 비기독교 후진국 앞바다에 옛 종주국인 기독교 강대국의 크낙한 전함과 항공모함들이 몰려가서 사막에 전개했던 이교도의 전사들을 모래 밑에 파묻어버리고 이라크의 수도 바그다드, 옛 바빌론인 그 도시에 전자장치가 유도하는 고성능 폭탄의 불벼락을 내리니 바빌론 성내에 과부들의 울음소리가 높았더라.(2-341)

21세기의 서두를 그린 장면이다. 소련권의 이념적인 국가권력이 분해되어버렸으니 반공을 빌미삼아 자행했던 미국의 약탈행위는 끝날 줄 알았는데, 도리어 마음 놓고 약소국을 온 세계 앞에다 공개적으로 중계까지 해대며 침탈을 정당화하는 이 야만성!

아, 이게『화두』론의 마지막 구절이 되다니! 그럴 수밖에 없다. 나는 미국이 자행한 중동문화권에 가한 야만적인 침략행위가 21세기의 세계 약소국에게 보여준 위협의 시범으로 인식했다. 너희 나라도 미국 말 안 들으면 저렇게 된다는 이 위협 앞에 약소국은 물론이고 유럽조차도 끽소리 못 지르고 가담하는 이 기막힌 현실. 국제무대에는 저 러셀이나 사르트르 혹은 아인슈타인이나 마르쿠제 같은 통뼈 지식인도 없고, 정치 무대에도 마오쩌둥이나 저우언라이, 호지민이나 티토, 드 골이나 브란트 같은 인류의 사표가 사라져 버린 이 황량함 속에서 핵무기를 비롯한 살상 무기만 믿고 인류를 억누르는 21세기.

그래서 『화두』는 다시 정답을 못 찾은 답답한 역사의 심연 속으로 곤두박질치며 끝난다.

아, 이럴 때 최인훈이 그립다. 그는 이제 월계다방 대신 저 천공의 월계수 밑에서 이 한반도를 굽어보며 김구 선생과 고담준론을 펼치고 계시려나.

(대학 시절에 썼던 「광장론」부터, 최인훈에 관련된 글들을 바탕 삼아 에세이식으로 재정리한 신작임)

역사의 광기에
맞선 오기

———

박완서론

1____미친 목련꽃

1950년 6월 25일에 일어난 한국전쟁은 불과 3일 만에 서울을 인민군에게 빼앗겼고, 8월 15일경에는 낙동강 이남을 제외한 거의 모든 지역을 점령당했다. 7월 1일 유엔군의 참전으로 9월 28일에 서울을 수복, 북진을 계속하여 10월 20일에는 평양을 탈환했으나 10월 19일 중국군의 참전으로 한국군과 유엔군은 후퇴를 시작, 1951년 1월 4일 다시 서울을 잃었다. 한국군이 서울을 재탈환한 것은 1951년 3월 14일, 5월 이후부터는 현재의 휴전선 부근에서 전쟁은 교착상태로 들어갔다가 1953년 7월 27일 휴전했다. 이 전쟁으로 남북한은 250여만 명이 죽거나 실종됐고, 부상자까지 합치면 전 인구의 6분의 1인 500여만 명이 피해를 입었다. 희생자 중에는 스페인 내전 때 학살당한 로르카나 제1차 세계대전 때 전사한 윌프리드 오웬에 뒤지지 않는 훌륭한 문학인이 다수 포함되어 있다. 아마 세계 전쟁사에서 가장 많은 문학인들이 수난을 당했다고 할 수 있을 것이다.

　박완서朴婉緖(1931.10.20~2011.1.22)의 소설『그 산이 정말 거기 있었을까』의 가족은 1·4후퇴 때도 미처 서울을 떠나지 못하고 있다가 화자인 '나'(작가의 분신)와 올케언니가 자의 반 타의 반으로 북행 중 어느 마을에 이르렀다. 전세戰勢로 짐작컨대 1951년 3월 상순경이었고, 장소는 파주군으로 접어든 어름이었다.

"모조리 불탄 마을에서 좀 떨어진 외딴집에서 무료한 낮 시간을 보내다가 그 마을에 감도는 고요에 홀려서 그 고운 잿더미 사이를 거닐 때였다. 장독대 옆에 서 있는 바짝 마른 나뭇가지에서 꽃망울이 부푸는 것을 보았다. 목련나무였다." 그 꽃망울을 보는 순간 '나'는 외쳤다.

어머, 얘가 미쳤나 봐, 하는 비명이 새어 나왔다.

제철 따라 피는 꽃을 보고 "미쳤나 봐"라고 절규하는 심경은 시성 두보杜甫가 안사安史의 난亂으로 전화戰禍에 시달렸던 고통을 노래한 「봄에 바라보다春望」에서 "나라는 망했으나 산하는 여전하고 / 도성에 봄이 오니 초목이 우거졌네 / 시세를 슬퍼하여 꽃에 눈물 뿌리고 / 이별 한스러워 새소리에 마음마저 놀란다國破山河在 城春草木深 感時花濺淚 恨別鳥驚心"란 천하의 절구絶句를 연상케 한다.

어디 그뿐이랴. 톨스토이의 『부활』의 첫 장면을 떠올리게도 한다. 인간들이 서로 윽박지르며 대지를 못 쓰게 만들려고 파헤치거나 돌을 깔거나 석탄이나 석유를 뿌려 그을려도 "봄은 역시 봄이었다"라고 대자연의 섭리를 갈파한 이 현인은 계속 쓴다. "자작나무며, 포플러며, 벚나무도 끈적거릴 정도로 향기로운 새 잎을 펼치고 보리수는 벌어진 새 움을 부풀렸다. 작은 새며 참새나, 비둘기들은 봄을 맞아 희희낙락하며 둥지를 만들기 시작하고 파리는 양지쪽 벽에서 윙윙거리고 있었다." 이어 톨스토이는 봄이 와도 여전히 인간은 "서로 속이고 남을 괴롭히기"를 계속하며 "평화와 화합과 사랑에 사람의 마음을 이끄는 이 아름다움"이 아닌, "서로 상대를 지배하기 위해 그들 자신이 생각해 낸 일들만이 신성하고 중요한 것"이 라고 여기는 세상의 이치를 묘파한다.

두보나 톨스토이가 자연 속에서 식물의 기지개만이 아니라 새들의 지 저귐을 들으며 인간세상의 참담함을 절감한 것과는 대조적으로 박완서 의 오감五感에는 너무나 아름답게 핀 목련이 도리어 원망스러웠다. 작가는 이어서 "실은 나무를 의인화한 게 아니라 내가 나무가 된 거였다. 내가 나 무가 되어 긴긴 겨울잠에서 눈뜨면서 바라본, 너무나 참혹한 인간이 저지 른 미친 짓에 대한 경악의 소리였다"고 덧붙인다.

미친 목련은 이 뒤에 또다시 등장한다. 그녀들 가족은 교묘히 피신하 여 파주군 탄현면을 거쳐 교하면에 이르자 어느새 깃발이 태극기로 바뀌 어 도로 서울로 돌아오게 된다. "어떤 집 담장 안에서 큰 목련나무가 빈틈 이라곤 없이 피어 있었다. (…중략…) 백목련이었다. 목련은 엉성하게 드 문드문 피는 건 줄 알았는데 그 나무는 특이했다. (…중략…) 북으로 피난 가면서 폐허가 다 된 마을에서 막 부풀기 시작한 목련 꽃봉오리를 보고 외친 미쳤어! 소리가 또 나오려고 했다."(『그 산이 정말 거기 있었을까』) 파주 보다 좀 남쪽, 거기에다 며칠 간격이 백목련 꽃망울을 활짝 핀 것으로 변 모시킨 것이었다.

미친 백목련에서 박완서의 문학은 시작된다.

두보가 전쟁 속에서 자연의 섭리를 보면서 꽃조차도 눈물을 흘린다 고 느꼈다면 박완서는 자신이 아프면 우주 모두가 함께 아파해야 되기에 목련도 피지 말아야 한다고 절규한다. 난리 통이라 꽃조차도 눈물을 흘린 다고 본 두보와는 달리 박완서는 마치 여 빨치산들이 생리를 잊듯이 꽃도 피지 말아야 한다는 우격다짐이다. 이건 마치 전쟁이 가라앉은 뒤 "위로 차 찾아온 오빠의 친구한테도 맞대 놓고 '당신은 왜 안 죽었어? 어떻게 살았느냐 말야?'라고 저주처럼 메마른 소리로 중얼"(「나에게 소설은 무엇인가」)거렸다는 작가의 어머니의 심정과도 같다. 아들을 잃은 어머니로서는 그 아들의 친구들이 살아있음이 더 절통했음을 나타낸 진솔한 심경을 그린 명장면이다. 이를 두고 500여만 명의 전쟁 피해자 중 설사 이 가족보다 더 참혹한 경우가 있다한들 이의를 제기할 일은 아니다. 분노와 원통함은 증감 제한 규칙이 있는 게 아니라 각자의 심성에 맡겨진 인간 개개인이 제멋대로 느끼는 특권의 하나이기 때문이다. 백목련 꽃에서 톨스토이처럼 우주의 섭리를 보기에는 박완서의 봄은 너무나 잔혹하고 처참했다. 지극한 분노에서는 귀가 먹을 수도 있다.

전쟁은 아직 끝나지 않았다고. 전쟁이 몇 번이고 되풀이될 테고 그 사이에 전쟁은 사람들에게 재난을 골고루 나누리라고. 나는 다만 재난의 분배를 일찍 받았을 뿐이라고.(『나목』)

이 애통함의 밑바닥에서 박완서의 문학은 잉태된다. 작가는 여기서 그치지 않는다. 오빠는 죽어도 좋다, 그러나 나는 살아야겠다는 원초적인 생존의지(쇼펜하우어의 '의지와 표상으로서의 세계'와 맞닿은 듯하다)로 승화하여 이렇게 악착을 부리게 된다.

문득 전쟁이나 다시 휩쓸었으면 싶었다.
오빠들이 죽은 후에도 내 인생이 있다는 건 참을 수 있어도 내가 죽은 후에 타인의 인생이 있다는 건 참을 수 없다.(『나목』)

극도의 절망 속에서 인간이 미치지 않고 살아남을 수 있을까. 아도르노처럼 아우슈비츠 이후 서정시는 불가능하다, 아우슈비츠 이후에 시를 쓰는 것은 야만이라고 할 수 있을까. 박완서는 이 명제에 대하여 아니다, 쓰는 게 오히려 문명이라고 항의한다.

2___왜 쓰는가

박완서는 저 경황없던 광기의 난무 속에서 이렇게 다짐한다. "그때 내가 미치지 않고 온전한 정신으로 살아남을 수 있었던 비결은 그래, 언젠가는 이걸 소설로 쓰리라, 이거야말로 나만의 경험이 아닌가라는 생각이었다. 그건 집념하고는 달랐다. 꿈하고도 달랐다. 그 시기를 발광하지 않고 살아남을 수 있는 유일한 방법이었고, 정신의 숨구멍이었고, 혼자만 본 자의 의무감이었다."(『목마른 계절』의 「작가의 말」)

한국전쟁이 났을 때 이 작가는 속박의 고교 교복을 벗어 던지고 갓 대학생이 되었다. "학기 초가 6월이었다고 했지만 무슨 까닭에서였는지 서울대학은 입학식이 제일 늦어서 6월 20일경에 있었던 것으로 기억된다. 입학식을 치르고 한 사날이나 강의를 들었을까 할 때쯤 인민군의 남침 뉴스가 전해졌다."(「나에게 소설은 무엇인가」)

이미 이런 뉴스는 여러 차례 있었던 터라 모두들 크게 걱정하지 않았다. "이(승만) 대통령은 북진만 하면 점심은 평양에서 저녁은 압록강에서 어쩌고 하며 호언장담하던 때"였던 데다 대포소리가 바로 미아리고개 너머에서 들리는데도 "서울을 사수할 테니 시민들은 안심하고 생업에 종사하라는 방송"이 나왔기에 더더욱 그랬다. 그러나 실상은 달랐다. 6월 27

일 이미 정부(라기보다 경무대)는 대전으로 옮겨간 뒤 대통령의 목소리는 녹음을 통해서 전파를 타고 흘렀을 뿐이었고, 28일에는 인민군의 남하를 저지하고자 유일한 통로였던 한강 인도교를 폭파하여 피난을 갈 수조차 없도록 내몰렀다. 박완서는 이렇게 증언한다.

졸지에 일어난 난리라 시민들을 안전한 곳으로 다 피난시키고 나서 정부가 후퇴한다는 것은 불가능한 일이었을지도 모르지만, 빈말 대신 한마디의 참말을 남기고 떠날 수는 없었을까. 사태가 급박하여 정부만 후퇴하는 게 불가피하나 곧 전력을 가다듬어 반격해 올 테니 국민들은 정부를 믿고 앞으로 닥쳐올 고난을 인내하고 기다려 달라는 비장한 참말을 한마디만 남기고 떠났던들 국민들의 석 달 동안의 고난은 훨씬 덜 절망스러울 수도 있었으련만.

그렇게 국민을 기만하고 도망갔다가 돌아온 주제에 국민에 대한 사죄와 위무 대신 승자의 오만과 무자비한 복수가 횡행한 게 또한 9 · 28수복 후의 상황이었다. 나는 그때 생각만 하면 지금도 분통이 터지고 생생하게 억울하다.

남들은 잘도 잊고, 잘도 용서하고 언제 그랬더냐 싶게 상처도 감쪽같이 아물리고 잘만 사는데, 유독 억울하게 당한 것 어리석게 속은 걸 잊지 못하고 어떡하든 진상을 규명해 보려고 집요하고 고약한 나의 성미가 훗날 글을 쓰게 했고 나의 문학정신의 뼈대가 되지 않았나 싶다.(「나에게 소설은 무엇인가」)

『목마른 계절』의 진이(작가의 분신)는 올케 혜순에게 "도저히 있을 수 없는 이런 끔찍한 일들은 고스란히 오래 기억돼야 한다고 나는 생각해요"라고 말한다. 『그 산이 정말 거기 있었을까』에서는 "벌레의 시간도 증언해야지. 그래야 난 벌레를 벗어날 수가 있다. / 그건 앞으로 언젠가 글을 쓸 것 같은 예감이었다"라고 다짐한다. "토악질하듯이 괴로워 몸부림치다가 시원해 하는 기분을 맛보고 싶다"(「부처님 근처」)라는 데서 박완서의 소설 쓰기는 출발한다. "순진하고 행복한 문학 애호가, 나도 장차 글을 쓸 것 같은 계시 같기도 한 강력한 예감에 사로잡힌 것은 6·25전쟁 중이었다"면서 그 정황을 이렇게 요약해준다.

나는 이념 때문에 꼬이고 뒤틀린 가족관계로 인하여 공산치하에서는 우익으로, 남한정부로부터는 좌익으로 몰려서 곤욕을 치르지 않으면 안 되었다. 그게 얼마나 치명적인 손가락질이라는 건, 그 더러운 전쟁의 와중에 있어보지 않고서는 도저히 상상도 못할 일이었다. 단지 살아남기 위해 온갖 수모와 만행을 견디어내야 했다. 그때마다 그 상황을 견디어낼 수 있는 힘이 된 것은 언젠가는 이걸 글로 쓰리라는 증언의 욕구 때문이었다. 도저히 인간 같지도 않은 자 앞에서 벌레처럼 기어야 하는 상황에서도 오냐, 언젠가는 내가 벌레가 아니라, 네가 벌레라는 걸 밝혀줄 테다. 이런 복수심 때문에 마음만이라도 벌레가 되지 않고 최소한의 자존심이나마 지킬 수가 있었다. 문학에는 이런 힘도 있구나. 내가 글을 쓰게 된 것은 그 후에도 이십 년이나 뒤였지만 지금까지도 예감만으로 내가 인간다움을 잃지 않도록 버팅겨 준 문학의 불가사의한 힘에 감사한다.(「포스트 식민지적 상황에서의 글쓰기」)

당연히 이 작가의 초기 작품엔 "6·25의 망령이 얼굴을 내밀지 않는 작품이 없다. 무당이 지노귀굿해서 망령을 천도하듯, (…중략…) 망령을 자유롭게 풀어주고 아울러 나 또한 자유로워질 수 있는 지노귀굿을 삼으려 들었다".(에세이 「다시 6월에 전쟁과 평화를 생각한다」)

소설 「부처님 근처」에서는 이렇게 독백한다. "나는 늘 두 죽음(아버지와 오빠)을 억울하고 원통한 것으로 생각해 왔는데 그 생각조차 바뀌어갔다.

정말로 억울한 것은 죽은 그들이 아니라 그 죽음을 목도해야 했던 나일지도 모른다 싶었다." 그래서 어느 땐가 기회 보아 "곡을 하리라, 나도 자유로워지리라 마음먹었다. 나의 곡의 방법이란 우선 숨겼던 것을 털어놓는 일이었다". "나는 그 이야기가 하고 싶어 정말 미칠 것 같았다. 나는 아직도 그 이야길 쏟아놓길 단념 못하고 있었다. 어떡하면 그들이 내 얘기를 끝까지 들어줄까, 어떡하면 그들을 재미나게 할까, 어떡하면 그들로부터 동정까지 받을 수 있을까. 나는 심심하면 내 얘기를 들어줄 사람의 비위까지 어림짐작으로 맞춰가며 요모조모 내 이야길 꾸며갔다."(「부처님 근처」)

이렇게 해서 박완서 문학은 통곡처럼, 지노귀굿처럼, 구토처럼, 호소처럼, 증언처럼, 증오처럼, 사랑처럼, 원한처럼, 복수처럼, 그리고 구원처럼 형성되어 왔다. 작가는 한국전쟁 중 두 가지 절박한 체험을 하는데, 하나는 꽃은 여전히 핀다는 자연의 순리이고, 다른 하나는 그 참혹한 가운데서도 여전히 생명체는 밥을 먹는다(혹은 먹어야 한다)는 사실이다. 꽃이 여전히 핀다는 진리 앞에서 작가는 자신이 나무로 변신해 봤지만 역시 이 작가는 두보나 톨스토이처럼 새소리를 들은 게 아니라 오로지 자신의 처지만을 생각해야 될 존재임을 절감했는데, 그건 작가 특유의 '오기傲氣'를 굳건히 다지는 계기가 되었다. 이 오기는 간교나 사악함을 이길 수 있는 이악스러움으로 박완서 문학을 중산층의 정서에 고착토록 만들어 준다. 바로 이 오기를 더욱 단단하게 다져준 것이 죽음을 겪고도 밥은 먹어야 한다는, 아우슈비츠 이후에도(아니 그 안에서도) 밥은 먹어야 한다는 생존보존의 철칙이다.

그 난리 통에 식구 한두 사람 잃지 않은 집은 없는지라 사람들도 그만큼 모질어졌다. 부부가 양식을 구하러 시골로 나갔다가 도중에서 기총소사로 남편을 잃고 혼자만 돌아온 아내도 그 곡식으로 밥을 해 자식들하고 꾸역꾸역 잘도 먹었다. 두 아들을 의용군으로 몽땅 빼앗긴 부부가 다음 날도 먹고 살려고 온종일 뙤약볕 아래서 극성맞게 참외장사를 했다. 학정(虐政), 폭격, 기아의 공포 분위기 속에서 사람들의 생명력은 오히려 더 질기고 싱싱해졌다.(「나에게 소설은 무엇인가」)

"세상에 아무리 목구멍이 포도청이라지만, 그 아들이 어떤 아들이라고 그 아들 목숨하고 바꾼 밥뎅이가 걸리지도 않고 이리 술술 넘어가노"(「엄마의 말뚝 2」)라거나, 아들을 묻은 엄마와 함께 딸이 "사랑하는 가족이 숨 끊어진지 하루도 되기 전에 단지 썩을 것을 염려하여 내다 버린 인간답게, 팥죽을 단지 쉴까봐 아귀아귀 먹기 시작했다"(『그 산이 정말 거기 있었을까』)는 짐승스런 생리적인 진리 앞에서 작가는 분단 시대의 냉혹한 생존본능을 체득한다.

분단문제도 민족적 동질성 추구나 통일운동의 이념이 아닌 가족사적 관점으로 접근하는 자세로 굳어지게 만든 계기가 바로 미친 목련꽃 사건이고, 애통절통 속에서도 밥은 먹어야 했던 절박함이 중산층의 소시민적 시각으로 세상을 읽어내야만 했던 개성의 몰락한 양반가문 출신의 규수가 취할 수 있었던 '오기'였다. 그러나 아무리 추슬러도 그 억울함이 풀리지 않은 데서 박완서 문학은 중산층의 허위와 위선을 냉혹하고 쌀쌀맞게 비판하게 된다. 그것은 바로 너희들 때문에 세상이 이렇게 되었다는 식의 또 하나의 '미친 목련꽃'에 다름 아니다.

그러나 비판과 보복은 끝이 없다. 명성도 얻고 거기에 따른 적당한 생활의 안정도 이룩해서 소시민적인 이기주의에 취해 찬찬히 살아가노라니 어느 시점에서 느닷없이 "사는 게 매가리가 없고 시들시들하고 구질구질하고 잡답하고 넌더리가 나는 것"(「부처님 근처」)을 느끼게 되고 마는 것이다. 이게 인생이 아니던가. 그런데 박완서에게 두 번째 인생의 격랑이 휘몰아쳤다.

1988년 부군 호영진扈榮鎭(4월)과 외아들 호원태(8월, 당시 서울대 의과대學을 나와 레지던트로 근무)를 연이어 잃었다. 오빠를 잃은 지 만 37년 만이다. 전쟁의 상처가 아물듯 말듯했던 터에 그 생채기를 오히려 들쑤셔 작가 박완서의 운명을 강타하여 원숙한 문학적 경지로 진입토록 강박했다. 이로써 박완서의 삶은 한국전쟁과 가족의 상실이라는 우악스런 두 마디가 지어진다. 한국전쟁이 개인의 운명을 넘어선 사회와 역사를 인식하도록 만들었다면 후자는 인간의 실존적인 문제에 집착토록 하여 그녀를 가톨릭 신앙에로 깊숙이 인도했다.

작가의 이야기 솜씨는 어디서 비롯했을까. "세상에 우리 엄마만큼 『삼국지』를 재미있게 말할 수 있는 사람이 또 누가 있을까?"라고 할 만큼 그녀의 어머니는 『아라비안 나이트』의 이야기꾼 처녀 셰헤라자드였는데, 박완서는 이를 능가하여 이야기를 시키는 동생 두냐자드와 그 이야기를 듣는 샤리야르 왕까지를 겸한 듯하다. 오죽이나 할 말이 많았으면 "나에겐 소설로써 말하고 싶은 것과 이런 글(소설이 아닌 산문 일체)로써 말하고 싶은 두 가지 욕구가 늘 같이 있었고 나는 이 두 가지를 같이 존중해왔다"(에세이집 『꼴찌에게 보내는 갈채』 서문)면서 엄청난 양의 작품과 에세이와 칼럼을 써왔겠는가.

3 ___ 가족사로서의 소설

한국 근대소설사는 곧 실향과 가족 분해의 역사라 할 만큼 사회적인 격변이 많았다. 1910년 일본의 강제병탄으로 고향을 떠난 난민들이 근대문학의 주류를 이뤘고, 1945년 8·15 이후 한국전쟁(1950~1953)으로 인한 유랑이 전 국민의 일상생활이 되었다가, 1960년대 이후에는 공업화에 따른 도시집중화로 농촌분해가 시작됐고, 1980년대 이후에는 해외 이민의 시대가 열렸다. 그래서 한국소설은 식민지 시대의 억압과 궁핍이 낳은 가족 분해에서 한국전쟁으로 말미암은 이념에 의한 가족 파괴를 거쳐, 근대화 과정 속에서는 가난이 가족 붕괴의 원인으로 작용해 왔다. 이런 가족붕괴의 흐름 속에서 가족 지키기의 신화가 대하소설로 자리 잡았는데, 그 중 박완서는 가장 실록적인 요소가 강한 자전적 작품으로 일관한 작가로 유명하다.

박완서 가족사의 원천은 대하소설 『미망』에서 시작된다. 대개의 가족사 소설이 일가의 흥망성쇠와 시대적인 굴곡을 담아내는 데 초점이 맞춰진 것과는 달리 박완서는 이 소설을 "좋은 의미의 자본주의에 대해 써보고 싶었"던 것이라고 창작 동기를 밝혔다. "돈에도 인격이 있다는 것, 돈을 버는 데 피땀을 흘렸기 때문에 천격스럽게는 쓰지 않는다는 태도 같은 것"(최재봉과 인터뷰, 「'이야기의 힘'을 믿는다」)을 쓰고자 했던 『미망』은 그래서 한국 가족소설사 중에서 가장 발자크의 창작 정신에 가깝다.

경기도 개풍군 청교면 묵송리 박적골은 20여 호의 작은 마을로 바로 작가의 고향이다. 번남 박씨 집안은 박적골 토박이가 아닌, "과거에도 번번이 실패하고 생계도 곤궁해진 선조가 부자 친척의 배려로 그쪽으로 이주"해 간 곳인데, "송도 수유를 지내면서 많은 토지를 장만해서 그 고장에서 떵떵거리며 살게 된 그 친척과 집을 나란히 하고 살았다".(박완서, 「포스트 식민지적 상황에서의 글쓰기」)

소설은 전씨 집안 5대에 걸친 이야기다. 1대 전서방은 땅뙈기 하나 없는 처지에서 칠남매를 낳은 빈농인데, 향반 이생원의 토색질에 한쪽 눈을 자해한다. 아버지의 참상을 본 셋째 아들 전처만(2대)이 출향, 개성 거상이 되어 아들 셋에 배다른 아들(3대) 하나를 뒀는데, 둘째는 상업, 셋째는 농업에 종사하나 소설에서는 방계로 밀려나고 일찍 죽은 맏아들의 딸 전태임(4대)이 가문을 이어받는다. 태임의 어머니 손씨 부인은 친정 집 머슴과 불륜을 저질러 아들 손태남(4대)을 낳고는 이내 죽는다.

전태임은 증조할아버지를 학대했던 상전 이생원 집안이 망해 그 후손 중 전처만 집안의 하인이 된 이종상과 결혼하여 남매(5대, 딸 여란은 1905년 을사년 생, 아들 경우는 1910년 경술년 생으로 각각 일제 강제 병탄이 단계적으로 이뤄진 해)를 낳고, 그녀의 이부異父동생 손태남은 진달래와 결혼하여 경국, 경순을 얻어 5대를 이룬다.

작가는 한국 근대 자본주의 정신을 송도 상인의 계율로 재정립한다. 전처만은 송방松房의 계율을 강조하는데, 그 요지는 "의롭지 못하게 비롯된 새로운 왕조(조선왕조)에 나아가 벼슬을 함으로써 망국의 한을 더욱 욕되게 하느니 돈을 벌자. 새로운 왕조의 이념인 유교가 가장 능멸하여 거들떠보지 않는 장사꾼이 되어 돈을 벌자"라는 것이다. 전처만의 이 정신을 승계한 전태임인지라 개성인삼을 지키다가 일본인에게 린치를 당한 이종상과 결혼까지 하게 된다.

전태임 이종상 부부와 태임의 배다른 남동생 손태남은 일제 식민통치 아래서 민족자본의 상징인 양말과 고무신 공장을 세워 독립군을 지원한다. "무장 독립군이 일본군을 몇 만 명 죽이고 영사관과 철도 기습 등의 대

첩첩捷 소식을 들으면 감회"가 남달랐으며, "독립군의 무장을 직접 지원했다는 자랑스러운 비밀로 가슴이 터질 것 같았다".

그러나 이들은 중국에서 피체, 손태남은 5년형, 이종상은 2년형을 언도 받아 복역 중 종상은 1년도 채 안되어 병보석으로 풀려났으나 고문 후유증으로 타계한다.

그렇다고 개성 출신 모두가 민족자본가 정신을 고수한 것은 아니어서 이 집안에서도 친일파가 나와 폐해를 끼치기도 한다. 더구나 태임과 종상의 아들 경우가 활동할 즈음에 이르면 이미 식민통치는 일정 궤도에 올라버렸기에 "그는 친일파가 역겨운 것만치나 시국에 대한 관심이 전문인 정치꾼들이 싫었다"고 할 정도로 세상은 변한다. "나라 없는 설움을 안 당하려면 뭐니 뭐니 해도 돈이 제일이라는 생각도 저를 어린 나이에 돈벌이에 눈뜨게 했드랬습니다. 시방도 제 생각엔 변함이 없습니다"라고 어머니 태임에게 항의조로 대드는 5세에게는 부모 세대가 제공하는 독립자금조차 비생산적으로 치부될 판이다.

남북 분단 후 경우와 경국은 월남했지만 온갖 위험을 무릅쓰고 개성에 잠입하여 묘삼을 훔쳐 강화도로 내려와 개성상인 정신을 승계한다.

『미망』은 작가의 가족사이기보다는 연구의 산물이고 개성상인 정신은 곧 박완서 문학의 중산층 의식을 이룩한 바탕으로 작용한다. 박완서는 곧 '문학적 송상松商'으로 이후 가족사 소설의 초석으로 연계된다.

박완서에게 본격적인 가족사 소설은 분단소설과 일치한다. 『목마른 계절』, 「부처님 근처」, 「겨울 나들이」, 『그 많던 싱아는 누가 다 먹었을까』, 『그 산이 정말 거기 있었을까』, 「엄마의 말뚝 1~3」 등은 전쟁을 배경으로 한 부모 세대의 가족사 소설이다. 작품마다 아버지와 삼촌과 오빠의 행위, 죽음의 방법과 시기 등이 달리 그려졌지만 근본적으로는 작가 자신의 '가족사의 원형'을 모델로 삼고 있다. 오죽하면 박완서 집안 일대기는 웬만한 독서가라면 줄줄 꿸 정도가 되었을까.

아버지는 맹장염이었는데, "벽촌이라 침 맞고 푸닥거리하다가 달구지로 읍내에 싣고 갔을 때는 이미 때가 늦어 허망하게 사별"한 게 작가가 세 살 때(1934)였고, "할아버지가 중풍으로 출입을 못하게 되니까 사랑방에 서당"을 차려 여자아이로는 혼자 천자문을 배우기 시작했다(고정희, 「다시 살아 있는 날의 지평에 서 있는 작가」)는 게 사실이지만, 소설에서는 변형되어 등장한다.

허황한 미신에 남편을 잃은 어머니는 신교육의 중요성을 깨닫고 어린 딸의 머리를 단발하고는 시댁 어른들의 완강한 반대를 뿌리치고 서울로 데려다(1938) 신여성으로 훈육시켰다.『그 많던 싱아는 누가 다 먹었을까』에서는 "곱게 땋은 머리를 엄마가 싹둑 잘라 냈을 뿐 아니라 뒤를 높이 치 깎고 뒤통수를 허옇게 밀어버렸다"라고 묘사한다. "내 단발머리는 (서울로 못 가게 막는) 할머니를 단념시켰을 뿐 아니라 내 마음도 시골에서 뜨게 했다." 「엄마의 말뚝 1」은 어머니가 '나'를 신여성 만들기 목표로 삼았으면서도 그 바탕에는 '상것' 아닌 '양반의 현대화'로 개성 양반의 서울 이동이라고 작가는 풀이한다.

박적골 촌뜨기가 식민지의 수도에서 겪은 것 중 두 가지가 두드러지게 나타난다. 하나는 "왠지 나는 선생님의 그런 세심한 안배에도 끼지 못하고 늘 가장자리에 처져 있었다. 가장자리에선 중심부에서 일어나는 일이 잘 보였고 선생님이 아무리 공평하려고 노력해도 선생님 손이나 치맛자락을 잡을 수 있는 아이는 정해져 있다는 것도 알 수 있었다"(『그 많던 싱아는 누가 다 먹었을까』)라는 대목처럼 그녀는 주변부 인물로 밀려났다. 사대문 안에 들락 말락 하는 현저동 산비탈 집은 아무리 개성 깡다구 어머니에 철없는 소녀지만 주변부 인생을 느끼지 않을 수 없었을 터였다. 그러니 각박한 서울 살이 속에서 싱아를 먹으며 보냈던 자연 속의 박적골의 삶, 배설의 쾌락을 자연 현상으로 받아들였던 원초적인 존재를 동경하는 장면은 모옌莫言의 소설『풀 먹는 가족食草家族』을 연상케 한다. 똥에 대한 예찬이나 떠난 고향을 그리워하는 것조차 두 작품은 너무나 비슷하다.

언저리를 어정대는 여학생에게는 교사의 가정방문과 학부형 회의, 그리고 집이 어디냐고 물을 때 두려움을 떨쳐버릴 수 없었을 테고, 박완서가 중산층의 허위의식을 얄미울 정도로 매몰차게 비판하는 자세는 이때 형성되어 한국전쟁을 거치면서 확고히 자리 잡았을 것이다.

서울이 준 두 번째 깨우침은 일제의 군국주의식 체벌이었다. 반별 일제고사 성적이 떨어지면 자기 점수에 상관없이 전체가 벌을 받았는데 "짝끼리 서로 마주보고 서서 상대방의 뺨을 선생님이 그만하라고 할 때까지 때리게 하는 방법"이었다. "왜 우리로 하여금 그 나이에 그런 짐승의 시간을 갖게 했는지 참으로 모를 일이다."(『그 많던 싱아는 누가 다 먹었을까』) 이런 와중에서 박완서는 여고생이 되어 새로운 독서의 세계로 진입했는데, 그중 "우리가 밑바닥 가난 속에서도 드물게 사랑과 이성이 조화된 환경을 유지할 수 있었던 것은 엄마 덕이었다고 깊이 감사하는 마음"이 생기게 해준 "강경애의 소설"은 특기할 만하다.

그러나 여기까지는 너무나 로맨틱한 회상이다. 10세 연상으로 아버지 같았던 '오빠'는 8·15 이후 좌익 활동을 하다가 "조직으로부터 멀어졌을 뿐 아니라 보도연맹까지 든 눈치였다. 그리고 구파발 지나 고양군 신도면에 있는 고양중학교 국어선생으로 취직을 했다. 취직을 하기 위해 보도연맹에 들었는지 취직하고 나서 들었는지 그 전후관계는 분명하지 않다". 그런 오빠는 "전에 없이 유치하고 졸렬하게 굴었다. 엉엉 소리 내어 울면

서 마치 엄마 때문에 좌익운동에서 발을 빼고 엄마 보란 듯이 보도연맹에
도 가입한 것처럼 모든 것을 엄마 탓으로 돌렸다".(『그 많던 싱아는 누가 다
먹었을까』) 소설 속의 오빠는 군수물자 제조업체에 근무했기에 징집에서
제외될 수 있었는데 그게 부끄러워 이내 그만 둔 경력을 가졌다. 결핵환
자 여인과 결혼했다가 상처한 뒤 이념에 탐닉하던 중 재혼하여 아이를 얻
었다.

　"그 계절에 나(작가)를 매혹시킨 것은 자유에의 예감"으로 그건 "중학
생에서 대학생이 된다는 것"이었다.(『그 많던 싱아는 누가 다 먹었을까』)

　『그 많던 싱아는 누가 다 먹었을까』와 『그 산이 정말 거기 있었을까』
는 "체험을 비틀지 않고 원형을 그대로 보여주고"(최재봉과의 인터뷰, 「'이야
기의 힘'을 믿는다」) 싶었던 작품이다. 박적골에서 개성을 거쳐 서울의 현저
동에 이르는 과정, 여기서 한국전쟁을 겪으며 오빠를 잃게 된 과정을 그
린 『그 산이 정말 거기 있었을까』는 인민군 점령하의 현저동, 국군 수복
때의 돈암동, 미군 PX가 있던 회현동, 인민군의 위협으로 '나'와 올케가
피난 갔던 파주군 탄현면 등이 무대이다. 오빠는 인민군에 의하여 그 정
체를 추궁당하다가, 국군 수복 후에는 성북경찰서 사찰계 형사들에게도
행적을 추달당한다. 더구나 인민군에게 밥해준 죄목으로 작은 숙부가 죽
은 뒤라 '나'는 경찰 앞에서 못할 말이 없었다.

　　그래, 우리 집안은 빨갱이다. 우리 둘째 작은 아버지도 빨갱이로 몰려 사
　형까지 당했다. 국민들을 인민군 치하에다 팽개쳐 두고 즈네들만 도망갔다 와
　가지고 인민군 밥해 준 것도 죄라고 사형시키는 이딴 나라에서 나도 살고 싶
　지 않아. 죽여라, 죽여. 작은 아버지는 인민군에게 소주를 꽈 먹였으니 죽어 싸
　지. 재강 얻어먹고 취해서 죽은 딸년의 술 냄새가 땅 속에서 아직 가시지도 않

았을라. 우리는 이렇게 지지리도 못난 족속이다. 이래 죽이고 저래 죽이고 여기서 빼가고 저기서 빼가고, 양쪽에서 쓸 만한 인재는 체질하고 키질해서 죽이지 않으면 데려가고 지금 서울엔 쭉정이밖에 더 남았나? 그래도 뭐가 부족해 또 체질이냐? 그까짓 쭉정이들 한꺼번에 불 싸질러 버리고 말지.(『그 산이 정말 거기 있었을까』)

이런 절규로 숙부가 방면 되지만 이내 한 여름에 오빠는 허망하게 죽어버렸다. 이 통탄스런 장면을 작가는 이렇게 춘추필법으로 쓴다.

오빠는 죽어 있었다. 복중의 주검도 차가웠다.

그때가 몇 시인지 우리는 아무도 시계를 보지 않았고, 왜 엄마 혼자서 임종을 지켰는지도 묻지 않았다. 엄마도 자다가 옆에서 끼쳐 오는 냉기 때문에 깨어났을지도 모른다. 체온 외엔 오빠가 살아 있을 때하고 달라진 건 아무 것도 없었다. 눈 똑 바로 뜨고 지키고 앉았었다고 해도 아무도 그가 마지막 숨을 쉬는 순간을 포착하지 못했을 것이다. 총 맞은 지 팔 개월 만이었고, '거기' 다녀온 지 닷새 만이었다.(『그 산이 정말 거기 있었을까』)

'거기'란 오빠의 죽은 전처의 고향인 천안이고, 때는 1951년 여름이다. 가족들은 서울 재수복(1951.3.14) 후 다시 피난을 떠나라는 명령에 일부는 천안으로, '나'는 국민방위군을 따라 나섰다가 국민방위군 해산령(4.30)이 내려 귀가한 것이다. '나'가 귀가한 한참 뒤에 천안으로 갔던 오빠가 돌아온 것으로 소설은 설정한다. 그리고 오빠는 죽었다.『그 산이 정말 거기 있었을까』의 산은 「작가의 말」을 통해 작가가 살던 동네의 '소복한 동산'인데 불도저에 밀려 뭉개져 체육시설로 바뀌어버렸다고 밝힌다. 언제든지 쉽게 오를 수 있는 동산을 작가는 의지할 데 없는 사람들의 안식처로 상징화시킨 듯하다.

오빠의 죽음을 이것과는 좀 다르게 다룬 소설이 『목마른 계절』과 「엄마의 말뚝 2」이다. 여기서 오빠는 한국군에게 가족을 희생당한 북한군 황 소좌의 보복심에 희생된 것으로 그린다. 다만 「엄마의 말뚝 2」에서 "동란 전의 한때 좌익사상이 청소년들을 선동하는 마력이 대단했을 적에도 내가 그 방면에 무관할 수 있었던 것은 오직 오빠 같은 사람이 여북해야 전향을 했을까 하는 오빠의 고통스러운 경험에 대한 믿음 때문이었다"라고 해명했다. 오빠의 전향에 영향을 받아 일찌감치 이데올로기와 거리를 두는 것으로 그려진 여동생이 『목마른 계절』에서는 나약한 오빠를 매섭게 질책하며 당이 지시하는 문화선전 활동에 나서는 열렬한 투사로 설정되어 있다.

오빠의 사인이 작품에 따라 달리 거론되는 것은 아마도 작가가 전쟁의 참상 그 자체에 대한 고발에 주안점을 두었기 때문이거나, 남북한 모두에 대한 양비론적인 작가의 입장 때문일 것이다. 물론 북에 대한 비판의 수위가 훨씬 높은데, 그렇다고 남에 대한 비판을 결코 덮어두지는 않는다.

4___전쟁 후일담 소설

아무리 엄청난 비극을 겪어도 산 사람은 밥을 먹어야 한다는 것은 이미 보아왔다. 1951년 말경, 작가가 죽은 오빠 친구의 소개로 미군 PX 초상 화부에 들어간 건 직장 구하기 어려웠던 시절이라 자긍심을 가질 만했을 터이다. 한국전쟁 때 미군의 PX건물이었던 지금의 중앙우체국 맞은편 신세계백화점은 작품 『나목』을 비롯하여 「살아있는 날의 시작」 등의 배경으로 작가에게는 잊지 못할 장소였다고 작가의 딸 호원숙은 증언한다.(「행복한 예술가의 초상 — 어머니 박완서」) 작가가 직접 겪었던 이 시기(1953년 결혼까지)를 다룬 장편 『나목』은 전시 중의 이야기지만 그 성격상 후일담처럼 아늑하다.

소설에서 작가는 20세의 이경李炅으로 등장한다. 경아의 아버지는 한국전쟁 "바로 한 달 쯤, 평화롭고 화창한 날, 아들딸들이 임종을 지켜보는 가운데 편히, 무책임하게시리, 우리만 남겨놓고, 나만 남겨놓고……" 떠나버렸다. 두 오빠는 피난을 가지 않고 집안 행랑채에 피신했다가 폭격으로 죽었는데, 경아는 그 은닉을 도왔다는 죄책감에 시달린다. 두 아들을 잃은 어머니는 "어쩌면 하늘도 무심하시지. 아들들은 몽땅 잡아가시고 계집애만 남겨 놓셨노"라는 통탄에 모녀간은 싸늘하다. 박완서에게 페미니즘의 단서를 제공하는 장면이다.

하우스보이 출신의 최만길이 사장인 미군 PX 초상화부에서 이경은 영업 책임으로 지나가는 미군들에게 애인이나 가족의 사진을 맡아 초상화를 그리도록 유인하는 역할을 맡았다. "다섯 명 정도의 궁기가 절절 흐르는 중년 남자들이 그림을 그리고 있었는데, 업주는 그들을 훗두루 간판쟁이들이라고 얕잡고 있었다. 전쟁 전엔 극장 간판을 그리던 사람들이라고 했다." 주문받은 사진을 보고 그들은 "스카프, 손수건, 사륙배판 크기의 노방조각 등 세 종류"에다 사실적으로 인물들을 그렸다. 초상화는 통상 6달러를 받았는데 화가에게는 얼마나 돌아갔는지는 모른다. "나(이경)는 월급제"이나 간판쟁이들은 초상화를 그리는 작업량대로 보수를 받았다. 이경은 그들을 어떻게 대했을까. "거의 사십 대로 나에겐 아버지뻘은 되는 어른인데도 나는 그들을 김씨, 이씨 하고, 마치 부리는 아랫사람 대하듯이 마구 불러댔다."(「초상화를 그리던 시절의 박수근朴壽根」) 그 다섯 중 늦게 들어온 간판쟁이가 옥희도였는데, 이내 선전鮮展 입선 경력자임이 밝혀지고 '나'와 가까워진다.

거의 매일 함께 퇴근하여 명동 세븐 투 세븐(727) 다방에 들리는 사이로 발전하는데, 그 매개체는 성당 마리아 상과 완구점의 모조 침팬지놀이였다. 한편 그녀는 자신을 사랑하는 황태수와도 일정한 거리를 유지하다가 결혼에 이르는데 소설에서는 옥희도와의 관계가 주축을 이룬다. 옥희도란 바로 1914년 강원도 양구 출신의 화가 박수근이 실제 모델로 1965년에 사망했는데, 사후 그의 작품은 한국에서 최고가로 평가받고 있다. 소설에서는 경아가 옥 화가 댁으로 봉급을 갖다 주러 갔다가 하룻밤을 세운 것으로 나오지만 사실과 다르다고 작가는 해명한다.

"소설『나목』에선 그의 아내를 빼어난 이조백자에 비유할 만큼 미화시키고 있다." 왜냐하면 "그의 아내를 무식하고 거칠고 온종일 바가지나 긁고 아이들을 울릴 능력밖에 없는 끔찍한 여자로 상상"했기에 그 보상심리가 작용했기 때문이다. 그러나 "몇 년 뒤 그의 유작전(1965년 10월 6~10일, 중앙공보관)에서 나는 처음으로 그의 부인을 보았다. 부인은 내가 상상했던 것과는 딴판으로 미모와 교양과 품위를 겸비한 분이었다. 나는 그때 어찌나 놀랐는지 인사도 못하고 먼발치로 바라만 보다가 나오고 말았다. 놀랐을 뿐 아니라 배신감 비슷한 쓰디쓴 감정까지 솟구쳤다. 그가 나에게 한 번도 그의 부인을 나쁘게 말한 적이 없으니 나는 순전히 나의 상상력에 배신을 당한 셈이었다. 그리고 만약 내가 그의 부인의 미모와 부덕을 진작 알았던들『나목』에서 절대로 그 부인을 그렇게 미화시키지는 않았을 걸 하는 생각이 들었다. 지금도 그 생각엔 변함이 없다. 내 멋대로 상상한 추녀 악처에 대한 보상심리가 소설 속에서나마 그녀를 미화시키고자 했을 것이다. 그와 나의 일 년 남짓한 사귐에 조금이라도 불순한 게 섞였다면 아마 그 정도가 아닌가 싶어 이 기회에 털어놓는다".(「초상화를 그리던 시절의 박수근」)

소설 속의 나목은 이렇게 묘사된다. "나무 옆을 두 여인이, 아이를 업은 한 여인은 서성대고 짐을 인 한 여인은 총총히 지나가고 있었다. 내가 지난 날, 어두운 단칸방에서 본 한발旱魃 속의 고목枯木, 그러나 지금의 나에겐 웬일인지 그게 고목이 아니라 나목裸木이었다. 그것은 비슷하면서도 아주 달랐다. (…중략…) 봄에의 믿음, 나목을 저리도 의연하게 함이 바로 봄에의 믿음이리라. 나는 홀연히 옥희도 씨가 바로 저 나목이었음을 안다. 그가 불우했던 시절, 온 민족이 암담했던 시절, 그 시절을 그는 바로 저 김장철의 나목처럼 살았음을 나는 알고 있다."

그가 그림을 그리고자 화실에 안 나오기에 급료를 갖고 그의 집으로 찾아가 본 그림이 바로 〈나목〉이었다.

경아는 미소년 같은 미군 병사 조와의 위험도, 화가와의 고비도 어렵잖게 넘기고 지극히 윤리적이고 타산적인 결혼을 했는데, 그녀는 지바고의 라라가 되기에는 너무 깜찍하고 되바라진 데다 이지적이고 현실적이었고, 화가 또한 지바고가 되기에는 너무 각박했다. '나목'은 화가의 모습이자 이경의 내면이며 동시에 그 시대 모두의 초상화였다.

전쟁에서 휴전에 이르는 과도기 혹은 후일담인 『나목』 이후 작가의 삶은 1남 4녀를 가진 주부로서 평탄해졌지만 원통한 오빠의 죽음을 잊을 수는 없었다. 여기서 「엄마의 말뚝」 연작이 등장한다. 「엄마의 말뚝 1」은 가족소설의 축소판이고, 「엄마의 말뚝 2」는 80대 어머니가 눈길에 미끄러져 다리를 다쳐 입원, 마취에서 깨어나면서 한밤중에 발작을 일으켜 잊었던 전쟁 중의 악몽을 재현시킨 작품이다.

　　이 노옴, 게 섰거라. 이 노옴 나도 죽이고 가거라, 이 노옴.
　　어머니는 눈물이 범벅된 얼굴로 이를 갈았다. 틀니를 빼놓아 잇몸만으로 이를 가는 시늉을 하는 게 얼마나 처참한 것인지 나 말고 누가 또 본 사람이 있을까.(「엄마의 말뚝 2」)

　　여기 등장하는 비극은 오빠가 사회주의자 – 전향 – 6 · 25 때 의용군 – 귀가 – 1 · 4후퇴 때 어머니와 여동생이 보는 앞에서 처참한 죽임을 당하는 것이다. 박완서가 '오빠의 죽음'을 반복해서 다루는 그 절박성이 실감되는 압권이기도 하다. '나'는 다섯 아이를 키운 중년에 어머니의 발작을 보호하는 신분으로 설정되어 있다.
　　「엄마의 말뚝 3」은 엄마의 묘지 만들기다. 개풍군 선영은 갈 수 없어서 안 되고, 오빠 곁(엄마의 아들)인 강화도나 올케(엄마의 며느리)가 묻힌 신천지공원을 두고 논의하다가 '나'는 조카의 의견에 따른다. 삼우날 가보니 묘지 앞에는 어머니의 이름('洪己宿')을 쓴 말뚝이 꽂혀있다. '내'가 묘지를 엄마 맘대로 못해드려 미안하다니까 어머니의 말이 환청으로 들린다.

　　딸아, 괜찮다 괜찮아. 그까짓 몸 아무데나 누우면 어떠냐. 너희들이 마련해 준 데가 곧 내 잠자리인 것을.(「엄마의 말뚝 3」)

　　"남편을 잃고 홀로 아이들을 키워야 했던 어머니의 억척스러운 삶, 전쟁으로 인한 참척의 고통을 '삼켜버린' 모녀의 처절한 삶의 이야기"(권명아, 「엄마의 이야기는 그녀에게 어떤 의미였을까 – 기억과 해석을 통한 역사적 경험의 재구성」)를 권명아는 "억척 모성"(권명아, 「미래의 해석을 향해 열린, 우리 시대의 고전」)이라고 규정했는데, 따지고 보면 한국전쟁으로 인한 홀어머니들을 다룬 소설이 범람하는데도 이처럼 아들의 초혼을 부르는 듯 처절성의 정점을 찍은 작품은 흔하지 않다. 그 이유가 정말로 그런 어머니상이어선지 작가의 소설 기교 탓인지는 모르겠으나 세헤라자드 자매를 닮은 모녀가 능히 연출할 만한 극적인 요인으로 충만한 건 사실로, 브레히트가 '30년 전쟁'을 배경삼아 쓴 "전쟁은 사업이다"라는 『억척 어멈과 그 자식들』과는 정반대편에 선 한국판 억척 어머니상이다.

전쟁으로 남편과 아들을 다 잃고 충격에 빠진 어머니가 부처님에게 귀의하는 모습을 그린 「부처님 근처」, 전쟁의 참혹함에 침묵해버리는 노파를 그린 「겨울 나들이」 등등 후일담 소설들도 다 이런 맥락에 속한다.

「카메라와 워커」는 "70년대 초반 찬욱이 오빠(공대를 나온 외사촌, 곧 작가의 비극적인 오빠의 아들)가 실제로 겪은 체험을 바탕으로 하고 있다".(호원숙, 「행복한 예술가의 초상 – 어머니 박완서」) 고교생인 친정 조카 훈을 "이 땅에 뿌리 내리기 쉬운 가장 무난한 품종으로 키우는 데 신경을 써" 문과에서 이과로 강제로 바꾸게 한 결과는 예상을 뒤엎고 워커 신고 공사 현장에서 고생하는 꼴로 만들고 말았다는 줄거리는 후일담 형식으로 풀어낸 한국사회에 대한 풍자다. "좋은 학교 나와서 착실한 직장 가지고 결혼해서 일요일 날이면 처자식 데리고 카메라 메고 놀러 나가고 당신은 집을 봐주는 게 평생소원"인 건 박완서 소설의 여인들 누구나가 지닌 중산층적인 행복관이 아니던가. 그러나 한국사회는 그런 소박한 보통사람들의 꿈을 억눌러버리기에 역사를 외면할 수 없도록 작가를 몰아댄다.

여담이지만 이 작품을 두고 김윤식은 "박완서 문학의 뿌리"(「자기 이야기를 자기 이야기처럼 쓴 작가 – 박완서의 경우」, 평론집 『농경사회 상상력과 유랑민의 상상력』, 문학동네, 1999 게재)라고 극찬했다. 이 작품을 감명 깊었다고 한 김윤식의 강의를 들었던 학생이 얼마 뒤 작가 박완서와 함께 연구실로 찾아간 것이 김윤식 – 박완서의 첫 만남이었다고 한다.

5___역사와 사회상 비판

처참한 한국전쟁에서 작가가 잃은 것은 이데올로기요 얻은 것은 예술이었다. 이데올로기에 대한 불신은 『목마른 계절』의 인민군 황 소좌의 입을 통해서 기염을 토한다. 1·4후퇴 때 서울로 진격해 느낀 소회를 황 소좌는 이렇게 절규한다.

> H동(현저동), 이 부스럼딱지처럼 더러운 빈촌까지 깡그리 빈집일 게 뭐람. 가난뱅이들, 이른바 무산계급까지도 우리에게 등을 돌렸다는 건 참을 수 없는 배신이다. 적어도 나는 무산계급, 피압박계급을 위한 투쟁에 헌신했고, 남조선 해방의 최전방에 설 수 있는 걸 영광으로 알았고, 이 위대한 전쟁에 가족을 잃고 혈혈단신이 된 것이다. 기름진 부르주아, 줏대 없는 소시민들이 다 등을 돌린 건 당연하다손 치더라도 가난뱅이들만은 우리 편이어야만 이번 전쟁의 명분이 서고 고달픈 혁명 사업이 고무적일 수 있지 않은가?(『목마른 계절』)

이렇게 인민군 장교의 입을 빌려 북의 점령정책을 비판하면서 작가는 이 시대를 "혹독한 가뭄의 풍경'으로 보았기에 소설 제목도 『목마른 계절』이 된다.

"사람들이 사람을 보는 눈은 남녀의 성별도 용모의 미추도 직업의 귀

천도 아니요, 다만 빨갱이냐 흰둥이냐"로만 구분하는 세태를 비판하면서 이를 극복하는 방안으로 "붉은 하늘이고 푸른 하늘이고 간에 내 고향과 나 있는 곳과 같은 하늘이어야 한다"라는 게『목마른 계절』의 일관된 주제다. 이 작품은 분단과 이념을 다룬 가장 중요한 소설의 하나일 것이다. 작가는 오빠의 죽음을『그 산이 정말 거기 있었을까』에서처럼 총을 맞은 지 여덟 달이나 지난 뒤에 "서서히 사라져간 것"이 아니라, 이 소설에서는 "국방군 놈의 총"에 맞아 가족을 잃은 황 소좌가 후퇴하면서 광분하여 난사한 총에 희생된 것으로 그린다. 북의 대남정책에 비판적인 황 소좌로 하여금 끔찍한 살인행위를 자행토록 만든 건 작가가 그만큼 투철하게 이데올로기 지향성 인간에 대한 불신을 상징한 것으로 볼 수 있다. 더구나 작가의 분신이기도 한 이 작품의 여주인공을 한국전쟁 때 동네, 친척, 학우들에게 열렬한 사회주의자로 알려졌던 투사로 부각시키면서, 그런 여성이 왜 이데올로기적 냉담자로 변신할 수밖에 없었던가를 현장감 있게 그려준다.

『그 산이 정말 거기 있었을까』에서는 이런 일련의 대북 비판이 더한층 격렬해진다.

이놈의 나라가 정녕 무서웠다. 그들이 치가 떨리게 무서운 건 강력한 독재 때문도 막강한 인민군대 때문도 아니었다. 어떻게 그렇게 완벽하게 천연덕스럽게 시치미를 뗄 수가 있느냐 말이다. 인간은 먹어야 산다는 만고의 진리에 대해, 시민들이 당면한 굶주림의 공포 앞에 양식 대신 예술을 들이대며 즐기기를 강요하는 그들이 어찌 무섭지 않으랴. 차라리 독을 들이댔던들 그보다는 덜 무서울 것 같았다. 그건 적어도 인간임을 인정한 연후의 최악의 대접이었으니까. 살의도 인간끼리의 소통이다. 이건 소통이 불가능한 세상이었다.(『그 박완서다운 깐깐한 논리적 기총소사다. 인민군 점령 아래서 서울시민이 겪었던 배고픔을 비롯한 각종 선전선동 및 정치활동은 아직도 연구자들의 몫으로 남아있지만 한국전쟁을 다룬 소설에서 흔치 않은 대목이다.

『그 산이 정말 거기 있었을까』에서는 현저동 인민위원회 강영구 위원장의 입을 빌려 아래와 같은 울분을 터트리게 한다. "욕먹을 소리지만 이런저런 세상 다 겪어보고 나니 차라리 일제 시대가 나았다 싶을 적이 다 있다니까요. 아무리 압박과 무시를 당했다지만 그래도 그때는 우리 민족, 내 식구끼리는 얼마나 잘 뭉치고 감쌌어요. 그러던 우리끼리 지금 이게 뭡니까. 이런 놈의 전쟁이 세상에 어딨겠어요, 같은 민족끼리 불구대천의 원수가 되어 형제간에 총질하고, 부부간에 이별하고, 모자간에 웬수지고, 이웃끼리 고발하고, 한 핏줄을 산산이 흩뜨려 척을 지게 만들어 놓았으니……."

「그 살벌했던 날의 할미꽃」은 전쟁 중 마을 여인들을 보호하고자 젊은 여성으로 위장한 할머니가 미군의 섹스 상대로 끌려갔다가 그 정체가 탄로나 먹을거리를 잔뜩 얻어 무사히 돌아온 사건을 풍자적으로 그린 소설인데, 할머니는 이렇게 말한다.

내가 이렇게 살아 돌아오고 또 먹을 것까지 잔뜩 얻어온 건 그놈들이 양놈이었기 망정이다. 아, 왜놈만 같아봐라, 나한테 속은 걸 안 즉시로 쏴 죽였을 걸. 암 그 독종들이야 쏴죽이고 말고, 왜놈이 아니고 소련 놈만 같아봐라. 아마 늙고 젊고 안 가리고 들이덤벼 욕을 봤을 걸. 쏴죽일 거 없이 제놈들한테 깔려 죽을 때까지 욕을 봤을 게다.

결국 그래도 양놈이 더 낫다는 이 논리가 분단 한국을 지배하는 냉전 체제임을 작가는 이렇게 간파해준다.

> 듣고 있던 마을 여자들도 노파의 의견에 전적으로 동의하고 제각기 부르르 몸서리를 쳤다.
>
> 노파도 마을 여자들도 한 번도 이 나라 밖을 나가 본 적도 없고, 마을에 살면서도 양놈이니 왜놈이니 소련놈이니를 직접 사귀거나 대해 본 적이 없었다. 이번 사건이 처음이었다.
>
> 그런데도 노파는 그 정도의 세계관(?)을 자신만만하게 피력했고, 듣는 사람 역시 추호의 이의도 없었다. 옳고 그르고는 차치하고라도 아마 그 정도의 세계관은 이 땅에 태어난 사람의 기본적인 상식에 속했기 때문일 게다.(「그 살벌했던 날의 할미꽃」)

이것이 한국전쟁이 남긴 유산이다. 아니, 박완서가 결산한 한국전쟁의 계산서이다. 이 대목은 물론 편견일 수도 있다. 외국군은 각자의 인성 문제지 군 자체가 속한 국가별 판단은 역시 좀 촌스럽다. 한국전쟁 참전 외국군을 거론하면서 중공군을 배제시킨 것은 아마 작가의 깊은 배려 때문일 터인데, 그들과 미군을 비교하는 것도 좋은 방법일 수 있다. 당시 중공군의 윤리의식과 인민에 대한 배려는 널리 알려져 있었다. 미군이나 소련군의 만행은 막상막하지 비교급은 아니었지만 박완서로서는 이승만까지는 비판하면서도 감히 미국 욕은 삼갔다.

그러나 이런 대목이 혼란스러운 한국전쟁을 이해하는 데는 큰 지장이 없다. "대통령이 국민에게 거짓말 목소리만 남겨 놓고 도망을 간 것에서 비롯된 정부 불신 풍조는 역대 정부가 불신에 불신을 덧칠해 온 결과"

이다. 그런 와중에 "정권이 몇 번씩 바뀌어도 한결 같이 공산주의의 위협만 두려워할 줄 알았지 정권 자체 안에서 내뿜는 불신의 해독은 두려워할 줄"(수필 「마침내 '그것'마저도 못 믿다니」) 모르는 게 오늘의 한국이 아닌가. 이처럼 너무 남쪽 정부 비판만 하다 보니 균형도 맞춰야 했을 터이다.

그럼 작가가 설정하려는 이데올로기의 화해지역은 어디서 찾을 수 있을까. 인민군에 의해 북으로 강제 연행당해 가던 중 파주군 탄현면 제3인민위원회 간판이 붙어있는 동네에서 한 할머니가 전해주는 '구렁재 호랑할멈'에 대한 설명이 그 중 심금을 울린다.

자손이 많으니 무슨 자식은 안 나왔겠소. (…중략…) 자식 중에선 왜놈 앞잡이도 나오고, 면서기도 나오더니만, 해방이 되고는 또 빨갱이도 나오고, 의용군도 나오고, 빨치산도 나오고 오롱이 조롱이라예. 어쩌겠소? 지 되고 싶은 대로 돼야지, 자식을 겉을 낳지 속을 낳소. 그래도 마님이 장손만은 내리 꽉 잡고 농사에서 조금도 한눈을 못 팔게 했으니까 가산을 이만큼 불렸지. 생각해 봐요. 몇백 석 허는 데다 자식이 빨갱이도 있고 흰둥이도 있으니까 어떤 세상이 와도 겁날 게 없는 기라요. 당장 국군이 들어온대도 마님은 여전히 큰소리 치고 살 테니 복도 많지 뭐요. 이 마을도 마님 덕 많이 봤다우. 폭격 맞아 죽고, 의용군 나가 안 돌아온 이는 있어도 우리덜끼리 빨갱이다 반동이다 하여 서로 총질하다 죽은 이는 하나도 읎었으니까요. 우리 집 마님이 버티고 있는 이상 그 짓만은 차마들 못헙디다. 우리 마님 치마 두른 게 참말로 아까워요. 나 같은 일자무식 눈에도 대통령을 시켜줘도 겁낼 분이 아닌데, 우리 마님처럼 자손을 빨갱이 흰둥이 골고루 둔 분이 대통령만 돼 봐요. 남북통일은 떼놓은 당상이지.(『그 산이 정말 거기 있었을까』)

작가는 이 할멈의 말에 "자칭 일자무식도 남북통일에만은 일가견을 가진 게 떨쳐버릴 수 없는 민족적 팔자소관"이라고 "실소를 터뜨리고" 말았다고 논평을 단다. 밀고 당기는 톱질 전쟁의 소용돌이에서 그런 논리가 곧 생존의 황금률일 수밖에 없지 않은가.

이런 인식의 구조 연장선에서 작가의 역사 인식이나 남북 분단 고착화 시대의 삶이 형성되는 듯하다. 권명아는 "박완서 문학은 이 고통스러운 근대사의 과정을 제국 – 식민이라는 단일한 구도하에서 성찰하지 않는다. 저항적 민족문학의 전범으로 평가되는 남성적 성장 소설이 제국 – 식민, 제국주의 – 민족주의라는 정형화된 이분법에 기초하여 저항적 민족주의의 이념을 담지하는 것과 대조적으로 박완서의 소설은 이러한 이념이 근거를 두고 있는 '우리'라는 이데올로기를 근본적으로 비판한다"(권명아,「미래의 해석을 향해 열린, 우리 시대의 고전」)라고 해명한다.

분단 소재 문학이 민족사적인 거시적인 관점을 취하는 것과 대조적으로 박완서는 '우리 가족'으로 특정화시켜 추적하여 그 개별성을 보편성으로 확산시켜주고 있다. 이에 대하여 작가는 "내가 겪은 전쟁을 총체적으로 그리지 못한 건 나의 개인적인 전쟁 체험이 아무리 시간이 지나도 도무지 멀어지지 않았기 때문이었다"(「포스트 식민지적 상황에서의 글쓰기」)라고 풀이한다. 그러면서 작가는 한국전쟁 소재의 문학이 지닌 숙명적인 한계성을 아래와 같이 지적한다.

내 작품세계의 주류를 이루는 이런 작품들의 결정적인 힘은 6·25 때의 체험을 아직도 객관화시킬 만한 충분한 거리로 밀어내고 바라보지 못하고 어제인 듯 너무 생생하게 간직하고 있는 데서 비롯됨을 알고 있다. (⋯중략⋯) 그래서 6·25를 주제로 한 소설은 아무리 써봤댔자 대작을 쓰긴 틀렸다는 막연하면서도 확실한 예감 같은 걸 가지고 있다.(박완서, 「나에게 소설은 무엇인가」)

한국전쟁은 박완서에게 영원한 '가족적 비극'으로 남을 것이기에 작가의 이런 성찰은 소중하고 진솔하다. 이 작가는 한국전쟁을 전후한 민족 근현대사의 역사적인 대사건도 '가족적 축약도'로 굴절시켜 반영한다.

"일본이 망했다는 것을 안 것은 느닷없이 한 떼의 청년들이 몽둥이를 들고 우리 집으로 쳐들어오고 나서였다"라고 『그 많던 싱아는 누가 다 먹었을까』에서 말한다. 면서기였던 큰 숙부 때문이었다. 8·15 직후 정치적인 혼란기를 작가는 "다시는 생각하기도 싫은 더러운 시대였다"(『그 많던 싱아는 누가 다 먹었을까』)라고 일갈한다.

그런 한편 4월혁명에 대한 호원숙의 증언은 무척 살갑다.

충신동(종로구 낙산 밑) 집에서 4·19(1960)를 맞았는데 워낙 중요한 사건이라 그때의 어머니와 아버지 모습이 생각난다. 전쟁이 난 것 같은 소란과 총성을 들었고, 어머니가 분개하던 모습과 또 난리가 나면 어쩌나 하며 할머니가 걱정스러워하시던 모습이 생각난다.

혁명이 이루어지자 새로운 세상이 온 양 거리의 사람들은 서로 얼싸안고 조금만 안면이 있어도 악수를 했다. 그때 어머니의 표정은 얼마나 기쁨과 자랑스러움에 넘쳐 있었던가. 그 기쁨과 자랑스러움은 집안에서 아이를 낳으며 느꼈던 것과는 또 달라보였다.(호원숙, 「행복한 예술가의 초상 – 어머니 박완서」)

그 한참 이후 박완서의 사회 비판의식에 대해서는 이렇게 증언한다.

어머니의 일련의 단편들과 수필은 그런 와중에서 사람들의 정치적 무관심과 무감각을 꼬집었다. 그건 그만큼 어머니가 정치와 사회에 촉각을 곤두세우고 있었다는 걸 의미하는 게 아닐까. 특히 1972년 10월 유신 이후 정치권력의 서슬이 퍼럴 때조차 어머니는 가능한 방법으로 용기 있게 글로써 저항해 왔고 어떤 때는 아슬아슬하게 느껴질 때도 많았다. (…중략…) 리영희의『전환 시대의 논리』를 비롯하여『우상과 이성』,『8억인과의 대화』는 어머니가 특히 감동했던 책이다. 젊어서는 마르크스의 이론을 섭렵했고 한때 도취했던 혈기가 마흔이 넘은 나이에도 식지 않았으며, 동시대에 나온 젊은 문학인들의 작품도 어머니에게 새로운 자극과 활기를 가져다주었다.(호원숙,「행복한 예술가의 초상-어머니 박완서」)

이어 호원숙은 어머니가 "100여 편의 시를 외우고 있었다. 작품이 판금되었던 정지용과 김기림을 비롯하여 김수영은 어머니가 가장 좋아하고 존경하는 시인이었다"고 밝힌다. 김수영을 좋아했다는 증언은 박완서 문학의 이해에 큰 시사를 던진다. 에세이집『나는 왜 작은 일에만 분개 하는가』는 김수영의 시「어느 날 고궁을 나오면서」의 첫 구절 "왜 나는 조그마한 일에만 분개하는가"에 다름 아니다. 김 시인은 서울 종로통 소시민으로 성장했는데, 한때 박완서의 낙산 아래 살았던 걸 굳이 들추지 않아도 서울 중산층적 정서로 상통함을 느낄 수 있고, 문학세계 또한 중산층적 감각에 의한 비판의식이란 점에서 공감대가 넓다. 더구나 의용군에 끌려가다가 탈출한 경력을 가진 김수영은 작가의 비극적인 운명의 오빠와 비슷한 연배에 비슷한 경력을 읽을 수 있지 않았을까.

"오빠가 비명"에 간 참척慘慽을 당한 어머니의 비탄을 보고도, "아무짝에도 쓸모없는 딸년이 살고 아들이 죽었다는 폭언"을 듣고도, "그런 엄청난 체험을 하고도 왜 엄청난 체험기를 쓰지 못하고 기껏 최말단의 수위나 고발하는 조그만 체험기밖에 못 썼을까"라고 자책하는 작가는 "그 때는 끽소리 못하고 당하고만 있다가 지금 이런 소리 하는 건 행차 뒤에 나발부는 격이나, 권력과 언론이 연계되어 철통같은 억압의 구조를 이룬 상황하에서 여류로서 느껴야 했던 무력감과 섣불리 그 일을 문제 삼아 다시 남의 입초시에 오르내리느니 묵묵히 잊혀지길 기다리자는, 남편에게 순종할 수밖에 없었던 아내로서의 무력감 등 이중의 무력감은 아직도 나에겐 딛고 넘어야 할 그 무엇이다".(수필 「나는 왜 작은 일에만 분개하는가」)

이런 중산층의 가치관을 김현주는 "세계라는 것이 결국 안면이 있는 사람, 친구, 친척, 운전사, 차장, 상인, 옆집 사람, 가족, 남편으로 구성된 작은 세계라고 생각하는 것이다"(김현주, 「'발언'의 정신과 새로운 문화. 도덕의 형성」)라고 규정한다. '가족' 단위의 삶을 지적한 것이겠는데, 김수영의 시세계나 박완서의 소설에 적중한다.

박완서의 사회비평은 춘철살인의 칼럼에서도 소설에 뒤지지 않는다.

"정말로 슬퍼하고 근심해야 할 일은 벼슬아치의 부정이 아니라 벼슬아치의 정직을 요구할 줄 모르는 백성의 마음"(에세이 「건망증의 시대에 살면서」)이라는 등의 명구절로 작가는 에세이스트로서도 스테디셀러에 올랐다.

분단 체제의 한국사회를 조감한 『아주 오래된 농담』이나, 운동권 문제를 중산층의 시각으로 접근한 「저문 날의 삽화 1∼2」, 「티 타임의 모녀」, 「무중霧中」, 「우황청심환」, 「여덟 개의 모자로 남은 당신」 등은 한국전쟁을 인식하는 작가의 세계관이 그대로 반영되어 있다.

장편 『오만과 몽상』은 친일파로 상당한 기업체를 가진 집안 출신의 박현과 독립운동가 가문의 도배장이 아들인 강남상을 대비시킨다. 둘은 고교 단짝으로 박현의 꿈은 작가가 되어 강남상을 주인공으로 한 소설을 쓰고자 하는 것이었지만 의사가 되었고, 강남상은 아예 진학도 못한 처지다. 박현의 증조부는 중추원 참의, 아버지 박준은 사업가지만, 박현은 이 집안에 앙심을 품었던 행랑채 하인이 보복으로 박준의 아내를 겁탈하여 생긴 사생아다. 이런 핏줄의 후예답게 박현은 자신의 선조에 대한 반감으로 가출하나 강남상을 만나고서 도리어 가짜 족보의 신분으로 귀환, "부를 물려받아 안락하고 우아한 생활에다 자선을 양념처럼 곁들여가며 사는 게 보장"된 남자답게 여공 영자를 능욕하는 등의 속된 삶으로 돌아간다.

"김구 선생을 모시고 상해임시정부에서 독립운동을 했던 증조부의 사망기사와 김구 선생과 함께 찍은 사진을 평생 모시고 사는 할아버지"에 대한 자긍심을 가진 강남상의 생각은 이렇다.

> 매국노는 친일파를 낳고, 친일파는 탐관오리를 낳고, 탐관오리는 악덕기업인을 낳고, 악적기업인은 현이를 낳고…… 동학군은 애국투사를 낳고, 애국투사는 수위를 낳고, 수위는 도배장이를 낳고, 도배장이는 남상이를 낳고……
> (『오만과 몽상』)

남상은 서울화학에 입사, 경영진과 노동자의 중간에서 고민 중 우연히 현을 만난 계기로 사장의 심복으로 변신, 영업과장이 되어 어음 할인 차액을 뻥땅하여 축재했으나 사장이 부도내고 도주하자 자신도 몰락한다.

영자는 현에게 능욕당한 5년 뒤 강남상과 결혼하나 두 친구는 서로가 그런 관계였음을 모른다. 영자는 출산하다가 죽게 되는데, 이를 계기로 현은 생명의 소중함을, 남상은 축재보다 인심이 중요함을 깨닫는 계기가 된다.

이 줄거리는 많은 작가들이 시도했던 친일파와 독립투사의 후손이 전

개했던 도식성을 탈피한 작가의 세계관과 만날 수 있게 해준다. 즉 친일
파라고 반드시 나쁜 것도 아니고 독립투사 후손이라고 꼭 바람직하지도
않다는 양비론은 한국전쟁의 체험이 준 이데올로기에 대한 절망의 부산
물이다.

6___속물주의 비판과 여성문제

"친척들 중에도, 친구들 중에도 그까짓 이십 년 전의 난리 때 일어났던 일
을 대수로운 일로 받아들이는 사람은 아무도 없었다. 그들의 관심은 땅을
도봉지구에 사두는 게 더 유리한가 영동지구에 사두는 게 더 유리한가에
있었고, 사채놀이의 수익이 더 높은가 증권투자의 수익이 더 높은가에 있
었다. 그들의 관심은 오로지 어떡하면 더 잘살 수 있나에 대해 곤충의 촉
각처럼 예민할 따름이었다."(「부처님 근처」) 중산층에 대한 비판의식이 자
리 잡은 연유의 일단이다.

작가는 여덟 살에 서울 와서 변두리 의식을 가졌을 때부터 중산층의
위선과 허위에 대한 경멸스러울 정도의 비판의식이 싹텄는데, 이를 더욱
다져 준 건 한국전쟁이었다. 결국 그 잘난 사람들의 방관과 침묵과 역사
에 대한 무지와 비겁 때문에 우리 가족이 당했다는 생각은 작가로 하여금
중산층의 속물주의를 맹타하게 만들었다. 모파상이 프랑코 프로이센 전
쟁 체험으로 반전사상과 부르주아의 위선을 고발(『비계덩어리』의 신랄한 풍
자)했듯이 박완서는 한국전쟁으로 중산층의 허위의식을 용서할 수 없게
된 것이다.

중산층 의식에 대한 작가의 확고한 입장은 아래 글로 그 요체를 이해

할 수 있다.

문학에서 참여냐, 순수냐는 정치적인 견해의 보수냐, 진보냐, 반체제냐, 뭐 그런 것들 하고도 통할 텐데 내가 어느 편에 속하는지 모르기는 마찬가지이다. 나이 들어가는 탓도 있겠으나 천성적으로도 나는 급격한 변화를 싫어하고 나 자신과 식구들과 오붓한 평안에 집착이 강한 이기주의자이다. 될 수 있으면 내 집 울타리 밖에서 일어나는 사회적인 시끄러운 일로부터 내 가정만은 안전하길 바란다. 내가 어떤 사명감이나 또는 심심하고 무료해서 울타리 밖에서 일어나는 일에 자진해서 참견한 적은 거의 없다. 그러나 사회적인 요소들이 내 일상을 느닷없이 간섭해 올 때는 부득이 관심을 안 가질 수가 없었다. 자진해서 참여한 게 아니라 한 대 맞으면 '억' 하듯이 반사적으로 반응한 데에 지나지 않았다.(수필 「분당을 거쳐 그 산까지」)

중산층의 이기주의를 다룬 『그해 겨울은 따뜻했네』는 분단문제와 중첩되는 서사구조다. 은행원이었던 아버지가 '반동'으로 연행당하고 피난길에서 폭격으로 어머니가 죽자 맏딸 수지가 두 동생을 인솔하게 된다. 여동생 수인이 부담스러워진 수지는 슬그머니 피난민들 속에다 유기한 채 남동생 수철만을 데리고 다닌다. 전쟁이 끝나자 아버지의 유산 덕에 나름대로 살 수 있었던 그녀는 대학 동창인 애인(인재)을 가난하다는 이유로 버리고 조건이 좋은 기욱과 결혼하는 등 속물근성을 거리낌 없이 발휘한다. 그 위선의 절정은 여동생 수인을 애타게 찾아 고아원을 헤매는 모습인데, 막상 그녀를 찾게 되자 외면해버리고 만다.

"그는 동생을 모르는 척 하는 데 양심의 가책은커녕 난만한 꽃밭을 병충해로부터 지켜야 하는 원정으로서의 사명감마저 느꼈다."

수지의 이런 행위를 권명아는 "이 원죄를 우리 시대의 동력으로 재생산하는 것은 바로 '허위의 정치학'이다"라고 했다. "가족적인 사회, 가족적인 회사, 가족적인 기업, 가족적인 국가……라고 말할 때 거기에 내포된 '가족적'이란 의미는 '따뜻하고 화목한' '신성불가침'의 가치라는 '환영'을 통해 타자에 대해 배제와 계급적이고 적대적인 차별화와 그러한 차별적 위계질서의 '신성불가침성'을 주장하는 '허위의 정치학'에 다름 아닌 것이다"(권명아, 「'가족의 기원'에 관한 역사소설적 탐구」)라는 지적은 박완서 중산층 문학의 정곡을 찌른다.

작가는 가족의 개념을 재정립하고자 그 위선을 고발하는 자세를 취한다. 이 작품은 1983년 6월부터 전개한 KBS의 이산가족 찾기 운동으로 화제가 되었다. "납북 도중 사망하자 집에 있다가 졸지에 고아"가 되어버린 사촌 오빠(원영)를 찾는 계기가 되기도 했는데, 소설은 공교롭게도 원영의 고아원 체험 모습과 너무나 닮았다고 호원숙은 증언한다.(「행복한 예술가의 초상 - 어머니 박완서」)

중산층의 허상을 다룬 『도시의 흉년』은 "광장시장에서 포목점을 하던" "어머니의 올케이자 나의 외숙모"가 모델인데, 1972년 "갑자기 돌아가셨다"고 호원숙은 쓴다. "많은 설정들이 허구지만 광장시장에서 일하는 김복실 여사의 모습과 군대에 입대하는 세태 등은 외숙모와 오빠(외사촌)들의 그 당시 상황에서 많이 따왔다. 하지만 현실에서는 외숙모가 어머니에게 비판의 대상이 아니라 의좋은 신뢰 관계에 있었다."(호원숙, 「행복한 예술가의 초상 - 어머니 박완서」)

광장시장에서 포목장사로 축재한 김복실 여사의 가족 연대기인 이 소설은 남편 지대풍을 통하여 한국소설의 전형인 아버지 부재의 문학을 입증한다. 아내에게 잉태도 못 시킨 채 일제 말기에 징병에 끌려갔으나 다행스럽게도 1945년 8·15 이후 귀국, 큰 딸 수희와 남매 쌍둥이(아들 수빈, 딸 수연)를 얻었지만 살림살이에는 아무런 도움을 못줄 정도가 아니라 오히려 아내가 번 돈으로 외도나 일삼는다.

1970년대 신문연재 소설로 최고 인기를 누렸던 『휘청거리는 오후』는 한국적 산업사회의 윤리의식의 타락상을 반영한다. 전직 교감이었던 허성은 작은 공장을 운영하면서 교육자로서의 양심조차 지탱하지 못하게 내몰린다. 아내 민 여사의 꼬드김에서 헤어나지 못한 채 중산층의 속물근성으로 함몰되어 가다가 끝내는 자살로 생을 마감한다.

맏딸 초희는 공 회장의 후처를 자청하나 정신안정제 과용으로 파탄을 맞는데 그녀는 "돈만 내보이면 자기 인생을 기꺼이 협잡당하고 싶어" 하는 물신화 시대 여인의 전형이다. "이 시대가, 이 세상이, 돈, 돈, 돈……돈이 제일이야, 하고 아우성치며 흐르는 데 너무도 순순히 편승"한 그녀는 사랑 찾아 가난한 집안으로 출가한 "우희를 야코죽일 수만 있다면, 아아 그럴 수만 있다면 악마의 치맛자락에라도 매달리고 싶다. 알랑을 떨며 매달리고 싶다"는 악착이지만 불행으로 치닫는다. 자신의 뜻대로 사랑을 찾은 둘째 우희는 궁핍한 생활로 전락했고, 막내 말희가 이민을 떠나는 결말은 고도성장이 결코 중산층을 행복으로만 이끌지는 않음을 입증한다. 결혼 풍속도를 통한 한국사회의 조명인 이 소설은 유신 독재 시대의 타락상과 맞물려 선풍을 일으킨 작품인데 이는 곧 한국적 근대화의 어두운 미래상을 예시해준 것이다.

"행복의 조건들이 표절한 미사여구처럼 공소하게 느껴지기도 했다"(「지렁이 울음소리」)는 중산층의 속물주의에 대한 작가의 신랄한 비판은 세 번이나 결혼한 여인을 통하여 3유형의 남성상을 제시하며 한국사회의 부끄러움을 풍자한다. 첫 남자는 무지한 데다 돈만 밝히는 유형, 두 번째는 대학 교수 자리를 노리는 소지식인으로 사기꾼 같은 사이비 지식인의 전형, 세 번째 남자는 탐욕스런 장사꾼인데 결국 보통사람들 누구나가 여기에 속한다.(「부끄러움을 가르칩니다」)

「너무도 쓸쓸한 당신」에서 별거중인 아내는 딸 졸업식에 갔다가 시골 학교장 남편의 삶을 떠올린다. "교감이 되고 교장이 된 것은 전두환, 노태우 정권을 거치면서였는데 그의 교장실에는 정권이 바뀔 때마다 대통령 사진이 가장 높은 정면에 으리으리하게 걸렸다. (…중략…) 문제는 갈등 없는 추종이었다. 마치 주인이 바뀐 노예처럼 주인의 이름이나 인품 같은 건 중요하지 않았다. (…중략…) 사진이 바뀌고 나면 그의 표정과 말투도 달라졌다. 조회 설 때마다 늘어놓는 장광설의 내용도 물론 그 최고 권력자의 어록에서 따왔을 것이다. 그가 만일 출세지향적인 권력의 측근자였다면 그런 언동을 이해 못할 것도 없었다. 알아서 기는 교육공무원의 소심증이었다고 해도 아내에게 만이라도 그걸 더럽고 치사하게 여기면서 참아내기 어려워하는 기색을 보였다면 그녀도 어떡허든 위로해주지 않고는 못 배겼을 것이다. 가족을 부양해야 한다는 가부장의 고독한 책무는 어쩌면 정의감 이상으로 비장해 보일 수도 있는 일이었다." 그러나 그녀는 남편을 시골에 둔 채 별거를 택했고, 너무도 쓸쓸하게 살아가는 남편에 대한 연민을 되씹을 뿐이다.

다른 직업이라고 다를까. 「조그만 체험기」는 작가의 남편이 하찮은 실수로 법망에 걸려 경찰 – 검찰 – 법정을 거쳤던 실제 사건을 그린 작품인데 결론은 "총이 결코 총 없이 살 수 있는 사람을 보호하지 못하며, 칼이 결코 칼 없이 살 수 있는 사람을 이롭게 할 수 없듯이 법이 결코 법 없이 살 수 있는 사람의 편일 수는 없는 것 같은 깨달음"으로 우리사회 지배구조를 신랄하게 쏘아 붙인다. "억울한 느낌은 고통스럽고 고약한 깐으론 거기 동반한 비명이 너무 없다"고 본 작가는 사회적인 지배층을 이룬 사람들의 방만이 "약하고 가난한 사람들에게 숙명처럼 보장된 진짜 억울함에는 더군다나 소리가 없다. 다만 안으로 삼킨 비명과 탄식이 고운 피부에 검버섯이 되어 피어나기도 하고, 독한 한숨으로 피어나기도 하고, 마지막엔 원한이 되어 공기 중에 떠 있을지도 모른다"라고 증언한다.

상류층 자제들이 경험할 수 없는 가난의 체험까지 감행하는 빗나간 세태를 풍자한 「도둑맞은 가난」, 1953년 봄에 27세로 개업한 산부인과 여의사가 30년간 낙태수술만 하다가 폐업 사흘을 앞두고 생명이 있는 신생아 출산을 해보고자 진력하는 모습을 그린 「그 가을의 사흘 동안」 등등 중산층의 허위의식에 대한 비판의식은 밑바닥이 보이지 않는다.

작가는 이와 똑같은 관점으로 여성문제에도 접근하고 있다. 『살아 있는 날의 시작』, 『그대 아직도 꿈꾸고 있는가』, 『서 있는 여자』, 『꿈꾸는 인큐베이터』, 「소묘」, 「그 살벌했던 날의 할미꽃」 등은 세칭 페미니즘 목록에 드는 작품들이지만 정작 작가 자신은 페미니스트로 분류되기를 원하지 않을 뿐 아니라 그렇게 되어서도 안 된다는 입장이다.

"제가 여성문제를 다루어야겠다고 의식하고 쓴 건 『살아있는 날의 시작』뿐이었습니다. 여성이 자주적으로 생각할 힘을 가진 존재라는 시각으로 여자를 그린 것은 아마도 제가 최초가 아닐까요"(최재봉과의 인터뷰, 「'이야기의 힘'을 믿는다」)라는 말처럼 박완서는 여성문제를 실제로 다룬 것에 자부심을 갖고 있다. 그런 한편 페미니즘이 지닌 극단적인 요인에 대해 이 작가는 비판적이다.

여주인공 청희는 미용실에다 미용학원까지 갖춘 데다 지방대학 교수 남편(정인철)을 둔 행복녀다. 남편보다 먼저 대학 전임 물망에 올랐던 기대주였으나 남편을 위해 포기했던 재능의 소유자지만 그녀 자신은 "여자답다는 건 나에겐 연기야". "여자답기 위해선 될 수 있는 대로 자기를 드러내선 안 된다는 이치에 순종하는 것"이라고 할 만큼 두 개의 자아 사이를 왕래한다. 노망 든 시어머니는 밤마다 부부의 잠자리를 감시하고, 의지할 곳 없는 친정어머니도 돌봐야 하는 등 이런 저런 일로 점점 남편에게 내몰리다가 자기 미용 강의를 들으러 왔던 마사지 전문가인, 자신이 벌어서 오빠 학비를 대는 딸처럼 지내던 옥희와 남편의 불륜 사건으로 이혼을 결심하게 된다. 그런데 이 순간에 정작 중요한 것은 외부의 적이 아닌 자기 자신과의 싸움임을 느끼지만 가부장제 사회의 윤리의식은 청희를 궁지로 몰아넣을 뿐이다.

"세상에 어느 시러베 아들놈이 십 년 만에 난봉 한번 핀 걸 갖고 마음으로부터 잘못했다고 뉘우칠까?" 남편 정인철은 오히려 반격하는데, 이런 정인철은 "평범하디 평범한 상식적 남자"로 치부된다.(『살아있는 날의 시작』)

"여자와 남자 사이의 억압 관계를 깊이 있게 파헤치려는 의도로 이를 악물고 시작"한 게 『살아있는 날의 시작』이다. "그 의도는 들어맞아 그 소설이 여성학 계통의 교과서처럼 되었다."(호원숙, 「행복한 예술가의 초상 — 어머니 박완서」) 그리고 작가의 의도대로 당대 페미니즘 문학의 기치로 떠올랐다.

『서있는 여자』도 처지는 비슷하다. "학벌 좋고 몸 건강하고 키 크고, 마음씨 무던하고 장래성 있고, 양친도 생존해 계시되 모시진 않아도 되고, 집안 좋고"라는 게 중산층의 사위 선택 평균이며 바로 하연지의 어머니의 견해이기도 하다. 잡지사 기자인 그녀는 이런 조건을 외면한 채 철민과의 사랑을 쟁취, 결혼했는데, 연지가 혼자서 임신 중절한 뒤 예상은 빗나간다. 철민은 "어떻게 네가 내 자존심을 그렇게 악질적으로 짓밟을 수가 있니?"라며 격분하자 그녀는 생각한다. "모성애라는 것은 사람들이, 그

중에도 남성들이 만들어낸 미신일 뿐, 속박의 악랄한 수단일 뿐, 인류가 신봉해온 허위 중에서도 가장 전통 깊은 거여서 마치 거룩한 본성처럼 자타가 착각하게 된 너무나 완벽한 허위일 뿐"이라고.

친정으로 가니 마침 어머니는 아버지 하석태로부터 이혼을 통보 받은 상태였다.

심지어는 여성운동가 현순주조차도 "처음부터 가족적인 분위기란 게 있었던가 싶지도 않았다"라고 악평을 듣는 처지다. "한마디로 실패한 어머니상은 여사의 사회적인 명성까지를 추악하게 만들만큼 참담한 것이었다"라고 그녀는 신랄하게 규탄당한다.

복종형 여인인 어머니나, 사랑의 산물로 이뤄진 부부였던 하연지나, 여성운동가까지 세 유형 모두가 가정과 남성으로부터 심판의 도마에 오르는 것은 페미니즘의 복합구조를 시사한다.

"혹시 첫날밤 네 신랑이 제 부모 잘 모셔야 한다는 소리를 제일 먼저 하거나 계집은 또 얻을 수 있어도 부모는 또 얻을 수 없다는 식의 수작을 하거든, 그 자리에서 그 혼인 파투 치고 나와도 나는 너를 내치지 않으마. 야단도 안 치마. 그 쪽만 귀하게 기른 자식인 줄 알지 말거라. 너도 똑같이 귀하게 길렀어"(「길고 재미없는 영화가 끝나갈 때」)라는 당당한 관점도 중요하지만 정작 여성의 신분을 망가트리는 건 여성 자신임을 수필 「내가 싫어하는 여자」는 보여준다. "친구들끼리 모인 자리에서 남편 자랑을 하는 여자는 그래도 어느 만큼은 귀엽지만 자기 남편 얘기를 최고급의 존대말을 써서 하는 여자" 이야기는 "듣기 싫다 못해 구역질이 난다. 이런 여자일수록 꼭 미국이나 구라파로 들어간다 하고 한국으로 나온다고 한다. 어디가 외국이고 어디가 모국인지 얼떨떨해진다"라고 작가는 여자에 의한 여자의 속박을 경계한다.

7 ___ 맺는 말

소중한 가족 중 둘을 저 세상으로 보낸 박완서는 한국전쟁 이후 최대의 인생의 고비를 의연하게 극복한 뒤 모든 주제에서 보다 원숙한 경지로 접어들었다. 고통이 창작의 어머니임을 이 작가는 스스로 증명해준 셈이다.

아들을 잃은 후의 심경을 "예리한 칼로 가슴을 각뜨는 기분이랄까, 완전히 세상을 상실한 좌절감에 빠지는 거예요. 그 애가 내 인생의 전부였구나, 그런데 나는 그것을 잃었다…… 이 당혹감은 언어로 표현할 수 있는 영역이 아닙니다"라고 작가는 애절하게 호소했다.

"혈육의 죽음을 통해서 삶과 죽음에 대한 인생관에 어떤 변화를 가져오시지는 않나 궁금하군요"라는 고정희의 질문에 "그런 말이 되레 내게는 싫어요. 내가 삶과 죽음을 깨우치는 데 왜 그 애가 희생되어야 해요? (…중략…) 그것보다는 내 나름의 종교관의 변화라고 할까 그런 게 있다면 이 사는 것은 헛되고 헛된 거다…… 죽으면 딴 세상이 있겠지…… 하는 것 때문에 교회도 나가고 악착같은 마음도 없어지고 세상 되어가는 꼴에 대해 성급함도 없어지곤 해요"(고정희, 「다시 살아있는 날의 지평에 서 있는 작가」)라고 응대했다. 문학을 버리고 자식을 살릴 수 있다면 그렇게라도 하고픈 절박함이 스민 말이기에 가족의 비극이 문학을 심화시켰다는 지적이 그리 달갑지는 않겠지만 그러나 객관적으로 보면 사실은 사실이다.

『한 말씀만 하소서』는 바로 아들의 빈자리를 한탄하는 초혼곡이다. 「엄마의 말뚝」의 처지를 그대로 반복한 운명의 농단 앞에서 신의 침묵의 단계를 지나 신앙의 길로 들어선 작가의 아픔이 생생하다. 생때같은 아들이 죽었는데도 왜 세상은 그대로 돌아가느냐는 조물주에 대한 원천적인 항의를 하던 「엄마의 말뚝」에서 본 장면이 그대로 재현되는 걸 감지케

해준다.

「나의 가장 나종 지니인 것」 역시 아들 잃은 울분을 토로한 것으로 궁극적으로는 신의 섭리에 순응하려는 자기성찰의 산물이다.

> 박완서의 소설은 여성다운 감수성, 그 무절제한 자기 환상에 빠져 있지 않다는 점에서 우선 여성 작가로서의 일반적인 범주를 넘어서고 있는, 매우 특이한 작가이다. 그렇기는커녕 그의 소설은 여성 특유의 빛나는 재치의 힘을 입어 우리 현실의 은밀하고도 수치스러운 구석구석을 흡사 송곳처럼 날카롭게 쑤셔 대는 비판적인 몫을 수행하고 있다.(김주연, 「순응과 탈출」)

이제 박완서는 쓸 만큼 썼고, 얻을 만큼 얻었고, 누릴 만큼 누렸다고 자족할까. 아닐 것이다. 한국전쟁의 아픔이 37년 만에 반복된 사실은 이 작가가 그 전보다 더 할 말이 많아졌다는 신의 임무부여에 다름 아닐 것이다. 그만큼 여전히 한국문학이 박완서에 거는 기대는 크기 때문이다.

(한국문학번역원이 박완서를 해외에 알리기 위해 영역할 것을 전제로 썼던 글이기에 다분히 해설적인 요소가 강하다. 이걸 보완해서 『동리 목월』, 2010.겨울호에 발표한 것을 추가, 재수정했다)

제2부

이병주, 박정희를
역사 앞에 소환하다

황제를 꿈꾸는 수인

마키아벨리와 사마천, 그리고 이병주

운명 앞에 겸허했던 한 여인의 소망

『'그'를 버린 女人』에 나타난 인간 박정희

5·16정권에 대한 인문학적 보고서

이병주의 『그해 5월』과 한국의 정치가들

황제를 꿈꾸는
수인

마키아벨리와 사마천, 그리고 이병주

1___유폐된 황제의 사상

영하 20도라고 한다. 감방은 영락없이 냉동고다. 천장만 덩실하게 높은 이 비좁은 감방에 세 사람이 웅크리고 앉았는데, 입김이 유리창에 서려 하늘로 통하는 유일한 창구는 하얗게 두툼하게 얼어붙었다. 조금 받아놓은 물도 돌덩이처럼 얼어붙었다. 방 한구석에 놓인 변기통도 얼어붙었다.

숨을 쉴 때마다 콧구멍이 따끔따끔하다. 콧속의 털이 얼었다가 녹았다가 하는 것이다. 자연은 그 모든 위세를 총동원해서 만상을 얼어 붙이려고 기를 쓰는 모양이다. 그러나 나는 기적처럼 얼지 않고 있다.(『소설. 알렉산드리아』, 한길사 판)

나림那林 이병주李炳注(1921.3.16~1992.4.3)의 인문학기행은 영하 20도 이하의 겨울날 서대문구 현저동 101번지에서 출발하는 게 좋을 것 같다. 종3(종로 3가의 약칭)이나 청량리 588처럼 지번으로만 서울의 우울을 상징했던 이곳은 조선 시대에 전옥서典獄署였다가 감옥서監獄署로 바뀐(1895) 뒤, 일제에 의하여 사실상 법 집행권을 약탈(1906, 조선통감부 설치)당한 후에 경성감옥京城監獄이란 명칭아래 독립 운동가들을 수감시킬 목적으로 지어진 곳(1908.10.21 개소)이다. 민족사적 수난의 상징인 경성감옥은 서대문형무소(1923), 경성형무소(1946), 서울형무소(1950), 서울교도소(1961), 서울구치소(1967)로 화류계 여성 이름 바꾸듯이 변성명하다가 1987년 11월 15일 의왕으로 이전함으로써 대부분의 건물이 허물어지고 지금은 우아하게 서대문형무소역사관(1998.11.5 개관)이란 명칭으로 몇 동만 남아있다. 이 시설을 원형 그대로 보관했다면 실로 세계적인 명물로 유네스코 문화유산 목록에 오르고도 남을 아까운 유적이건만 이를 허물어버린 군부독재나, 그런 야만적인 조치를 막지 못한 민주세력의 역량을 생각하면 마냥 울화통이 치민다. 지금도 그 일대 독립공원엘 갈 때마다 입구 보도에다 이 시설을 훼손한 자들의 동판이라도 깔아두고 짓밟고 지나가도록 했으면 하는 울적한 심정이다. 어째서 이런 세계적인 명물을 서울시도 아닌 일개 구청에다 소속시켜 그 가치를 평가절하하고 있을까. 그렇다고 행여 관할 서대문구청이 잘못하고 있다는 뜻은 아니다. 예산에 비해서는 너무나 잘 관리·운영하고 있지만, 깜냥도 안 되는 온갖 박물관들에 국민의 혈세가 투자되는 데 비해 너무나 푸대접을 받는다는 민족사에 대한 불공평한 처사가 안타깝다는 뜻이다.

이병주가 이곳에 투옥당했던 1961~1962년(그는 10년형을 언도받고 1962년 부산 교도소로 이감, 2년 7개월 만인 1963.12.16 출감)은 서울교도소 시절이었다.

이런 감옥에서는 "원통형으로 굳어진 사등밥(통상 가다밥 혹은 콩밥으로 호칭)이란 관명官名이 붙은 밥"에, "소금 속에 미이라"가 된 새우, "된장의 향기를 살큼" 풍길 뿐 "들여다보면 거울이 될 수" 있을 정도의 멀건 국물이 한 끼 식사로 제공되었다. "그러나 오만하게 버티고 앉아 황제다운 품위를 지키며 젓가락질"을 하는 『소설. 알렉산드리아』의 중년 사나이.

그는 이 감방에서 알렉산드리아의 카바레 안드로메다에서 악사로 있는 동생에게 "유폐된 황제의 사상을 아는가. 그건 이카로스의 날개를 달고 태양을 향하는 사상이다……"라고 쓴다.

대한민국의 수도 서울, 식민지 시대에 지어진 가장 야만적인 시설을 갖춘 서울 교도소의 감방에 갇힌 나, 이 "고독한 황제는 환각 없인 살아갈 수 없다". 그는 "유폐된 황제의 사상"으로 무장한 채 "타고 남은 재가 다시 기름이 됩니다"라는 만해 선사의 불교적 변증법에 도취해서 그 징역살이의 고통을 감내한다.

세상에 억울한 건 그 혼자만이 아니다. 사관 사마천도 그랬지만 천하의 명 재왕학帝王學 교재를 썼던 마키아벨리도 그랬다. 피렌체 공화정 시절에 정청政廳 제2사무국장부터 대통령 비서까지 두루 거쳤던 그는, 추방당했던 메디치 가문이 외세(교황과 스페인)의 도움으로 쿠데타를 조종, 귀국하여 재집권하자 중뿔난 죄도 없으면서 죄인으로 내몰렸다. 혹독한 날개 꺾기 고문Strappado을 6회나 당한 뒤 바르젤로Bargello감옥(현 국립 미술관)에 투옥, 운 좋게 간신히 풀려났으나 벌금에 파직까지 당했다.

도리 없이 그는 피렌체 근교 산탄드레아Sant'Andrea의 농장으로 은둔, 거기서 『군주론』을 비롯한 명저들을 쏟아냈다.

이때 5살 아래인 벗 프란체스코 베토리(서신 교환 때는 로마주재 피렌체 대사. 나중 프랑스 대사, 피렌체 공화국 대통령)와 2년여에 걸쳐 43통의 왕복 서한을 주고받았는데, 그 사연은 실로 사마천이 사형수 임안任安에게 보낸 안족서雁足書만큼이나 절절하다.

"운명은 나를 견직물업에 밝게 해주지도, 면직물업으로 돈을 벌게 해주지도, 금융업으로 입신할 수 있게 해주지도 않았으므로, 정치를 생각하는 수밖에 달리 할일이 없단 말일세"라고 노골적으로 호구지책을 애원하면서도 마키아벨리는 유형이나 진배없는 농막에서의 삶을 시적으로 그려준다.

"나는 시골집에 있네…… 여기서 나는 해가 뜨면 일어나 숲으로 가네. 그곳에서 나무를 벌채시키고 있기 때문이지." 두어 시간 감독 겸 작업 지시를 하고는 산림 속 옹달샘물로 가서야 "비로소 나는 내 자신의 시간"을 갖는다고 했는데, 필시 목을 축이고는 나르시스처럼 그 샘물에 자신의 모습을 비춰보았으리라. 그러나 아무리 좋은 샘물이라도 그걸로는 갈증을 달랠 수 없어 "한길로 돌아서 선술집으로 가네. 거기서는 나그네들과 이야기를 나누지". 그러다가 "식사 시간이 되면, 집에 가서 가족들과 식탁에 둘러앉아 이 가난한 산장과 보잘것없는 재산이 허용해주는 식사를 들지". 얼마나 보잘것없는 식단인가를 암시하는 묘사다. 그래서 영혼의 갈증을 채우기에는 너무나 허전한지라 이내 선술집으로 가서 "푸줏간 주인과 밀가루 장수와 두 사람의 벽돌공"과 어울려 "불한당이 되어 보낸다네. 카드와 주사위가 난무하는 동안 무수한 다툼이 벌어지고, 욕설과 폭언이 터져 나오고 생각할 수 있는 별의별 짓궂은 짓이 자행"된다.

이 대목을 읽노라면 그에게 맞춤한 밥벌이 자리라도 마련할 만한 지위에 있었던 베토리가 왜 그런 건 전혀 고려조차 않았는지 궁금해지지만, 이내 그 해답은 자동응답기처럼 튀어 나온다. 어느 시대나 출세지향적인 몸보신주의자들은 험지에 빠진 동지나 벗들을 경이원지하지 않았던가.

하지만, 그 덕택에 마키아벨리는 『군주론』을 완성시킬 수 있었다.

지난 2016년 가을 이태리 여행 때 험지인데도 하루를 투자하여 나는 산탄드레아의 그 농장을 찾아가봤다. 한촌이라 관광객조차 별로 찾지 않았는데, 5백여 년 전의 그 마을 풍정을 상상, 유추해보니 추방자의 처량함을 느끼기에 손색이 없었다.

그 정황을 마키아벨리는 이렇게 기록한다.

> 밤이 되면 집에 돌아가서 서재에 들어가는데, 들어가기 전에 흙 같은 것으로 더러워진 평상복을 벗고 관복으로 갈아입네.
>
> 예절을 갖춘 복장으로 정제한 다음, 옛 사람들이 있는 옛 궁전에 입궐하지. 그곳에서 나는 그들의 친절한 영접을 받고, 그 음식물, 나만을 위한, 그것을 위해서 나의 삶을 점지 받은 음식물을 먹는다네. 그곳에서 나는 부끄럼 없이 그들과 이야기를 나누고, 그들의 행위에 대한 이유를 들어보곤 하지. 그들도 인간다움을 그대로 드러내고 대답해 준다네.
>
> 그렇게 보내는 네 시간 동안 나는 전혀 지루함을 느끼지 않네. 모든 고뇌를 잊고, 가난도 두렵지 않게 되고, 죽음에 대한 공포도 느끼지 않게 되고 말일세. 그들의 세계에 전신전령(全身全靈)으로 들어가 있기 때문이겠지.(시오노 나나미, 『나의 친구 마키아벨리』, 한길사, 334~335. 위의 인용문도 다 이 책에서 발췌)

이병주는 감방에서 고독한 유폐된 황제의 꿈으로 작가가 되었지만, 마키아벨리는 일개 정신正臣으로 자족하며 인문학자가 되었다.

둘 다 유폐된 상황에서 궁중을 가상무대로 삼은 것은 고난을 돌파하려는 투지의 역설적인 수사법에 불과하다. 전락한 운명을 사사로운 영욕에 억매여 고통을 감내하기보다는 우매와 범죄로 얼룩진 역사에 도전하겠다는 결연함을 응고시킨 의지이기도 하다. 누구의 명령에도 굴하지 않은 채 자신의 사상적인 금자탑을 쌓고야 말겠다는 갈망이 그들로 하여금 누추한 거처를 왕궁으로 날조할 수 있도록 역사의 여신 클리오^{Clio}의 인허를 받은 격이다.

이 두 수인의 꿈은 그 형식이 소설이든 인문학이든 자신들처럼 핍박당하는 사람들의 관점에 입각하는 게 자연변증적인 전개일 터인데, 이병주도, 마키아벨리도 그렇지 않았다는 공통점을 지니고 있다.

2 ___ 마키아벨리스트로서의 이병주

마키아벨리 시대의 이태리는 르네상스적 휴머니즘의 이상으로 공공적인 선과 자유로운 공민의 공동체를 추구하던 시대였다. 그러나 추방당한 그에게 이런 사조는 공허했을 터였고, 공동체(도시국가)의 위기와 해체가 빈번한 가운데서 사람들은 점점 사적이고 이기적인 존재로 표변해가는 것으로밖에 보이지 않았을 거였다.

그래서 『군주론』은 "군주는 자기 백성을 결속시키고 이들이 충성을 다하도록 만들기 위해서는 잔인하다는 악평 따위는 개의치 말아야 한다"든가, "신의도 저버릴 줄 알아야 하며, 자비심을 버리고 인간미를 잃고 반종교적인 행동도 때때로 취하지 않을 수 없다는 점을 생각해 두어야 하겠다"는 등등으로 마키아벨리즘은 석화되었다.

그래서 여기서 염두에 두어야 할 것은 사람이란 정겹게 품어주거나 그렇지 않으면 짓밟아 깔아 뭉개버려야 한다는 것이다. 왜냐하면 인간이란 작은 피해에 대해서는 보복하려 들지만 치명적인 피해에는 그럴 엄두도 못 내기 때문이다. 따라서 군주가 타인에게 손상을 입히려면 복수의 두려움이 없도록 해야만 한다.(George Bull trans., *The Prince*, Penguin Classics, 1966, pp.37~38)

물론 이 대목은 극한상황이나 점령지를 통치하는 경우에 빗대어 거론한 것이기는 하지만 이렇게 독재체제를 두둔하는 한편 그는 외침을 당했을 때의 방어 능력에서는 군주국보다는 민주체제가 더 우수하다는 모순된 논리를 편다. 로마에 잔혹하게 점령당한 군주국 카르타고는 식민지화되었으나, 스파르타에 패배한 아테네는 시민들이 경험한 공화정의 자유주의 정신 때문에 결국 참주정치가 좌절되어버렸다고 주장한다.

이 모순된 마키아벨리즘은 이병주의 초기 문학에 강력하게 반영된다.

이병주문학의 핵심은 정치 이데올로기와 국가 권력에 대한 집중적인 분석에 있다. 여기서 그는 인본주의자로서의 휴머니즘에 입각하면서 교양주의적인 양비론자의 태도를 취한다. 민족사의 비극을 소재로 삼든, 독재 권력을 주제로 올리든 작가는 시종 냉소적인 양비론자의 시각으로 초월적 입장을 유지하는데, 그것은 한마디로 좌익은 순진하고 우익은 이악스럽다는 식이다.

반쪽 정부를 세운 이승만은 적당주의자, 김일성은 사람을 많이 죽인 민족반역자, 박헌영은 미군정을 연구하지 못한 무식자, 여운형은 이름 팔기를 좋아한 매명주의자, 조봉암은 대인ㅊㅅ이지만 변절자, 제주 4 · 3사태 등으로 동포를 많이 살해한 장택상이나 이범석은 아주 나쁜 사람, 이런 식으로 그의 인문학적인 가치관은 판관 포청천처럼 날선 도끼가 역사의 도마 위에서 번득인다.

이런 가운데서도 중반기까지 실록 대하소설로 분류되는 한국 현대사를 다룬 일련의 작품들(『지리산』, 『산하』 등)은 시종 마키아벨리즘적인 가치관으로 역사를 재단裁斷하고 있음을 부인하기 어렵다.

이승만에 대하여 가장 호의적이며 이념적인 밀착도를 지닌 작가는 이병주인데, 그럼에도 불구하고 그를 단죄하면서 이렇게 역사의 법정으로 몰아세운다.

"들먹여볼까요? 보도연맹 학살 사건, 거창 양민 학살사건, 방위군 사건, 중석불 사건, 부산에서의 개헌파동, 그리고 (…중략…) 통일할 능력도 없거니와 민주주의를 제대로 할 성의도 없고 국민을 사랑할 줄도, 위할 줄도 모르는 사람이라고 낙인"찍힌 것으로 한 등장인물은 말한다.(『산하』)

박헌영으로부터 "수백 년 묵은 여우"(이병주, 『남로당』)라는 별명이 붙은 이승만은 왕이 될 태몽 이야기를 어렸을 때부터 하도 들어서 대통령에 대한 집착이 강했던 것으로 묘사될 뿐만 아니라, 미군정 안에서도 "파시즘보다도 한 2세기 쯤 먼저 태어났어야 할 인물"이란 평가와 함께 왕조를 지향하는 성향 때문에 "부르봉"이란 별명이 붙었다.

그럼에도 불구하고 "교활한 이승만. / 융통성 없는 김구. / 포용력 없는 박헌영"이라는 형용구처럼 8·15 직후 정치인 중 이승만만이 마키아벨리즘의 정치술수를 능수능란하게 구사했다고 이병주는 평가한다.

"2차대전 이후 소련 블록으로 들어간 나라는 조만간 공산국가로 될 것이고, 미국 블록으로 들어간 나라는 자본제 국가가 되고 말 것"이라는 현실정치론(『지리산』)은 지금은 상식이 되었지만 8·15 당시에는 좌우익 최고 이론가들도 꼭 집어서 이처럼 단정 짓지 못했던 게 대미 인식 수준이었다.

그러나 이런 대목은 이병주가 한국전쟁 이후에 역사를 재점검하면서 낸 결과물이지 8·15 직후에는 그 단계에 이르지는 못했을 것이라고 본다.

"아, 동편 바다 왼-끝의 대륙에서 오는 벗이여!"라며, "이 땅에 처음으로 발을 디디는 연합군이어! / 정의는, 아 정의는 아직도 우리들의 동지로 구나"라고 감격하던 「연합군 입성 환영의 노래」(1945.8.20)를 외쳤던 오장환 시인은 불과 넉 달 뒤인 12월에는 「가거라 벗이여 – 흑인 병사 엘 에스 뿌라운에게」에서 "그대 내어친 발길 / 이 길을 똑바른 싸흠의 길로 듸듸라"라며 내친다.

GHQ(도쿄의 연합군최고사령부인 Supreme Commander for the Allied Powers를 통상 General Headquarters의 약자로 호칭)는 일본 점령 통치에서 폈던 정치적인 관용과는 달리 한국에서는 점령 초기부터 반소 친미정권의 수립이란 제국주의적인 의도를 분명히 강압하며 민족독립 사상을 탈색시키고 친일 친미세력에게 유리하도록 정치기반을 조성했지만 그 마수의 정체를 몰랐거나 알고도 일말의 기대와 화해를 위해 유연했음을 숨길 수 없다.

가장 비판적이어야 할 조선공산당은 '8월 테제'에서 미국을 진보적인 민주주의 국가로 평가했기에 당 기관지 『해방일보』에서 미군정 비판 기사가 처음 등장한 게 1946년 4월 2일이었다. 미군과 일본군 헌병의 차이는 키가 더 크다는 것뿐이라는 농담과 미군정이 일제 때보다 못하다는 여론이 팽배할 때였는데도 말이다.

조선정판사 사건(1946.5) 이후에야 공산당은 신전술(7월)로 전환했지만 여전히 미군정과 미소공동위원회(한반도 분할을 위한 국제 정치 쇼!)에 기대를 걸고 일방적인 구애를 계속했다. 당대의 최고 이론가의 하나였던 이강국은 『민주주의 조선의 건설』(조선인민보사 후생부, 1946년판을 범우사에서 2013, 재출간)에서 "군정은 모름지기 우리의 완전독립을 후원할 것"이고, 하지 중장은 "실로 조선민족의 은인이며 민주주의의 사도"라고 했다. 백남운은 『조선민족의 진로. 재론』(『조선민족의 진로』는 신건사, 1946, 『조선민족의 진로 재론』은 민족문화연구소, 1947 출간된 것인데, 범우사에서 합쳐서 『조선민족

의 진로. 재론』으로 2007 재출간)에서 미국의 경제 원조를 '남조선 단독 조치
설'과 결부시켜 경계하는 수준이었다. 박헌영이 대미 강경노선으로 선회
한 건 자신에 대한 체포령(1946.9.7) 이후였고, 그는 여기에 정치적인 대안
보다는 감정적인 조처로 많은 희생을 초래했다.

외신 기자들은 미국이 한국의 독립을 방해하러 왔다거나, 러시아의 한
반도 우위권을 막는 게 미국의 목적이라는 설까지 흉흉한 가운데, 미 육군
성의 해외기지 설치 예산 문제까지 구체적으로 보도(1946.6)했는데도 여운
형조차도 "풍설일 게고 불가능하도다"라고 논평할 정도로 태연한 척 했다.

그러니 6·25 같은 비극을 막을 수 없었을 터였다. 오늘이라고 뭐가
다를까?

미국(과 소련)을 정확하게 비판하며 민족적인 비극을 막아야 한다고 역
설한 논객은 오기영을 비롯한 민족적 양심세력과 젊은 소수 문학인들이
었다.

하기야 레닌의 『제국주의론』이 인정식의 번역으로 출간된 것이 1946
년 3월이었는데, 이 명저는 레닌이 1916년 봄 취리히에서 집필한 것으로
원제는 '자본주의 최고 단계로서의 제국주의 - 평이한 개설'이다. 미국이
스페인의 식민지인 쿠바와 태평양 일대 및 필리핀을 탈취하려는 노골적
인 야욕으로 일으킨 미서전쟁(1898)과, 영국이 남아프리카 점령을 위해 야
기한 남아전쟁(1899~1902)이 제국주의에 대한 연구의 절실성을 제고한
데다가, 제1차대전 전후의 제2인터내셔널 내부에서 자국의 이익을 위한
전쟁 지지냐, 국제 평화냐라는 치열한 논쟁 등이 집필 배경이었다. 조국의
이익을 위해서는 독일이 남의 나라 침략전쟁을 지지해도 좋다는 주장과,
어떤 침략전쟁도 반대라는 논쟁을 종식시키고자 레닌은 제국주의의 정체
를 밝혀내려고 부심했는데, 그럼에도 불구하고 러시아 국내의 검열 때문

에 주로 독점자본에 의한 경제적 침략에 치중하여 독점은 식민지에서 형성된다는 입장에서 썼기에 이후 지구에서 횡행하고 있는 기상천외의 제국주의의 잔혹성과 교묘한 직간접적인 침략 양상은 피했다.

21세기의 레닌이 등장한다면 오늘의 신출귀몰 하는 미 제국주의의 진상을 까발려 줄 수 있으려나? 진보적인 정치학자들이 적지도 않건만 아직까지 미국의 정체를 알기 쉽게 일목요연하게 정리해 줄 만한 책 한 권 없다는 게 부끄럽다.

지금도 이런 판이니 당시야 어땠겠는가. 이런 갑갑한 정세였던지라 작가 이병주는 아예 터놓고 "미국은 세계에서 제일 강한 나라다. 세계에서 가장 끈덕진 나라다. 미국은 지길 싫어하는 나라다. 미국은 언제든 전쟁을 필요로 하는 나라다"(『지리산』)라는 논리의 연장선에서 남한에서의 민족운동 전체를 비관적으로 썼다. 이 작가는 그런 미국에다 줄을 댄 이승만의 선견성을 적극 지지하는데, 그의 집권 이유로는 무엇보다 마키아벨리즘적인 원숙성에서 찾고 있다. "정세를 이용하는 영리함"의 단계를 훌쩍 뛰어넘어 "정세를 만들어 나가는 용기"(『남로당』)를 가진 인물이라는 평가는 마키아벨리스트로서의 이승만의 참모습을 드러낸 표현이다.

이런 논리의 연장선에서 이병주는 8·15 직후의 많은 암살사건조차도 "이승만 씨가 직접 조종한 것은 아닌" 다만 "과잉 충성하는 놈들이 이승만의 의중을 대강 짐작하고 저지른 노릇"으로 관대하게 풀이(『산하』)해주며, 그의 피 묻은 추악한 손을 씻어주고자 진력한다. 바로 이병주 소설의 한계다.

이승만의 마키아벨리즘이 집권 중 단연 돋보이게 빛을 낸 장면으로 이병주는 농지개혁을 들었는데, 『산하』는 이를 극명하게 묘사해준다. 농지개혁을 강력하게 반대했던 조병옥 등과는 달리 이승만은 "농지개혁은 어떤 일이 있어도 서둘러야겠다는 결심"을 했는데, 이유인 즉 "공산당에게 농민을 선동하는 미끼를 주지 않기 위해서이기도 하고, 한민당의 세력 기반(지주층)을 없애버리는 좋은 방책"이라고 여겼기 때문이다. 그 역사적인 대업을 위해 초대 농림부장관에 조봉암을 앉혔는데, 그야말로 이 과업에는 적격이었을 터라 "조봉암이 빨갱이의 본색을 드러낼 요량"으로 임무를 멋지게 수행했다. 그것까지도 염두에 둔 이 늙은 여우는 농지개혁으로 인기를 얻을 "조봉암 농림부 장관을 치워버려야겠다는 결심도 동시"에 하는 것으로 이병주는 그려준다.

비판하며 지지한 마키아벨리스트로서의 이승만에 대한 평가는 이 무렵 이병주 자신의 역사의식이기도 했을 것이다. 그는 『대통령들의 초상 – 우리의 역사를 위한 변명』(서당, 1991)에서 이승만·박정희·전두환 세 전직 대통령을 다루면서, 「이승만 편 – 카리스마와 마키아벨레즘의 화신」에서는 역사적인 거의 모든 과오를 되도록 비호, 변명해주는 입장이고, 「박정희 편 – 탓할 것이 있다면 그건 운명이다」에서는 안면몰수하고 사사건건 비판의 칼을 들이대는 자세며, 「전두환 편 – 왜 그를 시궁창에서 끌어내야 하나」에서는 이병주의 모든 글 중에서 최하급의 졸문으로 전두환을 추켜대는데, 너무나 사리도 논리도 안 맞는 억지 춘향이라 읽는 사람으로 하여금 도리어 얼굴이 뜨거워질 지경이다.

1979년 10·26 이후의 과도기 때 이병주는 손세일의 주선으로 가끔 김영삼 전 대통령을 만났고, 김상현을 통해 김대중 전 대통령과도 만났다. 그러나 이 둘에게는 인색했던 찬양을 전두환에게 풍성하게 나열하게 된 계기를 잡아준 건 이동화, 송지영, 윤길중, 고정훈, 신상초, 선우휘, 남재희 등 민주사회주의자들이었다고 이병주는 밝힌다. 그러나 아무리 억지를 부려도 이병주의 명성은 전두환 예찬으로 곤두박질 쳤다. 왜 이 작가가 이랬을까? 이병주의 영식令息 이권기 교수는 박정희를 비판하기 위해서 전두환을 빗댄 것이라고 했지만 그 점만으로는 뭔가 모자란다.

더구나 『전두환 회고록』(전3권, 자작나무숲, 2017)에는 이병주에 대한 언급이 장황하게 나오는데, 그 흑막에 무엇이 있는지는 아직 미궁이지만 설상가상이다. 그럼에도 저자가 이병주를 높이 평가하고 널리 읽히기를 바라는 까닭은 박정희 신화에 대한 가장 신뢰할 만한 정보와 재미있는 기록들을 남겼기 때문이다.

이승만에 대한 긍정적인 평가와는 대조적으로 동시대의 독립운동가인 김구에 대해서는 언급조차 가장 인색할 지경인데, 이건 필시 학병으로 중국 체험자로서의 감성도 작용했을 것이다. 학병으로 중국 대륙 체험을 한 이병주로서는 상하이 임정의 영광과 오욕을 동시에 들었을 터지만, 이승만을 부각시키기 위해서는 김구와 비교하면 불리하기 때문에 박헌영과 대비시키기를 즐겼다.

박헌영에 대한 이병주의 입장은 너무나 단호하고 신랄하다. 영웅이기엔 "미학이 방해를 하는 것이다"라는 부정적인 수준을 넘어 냉대의 시각을 일관되게 보여준다. 그의 항일경력에 대해서는 이승만 노선의 지지자인 이병주조차도 "공산당이 일제와 싸운 그 공적은 박 당수, 아니 박헌영 선생이 몸소 증명하고 있지 않소"라는 이승만의 말을 인용하면서도 냉대는 여전하다.

작가는 그 특유의 해박한 지식을 동원하여 이승만의 정치적인 노회함과 박헌영의 얕은 술수를 대비시키면서, 모스크바 삼상회담 문제를 둘러싸고 만났던 두 사람을 "늙은 교사 앞에 앉은 젊은 학생"으로 비유한다.(『남로당』) 그러면서 "한국 내의 공산주의 세력을 가장 겁내고" 있던 이승만이 박헌영과 당분간 밀월관계를 가질까도 고려했다가 실망, "불쌍한 인간! 감옥에서 자기 똥을 먹기까지 하며 양광佯狂을 부렸다더니 기껏 지능이 그 꼴 밖에 되지 못하는군"이라는 쪽으로 판단이 내려졌다고 묘사한다. 이병주가 박헌영을 유일하게 옹호한 대목은 그가 미제의 간첩은 아니라고 한 반북적인 주장뿐이었다.

이병주가 그나마도 호의적으로 그린 인물은 암살당한 이후의 여운형이다. 그는 "언제 있을지 모르지만 남북을 털어놓고 투표로써 하나의 지도자를 선출하게 될 기회가 있기만 하면 여운형이 결정적인 다수표로써 선출될 것이란 믿음 같은 것"이 있었다고 쓰고 있다.(『남로당』)

3 ___ 사마천으로서의 이병주

이병주를 작가가 되도록 만든 건 투옥인데, 감방에서 사마천을 만난 계기는 다케다 다이준武田泰淳의 『사마천 – 사기의 세계司馬遷-史記の世界』라고 밝힌다. 필시 일본평론사日本評論社(1943)나 문예춘추사文藝春秋新社(1959) 판본 중 하나일 것이다. 이 사연은 너무나 널리 알려져 있기에 생략한다.

두 번째로 이병주가 역사와 만난 건 2차 대전 중 일본 군속으로 끌려가 전몰한 동포들의 명단이 발표되던 시기인 1966년 7월, 마르크 블로크를 통해서였다. 작가는 이 인물에 감동받아 소설 「변명」에서 이렇게 소개한다.

1939년 2차 대전이 발발하자 여섯 아이의 아버지며 나이가 이미 53세를 넘은 블로크는 소르본 대학의 교수인 신분으로 일개 대위로서 자진 군에 입대했다. 불란서가 항복한 뒤 곧 항독운동에 참가, 리옹 지방 레지스탕스의 지도자로서 활약했다. 그러다가 게슈타포에 체포되어 1944년 6월 16일 나치스의 흉탄을 맞고 생을 마쳤다.(『마술사』, 한길사, 81)

이 작품도 너무나 널리 알려져 있기에 그냥 넘어가기로 하자.

그러나 정작 이병주에게 작가로서의 소명의식을 심어준 것은 역시 사마천이지만, 누가 봐도 사마천이 되기에 그는 체질적으로 너무나 세속적이고 속물적이며 현실적인 데다 두뇌회전이 지나치게 빨랐다. 그래서 초기에 그는 역사 대하소설을 쓰면서 정치사적으로는 이미 권력을 쥔 세력을 거스르지 않도록 정치사적인 기득권 세력을 인정하면서 이를 논증해 나가는 형식의 글쓰기를 시도했으며, 그 일련의 작품들은 마키아벨리즘적인 관점을 취하고 있다.

이 계열의 작품은 냉전 체제의 반공의식을 그대로 드러내면서 집권층 지향적인 성향을 지닌 지식인들을 즐겨 내세우고 있다.

그렇다고 일생을 마키아벨리즘으로 허송하기에는 그래도 진실을 보며 희생도 수용하라는 마르크 블로크의 충고는 물론 사마천의 영혼의 외침을 그는 외면하기 어려웠을 것이다. 그래서 작가가 사마천의 사관으로서의 글쓰기로 돌아선 뒤부터의 작품은 권력의 피해자거나 수난자에 초점을 맞추며, 권력자일 경우에는 비판적 관점이 주류를 형성하게 배치한다.

어림잡아보면 사마천의 관점으로 이병주가 선회한 것은 1982년 『그해 5월』부터가 아닐까 싶다. 바로 박정희 피살(1979.10.26) 이후부터 이병주는 참아왔던 비판의 해부도를 휘두르기 시작한 것으로 보는 게 옳을 것이다.

국가관이나 민족국가의 정통성보다는 현실정치적인 접근과 통치력의 실세를 중시했던 마키아벨리즘적 단계의 시각과는 달리 사마천의 단계에서는 통치 권력의 집행이 얼마나 역사적인 당위성을 지니고 있는가를 춘추필법春秋筆法의 시각으로 분석해 낸다. 물론 이런 분석의 가치 기준은 민족사적인 입장을 취한다.

이 계열에 속하는 작품으로는 『그해 5월』과 『'그'를 버린 여인』 등을 들 수 있다. 현대사에 등장했던 역대 집권세력과 그 비판세력과 진보세력을 민족적 허무주의의 관점에서 싸잡아 야유에 가까운 비판을 가한 게 전반기의 마키아벨리즘 계열의 소설이었다면, 후반기의 작품은 균형감각을 갖추고서 진지하게 논구해 들어가는 보고문학적 요소가 더 강한 것이 특징이다. 따라서 전기의 작품이 문학적인 형상화와 구성이 치밀한데 비하여 후기의 작품은 실록적 요소가 더 강화되는 한편 허구적인 사건은 거의 사라지며, 정론적인 형식을 취하고 있다. 아마 작가의 연륜 문제도 영향이 있었으리라 짐작한다. 그럼에도 불구하고 현대사의 정치적인 이해뿐이 아니라 사회전반에 걸친 과거사 청산의 기초 자료는 물론이고 처세술적인 읽을거리로도 손색이 없다고 평할 만하다.

『그해 5월』은 이병주의 현대사 5부 연작의 마지막 편에 속한다. ①일제 식민 말기부터 한국전쟁까지의 회색적으로 방황하는 지식인을 다룬 『관부연락선』, ②같은 기간을 다루되 좌우의 이념적 변별성을 뚜렷하게 경계선으로 삼아 좌익 투사들의 입을 빌려 좌익을 비판하도록 만드는 빨치산 이야기인 『지리산』, ③이승만 정권의 부정부패 사건을 비판하면서도 그의 집권 과정을 합리화한 『산하』, ④분파와 좌절로 얼룩진 것으로 평가 절하한 좌익운동사의 르포 격인 『실록 남로당』까지가 마키아벨리즘적인 이병주의 현대사 연작들이다. 사마천의 역사의식을 처음으로 발효시킨 소설이 현대사 시리즈의 마지막 권인 ⑤『그해 5월』이다. 이 소설은 "1961년 5월 16일 새벽에 개막된 드라마가 장장 18년을 끌다가 1979

년 10월 26일 밤, 이윽고 그 막을 내렸다……"라는, 주인공 이사마가 1979년 10월 27일 일기장에 적은 기록처럼 박정희 통치 만 18년을 탐구 대상으로 삼는다.

『사기』처럼 기전체紀傳體로 각종 사료와 논평을 곁들여 엮는 형식을 취한 이 소설은 차라리 '5·16의 역사적 평가를 위한 한 우수한 관찰자의 기초자료 모음집' 같다.

여기서 연작 5부의 보너스나 부록 같은 작품이 『'그'를 버린 여인』이다. 이 소설은 박정희에게 두 번째 여인에 해당하는 특이한 인물을 주인공으로 삼아 인간 박정희의 역사적인 삽화를 다루고 있다. 이병주가 이 소설을 쓰게 된 중요한 동기는 이 여인을 만났기 때문에 김재규가 "박정희의 가슴팍과 머리에다 대고 탄환을 쏘아 넣은 사실"이란 점이라고 밝힌다. "'그'를 버린 그 여인을 만나지 않았더라면 그런 결단에 이르지 않았을지 모른다"라는 게 작가의 인과응보식 역사의 변증법이다.

4___이병주와 박정희의 첫 만남

부산의 명 일간지였던 『국제신보』의 상임논설위원으로 이병주가 영입(1958.11.5)된 것은 전임자인 명 주필 황용주黃龍珠가 『부산일보』 주필 겸 편집국장으로 떠나간 자리를 채우기 위해서였다. 영입과정에 대해서는 ① 이병주 자신은 『국제신보』의 김형두 사장이 황용주에 대항할 만한 사람을 구하다가 자신의 이름이 나왔다고 했고, ② 김형두의 회고로는 인물을 찾다가 "감탄을 불금케 했던 인물로 진주농고의 후배이면서 전 주필 H(황용주) 씨와는 동창 간으로 마산대학에 재직 중인 사람"에다 "천하호걸이며 재사이자 소설가인 나림 이병주"(안경환, 『황용주 ─ 그와 박정희 시대』, 까치 글방, 2013, 301쪽)였다고 했는데, 두 주장에는 별 차이가 없다.

이병주는 희대의 명문으로 『국제신보』 주필(1959.7.1)에 이어 편집국 장 겸 주필(1959.9.25)로 부산지역뿐이 아니라 전국적인 명 논설가로 명망 을 누렸다. 이승만 독재 시절이라 시국은 답답했으나 사설은 끝발 나가던 이 시기에 부산군수기지사령부 사령관(1960.1.21~1960.7.30, 전라도 제1관구 사령관으로 전보)이었던 박정희를 이병주는 처음 만났다. 신도성愼道晟 도지 사가 경남도청 의회 회의실에서 기관장 회의를 소집했던 자리였는데, 이 병주는 『국제신보』 사장 대리로 참석했던 것이다.

회의가 시작되기 얼마 전 여윈 몸집으로 작달막한 군인이 육군 소장의 계 급장을 달고 색안경을 쓰고 가죽으로 된 말채찍을 든 채 회의장에 들어섰다. 도지사와 인사를 나누고 도지사가 지정한 자리에 가서 앉았다. 그리곤 회의장 을 둘러보는 듯하더니 획 하고 나가버렸다.

회의가 시작되었는데도 그는 돌아오지 않았다. 호기심이 있었다. 회의가 끝난 후 도지사에게 물어보았다. 그 군인이 누구며 무슨 까닭으로 이곳까지 왔다가 불참하고 돌아간 이유가 머냐고.

신도성이 쓴 웃음을 띠고 한 대답을 요약하면, 그는 2관구 사령관 박정희 소장인데 자리가 도지사석과 시장석과는 먼 말석인 것이 불만이어서 화를 내 고 돌아갔다는 것이었다.(이병주, 『대통령들의 초상 ─ 우리의 역사를 위한 변명』, 書堂, 1991, 90쪽. 이하 모든 인용문은 이 책)

그 뒤 1960년 3·15부정선거와 이에 대한 항의 시위가 고조되자 4월 10일 전국비상계엄령이 내렸고, 부산지구 계엄사령관을 맡은 박정희가 지역 기관장들을 소집해서 이병주도 참석했다. 그런데 그의 옆에 앉아 있던 『부산일보』 주필(黃龍珠)이 벌떡 일어나더니 그 장군 곁으로 다가가서, "아, 너 복세이키 아니야?"라고 하니 박 장군은 "음, 너 코류슈구나" 하며 서로 손을 붙들고 얘기를 주고받다가 황용주가 이병주를 불러 "이 사람이 박정희 장군이다. 나완 대구사범 동기동창이었지. 그동안 소식을 몰랐더니만 20수년 만에 만났구면"이라고 소개했다.

이후 황용주는 역시 대구사범 동창으로 의사인 조증출曺增出과 함께 이병주도 동석시켜 어울렸는데, 술자리에 앉기만 하면 박은 "이 주필, 이래갖고 나라가 되겠소?"라며, "이놈저놈 모두 썩어 빠졌어", "학생이면 데모를 해야지. 이왕 할 바엔 열심히 해야지", "도대체 오열(간첩)이란 게 뭣고. 오열이 어딘가에서 대기하고 있다가 자유당이 필요로 하겠다 싶으면 출동하는 모양이지? 국민을 편하게 할 방도는 생각하지도 않고 생사람 죽일 궁리만 하고 있으니 원!" 등등 "욕설과 비난을 섞은 열변을 토했다". 그런데 신통하게도 "맹렬한 공격을 퍼부으면서도 이승만의 이름은 물론이고 어느 사람의 이름도 구체적으로 입에 올리진 않은 것이다".

그러나 정작 4월혁명이 나자 박정희는 학생들이 쿠데타를 망쳤다고 투덜거렸다.

1960년 4월 27일 자 『국제신보』 사설은 「이대통령의 비극! 그러나 조국의 운명과는 바꿀 수 없었다」라 하고는 그가 물러난 지금은 이승만의 공죄를 논할 시기 아니다, 학생들에 배척 받는 이승만은 결코 적이 아니라며 동정론을 폈다. 물론 이병주가 쓴 글로 그의 한계가 엿보이는 내용이었다. 이걸 보면 나중 『지리산』과 『산하』, 『남로당』에서 이승만을 추켜세운 이병주의 역사의식을 예단할 수 있다.

그 며칠 뒤 이병주가 황용주, 박정희와 만나자 박정희는 "두 주필의 사설을 읽었는데 황용주의 논단은 명쾌한데 이 주필의 논리는 석연하지 못하던데요. 아마 이 주필은 정이 너무 많은 것 아닙니까?"라고 이승만에 동정적인 걸 따지고 들었다. 이에 이병주는 "밉기도 한 영감이었지만 막상 떠나겠다고 하니 언짢은 기분이 들대요. 그 기분이 논리를 흐리멍덩하게 했을 겁니다"라고 변명하니, 박은 "그거 안 됩니다. 그에겐 동정할 여지가 전연 없소. 12년간이나 해먹었으면 그만이지 4선까지 노려 부정선거를 했다니 될 말이기나 하오? 우선 그, 자기 아니면 안 된다는 사고방식이 돼먹지 않았어요. 후세에 경종을 울리기 위해서도 춘추의 필법으로 그런 자에겐 필주筆誅를 가해야 해요"라고 단호했다. 이에 이병주는 이승만의 독립운동을 거론하며 변명했으나 박정희는 "독립운동 했다는 건 말짱 엉터리요, 엉터리"라고 응대했다.

이어 박정희가 일본 청년장교들의 반역사건(5·15, 2·26 두 사건)을 거론하자 황용주는 "케케묵은 국수주의자들"이라고 단칼에 비판했다. 이에 박은 "일본의 군인이 천황 절대주의자 하는 게 왜 나쁜가. 그리고 국수주의가 어째서 나쁜가"라고 항의하여 논쟁이 벌어졌다. 황이 "고루한 생각"이라고 하자 박은 "그런 잠꼬대 같은 소릴 하고 있으니까 글 쓰는 놈들을 믿을 수가 없다. 일본이 망한 게 뭐꼬. 지금 잘해 나가고 있지 않나. 역사를 바로 봐야 해. 패전 후 얼마 되지 않아 일본은 일어서지 않았나" 등등으로 둘 사이의 논쟁은 이어졌다.

황, "국수주의자들이 망친 일본을 자유주의자들이 일으켜 세운 거다."

박, "자유주의? 자유주 갖고 뭐가 돼. 국수주의자들의 기백이 오늘의 일본을 만든 거야. 우리는 그 기백을 배워야 하네."

황, "배워야 할 것은 기백이 아니고 도의감이다. 도의심의 뒷받침이 없는 기백은 야만이다.”

　박, “도의는 다음 문제다. 기백이 먼저다.”(조갑제, 『내 무덤에 침을 뱉어라』

3, 조선일보, 2001, 186~187쪽)

　이 대화로 박정희의 역사의식이나 정치관과 민족관의 피상성과 밑천
의 마각이 드러나고도 남는다.

　그리고는 이내 5·16쿠데타가 닥쳤다. 쿠데타 직후 『국제신보』는 사설
「민주발전에의 획기적 대사업이 되도록 혁명군사위원회의 성의 있는 노
력을 바란다」(1961.5.17)로 군부의 행동을 환영했다. 마치 쿠데타 세력과
교감이라도 있었던 투라 해도 지나칠 건 없다. 그만큼 박정희 – 황용주 –
이병주 사이에는 주석에서 온갖 정치론을 다 펼쳤던 게 입증된 셈이다.

　그 나흘 뒤 오후 5시, 경찰은 편집국에서 이병주를 연행했다. 경남도
경 유치장에서 만난 이병주와 황용주는 “이상하게 돌아간다. 그자? 우리
는 도의혁명을 하자고 했는데 반공혁명이 뭐꼬?”(안경환, 『황용주 – 그와 박
정희의 시대』, 까치, 2013, 359쪽)라며 어리둥절했다.

5　쿠데타 직후에 구속당한 이병주

여수순천 병란(1948) 때 군부 내의 남로계 관련자 명단을 넘겨줌으로써
극형을 모면한 트라우마가 박정희에게는 강하게 작용했다. 이 전력 때문
에 5·16 직후 미국이 그의 사상을 의심하자 쿠데타 세력은 좌익, 혁신정
당, 교원노조, 각종 노조 지도자, 보도연맹원을 영장 없이 체포했다.(이석
제, 『각하, 우리 혁명합시다』, 서적포, 1995)

그래서 4천여 명 구금, 608명 혁명검찰부 회부, 216명 기소, 190명 유죄판결을 내렸다. 자유당 때 사형언도자 중 미집행 백여 명은 일거에 처형시켰다. "박정희는 미국 측으로부터 사상적 의혹을 받자 민족일보의 조용수를 자신의 면죄부의 제물로 삼았던 것이다."(김삼웅, 『한국 현대사 바로잡기』, 가람기획)

황용주는 한 달 만에 풀려났으나, 이병주는 '특수범죄처벌 특별법' 제6조 위반으로 기소됐다. 정당 사회단체 간부로 반국가적 행위를 한 자에게 10년 이상 사형이었던 이 법. 그런데 이병주가 뒤집어쓴 '교원노조 고문' 직함이 기록도 증언도 없자 논설위원 3명을 더 연행했다.

한편 경찰 공작반에서는 앞잡이를 시켜 남로당 재건 운동을 탐색 중한 청년이 걸려들었다. 이런 것도 모른 채 이병주는 경찰이 내사 중인 바로 그 청년의 주례를 맡았는데, 결혼식은 1961년 5월 22일이었다. 결혼식장에서 일망타진해 남로당 재건 공범으로 엮을 계획이었는데, 공작반의 내막을 모르던 다른 부서에서 하루 전인 21일 이병주를 신문사에서 덜컥 체포해버렸다.

공작이 수포로 돌아가자 이병주는 필화로 내몰렸다. 연행된 동료 논설위원 중 변노섭卞魯燮(1930~2005)은 사회당 경남도당 준비위원회 무임소 상임위원으로 날카로운 논설 필자였기에 이병주와 공범으로 엮였다.(이병주 소설 『그해 5월』, 한길사)

"그런데 술친구였던 박 대통령이 자기를 2년 7개월이나 감옥살이를 시키다니…… 잡혔을 때는 그러려니 했지만 시일이 지날수록 원한이 사무치게 된 것이다. 그러나 참았다. 그러다가 박 대통령이 죽고 난 다음에는 예를 들어 『그』를 버린 여인』에서처럼 박 대통령을 신랄하게 비판했다."(남재희, 『통 큰 사람들』, 리더스하우스, 2014, 54쪽)

바로 이병주가 마키아벨리에서 사마천으로 변신하게 된 계기가 된 것이다. 사마천의 사관으로 쓴 두 편의 소설은 우리 시대 정치소설로서는 최고봉을 형성하고 있다.

(2015년 이병주 심포지엄 발제 및 여러 강연을 간추려 재정리한 글)

운명 앞에 겸허했던
한 여인의 소망

『'그'를 버린 女人』에 나타난 인간 박정희

1___ 발자크와 나림, 월광과 태양의 기록자

나폴레옹의 앞에는 알프스가 있었다면, 나의 앞에는 발자크가 있다.(「나의 문학적 초상」, 『그 테러리스트를 위한 만사』, 한길사, 1983, 227쪽)

역사는 산맥을 기록하고, 나의 문학은 골짜기를 기록한다.(「바람과 구름과 비」(『지리산』題詞), 이병주 문학관 마당 문학비)

태양에 바래면 역사가 되고, 월광에 물들면 신화가 된다.(『산하』의 題詞)

이 세 테제는 나림 이병주문학세계의 근간을 이루고 있는데, 이를 분해 총괄하면 아래와 같은 새로운 명제로 유추해 낼 수 있다.

체험 – 나폴레옹, 산맥, 태양. 역사.(마키아벨리 혹은 사마천)

상상 – 발자크, 골짜기, 월광, 신화.(문학. 발자크 혹은 루쉰)

이병주는 체험과 상상의 두 세계를 시계추처럼 흔들리며 주제와 소재 및 창작 시기의 정치사회적 상황에 따라 어떤 때는 햇빛이, 어떤 때는 달빛이 더 강한 작품을 써왔다. 그러나 역사를 정면으로 다룬 작품들은 거의가 햇빛의 문학이며, 그걸 나는 이 글의 화제로 삼고자 한다.

문학도였던 그로서는 발자크를 최고의 이상으로 삼았으나 1941년 루쉰魯迅(1881.9.25~1936.10.19)을 읽으면서 좌경했다고 하는데, 그 당시 이병주가 볼 수 있었던 건 필시 일역판 마스다 와타루增田涉(1903~1977) 역『루쉰선집魯迅選集』(岩波文庫, 1935)이었을 것이다.

그가 자신을 발자크에 비교한 것은 종자기鍾子期와 백아伯牙가 어울린 듯 그럴 듯하다. 둘 다 초인적인 정력가로 창작도 다작이었다는 점에서 일치한다. 발자크는 매일 밤 12시에서 다음날 오후까지 무려 16시간씩 일했다. 국회의원 출마, 사업 등으로 분방했는데, 이병주도 국회에 출마했으며 낙선한 것도 닮았다.

여성문제가 복잡한 것 역시 막상막하다. 여성이 다수인 점은 같으나, 발자크는 오매불망의 여인이었던 한스카와 결혼한 지 5개월 만에 자신이 죽어버렸지만, 이병주는 조강지처가 있으면서도 여유 만만하게 바람을 피웠다. "보았노라, 만났노라, 끝났노라"(남재희의 표현)는 말이 단적으로 증명해 주듯이 그의 여성 유혹은 베테랑급이어서 언론계의 매력남 조덕송도 탄복했다는 일화가 전하며, 오죽하면 별명이 그리스의 선박왕으로 국제적인 플레이보이였던 오나시스에 빗댄 '이나시스'(임재경의 작명)였을까.

멋과 사치에서도 비슷했다. 발자크는 엄청나게 글을 써서 아무리 벌어도 멋과 사치로 빚더미에서 일생동안 헤어나지 못했다. 이에 비하면 이병주는 사치하면서도 그런대로 넉넉하게 살았다. 이병주의 멋에 대해서는 『남재희가 만난 통큰 사람들』(리더스하우스, 2014)에서 문인으로는 이병주와 선우휘 둘만 언급했을 정도다. 남재희가 도쿄에서 이병주를 만났을 때. 제국호텔 아주 큰 방(구관)을 얻어 있었는데, 호텔 내 신문 매대에서 『아사히 신문』, 『인터내셔널 해랄드 트리뷴』, 『르 몽드』를 사서 팔뚝에 걸치곤 유유자적 걸었다. 누가 봐도 국제적 교양을 갖춘 멋쟁이다.

양복도 일류 재단된 것, 넥타이도 반드시 화려하다. 양말까지도 붉은 색 계통의 눈을 끄는 색깔이다. 게다가 1970년대에는 희귀했던 스웨덴 제 볼보를 기사를 두고 굴린다. 차 안에서는 성능 좋은 카스테레오에서 주로 베토벤(그는 베도뱅이라고 한국명으로 불렀다) 등 명곡만 흘러나온다. 가끔 한국 음악으로는 심수봉이다. 그는 심수봉을 대단히 좋아했다.

살롱이나 카페에서는 주로 양주다. 코냑을 병으로 시킨다. (…중략…) 나는 그와 여러 번 술자리를 같이 했으나 막걸리나 소주를 마신 적은 없다.(『남재희가 만난 통큰 사람들』)

남재희의 증언은 이어진다. 너무 사치를 하기에 한번은 내가 정색하고 시비조로 비판을 했다. 그랬더니 "나는 형무소에서 맹세를 했다. 출소하면 모든 것을 최고급으로 사치를 하며 살겠다고". 그의 사치 취미에서 배울 것도 있다. 외국 여행을 가는 나를 보고 "물건 하나를 사더라도 가보가 될 것을 사라"라고 한 말이다.

그런데 문학관에서는 발자크가 달빛 우선주의인 데 비하여 이병주는 햇빛 우선주의인 점이 다르다. 빅토르 위고는 발자크의 장례식에서 "아, 이 강력하고 절대로 지치지 않는 노동자, 이 철학자, 이 사상가, 이 시인, 이 천재"라고 말했다는데, 이병주에게도 그대로 해당된다고 저자는 생각한다.

둘 다 목적 좌절에서 문학을 시작했다는 점 또한 같다. 발자크는 이런 저런 사업에 손을 댔다가 29세 때 여름에 6~10만 프랑의 부채로 자금융통이 어려워 도저히 사업을 할 수 없게 되자 소설을 써서 돈을 모아 다시 시작하려고 창작에 전념했다. 파리의 부촌인 파시, 르누아르 거리 47번지에 발자크 기념관이 있다. 3층 건물인데, 그는 항상 빚쟁이가 찾아오면 뒷문으로 빠져나가기 위한 장치로 출입구가 둘인 집만 찾아 다녔다. 하나는 비밀통로였다는데, 저자가 직접 확인한 바로는 소문 그대로였다. 로댕이 제작한 수많은 발자크 상 중에서 최고 걸작은 잠옷 차림인 점도 특기할 만하다.

이병주 역시 옥살이만 않았다면 언론인과 교수로 일관했을 것이다.

일화로 따지면 이병주가 오히려 발자크를 앞지를 것이다. 교육자나 언론인으로 햇빛 속에서 즐기도록 됐으면 그는 소설을 안 썼을 수도 있다. 5·16 후 술친구였던 박정희에게 구속당해 징역을 살면서 그는 달빛 체험의 세계로 전환했다. 유신독재 시절에 이병주는 박정희 정권의 지지자로 널리 알려졌던 건 그리 이상할 것도 없다. 나중에 밝혀지기로는 전혀 친박이 아니었다지만 1960~1970년대에는 누구나 친박 어용작가처럼 인식했다. 그럼에도 불구하고 마치 발자크가 보수파이면서도 독자를 사로잡았듯이 우리 세대의 독자들은 이병주의 현대사 소설을 외면할 수 없었다.

그러다가 박정희 작고 후 그의 영식 이권기 교수(일문학 전공)를 통해 박정희 치하에서도 이 작가가 얼마나 독재자를 야멸차게 비판했던가를 듣고 너무나 놀랐다. 그는 역대 대통령들을 주제로 아예 단행본『대통령들의 초상』(서당, 1991)를 냈다. 여기서 작가는 이승만, 박정희, 전두환을 다루고 있는데, 유독 박정희에게만 비판의 칼을 휘두르고 있다. 셋 다 한국 현대 정치사에서 불명예 퇴진을 했던 터인 데다가 출간 연도가 1991년이라 이병주로서는 얼마든지 자유롭게 집필 할 수 있었을 터였다. 그런데 예상을 뒤엎고 이승만, 전두환에 대해서는 긍정의 차원을 넘어 변명과 찬양의 단계를 들락거리면서 오로지 박정희에 대해서만은 비판의 칼날을 곤두세우며 그 이유를 운명에다 돌렸다. 여기서는 이 저서는 일단 나중에 다시 다루기로 하고 이병주가 박정희에 대하여 비판적인 자세로 접근했던 대표적인 소설의 하나인 『'그'를 버린 여인』을 중심으로 살펴보기로 한다.

2___권력에 굶주린 망자들

많은 연구와 자료 발굴에도 불구하고 여전히 박정희에 대한 평가는 찬양, 중도적인 공과 과의 동시 인정, 전면비판이란 3파로 나눠져 날카로운 평행선을 이루고 있다. 촛불혁명 이후에 줄어들기는 했지만 찬양론은 지역적으로는 경상북도 일대, 종교적으로는 근본주의 기독교 신앙인의 일부, 이념적으로는 극우파, 연령적으로는 70대 이상이 중심핵을 이뤄 어떤 실증이나 논리에도 승복하지 않은 채 유권자의 20% 전후를 오르내리며 태극기부대의 주축을 형성하고 있다. 이들에게 박정희 비판은 '빨갱이' 짓이자 대한민국의 국가관을 훼손시키는 행위로 간주되고 있다.

　오늘날 한국사회의 가장 큰 병폐는 '누가 뭐래도' 주의이다. 자신이 한번 입력시킨 정보와 가치관을 한사코 지키면서 '누가 뭐래도' 그 오류를 수용하지 않는다. 누가 뭐래도 주의는 어떤 진리와 진실도 통하지 않는 밀폐된 자아를 석화石化시켜 결단코 진실에 귀 기울이지 않는, 입만 가진 채 귀는 없는 소통 불가의 사회를 만들어버렸다.

이런 사회풍조에서는 대화와 토론이 불가능하기에 오죽하면 가족과 친지들 모임에서 정치 이야기는 금물이 되어버렸을까. 자신의 주장을 관철시키기 위하여 온갖 궤변과 엉터리 정보와 거짓 논리가 횡행하다가는 싸움판으로 비화되고 마는 우리의 현실! '누가 뭐래도 나는 ○○○를 지지한다'는 식의 논리가 지배하는 서글픈 사회다.

귀 없는 사람들에게 무슨 말을 할 수 있을까 궁리 끝에 누구도 빨갱이로 몰아칠 수 없는, 박정희 독재 때 대표적인 '어용작가'이자 '반공작가'란 평가(저자는 이런 평가에 동의하지 않는다)를 받았던 이병주의 작품을 통해 그를 살펴보기로 했다. 이 글에서는 되도록 저자의 견해는 빼고 작가 이병주의 말에 따르기로 한다. 이병주만큼 한국 현대사에 대한 정보망이 넓고 권력층과 교유가 넓고 깊었던 작가는 없다. 그의 문학을 역사적인 관점에서 조명한 연구서로는 손혜숙의 『이병주 소설과 역사 횡단하기』(지식과교양, 2012)가 많은 참고가 된다.

이병주는 1961년 5·16쿠데타부터 1979년 10·26까지의 박정희 전횡 시대를 『그해 5월』이란 대하소설로 탁월하게 정리했다. 유신 40년을 맞아 박정희를 평가한 여러 작업 중 아마 가장 총체적이고 근본적인 게 이 소설이 아닐까 싶을 정도로 『그해 5월』은 충실한 실록으로 평가받을 만하다. 이 작품이 정치사적인 박정희 평가라면 『'그'를 버린 여인』(『매일경제신문』, 1988.3~1990.3 연재. 단행본 상중하 3권, 書堂, 1990)은 박정희의 여인관계를 중심으로 주로 유신 시대의 잔혹 이면사를 다루고 있다. 이병주가 이 소설을 쓰고자 한 동기는 이 여인을 만난 뒤 김재규가 "박정희의 가슴팍과 머리에다 대고 탄환을 쏘아 넣은 사실"이란 점에 있다고 했다. 즉 "'그'를 버린 그 여인을 (김재규가) 만나지 않았더라면 그런 결단(박정희 사살)에 이르지 않았을지 모른다"라는 게 작가의 인과응보식 인생론이자 역사의식인데, 이를 아래와 같이 해명해준다.

> '그'를 버린 여인은 '그'를 구하려고 했을 뿐 '그'를 죽이려는 의도는 전연 가지지 않았다. 그런데도 그 여인은 결국 '그'를 죽인 살인자와 일체가 되어 버린다.(「작가의 말」)

여기서 '그'는 박정희이고, '그'를 버린 여인은 그의 두 번째 동거녀이다.

> '그'는 권력에 굶주린 많은 망자(亡者)들을 그의 주변에 모았다. 세상에 도의가 제대로 작용한다면 '그'는 평생을 뒤안길에서 살아야 할 사람이었다. 그런데도 '그'는 인생의 정면에서, 그것도 한 나라의 원수로서 집중적인 조명을 받고 살아야만 했다.
> '그'를 버린 여인은 도의가 무너진 세상에 있어서의 도의를 상징하는 의미를 가진다. 최소한의 도의 의식을 가졌을 때 여자는 그런 남자와 같이 살순 없다. '그'를 버린 여인은 '그'를 대신해서 평생을 뒤안길에서 살아야만 했다.(「작가의 말」)

이병주에게 '그'는 한 개인이 아니다. "'그'가 없었더라면 세상이 이렇게 되지 않았을 것이 아닌가"(「작가의 말」)라고 작가는 개탄한다. 여기서 '이렇게'란 오늘의 한국사회가 지닌 모든 비극적이고 부정적인 요소들을 통섭하는 지극히 비판적인 술어로 박정희가 남긴 부정적인 정치 유산 전체에 대한 전반적인 거부의식을 상징한다.

소설은 "유난히도 눈이 잦은" 1970년 겨울을 화제의 시발점으로 잡는다. 첫 무대는 서울 해당화海棠花 다방. 카운터의 소녀는 진의숙陳義淑, 별명은 진 안네인데, 오로지『안네의 일기』만 읽는 데서 붙은 것이다. 이 다방에 M신문 기자 신영길이 등장하면서 그의 취재록과 일기를 중심으로 유신 시대의 비사를 엮어나간다. 신영길 기자는 '그'를 버린 여인의 과거사를 통한 박정희의 이면사와 함께 1970년대를 장식했던 많은 사건들(정인숙 여인 피살, 유신통치, 민청학련사건, 제2차 인혁당 사건, 육영수 피격, 언론탄압과 동아일보, 조선일보 기자들의 자유언론 선언, 박동선 로비, YH사건, 김영삼 총재 탄압, 부마시민항쟁 등등)을 가감 없이 그 흑막까지 취재하면서 친지나 관련자들의 증언으로 보충, 기록한다. 예를 들면 흥미진진한 정인숙 사건(상권 49~84쪽, 이하 상중하 및 쪽수로만 표기)에 대해서는 기자의 취재와 정 여인의 절친이었던 양혜란을 통해 아주 자상하게 나온다. 이병주의 소설 창작 입맛에딱 맞아 떨어지는 이 사건에 대해서는『그해 5월』의 제6권(58쪽부터)에서도 자상하게 나온다.

3___'그'와 동거한 여인

그녀는 소설에서 한수정韓秀貞이란 가명으로 등장한다. "원산 루씨여고樓氏女高를 해방된 그해에 졸업"(상 19)한 청주 한씨 집안 출신이다. 영조의 사도세자 사건 때 왕을 비판했던 한규연 승지가 유배로 갔다가 복권 된 뒤에도 그대로 머물렀던 함경도 영흥이 수정의 고향이다. 조부 한근우는 홍범도와 의병을 일으켜 일군과 교전 중 전사했으나, 아버지는 원산에서 해산물 도매상을 했던 유복한 집안이라 그녀는 피아노를 전공하며 절승지인 명사십리에서 일본 유학생 최균환을 만나 열렬히 사랑했지만 그가 탔던 "관부연락선 곤륜환(곤론마루崑崙丸)이 미군의 기뢰를 맞고 침몰"(상 170, 1943.10.5 오전 2시경. 655명 중 583명이 사망 혹은 행불)하면서 첫 사랑의 상처를 일생동안 앓는다.

8·15 직후 아버지가 북한 당국에 피체, 희생되자 단신 월남, 서울 고모 집에 의탁하려 했으나, 두 아들이 좌익이라 그 집에서 나온다. 그녀는 할아버지의 원수인 친일파와 아버지의 원수인 좌익을 철저히 증오했다. 종로 어느 잡화점 점원으로 있다가 이내 동대문시장에 의류 가게를 냈다. 그러나 대화재를 만나 빚에 쫓겨 한 '어깨'에게 처녀성을 빼앗겼는데, 그 사나이는 동대문 상권商權으로 좌우익이 다툴 때 죽어버렸다.

한수정은 1946년, 여학교 선배(박 마담)와 을지로 4가에서 금성 다방을 냈는데, 단골에는 남로당계 군인이었던 최남근崔楠根, 김종석金鍾碩(김삼룡계), 강태무(1949년 연대병력 끌고 월북) 등 군인들(다 실존 인물들. 상 227~229)이 많았다. 12월 23일 밤, 강태무가 "군인 치곤 키가 너무 작다, 몰골이 꾀죄죄하다는 정도"의 '그'를 데리고 다방에 등장했다.

"박 소위는 광복군 출신이며 그 앞엔 일본군의 대위였다고 하고 머리가 비상하니 앞날 대성할 인물이라며 칭찬"(상 229)한 게 그녀가 '그'(박정희)와의 첫 대면이었다. "그(박)에 비하면 최남근은 풍채도 좋고 활달한 성격으로 그가 다방에 앉으면 훈훈한 분위기를 만들어 내는 마력 같은 것을 가지고 있었다"(상 230)고 한수정은 생각했다.

어느 밤, 박 소위가 술에 잔뜩 취한 채 다방에 와서는 술을 더 달라고 생짜를 부리며 통곡을 했다고 박 마담은 증언한다. 작가는 여기서 그 이유를 구태여 밝히진 않았으나 한국 현대사를 아는 독자라면 대구 10·1사건에 가담했던 박의 셋째 형 박상희朴相熙(1905~1946.10.6. 독립투사로 박정희의 만주행과 본처와의 이혼을 반대했으나 듣지 않았다고 함)가 경찰에 의해 피살

된 데 대한 통한痛恨이었음을 유추할 수 있을 것이다.

1947년 2월, 다방에서 알게 된 서울대 사범대학 전창제 교수의 조언으로 한수정은 고모의 도움을 받아 집을 사서 하숙집을 경영하는 한편 다방 수익의 절반까지 챙기면서 경제적인 자립을 도모한다. 하숙생이었던 전창제 교수와 사범대 학생들과는 가족처럼 단란하게 지냈다.

한수정이 어느 밤 담배 연기 자욱한 금성 다방의 문을 열고 들어서자 한동안 안 보였던 박의 얼굴도 있었다. 그동안 '그'는 육사를 졸업, "38선 경비대장"으로 지냈다면서 이렇게 말한다.

> 남의 나라와의 국경을 지키는 것이면 힘들어도 견딜 수가 있지만 자기 나라 한복판을 금 그어 놓고 네 땅 내 땅을 챙기려고 하니 나날이 괴롭기만 하더군.(상 247)

이 장면은 바로 박정희가 1947년 4월 조선국방경비대 제8연대(연대장 원용덕) 제4소대장으로서 38도선 경비를 맡았던 시기를 나타낸다. 이 대목에는 형 박상희의 죽음으로 '그'가 좌경화의 길을 걸었던 사상적 편린이 묻어있다. 그런데 '그'는 반 강제로 한수정의 하숙집엘 따라가서는 자신도 그 집에 들어오겠다고 억지를 썼다. 그는 그 해 10월 육군사관학교 중대장으로 전출되면서 38선을 떠나 서울 생활이 시작된 것이다.

그러나 '그'가 하숙생으로 들어오자 한수정의 가슴에 제2의 사랑의 불길을 지핀 전창제 교수와 학생들이 줄줄이 나가버린다. 전 교수와 '그'는 대구사범 동창이었지만 '그'의 독한 성깔 때문에 관계가 좋지 않았다. 이런 불화로 전창제 교수는 "해방 직후 학원 내의 좌익세력과 싸우다가 지쳐 낙향"했는데도 불구하고 5·16 후 혁명재판에서 용공분자로 몰려 10

년형을 받게 된다. 더욱 놀라운 사실은 "반공을 국시로 하고"라는 혁명공
약으로 쿠데타 직후에 많은 사람들을 구속했는데, 이유인즉 박정희 자신
이 몸 담았던 좌익 경력 때문에 미국으로부터 쿠데타를 지지하는 데 망설
인다는 제보를 듣고서 취한 조치라는 것이다.(중 152~153)

'그'는 "사관학교의 교관인가, 학생대장인가를 맡았다"며 주 3일은 들
어오지 않았고 설사 들어와도 아침 일찍 출근하고 저녁 늦게 퇴근했기 때
문에 수월한 하숙인이었으나, "지나치게 까다로운 '그'의 성미가 때론 문
제거리였다". 뿐만 아니라 그는 집에 있을 땐 언제나 취해 있었고, 특히 토
요일이면 친구들을 불러 모아 밤새워 술을 마셨다.

식모들이 투덜대면 "내가 술을 마시는 건 세상을 한탄하기 때문이다.
시정의 잡배들이 마시는 술관 달라"(상 282)라고 호통 치곤 했다.

'그'는 "술을 마시지 않았을 때는 말이 없었다. 술이 들어가기만 하면
초롱초롱한 말소리로 민족과 국가를 위한 경륜을 폈다. 그러면 '그'의 동
료들은 '그'의 말을 경청했다". 이 무렵 한수정은 중등교원 자격증이라도
따두려고 숙명여대 국문과에 다니면서 "차츰 우리 문학의 세계가 신기롭
게만 여겨졌던 것이다".(상 284~285)

　－장교님, 혹시 '국화 옆에서'(『경향신문』, 1947.11.9)란 시를 아세요?

　－국화꽃 옆에서? 그런 시가 있나?

　－있어요. 참 좋은 시예요. 서정주란 젊은 시인이 쓴 시예요. 서정주란 시
인 몰라요?

　－난 몰라. 그 사람뿐 아니라 나는 한국에 시인이 있다는 것도 몰라…….

(상 285~286)

"한국에 시인이 있다는 것도 몰랐다"는 말에 한수정은 충격을 받는다. 그러나 '그'는 교묘하게 한수정에게 접근, 그녀에게 "애인이 없다는 것만 확인하면 필승의 신념을 가지고 행동을 시작하겠다"라고 박 마담을 통해 간접적인 애정고백을 했다. "일제 때 많이 듣던 말"인 '필승의 신념'은 완강하게 추진되었다. "그 사람 한바탕 자기 자랑을 늘어놓더라. 장차 육군 대장은 꼭 될 거라나? 나라가 독립하기만 하면 얼마지 않아 자기가 참모 총장이 되고 최고 사령관이 될 거래. 소장군인들은 모두 자기편이라고 장담을 하던데. 자기의 구혼에 응해주기만 하면 미스 한을 최고사령관의 부인으로 만들어 주겠다는 말도 있었어"(상 290)라며 박 마담은 한수정에게 말했다. 그의 까탈스러움은 아래 장면에서 드러난다.

나는 무슨 사태를 오해할 만큼 옹졸한 사람은 아냐. 나의 판단력은 정확해. 정확한 판단력의 소유자로서 나는 출중한 사람이야. 나는 내게 대한 미움은 참고 견딜 수 있어도 어느 누구도 나를 멸시하거나 경멸하는 놈은 용서하지 못해……

하숙집에서 생긴 사소한 걸 트집 잡아 이렇게 집요하게 추궁하는 '그'에게 한수정은 "왜 나를 적으로 돌리죠? 나는 장교님을 존경하고 있어요. 존경하는 사람을 어찌 경멸할 수 있어요? 오해예요. 오해를 푸세요……"라고 달랬지만 '그'는 기회를 놓치지 않고, "백 천의 말보다 행동으로써 증명하라"며 "덥석 한수정을 끌어안고 입술을 갖다 댔다. 뭉클한 술 냄새가 견딜 수 없었다. 와락 '그'를 밀쳐 버렸다".

- 나를 밀쳤다?

핏발 선 '그'의 눈이 굶주린 짐승의 눈을 닮아 있었다. 그의 손이 사정없이 뻗어와 한수정의 목을 안았다. 무섬기에 한수정의 전신이 저려들었다.

"이 이상은 내 입으로 말할 수 없어요."

하고 한수정은 그날 밤의 일에 관해선 더 이상 신영길(기자)에게 말하지 않았다.(상 294~296)

남녀관계란 이런 것인가. 한수정은 차츰 '그'를 좋게 보아주기로 했고, 더구나 "독립운동을 했다는 사실, 앞으로 우리나라를 지킬 국군의 간부가 될 사람이란 사실은 존경할 만한 일이라고 생각"(상 297)하게 되어 엉겁결에 '그'가 마련한 약혼 피로연 술판을 벌리면서 동거생활로 들어갔다.

기회를 보는 덴 기민하고 선수를 치는 덴 번개 같고 목적을 위해선 수단 방법을 가리지 않는 소질이 벌써부터 갖추어져 있었다는 얘기가 아닌가?(상 299)

한수정은 동거를 시험 결혼 쯤으로 생각하고 결혼식을 피했다고 신영길에게 말했는데, "증인으로서 최남근 강태무 등만 배석시키고 동서생활에 들어갔다". 그런데 알고 보니 그에겐 이미 아내에다 아이까지 있었다. 이혼할 작정이었던 건 사실이나 법적으론 부부관계가 청산되지 않은 채였다.

"오랫동안 홀아비로 있었던 탓인지 '그'는 잠자리에서 탐욕스러웠다. 술 냄새를 풍기며 덤비는 것이 처음엔 역겨웠지만 그런대로 순응되는 것이 여체女體의 슬픔인지 모른다는 것이 이 시기를 회상하는 한수정의 술회이다."

이 문제를 신 기자가 더 따지고 들자 "그는 매일 밤 한수정의 몸을 요구하는데 술에 만취되어 기능이 마비되었을 땐 상상할 수도 없는 불결한 짓을 강요하는 기학적嗜虐的인 성향을 가졌다"라고도 했다.

　　"그런데 여자란 슬픈 동물적인 면을 가지고 있어요. 어느 정도가 되면 밤을 기다리게 되니까요."
　　아무튼 한동안 한수정은 '그'에게 순응했을 뿐 아니라 가정다운 가정을 꾸며 보려고 애쓴 것은 사실이었다.
　　'내가 뭐길래.'
하는 자각을 다지면서 '그'의 대성을 기대하고 '그'가 대성하도록 가꾸어 보자는 열의도 가졌다. 주부로서 할 일을 배우게 된 것도 그 무렵의 일이다. 사흘이 멀다 하고 '그'는 친구들을 데리고 와서 술판을 벌였다. 술판을 벌여 놓곤 기분이 좋으면 노래를 부른다. '그'가 좋아하는 노래는,
　　- 황성 옛터에 밤이 되면 월색이 고요해…….
　　- 강남달이 밝아서 님이 놀던 곳…….
이다.(상 306)

　　그는 기분이 나쁘면 예사로 술상을 들어 팽개쳤고, "자존심이 상하기만 하면 흥분해요. 그런데 자존심이 상할 일도 아닌데 자존심을 상하는 별난 성미를 가졌어요"라면서 한수정의 이야기는 이어진다. 그가 당시 (대구)사범학교 합격은 굉장한 수재라고 뽐냈는데, 누군가가 "자네 몇 살에 사범학교에 들어갔느냐"고 묻자 16세라고 답하니, "16세면 중학교 4년을 마치고 웬만한 수재는 고등학교에 들어갈 나이가 아닌가. 그런데 16세 때 사범학교에 간 것이 무슨 대단한 수재라고 뽐내냐"라고 다그치자

"17세, 18세가 되는 놈도 못 들어가는 곳이 당시의 사범학교라며 도대체 넌 그때의 경쟁률이 10대 1을 넘었다는 사실을 모르고 하는 소리냐고 흥분"했다. 그러자 상대방이 "그래 그런 수재가 간 곳이 기껏 만주군관학교냐고 꼬집은 거예요. 그날 밤 난리가 났지요".

그는 자기보다 나은 사람은 용납하지 않았다. 자기보다 상위(上位)에 있는 사람은 모조리 헐뜯었다. 자기보다 못한 자가 상위에 있다는 사실 자체가 되어 먹지 못한 사회의 징조라는 것이다.

이렇게 각박한 성격인데 자기 앞에서 굽신거리는 사람에겐 한량없이 관대했다. 아무리 나쁜 짓을 해도 용서한다. 자기를 배신하지 않는 한 감싸준다. 그런 까닭에 그를 추종하는 사람이 적잖게 있었다.(상 307)

한수정에게 심각한 문제는 그가 동서생활 두 달이 지났는데도 돈 한 푼 내놓지 않는다는 거였다. 그런 문제를 거론하면 그는 "당신 혹시 평양기생 아닌가? 평양기생은 돈만 안다며? 하기야 원산이나 평양이나 다를 게 없지……"라고 생트집을 잡았다.

평양기생은 배 위에 사내를 올려놓고 흥정을 시작한다는 둥, 봉을 잡았다 싶으면 아침에 외상값을 받으러 온 사람을 마루 가득히 앉혀놓고 야료를 부린다는 둥, 입에도 귀에도 담지 못할 얘기를 늘어놓는 것이었다.(상 310)

이후 한수정은 그와의 성관계를 끊었고, 동거 넉 달 만에 "그의 주먹이 한수정의 얼굴에 날랐다. 코피가 터졌다. 코피를 처리할 사이를 주지 않고 그는 발길로 한수정의 허리를 찼다".(상 318)

바로 그와 헤어지게 된 계기가 된 것인데, 여기에는 이보다 더 큰 이유가 있었다.

만주에서 독립운동을 했던 강영태가 한수정의 집엘 와서 할아버지(한근우)의 장렬한 최후를 증언해 주면서 이렇게 덧붙였다. "그런데 해방이 되었다고 해서 돌아와 보니 엉망이었다. 옛날 만주에서 아편을 팔던 자가 독립투사 행세를 하고 독립투사를 왜놈경찰에 밀고한 놈이 애국자연 하며 큰 소리를 치고 있단 말이지. 자넨 똑똑히 알아야 한다. 지금 대동뭐란 신문大東新聞을 발행하고 있는 이모란 자(李鍾榮 발행인을 지칭, 1895~1954. 이 신문사에는 李鳳九, 黃錫禹, 李瑄根 등이 관여)는 일본 관동군의 밀정 권權이란 놈(권수정이란 가명으로 활동)이다. 어떻게 그런 놈이 과거를 속이고 민중을 현혹할 수 있게 된 것인지 불가사의한 일이여. 그와 유사한 놈이 비일비재하니 사람을 사귈 땐 각별히 조심을 해야 한다"고 충고했다.

바로 그때 박이 옆얼굴을 보이며 큰 마루 저편을 지나갔다.

　－어디서 본 듯한 사람인데?
하고 강영태가 물었다.

　－저 사람 뭘 하는 사람이지?
　－국방경비대의 장교입니다.
　－국방경비대의 장교라? 이름이 뭔가.
한수정이 그의 이름을 말했다. 그랬더니 강영태가 중얼거렸다.

　－내가 살던 열하성(熱河省)에 고목 대위(高木大尉)란 한국계 만군장교(滿軍將校)가 있었는데 영판 그 사람을 닮았군.
　－고목이면 일본말로 '다카키' 아닙니까?

최명환(한수정의 죽은 애인의 동생)이 물었다.

─높을 고자 나무 목이니까 다카키가 되겠지.

─한국 이름은 뭡니까.

─모르겠다. 모두 다카키 다카키 하고 불렀으니까. 한국 이름을 챙길 생각도 안했지. 개처럼 왜놈에게 붙어 앞잡이 노릇하는 놈 이름을 알아 뭐 할 건가 싶어 물어 볼 흥미도 없었구.

─그 다카키란 자는 뭐 했습니까. 헌병이었나요?

─헌병보다 더한 놈이었어. 그는 열하에 주둔하고 있는 만군(滿軍) 특별수사대의 대장이었는데 놈들의 주된 임무는 한국 독립군을 수색하고 체포하는 거였지.

─악질이구먼요.

─악질이다 마다. 보다도 한심스러운 것은 중등교육을 받은 놈들이 일본에 빌어붙어 살겠다는 그 정신상태가 글러먹은 거여. 보통학교밖에 안 나온 철도 없고 지각도 없는 놈이면 그래도 용서할 수가 있지. 그런데 명색이 지식청년에 속한다는 게 그런 짓을 한다는 건 한심스럽기 짝이 없어.

─선생님 계신 곳엔 한국 독립군이 많이 있었습니까?

─한근우 선생님이 돌아가신 그 무렵을 고비로 독립군은 사실상 와해되었지. 생존자들은 뿔뿔이 헤어져 숨어 살고 있는데 그 숨어 사는 독립군의 생존자들을 찾아내는 게 다카키 등의 임무인기라. 그러니까 만주의 동포들은 전전긍긍했던 거지…….(상 321~322)

강 노인의 말은 계속되었다. "해방되었을 땐 그잔 도망간 뒤였어. 북경으로 갔다는 말도 있고 한국으로 돌아갔다는 말도 있었는데 확인은 못했지. 그자가 해방될 때까지 열하에 남아 있었더라면 아마 살아남지 못했을 것이야. 그자는 독립군 잔당만 붙든 것이 아니라 중국의 공작원도 붙들어 죽였으니까.”

이런 얘기를 주고받고 있는데 박이 군복으로 갈아입고 뜰을 걸어 나가자 강 노인은 “영판 고목인데? 키도 몸집도 걸음걸이도⋯⋯”라며, “한 번 알아봐. 저 자가 고목이면 한 지붕 아래 둬둘 인간이 아니다”(상 323)라고 간곡하게 충고했다.

4___독립투사를 비하하는 다카키 마사오

섹스가 단절된 냉랭한 가운데서 박은 어떤 손님(강영태 일행)이 다녀간 뒤부터 이상해졌다며 그 중 젊은 하나(최명환을 지칭)가 애인이냐고 한수정에게 트집을 잡자 본격적인 입씨름이 벌어졌다. “그 어른(노인)은 독립투사예요”라는 한수정의 말에 박은 “독립투사? 어디서 굴러먹던 개뼈다귀를 갖고 독립투사란 거야”라며 독립투사 비하 발언을 쏟아냈다.

> “이름이 좋아 불로촌가? 독립투사에도 갖가지 종류가 있어. 무식하고 무능한 탓으로 독립군에 따라다닌 패거리도 있구, 올데 갈데가 없어 심부름이나 하며 돌아다니다가 보니 독립군이 되어 버린 패거리도 있구⋯⋯.”
>
> 하며 지껄이다가 ‘그’는,
>
> “지금 군의 상층부를 차지하고 있는 사람들 가운덴 중국에서 독립운동을 했다는 사람이 끼어 있는데 하나같이 무능력자들이다. 그런 치들이 독립운동을 했으면 얼마나 했을 꺼고⋯⋯.”
>
> 하는 모욕적인 언사를 쓰기 시작했다.(중 14~15)

이어 '그'는 말했다. "나는 조국의 독립을 위해 지금 노력하고 있다. 과거가 문제될 건 없어. 지금이 문제다. 기왕 독립운동을 했다던 사람들은 지금 조국독립의 방해물이다. 이승만이 그렇고, 김구가 그렇지 않은가".

여기서 한수정은 과거에는 친일파, 현재에는 좌익인 '그'의 정체를 본다. 친일파는 할아버지의 원수이고 좌익은 아버지의 원수다. 그러자 수정은 참지 못하고 내뱉고 만다.

– 당신 혹시 일제 때 다카키 대위라고 하지 않았소?

하고 날카롭게 물었다.

– 그렇다. 나는 일제 때 다카키 대위이다. 그런데 어떻게 그걸 알았지?

– 다 아는 수가 있어요.

– 알았으니까 다행이군. 나는 이래 뵈도 만주군관학교를 1등으로 졸업하고 일본 육사를 우등으로 졸업한 사람이야. 무식하고 무능한 독립군 출신관 달라. 앞으로의 국군은 우리가 맡아야 해. 우리가 왜 만주군관학교에 가고 일본 육사에 간 줄 알기나 해? 장차 독립된 나라를 위해 봉사하기 위해서다. 우리야말로 선견지명을 가진 독립투사였다고 말할 수 있어.

– 그래서 성을 왜놈식으로 바꾸었나요?

한수정은 끝끝내 창씨개명을 하지 않았던 아버지와 (애인) 최균환을 상기했다.

– 무슨 소릴 하는 거야. 그때 조선인치고 창씨개명 안 한 사람 몇이나 되겠어?

– 우리 집은 창씨개명 안했어요. 내가 아는 사람으로 동경제국대학에 다니는 학생인데도 창씨개명 안한 사람이 있었어요. 창씨개명을 자랑으로 생각해요? 군관학교와 일본 육사에 다닌 것이 조선독립을 위해서였다구요? 조선

독립을 위해서 만주에서 독립군을 수색하고 체포했나요? 그런 사람이 이승만 박사와 김구 선생을 욕해요? 독립투사를 모욕해요?

한수정이 마구잡이로 퍼부었다. 분을 참을 수 없었던 것이다.

— 누가 만주에서 독립군을 체포했다는 거야.

정신이 차려진 모양으로 착 가라앉은 소리로 '그'가 물었다.

— 당신이 알 것 아녜요. 자기가 한 짓을 자기가 몰라요?

— 그것 나를 빗대놓고 하는 소린가?

— 그래요. 여기 당신말구 다른 사람이 있나요?

— 보자보자 하니 이년이 사람 잡을 년이군.

'그'의 얼굴에 표독스런 표정이 돋아났다. 한수정이 슬그머니 겁이 났다. 그러나 내친걸음이었다.

— 당신은 독립군 잡는 특별수색대의 대장이었다며요?

— 누가 그랬어. 그런 말 한 자를 대. 누구야 그게.

— 누구이건 상관할 필요 없잖아요? 사실 여부가 문제이지.

— 사실 무근한 소리니까 따지는 것 아냐? 누구야, 그 사람 이름을 말해.

— 만주 열하성에서 살던 사람이에요. 이름은 말할 수 없어요.

— 가만 보니 이년이 남의 뒷조사만 하고 다녔군.

하곤 '그'는 덤벼들어 한수정의 팔을 틀어쥐었다. 한수정이 비명을 지르며 악을 썼다.

— 독립군 잡아 고문하던 버릇인가요?

— 이년을 당장.

하고 틀어쥔 한수정의 팔을 젖히려고 할 때 개성댁이 뛰어들어 '그'의 가슴팍에 혼신의 힘을 다하여 몸을 부딪쳤다.

비틀하더니 뒤로 궁둥방아를 찧은 '그'의 머리가 뒷벽에 쿵 하는 소리를 냈다. 실신한 모양으로 잠시 그대로 누워 있더니 부스스 일어나 앉아 뒤통수를 만지며 소리쳤다.

　－이년들이 사람 잡겠구나. 어디 두고 보자.

　그러자 개성댁이,

　－이년들이라니, 고분고분하고만 있었더니 사람을 뭘로 아느냐.

고 악을 썼다.

　－아무튼 나를 모략한 놈은 가만두지 않을테니 각오해야 할거다.

하고 '그'는 자기 방으로 가 버렸다. 한수정은 분이 풀리지 않았다.

　'그'가 다카키라고 판명된 이상 결판을 내어야만 했다.(중 15~17)

　'그'는 갖은 위협과 회유를 가했지만 한수정이 헤어지겠다고 결연히 선언하자, "그럼 됐어. 나도 구질구질한 놈이 아니다. 하나의 사나이다. 당당한 육군 장교다. 지금 당장 나갈테니 그리 알아. 짐은 찾으러 올 사람이 있을 거다"라고 하고는 떠나갔다.

　그 얼마 뒤 강태무가 나타나 '그'가 "미스 한만은 못하지만 미인"과 결혼했다는 소식을 전해 주었다. 한수정의 루씨여고 2년 선배 이숙진과였다. 이 여인의 이름을 조갑제는 이현란李現蘭이라고 했고(『내 무덤에 침을 뱉어라』 2, 조선일보, 1998, 202쪽), 정영진은 "내연의 아내 이현숙李鉉淑"이라고 했다.(『청년 박정희』 3, 1998, 리브로, 76쪽) 둘 다 그녀의 경력이 원산 루씨여고를 나온 이화여대생으로 밝혔다. 그러나 이 둘은 한수정에 대해서는 전혀 언급하지 않았다.

　이 소식을 듣는 순간 한수정은 선배 박 마담에게 "어찌 그 언니가 걸려들었을까. 아마 오래 살진 못 할거야. '그'라는 사람을 알게 되면 금방 정이 떨어질걸요"라고 못내 안타까워했다.

소설은 박정희가 38선에서 서울로 오게 될 거라며 하숙집을 구하려고 한수정의 집에 가서 나눈 대화를 통해 이미 좌익임을 강력히 시사했다. 거기서 박은 대구사범 동기였던 전창제 교수와의 대화에서 "여운형은 존경할 만한 사람이긴 해도 추종할 만한 사람은 못 된다"라면서 "우유부단한 성격을 지도자답지 않다고 평했다". 이어 박이 시국의 전망을 묻자 전 교수는 "나는 점장이가 아니다. 그러나 한 가지만은 확실해. 남조선은 지금 좌익들이 서둘고 있는 대로는 되지 않는다"라고 하자, 박은 "어째서 그런가. 혹시 그것 지주계급(전창제는 대지주집 아들)의 희망적 관측 아닌가?"(상 252~253)라고 반박한다.

한수정의 집에 기숙하게 된 박에게는 손님들이 잦았는데, 그중에는 "이재복李在福(남로당 군사책)이 가끔 찾아와선 며칠씩 묵다가 가고 그럴 때마다 꽤 많은 돈이 생겼다". 그러나 그녀는 그들의 동정엔 일체 신경을 쓰지 않았다.

사실이 그랬어요. 그 중년의 사나이가 박헌영·김삼룡의 직속 부하이고, 그 하사관이 통위부에 배치된 공산당의 프락치였다는 것을 안 것은 그로부터 2년쯤 후의 일인데 내가 만일 그때 그 사실을 알았더라면 절대로 그냥 있진 않았을 것입니다. 틀림없이 경찰서로 가서 신고했을 것입니다. 그랬더라면 5·16도 없었을 것이고 유신이니 뭐니 하는 것도 없었을 것이구……(상 314)

"어느 겨울 아침, 눈을 쓸려고 나갔던 그녀는 담벼락의 '남조선 단정반대' '미제의 주구 이승만을 추방하라'는 붉은 벽보를 보고 놀랐다." 식모를 불러 그 벽보를 떼고 있는데, '그'가 나타나더니 이상스런 눈초리로 째려보았다. 엉겁결에 그녀는 바라보고만 있지 말고 "당신도 벽보를 뜯으라고 하자, 누가 보면 어떻게 하려고 그러느냐고 하데요. 그래 내 집 담장 내가 청소하는데 누가 본들 무슨 상관이냐고 쏘아주었지요".

그러자 '그'는 묘하게 입술을 치켜 올리듯 하곤 안으로 들어가 버렸다.(상 315)

'그'와 헤어진 2주 후에 최남근이 나타났다. "말과 행동거지가 부드러운 사람"이라 "족제비를 닮은 '그'에 비하면 최남근은 대인ㅊㅅ의 풍이 있었다". 최는 한수정에게 그와의 재결합을 종용할 참이었다. 그는 "당신처럼 순수한 여인이 들으면 역겨웠을 겁니다. 나도 그 특별수색대에서 근무한 적이 있는데 그때의 일을 회상하면 얼굴이 붉어집니다. 민족에 대해 많은 죄를 지었지요. 한마디로 지각이 없었던 겁니다. 일본에 아부하여 사는 길이 유일절대적인 길이라고 믿고 있었으니까요. 그래서 우리는 그 죄를 보상하려는 것입니다. 더럽게 보존한 생명을 민족의 제단에 바침으로써 그때의 치욕을 씻으려는 겁니다. 용서를 하셔야죠".(중 22) 그러자 수정은 최 대위처럼 솔직하고 겸손하면 자신도 마음을 바꾸겠지만 '그'는 "독립운동 한 어른들은 마구잡이 욕하고 자기만 잘났다고 으스대요. 당초 저는 그 사람을 독립운동을 한 사람으로 알고 존경해왔고 그 존경 때문에 결합할 의사도 가졌지요. 그런데 독립운동을 하기는커녕 독립운동자를 체포하는 일을 했다는 사실을 알았을 때 하늘이 캄캄해지는 기분이었습니다. 그런데다 자기가 잘했다고 우기는 덴 정말 정이 떨어졌어요. 만주군관학교를 1등으로 졸업했다느니 일본 육사를 우등으로 졸업했다느니 하고 으스대니 말예요"라고 딱 잘라버렸다.

5 ___ 여순사건의 사형수

1948년 10월 19일에 발생한 여수 제14연대 사건(중 85~86)은 널리 알려져 있으나, 대구 제6연대 사건(중 80~83)은 그리 많이 알려지지 않고 있다. 제14연대 사건의 주모자인 인사계 "지창수池昌洙 상사를 외부에서 조종한 인물은 남로당 특별공작 책임자이며 대군총책對軍總責인 이재복이다. 이재복은 평양신학교 출신이며 체포 당시 46세였다".

남로당의 군부 장악을 위한 핵심 기간은 대구에 주둔해있던 제6연대로, 그 연대장은 좌익 장교가 아니면 배겨내지 못하고 바로 전출 당했다. 제2대와 5대 연대장이 최남근, 3대는 김종석일 정도로 좌익의 단단한 성채였다.

여순병란(조정래는 이를 병란으로 호칭)이 평정되고 이내 세칭 '숙군 사건'이 터지자 '그'(박정희 소령)도 그 명단에 올랐다. 이미 헤어져 다른 여인과 살고 있는 사이인데도 흉사에는 그런 걸 가리지 않고 꼭 연루시킨다. 한수정은 수사대에 끌려가 고춧가루를 탄 물고문으로 실신까지 했지만 모르는 사실은 끝내 잡아뗐고, 자신의 인격을 위해 남에게 위해를 끼칠 증언까지도 끝내 거부했다. 사상적으로나 애증관계로 보아 박 소령에게 유리하도록 증언해 줄 의도는 추호도 없었지만 그녀를 버티게 한 건 전적으로 그녀 자신의 인간됨이었다. 그녀에게 집요하게 추궁한 증언은 매우 중요했다.

— 김종석은 전후 세 차례에 걸쳐 이재복에게 거액의 돈을 건네준 적이 있습니다. 그 돈은 남로당의 총책 김삼룡에게 가는 돈이었지요. 그 돈을 주고받은 장소는 당신 집이었어요. 그 사실에 대한 확실한 증거가 있어야 합니다. 그

증인이 되어주시는 게 우리에게 협조하는 것으로 됩니다.

– 우리 집에서 만난 것은 사실이지만 돈을 주고받는 것은 보질 못했는데 어떻게 증인이 될 수 있겠습니까.

– 괜히 만날 까닭은 없지 않겠소. 그러니 돈을 주고받았다고 짐작할 순 있지 않겠소. 그 짐작을 그대로 말하면 되는 겁니다.

– 전 그런 짐작을 해보지 않았어요. 사람이 만난다고 해서 꼭 돈을 주고받는다고 짐작할 순 없지 않겠어요?

– 그러니까 협조를 해달라는 것 아닙니까.

– 보지도 못한 것을 보았다고 하고 짐작도 안한 것을 짐작했다고 하는 것이 협조라면 전 그런 협조를 할 수 없습니다. 미안합니다.

수사원의 표정이 굳어지는 것 같더니 금시 표정을 누그러뜨리고 말했다.

– 이재복이 돈을 받은 것이 확실하고 김종석이 돈을 준 것이 확실하고 박모는 그 현장에 있었던 것이 확실한데 자백을 하지 않아요. 당신의 한마디 말만 있으면 자백을 받아내기가 훨씬 수월할 것 같아서 부탁드리는 겁니다. 그 자백만 받으면 내가 맡은 사건의 매듭을 짓게 됩니다. 어떻습니까. 이 사건을 빨리 종결짓기 위해서 박모의 방에서 돈의 거래가 있었던 것 같다는 정도의 말씀은 하실 수 없을까요?(중 88)

"뒤에 안 일이지만 바로 그 문제, 즉 김종석이 이재복에게 돈을 주었는가 안 주었는가의 여부에 김종석과 '그'가 사형이 되느냐, 무기로 되느냐의 관건이 있었던 모양입니다. 결국 김종석이 이재복에게 돈을 준 사실은 밝혀졌는데 우리 집, 즉 박의 방에서 주었다는 사실은 밝혀지지 않았어요. 그때 만일 내가 수사원의 꾐에 넘어가 우리 집에서 돈의 수수授受가 있었던 것처럼 말했더라면 다음에 무슨 일이 있었건 박은 목숨을 지탱하지 못했을 겁니다."

이 대목에서 혼란스러운 것은 군부 총책인 이재복이 도리어 김종석에게 돈을 건네는 게 이치인데 거꾸로인 점이다. 그건 김종석이 군부에서 온갖 수단 방법으로 돈을 모아 이재복에게 자금을 제공했기 때문이다.

끝까지 비협조적이 되자 한수정은 기소당해 서울구치소로 넘겨졌다. 거기 있을 때 최명환이 차입해 준 책이 『안네의 일기』였고, 그 책이 다방의 카운터 진의숙에게 전해진 것이다.

그러나 이미 세상에 다 밝혀진 이유로 하여 박 소령은 풀려났는데, 그 풀려나게 된 명분에서 한수정은 한몫 단단히 해주었다. 구치소로 접견 간 법무감실 측의 해명에 따르면 내역은 이렇다.

박 소령은 "군대 내의 좌익세력을 뿌리째 뽑아버리려면 자기가 좌익으로 가장하여 그 조직 내에 침투하여 실상을 파악해야겠다고 결심하고 스스로 세포책임자가 된 것입니다. 처음엔 그것을 믿지 않았던 것인데 박 소령은 자기가 파악한 군내 좌익세포 전모를 털어놓음으로써 자기의 결백을 밝힌 것입니다. 그 때문에 우리의 숙군작업은 성공적으로 일단락 지을 수가 있게 되었습니다. 만일 박 소령이 미리 군대의 좌익실태를 파악하고 있지 않았더라면 숙군작업의 성공은 상당히 난관에 봉착했을 것입니다. 이렇게 된 덴 한수정 씨의 공로도 적지 않습니다. 공소취하 등 서류 수속 상 시일이 다소 걸릴 것입니다만 한수정 씨는 곧 석방될 것입니다. 그래서 내가 미리 알리러 온 것입니다".(중 95)

부연하면 한수정이 박정희가 이재복의 금품을 수수했다(실제로 이재복이 다녀간 뒤면 박정희는 밀린 하숙비를 냈다)라고 시인만 했으면 박은 사면 받을 명분이 사라지는 위기의 순간이었다는 뜻이다.

접견실에서 감방으로 돌아간 한수정은 그 중령이 한 말의 내용을 되새기며 '그'의 "총살이 확실하다고 들었을 땐 아픔을 동반한 충격이었는데 '그'가 군대내의 좌익을 숙청하기 위해 계획적으로 행동한 것이라는 말을 듣곤 뭐가 뭔지 모르는 혼란에 빠져 들었다".

　그것이 사실일까. 과연 그럴 수가 있는 것일까.
　총살을 모면했다는 것이 어찌됐던 다행한 일이지만 그렇게까지 사전에 계획을 짜고 좌익의 조직에 파고들어 알아낸 사실을 폭로함으로써 많은 사람들을 사지(死地)에 보냈다면 비록 그들이 좌익이었다고 할망정 '그'가 앞으로 떳떳하게 행세할 수 있을까.(중 93~94)

　수정은 풀려났고, 이내 한국전쟁, 부산 피란지에서 박 마담이 연 금성 다방에 있던 1951년 2월 어느 날 밤 10시 쯤 느닷없이 '그'가 나타났다. 한수정은 "공포 같은 충격"을 느끼며 뒷문으로 빠져 나가 피신해버렸다. 그만큼 그가 싫었다.

　한수정이 서울로 다시 올라온 것은 1954년 초였다. 그녀는 동대문 밖 변두리에다 다방을 내어 독립하기로 작정, 상호를 고향 원산의 명물인 해당화로 정했다.

　원산 피난민들이 모인 곳에서 우연히 박의 여인(이숙진)을 만나 저간의 사정을 들었다. "수정 씨와 그런 관계가 있었다는 것을 알았으면 절대로 그렇겐 안 됐을 거다"라고 이숙진은 말하며, '그'와는 "결혼한 첫날부터 후회가 시작되었다"고 털어놓았다.

　처녀가 아닌 것 같은데 어떤 놈을 상대로 했는지 얘기하라고, 처음엔 농담처럼 시작하더니 점점 집요하게 되어 매일 밤이 고문의 연속이었다. 술을 마시기 시작하면 끝 간 데를 몰랐다. 예사로 손찌검을 하고 이튿날

이면 잘못했다고 빌었다. 그래도 참았는데 어떤 기회에 그가 불온사상을 품고 있다는 사실을 알았다.

그때 헤어질 결심을 했다. 그래도 좀처럼 계기를 잡을 수가 없었는데 이윽고 사건이 터지고 말았다. '그'는 수감되었다. 그러나 '그'가 감옥에 있는 동안엔 '그'를 버릴 수 없었다. 사건의 결말이 날 때까지 기다렸다.

군에서 파면되긴 했으나 '그'는 무사히 풀려나왔다. 문관으로 취직도 되었다. 동시에 매일 술에 취하는 나날이 계속되었다. 그 이상 견딜 수 없었다. 몰래 '그'의 집에서 탈출했다. 탈출한 후 하루도 편하지 않았다. 미친 사람처럼 찾고 있다는 소문을 들었기 때문이다. (중 99)

그러고 보니 '그'를 버린 여인은 한수정 혼자만이 아니라 숙진과 둘이 되는 셈이다.

1년쯤 지났을 때 '그'가 "충청도 어느 부자집 처녀(육영수)와 결혼"했다는 소식을 들었다. '그'가 "어떻게 그런 훌륭한 처녀와 결혼할 수 있었을까 하는 의문도 있었지만 나는 진심으로 그 처녀에게 동정했지. 그 처녀의 불행이 눈에 보이는 것 같았으니까……"라고 숙진은 말했다.

사형에서 무기, 10년 감형, 이어 석방된 '그'의 이후 행적은 널리 알려진 그대로이나, '그'의 여성 편력사는 김형욱이 "낭설일진 몰라도 미국상원 청문회에서 '그'의 여성관계에도 언급이 있었던 모양입니다. 관계한 여자의 숫자가 2백여 명이라고 했다든가, 3백여 명이라고 했다든가. 그게 만일 사실이라면 연산군의 관록으로선 충분하지 않습니까"(중 143)라고 전한다.

6___쿠데타와 유신, 그 반 역사성

또 세월은 흘렀다. 4·19 후 민주당 시절(1960)의 어느 가을날, 레인코트를 입은 한 청년(임동필)이 한수정을 찾아왔다. "장군님의 심부름"이라면서 방을 빌려달라는 전갈이었다. '그'를 떠올리며 누구에게도 안 빌려준다고 했건만 청년은 "우리는 지금 큰일을 하려고 합니다. 나라를 위해서 민족을 위해서 한 여사께서 우리의 대사업에 협조하시는 뜻으로 방을 빌려주십시오"라고 하자 한수정은 섬뜩하게 여순반란사건 당시의 공포가 되살아났다. 그는 "이 집을 빌릴 수 있느냐 없느냐에 우리의 사업이 성공할 수 있느냐, 없느냐의 분기점이 됩니다. 한번 고쳐 생각해 주시지요"라고 간청했으나 한수정은 단호했고, 청년이 나간 뒤 가정부를 시켜 소금을 뿌렸다. 그 청년은 다시 나타나지 않았으나 유창식이란 사람은 몇 번 더 다녀가며, "당신은 들어오는 복을 찬 여자다, 얼마 안 있어 그걸 알게 될 거라며 싱글벙글 웃곤 그 뒤론 발"을 끊었다.(중 147)

이게 바로 5·16쿠데타 모의를 위한 거처 물색이었는데, 뿌린 소금의 효력이 없어 쿠데타는 성공했다. 한수정이 여순사건 때 보여준 걸 박정희 자신에 대한 신의로 착각한 결과였는데, 이에 대하여 그녀는 그를 위한 신의가 아니라 "나 자신의 체신을 위했을 뿐"이라고 못을 박았다.

그리고는 5·16쿠데타, 우여곡절을 겪었지만 어쨌든 민정이양으로 대통령에 취임(1963.12.17)한 이후 한 달쯤 지난 새해 어느 날 "느닷없이 P라는 사람이 어떻게 알았는지 내 집을 찾아왔어요".(중 162) 조용히 할 이야기가 있다며 자동차에 태워 조용한 요정이 있다는 자하문 밖으로 달렸다. '그곳'이란 바로 '그'가 "여자를 필요로 할 땐 자하문 밖의 어느 집을 쓴다고 들은 곳"이라 한수정은 탈출할 기회를 엿보다가, 정차하자마자 내리기가 무섭게 내달렸다. 뒤따라온 P가 "잠깐이라도 좋으니 인사를 드리겠다고 모처럼 자리를 마련" 했다며 통사정하자, "영부인께서 합석하신다면 저도 기어이 거절은 않겠어요. 그러나 단독으론 안 돼요"라고 단호해지자 놓여날 수 있었다.

"그 이튿날 '금일봉'을 보내왔다. 거절하는 데 따른 수선을 피하기 위해 순순히" 받아 바로 최명환이 하는 영명재단의 고아원으로 기부해버렸다.

이것으로도 끝나지 않았다. "박 실장(청와대)이 찾아와서 그토록 한번 만날 기회를 달라는 것"(중 121)도 한사코 거절하고 지낸 한수정은 박정희에 대하여 이렇게 털어놓는다.

> 내가 옆에 있었더라면 절대로 '그'는 대통령이 되지 못했을 것이다 하는 뜻이구요. (…중략…) 대통령이 될 만한 사람이 대통령으로 되었어야 하는데 아무리 생각해도 그런 자격이 없는 사람인데 내가 그런 처지에 놓였다면 얼마나 난감할까 하는 뜻이에요. 그래서 나는 정말 '그'의 부인을 동정한 거예요. 저런 사람을 남편으로 모시기도 뭣할 건데 대통령으로 받들게 되었으니 얼마나 거북할까 하구요. (…중략…) 한번 상상을 해보세요. 일제의 하급 장교, 공산당의 세포, 밀고자, 쿠데타를 일으킨 장본인, 짧은 반생에 이런 곡절을 가진 사람이 쉽겠어요? 그러구서 대통령이라니…… 난 도저히 감당 못해요. 그런 것…….(중 161~162)

한 여사의 첫 연인이었던 최균환의 동생인 최명환은 5·16을 이렇게 평한다. "한마디로 기가 막히데요. 1961년이면 해방된 지 16년째가 아닙니까. 일본의 사슬에서 벗어난 지 16년 만에 일본군 하급 장교 출신의 사나이에게 나라가 지배된다 싶으니 이젠 이 나라는 글렀다 하는 비분이 솟

왔지요. 여순반란사건을 빼고라도 이럴 순 없다는 비분이었소."(중 149)

영명장학재단 최명환 이사장은 S대 상대를 수석 졸업한 뒤 미국 유학을 다녀온 엘리트인데, "외국차관 브로커 노릇"으로 축재한 인물이다. 유태인 아이젠버그가 "한국에 도입된 차관의 8할을 알선"했다면 "나는 그 사람의 에이젠트 가운데 하나"로, "내가 받았던 커미션은 0.05%", 그게 2천만 불. "세금을 내지 않았으니, 아니 세금을 내려 해도 항목도 명분도 없는 돈"(상 94~95)을 가진 거물이 최명환으로, 그는 투철한 한수정의 보호자다. 깡패연합체를 만들 꿈을 가진 그는 "약한 자를 괴롭히는 놈, 뇌물을 받아 살찐 놈, 비리적인 행동으로 돈 버는 놈들을 협박하기도 하고 공갈하기도 해서 그들로 하여금 죄의 대가를 금전으로 지불케 하는 거"(상 101~102)를 목표로 삼고 있었다.

최명환은 5·16쿠데타가 한국의 미래에 끼칠 영향을 이렇게 예측했다.

첫째, 교육이 불가능하다. 수단방법 가리지 않고 권력만 잡아놓으면 그만인 풍토 속에서 어떻게 교육이 가능하겠는가. 앞으로 학원은 난장판이 된다.

둘째, 정직한 사업가가 기를 쓸 수가 없다. 권력자에 아부하기만 하면 일확천금이 문제 아니게 될 텐데 바보 아닌 바에야 정직한 기업에 힘쓰겠는가. 앞으로 재계의 판도가 크게 달라진다.

셋째, 부정부패가 극심할 정도가 된다. 도의와 윤리가 근본에서부터 유린당한 마당에 공무원이 무엇을 바탕으로 청렴할 수 있겠는가. 좋은 자리에 있을 때 한 밑천 장만해야 한다는 사고방식의 창궐을 어떻게 막을 수 있겠는가.

넷째, 강도적 원리(強盜的 原理)가 이 나라를 휩쓸고 있고 앞으로는 더욱 심해질 것이다.(중 150)

한수정 여사 역시 "5·16쿠데타의 경위와 뒤이은 사태에 관해서 소상한 지식"을 가지고 가까운 사람들과 어울려 비판해댔다.

최명환은 1974년에 죽은 아르헨티나의 페론 대통령을 한수정에게 소개했다. 그는 1943년부터 1955년까지 독재자로서 군림했으나 쿠데타에 의해 쫓겨나 스페인에서 살고 있다가 20년 후인 1973년 10월에 추종자에 의하여 대통령에 당선되어 1974년 7월에 죽었다. 그런 그의 독재가 옳았다는 게 아니라 반대파를 극심하게 탄압했으면서도 12년 집권기간 동안 단 한사람도 사형에 처한 일이 없었다는 점을 강조했다.(중 171)

최명환의 의견은 5·16쿠데타 세력은 "인계할 수도 양도할 수도 없구. 심지어는 후계자도 만들 수 없는 정권이 바로 이 정권"이란 것이다.

그 모든 평가의 바탕에는 '그'의 품성이 작용한다. 인간은 어떻게 평가되는가.

사람의 본질이란 것은 없다. 그가 어떤 책을 몇 권이나 읽었는가, 음식 가운데 어느 것을 좋아하는가, 그가 하는 짓이 무엇인가, 그가 가진 재산이 얼마나 되는가, 그의 키는 얼마인가, 그의 체중은 얼마인가, 그가 쓰는 술수는 어떤 것인가……. 이런 것의 총화가 곧 그 사람이다…….(중 283)

이렇게 따져 볼 때 "그 사람에게 교양이 있다면 그 전부가 일본에서 얻은 것이고 그 사람에게 무슨 비전이 있다면 모두 일본을 본받을 것입니다. 더욱이 경제정책 같은 델리킷한 문제에 관해선 그 사람이나 브레인들은 입안할 수도 해답을 낼 수도 없습니다. 일본이 시작하고 좋은 성과를 내고 있으니까 오죽 좋습니까. 얼씨구나 하고 따라가는 것이지요".(중 194)

그 치하에서 야당의 존재란 무엇인가에 대하여 신 기자는 말한다.

나는 한국의 야당을 존경합니다. 민주당 정권의 짤막한 동안을 빼곤 자유당 이래 줄곧 야당만 했던 사람들 아닙니까. 그 끈기는 대단하다고 생각합니다. 그런 야당이 있기 때문에 '그'의 실상과 정체의 일부만이라도, 빙산의 일각만이라도 국민들이 더듬어 볼 수 있는 것이니까요. 장장 30년 동안을 버티고 있는 야당인사들에게 나는 심심한 존경과 감사를 드리고 있지요.(중 171)

그러나 폭력정권을 탈취할 만한 역량이 없다는 게 기성 정당의 한계이지만 그걸 나무랄 수도 없다. 정치는 전쟁이 아니기 때문이다. 그럼 한국은 어떻게 될까.

"난 점쟁이가 아닙니다. 그러니까 점을 치듯 할 순 없지만 '그'가 죽었을 때 혹시 기회가 있을지 모르죠."

"죽었을 때?"

"그렇습니다. 최명환 씨도 말 하더라면서요. 이 정권은 '그'가 죽지 않고는 내놓을 정권이 아니라구."

"80이나 90세까지 살면 어떡하죠?"

"앞으로 20년이나 30년쯤 이대로 가는 거죠, 뭐."

"아이, 지겨워."

"지겨워도 할 수 없죠. 참아야죠. 그러나 언젠가는 가고야 말 것 아닙니까. 포르투갈의 살라자르도, 스페인의 프랑코도 결국 가고야 말데요. 가고 나니까 그들의 40년 통치, 36년 통치가 거품과 같이 됩디다. 워낙 누적된 악이 많아 놓으니까 군부도 꼼짝을 못하데요. 포르투갈에서는 군부가 꿈틀거리고 있지만 살라자르의 정반대 방향으로 움직이고 있어요. 지난 6월 15일 스페인에선 총선이 있었는데 프랑코 파를 제치고 민주중도연합이 대승을 하고 사회노동당이 제1야당이 되었습니다."(중 176)

독재자는 정권 유지를 위해선 못할 짓이 없다. 히틀러도 스탈린도 죄 없는 사람 천만 명 가량을 죽였다. 규모는 다르지만 '그'도 "그런 성격의 사람"이라고 한수정은 수긍하고는 말을 잇는다. "엄청나게 자존심이 강해요. 자기의 의견만이 옳다고 믿고 있는 사람이에요. 그리고 눈치 하나는 빨라요. 밥을 가지고 가면 이가 빠진 그릇이 있는가 부터 먼저 살펴요. 어쩌다 금이 간 그릇이 놓여있기만 하면 밥상을 밀쳐놓고 아무 말 없이 나가 버려요. 그처럼 까다로운 사람은 아마 없을걸요?"라고 했다. "5만 명가량의 블랙리스트를 만들고 있다"(상 278)라는 최명호 회장 직속 직원(고경식)의 얘기도 있다.

그럼에도 불구하고 풍류는 여전히 존재한다. 아무리 역사가 신음해도 당대의 지식인들은 풍유諷諭를 즐긴다. 소설에서는 여러 이니셜 익명이 등장하는데, 예컨대 S는 송지영이며, Y는 이병주 자신, L은 이영근, N은 남재희, 양수미는 심수봉, 차 씨는 차지철 등등에, 실명으로는 너무나 많은 인물들이 기라성처럼 나열된다.

유신이란 박으로서는 권력 유지를 위해 어쩔 수 없는 방법으로 그게 아니면 총통제라도 만들지 않곤 배겨날 수 없던 상황의 산물이었다. "이양할 수도 인계할 수도 없는 성질의 정권"(하 118)이었던지라 1979년에 접어들면서 온갖 사태가 속발한다.

이런 와중에 해당화 다방에서 소설가 Y씨(이병주 자신)의 안네 프랑크(하 131~152)에 대한 강연행사를 열어 초만원을 이뤘다. 그런데 참석자들

중 몇몇 청년들이 "살아있는 안네 프랑크를 도우실 생각이 있어야 할 것 아닙니까"고 따지고 들더니, 구국민주학생단(민학)이 지명수배 당하고 있는데, 피신처를 제공해 달라는 강요로 비화됐다. 끈질긴 요구 앞에서 난처해져 있는데, 한수정이 마련해 둔 마장동 도살장 정문 부근에 있는 집을 그들에게 제공해 주었다. 주변에서 만류했지만 한수정은 듣지 않고 강행했는데, 결국 일이 터지고 말았다. 거기서 피신 중이었던 청년들(양춘길, 진독수, 민경호, 김태청, 그리고 여학생 문경희 등)중 양춘길이 박정희 암살범으로 몰려 중앙정보부에 체포되었고 나머지는 다 도주해버렸다.

그 사이에 신영길 기자는 부마항쟁과 대구 계명대에서의 반유신 시위(하 233~264·273)를 취재하는 등 분주했지만, 양춘길의 체포에 이어 그들에게 아지트를 제공했던 한수정도 연행당해 버렸다. 신 기자가 중앙정보부장 김재규와 면담 중 알아낸 바로는 "지난 (10월) 9일 내무부가 발표한 '남민전南民戰' 사건"보다도 더 심각한 대통령 암살 예비사건이었다. 직접 관여하지 않은 한수정의 과거를 알게 된 김재규로서는 적당한 수준의 반성문만 쓰면 석방할 작정이었지만 그녀는 아무 잘못도 없는데 왜 반성문을 쓰느냐는 고집과 함께 양춘길의 동시 석방과 관련자들에 대한 지명수배를 해지해 달라고 버텼다. 바로 1979년 10월 24일의 일이었다.

김재규는 신 기자에게 부레이코無禮講(주석에서 신분 지위 걷어치우고 놀자는 뜻)를 요구하며 허심탄회한 정치담론을 나누면서, "어떤 사람이 대통령이었으면 합니까"라고 물었다. 이에 신 기자는 "박통 같지 않은 사람이면 누구라도 좋을 것"이라며, 제퍼슨과 링컨을 거쳐 "안창호 선생과 여운형 선생"을 거론하며, 그 이유로 "나라와 민족을 생각하는 체질적인 것이 갖추어져 있다"는 점을 들었다. 김재규는 박정희를 극구 변호했지만 신은 박의 친일까지 거론했다. 이어 신은 취기 탓이었는지 이렇게 진언했다.

솔직히 얘기를 듣고 싶다고 하시니 드리는 말입니다. 제 소견으론 이 나라의 대통령이 결단코 되어선 안 될 사람이 있다면 바로 '그' 어른이 아닐까 합니다.(하 284)

한수정이 거처를 제공해 준 청년들이 관련된 조직원들은 13명으로 이미 정보부에서 신원 파악과 배경조사가 끝난 상태였는데, 모두가 박정희가 여순사건 때 밀고했던 피해자의 후손들이었다. "그들 아버지 13명은 같은 날, 같은 시각"에 죽었다. 그들 중 7명은 대학을 나왔는데, 그 중 둘은 고등고시를 하다가 그만 뒀고, 셋은 공무원 시험에 합격했는데도 임용이 되질 않았으며, 나머지 둘은 화학과를 나와 민간 연구소의 조수로 있었다. 그들은 학생들은 전혀 관련시키지 않은 채 외곽에 배치했고, 다들 30세를 넘은 연령층이었다. 양춘길은 사관학교에 지원했다가 낙방, 법대에 들어가 고시에서 세 번이나 학과에서 합격해도 구두시험에서 떨어져 딱한 처지에 놓이자 외삼촌이 아버지의 진상을 알려줘서 역사 탐사를 거쳐 동지를 규합해왔다. 한수정은 그런 정황을 알고서 그들에게 편의를 제공했는데, 필시 자신이 숙군 사건 때 저지른 과오에 대한 참회였을 수도 있다.

설사 연루자들을 다 체포한들 이 사건은 검찰에 송치할 성질이 아닌 건, 그렇게 되면 여순병란에 대한 자상한 경위가 온 세상에 공식적으로 밝혀져야 했기 때문이었다. 한수정과의 면담에서 김재규는 이 사건을 상부에 보고하지 않고 넘겨버릴 구실을 찾았고, 신영길과의 면담에서는 민주주의에 대한 허심탄회한 이야기를 듣게 되었다. 한수정은 자기 고집대로 구속된 양춘길과 함께 10월 25일 석방되어 나왔는데, 바로 그 이튿날 (10·26) 궁정동 안가에서의 총성 소식을 듣게 되었다.

김재규가 왜 박정희 암살범을 그대로 석방했는지에 대한 추론은 한수
정과 청년 진독수의 대화에서 유추할 수 있다.

7___더 많은 비극을 줄이려면

정보부로 연행되기 3일 전 한 여사는 진독수 청년에게 "단 한 번으로서 애
국자가 될 수 있는 행동이 뭐냐고 물었더니 안중근 의사가 취한 것 같은
행동이란 겁니다"라고 그는 답했다. 한 여사는 누구를 노리는지를 짐작했
지만 왜 그런지 다시 진독수의 의견을 물었다.

 "내가 노리는 자는 첫째 민족의 적입니다. 일본제국의 용병이었으니까요.
둘째 민주주의의 적입니다. 쿠데타로서 합헌민주정부를 전복한 자니까요. 셋
째, 윤리의 적입니다. 자기 하나의 목숨을 살리기 위해 자기 친구를 모조리 밀
고해서 사지에 보낸 자이니까요. 넷째, 현재 국민의 적입니다. 자기가 장악하
고 있는 정권을 유지하기 위해 언론과 비판활동을 봉쇄하고 자기에게 반대하
는 사람이라고 보면 학생이건 지식인이건 정치가이건 경제인이건 인정사정
없이 탄압하는 자이니까요. 게다가 그자는 나에겐 불구대천의 원수입니다. 나
는 그자를 없앰으로써 애국자가 되는 동시에 효도를 다하게도 되는 거지요.
나는 그자 하나를 없앰으로써 그자가 계속 존재하면 생겨날지 모르는 수천수
만의 희생자를 미리 구할 수 있게 되는 겁니다. 빠르면 빠를수록 희생자의 수
를 줄이는 결과가 되겠지요."
 여기까지 말하고 진독수는 물었다.
 "내 말에 틀린 데가 있습니까?"

한 여사는 대답할 말을 찾지 못했다고 한다.(하 302~303)

진독수에게 들었던 이 이야기를 한수정은 그대로 김재규에게 전하면서 자신은 아무 죄도 없다고 우겼다. "권총 한 방으로 애국자가 될 수 있다는 아이디어는 상당히 기발"했다. 그래서 한수정의 고집대로 지명수배는 취소됐고, 양춘길이 먼저 풀려나는 걸 보고 그녀도 풀려난 것이 1979년 10월 25일 밤 11시 30분쯤이었다. 그녀가 정보부를 나오며 돌아보니 김재규가 "아주 무뚝뚝한 얼굴로 저편 벽에 걸린 태극긴가 '그'의 사진을 바라보고 서" 있었다.

10월 26일 저녁의 역사적인 사건을 작가는 사마천의 필법으로 간략하게 처리(하 306~310)한다.

자 이제 후일담을 할 차례다.

김재규를 작가는 어떻게 평가하고 있는가?

작가는 자신의 견해보다 "조갑제 기자의 다음과 같은 추리는 어느 정도의 설득력을 가진다"라며 인용한다.

김재규는 대통령의 측근이 되고서도 늘 회의했던 사람이다. 유교적인 도덕관을 지닌 그는 대통령에 충성하면서도 '이래선 안 되는데……'란 생각을 갖고 있었던 것 같다. 권좌에 앉아서도 기본적인 양심을 완전히 버리지 못하고 (…중략…) 철저하게 충성하지도 못하고 철저하게 부패하지도 못했던 김재규는 1979년의 소용돌이 속에서 대통령에 대해 실망, 절망 끝내는 증오까지 하게 되었다.

조갑제 기자는 다음과 같이 계속한다.

그가 그토록 존경하고 두려워했던 대통령에게 서슴없이 방아쇠를 당길 수 있었던 것은, 그가 최후까지 정의감을 지니고 있었기 때문이다. 굴욕감이나 증오심만으론 총알이 나갈 수 없었을 것이다. 여러 사람들의 증언을 종합하면 1979년에 들어서 김재규는 서서히 대통령에 대해 절망해가면서 모반의마음을 키워갔고, 끝내는 개인의 정분을 끊을 수 있을 만한 폭발력까지 축적할 수 있었던 것이다.(하 312)

1979년 10월 27일 오전 11시경, 아침 신문 호외를 읽던 한수정은 졸도하여 입원했으나 이내 회복됐다. 그녀가 기절한 이유는 "아무래도 내가 '그'사람을 죽인 것" 같아서였다.

아무래도 내가 김재규 씨를 살인범으로 만든 것 같아요. 바로 그젯밤 아네요? 진독수의 말을 김재규 씨에게 전한 것은. 권총 한 발로 애국자로서 역사에 기록될 수 있다고 말한 거지요. 그때 김재규 씨는 굳은 표정이었어요. 지금 생각하니 김재규 씨는 진독수의 말을 전해 듣고 그때 자기가 애국자가 될 작정을 한 것이 아닌가 해요. 그는 태극기와 '그'의 사진이 걸려있는 벽을 향해 화석처럼 서 있었으니까요, 내 짐작대로라면 김재규 씨를 통해 내가 '그'를 죽인 거나 다름이 없어요.(하 316)

이어 그녀는 말한다. "자기의 죄를 살아있는 동안 모조리 보상하고 죽게 하도록 하고 싶었어요. 나는 그런 기회를 기다리고 있었어요. 이젠 영원히 기회가 없어진 것 아네요? 불쌍해요"라고 했다.

김재규에 대한 평가는 아직도 미궁이다. 그러나 진독수의 주장대로 '그'가 그대로 권좌에 앉아 있었다면 얼마나 더 많은 희생자들이 늘어났을까를 생각하면 소름이 끼친다.

1979년 10월 26일 그 시각에 저자는 남영동 대공분실(현 민주인권기념관)에 잡혀서 심문에 시달리고 있었다. 그런데 이튿날 아침 심문관들이 하나같이 풀이 죽어 있던 장면이 지금도 눈에 선하다. 자신들이 그토록 폭압적이고 야만적으로 다뤘던 사건이 결코 애국이란 이름과는 어울리지 않음을 비로소 희미하게 깨닫는 표정들이었다.

세월은 흘러 1980년 5월 24일 토요일 새벽 3시, 육군 교도소 7호 특별감방의 문이 열렸다. 이감이라며, "수갑을 차고 포승줄에 묶인 김재규는 준비되어 있던 호송차에 올랐다. 새벽 4시, 호송차량은 서대문 영천의 서울 구치소(현 서대문형무소역사관)에 도착해 보안청사의 지하 독방"에 그는 갇혔다. "이미 집행을 예상하고 있었으므로 감방에 들어가자마자 정좌하고 염주를 굴리면서 마음속으로 『금강경』을 외웠다."(문영심, 『김재규 평전 ─ 바람 없는 천지에 꽃이 피겠나』, 시사인북, 2013)

아침 7시 정각, 김재규는 사형집행실로 갔다. 사형집행관이 유언이 있느냐고 물었다.

"나는 할 일을 하고 갑니다. 나의 부하들은 아무런 죄가 없습니다."

마음을 정리하고 담담하게 죽음을 맞는 순간까지 김재규의 마음에서 떠나지 않는 것은 부하들에 대한 안쓰러움과 미안함이었다.

"스님과 목사님을 모셨으니 집례를 받으시겠습니까?"

집행관이 다시 물었다. 김재규는 눈을 감은 채 대답이 없다가 눈을 뜨고 고광덕 스님과 김준영 목사를 쳐다보았다.

"집례는 필요 없습니다. 나를 위해 애쓰시는 여러분께 감사드립니다."

교수형이 집행되고 숨이 멎고 나서도 그는 양손에 쥔 염주를 놓지 않았다.

한 시간 후에 같은 장소에서 그의 충실한 부하 박선호가 그의 뒤를 따라갔다. (…중략…)

박선호의 뒤를 따라서 한 시간씩 간격을 두고 이기주, 유성옥, 김태원이 같은 자리에서 차례로 이승을 하직했다.(문영심,『김재규 평전 – 바람 없는 천지에 꽃이 피겠나』, 시사인북, 2013, 350~353)

이들이 처형당한 그 자리는 일제 치하에서 4백여 독립투사들이 희생된 곳이기도 하다.

그때 서대문구치소에 갇혀있었던 저자는 그 날을 똑똑히 기억한다. 아침부터 수인들을 엄격하게 통제하며 감방 안에 앉히고는 일어서지 못하게 통제했다. 사형장이 바로 눈 아래로 보이던 옥사의 2층에 있었던 나는 간수의 눈길을 피해 엉거주춤 일어서서 창밖을 몰래 관찰했는데, 엠블런스들이 들락거렸다. 나중에 들리는 바로는 처형한 시신을 실은 차였다고 했다.

문영심은 "그날 하늘은 비구름이 덮여 컴컴한 날씨였다"라며, "김재규 일행은 죽은 후에도 신군부로부터 가혹한 대접을 받았다. 빨리 시신을 치우라는 독촉에 떠밀려 정신없이 장례를 서둘렀다". 김재규의 부인 김영희는 처형된 다섯 사람의 수의를 똑같이 주문해 시신이 안장된 육군통합병원으로 가져갔다. 보안사는 장례에도 일일이 간섭, 3일장도 못 지내고 바로 그 다음 날 함께 묻히려는 소망조차 못하게 해서 서로 흩어져 묻혔다.

다시 소설로 돌아가자.

그 뒤 한수정은 국립묘지의 '그'의 묘역을 찾아가 '그'가 아닌 "육 여사

무덤 앞에" 꽃을 놓고 왔다는 소설의 마지막 장면은 뭔가 작위성이 느껴지는 한편 여인의 마음이 얼마나 미궁 속의 미궁인가를 보여준다. 아니, 과연 육영수는 그럴 대접을 받을 만할까!

대체 박정희는 무엇을 남겼을까? 이에 대하여 작가는 마키아벨리가 아닌 사마천의 입장에서 아래와 같은 결론을 짓는다.

최명환은 노신(魯迅)의 말을 인용해서 다음과 같이 말했다.

"치세(治世)가 짧은 사람은 후세사람들로부터 욕을 얻어먹기 마련인데 치세가 긴 사람은 욕을 덜 얻어먹는다. 그 이유는 치세가 길면 그 사람 밑에서 출세한 사람이 많아지고 따라서 이해가 일치된 사람이 많아지고 그 세(勢)는 무시할 수 없을 만큼 커진다. 후대까지도 그 영향이 미쳐 대개의 사람들이 날카로운 비판을 피한다. 그런 까닭에 설혹 만고의 역적일지라도 역적이란 소리를 하지 못한다. '그'도 후계자를 곁들여 한 백년 이 나라를 지배하게 되면 사실(史實)을 산제(刪除) 또는 첨가하여 뜻밖의 인물로 조작될지 모른다. 역적은커녕 그야말로 중흥의 영주(英主)로 되는 것이다. 불쌍한 건 그 사람이 아니고 '그'가 등장하지 않았던들 아무 일 없었을 사람이 '그'가 등장했기 때문에 비명에 쓰러진 사람들, '그'의 지배하에 학대받고 있는 사람들이오."

그리고 신영길을 돌아보곤 이렇게 말했다.

"이왕 기록하는 작업을 택했다면 신기자는 '그'가 등장하지 않았던들 아무일 없었을 건데 '그'가 등장했기 때문에 억울하게 희생된 사람들의 열전(列傳)을 쓰시오."(중-122)

지식인. 문학 예술인들의 임무를 시사한 대목이다. 그리고 우리 역사는 바로 그 희생당했던 사람의 억울함으로 다시 써야 할 것이다. 그러나 사명감만으로는 역사의 진실을 밝힐 수 없다. 현대사는 왕조 시대와는 비교도 할 수 없을 정도로 정교한 공작과 정보에 의한 흑막에 싸여있기 때문에 국가기밀문서를 공개하도록 우리 모두가 적극 나서야 할 것이다. 비단 한국뿐이 아니라 미국과 일본 등 강대국의 정보당국이 가진 보안상 기밀이라는 철통같은 창고의 서류들이 완전히 공개되지 않는 한 객관적 진실 찾기는 여전히 작가의 상상력에 의존할 수밖에 없을 것이다. 그러니 작가들이여, 분발하시라. 이병주의 5·16 비판 소설은 이런 의미에서도 중요하다.

(『사월혁명회 회보』, 2012.10에 발표했던 것을 수정 보완, 계간『역사비평』, 2019. 여름호에 축약 게재한 것을 보충한 글임)

5·16정권에 대한
인문학적 보고서

이병주의 『그해 5월』과 한국의 정치가들

1___ 허상을 깨트리기 위한 기록

5·16쿠데타는 우리 전 국민의 삶뿐이 아니라 남북의 긴장 격화와 적대 감 증폭에다 동아시아의 평화 괴멸 등에 이르기까지 엄청난 민족사적인 악영향을 끼쳤음에도 불구하고 이를 총체적이고 객관적으로 그린 소설 은 찾기 어렵다. 작가로서는 비판할 만한 많은 요소가 있음에도 불구하고 그나마 5·16의 전모와 만군滿軍 장교 출신 다카키 마사오高木正雄부터 독 재자 박정희까지의 행적을 춘추필법으로 개관한 유일한 소설이 이병주 의 『그해 5월』이다. 이 대하소설은 이병주의 현대사 3부 연작 『관부연락 선』, 『지리산』, 『산하』(이 작품들은 다 한길사 판으로 2006년 출간. 이 글에서의 인 용도 특별한 표시가 없는 한 한길사 판임)에 이은 에필로그로서 5·16쿠데타와 박정희의 '장군의 시대'를 다룬다. 정확히 1961년 5월 16일부터 1979년 10월 26일까지 박정희 통치 18년이 그 시대적인 배경이다. 이 작품의 집 필 동기는 "그래, 자네 제3공화국의 역사를 쓸 작정이군"이라는 성유정의 질문에 대한 주인공 이사마의 "역사를 쓰다니, 역사를 쓰기엔 시간적인

거리가 아직 일러. 다만 나는 허상虛像이 정립되지 않도록 후세의 사가를 위해 구체적인 기록을 정리해 볼 작정이야"(1권 13쪽, 이하 '권-쪽수'로 표시)란 대답에 다름 아니다.

허상이란 무엇인가. "일단 허상이 정립되고 나면 어떠한 진실을 갖고도 그 허상을 파괴할 수가 없어. 그러니까 서둘러야 하는 거라"라는 해명이다. 바로 박정희의 허상이 형성되지 않도록 그 추악한 진상을 남기려는 게 이 소설의 집필 동기가 된다. 허상은 세월을 경과하면서 우상으로 굳어져 역사적인 신화로 승화되어 국민들의 정치적인 상상력을 고갈시키고 만다. 한국사회에서 이런 허상이 우상으로 격상되는 현상을 차단시키기 위하여 작가는 이 작품을 박정희 사후(1979) 3년 만인 1982년부터 연재(『신동아』, 1982.9~1988.8까지 연재, 기린원에서 연재 중인 1984년 1권부터 6권까지 순차적으로 출간)를 시작한 점으로 볼 때 매우 서둘렀음을 알 수 있다. 이토록 서둘러『그해 5월』을 쓴 사실은 이병주가 역대 대통령 중 유독 박정희에게만 혹독하게 부정적인 평가를 가하기 위해 전두환조차 미화시켰다는 이권기(이병주의 영식) 교수의 말에 일말의 신뢰가 가도록 작동한다.

그토록 박정희에 대한 허상이 형성되지 않기를 간절하게 바랐던 작가의 의도와는 다르게 헌법재판소에서 박근혜가 파면되는 순간(2017년 3월 10일 오전 11시 21분)까지 박정희 신화는 불사조처럼 그 기세가 충천했고, 그 뒤에도 태극기부대로 명맥을 이어가며 사그라들지 않고 있기에 새삼 이 작품을 거론할 필요성을 절감하며 이 글을 쓴다.

이 소설에 "등장하는 사람들은 5 · 16쿠데타에 의해 희생된 군상群像"들이다. "평생에 한 번도 양지쪽에 있어보지 못했을 것" 같은 인물들, "그러면서도 역사의 고비길 마다에서 제물이 되어야 하는 운명"을 작가는 그리려고 한 것이다. 5·16쿠데타가 후일 어떻게 평가될는지는 알 수가 없다. 작자의 요량으로써는 그 때문에 희생된 군상의 실상實相을 적어 역사의 심판대에 제공할 자료를 기록한 것이다"라고 「작가 후기」(6-285)에서 말한다. 바로 『'그'를 버린 여인』의 마무리에서 이병주가 강조했던 소재들이다.

소설은 첫 장면에서 10·26사건을 부각시킨 뒤 1961년으로 시대를 거슬러 올라가 『사기』처럼 '기전체紀傳體'로 박정희 장기집권 18년 동안을 각종 사료와 논평을 곁들여 엮는 형식을 취한다. 이병주의 현대사 실록소설은 예외 없이 실존인물에다 작가의 분신과 몇몇 주변 인물들, 여기에다 양념으로 여인들이 끼어드는 서사구조로 엮어진다. 작가는 예외 없이 고도의 지성적 조건을 갖춘 데다 비슷한 가치관을 지닌 2명 이상의 남성상, 그리고 반드시 언론인(1급 기자나 논설위원급)을 끼워 넣으며, 여인상들은 반드시 미녀들이거나 특이하게 예외적으로 탁월한 능력을 지닌 비 미인이 등장한다.

『그해 5월』은 작가의 분신이 아닌 작가 자신이 직접 등장한다는 점 말고도 유난히 실록적 요소가 강해서 소설이라기보다는 차라리 '5·16의 역사적 평가를 위한 한 우수한 관찰자의 기초자료 모음집' 같다. 주인공인 K신문 주필 겸 편집국장 이사마는 바로 작가 자신으로 이 소설에서 이병주 자신이 5·16 직후에 겪었던 필화사건을 그대로 다루고 있다. 그를 둘러싸고 몇몇 지식인들(이사마의 친구인 대학교수이자 초반부의 화자인 '나'와, 당대 최고 수준의 담론가 성유정 등등)의 대화와 토론, 정보수집이 이 소설의 큰 줄기를 이루고 있다. 5·16쿠데타와 제3공화국으로 명명되는 이 기간의 박정희 독재정치 시기의 과거사 청산 문제를 위한 가장 신빙성 있는 자료들로 이뤄진 이 소설은 다른 현대사 연작 대하소설과는 달리 이 작가가 원숙기에 들어선 뒤에 자신이 직접 피해자(투옥과 감시의 연속)로 보냈던 원한의 흔적도 스며있다.

이병주의 다른 현대사 소설에서 작가(혹은 그 분신)는 가치중립적(이라기보다는 오히려 양식 있는 보수파적 태도)인 입장에서 관찰자로 등장하는 것과 대조적으로 이 실록대하소설에서는 박정희 통치에 대하여 가장 신랄한 비판자로 자신을 드러냈다는 점 또한 주시할 필요가 있다.

"1961년 5월 16일 새벽에 개막된 드라마가 장장 18년을 끌다가 1979년 10월 26일 밤, 이윽고 그 막을 내렸다……."(6-260)

주인공 이사마(바로 작가 자신)는 1979년 10월 27일 일기장에 이렇게 썼다. 마치 『쿼바디스』의 마지막 장면, 홍역 같은 네로의 시대가 끝났다는 장중한 시엔키에비치의 문장을 연상시키는 이 소설의 대미는 작가 이병주가 18년 동안 못다 했던 말을 쏟아낸 쿠데타에 대한 심판이기도 하다.

아직 일제 식민통치의 "그 비분의 눈물이 마르기도 전에 일본군 출신의 하급 장교를 국가의 원수로서 받들게 되었다는 사실이 민족사적으로 비극이 아닐 수 없다는 것이며, 겨우 돋아난 민주헌정의 싹을 유린한 쿠데타로 인해 정권이 찬탈되었다는 사실이 민주정치사적으로 비극이었다"(「작가 후기」, 6-285)라는 것이 이사마의 역사의식이다.

작가는 "과연 역사란 믿을 수 있는 것인가"라고 「작가의 말」에서 물으며 이렇게 이 소설 창작의 변을 털어놓는다.

해방 후에만으로도 너무나 많은 억울한 죽음을 보았다. 이치에 당치도 않은 학대를 보았다. 정의의 가면을 쓴 악마를 보았다. 악을 위해 미덕이 수단으로 쓰이는 허다한 사례를 보았다. 추악한 야심이 미복(美服)을 입고 으스대는 꼴을 보았다. 국민의 의사가 횡령되는 현장도 보았다. 드디어 교육이 불가능하게 될밖에 없는 상황을 겪었다.(「작가의 말」. 이 글은 기린원 판에는 게재됐으나 한길사 판에서는 빠져있다)

그리고 작가는 묻는다. "이 모든 사상事象이 과연 보상될 날이 있을 것인가. 사리事理가 가려질 날이 있을 것인가. 아니면 영원히 흘러가버리고 말 것인가."

이병주 자신은 민주화 시대라고는 4월혁명 직후 1년밖에 못 살아봤는데, 그 바로 직후에 5·16쿠데타로 징역을 살았으니 우리 현대사의 정치현상으로는 자기 세상에서는 민족사의 참담한 비극의 사리가 밝혀지리라 기대하기는 어렵다는 비관론적인 입장이었다. "그야말로 후세 사가들의 명찰明察에 기대할 밖엔 도리가 없다"라는 구절이 작가의 암울한 심경을 대변해준다. 후세인들이 박정희를 정당하게 평가하기보다는 이 '허상'을 자신의 이익 쟁취를 위하여 조작할 뿐이리라는 예견이 이 작가로 하여금 "기록자의 심정"으로 이 소설을 쓰도록 강박한 것이다.

2___ 민족적 허무주의로 여야 전체를 비판

왜 작가는 피살당한 독재자에게 미리 가혹한 비판의 관점을 설정해두고 접근했을까? 이사마와 성유정의 대화를 통해 작가는 이렇게 말한다.

"불쌍하다뇨. 두고 보시오. 그를 추종하는 패거리는 그를 위대한 인물이라고 추켜올릴 것이오. 그렇게 해야만 공범자의 처지를 협동자의 지위로 끌어올릴 수 있을 테니까요."

"그까짓 추종자들의 말이야 오뉴월에 살얼음 녹듯 할 것이고……, 5백 년 후의 역사책에 그는 어떻게 기록될까. 고려사(高麗史)에 정중부(鄭仲夫)가 차지한 정도의 스페이스를 차지할까?"(6-282)

이 대목에는 작가의 1980년대의 시국관이 그대로 드러난다. 3공화국과 유신통치 시대의 적자 계승으로서의 전두환의 제5공화국을 동일시하는 시각을 지닌 작가로서는 박정희에 대한 역사적인 심판 없이는 한국 현대사가 제자리걸음임을 새삼 일깨우고 싶었던 것이다.

"30대에 이미 출중한 논객論客"으로 "35세에 K신문사의 주필 겸 편집국장으로 있으면서 백만 독자의 경애를 한 몸에 모으기도 했"던 주인공 이(사마) 주필은 작가의 모습 그대로 "최대의 결점은 여자문제에 있었다. 그러니 그는 자연 가정을 소홀히 했다. 친구 가운데 그의 부인의 얼굴을 아는 사람은 극히 적었다".

"조국이 없다. 산하가 있을 뿐이다"라는 희대의 명문으로 투옥(1961. 5. 21~1963.12.16), 출옥 후 박 정권을 관찰, 기록하는 이사마(곧 작가)는 "스칸디나비아의 사회민주주의를 배우는 데" 정치의 이상을 삼고 있는 자유주의적 지식인의 한 전형이다. 그는 "공산주의를 극복하는 가장 강력하고 가장 효과적이고 가장 순리적인 방안은 사회민주주의이다"(2-174)라는 신념을 갖고 있는 언론인이자 작가이다.

그는 "우리 국민은 너무나 건망증이 심해. 잊지 말아야 할 것을 쉽게 잊어 버려"라는 성유정의 말을 상기하면서, "내가 발포명령을 내렸다"라며 반성하는 정치인이 한 사람도 없는 역사를 질타하는데, 이 속에는 여야를 가리지 않고 18년 장기 집권을 가능하게 했던 공범자로 보려는 의도가 스며있다. 즉 "조그만한 이해와 의견의 차이를 일체 무시해버리고 그야말로 초당적인 국민전선을 형성해서 군사정부와 대결해야 할 것인데 벌써 서둘고 있는 꼬락서니를 보니 한심스럽다"라는 성유정의 지적은 바로 1980년대 초에 3김(김대중, 김영삼, 김종필)이 보여주었던 근시안적인 모습을 그대로 비판한 대목임을 알 수 있다.

이런 대목에서는 작가의 민족적 허무주의가 강하게 풍기는데, 이것 역시 이병주의 현대사 연작소설 전체를 관통하고 있는 태도의 하나로 집권자나 야당을 싸잡아 비꼬는 투의 어법이 다.

세계에 동존상잔을 겪지 않은 나라가 있기라도 했나? 프랑스도, 독일도, 영국도, 러시아도 모두 동족상잔의 내란을 겪었다. 미국의 남북전쟁도 동족상잔이고 스페인의 내란도 그렇고 중국도 예외가 아니다. 일본도 명치유신 직전까지 내란상태에 있었다. 그러니 동족상잔을 했다고 해서 창피할 건 없어. 안타까운 것은 그 쓰라린 체험에서 교훈을 얻는 것 같지 않다는 점이다.(5-11)

이렇게 열변을 토로한 것은 "한때 『타임스』지의 기자였다가 지금은 프리랜서로서 세계를 주름잡고 다니는 초로의 사나이"(1-91)인 영국인 출신인 조스다. 그는 실존인물로 "내(이병주)가 감옥에서 풀려났다고 듣고 런던에서 날아 왔다는 영국인 기자 프레데릭 조스"이다. 조지 오웰과 스페인 혁명 때 함께 취재했는데, 쿠데타 세력에게 피체당해 2년의 옥고를 치른 경력에다 드 골을 비롯한 세계적인 여러 정치인을 직접 인터뷰한 관록을 가진 그는, "4·19 직후 처음으로 한국에 와서 단시일에 한국의 정국을 우리가 모르는 부분까지 마스터해서 우리를 놀라게 한 기막힌 신문기자이다".(이병주, 『대통령들의 초상 – 우리의 역사를 위한 변명』, 서당, 1991, 140~141쪽) 소설에서는 그와 송요찬의 특별 인터뷰가 자상하게 소개되어 있다.(3-

12부터)

이에 대하여 한국의 석학 성유정은 "그 엄청난 불행"을 치르면서 다른 나라들은 다 "위대한 교훈"을 얻었으나 유독 한국은 "보람 없이 피를 흘리기만 했다"(5~11)는 점을 거론하며 안타까워한다.

3 ___ 박정희와 쿠데타에 대한 역사적 평가

5·16이 곧 박정희라고 동일시하고 있는 이병주인지라 소설은 자연스럽게 그에 관한 다각적인 관점을 점묘파點描派식으로 인용하는데, 주인공의 입장에서는 "박정희 씰 그렇게 죽게 해선 안 되는 일인데……"라는 엄벌주의자로 부각된다. 후세 사가들은 "백 년 후의 고등학교 역사 교과서에 한 페이지쯤", "2백 후엔 반 페이지?", "3백 년 후면 서너 줄?", "천 년 후면 흔적도 없어질까?" 하다가 "아냐, 어젯밤(10·26)의 사건(김재규의 사살) 때문에 길이 기록엔 남을 거야"(1-11)란 문학적 결론에 이르고 만다.

"한국 군대 가운데서 쿠데타를 일으킬 수 있는 유일한 장군이 박 장군"이란 평가는 조스의 말인데, 그 이유로 "과단성과 청렴한 성품"을 들었다. 이어 군을 통한 긍정적인 정보를 작가는 소개해준다. "솔직하게 말해서 애국자는 각하 하나뿐인 것 같애"라며 "준장으로 계시던 시절인데 사모님이 글쎄 아이를 업고 바구니를 들고 가시는 것을 길에서 보았어" 혹은 "술을 같이 하자는 초대를 받고 댁엘 갔는데 글쎄, 식탁하나 온전한 게 없어서 사과궤짝을 놓고 술을 마셨어요", 또는 "자유당, 그때가 어떤 때라고 부정선거를 하라는 지시에 단연 반대하기도 했으니 구국의 영웅이 될 소질이 있는 분이지"라는 등등으로 이어진다.

설사 결벽하고 정직하며 우국충정이 있는 군인이라고 쿠데타를 일으킬 자격이 있는가. 그건 언어도단이다. 어떤 명분으로도 군부의 정치 개입을 반대하는 역사적인 당위성을 작가와 조스는 드 골에서 찾는다. 드 골이 어떤 인물인가. 제2차대전 때 자신이 대독 전투를 지휘하여 파리를 해방시키고 난 뒤 임시정부 주석으로 새 정부를 구성(1946)하게 되었다. 그런데 자신의 소신인 대통령 중심제가 외면당한 채 내각책임제 헌법이 국회를 통과하자 드 골은 "결단하기만 하면 백 퍼센트 쿠데타에 성공하여 자기의 포부를 펼칠 수가 있었던 것인데도 '무능하고 부패한 국회이긴 하지만 그것이 국민들이 선출한, 국민의 대표기관인 것을 내가 어떻게 하랴' 하고 국회를 해산하는 쿠데타를 일으키지 않고 스스로 정계를 물러나 버렸다".(2-191) 그는 밑바닥 정치를 시작하여 10여 년 뒤인 1958년 알제리 내전으로 국론이 분열되었던 시기에 압도적인 국민적 지지 속에서 개헌을 통한 제5공화국을 선포하면서 자신의 포부를 펼칠 수 있었다.

그런데 5·16쿠데타 세력들은 어땠는가. 성유정은 단호하게 이를 비판한다.

이 쿠데타는 1년이 늦었고 4년이 빨랐소. 꼭 쿠데타가 있어야 한다면, 아니 쿠데타에 뚜렷한 명분이 있으려면 과도정부 때 해버려야 하는 거요. 과도정부의 역할을 우리가 맡겠다고 나서는 거요. 이승만이 임명한 과도정부 믿을 수 없다, 부정선거로써 과반수의 국회의원이 채워져 있는 국회 믿을 수 없다, 이미 발언권을 잃은 자유당 의원을 협박 또는 회유해서 자기네들에게 유리한 헌법을 만들려는 민주당의 획책을 용서할 수 없다, 국민의 총의를 새로 미루어 국회를 구성하고 정부를 조직해야 하는데, 그 과도적 임무를 정치에 오염되지 않은 우리 군인이 맡겠다고 나서면 그대로 그 명분이 통할 수 있었지.

그런데 새 국회의원이 선출되어 불과 1년도 채 못 되는 시기에 있어서의 쿠데타는 아무리 그럴듯한 명분을 내세운다고 해도 무리가 있기 마련이오. (…중략…) 4년이 빨랐다는 건 민주당 정권이 부패를 거듭했을 때의 얘기요. 1년도 채 되지 못한 정권이 우왕좌왕할 것은 당연한 사실이 아니오? 자유당 아래의 시행착오가 그대로 남아 있고 말요. 4년 동안 맡겨두어 보았다가 싹이 노랗다는 판단이 섰을 때, 국회의원의 임기가 얼마 남지 않았을 때, 그때 해치우면 명분이 그런대로 통할 거다 하는 게 나의 의견이오.(1-88~89)

물론 이 주장도 쿠데타의 정당성을 말한 것이라기보다는 부당한 여러 이유 중 시기의 부적절성만 보더라도 그 동기가 불순했음을 적시한 것으로 볼 수 있다.

조스는 쿠데타와 박정희에 대하여 시종 가장 신랄한 비판자로 "쿠데타를 혁명이라고 강조하는 것도 우습지만 쿠데타가 없었더라면 과연 코리아는 망했을까? 지금의 정치에서는 도의를 어디 가서 찾지? 정치에 있어서의 도의란 좋으나 궂으나 헌정憲政을 지키는 행위에 있는 것이 아닌가. 헌정을 비합법적 수단으로 짓밟아 놓은 사람이 도의 운운하는 것은 우스울 뿐더러 마치 만화 같지 않은가. 스페인의 프랑코는 천주님의 뜻을 자주 들먹였지만 도의란 말은 잘 쓰지 않았다"(4-275)라고 하며, 박정희의 뻔뻔스러움을 근본적으로 부인하는 쪽이다.

그는 미국의 잉여농산물 도입에 대해서 이렇게 지적한다. "그(박정희)는 잉여농산물의 도입으로 국내의 곡가를 때려눕혀 농촌경제에 타격을 주고 있다고 민주당 정권을 비난했는데, 지금 그는 과거 어느 때보다도 미국의 잉여농산물을 얻어오려고 애쓰고 있지 않은가."(4-275) 잉여농산물 원조가 미국의 농민을 살려주는 대신 한국의 농촌을 붕괴시켜 한국으로 하여금 영원한 식량 대미 의존국으로 전락시키려 했다는 사실은 지금은 상식이지만 1960년대에는 국가보안법 저촉으로 구속을 각오해야만 할 수 있었던 발언이었다.

"최고로 웃기는 대목이 있다. '정당과 국회와 정치 자체를 국민으로 하여금 불신하게 하였다'고 민주당을 비난하고 있는데 정당을 불신케 한 것은 누구인가. 국회를 불신케 한 정도가 아니라 유린한 게 누군가. 정치 불신의 풍조를 만들어낸 장본인이 누군가……"(4-276)라는 것도 조스이다. 조스의 말을 점검하고자 이사마는 박정희가 쓴 『국가와 혁명과 나』를 읽다가 독일의 부흥이 훌륭한 지도자 덕분이라는 대목에서 비판의 예봉을 세운다.

아데나워는 히틀러에 항거한 반 나치의 투사였다. 그 불굴의 투지가 국민에게 감명을 주어 그 감명이 그를 지도자의 자리에 앉혔다. 만일 그가 나치스에 동조한 사람이었다면 그의 두뇌와 능력이 아무리 월등해도 독일인은 그에게서 등을 돌렸을 것이다. 오늘에 있어서의 독일의 지도자들은 내가 지도자 되겠다고 쿠데타를 감행하여 지도자를 자칭한 사람들이 아니다. 지도자로서 국민들이 추대한 사람들이다. 역량이 있다고만 해서 지도자가 될 수 있는 것은 아니다. 국민을 신복시킬 과거의 실적이 있어야만 한다. 나치스 군대의 장교가 쿠데타를 통해 권력을 잡았다고 할 때 과연 독일인이 그 지도자에게 추종할까? 어림도 없는 이야기다.

일본군대의 하급 장교였던 사람이 독일의 지도자에 빗대어 지도자로서의 자기에게 국민의 신복을 요구하는 것 같은 글을 쓴다는 것은, 아니 그런 글을 쓸 수 있다는 맨탈리티를 도대체 어떻게 이해해야 옳을까. 독일의 지도자가 반공을 구실로 무고한 사람들을 죽인 적이 있을까? 헌법 또는 법률에 의하지 않고 국민의 자유를 유린한 적이 있을까?

권력을 장악하자마자 4대 의혹 사건 같은 것을 저질러 놓을 수 있을까? 폭로된 사건을 유야무야로 덮어버리는 엉뚱한 짓을 할 수 있을까?(4-281~282)

비판은 여기서 멈추지 않는다. 민정 이양(1963.10.15. 대통령 선거로 박정희는 제5대 대통령 당선)때, 3선 개헌(1969) 전후, 유신통치 시기(1972~1979)의 온갖 거짓과 국민 기만 사실들을 적시하면서 이사마는 아예 5·16쿠데타 자체를 원천적으로 부정한다.

이렇게 열렬하게 쿠데타를 비판해봤자 "로마 교황이 한국의 군사혁명 완수를 축원하는 전보가 접수되었다고 최고회의 대변인"(1-154)이 뉴스에서 밝힌 장면에 이르게 되면 여전히 지구를 움직이는 세력은 정당하지 못한 힘임을 감지케 해준다.

쿠데타에 관해서는 이사마와 조스가 일관되게 전면 비판하는 쪽이고 성유정은 부분 비판, 전반부의 화자인 '나'(이 교수)는 어정쩡한 입장이다.

세계의 거의 모든 쿠데타를 섭렵하면서 박 장군의 쿠데타를 비판하는 조스와 합작으로 전개되는 이사마의 탁월한 논조는 가히 정치학 논문 수준으로 이병주 소설에서도 드물게 만나는 장면의 하나다. 조스가 말하는 혁명과 쿠데타의 차이는 이렇다.

혁명이란 제도의 변혁이야. 왕제(王制)를 공화제로 한다든가, 자본제(資本制)를 공산제(共産制)로 한다든가, 다시 말하면 현재의 법률을 그냥 승인하다간 아무 것도 안 되겠다고 판단하고 자각했을 때, 비합법적인 수단을 쓰는 것이 혁명이야. 그런데 쿠데타는 체제는 그대로 두고 권력만 빼앗겠다는 수작이야.(1-103)

작가는 현대사에서 쿠데타가 곧 혁명이었던 예로는 이집트의 나셀을 거론하며 그는 "쿠데타 당시의 계급인 대령 이상"을 갖지 않았다고 밝힌다.(2-280) 프랑스의 드 골은 독일군이 물러간 후 얼마든지 승진할 수 있었지만 "완강하게 준장의 계급으로서 예편"했는데, "후진국에서 같으면 기어이 대장의 계급까지를 요구했을 것이다"라고 일갈한다. 박정희, 전두환은 둘 다 소장 때 쿠데타를 일으켜 대장으로 예편, 대통령이 됐다.

조스의 논조는 한 마디로 "애국심과 양심에 의해 일으킨 쿠데타는 거의 없었다"라는 것, "애국심이니, 정의니 하는 본래 아름다웠던 말들이 형편없이 오염되게 된 것은 쿠데타를 일으킨 군인들이 마구 그런 말을 써먹었기 때문"이라는 것, 5·16은 결코 "제도의 변혁"이 아니기에 혁명이 아니라 쿠데타라는 주장이다. 5·16 초기에는 한국적인 특수상황에서 이미 일어난 쿠데타라면 차라리 잘 되기를 바라는 마음이 없지 않았던 '나' 조차도 결국은 "역사상에 나타난 쿠데타는 전부 실패한 쿠데타"라며 성유정과의 입씨름에서 아래와 같이 판단한다.

"아니 그건 무슨 소린가, 성공한 쿠데타가 얼마든지 있지 않던가. 현재 진행되고 있는 이 쿠데타도 성공한 것으로 볼 수 있지 않은가."

"시간의 스팬을 어떻게 두느냐에 문제가 있겠죠. 불발로 끝난 쿠데타, 발생하자마자 좌절된 쿠데타 말고, 일단 성공했다고 보이는 쿠데타도 어느 정도의 시간을 두고 보면 전부 실패했다는 말입니다."

"시간을 어느 정도로 두는데. 1백 년? 2백 년?"

"길게 잡고 50년, 보통으론 30년 스팬을 놓고 보면 쿠데타는 모조리 실패했습니다."

라며 나는 제일 먼저 나폴레옹의 쿠데타를 들먹였다.(1-310~311)

'나'는 성유정에게 토론을 통해 나폴레옹과 그의 사기꾼 조카인 나폴레옹 3세의 쿠데타까지도 실패였음을 역설한다. 공교롭게도 이 두 사건은 한국 현대사와 너무나 닮았다. 나폴레옹 1세가 워털루전투에서 패배해 추방(1815)당한 33년 뒤 그의 얼간이 조카 루이 나폴레옹이 버젓이 민주화된 제2공화국의 대통령 선거에서 당선된 것이다. 그런데 한국에서도 1979년 10월 26일 사라진 박정희 이후 33년 만인 2012년 12월 19일 대통령 선거에서 박근혜가 당선된 것이다. 이런 역사의 악순환은 혁명과 개혁이 얼마나 어려운가를 반증해준다.

작가는 모든 쿠데타는 실패한 쿠데타라면서 한마디로 "만합니다. 만화"(1-197)라는 K신문의 Y기자의 말을 수용한다. 이어 작가는 독재자의 유형을 논하면서 "독재자는 권모와 술수, 감시와 이간, 그리고 혹독한 처벌수단으로 지탱되는 것이기도 하지만 범인凡人이 추종할 수 없는 어떤 장점의 소유자라는 것도 불가결한 조건이다"라고 첨언한다. 예를 들면 히틀러는 광인 취급을 해야 할 '놈'이지만 돈에 관해선 깨끗한 정도를 넘어 전연 금전감각이 없었을 뿐만 아니라 봉급 전액을 노동사고로 신음하는 사람들을 도우는 기금으로 기부해 버렸다며 5·16 세력의 부패를 겨냥했다.(2-283)

쿠데타란 "그 사람이 죽든지, 또 다른 쿠데타가 발생해서 성공하든지 하는 일이 없는 한 영구집권"하게 될 거란 충고와, "국민을 배신한 범죄행위가 권력"을 잡고 나서는 비상수단을 "합리화하기 위해서, 또는 그 무리를 호도하기 위해서 영속적인 쿠데타, 크고 작은 쿠데타, 음성적·양성적인 쿠데타를 계속"해야 하는 비극의 연속이라고 소설은 밝힌다.

그러나 이보다 훨씬 심각한 참담함은 "교육을 불가능하게 하는 상황을 만들기 때문"이란 점을 조스는 든다.

"교육이 감당해야 할 것은 갖가지 지식을 공급한다는 것 외에 제1의적으로, 아무리 목적이 좋아도 그 목적을 달성하기 위해 쓰이는 수단이 정당해야 한다는 것을 가르치는 데 있오. 무슨 방법을 쓰건 성공만 하면 그만이란 풍조가 세계를 휩쓸고 있지. 이걸 강도적 원리強盜的原理가 지배하는 사회라고 하는 거죠. 그러나 이러한 풍조를 없애기 위한 노력도 대단하오. 그 결과 유럽의 정치사회에선 어느 정도 페어플레이가 이루어지게 되었죠. 그런데 쿠데타로써 정권이 선 나라는 문자 그대로 강도적 원리가 지배하고 있는데 그런 나라에서 페어플레이를 하라는 교육을 어떻게 합니까."

교육문제에 대한 이병주의 집착은 지나치리만큼 강력한 집착의 수준을 유지하고 있다. 그는 쿠데타국가에서는 정상적인 교육이 안 된다는 사실을 3권(31쪽부터), 6권(52쪽부터) 등에서도 신랄하게 지적하도록 장치했는데, 이 사실은 별도로 누군가가 연구해 주었으면 할 정도로 심각한 주제의 하나다. 이병주가 갖고 있던 장서는 지금 경상대학 도서관에 보존하고 있는데, 그 서가를 지난 2018년 가을에 찬찬히 살펴볼 기회가 있었다. 그런데 놀란 것은 교육학 관련 영, 불, 일서와 한국어 도서들이 의외로 엄청나게 많았다는 사실이었다. 선진국들이라고 이상적인 교육제도가 실현된 것은 아니겠지만 한국처럼 국민소득의 수준에 걸맞지 않게 뒤엉켜서 풀어내기 어려운 국민적인 난제로 부각된 예는 흔하지 않다. 이런 한국 교육의 난맥상의 원천을 이병주는 바로 쿠데타에 의한 윤리의식의 부재에서 찾고 있었던 것이다.

쿠데타란 독재자를 창출해내는 폭력구조이며, 독재란 한 나라에 애국자는 한 사람밖에 없도록 만드는 공포분위기에 다름 아니다. 한 사람만 애국자니까 저절로 다른 모든 국민들의 애국은 반국가 행위에 지나지 않기 때문에 국사범으로 처벌받을 수밖에 없다. 소설은 쿠데타의 반

민주·반역사·반민족적인 요인을 두루 열거하면서 945일(1961.5.16~ 1963.12.17)간의 죄악을 조목조목 따진다.

군사정부는 8백 31개의 법률을 만들어 냈다, 정치정화법政治淨化法을 발동하여 3천 27명의 공민권을 제한했다, 지방자치를 짓밟았다, 경제 정책은 부익부 빈익빈의 현상을 빚도록 유도했다, 쿠데타 주체자들의 부패와 타락을 가져왔다는 등과, 증권파동, 워커힐 사건, 새나라 자동차 사건, 빠찡꼬 사건 등 4대 의혹 사건을 자세히 분석하는데, 과거사 청산에 다 포함시킬 만한 과제들이다.

이것뿐이 아니다. 작가는 유신선포와 개헌을 분명히 제2의 쿠데타로 규정(6-135~138)하면서, 긴급조치(6-187)와 사회안전법(6-203)에 대해서도 용납할 수 없는 시대역행임을 고발하고 있다.

가장 중요한 한 가지가 남아있다. 4월혁명으로 이룩된 민주당의 장면 정권이 왜 5·16쿠데타를 막지 못했을까라는 황당하고 어리석으며 안타까운 의문이다. 이에 대해 이병주는 냉소적인 일침을 가한다. 독립운동가 출신으로 민주당 구파였던 김도연金度演(1894~1967)이 총리로 인준되었다면 쿠데타는 일어나지 않았을 것이라고 그와 인터뷰했던 조스 기자는 말한다. "그 사람이야말로 이 나라의 대통령으로서 적당한 사람인데, 이 나라엔 그런 인물이 대통령이 될 수 없는 사정이고 보니 이중의 비극이다"(4-283)라는 게 국제적 감각을 가졌던 조스의 논평이다. 독립유공자인 김도연의 경력을 그는 높이 평가한 것이다. 이사마가 무슨 근거로 그런 단언을 하느냐고 묻자 조스는 "김도연 씨는 칼멜 수도원으로 피할 수 없었을 테니까"(3-285)라고 재치 있게 받아넘겨서 그들은 크게 웃었다. 이 말 속에는 장면에 대한 가시 돋친 비판의식이 숨겨져 있다.

그러나 과연 그럴까? 이재봉 교수는 「5·16쿠데타, CIA의 '가장 성공적인' 해외 공작? – 한반도문제와 미국의 개입」(『프레시안』, 2018.5.31)에서 앨런 덜레스Allen Dulles 중앙정보국장(1953~1961년까지)이 "1964년 5월 BBC와 인터뷰하면서 자신이 중앙정보국장으로 일하면서 '가장 성공적인 해외 비밀공작'으로 5 · 16쿠데타를 꼽은 것은 특이하다"라고 적시했다.

월간 『사상계』는 「콜론 어쏘시에이츠 보고서Colon Associates report」란 제목으로 1960년 1~5월호에 연재했는데, 이 글은 로버트 스칼라피노 등 전문가들이 작성한 것으로 1959년 11월 1일 미 상원 외교위원회에 제출됐던 「콜론 보고서 – 미국의 대아시아정책」의 번역문이었다. 미국 상원 외교위원회 위원장 풀브라이트James William Fulbright는 1959년 콜롬보에서 "한국에서는 정치적 위기가 점차 커지고 있다. 정당 정치가 실패할 경우에 군인 정치에 의한 교체를 실현해야 한다"라고 했다. 1961~1966년간 주일 미 대사를 지낸 라이샤워Edwin Oldfather Reischauer는 "한국을 계승할 사람은 전쟁 마당에서 자라온 새로운 젊은 군인이다"라고 주장했다.(김광덕, 「미국의 동북아정책과 한국 사회」, 박현채 편, 『청년을 위한 한국현대사 1945~1991: 고난과 희망의 민족사』, 소나무, 1992, 219쪽)

미국이 한국에서 민주정권보다는 독재정권을, 민간 독재가 불가능하면 군부집권을 선호했음을 보여주는 사례는 각종 비밀문서들이 공개됨에 따라 점점 늘어날 것이다. 그렇다고 한국의 정치인들의 역할이 전혀 없었던 건 아닐 것이다. 다만 미국의 부추김에 놀아난 일부 세력들에 대한 연구가 아쉬울 뿐이다. 어떤 주장이나 증거든 명백한 것은 5 · 16쿠데타는 미국의 거대한 각본이었다는 사실이 아닐까.

4 ___ '혁명 재판'의 증언들

소설은 '혁명재판'을 둘러싼 인권 침해와 학살을 '만화를 닮은 희극무대' 라고 비꼬며, 당시 서대문형무소엔 "6·25동란 때의 부역사건, 기타로 인해 약 80명의 사형수가 있었다"라고 쓰면서, 몇몇 인물들의 비장한 사형 집행을 예시해주는데, 작가는 유난히 『민족일보』의 조용수 사장에 대한 사형 사건에 가장 깊은 동정을 나타내며, "한국의 신문계는 동업자의 한 사람인 조용수의 생명 하나도 구출하지 못"한 무기력한 집단으로 몰아붙였다. 과연 무기력했을까? 그들 중 상당수는 도리어 조용수의 사형 편을 들었던 것이 아닐까.

조용수는 말한다. "되도록이면 통일을 빠르게 하고, 우리나라를 스칸디나비아의 나라처럼 만들어야겠다고 애쓴 것뿐인데, 지금 생각하면 그게 무모한 짓이었어요."(1-171~185)

억울한 군상들은 이런 유명인 말고도 너무나 많았던 서대문구치소에서 이사마는 샅샅이 그들의 아픔을 르포해준다. 소설은 제1권 「백주의 암흑」(1-213)에서 조용수를 비롯한 무명인들의 희생자를 애도한다. 이어 「만화적 군상」(1-245), 「웃음이 없는 희극」(1-269)에서는 자유당 관련자들의 저열한 비인간적인 작태의 진면목을 보여준다. 제2권 「1961년 12월 21일」(2-39), 목요일에는 곽영주, 최백근, 최인규, 임화수의 사형 장면을 제시한다. 이어 다시 조용수의 사형 장면(2-59~65)이 나오는데, 이 대목은 형장문학의 일품으로 우리 문학사에서 보기 드문 감동의 하나다. 각각의 사형 장면은 그 인물들에 걸맞게 냉철하고 객관적으로 묘사되어 있는데, 조용수의 최후 모습을 작가는 이렇게 묘사해준다.

보다 착하고, 보다 아름답고, 보다 슬기로운 것만을 추구하려고 훈련된 그 눈과 귀는 이제 침묵한 시간 속에 자기의 발자국 소리밖엔 들을 수가 없고 허허한 하늘에 순간을 보았을 뿐이다.

조용수는 벚나무가 있는 곳에 오자 형무관이 힘을 가하기에 앞서 방향을 소로 쪽으로 돌렸다. 그리고 순간 그 벚나무에 시선을 보냈다. 이 세상에서 하직할 수 있는 가장 가까운 것이 바로 너로구나, 하는 눈빛이었을지 모른다.

조용수는 자세를 바로하고 푸른 문을 향해 침착하게 걸었다. (…중략…)

반쯤은 그늘이 덮은 형무소의 뜰이 있었다. 모든 창문이 닫혀버린 옥사가 무인(無人)의 집처럼 침묵하고 있었다. (…중략…) 조용수는 하늘을 보았다. 허허한 겨울 빛깔의 하늘, 저 하늘 아래 이루어지고 있는 이 참극은 쓸데없는 노릇이 아닐까. 그 쓸데없는 노릇에서 왜 나만이 그 주인공이 되어야 하는가. 그 대답을 얻기에 앞서 푸른 문이 열렸다. 페인트가 퇴색하여 군데군데 벗겨지기도 한, 초라하기 짝이 없으면서 결정적인 의미를 가지고 있는 문.

그 문 안으로 조용수는 들어섰다. 다시는 이 세상에서 볼 수도 없는 조용수의 등이 그 문 속으로 사라졌다. 문이 닫혔다. 다시 시간은 침묵하고 공간은 진공으로 변했다. (…중략…)

조용수의 사형이 끝난 것은 하오 4시 24분.(2-60~65)

조용수를 통해 작가는 권력과 언론이라는 원천적인 좌표도 설정 문제를 제기하고 싶었을 터인데, 이를 위해 드 골과 『르 몽드』의 예화를 제시해준다. 나치가 점령했던 파리를 해방시킨 드 골 정권이 여론 수렴을 위해 창간(1944.12.18. 소설에서는 1945년이라고 오기)한 게 『르 몽드』지였다. 그런데 바로 그 신문이 드 골 정책을 정면으로 비판해서 발간 자금을 제공했던 친구가 서운해서 따지자 드 골은 "나는 그 사람에게 프랑스를 위해 좋은 신문을 만들란 말은 한 일이 있어도 나를 위한 신문을 만들란 말은 하지 않았다"(3-326~327)라고 응대했다. 한국의 정치인에게 이런 기대를 하는 건 백치일 것이다. 아니, 정치인보다 한 수 앞서서 더 악행을 저지르는 언론인이 횡행하고 있는 게 2019년 오늘의 한국사회이다.

이사마는 감방에서 장도영과 만나 장시간 대화(2-69~127)를 나눈다. 그는 자신이 쿠데타를 방치한 데 대한 회오와 국민들의 평가, 그리고 그런 와중에서 미국이 자신을 어떻게 생각할까 등등에 신경을 쓴다.

제2권 「그 운명의 나날」(2-127)을 자세히 살필 필요가 있다. 이 장의 주인공은 장도영이다. 1961년 2월 육군참모총장이 된 그는 3개월 뒤의 5 · 16쿠데타를 묵인, 박정희 밑에서 계엄사령관, 국가재건최고회의장, 내각수반을 지내다가 1961년 8월 육군 중장으로 예편 후 반혁명 내란음모 혐의로 체포, 투옥당해 이 소설에 등장하게 된다. 작가는 장도영에게 매우 가혹하여 두 가지 사실에 초점을 맞춘다. 첫째는 박정희의 인간성을 비판하는 장도영의 심리적인 내면 기록이고, 두 번째는 5 · 16의 역사적인 성격 규명에 관한 장도영의 입장이다.

1947년 "어느 비오는 날", 소령 장도영은 38선 경비상황 시찰 때 "제4경비대장으로 근무하고 있던 '그 사람'을 만났다. 대구사범, 만군(滿軍) 사관학교를 나온 그는 당시 중위였다. 이후 1948년 10월 19일 제14연대의 반란사건(여순사건) 때 "숙군(肅軍)대상자"에 들었던 그를 구출하기 위해 장도영은 "정일권, 백선엽 씨까지 동원", "미군 고문단을 설득"하는 데도 애를 썼고, "김창룡과는 대판 싸움까지 벌였다". 그 결과 그는 사형에서 살아남아 파면으로 방면되었다. 1949년 11월 육군정보국장이 된 장도영은 그를 문관으로 기용, 6 · 25가 터지자 소령으로 원상복귀 시켰다. 1959년 제2군 사령관이 된 장도영은 4 · 19 뒤 민주당 정권에서 무보직으로 대기발령이 난 그를 제2군 부사령관으로 품었다. 이어 장도영은 참모총장 (1961. 2)이 됐고, 박정희는 5·16쿠데타를 일으켜 은인 장도영을 투옥시켰다.

이 대목에서 작가 이병주(소설 속의 이사마)는 "이 꼴을 당하기 위해 그 사람을 죽음터에서 구해 내고 여태껏 보호했단 말인가"라고 자문하는 장도영의 내면을 치밀하게 추적한다. 사실 이병주와 장도영은 일제 때 학병으로 끌려갔을 때 쑤저우蘇州에서 함께 지냈기에 익히 아는 사이였고, 소설의 화자인 '나' 역시 장도영과 아는 것으로 나온다.(1-34, 2-69)

그런 와중에서도 장도영은 "미국인은 나를 어떻게 생각할까. 쓸개도 없는 놈이라고 생각하겠지. 우유부단으로 나라를 망치고 자신을 망친 어리석기 짝이 없는 놈이라고 생각하겠지. 그런 놈은 만 번 목 졸려 죽어도 동정할 가치가 없는 놈이라고 생각하겠지"라고 자책한다. 장군 장도영은 '미국이 자신을 어떻게 생각할까'라고 번뇌하면서도 한국민이나 민족사는 자신을 어떻게 평가할까에 대해서는 약간 인색하고 순서도 나중에야 나온다. 이게 장도영이 내비치는 박정희의 인간성에 대한 측면이라면, 5·16은 어떻게 보았을까. 작가는 이 문제를 역사적이 아닌 지극히 인간적인 측면으로 접근한다.

쿠데타 음모 장교들이 모여들었을 때 "너희들이 거사하려면 나를 죽이고 난 연후에 하라"라고 호통을 쳤어야 옳았다는 상념이 든 장도영은 이어 "합헌정부에 의해 임명된 참모총장인 내가 합헌정부를 전복하는 일에 가세할 수는 없다"라고 하면서 "깨끗한 죽음터"를 얻지 못한 점을 후회했다. 이 장면을 어떻게 받아들여야 할까? 이어 장도영은 감투에 눈이 어두워졌던가 자문自問하고는 여기에 대해서만은 단호하게 아니라고 말한다. 이에 대해서는 작가의 말을 직접 들어볼 필요가 있다.

'국군이 서로 싸우는 비극을 피하기 위한 것이었을까?'

그렇다는 대답이 나오려다가 말았다. 국민으로부터 수임(受任)한 합헌정부를 지키는 것이 군대의 임무라면 유혈사태를 빚는 한이 있더라도 반도(叛徒)에게 굴복해선 안 되기 때문이다.

'그럼 나는 뭐냐.'

국민에게 대해 확실히 대죄를 지었다.

'그렇다면 죽을 수 있는 것이 아니겠는가.'

그러나 그럴 순 없다는 생각이 노여움을 동반했다.

'쇠고랑을 차고 사형을 기다려야 할 자는 분명 '그 사람'인데 나만 이렇게 죽을 순 없다. 그자의 최후가 처참한 것을 내 눈으로 보지 않고선 나는 결코 죽을 수가 없다. 어떻게 내가 죽는단 말인가.

(…중략…)

장도영은 인간이 어떻게 그처럼 비열할 수가 있고, 간사할 수가 있는가 하고 이를 갈았다.(2-133)

이 대목은 매우 중요하다. 쿠데타행위가 반역사적이며 반국가적이고 반민주적이라는 판단을 분명히 밝혀주기 때문이다. 합헌적인 정권을 쿠데타로 전복하는 행위 그 자체를 근본적으로 범죄시하는 인식이 없다면 그 군대는 무엇을 위한 군대일까? 5·16쿠데타를 지지했던 행위 그 자체가 바로 반국가적인 범죄라는 논리적인 근거를 작가는 참모총장 장도영에게서 찾고 있다.

장도영이 1963년 무기형을 받았으나 풀려나 미국으로 건너가 1969년 위스콘신대 교수, 1993년부터는 웨스턴미시간대 교수를 지냈다는 건 씁쓸한 후일담이다.

교원노조, 한국전쟁 전후의 피학살자 유족회 가족들, 6·25 당시의 부역자들, 그리고 자유당 잔재들까지…… 어떤 사건이든지 이 소설이 지닌 일관된 가치관은 "고래로 혁명재판에 정의가 있어 본 적이 없어"라는 게 명언임을 반증해 주는 것으로 부각된다. 혁명 자체가 법을 위반한 행위이기 때문이다. 굳이 덧붙인다면 혁명이 아니라도 독재체제 아래서는 공정한 재판은 없는 것이다.

장군 송요찬(3-10~38·106~109)도 감방에 등장하는데, 그 역시 쿠데타에 대하여 할 말이 넘쳐나지만 여기서는 생략한다.

작가가 이사마의 입을 통하여 5·16을 비판하는 대목은 이밖에도 몇 가지 더 있는데, 그 중 첫째가 부패문제이다. "공무원이나 군인으로서 부정 축재한 액수가 5천만 환 이상이라야 혁명재판에 걸 수 있다"라고 했는데, 만약 "5년 후나 10년 후 쿠데타를 일으킨 사람들이 5천만 환 이상의 부정축재를 한 사실이 밝혀지면 어떻게 되겠어요"라는 물음에 "그야말로 사형감이지. 그러나 어디 그런 일이 있었다고 해도 그들을 재판할 세력이 나타나겠나"란 비아냥은 우리 현대사의 알몸을 그대로 드러낸다.

쿠데타가 저지른 부정 중 가장 큰 역사적인 후유증은 부정선거로 "마을마다에 막걸리가 홍수처럼 범람했다. 부녀자들이 백주에 술을 마시고 비틀거렸다. 전국 방방곡곡에 행락기분行樂氣分이 넘쳤다". 그래서 "이건 선거가 아니고 전 국민을 미치광이로 만들 수작"이 되어 버렸다. "술로써 육체를 마비시키고, 돈으로 양심을 마비시켜 표만 빼내자는 것"이 곧 쿠데타 세력의 선거였다.

박정희의 역사적인 옹호론에서 단골로 등장하는 경제개발에 대해서도 작가의 시선은 따갑기만 하다. "숱한 억울한 사람을 만들어 놓고 경제 5개년계획의 강력한 추진이란 뭘까"라는 건 한 맺힌 사람들의 넋두리라 치더라도, 경제개발 5개년계획이 송요찬이 내각수반으로 있을 때 "창안은 내가 하고 구체적인 내용도 내가 지휘한 부하들이 만들었다. 최고회의는 그것을 승인한 것뿐이다"라는 대목은 시선을 끈다. 뿐만 아니라 5개년 계획의 수치부터 집행과 그로 인한 부작용, 특히 농촌경제의 파탄, 외자유치 문제 등등을 낱낱이 고발하듯이 파헤친 이 소설은 경제에서의 박정희 신화를 근본적으로 부인하는 입장이다.

소설은 쿠데타 직후부터 민정이양까지에 대해서는 지극히 자세히 다루고 있는데, 이 기간은 작가가 갇혀있을 때였다. 이 기간 옥중에서 듣고 보고 느낀 게 많았던 탓으로 돌릴 수 있는데, 그는 석방 후 그간 볼 수 없었던 신문들을 찬찬히 조사 검토한 것으로 알려져 있다. 특히 외신가사까지 꼼꼼하게 챙겼던 그는 당시 국내 외신기사 중 가장 뛰어난 가사를 썼던 것으로 정평이 나 있었던 리영희(당시 『조선일보』 외신부 근무)를 찾아가 둘 사이의 교분이 두터워졌다는 건 널리 알려진 비화다.(리영희·임헌영, 『대화』, 한길사, 2005, 386쪽)

그런데 정작 자신이 자유롭게 취재할 수 있었던 그 뒤의 여러 역사적인 사건에 대해서는 약간 소략해진다. 월남파병문제(4-72부터), 인혁당 사건(3-307부터), 동베를린 거점 간첩단 사건(5-123부터), 통혁당 사건(5-241부터) 임자도 간첩단 사건 등등은 쿠데타 직후의 사건들에 비하면 너무나 소략하다는 아쉬움이 남는다.

특히 인혁당 사건 서술에서는 이재문을 이재민으로 오기한 데다 박현채의 경력에서 "그가 16세 때 파르티잔을 했단 말인가"하고 부정적으로 서술했는데, 박현채의 소년 빨치산 활동은 조정래의 『태백산맥』으로 너무나 널리 알려진 사실이다. 그런 한편 통혁당 사건과 임자도 간첩단 사건의 관계를 적나라하게 밝힌 건 이 소설을 집필했던 시기에 이미 널리 알려져 있던 정보를 작가가 입수했기에 가능했을 것이다.

5 ___ 일본인의 자긍심을 키워준 5·16쿠데타

5·16 세력에 대한 여러 비판 중 특히 박정희만 겨냥한 것 중 작가 이병주가 강조한 점은 친일행각 문제이다.

"윤보선 씨가 시답잖은 사상논쟁(1948년 여순사건 중요 가담자가 박정희임을 처음으로 공개)을 일으키는 대신, 일본이 물러간 지 채 17년 될까 말까한 이 마당에 아무리 이 나라에 사람이 없기로서니 일제日帝의 하급 장교 다카키 중위高木中尉를 대통령으로 모실 수 있겠는가 하고 나왔더라면 어떻게 되었을까"(3-133)라는 건 성유정이었다. "독립 운동한 지사들이 그 분으로부터 독립유공의 훈장을 받고 좋아하고 계시니 그런 얘기는 한참 넘어가버린 얘기가 아닌가"라면서, "하기야 윤보선 씨가 다카키 중위를 들먹이지 못할 사정이 있기도 해요"(3-133~134)란 꼬리말이 친일 세력들의 막강한 위력을 실감케 해준다.

"이상을 말하면 애국으로 일생을 관철한 어른들이 정권을 잡고 있다가 일제에 때 묻지 않은 세대로 넘겨주는 것인데 세상이 어디 이상적으로만 될 수가 있나"라는 성유정의 한숨은 소설 군데군데에서 되풀이된다.

이런 일군 하급 장교 출신이 주도한 한일협정을 작가는 날카롭게 파고들면서 이를 둘러싼 각종 비리 의혹과 청구권의 부당성(특히 일인 노구치의 지적이 더 한국인의 자존심을 건드린다)을 다른 나라와 비교하여 검증하고 있다. 아무리 관대해지려 해도 그냥 지나칠 수 없도록 만드는 그 무대의 뒷면을 작가는 한 장면 살짝 보여준다. 한일협정을 다룬 대목(3-261~269, 4-103·167·247)과, 그 흑막에서 쿠데타 세력이 몰래 받은 자금 폭로(김준연의 폭로 기사로 3-264)까지 사사건건이 부실, 부당, 불평등한 사실이었음을 드러내준다.

소설에는 현대 한국정치를 비판하는 일본의 지식인으로 두 인물을 등장시킨다. 첫 인물은 이사마가 일본 유학시절에 막역한 사이였던 사카키 유이치인데, 그는 천하의 달인이자 동양의 진정한 평화를 위해서는 한국의 정치가 올바로 서야 한다는 자유주의자다. "한국이 잘못되면 그만큼 동양의 정세가 불안해지는 거고, 따라서 내 생활이 불안해진다. 요컨대 나 자신을 위해 하는 소리다"(4-28)라는 게 유이치의 동양 평화론의 요지다.

그런데 그의 동생 사카키 게이지는 천황주의자로 태평양전쟁에 특공대로 참전했다가 허망하게 항복으로 끝나자 보일러제조업에 뛰어든 일개 사업가지만 일본 재계에 막강한 영향력을 행사하기에 한일회담의 막후 조정에도 일조하는 인물이다. 게이지는 "만사를 특공대식으로 안 하면 직성이 풀리지 않는 성격"이라 기업 운영상 부하 직원들과 많은 마찰이 생기기에 형 유이치에게 특이한 임무를 맡겨두고 마치 천황처럼 형을 모시며 그 말을 받들고 있다. 유이치의 역할이란 "사장인 자기(동생)를 중역이나 사원들이 보는 앞에서 한 달에 한 번 꼴로 호되게 야단을 치라"는 것이다. 즉 "네가 사원들에게 대하는 태도가 돼먹지 않았다, 민주적이 아니다, 너, 그 특공대 기질을 버려야 한다는 등등"에다, "반년에 한번 꼴로 사원들의 월급을 올려주라고 야단을 치라는 거고, 보너스 계절이 되면 자기가 책정한 액수에 적어도 50%는 더 보태 주도록 내가 호령하는 거야. (…중략…) 동생 녀석이 어떤 사원을 파면이나 감봉 처분을 했을 땐 그 사원의 편에 서서 싸워 달라는 거야. 그러고서 그 처분을 끝내 취소하도록 하라는 거지".(4-13)

이 정도의 식견을 갖춘 동생을 길러낸 형이라면 그 안목은 믿을 만하지 않은가. 그 동생은 '다카키 대위를 지키는 모임(다카키 다이이오 마모루가이高木大尉を守る會)'의 후원세력이기도 하다. 극비조직으로 "다카키 대위의

일본사관학교 동기생 가운데 한 사람이 중심인물인데 그 뜻을 알고 지원한 사람들로 구성"된 것이다.

모임의 주도자는 유가와 야스히라(소설은 유가와 고헤이로 잘못 표기)이다. "다카키 씨와 일본 육사 동기"로 바로 사카키 게이지가 속했던 특공대 교관이었다고 소설에는 소개되어 있다. 유가와 야스히라湯川康平(1914~2001)는 1936년 일본 청년장교 반란 사건(2·26사건)에 가담, 이후 군적을 떠나 사업에 투신, 군사공업협회軍事工業会 이사 등을 지냈다. 전후에는 잠시 공직에서 쫓겨났다가 복직, 1962년 한국 광공업보세가공鑛工業保稅加工 조사단장으로 내한, 일본 육사 동문이었던 박정희와 친교, 한일국교 회복과 관계 개선에 진력한 인물로 알려져 있다.

"유가와의 말에 의하면 다카키 씨(박정희)는 일본 최후의 무인武人이란 거야. 패전과 더불어 국내에선 무인이 전멸했는데 무인다운 무인이 한국에 존재한다는 거지. 그런 만큼 일본인으로 봐선 귀중하기 짝이 없는 존재인데 어찌 우리가 가만있을 수 있느냐, 하는 것이 그 모임을 발기한 취지라나?"라며, "일본 육사 나온 사람 가운데 정권을 잡은 사람은 장개석과 박정희, 단 두 사람이 아닌가"라는 말에는 일본적 자긍심이 묻어난다.(4-23~25)

이어 "그들(일인)은 조선반도의 반을 찾은 거나 마찬가지라고 생각"하는데, 그 이유는 "한국의 시장을 석권하겠다는 거지. 요컨대 한국의 경제를 자기들 마음대로 할 수 있다고 생각하고 있는 거라. 경제권만 장악하면 실리實利를 차지하는 셈 아닌가"라고 일인은 못 박는다. 그는 계속하여 박정희가 "일본 유행가와 군가를 부하들을 통해 한국에서 적극적으로 권장하고 있는 사실"과, "역사에 구애받지 않는 노골적인 친일정책親日政策"을 전개한다고 단정적으로 말한다.

이런 든든한 배경을 가진 사카키 유이치는 동생과는 전연 다르게 해박한 지식을 통해 한일 두 나라 정치인의 차이를 이사마에게 역설하는데 그 요지는 너무나 진지하다.

일본의 정치가는 여당이나 야당이나 일단 국익에 관한 문제를 앞에 두면 상대가 외국인일 경우 극도로 신중하다. 거의 침묵 상태로서 상대방의 말만 듣고, 상대방에겐 국민이면 누구나 할 수 있는 큰 희망만을 겸손하게 토로할 뿐이다. 그런데 한국의 정치가는 요정에서 일본의 정치가나 실업인을 만나기만 하면 기고만장하여 일본을 잘 아는 척 떠들고, 나라의 운명을 자기 혼자 짊어지고 있는 듯해갖곤 이편에서 좋은 말을 하기만 하면 당장 그 자리에서 좋소, 해봅시다 하는 식으로 승낙하더란 것이다.(4-27)

이런 정치인이 지배하는 나라에 살고 있는 "한국민에게 동정심을 느꼈다. 그런 위험천만한 사람이 생사여탈의 권을 가지고 있는 나라의 국민된 사람의 처지가 어떨까 해서 말이다"(4-44)라는 게 사카키 유이치다. 그의 시선에 비친 한국의 정치사는 암담한데, 이유인즉 야당도 역시 한심하기 때문이다. "진보적 빛깔을 띠기만 하면 용공분자"로 몰리는 데다 "미국의 보호를 받으려면 어떻게든 용공분자로 몰려선 안 돼. 이게 한국 정치 상황의 한계가 되는 거지." 여기에다 "야당의 지도자들은 저마다 영웅이니까" 절대 단결할 줄도 모르기 때문에 쿠데타 세력들은 "현재의 집권자가 자중지란이나 자체의 압력에 의해 분해되지 않는 한 궤도의 수정은 거의 불가능하다"(4-52)는 전망이다.

이런 한국을 일본이 지배하기는 너무나 쉬운데, 그중 가장 유리한 조건이 천황제라는 것이다.

천황이란 오랜 세월 일본인의 생활 전통이 만들어 놓은 제2의 자연현상 비슷한 것이지. 이론적으로 분석하여 설명할 수 없는 겁니다. 헛된 것을 싫어하고 실리만을 추구하는 일본인이 그 헛된 것, 실리완 동떨어진 천황을 이 이성의 시대에서 승인하는 정도가 아니라 높이 받들고 있다는 덴 일본인에게 본능적인 정치적 지혜가 있다는 증거도 되는 겁니다.(4-33)

사카키 유이치의 견해로 볼 때 "박정희 대통령께선 너무나 관대하시고 위대하셔서 일본의 회개(과거사 청산)를 문제시 안 하시는 것" 같다는 입장이고, 일본은 결코 과거사를 사과하지 않을 나라인지라, "한국이 빨리 훌륭한 나라가 되어 일본이 (과거사에 대해) 보상하지 않고는 견딜 수 없도록 만들어야지요"라고 이사마에게 간곡히 당부한다. 그런데 어떤가. 아직도 한국은 일본으로부터 사죄를 못 받고 있지 않은가.

두 번째 등장하는 일인은 노구치 다케시다. 사카키 유이치의 소개로 이사마가 만난 현양사玄洋社계에 속하는 인물로 간판은 노구치 정경연구소 소장이다. 그는 주로 박정희가 추진했던 한일협정의 부당성에 초점을 맞춰 비판(4-105~112)하면서, 한국인들이 아무리 반대해 봤자 박정희 정권의 사활이 걸린 문제라 결국은 추진될 거라는 입장이다. 그런데도 굳이 반대하는 이유는 동양 평화를 위한다는 취지인데, 그 본질을 도야마 미쓰루頭山滿에서 찾고 있다. 도야마가 아시아의 민족해방투쟁을 위해 헌신했다는 증언의 한 예로 인도의 한 독립투사(비하리 보스)를 도운 사실을 장황하게 거론(4-116~117)하고 있으나 논란의 여지는 많다. 더구나 일제 식민지 시대 말기에는 동양평화론이 대동아공영권의 논리와 맞닿아 있어 아시아 침략을 합리화시키는 이념으로 취급되었던 상처를 잊을 수 없지 않는가.

그럼에도 불구하고 동양평화 사상이 일본의 침략 야욕 세력과 결탁하려는 한국의 쿠데타 세력에게는 방해자로 비춰졌음을 이 소설에서는 이사마가 수사기관에 연행된 사실로 반증해준다.

사카키나 노구치가 동양평화를 통해서 한일관계의 정상적인 회복을 주장하자는 것과는 대조적으로 일본의 신군국주의 부활 세력과, 이와 밀착해서 권력을 유지하려는 5·16쿠데타 세력의 끈끈한 물밑 유대의 증거로 제시한 것이 고다마 기관児玉機関에 대한 폭로이다.

고다마 요시오児玉誉士夫(1911~1984)라는 희대의 정재계 흑막 거물이 1939년 상하이에 설립했던 이 특수 정보기관은 침략전쟁을 수행하기 위한 모든 암거래와 첩보전을 전개했던 기관인데, 이 소설에서는 가공할 만한 아편 밀거래만을 간략하게 소개하고 있다. 이사마가 쑤저우에서 학병으로 복무할 때 직접 체험했던 사실에다 나중에 자료를 보충해 정리한 바에 의하면 당시 중국 왕징웨이汪精卫 괴뢰정권의 감시 감독부터 중칭重庆 등 중국 오지의 탐색과 군부 등을 대상으로 각종 정보를 수집하는 한편 여러 정보기관도 운용했다. 특히 상하이의 동아동문서원대학東亞同文書院大學은 1901년에 일인을 대상으로 설립했던 교육기관이었으나 나중 고다마 기관의 조종을 받는 대학으로 전락해버렸다.

고다마 기관이 저지른 최악의 범죄행위는 내몽고에서 재배한 앵속을 통화通化 부근 공장에서 분말화하여 중국 각지에다 팔아 자금을 확보한 20세기 판 아편전쟁일 것이다. 물론 그 아편 공급의 말단에는 한국인들도 많았는데, 당시 상하이에서 '약장수'란 아편장수를 의미했고, 그 상당수가 8·15 후 귀국해서 독립운동가 행세를 한 것은 널리 알려진 이야기다. 만약 일본 패망이 10년만 더 늦어졌다면 그 아편으로 중국 국민의 3분의 1

을 아편환자로 전락시킬 수 있었을 것이라는 전망이 있었을 정도였다. 항복 직전 고다마 기관의 엄청난 금괴와 보석류는 송두리째 모국으로 운반, 일본 정재계를 주름 잡는 밑천이 되었는데, "5·16의 주역들이 뻔질나게 고다마를 찾아가서 아양을 떤다는 사실"(4-301)도 주목할 만하다. 이런 막강한 후원으로 이뤄지는 동양평화 파괴 공작이 바로 박 정권이 추진했던 한일협정일 것이다.

오죽하면 택시 기사가 "천리교만 들어온 줄 압니까. 일본의 천황교天皇敎까지 들어올 겁니다"라고 하는가 하면, 가뭄 걱정 소리를 듣고 있던 다른 한 기사는 "물이 모자라면 일본에서 가지고 오면 될 게 아닙니까. 한일협정만 되면 뭣이건 모자라는 것은 일본이 갖다 준다고 하던데요 뭐"라는 지경이었을까.

작가는 「작가 후기」에서 "최근 나는 일본의 관보官報를 통해 작년 (1987) 9월 29일 일본 국회가 대만주민臺灣住民의 전몰자 유족 등에 대한 조의금에 관한 법률을 의결 공포했다는 사실"을 추적, "2차대전 때 일본군에 속해 있던 대만인의 전몰 또는 전상자는 21만 인데, 전사, 전상을 불문하고 일본 돈으로 1인당 2백만 엔씩을 지불한다"라는 대목을 발견, 당시 대만의 "전사상자 21만 명의 유가족은 일본 정부로부터 35억 달러의 조의금을 받게 되는 것"을 알게 되었다고 썼다.

일본 관보엔 조선 출신으로 일본의 군인군속의 전사상자 수는 약 24만 2천 명인데 이 보상 문제는 1963년에 체결된 '재산 및 청구권에 관한 문제해결 및 경제협력에 관한 일본국과 대한민국과의 협정에 의해 해결되었다.'고 발표되어 있다며 분노한다.

대만의 예에 의해 우리가 조의금을 받게 된다면 242,000×17,000$=

4,114,000,000 즉 약 42억 달러를 받아야 하는 것이다.

우리의 기억으로서는 1963년의 한일협정으로 우리가 받은 돈은 무상 3억 달러, 유상 2억 달러이다. 그렇다면 42억 달러를 받아야 하는데 3억 달러를 받고 말았다는 얘기가 아닌가.

이 전말을 살피기 위해서라도 '장군의 시대'는 계속 씌어져야 하는데, 얼마간의 시일을 더 기다려야만 하겠다.(「작가후기」, 6-286∼287)

이런 대일관은 대미관에도 그대로 이어지며 그 연장선에는 파월국군 문제가 대두된다. 이사마는 국군 파월 논설을 써달라는 신문사 사장의 요청을 거절하면서 사직, 반 룸펜적인 작가 생활을 시작하게 된다. "패배가 예상되는 전쟁에, 미국의 언론마저 승리가 어렵다고 판정하고 있는 전투에 뛰어들어 한국군은 무엇을 하겠다는 말인가"라는 전망은 적중했지만 그는 실직자로 살아야 했다.

6___왜 민주화는 실패했는가

"이 정권은 쿠데타에 의하든가, 본인이 죽거나 하기 전엔 절대로 이양 될 수 없는 정권"이라는 말은 작품 전편을 관통하는 논리이다. 작가는 『뉴욕타임즈』에 실린 이태리의 여기자 팔라치가 셀라시에 황제와 인터뷰한 기사를 인용하면서 은근히 박정희에 빗댄다.

"폐하, 지금 에티오피아를 구제하는 오직 한 가지 방법이 있다면 그건 무엇이겠습니까." 셀라시에는 대답을 못하고 묵묵부답해 버렸다. 그러자 팔라치가 "내가 대신 말해볼까요?"라며 "지금 에티오피아를 구하는 유일한 방법은 폐하가 황제의 자리에서 물러나는 일입니다"(5-200)란 대화로 박정권의 본질을 폭로한다.

이어 작가는 우간다의 이디 아민이 "박정희의 충실한 제자"로 온갖 불법적인 통치술을 배운 것으로 패러디화한다.(6-124~133·158)

작가는 이 소설을 통하여 자신의 생애와 사상을 노골적으로 드러낸다. 그것은 어쩌면 긴 군부 독재 시기에 작가에게 가해졌던 누명에 대한 해명이기도 하고 진실을 숨긴 채 살아야 했던 지식인의 가련한 초상이기도 하다. 대체 작가가 풍자하는 현대 한국정치사의 절정은 어디일까. 그는 한 등장인물의 시선을 통하여 장건상張建相의 일화를 거론한다.(1-187, 5·16 직후 구속) 자신이 여운형 노선이라는 장건상은 부산에서 제2대 국회의원에 출마하여 당선되었는데, 그 선거운동 기간 중 누군가 국회에 가서 뭘 하겠느냐고 묻자 이렇게 답한다.

"나를 국회로 보내주시오. 거기에 가서 앉아 있을랍니다. 경로당에 가서 앉아 있기엔 아직 나이가 이르고 막노동을 하기엔 나이를 너무 먹었소. 아무리 생각해도 내가 앉아 있을 곳은 국회밖에 없을 것 같아 이렇게 출마를 한 것입니다……."

이런 내용의 연설을 했을 때 대항 출마자로 나선 모 실업가는 "독립운동을 했다는 허울 좋은 간판만 내걸고 국회에 가선 낮잠이나 자겠다는 사람이 과연 적격인가, 나처럼 근면하고 여러분을 위해 분골쇄신하겠다고 맹세한 내가 적격인가를 잘 생각해서서 표를 찍으라"고 열변을 토했다.

그러자 장건상은 "족제비처럼 눈치와 동작이 빨라 돈 잘 버는 사람이 국회에 가서 떠들어대는 것보다 장건상이 낮잠 자는 것이 대한민국 국회의 위신을 위해선 조금 나을 것 같은데 여러분은 어떻게 생각하는지요. 대한민국 국회가 해야 할 제일의 일은 국회의 위신을 높이는 데 있다"고 응수했다.

아닌 게 아니라 장건상은 국회에 가서 계속 낮잠만 잔 것은 아니었겠지만 발언은 없었다. 그래도 부산의 선거구민은 그로써 만족했다. 뿐만 아니라 적 잖은 팬도 있었다.(1-195~196)

왜 장건상이 그랬을까. 언어가 그 기능을 상실해버린 국회는 아무런 역할도 못했기 때문임을 너무나 뻔히 알았던 탓이다. 그게 딱히 옳다는 게 아니라 한국적인 정치현실을 한껏 풍자하고픈 작가의 기지가 번득이 는 대목이다.

부당한 권력 앞에서는 헌법조차도 "기생팔자"를 닮아서 "젊었을 동안 엔 대감의 환영을 받다가 나이가 들면 버림을 받는 꼴"이라는 한국 현대 사의 참담함을 장건상은 익살로 저항한 투사로 부각되었다.

가장 중요한 쟁점이 남았다. 쿠데타는 그렇다 치고 왜 민정이양 때 그 부당한 권력을 막지 못했느냐는 문제를 작가는 "야당의 통합"을 이루지 못한 것으로 돌린다. 소설은 야당 통합 과정을 소상하게 밝혀주는데, 아마 그 민주주의의 방해자들을 기억하라는 의미를 담고 있을 것이다. 합의 – 파기 – 재합의 – 파기라는 정객들의 이기심을 보노라면 마치 2012년 문 재인 – 박근혜 후보의 대통령 선거전을 기록한 듯한 착각이 들 정도로 닮 았다.

"야당의 통합 없인 군사정권에 대항할 수 없다고 문제를 제기한 것은 허정許政 씨이다. 이에 공감한 이범석 씨가 앞장을 서서 무조건 3당 통합 을 선언하고 '국민의 당' 창당 준비위원회를 결성한 것은 8월 1일(1963년) 에 있었던 일이다."

김병로, 허정, 이범석 제씨를 대표위원으로 선출했지만 정작 민주당의 박순천 대표최고위원은 "원칙엔 찬성한다고 해놓고 참여하진 않았다". 131개 지구당 조직 책임자를 뽑았는데 민정당계民政黨系 47, 신정당계新政黨系 32, 민우회民友會 17, 무소속 10으로 되자 다시 내분의 소지가 되어버렸다.

소설은 이렇게 요약한다. 좀 지루하지만 그대로 인용해 본다.

"박정희와의 대결은 내가 해야 한다"는 투로 윤보선 씨가 우겼고, "군정에 동조한 행위가 이제 무슨 낯을 들고 군정과 대결할 꺼냐"고 이범석은 흥분했다.

"누가 대통령이 되는 것이 문제가 아니라 군정을 물리치는 게 문제 아니냐"고 허정 씨는 스스로의 자신을 내세웠고, "이렇게 지각들이 없어서야"하고 김병로 씨는 한숨을 쉬었다.

"그러니까 지명대회에서 정정당당 표 대결을 하자는 게 아니냐." 윤보선이 민주주의 원칙을 들먹였다.

"사전조정의 원칙이 있었기 때문에 지구당 책임자의 비율을 민정계에 유리하게 한 것인데 그런 사기적 수법을 어디에 쓰느냐"고 허정은 분통을 터뜨렸다.

"누가 사기를 했단 말이냐"고 윤보선도 가만히 있지 않았다.

이렇게 해서 4자회담도 뒤죽박죽 욕설의 수라장이 되고 말았다.(3-117~118)

결과는 대통령후보가 박정희(민주공화당), 오재영(추풍회), 송요찬(자유민주당), 변영태(정민회), 윤보선(민정당), 허정(국민의 당), 장이석(신흥당) 7명이 난립했으나 단일화 여론으로 허정에 이어 송요찬은 사퇴했다. 이런 판국이니 역사나 정치를 전혀 모르는 분이라도 승자를 예측할 수 있을 것이다. 6명의 들러리들을 역사는 기록, 아니 기억이라도 해줄까? 매서운 비판이 내려야 할 것이다. 10월 15일 선거 결과는 아래와 같다.

> 박정희 470만 2천 6백 42표.
> 윤보선 454만 6천 6백 13표.
> 오재영 40만 8천 642표.
> 변영태 21만 6천 253표.
> 장이석 19만 8천 37표.(3-125, 득표 순서대로 재정리)

15만 표 차이로 박정희가 당선되었으니, 산술적으로 보면 오재영, 변영태, 장이석 셋 중 한 사람의 표만 윤보선에게 보태져도 쿠데타 정권은 역적이 되는 것이었다. 그러니 끝까지 사퇴 않은 후보들의 뒷이야기가 많은 건 너무나 당연지사다.

한 가지 더 중대한 쟁점이 있다. 1960년대 초반에만 해도 '빨갱이 타령'은 여론에 도리어 악영향을 주었다. 그런데 민심의 흐름을 읽지 못했던 윤보선은 여순사건 관련자가 군부세력에게 있다는, 누가 들어도 박정희가 빨갱이였다는 말로 들리는 폭로전을 전개했다. 이에 덧붙여 그의 "응원 변사 김사만金思萬이 '대구와 부산에는 빨갱이가 많다'는 이른바 안동발언이 있었다".(3-125)

이에 대해 작가는 노골적으로 당시의 삼남지역 분위기를 까발겼다.

윤 후보가 시작한 사상논쟁은 걸핏하면 빨갱이로 몰려 학대를 받고 있던 삼남지방의 백성들 마음에 박정희 후보에 대한 동정심을 안겨주는 결과가 되었다. 반공의 영웅이 돌연 빨갱이로 몰리는 억울한 문제적 인물이 되어버린

것이니 윤 후보는 실컷 박 후보의 선거운동을 도와준 격이 된 것이다.(3-124)

사실 윤보선이 박정희를 빨갱이로 몰아대자 당시 박정희에 의하여 형무소에 갇혀있던 좌익수들은 도리어 박정희를 지지하도록 만들었다는 건 여러 증언들이 입증해 주고 있다.

『민족일보』 논설위원이었던 이상두 역시 5·16 후 구속, 대구로 이감해 있었는데, 교도관이 위와 똑같은 말을 해서 정치범들이 분개한 장면을 실감나게 그려주고 있다. 이에 대응해서 박정희는 당선되면 혁신계 인사의 석방과 연좌제 폐지, 야당의 대미 사대주의를 비판했다고 하여, 막상 자신들을 가둔 박정희를 지지하는 쪽으로 돌아섰다.(이상두, 『옥창너머 푸른 하늘이』, 범우사, 1972, 377~382)

결국 대통령 선거는 쿠데타 세력의 승인절차가 되어버린 데 대하여 프레데릭 조스는 "한국 국민은 위대하다"(3-125~126)라고 감탄했는데, 그 이유는 "박정희 후보의 반대표가 70만표나 상회"하고 있다는 걸 논거로 들면서 이렇게 논평한다.

찍은 국민들의 마음을 알 만하지 않는가. 윤보선은 패배해도 국민은 승리했다고 보아야지. 미안한 얘기지만 나는 두세 번 민주당 정권 때 그(윤보선)를 만난 적이 있지만 대중적인 인기는 찾아볼 수 없는 사람이었다. 그런 사람이 그만한 표를 모았다는 것은 대단한 일이다.(3-126)

1963년 12월 26일에 있었던 총선 역시 야권 난립으로 득표는 야권이 많으면서도 원내의 압도적인 다수 의석은 공화당이 차지했는데, 이를 작가는 아래와 같이 요약해준다.

야당은 66%를 득표했는데도 공화당의 86석에 대하여 그 반인 43석이었다. 이것은 경쟁률 12대 1로서 나타난 야당 입후보자의 난립이 빚은 결과이다.

요컨대 공화당을 반대한 66%의 의사가 34%의 지지밖에 받지 못한 공화당에 의해 지배되어야 하는 상황을 빚어내고 만 것이다.(3-155~156)

작가는 5·16쿠데타 그 자체가 실패일 뿐만 아니라 민정이양 과정의 대통령 선거에서조차도 원칙적으로 말한다면 실패한 것이라고 평한다.

1963년 12월 17일 오후 2시 박정희 대통령 취임식이 거행됐는데, 작가는 취임사 일부를 소개(3-198~199)했다.

여하한 이유로도 성서를 읽는다는 명분 아래 촛불을 훔치는 행위가 정당화될 수는 없습니다. 나는 새 공화국의 대통령으로서 국민 앞에 군림하여 지배하려 함이 아니오, 겨레의 충복으로 봉사하려 합니다. 본인과 새 정부는 정치적 행동양식에 있어 보다 더 높은 규범을 정립하여 극렬한 증오감과 극단적 대립의식을 불식하고 여야의 협조를 통해 의정의 질서와 헌정의 상궤를 바로잡을 것이며, 평화적 정권교체를 위한 복수 정당의 활발한 경쟁과 신사적 대결의 정치풍토 조성에 선도적 역할을 할 것입니다.(3-198~199)

한 인간, 한 정치인이 이런 말을 하고도 그 뒤 16년간 전혀 달리 행동할 수 있다는 걸 입증해 준 것이 이 소설이다.

7 ___ 맺는 말 - 이 소설이 남긴 과제

이 소설 연재를 시작했던 1982년에 비하면 이제는 5·16군사독재에 대한 연구가 많이 축적되었다. 그럼에도 불구하고 여전히 숱한 과제들이 남아 있는데, 이미 작가는 이 작품 마지막 「작가 후기」에서 그런 사실까지도 예견하면서 구체적인 사례까지 언급하고 있다.

혁명검찰, 혁명재판에서 "희생된 사람들의 생의 행방을 오늘의 시점에까지 철저하게 추궁하지 못한 점"이 그 첫째 사항이다. "동백림사건. 인민혁명당 사건. 4대 의혹사건 등 허다한 사건들의 진상"을 파헤치지 못한 점을 작가는 못내 아쉬워했다.

그러나 작가가 가장 파헤치고 싶었던 부분은 "한일협정의 배후에서 진행된 암거래 등을 정확하게 구체적으로 파헤치지 못한 점 등"이라고 했다.

월남파병 문제(4-53·72~94)는 비교적 자세히 다루면서 파병으로 한국이 세계사적으로 겪을 국가위상으로서의 손상을 지적한 것까지는 좋았으나, 대미관계는 소략했다. 대일 문제를 다룬 데 비하면 현대 한국사에서의 미국의 악역은 엄청난 데도 작가는 무척 관대하다. 이 점은 다른 모든 작품에도 그대로 적용되는 것으로 이병주문학의 한계이기도 하다.

박정희 개인사를 다루면서 육영수에 대해서는 거의 다루지 않은 점도 특이하다. 심지어는 문세광 사건조차도 그냥 넘어갔다.

이런 퇴영적인 5·16쿠데타 세력의 역사는 1980년에도 그대로 반복되어 전두환의 5·17쿠데타를 막지 못했다는 게 작가의 관점이다.

따지고 보면 제5공화국(전두환 군사독재)은 5·16쿠데타의 연장선상에서 나타난 것이며, 5·16의 비극이 없었더라면 제5공화국의 비극이 있을 수 없다고 생각할 때 민족의 통한을 새삼스럽게 되뇌게 된다. 5·16쿠데타와 그 쿠데타에 이은 갖가지 비리를 청산하지 못하고 지나쳐버렸기 때문에 오늘의 혼란이 있게 된 것이라고 결론을 지을 수가 있다.(6-286)

그러니 장건상이 국회에서 낮잠을 잔 것은 이런 옹고집 대통령 후보들보다는 백배 낫지 않는가.

풍류라면 이병주를 문단사에서 빼어놓을 수 없는데, 그 숱한 염문은 숨겨두고, 이런 네로의 시대를 살아가면서도 몇몇 문인들이 서로를 보살펴주었던 장면을 한때 자신의 단골이었던 알리스다방의 추억담(4-139~211)으로 남겨준다. 「분지」의 작가 남정현의 구속사태(4-176~198)의 전말도 이 다방을 중심으로 펼쳐진다. 이병주 자신이 남정현의 석방을 위하여 6촌형으로 중앙정보부 차장까지 지낸 인물(이병두)를 찾아간 장면도 생생하게 나온다.

조선일보 옆 골목에 있었던 이 다방에는 많은 문인들이 드나들었는데, 저자도 물론 그곳에서 나림 선생을 종종 뵈었던 곳이기도 하다. 소설에서는 천상병, 남정현, 최태응, 그리고 김종삼의 현실비판 의식이 드러난 시 작품들과 김규동의 시를 소개해준다.

지식인들의 정치적인 촉각을 부각시킨 장면에서 단연 돋보이는 건 1972년 7·4남북공동성명을 이후락이 발표하는 장면이다.

"이후락 씨의 발표를 듣고 정말 그처럼 감격했나?"

"물론이죠. 그런데 성(유정) 선배는?"

"나는 이상한 느낌을 가졌다. 아직 감을 잡을 수가 없어."

"감을 잡지 못하다니 무슨 말씀입니까."

"쇼처럼 느꼈지. 이 주필(이사마)은 그런 느낌 안 드나?"

"설마 쇼일 수가 있겠습니까. 북한이 그런 쇼에 말려들어요?"

"아니지, 북한의 김일성이도 그런 쇼를 해야 할 사정이 있었는지 몰라."

"성 선배님 너무 과민하신 것 아닙니까? 그 정도라도 대화의 길을 텄다는 것은 대단한 일 아닙니까. 솔직할 때도 있어야죠."

"그럴까?"

하고 성유정은 전화를 끊었다.(6, 92~93)

저자 자신도 이후락의 발표를 듣고 흥분했던 때가 생각난다. 얼마나 지성의 숙성이 덜 됐던 시절이었던가. 그 뒤 박정희의 표변을 생각하면 헤겔의 변증법을 아무리 공부해도 한 독재자에게 속아 넘어갔던 아둔함이 치욕스럽기만 하다.

그러니 이런 기록을 남겨준 이사마가 소중하지 않은가. 그리고 살아생전에 그토록 비판의 대상이었던 작가 이병주도 이만하면 읽어봄 직하지 않은가.

제3부

분단과 평화의 정신현상학

풍유의
미학적 예시

남정현의 반외세 의식과 민족의식

1___그날 이후

2001년 9월 11일 화요일. 아직도 더위가 채 가시지 않는, 그러나 이미 태양의 맹위는 이빨 빠진 호랑이처럼 긴 꼬리만 남겨놓은 가을의 초입이었다. 저자는 야간강의를 끝내고 귀가, 집에 들어서기가 바쁘게 지친 몸을 쉬려는데 아내가 자못 요란스럽게 텔레비전 앞으로 잡아끌었다. 뉴욕 세계무역센터 건물이 마치 세팅이라도 한 듯한 날렵한 여객기에 의하여 일본 군도가 상대편의 허리를 찌르듯이 푹 헤집어 파고들었다. 언제나 여유작작하여 충분히 예비하는 미국 언론들도 이 날만은 미처 다른 화면을 준비할 겨를이 없었던지라 자꾸만 같은 화면을 반복했지만 조금도 지루하지 않는 긴장감의 연속이었다. 어느새 식구들은 모두 텔레비전 앞으로 총집합, 이 역사적인 장면을 보고 또 보고 또또 보고 또또또 보고…… 밤을 샜다. 이렇게 열심히 텔레비전을 본 적이 언제였더라? 총선과 대통령 선거, 그리고는? 스포츠 중계를 사양하는 나로서는 무척 드문 이 희귀 엽기적인 포스트모던한 사건이 무한한 상상력을 자극해 주었다.

뇌리를 스친 첫 상념은 우습게도 '제발 북한이 관련되지 않았으면' 하는 간절한 염원이었다. 왜 하필 북한 관련 운운이냐고 통일론자나 반통일론자들 모두가 펄쩍 뛸 테지만 우리 세대는 이런 엄청난 사건 뒤 미국이 국제무대에서 어떤 역할을 할 것이며 그 여파가 어느 쪽으로 파급되리라는 등등의 상상력을 키우면서 성장하지 않았던가. 미국이란 전지구적인 불량 권력은 지상에서 전개되는 어떤 사건이든지 자기들이 하고 싶은 대로 날조하여 우겨대며 강변하고 겁박하며 자국의 이익을 위해 갈취해오지 않았던가.

꼭 국립문서보관소의 새 자료 공개나 정보당국이 발표를 하지 않아도 알 것은 알고, 설사 아무리 명백한 증거를 들이대며 진상을 공개한대도 안 믿을 건 안 믿도록 길들여져 버린 우리 세대 지식인들의 정신 생태학이 본능적으로 작용한 것이다. 이 민족적 이기주의의 한계를 벗어나지 못하는 나의 지성적 편협이여! 아, 드디어 동양계가 관련되진 않았다는 쾌보다.

그러자 이번에는 엉뚱하게도 '좌경 용공분자'가 관련되지 않기를, 하고 바라게 되었다. 이 소망도 곧 상쾌한 해답을 얻었다. 이슬람 근본주의자, 극우파래도 그리 틀리진 않겠지. 자, 이제 나는 격동의 세계사를 관람석에 앉아 피해망상증 없이 바라볼 수 있게 되었구나. 그러나 제발 오해는 마시라. 저자는 분명 사해동포주의자이며, 이슬람과 중동을 사랑하며 그들의 고통을 동정하고 그들의 해방투쟁을 지지한다. 다만 우리의 처지가 너무나 각박하여 우선 내 코가 석 자인 데 대한 조바심일 뿐이다.

시간이 흘러도 똑같은 화면이지만 여전히 지루하지가 않다. 극과 극은 통한다더니 저 끔찍한 반인륜적인 살육과 파괴의 행위가 하필이면 한 폭의 아름다운 예술적 형상화처럼 보일 수도 있다니. 하기야 히로시마 원폭 투하 장면에서도 비슷한 미학적 충격을 느낀 바 있음을 이 기회에 고백해 버리자. 미학이 인도주의와 조화를 이루지 못할 수도 있다는 이 비극. 모든 인간은 야수일 수도 있거늘. 그러니 진선미는 일치하지 않을 수도 있다.

그렇다. 미 대통령의 표정은 이미 이성을 잃었다. 조지 워커 부시^{George} Walker Bush(2001~2009.1.20까지 재임)는 마치 워커^{Walker} 신고 전쟁의 넝쿨^{Bush} 속으로 뛰어들듯이 경박하게 지구 위의 모든 텔레비전에 등장해서 '테러와의 전쟁'을 선포했고, 이로써 세계의 모든 공항 검색이 강화되어 순박한 나 같은 사람에게까지 정신적 모멸감을 느끼게 만들어버렸다.

그의 아버지 조지 H. W. 부시(1989~1993년간 대통령)는 바로 걸프 전쟁(1990~1991)을 일으키지 않았던가. '비디오 게임 전쟁'이라는 별명처럼 미국의 일방적인 공세로 일관된 이 침략행위를 군이 전쟁으로 불러야 할까 라는 의문에도 불구하고 모든 전쟁 이름은 승자가 자기가 유리한대로 갖다 부치기에 페르시아만 전쟁, 제1차 이라크 전쟁 등으로 남았는데, 인류 역사상 남의 나라를 침공하는 장면을 처음으로 생중계한 공포의 전쟁이었다. 지구 위의 어떤 나라라도 미국의 비위를 거스르면 이렇게 된다는 위협의 본보기처럼 보였다.

그런데 그 아들이 8년 만에 백악관에 들어가서 맞은 9·11테러는 지구를 더 삼엄하게 했다.

2002년 국정연설에서 그는 지구상 '악의 축^{axis of evil}'으로 이란과 이라크에다 북한을 포함시키더니, 테러와의 전쟁을 구실로 아프가니스탄을 짓밟고는 온갖 거짓 구실로 이라크 침공도 감행하여 대통령 사담 후세인을 처형(2006.12)했다.

텔레비전으로 중계되는 최첨단 무기에 의한 폭격과 맹공 장면을 보면서 부시 대통령의 그 격노를 억누르는 표정으로 '보복' 운운할 때 홀연히 떠오른 한 편의 소설(역시 직업은 못 속여!)이 머리에 떠올랐다.

바로 남정현南廷賢(1933.12.13~)의 「분지糞地」였다.

한 사나이를 체포하기 위하여 이 소설에 등장하는 미국 펜타곤은 어떻게 했던가.

……저의 이 주먹만 한 심장 하나를 꿰뚫기 위하여 정성껏 마련해 놓은 저들의 저 엄청난 군비의 숫자를 말입니다. 지금 제가 숨어있는 이 향미산(向美山)의 둘레에는 무려 일만여를 헤아리는 각종 포문과 미사일, 그리고 전미군 중에서도 가장 민첩하고 정확한 기동력을 자랑하는 미제 엑스 사단의 그 늠름한 장병들이 신이라도 나포할 기세로 저를 향하여 영롱하게 눈동자를 빛내고 있는 것입니다.(「분지」)

바로 이 장면이다. 아프가니스탄이 곧 이 소설의 향미산 꼴이 된 것이다. 어디 그뿐이랴. 온 세계 어디서나 혹시 불똥이 자기 쪽으로 튀려나 조마조마하게 가슴 콩닥거리게 만드는 각종 보도들. "아링톤 발 0.038메가 사이클에 맞추시고 조용히 귀를 귀울"이노라면 펜타곤 당국의 방송이 들린다. 지루하겠지만 워낙 중요한지라 남정현의 소설을 그대로 인용해 보자.

어디까지나 성조기의 편에 서서 미국의 번영과 그리고 인류의 자유를 확장시키는 작업에 뜻을 같이 한 자유세계의 시민 여러분, 안녕하십니까. 이미 누차 반복하여 말씀드린 바와 같이 여러분들의 귀중한 생명과 재산과 그리고 자유와 안전에 관한 사항을 담당하고 있는 본 '펜타곤' 당국은, 최근에 극동의 일각인 코리아의 한 조그마한 산등성이 밑에서 벌어진 그 우려할 만한 사태에 접하고 놀라움과 동시에 격한 분노의 감정을 금할 수가 없었던 것입니다. 하지만 전세계의 자유민 여러분! 이제 안심하십시오. 여러분을 대신하여 본 당국은 바야흐로 역사적인 사명감에 불타고 있습니다. 도대체 그 이름부터가 사람 같지 않은 홍만수란 자가 저지른 그 치욕적인 사건은 분명히 미국을 위시한 자유민 전체의 평화와 안전에 대한 범죄적인 중대한 도전행위로 보고 본당국은 즉각 사태수습에 발 벗고 나선 것입니다. 축복하여 주십시오. 이제 머지않아 홍만수란 인간은 아니 인간이 다 무엇입니까. 그는 분명히 오물입니다. 신이 잘못 점지하여 이 세상에 흘린 오물. 그가 만약에 악마가 토해낸 오물이 아닌 담에야 감히 어떻게 성조기의 산하에서 자유를 수호하는 미국의 병사를, 그의 아내의 순결을 짓밟을 수가 있었겠습니까. 전 세계의 자유민은 지금 분노의 불길을 감추지 못하고 있는 것입니다. 미 병사의 한 가정을 파괴하려는 그따위 작업에 종사하는 인종은 전 인류의 생존을 위태롭게 하는 악의 씨라는 사실에 의견이 일치했기 때문입니다. 여러분! 이제 마음의 안정을 얻으시고 박수를 보내주십시오. 자유세계의 열렬한 성원을 토대로 하여 일억 칠천여만 미국인의 납세로써 운영되는 본 '펜타곤' 당국은 이제 머지않아 홍만수란 이름의 그 징그러운 오물을 이 지구상에서 완전히 쓸어버릴 것입니다. 자유민의 안전과 번영을 옹호하는 이 역사적인 과업을 성취하기 위하여 본 당국은 수억 불이라는 어마어마한 지출을 무릅쓰고, 일벌백계주의에 입각하여 홍만수는 물론, 그의 목숨을 며칠이나마 돌보아준 이 향미산 전체의 부피를 완전히 폭발시킬 계획인 것입니다. 자, 여러분. 앞으로 남은 시간 이십 분. 향미산 기슭의 주민들은 더욱 땅 속 깊이 몸을 묻으십시오. 그리고 고개를 숙이십시오. 명령입니다.(「분지」)

9·11사건 이후 조지 부시 2세가 강조, 반복하는 보복성 발언을 이 소설과 찬찬히 대조해보면 너무나 닮았다. 홍만수의 체포나 사살만이 아니

라 그를 숨겨준 향미산을 아예 없애겠다는 대목에서 가슴이 섬뜩해진다. 세계 자유인의 지지와 성원을 유도해 내는 수사법도 우리 귀에는 무척 익은 어투다. 언제나 인류의 평화와 자유를 위해서 존재하는 고마운 지구의 수호신으로서의 미국의 모습도 어쩌면 CNN 방송과 그리도 똑같이 묘사하고 있는가. 홍만수란 인물에 대한 평가 역시 오사마 빈 라덴에 대한 비판과 너무나 유사하다.

이런 점이 바로 작품 「분지」의 예술적 형상성이 시사 담론의 차원을 넘어 가치이월 될 수 있는 증좌이자 단순한 반미 차원이 아니라 진정한 세계의 자유와 평화를 위하여 이바지하는 문학적 성취욕을 충족시켜 주는 것임을 입증해 준다.

여담이지만 아마 세계사는 이제 9·11 이전과 이후로 시대구분이 가능할 만큼 이 사건의 파장은 심각하다. 이 말은 곧 분단 시대 우리 문학사가 「분지」 이전과 이후로 나눠질 정도로 한 분수령을 이룰 수도 있다는 뜻을 내포한다. 미국을 비판할 수 없었던 시대에서 공공연히 비난할 수 있는 시대로의 전환이 무엇을 의미하는지 구태여 말하지 않아도 알렷다.

2___1960년대의 우울과 희망

소설 「분지」로 작가 남정현이 연행 조사(1965.5) 뒤 구속 기소(7.9), 구속적부심에서 석방(7.24), 선고 유예(1967.6.28) 판결을 받는 기간에 저자는 대학원생으로 갓 등단한 애송이 평론가였다. 대학 선배였던 작가 박용숙의 소개로 첫 대면을 한 게 이 무렵이었는데, 그의 주변에는 거의 언제라도, 라고 할만큼 최인훈, 박용숙이 3인조래도 좋을 정도로 한 자리에 어울렸고 가끔은 이호철도 끼었다. 선배 작가들 틈새에서 귀동냥하기 바빴던 시절이라 아지트였던 광화문 월계다방은 차라리 나에게는 강의실이나 마찬가지였다.

이 3인조는 기묘하게 죽이 잘 맞았다. 최인훈이 느릿느릿 화두를 떼면 남정현은 재기 넘치게 그 주제를 현실적인 문제로 접근시키고, 이어 박용숙은 둘 사이의 이견을 거중 조정하면서 화기애애하게 만들었다. 최인훈과 박용숙은 함경도가 고향이고 남정현은 충남이나 셋 다 『자유문학』 출신으로 남, 박, 최의 순서로 연배가 엇비슷하다. 대체 이들을 그토록 가깝게 묶어둔 우정의 끈이 무엇이었을까 생각해 보곤 했는데, 그때 총각이었던 내 시선에 비친 세 작가는 당시 문단의 어느 작가에게서도 찾아볼 수 없었던 민족과 역사와 진실에 대한 진지함이 있었다.

분단, 외세, 독재, 군부, 역사와 진실, 문학이라는 행위, 이런 문제를 그토록 진지하고 혼신의 노력으로 정면 대결하는 작가를 나는 아직도 다른 문학인들에게서는 찾을 수 없었다. 나는 서서히 남정현 쪽으로 경사하여 틈만 나면 만나는 정도를 넘어 집으로까지 찾아갔는데, 그 책꽂이를 보고서 홀딱 반해버렸다. 그토록 읽고자 해도 구할 수 없었던 책들(주로 일서)이 어쩌면 뽑아놓은 듯이 잘 정리되어 있었다. 빌리기에 미안할 정도로 단아하게 정돈된 그 책장을 지금도 잊을 수 없다.

그는 자진하여 임대를 허락했고 나는 염치도 없이 덜렁덜렁 잘도 빌려 영혼의 허기를 채워 나갔다. 아마 소중한 몇몇 책들, 루카치의 『역사와 계급의식歷史と階級意識』(시로쓰카 노보루城塚登, 후루타 히카루古田光 訳, 『ルカーチ著作集』 9, 白水社, 1968)와, 이토 쓰토무伊東勉의 『리얼리즘론 입문リアリズム論入門』(理論社, 1969) 등은 온갖 독촉과 회유에도 굴하지 않은 채 반환하지 않고 지금도 내 서고를 장식하고 있다. 책장 속표지에는 한자로 왼쪽으로

비스듬히 넘어가는 그 특유의 글씨체의 '南廷賢'이란 사인이 추억을 상기시키고 있다.

내 생애에서 가장 열심히 독서를 할 수 있었던 때는 고교시절과 대학원, 등단 직후인 바로 남정현과 그 3인조를 만났던 시기, 그리고 나중 투옥 당했을 때였는데, 특히 두 번째 시기는 지성적인 황홀기였다.

개인적인 고백이지만 그때 내 심경은 마치 6·25 때 북으로 피난 차 떠나버린 형님을 만나는 기분이었다. 지적인 경향과 세계관에서 너무나 닮은지라 흠뻑 취할 수 있었다. 그렇게 세월이 흘러 대학원을 졸업하고, 장가를 들고서도 더 자주 만났는데, 이번에는 박용숙의 서재까지 이용할 기회가 주어지면서 최인훈은 도미渡美해버려 뜸해져 남, 박, 나 셋이 3인조가 될 정도로 밀착했던 시절이었다. 이렇게 60년대를 넘어 70년대로 접어들면서 남정현은 긴급조치(1974), 1980년에는 제목도 없는 예방 구금 등등을 치르면서도 여전히 내가 처음 뵈었을 때의 기백과 민족주체성에 대한 반외세 의식을 그대로 견지했다. 1990년대 동유럽 사회주의권의 붕괴로 세계의 지식인뿐만 아니라 요란 잘 떠는 한국의 진보적인 지식인들 가운데서도 고무신 거꾸로 신은 사람이 대량 쏟아지는 판세였건만 그의 세계관이나 인생관에는 별 영향이나 충격을 주지 않은 듯했다. 대체 그의 민족주체의식은 어디서 비롯된 것일까.

3 ___「분지糞地」가 의미하는 것

작가 남정현은 등단 3년 만인 1961년 중편 「너는 뭐냐」로 제6회 동인문학상을 수상할 정도로 그 풍자적 기법이 뛰어났다. 5·16쿠데타 이후 한국사회가 당면했던 갈등과 모순을 전통적인 골계적 수법으로 날카롭게 비판하던 이 인기작가에게 잡지들은 앞 다투어 원고를 청탁했다. 1964년 11월경 그는 『사상계』와 『현대문학』 두 잡지로부터 소설을 청탁 받고 우선 한 편의 작품을 쓰기로 결심했다.

그는 "소설이란 우리 인간사에 관한 이야기"란 생각을 가진 작가로서 현실을 관찰하면서 "어찌된 판인지 우리 사회의 요소요소에는 인간의 꿈과 염원을 시중들기 위한 법이며 제도며 그 장치보다는, 도리어 인간의 염원을 가로막고 행복을 훼손하려는 장애물이 더 많은 것 같았다"라고 느끼게 되었다. 문학적 상상력은 여기서 더 나아가 "국가권력은 이미 나라와 민족을 진심으로 사랑하는 자들의 손에서 아주 멀리멀리 떠나버린 상태"로 보였기 때문에 "민족자주를 열망하는 전민중적인 희원을 한번 소설화해보고 싶었을 뿐"이어서 쓰게 된 것이 「분지」였다고 밝혔다. 더 구체적으로 말하자면 4·19 같은 민족적 희망이 왜 5·16 같은 폭압으로 압살 당해 버렸느냐를 추궁하다가 "그 배후에는 아무래도 미국이라는 거대한 외세가 크게 작용하고 있음을 직관적으로 감지하고 그 답답함과 울분을 기초로 「분지」를 구상했던 것이다".(남정현, 「민족자주의 문학적 열망」, 한승헌 변호사 변론사건 실록 『분단 시대의 피고들』, 범우사, 1994 게재)

그의 장기인 풍자적 기법으로 그리 오랜 시간을 끌지 않고도 탈고하게 된 이 작품을 작가는 이미 여러 번 발표한 적이 있는 『사상계』를 제키고 아직 한 번도 발표 지면을 못 가졌던 『현대문학』으로 넘겼다. 1964년 12월 어느 날이었다.

소설은 홍길동의 10대손인 홍만수가 펜타곤으로부터의 압살을 목전에 두고 어머니의 영전에 하소연하는 형식을 취한 일인칭 독백체로 이뤄져 있다. 만수의 아버지는 일제 때 독립운동에 나섰으나 해방이 되어도 돌아오지 않았다. 여기서 독립투사가 8·15 이후에도 돌아오지 않은 것으로 처리한 작가의 치밀한 의도를 간과해선 안 된다. 돌아오지 않은 '아버지'는 분단 시대의 민족적 구원자를 상징하는 것이자 친일파 지배의 남한의 현실을 각인시키려는 의도를 담아낸다. 그의 어머니는 성조기를 앞세우고 무슨 환영대회에 나갔다가 미군으로부터 성폭행 당한 채 돌아와 정신 이상으로 죽었다. 고아 남매는 외가에서 자라던 중 6·25로 헤어졌는데, 만수는 입대했다가 제대했으나 살 길이 없는 절망 속에서 스피드 상사의 현지처가 된 누이동생 분이를 만나 미 군수물자 장사를 하면서 지낸다.

이런 딱한 처지의 만수에게 친구들은 도리어 매부인 스피드 상사에게 미국과 통할 수 있는 길을 열어달라고 빽을 써대는 현실을 저주하며 그는 썩어빠진 정치를 규탄하나 그보다 더 견디기 어려운 것은 누이 분이의 고통이었다. 밤마다 스피드 상사는 본국의 아내와 비교하면서 분이의 육체적인 결함을 들어 온갖 욕설을 퍼부어 대며 학대해댔기 때문이었다. 대체 미국 여인들의 육체는 얼마나 황홀하기에 저런가 하고 고심하던 중 스피드의 본처 비취가 한국으로 오자 만수는 그걸 확인하고 싶어졌다.

만수가 한국을 안내해주겠다는 구실로 비취를 향미산으로 데려가 정중하게 분이의 딱한 처지를 설명하면서 육체를 보여줄 것을 요청하자, 그녀는 다짜고짜 만수의 빰을 후려갈겼다. 절호의 기회를 놓치지 않으려고 만수는 그녀의 배 위를 덮치고 앉아 속옷을 찢어 황홀한 육체를 확인할 수 있었다. 그러나 만수의 손에서 헤어난 비취는 돌연 "헬프 미!"를 외치며 산 아래로 내려가 도움을 청했고, 그 결과 "향미산의 둘레에는 무려 일만여를 헤아리는 각종 포문과 미사일, 그리고 전 미군 중에서도 가장 민첩하고 정확한 기동력을 자랑하는 미제 엑스 사단의 그 늠름한 장병들이 신이라도 나포할 기세로 저(만수)를 향하여 영롱한 눈동자를 빛내고" 있어 만수는 독 안에 든 쥐의 처지가 되어버렸다.

"이 땅 위에서 만수란 이름의 육체와 그의 혼백까지를 완전히 소탕하기 위해서 뿌려진 금액이 물경 이삼억 불에 달"하는 위기의 상황에서 만수가 어머니의 영전에 하소연하는 형식으로 구성된 이 소설은 채만식의 풍자를 능가하는 완벽한 알레고리로 김지하의 풍자문학보다 한 세대 앞선 위대한 성과였다. "앞으로 단 십 초, 그렇군요. 이제 곧 저는 태극의 무늬로 아롱진 러닝셔츠를 찢어 한 폭의 찬란한 깃발을 만들"어 타고 태평양을 건너 미 대륙에 닿아 "우윳빛 피부의 그 윤이 자르르 흐르는 여인들의 배꼽 위에 제가 만든 이 한 폭의 황홀한 깃발을 성심껏 꽂아놓을 결심"을 다지는 것으로 이 소설은 끝난다.

이후 남정현 문학은 「분지」의 해설판이라 해도 지나치지 않을 것이다. 이 작품을 둘러싼 1960년대적인 지성적 한계 상황에서 전개되었던 법정 공방을 여기서는 되풀이할 필요가 없을 것 같다. 국민들이 미국을 이해하는 자세도 엄청나게 달라졌는데 문학사적으로 말한다면 그 첫 공적은 필연코 「분지」로 돌려야 할 것이다.

전후문학에서 양공주를 등장시킨 소설은 그리 낯설지 않다. 송병수의 「쇼리 킴」(『문학예술』, 1957.7)은 양공주와 미군의 관계를 한미 관계로 상징화한 전후의 첫 문제작으로 이후 '양공주 반미문학'의 기본 틀이 되었다. 그러나 이 계열의 소설들은 한국 여인의 작은 육체와 그에 비례하는 생식기가 거구의 미군(특히 흑인 등장)에게 학대받는 장면을 절정으로 삼아 제국주의와 식민지의 갈등을 부각시켰다는 점에서 다분히 인류학적인 신체 구조론적 숙명론으로 귀착하고 있기에 거부반응을 일으키기도 했다. 더구나 흑인을 그 가해자 역할로 내세운 자체가 모순이 아닐 수 없다. 양공주들은 정서적 혹은 민족 감정이나 윤리의식 등으로 미군과 갈등을 겪는 게 아니라 단순한 육체적인 외형상의 형태 때문인 것으로만 묘사되어 있다. 자칫하면 육체적인 열등감으로 비화될 수도 있는 이 계열의 양공주 소설은 1950년대적 상황이 낳은 결실이자 한계로 인식하는 게 좋을 듯하다. 여인과 개를 교미시켜 놓고 미군들이 둘러싸고 관람하는 장면이 등장하는 이문구의 「해벽」(동명의 단편집, 창작과 비평, 1974) 같은 작품은 이런 차원을 벗어나 새로운 소설적 기교를 보여준 것으로 평가받을 만하다.

「분지」는 어떤가. 성의 강약이나 육체의 크고 작음으로 말미암은 갈등이 아니라 "스피드 상사는 밤마다 분이의 그 풍만한 하반신을 이러니저러니 탓잡아 가지고는, 본국에 있는 제 마누라 것은 그렇지 않다면서, 차마 입에 담지도 못할 욕설과 폭언으로써 분일 못 견디게 학대하는 것"이다. 물론 그 트집 속에는 "국부의 면적이 좁으니 넓으니 하며 가증스럽게도 분일 마구 구타하는 일조차 있다는 사실"도 포함되지만 근본적인 갈등구조로 작가가 제기한 것은 민족적인 이질성이며, 학대 방법도 국부가 작아서 그냥 당하는 게 아니라 엄연히 구타를 당하도록 장치하고 있다.

생식기가 작아서 성행위 그 자체만으로도 고통스럽게 만든 작품과, 학대와 구타를 '부당하게' 당하도록 설정한 소설구조는 엄청난 차이가 있다. 이런 갈등구조를 해결하는 방법에서도 대부분의 양공주 문학은 그 설움을 품고 그대로 견디는데, 「분지」는 홍만수로 하여금 근본적인 대책 마련으로 대응하는 데서 차이가 난다.

4 ___ 반외세의 주체로서의 바보적 인간상

홍만수는 스피드 상사의 아내 비취 여사에게 "제 조국의 산하를 설명하기 전에, 먼저 반만 년의 역사에 빛나는 대한민국의 이름으로 여사에게 한 가지 청이 있다고 정중하게 말"한다. 풍유적인 기법이긴 하지만 (어찌 이런 이야기를 1960년대적인 냉전 체제 아래서 사실적으로 쓸 수 있겠는가) 홍만수는 누이 분이의 처지를 말하며 "옷을 좀 잠깐 벗어주셔야 하겠습니다"라고 정중하게 요청했지만 비취 여사의 반응은 "갓뎀!"이었다. 이 대목은 매우 중요하기에 찬찬히 읽을 필요가 있다.

비명 비슷한 소리와 함께 번개같이 저의 한 쪽 뺨을 후려치는 것이 아니겠습니까. 아찔하더군요. 일껏 신이 저를 생각하여 점지하여 주신 행운의 찬스를 바야흐로 놓치는 것만 같은 두려움이 엄습한 탓이었습니다. 순간 저는 고만 엉겁결에 왈칵 달려들어 여사의 목을 누르면서 성큼 배 위로 덮쳤거든요. 그리고 민첩하게 옷을 찢고 손을 쓱 디밀었지 뭡니까. 아 미끄러운, 그리고 너무나 흰 살결이여. 저는 감격했습니다. 순간 하늘과 땅도 영롱한 빛깔에 취하여 조금씩 흔들리는 것 같더군요. 여사는 연신 악을 쓰며 몸을 비틀다가 활활 타는 저의 동자를 대하곤 뜻한 바가 있던지 제발 죽이지만은 말아달라고 애원하듯 하고는 이내 순종하는 자세를 취해주더군요. 고마웠습니다. 내가 왜 백정이간. 저는 점잖게 부드러운 미소로써 대답을 대신해 주었습니다. 그리고 버터와 잼과 초코렛 등이 풍기는 그 갖가지 방향이 몽실몽실 피어오르는 여사의 유방에 얼굴을 묻고 한참이나 의식이 흐려지도록 취해 있었거든요.

"원더풀!"

얼마 만에야 무슨 위대한 결론이라도 내리듯 이마의 땀을 씻으며 겨우 한

마디 하고 여사의 몸에서 내려온 저는 세상이 온통 제 것 같아서 견딜 수가 없더군요. 치부의 면적이 좁았는지 넓었는지에 관해서는 별반 기억에 없었지만 좌우간 이제 분이를 향하여 자신하고 한 마디 어드바이스를 해 줄 수 있을 것 같은 감격으로 사뭇 들뜬 기분이었습니다. 바로 그때였지요. 비취 여사는 갑자기 몸을 벌떡 일으키더니,

"헬프 미! 헬프 미!"

위태로운 비명과 함께 정신없이 산을 뛰어 내려가더군요. 왜 저럴까. 헝클어진 머리며 찢어진 옷.(「분지」)

이 대목에서는 누구나 E. M. 포스터의 『인도로 가는 길』(1924)을 연상할 것이다. 인도인 의사 아지즈는 식민 종주국인 영국인과 우정이 가능할까란 문제에 대하여 영국에서라면 가능하지만 인도에서는 불가능할 것이라고 생각하는 보통 시민이지만 은근히 영국인과의 교류를 바라는 편이었다. 그래서 식민통치국의 국민으로서의 우월감을 지닌 보통 영국인과는 달리 나름대로 인간 평등사상과 피식민 인도인에게 호의를 지닌 필딩 학장의 소개로 알게 된 아데라 퀘스테드 양과 그녀의 시어머니가 될 무어 부인과 가까운 사이가 된다. 고대 유적지를 찾아 나선 이들 넷은 필딩이 기차 시간을 놓치게 됨으로써 부득이 아지즈가 혼자 안내를 맡게 된다. 무어 부인조차 막상 현장에 도착하자 허무감에 빠져 휴식을 취한다기에 아데라만 데리고 이상한 분위기가 감도는 동굴로 들어간 아지즈는 낭패를 당한다. 아데라가 아지즈로부터 능욕을 당하는 피해망상에 사로잡혀 갑자기 동굴을 뛰쳐나가 도주, 하산하여 구원을 요청해 버려 도리 없이 아지즈는 추행범으로 기소당한 것이다.

필딩 학장과 무어 부인이 아지즈의 무고함을 역설하는 이성적인 판단

과 설득에도 불구하고 이 사건은 영국인과 인도인의 한 판 승부 겨루기로 갈라져 법정은 날카롭게 대립하는데, 막상 피해 당사자인 아데라는 환각에서 깨어나 고소를 취하해버려 싱겁게 아지즈는 석방된다. 풀려난 아지즈는 자신을 신뢰하고 옹호해준 영국인과 친구가 될 수 있을까? 그에게 유리한 증인이 되어줄 수 있었던 무어 부인은 전형적인 영국 공립학교 출신자가 지닌 표준 규격의 식민통치 관리인 아들의 강요로 귀국선에 올랐으나 선상에서 죽어버렸고, 사건을 일으키긴 했으나 이내 자신의 잘못을 깨닫고 약혼자 로니의 강경한 인도인 응징 강요를 거절하고 고소를 취하해버린 아데라는 파혼당하고 만다.

아지즈에게는 은인격인 필딩 학장은 거듭 우정을 다짐하지만 이 가련한 인도인 의사는 이렇게 대꾸한다. "설사 5천 5백 년이 걸리더라도, 우리들은 당신네를 쫓아낼 것입니다. 그래요. 이 저주스러운 영국인들은 하나도 남김없이 바다에 처 밀어 넣어 버리렵니다. 그렇게만 된다면, 그때서야, 당신과 나는 친구가 될 수 있겠지요."

이 사건은 전적으로 무고한 한 남성 곧 피식민지 원주민과 식민통치인 사이의 인종적 갈등에 다름 아니란 점에서 「분지」의 원형이기도 하다. 아지즈가 반영적인 인도인과는 달리 그래도 친영적인 인물이라는 점과 홍만수가 반미적이기보다는 누이 분이의 양공주 생활에 기생하는 속미적일 수밖에 없는 처지는 소설적 구도에서는 비슷한 발상에 있다. 식민통치국 주민에게 반감이 없는데도 결국은 학대당하다가 반감을 가질 수밖에 없다는 결론을 도출하기 위한 장치인 셈이다. 그러나 포스터는 식민 종주국의 관점에 서있고 남정현은 피식민자의 처지라는 차이는 매꿀 수 없다.

그 차이는 『인도로 가는 길』이 필딩과 아데라가 은신하고 있는 아지즈를 찾아가 우정을 호소하는 것과는 대조적으로, 「분지」는 홍만수에 대하여 재판은 커녕 취조나 심문도 없이 압살시키려는 데서 분명히 드러난다. 보기에 따라서는 아지즈는 무고하나 홍만수는 추행 혐의를 벗어나기 어렵다고도 할 수 있다. 그러나 이 대목은 그간 많은 독자와 평론가들이 「분지」를 오독한 중요한 단초가 된다.

홍만수는 결코 비취 여사를 범하지는 않았다는 것이 작가의 확고한 의도이다. 그는 누이의 고통을 해결해 주고자 단지 비취 여사의 생식기를 관찰하고자 했을 뿐이지 성욕을 분출할 의사도, 실제로 자행하지도 않았다는 게 「분지」의 명백한 구도이다. 작가 남정현은 이 사건 전개의 오묘한 구도에 대하여 저자에게 거듭 강조해 준 적이 있다. 만약 홍만수가 강간을 시도했다면 한국인이 미국인과 다를 게 뭐란 말인가. 침략에는 침략으로, 강간에는 강간으로, 테러에는 테러로 대응하는 반 평화주의를 이 작가는 지양하고 있다. 페미니스트들은 「분지」에 나타난 묘사만으로도 충분히 식민지 대 피식민지적 남녀가 당하는 비극적 상징성보다는 한 남자가 여성에게 가하는 성폭력이라고 우길 수도 있으나, 이것은 성폭력을 남녀의 성 구분으로만 접근하려는 형식적이고 논리적인 여성해방론에 불과하다. 분이와 스피드 상사의 국적 관계를 사상해 버린 채 홍만수와 비취 여사의 사건만을 문제 삼을 수는 없기 때문이다.

전혀 죄 없는 무고한 한 남성이 펜타곤의 공격으로 무참하게 죽을 수밖에 없다는 위기의식을 형상화하고자 한 것이 「분지」이고 보면 홍만수에게 어떤 범죄행위나 사악한 생각을 조작해서 입력시켜서는 안 될 것이며, 작가는 이래서 그를 이상의 「날개」의 주인공과 맞먹는 천진한 남성상으로 부각시켰다.

천진함이란 무엇인가. 큰 앎과 무지가 통하듯이 천재와 천진함도 통한다. 홍만수는 바보형 인간상으로 온달을 닮았다. 그의 천진성은 세상을 약아빠지게 살아가는 데서는 크게 발휘되지 못하지만 사람 된 기본 도리를 지키는 데서는 누구도 못 따를 만큼 투철한 사명감에 불탄다. 작가는 홍만수를 통하여 외세 의존적인 분단 시대에 부정과 부패로 잘 살고 있는 계층의 삶을 상징적으로 비판하고 있다. 세속적으로 잘 사는 일은 곧 나라의 주체성이나 사람됨의 근본을 잊고 외세와 결탁하여 부정과 부패로 얼룩져간다는 것임을 「분지」는 홍만수의 지역구 출신 민의원 공 모 의원을 통해 보여준다. 궁지에 몰린 홍만수가 지역구 출신 의원에게 구명을 호소하려고 하지만 아래와 같이 허망하게 좌절당하고 만다.

> 그러나 들리는 바에 의하면 공 모 의원은 벌써 스피드 상사의 상관을 찾아가 열 몇 번이나 절을 하고 내 출신구의 유권자 중에 그렇듯이 해괴한 악의 종자가 인간의 탈을 쓰고 존재했었다는 사실은 본인의 치욕인 동시에 미국의 명예에 대한 중대한 위협임을 누이 강조하고 나서, 내 의정 단상에 나가는 대로 자유민의 체통을 더럽힌 그따위 오물을 사전에 적발하여 처단하지 못한 사직당국의 무능과 그 책임을 신랄하게 추궁할 것임을 거듭 약속하고 나오시더라니, 어머니 저는 정말 누구의 품에 안겨야만 인간이란 소리를 한 번 들어보고 죽을지 캄캄하기만 합니다.(「분지」)

권력층이 지닌 이 외세 의존형 자세는 남정현이 등단 이후 지금까지 한 번도 고삐를 늦추지 않은 반제 민족 주체성의 주제로 자리매김 하고 있다. 외세 복종형 권력 구조 아래서 당하는 민중의 고통은 바로 분이의 아픔으로 상징된다. "누이동생인 분이가 아, 어이없게도 당신(어머니)을 겁탈한 바로 그 장본인일지도 모르는 어느 미 병사의 첩 노릇을 하게 되었다는 이야기"는 한국을 식민지로 파악하는 작가의 일관된 역사의식의 일단이다. 분이뿐만 아니라 "생전에 당신이 그렇게도 부잣집 맏며느리 감이라고, 그 품행이며 미모를 입이 닳도록 칭찬하여 주시던 옥이도 숙이도 그들은 지금 이방인들의 호적에 파고들어 갈 기회를 찾지 못하여 거의 병객처럼 얼굴에 화색을 잃어가고 있다는 사실"까지 상기하노라면 작가의 민족적 현실인식의 정황을 짐작할 수 있을 것이다.

이런 꽃다운 여인(곧 민족)이 몸 바쳐서 얻는 것이라고는 "밤마다 그렇게도 잔인한 곤욕의 장을 겪어야만 하는" 일인데도, 권력층은 이를 외면하기에 역사를 바꿀 수 있는 원동력은 민중 속에서밖에 찾을 수 없다는 결론에 이른다. 민중, 이 추상적이면서도 가장 신뢰할 만한 계층이야말로 바보로 처우 받는 홍만수 같은 무리에 다름 아니다. 작가는 반외세 투쟁에서 명망가적 운동보다는 '우매한' 민중을 선택했고, 여기서 홍만수란 인간상이 부각된다.

그는 작심하고 반미운동에 투신한 것이 아니라 삶 속에서 어쩔 수 없이 필연적으로 쫓겨 자신의 죽음으로서 새로운 민족적 활로를 찾는 방식을 취한다. "이제 곧 펜타곤 당국은 만천하에 천명한 대로 기계의 점검이 끝나는, 앞으로 일 분 후면 위대한 폭음과 함께 이 향미산은 온통 불덩어리가 되어 꽃잎처럼 흩어질 테지요"란 대목은 홍만수의 살신성인을 뜻한다.

향미산이 사라진 터전에다 "흩어진 자리엔 이방인들의 성욕과 식욕을 시중들기 위하여 또 하나의 고층빌딩이 아담하게 세워질지 모른다"라는 말은 무척 함축적이다. 향미산을 없애고 거기에다 건물을 세우기로 한 계획이 이미 있었는데, 마침 홍만수 사건으로 이중의 효과를 거둔 것으로도 보인다.

이런 탄탄한 제국주의의 발호 속에서 그의 소망인 외세로부터 민족

주체성은 어떻게 찾아지는가 하는 문제는 바로 이 소설의 대미에서 살펴야 한다.

> 이제 저의 실력을 보여줘야지요. 예수의 기적만 귀에 익힌 저들에게 제 선조인 홍길동이 베푼 그 엄청난 기적을 통쾌하게 재연함으로써 저들의 심령을 한번 뿌리째 흔들어 놓을 생각이니깐요. 물론 저들은 당황할 것입니다. 어머니 그때 열렬한 박수를 보내 주십시오.
>
> 앞으로 단 십 초. 그렇군요. 이제 곧 저는 태극의 무늬로 아롱진 이 런닝셔츠를 찢어 한 폭의 찬란한 깃발을 만들 것입니다. 그리고 구름을 잡아타고 바다를 건너야지요. 그리하여 제가 맛본 그 위대한 대륙에 누워있는 우윳빛 피부의 그 윤이 자르르 흐르는 여인들의 배꼽 위에 제가 만든 이 한 폭의 황홀한 깃발을 성심껏 꽂아놓을 결심인 것입니다. 믿어주십시오. 어머니, 거짓말이 아닙니다. 아 그래도 당신은 저를 못 믿으시고 몸을 떠시는군요. 참 딱도 하십니다. 자 보십시오. 저의 이 툭 솟아나온 눈깔을 말입니다. 글쎄 이 자식이 그렇게 용이하게 죽을 것 같습니까. 하하하.(「분지」)

이 대목에는 작가의 고심한 흔적이 스며있다. 가장 눈에 띄는 구절은 "태극의 무늬"이다. 이 술어를 쓸 경우 민족 주체성의 정통은 당연히 '대한민국'이 되며, 그렇다면 권력층을 '공 의원'으로 상징한 대목과 헷갈린다. 물론 권력층과 민중을 구분할 수도 있으나 「분지」는 오히려 한민족 전체의 민중을 지향한다는 점에서 특정 깃발(그것도 분단 시기의 상징)을 내세울 것 같지 않다는 유추가 가능해진다. 정말 그렇다. 남정현은 원래 집필 때 이 술어를 안 썼다가 퇴고 과정에서 삽입시켰다고 저자에게 밝혔다. 작가의 기우는 막상 필화에 몰렸을 때 '태극기'란 단어 하나 때문에

'북한을 이롭게 했다'는 공격의 방패가 될 수 있었다.

홍길동의 육갑술에 의한 재생, 미 대륙으로의 비상, 그 곳 여인들의 배꼽 운운은 상징이다. 홍만수는 결코 미국 여인들을 겁탈할 의도가 없었기 때문에 단지 이런 구절은 향미산이 폭발로 사라져버린 아픔의 앙갚음을 고스란히 미 대륙에다 감행 할 것이라는 민중적인 결의에 다름 아니다. 그 응징은 미국에 대한 저주와 증오와 배척이 아니라 미국이 그동안 지구 위에서 자행했던 엄청난 침략과 약탈의 죄과에 대한 반성을 촉구함과 동시에 새로운 인도주의적 민주주의의 미국으로 거듭 날 것을 염원하는 간절함에 다름 아니다.

'뉴욕의 무역센터 테러 장면에서 왜 「분지」가 떠올랐을까'라는 화두로 다시 돌아가 보자. 세계사에 등장하는 테러범들은 ①반인륜적인 범죄적 차원의 행위와, ②인간과 민족해방을 위한 투쟁의 한 형식으로서의 활동으로 크게 나눠 볼 수 있다. 그런데 군함과 대포를 먼저 만들었다는 우월감으로 백인 기독교 세력이 비백인 비기독교 민족과 국가를 침탈하면서 그걸 야만적인 불법 침략행위가 아닌 미개로부터의 계몽과 '근대화'라는 역사적인 명분론으로 포장하기 시작했다. 이후 강대국의 약소국 침탈은 정당한 인도주의적인 행위라는 범지구적인 가치관이 온갖 제국주의적인 문화예술의 유혹을 통해 주입되어 버렸다. 그래서 미군은 1명만 전사해도 뉴스가 되지만 저 팔레스타인과 아프가니스탄이나 이라크의 무고한 민간인은 죽거나 말거나이다. 남의 나라를 통째로 찜 쪄 먹는 것은 인도주의적인 정의이고 이에 저항하는 행위는 테러라는 이 기이한 윤리적인 가치관은 이제 피침략 나라와 민족들까지도 묵과하도록 되어버린 이 인류의 타락!

이런 판국이니 우리의 자랑스러운 홍길동의 10대손인 홍만수가 설사

구름과 바람을 타고 태평양을 넘어 미국 본토까지 날아간다면 어떻게 될까? 당연히 테러범으로 몰려 오사마 빈 라덴에 뒤지지 않는 엄혹한 여론의 뭇매와 심판을 받을 것이 불을 보듯 뻔하다. 더욱 놀라운 일은 우리 국민들도 홍만수의 지역구 출신 공 의원처럼 분노하여 홍만수를 규탄하는 시위를 전개할 것이다. 어쩌다가 지구가 이 꼴이 되어버렸는가.

아니, 세상이 이런 걸 뻔히 알고 있으면서도 어째서 세계 곳곳에서는 제2, 제3의 홍만수가 줄을 이어 등장하고 있을까. 어째서 그들은 자신의 생명까지 과감히 버릴 수 있을까? 바보여서일까? 역사의 저편 멀리 인디언을 추방 학살한 대목 따위는 빼고, 또 아프리카 대륙으로부터 흑인 노예 강탈과 학대 장면도 유보하고, 가까운 20세기만 챙겨보더라도 미국이 지구인에게 자행한 행위는 구태여 이 자리에서 열거할 필요조차 없을 것이다. 인류는 이제 새로운 미국의 탄생을 희원할 때가 되었다. 그것은 결코 엄청난 액수를 투자하여 만들어낼 가공할 만한 무기를 통해서가 아니고 사해동포주의라는 기독교 본래의 정신으로 회귀해야만 도달할 수 있는 평화의 길이다.

히로시마의 원폭이 일본 군국주의의 종말을 가져오긴 했으나 피폭자들에 의한 원한을 씻어내진 못했듯이 테러에 대한 반테러도 테러 그 자체를 근절시킬 수는 없을 것이다. 반 테러는 다시 더 악랄한 테러를 야기 시킬 뿐이다. 이게 바로 「분지」가 의미하는 인도주의와 평화의 철학이다. 이걸 풍유와 알레고리의 미학으로 승화시킨 게 「분지」이다.

5 ___ 지배계층의 변모와 역사의식

남정현 문학은 「분지」의 해설판이라고 했는데, 특히 이 작가는 8·15 이후 한국 분단사의 비극을 풍자적 기법으로 형상화시키는 데서 탁월한 솜씨를 나타낸다. 분단 시대 한국 정치 현실을 작가는 홍만수의 입을 빌려 이렇게 타매한다.

> 이 견딜 수 없이 썩어빠진 국회여 정부여, 나 같은 것을 다 빽으로 알고 붙잡고 늘어지려는 주변의 이 허기진 눈깔들을 보아라. 호소와 원망과 저주의 불길로 활활 타는 저 환장한 눈깔들을 보아라. 너희들은 도대체 뭣을 믿고 밤낮없이 주지육림 속에서 헤게모니 쟁탈전에만 부심하고 있는가. 나오라, 요정에서 호텔에서 관사에서. 그리고 민중들의 선두에 서서 몸소 아스팔트에 배때기를 깔고 전 세계를 향하여 일대 찬란한 데몬스트레이션을 전개할 용의는 없는가. 진정으로 한민족을 살리기 위해서 원조를 해줄 놈들은 끽소리 없이 원조를 해주고 그렇지 않은 놈들은 당장 지옥에다 대가리를 처박으라고 전 세계를 향하여 피를 토하며 고꾸라질 용의는 없는가. 말하라.(「분지」)

바로 한국의 정치 지도자들에게 던진 포효인데, 지금도 절실할 만큼 유효한 이 대목은 남정현 문학의 후반기 주제가 된다. 초기의 남정현은 제국주의적인 식민통치에 대한 항거로 반외세에 초점을 맞췄다면, 후기에는 신식민통치 수법인 현지인으로 하여금 현지인 다스리기를 겨냥한 외세를 비판하고 있다. 「분지」가 1965년도 작품인데, 이때만 해도 남정현은 한국을 영락없는 식민지로 파악했는데 그것도 일제의 지배보다 더 악화된 상태로 보았던 것 같다. 사실 학대와 가난 속에서도 나라는 하나였던 시대와 자유와 풍요의 신화 속에서 두 조각 난 민족을 비견할 때 이 작가의 진단은 틀린 것이 아니다.

남정현은 1961년 제6회 동인문학상 수상작품인 「너는 뭐냐」에서 미국의 3S 문화정책을 강력하게 비판하면서 마지막 장면에서는 4월혁명을 상징하는 민중항쟁(데모 군중)을 제시하여 민족 주체성의 회복 가능성을 예견했다. 그러나 4월혁명이 단기적인 안목으로는 결국 식민통치의 한 방편으로 악용 당했다는 측면을 깨닫고는 강력한 반외세 주제로 선회하여 「분지」를 낳게 되었다. 이렇게 말하면 혹 4월혁명이 뭔가 잘못된 것으로 오해할 소지가 있을까 싶어 약간의 해명이 따라야 할 것 같다.

4월혁명의 발발 − 성공 − 5·16쿠데타에 이르는 과정 중에서 한국 민중의 주체적 역량과 미국의 대한 정책의 대응을 둘러싼 논란은 밑도 끝도 없을 만큼 복잡하게 얽혀 있다. 이 쟁점을 전반적으로 다룰 자리는 아니기에 다른 지면을 할애하고 다만 남정현 소설세계의 이해에 필요한 부분만 요약하면 1950년대 후반기부터 미국의 위상이 세계무대에서 휘청거리기 시작했다는 점만 지적해 보기로 한다.

제2차대전의 필연적인 귀결인 자본주의와 사회주의의 대결이었던 냉전체제에서 미국 우위 현상이 1957년을 고비로 위기를 맞는데, 그것은 소련의 대륙간탄도유도탄ICBM 실험 성공과 인공위성 스푸트니크의 발사로 현실화되었다. 바로 미국도 지하핵실험과 대륙간탄도유도탄을 개발함으로써 무력 균형이 취해지자 두 강대국은 '공존'을 모색하게 되었다. 여기에다 1958년부터는 미국이 국제수지에서 적자를 기록, 세계 경제의 주도권이 유럽이나 일본으로 분산될 조짐을 나타냈다.

그러자 미국은 대소·중 봉쇄와 대량 보복 전략을 위한 위기의식을 조장, 동맹 강화를 위한 무상 원조 제공 정책을 수정하여 핵무장에 의한 국방력의 재조정, 동맹국의 민주화 가치 증대와 경제 발전으로 소비 시장의 확대, 지역 안보 분담을 위한 일본의 역할 증대 등등으로 방향을 선회하지 않을 수 없었고 이런 연장선상에서 이승만 정권은 종말을 고했다. 광주항쟁 때의 경우를 생각하면 4월혁명 때 군부가 발포를 자제한 것은 미국이나 이승만의 인도주의나 혹은 군부의 민주의식이 유난히 강했던 탓이라고는 할 수 없다. 오히려 일제와 광복의 혼란, 한국전쟁을 직접 체험한 세대의 지휘관들이었기 때문에 광주항쟁에 못지 않는 비극을 연출할 수도 있었을 것인데 왜 발포를 억제했던가는 역사의 수수께끼로 남아있지만 분명한 것은 한국민의 요구 사항과 미국의 국가 이익이 드물게도 조화를 이뤘던 과도기로 볼 수 있다는 점이다. 실지로 1960년은 한국만이 아니라 미국도 아이젠하워에서 케네디로, 일본은 미일 안보조약 개정(대중국 군사 활동을 원활히 추진하려던 전략을 동아시아 지역에서 일본 주도 전략으로 수정)으로 격렬한 반 안보투쟁을 야기했던 기시 노부스케岸信介(1957년 수상, 1960년 미일 신안보조약 체결 후 사퇴)로부터 이케다 하야토池田勇人(1960~1964년간 수상)로 정권교체가 이뤄진 해였다.

5·16쿠테타가 왜 발생했는가를 여기서 따질 자리는 아닌 것 같으나 분명한 것은 4월혁명과 같은 맥락에서 파악해야 된다는 사실이다.

남정현은 소설 「너는 뭐냐」에서 4월혁명의 흥분을 감추지 못했지만 이내 일본의 미일 안보조약 개정이 한반도의 운명에 중대한 영향을 미친다는 것을 꿰뚫어보고 외세에다 일본을 크게 부각시켜 비판하기 시작한다. 「사회봉」(1964)의 성자라는 처녀는 미국인과 가까이 지냈는데 어느새 일본어 회화에 혈안이 되어 "아리카도 고사이마스와 이랏샤이 마세에 시력을 집중"시키도록 변해버렸다.

그리고는 「분지」 사건을 겪었고, 군부독재가 굳어지면서 남정현은 외세에 못지 않게 민족 내부의 친 외세주의, 곧 식민의식의 심각성을 주시하면서 그 풍자를 위하여 「허허 선생」 연작에 몰두한다. 바로 신식민주의의 통치방식인 현지인에 의한 통제와 수탈정책인데 그 근거를 남정현은 박정희 정권에서 찾고 있다. 남정현이 「허허 선생」을 처음 발표한 것은 바로 "유신체제란 이름하에 군부독재가 이를 악물고 기승을 부리던 1973년"(작품집 『허허 선생 옷 벗을라』, 동광출판사, 1993의 「책 머리에」)이었다. 같은 민족이면서도 미국을 비롯한 외세보다 더 악랄한 민족 분열과 국민 탄압을 강화할 수도 있다는 실례를 보여준 군부독재는 이 작가로 하여금 정치 권력이란 무엇인가를 탐구토록 만들었고 그 결과 "장장 20여 년이란 세월"에 걸쳐 이 연작을 완성시켰는데, 작가는 "나에게 있어서 이 20여 년이란 세월은 한 마디로 말해서 허허 선생과의 피나는 대결 시대였다"라고 고백토록 만들었다. 왜 허허 선생이 그토록 중요했을까.

「분지」의 홍만수가 구름을 타고 태평양을 건너가 미국에다 대한반도 정책의 일대 수정을 요구하는 운동이 주효했던 탓인지는 모르나 유신독재와 1980년의 신군부체제와의 대결을 통해서 한국 민중은 민족의식을 놀라울 정도로 고양시켜 도리어 집권층이 위기의식을 느끼지 않을 수 없도록 역사가 변해버렸음을 이 연작은 보여주고 있다. 물론 초기에는(「허허 선생」 1·2·3까지) 외세를 등에 업은 기괴한 정치인의 전형으로 '허허'를 등장시켜 그 해괴한 삶과 통치철학을 풍자했지만 1980년대 중반을 넘어서면서는 뚜렷하게 허허 선생의 행동양식이 바뀌게 된다.

6 ___ 「허허 선생」 연작의 의미

「허허 선생 6」의 부제는 「핵반응」(1987)이다. 만사 탄탄의 정치인이자 경제인인 허허 선생이 어느 날 갑자기 너무 기분이 붕 떴기에 그 아들 허만(꼭 홍만수를 닮았다)이 그 사연을 물은 즉 "이 땅에 말이다, 핵이 상륙했어. 핵무기가 말이다. 그만하면 알겠느냐?"라는 의기양양한 대꾸였다. 이 허허 선생의 말을 좀 더 경청해 보자.

> "야, 빨갱이 놈들 말이다. 빨갱이가 미친놈이고 미친놈이 빨갱이지 세상에 미친놈 따로 빨갱이 따론 줄 아느냐? 내 말은 말이다. 쥐뿔도 모르는 것들이 이제 겨우 목구멍에 밥술이나 들어가게 되니까 주변 사정도 아랑곳없이 자유가 어떠니, 민주주의가 어떠니, 또 통일이, 부정이, 근로조건이, 임금이, 인권이 어쩌니어쩌니 해 싸며 입에 거품을 물고 떠들고 다니는 소위 그 서민대중이라나, 민중이라나 하는 것들 말이다. 그것들이 다 미친놈들이지, 그럼 성한 놈들인 줄 아느냐? 어쨌든 그것들은 이제 끝난 놈들이다. 이 땅에 핵무기가 턱 버티고 섰는 줄 알면 그것들은 앞길이 막막해질 테니까 말이다. 미친놈 세상이 되긴 이제 다 글렀다고 생각될 테니 그럴 수밖에 더 있겠니. 기가 팍 죽어버리겠지. 놈들이 버릇없이 너무 큰 소릴 치면 핵이 꽝하고 터질 텐데, 놈들이 아무리 미련하기로서니 핵이 꽝하고 터지면 만사휴의라는 사실쯤 알 게 아니겠니? 하하하."
>
> "핵이 꽝하고 터지면 우리 집은 괜찮을까요? 아버님."
>
> "괜찮겠다, 빌어먹을 자식. 아, 핵이 꽝하고 터진다는데 이 애비가 무슨 꼴을 보자고 이곳에 그냥 남아 있겠니. 벌써 날랐지. 태평양 저쪽으로 벌써 훨훨 날랐단 말이다. 빌어먹을 자식. 용용 죽겠지다."(「허허 선생 6 - 핵반응」)

여전히 빨갱이 타령으로 권력을 움켜잡고 있는 허허 선생으로서는 자신의 이익이 곧 미국과 일본의 이익이며 이를 지키기 위해서는 향미산을 폭격하듯이 한반도 어디든 부숴버릴 채비가 완료되었음을 이 구절은 드러낸다. 이렇게 핵반응으로 기분이 붕 떠있던 허허 선생이 갑자기 병명도 모르는 아픔으로 비실거리는데, 이유인즉 "백주에 미군 철수와 반공법 철폐를 외쳐" 대는 것 때문이었다. 어디 그 뿐인가. "수 천 수 만의 미친놈들이 길을 메우고" "핵무기를 철수하라고" 큰 소리로 외치고 있다고 아들 허만이 알려주자 허허 선생은 "너 이 놈, 나보고 아주 죽으라고 해라"라며 악을 쓰는 것으로 이 소설은 끝난다.

남정현은 「핵반응」에서 바로 1980년대의 민족 민중운동의 핵심을 반영하고 있다. 그러니까 허허 선생은 시대의 변모에 따라 '미친놈들'을 소탕하기 위하여 온갖 전략을 다 짜내는데, 이에 뒤질세라 홍만수와 허만은 어리숙하게 허허 선생을 슬슬 말려서 비틀어지게 만들고 있다.

「허허 선생 7」은 「신사고」이다. 그렇게 '민주'와 '통일'을 기피하던 허허가 갑자기 "요즘 갑자기 자기가 솔선하여 그 누구보다 앞장서서 통일, 통일 하고, 통일을 외쳐대며 돌아다닌다니, 이건 정말 예사로운 변고가 아니었다". 나아가 그는 기자회견에서 "미군 철수까지 주장"하는가 하면, "남의 나라 군대가 와서 우리나랄 가로타고 앉았으니 통일이 될 게 뭐냐구"라며, "북쪽의 빨갱이들도 이제 타도의 대상이 아니라 동반자 관계"라고 떠들어 아예 회견 제목을 '신사고'로 부쳤다는 게 이 작품의 요지다.

여기까지 읽노라면 혹 독자들은 드디어 남정현이 한국 정치인들의 가치관도 바뀐 것으로 보는 것인가 의아해 할 테지만 이 소설은 여기서 막을 내리지 않는다. 허허는 하두나 '미친놈'들이 설치니까 견디다 못해 두려운 나머지 천연 암벽 깊숙이 지하 대피 궁전 속에 칩거하면서 자신도 변한 것처럼 위장해서 그물을 쳐두곤 누가 걸려드나 보는 것으로 풀이한다.

> 그렇다, 이놈아. 반공법 철폐도 던지고, 미군 철수도 던지고, 통일도 던지
> 고, 민주도 던지고, 하여튼 던질 건 다 던졌다, 이놈아. 어떤 놈들이 고 따위
> 생각을 하고 있나 세세히 한번 알아보려구 말이다. 약오르지? 요놈아, 하하
> 하.(「신사고」)

이 대목은 남정현이 지닌 분단 한국에 대한 고정관념 내지 제국주의
의 본질 인식의 철저성을 엿볼 수 있게 해준다. 민주화가 진척되었느니
어쩌니 해도 여전히 한국은 냉전체제의 가치관이 그대로 지배하는 21세
기 정치사상사의 가장 낙후한 지역임을 이 작가는 강조하고 싶은 것이다.
자칫 이 작품이 민중적인 낙천성이 아닌 비관적 전망을 드러낸 것이 아닐
까 볼 여지도 없지 않으나 허허 선생 자신이 민중 역량의 증대로 지상에
서는 발붙일 곳이 없어져 지하 궁전에서 피신하고 있다는 점에서 역사의
진보를 담보해내고 있다 하겠다.

그럼 역사는 어떻게 변했는가. 연작의 마지막은 「허허 선생 옷 벗을
라 – 허허 선생 8」이다. 이 점잖은 양반이 옷을 벗는 경우는 위기일 때다.
예컨대 정전 회담 때 "빨갱이들이 가장 무서워하는 건 오로지 핵무기뿐인
데…… 한 번 사용하질 않고 휴전 운운하는 것은 언어도단"이라며 나체
시위를 하겠다고 미군들 앞에서 위협했으며, 동구권이 붕괴하자 요새화
된 지하궁전에서 광란의 축제 밤을 보내며 허허 선생은 진짜로 옷을 벗었
다. 제목은 미국이 개입해서 중요한 결단을 내릴 때마다 '허허 선생 또 옷
벗을라'라는 말에서 유래한 것인데 이 희극적인 장면은 민족주체성의 승
리를 낙천적으로 전망하는 통쾌함이 스며있다.

난공불락의 지하 요새에서도 불안해진 허허는 유사시엔 언제든 비행기로 탈출 가능한 시설까지 갖추고 지내지만 불안감이 가시지 않자 새로운 장치를 마련했다. "영롱한 보석들이 흡사 거대한 분수처럼 빛을 뿜어대는" "장엄한 청룡시계"인데, 그 "신묘한 종소릴 계속 울리다 보면 아무도 모르는 사이, 그만 그 도깨비들(빨갱이)이 슬며시 물러나고 만다"라는 이 상징물은 바로 종교로 해석하면 좋을 것이다. 허허 선생은 핵무기를 갖춰도, 지하 안전시설에 대피해도 도깨비들의 등쌀에 불안감을 떨쳐버릴 수 없게 되자 마지막으로 신앙에 귀의한 것이다. 그렇다고 도깨비들이 사라졌을까.

동구권 붕괴로 "북쪽의 도깨비들도 남쪽의 도깨비들도 단 한 놈도 없이 다 고꾸라진" 줄 알았더니만 "북쪽의 도깨비도 남쪽의 도깨비도 전혀 고꾸라질 기미가 없어서 걱정"이란 말을 듣는 순간, "뭐라구?" 한 마디를 내뱉던 허허 선생은 그 뒤 언어를 잃어버리게 된다. 그는 전혀 말을 않고 "인류가 앓아본 경험이 없는 병"을 앓으며 고열로 신음할 뿐이다.

아들 허만은 이제 도리 없이 아버지 허허가 "저 멀리 하늘로 비상해 줬으면 하는 바람"을 가지는 게 이 소설의 결말인데, 이건 냉전체제의 종말을 희원하는 시대의 상징에 다름 아니다.

남정현은 긴 작가생활을 통하여 시종 외세와 민족 주체성을 주제로 삼아 일관되게 주장해 왔는데, 위에서 본 것처럼 그는 「분지」이전의 구식민지적 강압 체제에 대한 비판 단계를 거쳐 그 후에는 신식민지의 경제와 문화통치에 대한 비판으로 전환하면서 반침략 민족 주체성의 회복은 냉전의식의 불식으로만 가능하다는 인식을 거듭 확인해 준다.

세계화의 시대, 민족문학이란 구호가 낡은 것처럼 보이고, 이를 주장하면 구시대의 비평가로 착시되는 시대에 남정현을 읽는 기쁨은 배가한다. 여전히 21세기도 제국주의와 민족 주체성의 대립은 유효할 정도가 아니라 더 중요해지고 있음을 「분지」와 「허허 선생」 연작은 일깨워 준다. 그리고 이 말이 믿어지지 않는 지식인들에게는 다시 시선을 돌려 뉴욕의 무역센터 현장과 아프가니스탄을 중심한 아랍을 응시해 볼 것을 권한다. 그걸 보면서 우리의 진로란 친미, 미국의 일개 주로 편입되는 길밖에 없다고 판단되면(「허허 선생 8」이 바로 이런 주장을 했다) 그는 허허 선생의 후계자로 유력할 것이다.

(『작가연구』 제12호, 2001년 하반기. 수정 추가)

남정현의
한반도 평화정착 추구 소설들

1___ 국가보안법의 운명

무엇이 우리 민족의 목을 옥죄면서 남북이 서로 증오와 갈등과 대립으로 사생결단하도록 강박하여 전쟁도 불사할 듯한 위기로 몰아대고 있을까. 분단 시대의 민족사적인 고통을 풍자적인 기법으로 통쾌하게 파헤쳐 주고 있는 남정현의 작품 중 이 문제를 가장 직설적으로 다룬 세 편을 가려 뽑은 게 소설집『편지 한 통 – 미제국주의 전상서』(말, 2017)이다. 오늘의 한국이 국내외적으로 직면하고 있는 여러 문제점들을 이 책에 실린 세 편의 소설은 일목요연하게 정리해 준다.

남정현에 의하면 분단 이후 계속된 독재 체제는 '국가보안법 국가'에 의존하고 있다는 진단이다. 현행 헌법과도 모순되는 외세의존적인 평화통일 반대 이념을 주축으로 삼고 있는 이 법은 일제 파시즘의 식민통치 텃밭(치안유지법)에서 모종하여 독재자의 온실에서 리모델링한 것이라고 소설은 비꼰다. 따라서 식민지 시대의 독립투쟁과 8·15 이후의 친일파 청산 정신에 역행한다. 독재체제 유지를 위한 이 법은 민주주의, 통일과 반전 평화주의, 침략전쟁 반대, 미일 등 강대국의 외세 의존에 대한 비판 의식을 틀어막는 강력한 민족 주체의식의 마취제로 작용하고 있다.

보안법은 태어나는 순간부터 난산이어서 '국가를 보안'하기보다는 오히려 그 법 때문에 '국가의 안전을 위태롭게' 했다. 이 법은 1948년 12월 1일 법률 제10호로 전문 6조와 부칙을 제정, 1949년 12월 19일과 1950년 4월 21일의 개정에서 전문 2장과 부칙으로 개정, 시행 기일을 대통령령으로 정하도록 했으나, 정치적 상황 때문에 시행령을 제정 못해 서류창고 신세를 져야만 했었다.

6·25와 같은 대혼란 속에서도 이 법은 시행되지 않았기에 기실 이 무렵부터 징역을 살았던 장기수들은 국방경비법 등으로 긴 독방 신세를 져야만 했었다. 말을 바꾸면 국가보안법 유무가 국가적인 혼란을 다스리는 데서 아무런 영향도 못 미쳤다는 뜻이다.

정작 국가보안법을 정비한 것은 한국전쟁이 끝난 지가 한참 지난 1958년 12월이었다. 세칭 2·4파동(12월 24일의 약자)의 산물인데, 이 난동은 국회가 경호권을 발동하여 무술경관들이 폭력으로 야당의원을 몰아낸 후 여당 단독으로 통과시킨 야만적인 사건을 말한다. 야당(민주당)은 즉각 「국가보안법은 이와 같이 악법이다」라는 성명을 발표했다.

공산분자를 더 잡을 수 있는 이점보다도 언론 자유를 말살하고 야당을 질식시키며 일반 국민의 공사 생활을 위협할 해점(害點)이 심대하다…… 이 법안은 '국가 기밀'과 '정보'의 개념을 군사뿐 아니라 정치. 경제. 사회. 문화의 각 분야에까지 확대하여 국민 공사 생활의 거의 전 지역을 처벌 대상으로 하였는 바 아무리 강력전이라고 하더라도 '사회'와 '문화'의 영역까지를 '국가기밀'이라 하여 엄벌해서는 안 될 것이며 정치와 경제도 군사에 직결되는 특수 기밀만 보호하면 족한 것이고 그 한계는 법원 판례가 적정 해석하고 있는 것이다.

이어 "자유당은 자기들만이 반공인이고 여타는 모두가 용공자인 것 같은 망상과 형벌 가능의 착각을 버려야"된다고 충고한다. 많은 인재들이 이 법으로 생명을 빼앗겼거나 인생을 망쳤으며 청춘을 잃었다. 일곱 번이나 땜질해온 현행 국가보안법은 유엔을 비롯한 인권문제 관련 기구로부터 끈질기게 폐기 권고 제안을 받아오고 있는 터이다.

역사적인 격변을 거치면서 점점 형해화 되어가는 이 법의 위기의식을 풍자한 것이 남정현의 「편지 한 통 – 미제국주의 전상서」이다. 생존의 위기를 맞은 국가보안법이 자신을 길러준 미제국주의에게 제발 살려달라고 호소하는 서간체식 의인화 형식의 이 소설은 그 풍자의 익살스러움이 독자들의 배꼽을 움켜잡게 만든다.

"나(국가보안법)는 응당 당신(미제국주의)을 폐하나 전하가 아니면 최소한 그래도 각하 정도로는 호칭해 줘야만 예의"에 맞지만 호소의 편의상 "당신"이라 한다면서 참기 어려운, "유난히 치밀어 오르는 이 억울하고 분한 심정"으로 바치는 게 이 소설이다.

"당신. / 아, 미 제국주의 당신. 당신이야말로 나에게 있어선 그 누가 뭐라든 나의 구세주이시며 동시에 나의 영원한 어버이."

소설은 일제 식민지 시기의 학대와 수탈 속에서 탄생한 자신의 유년기의 아명이었던 '치안유지법'에 대해 회상한다. 조선인에게는 유독 잔혹했던 일제가 원폭 투하로 물러나고 등장한 미 군정 시기에 "삼팔선이 웬 말이냐 / 남북분단이 웬 말이냐 / 단독정부가 웬 말이냐 / 외세 물러가라 / 매국세력 청산하고 / 통일정부 수립하자"라며 "대한민국의 운명이 정말 풍전등화 격"이었을 때 "당신(미제국주의)의 심려가 얼마나 깊으셨습니까"

라고 국가보안법은 자신의 유년 시절을 추억한다. 치안유지법의 운명도 똑 같았다. 죽을 뻔 했으나 살아나 아명을 던지고 새 이름을 얻었을 때 "당신의 표정은 그야말로 환희 그 자체였습니다".

　　나에 대한 사랑과 믿음과 기대가 너무나 벅차서 말씀이 잘 안 나오던가 당신은 흡사 뭔가 귀한 보물을 쓰다듬듯 그렇게 나의 머리를 한참이나 쓰다듬어 주시더니 아주 느긋한 미소와 함께 다정한 목소리로, 너와 나는 같은 운명이다. 너와 나는 둘이 아니고 하나란 말이야. 이 세상 끝까지 같이 가자꾸나. 알았지? 그러시고는 내 손목을 꼭 잡아주시지 않았던가요.

　　이에 "두 눈에 시뻘건 불을 켜고" "당신의 앞길에 장애가 되는 온갖 잡귀"들을 다 쓸어내고 "당신의 귀중한 보물인 이 사우스 코리아는 여러 면에서 당신과 거의 일체감"을 이루도록 만들어 주었다며, "단 한 가지 아직도 미진한 점이 있다면 그것은 이 땅의 백성들이 평상시에 사용하는 언어 문젠데, 그것도 내 판단엔 머지않은 장래에 곧 해결되리라 믿습니다"고 고백한다. 한글말살과 영어 공용화를 지칭한 대목이다.

　　여기까지 소설은 과거의 회상을 다뤘지만 그 뒤부터는 해학과 풍자와 과장미를 극대화시켜 미래를 전망토록 유도해 준다. 후반부에서는 서간체를 버리고 보안법의 불평 어린 호소와 질문과 항의에 미 제국주의가 어르고 달래며 설득하는 대화체로 바뀐다. 기기묘묘한 이 대화를 통하여 작가는 오늘의 한반도 문제, 남북대립, 4강국의 내정간섭의 한계와 문제 등등 많은 과제 해결의 주체는 남북한 당사자임을 시사해준다.

　　이토록 진충보미盡忠報美하던 국가보안법이 위기를 맞은 것은 북 - 미간의 평화협정이다. 휴전협정이 평화협정으로 대체되어 비핵지대로 정착

되면 아무리 미국이 국가보안법을 애지중지해도 더 이상 살아남기 어렵다는 게 이 작품의 핵심이다. 그래서 국가보안법은 왜 북한과 평화협정을 체결하느냐고 미국에게 나무라는데, 이건 한국의 수구세력들이 평화협정을 반대하고 남북 대립과 전쟁위기를 구실 삼아 독재를 지속하며 미국의 무기를 대량 도입해주는 속내를 의인화한 것이다.

　미국이 그 막강한 무기로도 북한을 선제공격이나 일망타진 못하는 이유를 작가는 북한이 지닌 '도깨비방망이'라 밝혀준다. 그게 끔찍한 위력을 가진 이유는 "세포 하나하나가 다 아주 질기디 질긴 한恨으로 사무쳐 있더라는구나"라고 한다. 분단 이후 남북한이 겪었던 아픔을 촌철살인으로 표현한 대목이다.

2 ___『신사고』와 체제 위기의식

국가보안법이 위기에 몰리자 오로지 이에 의지해 호사를 누렸던 세력들도 아닌 밤중의 홍두깨를 만난 듯 경악하게 된 요지경 세태를 그린 게『신사고新思考 ─ 허허 선생 5』이다. '허허 선생' 시리즈의 주인공 허허許虛란 웃음소리의 의성어이기도 하다. 그의 아들 만은 아버지와는 대조적인 역사관을 지닌 청년이라 부자지간이지만 공존이 불가능한 별개의 존재들이다.

　허허 선생은 통일이란 말만 나오면 "보기만 해도 몸이 찌릿찌릿 움츠러드는 일본도", 그것도 "일본 황실을 상징하는 기꾸노고몬쇼오菊花 御紋章가 순금으로 노랗게 아로 새겨져 있는 그 환장할 일본도"를 빼어들고 설쳐댄다. 그는 일제 때 경찰의 첩자로 "조선의 독립운동을 위한 중요한 지하조직을 열 개 이상이나 적발해 낸 공로를 크게 인정받아 그 부상副賞으로 예의 그 일본도를 일본 천황한테서 직접 받았다".

8·15 후 친일파로 몰렸을 때 미군에게 자신의 처지를 호소하자 그들은 "우리 미군정이 정한 법과 질서를 어기는 불령不逞분자들, 이 나라에 지금 참 많습니다. 남북이 통일정부를 세우자는 놈들, 단독정부를 반대하는 놈들, 친일파 벌주자는 놈들, 미군 나가라는 놈들, 노조 만들자는 놈들, 지주 나쁘다는 놈들, 배고프다고 떠드는 놈들, 노동자가 나라의 주인이라는 놈들, 이놈들이 다 우리 미군정의 법을 어기는 불령분자들입니다. 말하자면 빨갱이들이지요. 이런 놈들 그냥 두면 허허 씨 같은 훌륭한 분들 큰일납니다. 다 죽습니다. 아셨습니까?"라고 애국에 앞장서라고 기운을 북돋아 준다.

미군 덕에 호강하며 살아오던 허허 선생이 늘그막에 통일론의 성행으로 위기를 느끼자 천연 암벽을 이용해 어머어마한 지하궁전을 준공하여 "제 음성을 입력시켜 놨기 때문에 제 목소리가 아니면 절대로 문"이 안 열리도록 장치한다.

"주한 미국인 중에서도 미 정부의 의사를 가장 잘 대변"하는 토머스는 이 궁전을 보고 "이제 여러분들은 살았습니다. 영원히 살았습니다. (…중략…) 설령 핵전쟁이 일어난다 해도 이곳만은 안전지댑니다. 그 어떠한 핵도, 핵의 방사능도 이곳만은 범할 수 없습니다. 사실은 핵뿐이 아니라, 제아무리 작은 그 어떠한 형태의 세균도, 바이러스도 이 지하궁전만은 침범할 수 없습니다"라고 논평한다.

이 궁전은 크게는 한미방위조약일 수도 있고, 세목으로는 미국의 핵을 비롯한 신무기 도입 및 자유무역협정과 신자유주의 이데올로기의 한국 정착화 등등을 시사할 수도 있다. 토머스는 이 궁전이 외침만이 아니라 내부의 침탈자들까지도 철통방어가 가능하다고 한다.

주제넘게 세상이 어떻고 어떻다고 떠들면서 우리들의 이 좋은 세상을 망치려 드는 소위 그 불온분자들 말입니다. 그저 찍 하면 자주니, 민주니, 노조니, 통일이니, 개나발이니 해싸며 밤낮없이 떼 지어 몰려다니면서 여러분들한테 주먹질이나 일삼는 그 따위 천하에 못된 순 불한당 같은 놈들 말입니다. 그런데 제 말씀은 설령 놈들의 세력이 커질 대로 커져서 세상을 완전히 장악하는 일이 생긴다고 하더라도 말입니다. 제깐놈들의 주제에 이 지하궁전이야 어쩌겠느냐, 이 말씀입니다. 안 그렇습니까? 설령 또 놈들이 이곳까지 쳐들어온들, 이 거대한 절벽 앞에서 놈들에게 무슨 용빼는 재주가 있겠습니까? 닭 쫓던 개꼴이 되겠지요. 하하하.

이 대목을 정독하면 한국에서 민주화가 정착하여 재벌개혁이니 정치혁신 등등이 이뤄지더라도 이 지하궁전은 안전하다는 의미다. 이곳의 비밀통로가 "핵무기로 완전 무장한 우리 미군기지로 연결되어" 있기 때문이다.

이렇게 안전망을 구축한 허허 선생은 느닷없이 미군 철수, 통일, 북한은 통일의 동반자 운운하여 세상을 놀라게 만든다. 아들이 그 이유를 묻자 "어떤 놈들이 고 따위 생각을 하고 있나 세세히 한번 알아 보려구 말이다. 약 오르지? 요놈아. 히히히"라며, 그게 '신사고'라고 해명한다.

신자유주의로의 전환을 허허 선생은 신사고로 부르며 최후의 자기 생존권을 위장보호하나 정작 그 웃음은 허허가 아니라 '히히'로 바뀌어 위기의식이 느껴진다.

3 ___ 「분지」와 핵 위협 속의 민족 생존권

엘빈 토플러는『전쟁과 반전쟁 ─ 21세기 출발점에서의 생존전략War and Anti-War: Making Sense of Today's Global Chaos』(이규행 역, 한국경제신문사, 1994)에서 미국은 향후 전투병을 전장에 대거 투입하는 재래식 전쟁이 아닌 컴퓨터와 최첨단 무기를 동원하는 새로운 전쟁을 감행할 것이라고 예언했고, 이미 중동사태에서 이 사실은 입증되고 있다고 주장했다. 냉전을 빌미삼아 세계 헌병 노릇을 해왔던 미국은 이데올로기가 표백되어 버렸는데도 여전히 러시아와 중국을 적대시하며 그 방어벽으로 한국을 이용하고자 남북 대결을 부추겨서 대 중국, 대 러시아 전초 기지로 우리의 국토를 징발하고 있다. 남북 평화협정 하나면 우리는 평화롭게 살 수 있는데, 미국은 북한을 '악의 축'으로 몰아세워 최첨단 무기로 온갖 위협을 가한다. 이에 북은 비대칭적 전술Asymmetrical Warfare로 핵실험을 감행하여 미국이 의도한 대로 남북은 극한대치하게 되어버렸고, 한국은 미국에 예속상태를 그대로 유지하고 있다.

비대칭 전술이란 적의 힘을 우회circumvent하거나 손상시키기 위해 예견할 수 없었던 기술이나 혁신적 수단을 동원하여 적의 약점vulnerabilities을 이용하는, 예측 불가능하면서도 비전통적인 접근방식unanticipated and non-traditional approach이다. 쉽게 말하면 미국이 북한을 전면 공격하면 재래식 전쟁으로는 북한이 방어하기가 쉽지 않을 것이다. 따라서 미국은 언제든지 북한에 대한 선제공격이 가능해진다는 가설이 성립된다. 이럴 때 북한은 핵무기, 생화학무기, 탄도미사일 등으로 상대에게 가공할 만한 반격력을 갖추는 방법밖에 없는데, 이게 비대칭적 전쟁이며, 바로 북핵문제도 이런 시각으로 접근해야 풀 수 있다. 이런 비대칭적 전쟁의 개념을 이해하려면

'멜로스인의 복수'라는 이론을 이해해야만 된다.

「멜로스인의 복수 – 비대칭적 위협과 차기 4개년 국방계획The Revenge of the Melians : Asymmetric Threats and the Nest QDR」이란 제목의 이 보고서는 미 국방 대학 산하의 국가전략연구소INSS, The Institute for National Security Strategy가 2000 년에 펴낸 것으로 작성자는 케니스 맥킨지Kenneth F. McKenzie, Jr이다. 미국에 서는 4년마다 기존의 국방정책을 검토·수정하는 이른바 「국방 4개년 평 가보고서QDR, The Quadrennial Defense Review」라는 것을 펴내는데, 이 보고서는 본격적인 QDR을 앞두고 역점을 둬야 할 내용들을 제시한 일종의 예비 작업이라고 할 수 있다.

이 보고서는 다음과 같은 옛날 이야기를 인용하며 시작된다.

기원전 416년, 동부 지중해의 패권을 장악하고 있던 아테네가 이끌었 던 군사동맹체인 델로스동맹은 숙적 스파르타가 주축이 된 펠로폰네소 스동맹과 전쟁을 벌이고 있었다. 아테네는 전쟁의 승패를 가늠하게 될 결 정적인 전투를 앞두고 북쪽에 위치한 전략적 요충지인 도시국가 멜로스 에게 아테네가 이끄는 델로스동맹에 가담할 것을 요구했다. 그러나 멜로 스인들은 중립을 고수한 채 아테네에 대한 군사적 협력을 일체 거부했기 때문에 결국 아테네는 멜로스를 침공해 모든 성인 남성을 학살하고 여성 과 아동은 노예로 끌고 갔다. 이것이 로마 시대의 역사학자 투키디데스에 의해 전해 내려오는 고대 그리스의 한 약소국이 겪은 비극적 운명의 전말 이다.

그로부터 2400년 후 '현대판 델로스동맹'이라 할 만한 전 세계적 규모 의 군사동맹을 주도하고 있는 초강대국 미국의 군사정책을 제언하고 있 는 이 보고서는 새삼스레 까마득한 과거의 역사적 사건에 대한 기억을 상 기하면서 진지하게 다음과 같은 질문을 던진다.

"국력과 규모에 있어서 현격한 차이가 났던 아테네와 전면전을 벌일 경우 멜로스가 멸망하리란 것은 불을 보듯 뻔한 일이었다. 그러나 만에 하나 멜로스가 아테네 본토에 대해 약간이라도 보복적인 타격을 입힐 능력을 보유하고 있었다면 아테네가 섣불리 중립국을 침공할 수 있었을까?"

당시의 군사기술적인 여건 아래서는 그런 보복수단은 존재하지 않았고, 그렇기 때문에 아테네가 멜로스에 대해 취한 무자비한 군사행동은 아무런 공포나 부담 없이 쉽게 결정할 수 있었다는 것이다.

그러나 오늘날 '21세기의 멜로스인들', 즉 약소국들은 '21세기의 아테네'(미국)가 자신들을 2400년 전처럼 쉽사리 침략하는 것을 막을 수단들을 보유할 수 있게 되어 버렸다. 생화학무기 등 대량살상 무기의 확산, 핵무기, 미사일 기술의 확산, 그리고 테러 등이 바로 그러한 약소국들의 억지력이 될 수 있기 때문이다. 현대 문명은 '멜로스인들의 보복'이 가능할 만큼 발전했다는 것인데, 이것이야말로 21세기 미국이 직면한 최대의 위협이 된다.

결국 미국이 추구하는 바는 "멜로스인들이 보복할 수 있는 가능성을 봉쇄하는 것"이며, 미국의 반테러 전쟁도 단순한 치안 차원이나 단기적인 응징 보복을 떠나서, 거시적으로는 미사일 방어계획과 궤를 같이 하는 방어적 억지의 연장선상에 서있다.

스스로는 어떤 손실의 위험에도 구속받지 않으면서 무한한 군사적 우위를 추구하는 것, 그렇게 함으로써 멜로스인들을 영원히 지배하는 것, 이것이 대테러전쟁의 근저에 깔려있는 미국의 안보관이요, 세계관인 것이다.

남정현의 「분지」는 양공주를 등장시켜 한반도의 핵전쟁 위험에 적신호를 보낸 탁월한 형상화인데, 흔히들 홍만수가 스피드 상사의 부인을 겁탈한 것으로 잘못 알고 있다. 겁탈했으니 펜타곤의 핵 공격을 당하게 된다는 게 아니라 겁탈을 하지도 않았건만 펜타곤이 겁탈 했다고 거짓 선전하면서 향미산(한반도)을 핵무기로 포위한다는 고발이 「분지」이다.

바로 남북한의 적대시가 얼마나 허황된 어리석음인가를 일깨워주는 작품이다.

(남정현 소설집 『편지 한 통 – 미제국주의 전상서』 해설을 수정 · 보완)

뺨 얻어맞고
두 여인을 울리다

남정현 산문집 『엄마, 아 우리 엄마』를 읽는 재미

단 한 편의 소설로 통쾌하게 당대의 민족사적인 아픔을 달래 줄 수 있는 작가라면 실로 경이로운 존재다. 분단 시대의 냉전체제 아래서 깊숙이 마취당했던 민족의식을 일깨우는 기상나팔을 울린 「분지」의 작가 남정현이 바로 그런 경이의 작가다.

남정현이 어떻게 이와 같은 경이로운 작가로 성장했으며, 작가수업이나 소년시절에는 어떻게 보냈을까 등등에 대한 궁금증은 많은 독자가 가진 답답한 문제의 하나일 것이다. 한국의 어떤 작가보다도 자신의 일신상 문제를 거의 거론하지 않기로 유명한 작가인지라 베일 속의 작가의 세계는 언제나 호기심의 대상이었다.

남정현의 산문집 『엄마, 아 우리 엄마』(답게, 2018)는 이 작가가 독자들에게 공개하는 하나의 자기고백적인 선물이다. 여기서 우리는 이 작가가 왜 「분지」를 썼으며, 그 작품으로 말미암아 어떤 고통을 받았는가를 엿볼 수 있다. 아울러 어린 시절부터 청년기에 이르기까지의 성장 상황도 비교적으로 자상하게 이해할 수 있게 된다. 작가의 비밀의 세계를 파고드는 몰카와 같은 역할을 이 산문집은 너끈하게 수행해 준다.

그는 이미 반세기 전에 남북과 북미 사이에는 필연적으로 평화협정이 맺어질 수밖에 없을 것이라고 신념처럼, 예언처럼 설파했다. 그런 단계에 이르는 과정에서 불가피하게 핵문제가 대두할 것이며, 그 문제도 해결되고야 말 것이라고 냉철하게 전망했다. 핵문제란 북한의 입장에서는 한국전쟁 때 겪었던 미국으로부터의 핵 공격 위협에 대한 알레르기적인 반응을 의미한다.

한국전쟁이 격화일로로 치닫고 있었던 1950년 11월 30일, 트루먼 미대통령은 "공공연하게 원자탄을 들먹거렸다". "기자회견에서 상황을 역전시키기 위해 어떤 조치를 취할 것인지를 질문 받고, 그는 원자탄을 사용하는 방안을 적극 고려중임을 두 차례에 걸쳐 언급하면서 어떤 종류의 무기라도 사용할 것임을 시사하였다.(브루스 커밍스·존 할리데이, 차성수·양동주 역, 『한국전쟁의 전개과정』, 태암, 1989, 123쪽)

이어 이 책은 이렇게 밝혔다. "기자회견 날인 11월 30일 다음과 같은 명령이 하달되었다. '전략공군사령부는 중폭격기부대를 지체 없이 극동으로 출격시킬 준비가 되도록 태세를 갖출 것…… 이번 증파에는 반드시 핵무기가 포함되어야 한다.'"(125쪽) 이어 점점 더 위기는 고조되었다.

12월 9일 맥아더는 원자탄 사용이 사령관의 자유재량에 맡겨지기를 원한다고 언급하였다. 미군이 동해안으로 패퇴한 날 그는 26발의 원자탄이 필요할 것으로 판단되는 '저지목표물 목록'을 제출하였고 또한, 침략군에게 쓸 4발과 적 공군력을 집중 공격하기 위한 4발을 추가로 원했다. 사후에 출간된 인터뷰에 따르면 그는 자신은 당시 열흘 만에 승리할 수 있는 계획이 있었다고 말했다. '나는 만주의 숨통을 따라 30~50발의 원자탄을 줄줄이 던졌을 것이다. 그리하여 50만에 달하는 중국 국부군을 압록강에 투입하고 우리의 뒤편인 동해에서 황해까지에는 60년 내지 120년 동안 효력이 유지되는 방사성 코발트를 뿌렸을 것이다. 소련은 아무 일도 할 수 없었을 것이다. 나의 계획은 완벽했다'고 확신에 차서 말하였다.(같은 책, 128~130쪽)

여러 정세에 의하여 한국전쟁 당시에는 핵 폭격을 피해갔지만, 휴전 이후 남북한은 이 때 겪었던 핵 공포로부터 결코 한시도 벗어날 수 없다는 점을 강조한 것이 남정현의 「분지」였고, 그래서 이 작품은 한반도 비핵화를 강조한 첫 소설이기도 하다. 소설에서는 주한 미군 스피드 상사의 아내에게 점잖지 못한 행위를 한 홍만수라는 한 개인을 처치하고자 "1만 여를 헤아리는 각종 포문과 미사일, 그리고 전 미군 중에서도 가장 민첩하고 정확한 기동력을 자랑하는 미 제 엑스 사단의 그 늠름한 장병들이 신이라도 나포할 기세로" 향미산을 포위하는 장면이 나온다. 말하자면 "만수란 이름의 육체와 또한 그의 혼백까지를 완전히 소탕"하려는 "핵무기의 집중공격"을 시도한 것으로 「분지」는 묘사하고 있다.

그래서 이 소설은 핵무장을 갖춘 나라들에게 언제나 공격의 위협에 노출되어 있는 핵무장을 못 갖춘 지구상의 모든 나라들의 위기 상황을 상징적으로 그린 작품이기도 하다. 어째서 미국이 보유한 막강한 핵은 안전하고 일개 약소국가가 가진 핵은 위험하니 절대로 핵무장을 해서는 안 된다는 핵확산금지조약Nuclear nonproliferation treaty, NPT 의 부당성은 아예 거론조차 못하게 되어 버렸는가.

휴전 이후 미국은 그 막강한 무기로 항상 북한을 선제공격이나 일망타진 할 야망을 버리지 못했을 터인데, 이를 실현하지 못한 이유를 작가 남정현은 북한이 갖고 있는 '도깨비방망이'때문이라고 비유한 건 소설 「편지 한 통 ― 미 제국주의 전상서」(작품집 『편지 한 통』, 도서출판 말, 2017 수록)이다. 이 소설에서 남정현은 소국인 북한이 핵무장까지 갖춘 가공할 존재로 변모한 이유를 "세포 하나하나가 다 아주 질기디 질긴 한으로 사무쳐" 있기 때문이라는 지극히 신비주의적인 이유를 거론한다.

한恨이라! 작가는 북한이 가진 한의 근원을 어디서 찾고 있을까? 얼마나 한에 사무쳤으면 그리도 냉혹 삼엄한 체제로 지구상의 최대 강국과 맞장이라도 뜨겠다는 배포를 부리고 있을까.

그 해답은 한국전쟁에서 찾을 수 있을 것 같다. 핵공격을 저지당하자 미국은 재래식 무기로 북한을 공격했다.

> 1950년 11월 초순 이후 맥아더는 북한의 수천 평방 마일에 이르는 지역 내의 '모든 시설물, 공장, 시가지, 마을'을 폭격하여 전선과 중국 국경선 사이를 완전히 황무지로 만들어 버리라고 명령했다. 11월 8일 B-29 70대가 신의주에 소이탄 550톤을 투하하여 '그곳을 지도상에서 완전히 지워버렸다. 1주일 후에는 회령이 네이팜탄의 강폭으로 '전소'되었다. 11월 25일까지 '압록강과 그 이남의 적 최전방 사이에 있는 대부분의 북서지역이 대충 불타버렸다'. 이제 그 지역은 '초토화된 폐허'가 되어 버린 것이다.(브루스 커밍스·존 할리데이, 차성수·양동주 역, 『한국전쟁의 전개과정』, 태암, 1989, 123쪽)

맥아더의 핵 폭격 꿈이 저지당하자 재래식 폭격은 강화되었다. "12월 14~15일 공군은 평양에 70만 5백 파운드의 폭탄과 네이팜탄, 그리고 175톤의 대형시한폭탄을 투하하였다."(위의 책, 132쪽)

시한폭탄은 72시간 이내에 뜻밖의 순간에 폭발하도록 조작되어 있었다.

화학무기 사용도 고려(혹은 실시)했고 휴전회담 때 논쟁도 되었다. 이에 대해서는 "우리가 가스를 사용한다면 우리도 그렇게 보복당할 수 있다"(131쪽)는 이유 때문에 자제하지 않을 수 없었다고 해명했지만, 다른 기록에서는 세균전을 실시했다는 증언도 있다.

오스트레일리아 빈민 출신으로 제2차 세계대전 중 프랑스의 친독 괴뢰 비시정권Régime de Vichy을 비판하면서 기자생활을 시작한 버체트Wilfred Graham Burchett(1911~1983)기자는 중국, 버마를 거쳐 원폭 투하의 히로시마 르포로 주목을 받았는데,『히로시마의 그늘』(표완수 역, 창작과 비평, 1995)이 바로 그 산물이다. 세계 분쟁지역의 민감한 영역을 넘나들며 냉전체제 아래서 침략행위의 진상을 폭로하는 데 앞장섰던 그는 1951년 프랑스의 『위마니테L'Humanité』기자 신분으로 중국을 거쳐 한국전쟁 문제에 집착, 판문점에만 머물지 않고 당시의 북한을 밀착 취재하여 국제적인 명성을 얻었는데, 그 기록이『또 다시 북한에서Again Korea, ふたたび朝鮮で』였다. 저자가 읽은 건 일역본(W. G. バーチェット, 우치야마 쓰도무内山敏 역, 紀伊国屋書店, 1968)이었는데, 미국의 세균전을 신랄하게 추궁했으며 판문점에서 외신 기자들에게 그 내용을 설명하는 사진이 무척 인상적이었다.

한국전쟁은 한반도 전역의 초토화였기에 전쟁은 어떤 대가를 치르더라도 피해야 하며, 평화체제 구축이 유일한 해결책이며 민족사적인 당위론임은 재론의 여지가 없다.

한의 실체를 이해하기 위해 한국전쟁 때 북한의 정황을 다룬 기록을 통해 살펴보자.

전쟁 기간에 이북 지역에 투하된 폭탄은 총 47만6천 톤이었다. 이것은 태평양전쟁 기간인 3년 8개월 동안 각 나라에 투하한 폭탄량과 맞먹으며, 2차 세계대전 기간에 독일에 투하한 폭탄 수를 훨씬 초과하는 양이었다.(역사문제

연구소 기획, 『사진과 그림으로 보는 북한 현대사』, 웅진 지식하우스, 2014, 116쪽)

이런 파국적인 비참상을 북한의 시인 조기천趙基天(1913~1951.7.31. 미군
폭격으로 죽음)은 "세계의 정직한 사람들이여 / 지도를 펼치라 / 싸우는 조
선을 찾으라 / 그대들의 뜨거운 마음이 달려오는 이 땅에서 / 도시와 마
을은 찾지 말라"라고 했다. 도시와 마을이 사라져 버린 참담한 풍경을 그
는 "남북 3천리에 잿더미만 남았다 / 태양도 검은 연기 속에서 / 피 같이
타고 있는 조선 / 폭격에 참새들마저 없어진 조선!"(조기천, 「조선은 싸운다」,
1951)이라고 차탄嗟歎했다.

이때 형성된 한의 정서는 바로 그 이전 일제 식민지 시대의 고통의 한과
엉켜서 하나가 된 역사적인 응축물임을 남정현은 지적하고 있는 셈이다.

이 산문집에 실린 글에서 작가는 아래와 같이 말한다.

> 세계 최강의 미국이 북의 존재를 완전히 지워 버리기 위해 정치, 경제, 문
> 화, 군사 등 온갖 수단을 다 동원하여 그렇게 오랜 세월 목을 짓누르고 있는데
> 도 도대체 북은 무슨 재주로 지금도 고개를 꼿꼿이 쳐들고 미국과 당당히 맞
> 서 있는가를, 그 비결을 다소나마 알아보고 싶어서였다.(「5박 6일의 성과」)

여기서 작가는 그 해답을 "뭔가 역사적으로 주변 강대국들한테 늘 짓
눌리고 멸시만 당하던 억울함" 즉 한의 민족적 정서에서 찾고 있다. 그래
서 "수많은 핵무기로 무장한 미국이 한반도 내에서 끊임없이 북의 존재
그 자체를 위협하고 있는 한, 다시 말하면 미국이 진정으로 제국주의 정
책을 포기하고 북과 행동으로 실질적인 관계 정상화를 도모하지 않는 한
북핵문제"는 해결하기 어렵다는 것이 작가 남정현의 남 - 북 - 미 및 동

아시아의 평화관이다.

남정현은 산문 「파란 피부」에서 「분지」 사건 이후 두 번째로 연행, 투옥 당했던 체험담을 펼친다. 「분지」로 당했던 고통의 상처로 글을 쓸 엄두도 못낸 채 소시민적인 생활에 젖어들 무렵이었다. "오랜 세월 친분을 나누며 지낸 김성환金星煥 화백(〈고바우 영감〉으로 유명)의 소개로, 약 이백여 명의 사원을 거느리고 당시엔 우리 색판色版인쇄계에서 선도적인 역할을 하던 한국문화 인쇄주식회사의 편집주간이란 중책"을 맡아 생계의 자리가 잡히자 작품도 계속 써볼 요량이었다. 그런데 1974년 "유난히도 싸늘하던 초봄, 어느 날의 퇴근길에 두 사람의 기관원에 의해서 강제로 연행되어 '남산'의 지하실에 처박히고 말았다". 바로 긴급조치로 인한 예비검속이었다.

그때 민청학련사건을 조작했던 유신정권의 그 흉악한 음모와 그 와중에서 내가 겪었던 일들을 이 좁은 지면에다 담을 수는 없다. 나는 다만 그저 당시 '남산'의 그 으스스한 지하실에서 내가 목격한 그 파란 피부의 사나이, 아니 도저히 인간의 살갗이라곤 말할 수없는 한 인간의 그 파란 피부에서 받은 그 강한 충격의 여파가 그 후 이십오륙 년이나 지난 오늘날까지도 내 의식의 사이사이에 끼여 가지고는 이따금 나를 깜짝깜짝 놀라게 한다는 사실을 말하고 싶을 뿐이다. 그렇다 생각하면 그것은 전율(戰慄) 바로 그것이었다.(「파란 피부」)

"파란 잉크통 속에 사람을 몇 날 며칠 푹 담가 놓았다가 방금 꺼내놓은 것 같다는 생각"이 들 정도로 "온몸이 파란 사나이"는 고문의 흔적이 낳은 결과였다. 작가는 "저분은 누굴까? 이름은? 그러나 끝내 나는 그것을 확인할 길이 없었다"라고 쓴다.

그러면서 "내가 혹시 그 생지옥 같은 지하실을 끝내 빠져나가지 못하고 그 자리에서 숨을 거두는 일이 생긴다면 나는 작가의 한 사람으로서, 저승에 가서라도 꼭 염라대왕을 찾아가 나라와 민족 앞에 저지른 박정희의 그 만만치 않은 죄상을 내가 본 만큼 내가 본 그대로 낱낱이 고발해야겠다는 생각"을 가진다고 작가는 토로했다. 남정현 작가는 그 남자가 인혁당 관련자로 심한 고문을 당했던 황현승黃鉉昇(1934~)이었음을 나중에 알게 되었다고 저자에게 밝혔다.

인민혁명당 재건위 조작사건에 연루되어 희생된 김용원金鏞元(당시 경기여고 교사)과 오산고교와 명성여고 등에서 동료교사로 친분을 쌓았던 황현승은 남산의 중앙정보부로 연행(1974.5.2. 당시 광신상고, 현 광신정보산업고등학교 교사)당해 5일간 구타, 물고문, 전기고문으로 피부가 온통 파랗게 변질되어버린 상태를 남정현이 본 것이다. 15년형을 선고받았던 황현승은 7년 10개월 만에 형 집행정지로 출옥(1982년 3·1절 특사)했지만 건강 악화에 머리가 하얗게 세어 버렸다.

사실 파란 피부의 사나이에 못지않게 「분지」 사건으로 남정현도 당했다. 그는 정보부에서 뺨을 엄청나게 맞아서 양쪽 다 퉁퉁 부어올라버렸다. 뺨을 때릴 때는 누구나 이빨이 안 다치게 어금니를 꽉 깨물라고 하지만 그래도 워낙 세게 수없이 때리다 보니 치근이 흔들거렸다. 귀가하자 작가의 부인이 보고는 너무나 놀라 "당신 얼굴이 왜 네모졌어요?"라며 흐느껴 울었다고 한다. 역삼각형의 남정현이 뺨 아래가 부풀러진 모습을 꼬집은 말이다. 작가는 이가 흔들거려 치과엘 갔는데, 온갖 검사를 다 해보고는 의사가 이런 증상을 처음 본다면서 도리어 작가에게 왜 이렇게 되었는지 이유를 물었다. 하는 수 없이 그는 서울대 치대 병원으로 가서 재검사를 받았지만 여전히 이유를 모르겠다며 상냥한 한 여의사가 계속 따져 물었다. 이에 작가는 어쩔 수 없이 매 맞은 사연을 이야기 했더니 여의사의 눈에 이슬이 맺혔다. 정보부가 죄 없는 두 여인을 울린 것이다.

신기한 이야기를 많이 듣고 살아왔지만 뺨 맞기로 얼굴의 형태가 변했다거나, 어금니 전체가 지진을 만난 듯이 뒤흔들어대게 했다는 기문은 처음이다.

남정현에게는 더 익살스러운 이야기도 들을 수 있었다. 「분지」 사건 초기, 남산이 아닌 어떤 위장 시설에서 심문을 당할 때였는데, 탁자를 가운데 두고 마주 앉은 조사관 옆에 『쿠오 바디스』에 등장하는 리기아 공주의 경호원 우르수스를 닮은 거인이 묵직한 나무 기둥 같은 걸 곧추 세워 쳐들고 있다가 심문 담당자가 "나는 반공투사다!"라고 외칠 때 '다!'라는 발음에 맞춰 그 기둥을 들었다가 쿵하고 내리찧는 것이었다. 듣기로는 우습지만 현장에서야 얼마나 끔찍했을까.

「분지」처럼 재미있게 읽히는 이 산문집을 통하여 남정현 문학에 대한 연구가 더 심오하게 진척되기를 기대한다.

(남정현 산문집 『엄마 아 우리 엄마』, 답게, 2018의 해설을 보완·수정)

남과 북,
그리움과 미움의 변증법

황석영『손님』과 손석춘『아름다운 집』을 읽고

1___ 통일론과 북한연구

북한연구는 통일론과 대북 정책에 따라 오르내리는 주가株價처럼 무상하다. 남쪽의 연구 경향이나 정권의 입맛에 따른 주장 혹은 냉온탕을 오가는 여론전에 상관없이 북은 북 나름대로 객관적이고 독자적으로 존재한다. 따라서 북 나름대로의 객관적인 인식을 위한 패러다임으로 바꿔야 하지만 남한에게 북한은 여전히 신기루 현상으로만 존재하는 듯 혼란스럽다. 이런 현상에 대하여 이종석은 "이데올로기나 학문적 투기꾼이 활개를 치던 북한연구 시대는 지나가고 있다"라는 말로 축약하지만 어떤 의미에서는 여전히 시류를 탄 아류가 판을 그르치고 있기도 하다. 투기꾼은 연구에만 국한된 게 아니라 북한과 관련된 많은 인접 분야들도 시류적인 유행에 빠뜨려 타락시키고 있음을 부인하기 어렵다. 통일운동이나 '북한 돕기'라는 이름 아래 진행되고 있는 여러 교류, 방문, 행사들이 과연 냉전체제의 탄압 속에서 피와 눈물로 소망해왔던 민족 주체성에 입각한 방향으로 나가고 있는지 자성토록 만든다. 냉철한 자기성찰과 역사적 인식에 대한 회개의 겨를도 없이 국내 정치의 연장선에서 분단과 민족문제의 인기주의와 행사 위주의 건수주의가 급류를 타고 있는 것은 아닐까.

이런 분위기가 이명박 정권이 들어서면서 급냉각, 남북은 저 암울했던 1950년대의 위기의식 수준으로 인공 얼음을 양산해 내고 있는 실정이다. 더구나 박근혜 정권 아래서는 이명박 때보다 더 옹졸한 정책으로 남북은 냉전의 극한으로 치달았으나 촛불혁명 이후 문재인 정권의 형성으로 북에 대한 인식은 노무현 정권 시기의 향수로 원상복구 중이다. 이런 정치권의 시대적 상황은 차치하고 그간의 분단극복 문학은 대체 어디쯤 가고 있을까를 진단해 보려는 것이 이 글의 목적이다.

북한을 어떻게 보며, 그 평가 기준은 무엇이냐는 질문은 아무리 반복해도 지나치지 않은데, 이종석은 『새로 쓴 현대 북한의 이해』에서 몇 가지 관점으로 범박하게 분류하여 소개하고 있다. 이 저서에 나타난 북한체제 인식 방법론과 주장자를 요약하면 아래와 같다.

　1. 전체주의론 : 주창자는 프리드리히(Carl J. Friedrich)와 브레진스키(Zbigniev K. Brezezinski). 유일적 이데올로기, 1인에 의해서 지도되는 유일당, 테러적인 경찰, 정보 독점, 무력 독점, 중앙집권적 통제경제 등에다 영토의 확장, 사법부에 대한 행정력의 통제 추가.

　2. 사회주의적 조합주의론 : 커밍스(B. Cumings)의 주장. 파시스트와 공산주의의 전체주의적 독재는 차이가 있다는 입장에서, 중앙집권주의와 하향원칙은 스탈린식 사회주의를 모방했지만 아시아 문화적 특징으로서 위계적 질서와 상급자와 연장자에 대한 복종의 원칙이 결합된 것으로 파악한다. 커밍스는 북한을 위계적 질서, 유기적 관련성, 가족이라는 세 개의 테마와 이 테마들에 알맞는 정치적 부성(fatherhood), 정체(body politic), 거대한 사슬(Great

chain)이란 세 이미지로 구성되어 있다고 본다.

3. 신전체주의론 : 주장자는 매코맥(G. McComack). 전통적인 전체주의와는 달리 감시. 테러. 국가행사를 통한 대중 동원이란 3중 혼합 모델로 파악.

4. 유격대국가론 : 와다 하루키(和田春樹)의 주창. 당. 국가. 사회단체가 일체화한 구조로서의 국가사회주의에 기초하여 수령에 대한 충실성과 공산주의적 인간상을 지향하는 혁명전통의 체현으로 인식.

5. 수령제론 : 주창자는 스즈키 마사유키(鐸木昌之). 소련형의 당 국가 시스템 위에 수령을 올려놓은 체제로 해석.

6. 유일체제론 : 이종석. 1인 집중 권력뿐만 아니라 최고 지도자(수령) 중심으로 전체사회가 전일적인 하나의 틀로 편재되어 혁명적 수령관. 후계자론. 사회정치적 생명체론으로 일관된다고 분석.

(이종석,『새로쓴 현대 북한의 이해』, 역사비평사, 2000, 113~122쪽에서 간추림.)

전문가가 아닌 저자로서는 이 문제에 대하여 왈가왈부할 처지가 아니지만 우주 삼라만상에 접근 이해하는 방법론으로 사회과학은 너무 고착적인 정지된 법칙에 의존해버릴 우려는 없지 않을까 싶기도 하다. 특히 문학적 접근법을 고려하면 사회과학적 인식의 가치평가는 다분히 도식성을 지닐 수도 있겠구나 하는 의구심이 남는다. 거시적 관점으로는 이런 결론이 가능하겠지만 미시적인 문학예술적 관찰로는 영 어렵기만 한 쟁점이다.

어떤 관점이든 남북 사이의 이질적인 가치관은 변함이 없는데, 이와 병행하여 1990년대 중반 이후부터는 '통일방법론'의 모색에서 남북한 '사회통합론'으로 변모하고 있는 것 또한 사실이다. 남북사회통합론에 대한 연구 추세가 지닌 역사적인 의의는 "90년도 전반기의 남북한의 인구구조에서 한국전쟁을 체험하지 못한 사람들, 즉 1954년(이후)에 태어난 사람들이 차지하는 비율은 한국의 경우 약 69%, 북한의 경우는 약 74%에 이른다. 그러나 공존체제가 무르익는 2010년이 되면 전후세대가 차지하는 비율은 한국의 경우 약 80%, 북한의 경우 약 90%에 이를 것으로 추산된다".(양호민 외, 「통일 – 어떻게 되어갈까」(제2부), 『남과 북 어떻게 하나가 되나 – 한반도 통일의 현실과 전망』, 나남, 1992, 228쪽 참조)는 지적에서도 찾을 수 있다.

통합은 통일이 만들어 내는 상황이고 통일 이후에 일어나는 과정이다. 통일이 완성되면 문화 통합이 시작된다. 통합은 integration이란 낱말이 시사하듯이 두 개 이상의 체제가 잘 기능하는 하나의 체제를 이룩하는 것을 의미한다.

따라서 통합은 통일에 이르는 과정에서 거쳐야 할 하나의 단계로 파악하기보다는 남북 분단 상태가 종식된 후, 통일된 사회 내에서 남북한 주민이 '더불어 살아가는' 삶의 방식을 정착시켜 가는 과정을 뜻하는 것으로 볼 수 있다.

(최협, 「남북한 사회통합의 과제와 전망」, 이온죽 외, 『남북한 사회통합론』, 삶과꿈, 1997, 133쪽에서 재인용. 이 저서는 남북한 통합문제에 대한 총체적인 접근론 연구에 유용함. 이 분야에 대한 참고로는 이온죽, 『북한 사회연구 – 사회학적 접근』, 서울대 출판부, 1988. 이 저서에는 북한 사회분석의 자료로 북한소설을 많이 활용했다.)

통일의 당위성에 대한 설교로부터 벗어나 한국문학이 남북한 통합의 현실적인 정서적 형상화를 창출해내기 위해서는 무엇이 검토되어야 할까. 먼저 이제까지의 분단주제 문학이 이룩해냈던 성과에 대한 평가와 이를 바탕으로 한 진로 모색이 이뤄져야 할 것이다.

2 ___ 올라간 사람들과 내려온 사람들

어째서 한 사회가 꼭 이러이러한 틀 위에서 존립한다고 규정해야만 될까라는 의구심은 이종석의 이 저서에서 또 다른 해답을 찾게 해주었다. 이저서 제1장 「연구방법의 모색」의 「분석 수준」에서 그는 ①비교 분석과 구조적 분석, ②역사문화론적 분석 및 역사적 분석, ③적대적 의존관계와 거울영상 효과로 나눠 접근한다.

부언할 필요도 없이 ①은 다른 사회주의 국가들이나 집단과 비교 분석하는 방법론이며, ②는 어떤 사회든 역사적 형성물이므로 전승문화와 내면화된 문화가치에 바탕삼은 현대 북한체제를 이해하려는 관점이다. 주목할 대목은 ③인데, 이는 "소련과 미국관계를 설명하는 개념으로 제시된 것으로써 '상대방의 나에 대한 왜곡된 인식이 그에 대한 나의 왜곡된 인식과 절묘하게도 유사한 것'을 가리켜 부르는 말"로 풀이한다. 상대 정부를 지칭하여 공격적이고 국민을 착취, 기만하며 신뢰성이 없고 광포하며 국민의 지지를 얻지 못하고 있다는 인식은 위치만 정반대일 뿐 생긴 것은 똑같은 상태의 거울 영상 효과mirror image effect라는 관점은 남북한을 동시에 관찰하는 전망대로 일정한 설득력을 지니고 있다.

이 말은 곧 남북한이 적대적 의존관계로서 대칭축으로 작용하며, 서로가 적대적이면서도 고도의 상호 의존적 삶을 연결시켜 주는 끈으로서 "한 쪽의 긴장이 곧바로 다른 쪽의 긴장을 불러 일으키는" 거울 영상 효과로서의 작용과 반작용임을 일깨워 준다.(이상 이종석의 저서 및 송두율, 『역사는 끝났는가』, 당대, 1995 인용 참고)

이렇게 연구와 분석 틀이 진전된 가운데 냉전 이념은 간신히 유행성 독감의 계절은 넘겼으나 궁극적으로는 여전히 얄타체제의 편 가르기와 휴전선을 지구 위에서 가장 높은 국경선으로 간주하는 행태가 자행되고 있다.

더구나 동유럽 사회주의 체제의 붕괴를 자본주의의 역사적인 절대선의 완벽한 승리로 풀이하여 이 논리를 남북한에 대응시켜 북한을 인식, 분석, 평가하고 이를 바탕 삼아 통일론을 전개하며, 그 연장선으로 국내 정권 창출을 유도하려는 시도는 지난 세기의 냉전적 가치관에서 조금도 달라지지 않고 있다.

분단문제에 접근해 왔던 문학도 여기서 예외는 아니다. 마음 푹 놓고 거리낌 없이 북한문학을 난도질 해대며 지식인의 양식에 입각한 객관적 자세를 견지하고 있다는 자긍심을 뽐내려는 이론들이 나날이 늘어나고 있다. 분단문학 반세기를 넘기면서 대체 진지한 사회주의적 인간상이 우리 문학에 몇이나 등장했던가를 되물으면 무척 곤혹스러워진다. 아니, 이념이 탈색되어도 좋다. 양심적인 민족주의자는 몇이나 찾을 수 있을까.

적잖은 인사들이 북한엘 다녀왔고, 나름대로 냉전과 분단체제를 극복하려고 많은 활동을 해오고 있음에도 불구하고 여전히 남북한은 서로가 거울 영상효과의 단계를 벗어나지 못하고 있는데, 이건 바로 자신에 대한 속죄의식이 없기 때문이 아닐까.

이산가족 상봉을 인도주의의 최고 황금률처럼 떠받들며 눈물로 얼룩져 만나면서 풍요를 구가하는 선물공세로 지난 역사를 청산할 수 있을까. 경제정책의 실패라는 이유 하나만으로 모든 과거는 오점 투성이의 낙제생으로 낙인찍어 학대, 조롱해도 좋을까. 거꾸로 민족주체성에 입각한 민주주의와 통일 노선이라는 가치 하나 때문에 북한은 다른 많은 부정적인 요인에서 해방되어 면죄부를 얻을 수 있을까. 참으로 난감한 과제들이다.

한국문학사에서 분단의식의 변모과정은 범박하게 정리하면 아래와 같은 과정을 거쳐 왔다고 요약할 수 있을 것이다.

① 전쟁문학의 초기단계 : 종군문학부터 김장수의『백마고지』, 선우휘의 『불꽃』, 강용준의『밤으로의 긴 여로』등 획일적인 반공소설 범람 시대.

② 인간 존재의 탐구와 반전의식의 문학 : 장용학의「요한시집」, 서기원의 『이 성숙한 밤의 포옹』, 한말숙의『신화의 단애』등 전후문학파의 인간상실과 실존주의적 경향의 작품들.

③ 민족의식의 반성 혹은 민족적 허무주의 : 최인훈의『광장』, 박경리의 『시장과 전장』등 60년대 문학에 나타난 한국전쟁관의 변모.

④ 민중 수난사로서의 분단 인식의 출발 : 김원일의『노을』, 윤흥길의『장마』, 이문구의『관촌수필』등 70년대의 분단 소재 문학.

⑤ 역사적 접근법 : 이병주의『지리산』, 조정래의『태백산맥』등 80년대의 역사적인 특정 사건 소재소설 유행. 특히 이 단계에서 빼어놓을 수 없는 것이 해외 동포문학 작품의 기여이다. 김달수의『태백산맥』, 김석범의『화산도』를 비롯한 해외동포 작가들의 성과는 그 발표연대와 관계없이 주제상 바로 여기에 속한다.

⑥ 과거 회상과 현재와의 융합 : 김영현의『깊은 강은 멀리 흐른다』, 이창동의『소지(燒紙)』등 대학생 주인공과 그 부모 세대가 지닌 분단 희생자 이미지를 결합시키는 구도의 작품들.

1990년대 초기까지 우리 문학이 추구해왔던 위와 같은 분단 소재 소설의 변모양상은 한마디로 1~2까지가 당대적인 고통을 그대로 분출시켰다면, 3~5까지는 과거 지향성으로 역사 바로 알기에 해당하는 작가적 시각에 입각해 있다. 그러다가 6에 이르면 과거와 현재가 만나는 시점으로, 아픈 과거를 용서와 화해의 현재로 땜질하기 시작했다. 그 다음 단계 즉 7의 단계가 곧 남북한 통합을 직·간접적으로 다룬 문학에 해당하는 미래지향성 작품이 된다.

여기서 미래지향성이란 크게 두 가지 의미를 지닌다. 첫째는 6까지의 소설이 현재의 '남쪽 주민'만을 그 등장인물로 설정했던 소재의 한계를 벗어나 '북쪽 주민'도 등장시킨다는 뜻이며, 이들 등장인물들이 어떤 경위를 통했든 서로 만나게 된다는 의미를 지닌다. 말하자면 남북한 주민이 서로 만나 사건을 함께 만들어 나간다는 뜻이다.

남북이 서로 만나는 사건을 소재로 한 문학이 이제는 허구가 아닌 역사적 실체로서의 진실성과 전형성을 가진다고 보며, 이런 의미에서 남북한 통합 문제에서 문학적 접근은 단연 남북 주인공들의 상봉 소재를 그 본론으로 삼을 만할 것이다.

분단 소재 문학의 7단계인 남북한 주민이 서로 만나도록 환치시키게 된 것은 분명히 통일지향문학에서 남북통합문학으로의 방향전환을 의미한다. 이것은 사회과학에서의 통일 당위론으로부터 남북한 사회통합론으로의 전환처럼 문학에서 통일론의 현실적 대응이며 긍정적으로 수용해야 될 발전적 변모라 하겠다. 과거 지향성 문학이 파고들수록 진리와 반진리, 정의와 불의의 대결구도로 이어져 증오와 불신의 감정을 증폭시킬 수 있다면 미래 지향성의 만남은 지난 시대의 반감을 감소시킬 수 있는 트라우마의 치유제 역할을 한다는 뜻에서도 통합의 문학에서 가장 중요한 소재는 남북한 주민의 만남이라 할 만하다.

3 ___ 만남의 문학 유형

휴전 이후 남북 주민이 처음으로 소설에서 만난 것은 이호철의 「판문점」일 것이다. 1961년에 발표된 이 작품은 진수가 광명통신 기자 이름을 빌려 어느 가을 날 취재차 갔던 판문점 초행길에서 "눈알이 투명하게 샛노랗고 얼굴이 납작하고 기미가 끼고 전체가 옴폭 파인 듯이 탄탄하게" 생긴 북측 여기자와의 여우비 같은 연정을 다룬다. 회담 취재로 듬성하게 흩어져 있던 각국 기자들의 틈새에서 둘이 만나 입씨름 중 갑자기 비가 내리자 진수는 그녀의 손을 잡고 가까이 있던 지프차에 올라 문을 잠그고는 총각 처녀가 단 둘이 있을 때 발생할 법한 분위기를 연출해 낸다.

"그녀는 남쪽 사람과 북쪽 사람이 여기서 만날 때 으레 짓는 그 경계와 방어태세가 깃들인 표정으로 피해서 갔다." 그 뒷모습을 건너보며 진수는 "기집애, 요만하면 쓸 만한데 …… 쓸 만해"라고 쓸쓸하게 웃으며 역시 자신의 처지로 돌아온다.

이로부터 남북은 소설을 통해서 조차도 서로 만나지 못했다. 그러다가 1972년 7·4남북공동성명 선포를 전후하여 이정환은 「부르는 소리」란 소품을 통해 월남하여 재혼한 사나이의 꿈에 북의 아내가 나타나 "분단 오입" 그만 하라고 강박하는 장면을 보여주었으며, 송원희는 「분단」에서 북에 아내를 둔 남편과의 소시민적인 행복한 삶에 익숙해진 여인이 꿈에 북의 본처가 나타나 놀라는 장면이 나온다. 통일이란 민족적 염원이 이처럼 개개인에게는 더 큰 상처로도 작용할 수 있음을 보여준 이 시기를 지나면 남북의 만남은 전혀 예기치 못했던 남파 간첩의 모습으로 등장한다.

남파 간첩 모티브는 장용학의 『태양의 아들』 이후 이병주의 「삐에로와 국화」, 김민숙의 「봉숭아 꽃물」, 홍상화의 장편 『피와 불』, 김용만의

「어느 계절의 벽」, 김하기의 「완전한 만남」 등 계속되고 있다. 그 관점과 방법은 다르나 대개 월북 - 남파 - 자수 혹은 생포 - 북의 가족을 고려하여 피체 됐다고 주장하나 인생론으로 회귀(곧 심정적인 전향)한다는 줄거리들이다.

이들은 예외 없이 한국에서 성장했을 뿐 아니라 이곳이 고향으로 친인척들이 다 있는 데다 정서적으로도 소시민에 가까운 것으로 묘사되어 있다. 이런 만남의 모티브는 현실정치 체제에서 금기시 되어 있는 '간첩'이란 직능을 상정했다는 점에서 이색적이면서도 남북 사회통합의 기초 자료로 가치가 있을 성싶다.

한편 박덕규의 「노루 사냥」이나 정을병의 「남과 북」 등은 탈북자를 다루고 있다. 어느 작품이나 다 남북의 만남이란 측면에서 중요한 의미를 지닌다. 탈북자들의 급증과 함께 탈북자 문학은 앞으로 새로운 도전을 기다리고 있다.

분단문학을 통합의 문학으로 방향 전환시킨 첫 작품은 최윤의 「아버지 감시」(1990)로 이 소설은 부자간의 만남의 무대가 파리로 설정되어있다. 월북, 북에서의 재혼, 중국으로 탈출해 국적을 바꿔 살고 있던 아버지가, 파리의 국립식물연구원에 근무하는 아들 창연을 찾아가 함께 보낸 며칠간을 다룬 이 소설은 남북의 만남을 처음으로 대등관계로 삼아 긴장감을 지탱시켜 준다.

아버지와 아들은 서로가 상대를 탐색이라도 하듯이 대화보다는 침묵으로 사흘을 보내는데, 이 장면은 매우 상징적이다. 즉 남북의 만남이란 극적인 감동과 울음보다는 오히려 이들 부자처럼 어색한 침묵이 더 제격이지 않을까 싶다. 여기서 울음은 창연 어머니와 아버지 세대의 몫이고, 아들과 아버지만 해도 어느새 그 감격의 도수는 낮아진다는 것을 느낄 수 있다.

이념과 체제가 다른 아버지와 아들이 대면하면서 점점 애정을 느껴간다는 이 소설의 줄거리는 분단 시대의 금과옥조였던 '이데올로기는 피보다 진하다'는 냉전 시대의 우상을 '피는 이데올로기보다 진하다'로 바꿔주었다.

파리에서 만났던 남북한은 이제 연변으로 그 무대를 바꿨는데, 이문열의 「아우와의 만남」이 그 한 전형을 이룬다. 월북 – 재혼으로 이복형제의 출생 – 아버지의 사망 – 이복형제 만나기의 소설구도는 당분간 유효하며, 이를 통해서 남북은 사회통합의 방안을 암시받을 수 있을 것이다.

중국 연변이나 러시아 등 외국을 배경한 남북의 만남은 홍상화의 「어머니 마음」, 이원규의 「강물은 바람을 안고 운다」, 이순원의 「혜산 가는 길」, 고종석의 장편 『기자들』 등 상당수에 이르며 앞으로도 지속될 전망이다.

여기까지의 만남이 가족 구성원 중심의 재회였다면 권현숙의 『인샬라』는 이념이 지배하는 시대일지라도 건전한 남녀는 사랑까지 가능함을 입증해 준 남북 통합의식의 성과이다. 알제리에서 만난 한국인 미국 유학생 이향과 북한의 공작원 한승엽은 서로의 이념적 이질성에도 불구하고 민족애를 바탕한 사랑에 이르는 데 아무런 장애도 없다. 이 작품이야말로 남북사회 통합론에 걸맞는 연구 대상으로 우리 문학이 이제는 과거 지향성에서 미래 지향으로, 그 무대 역시 한반도나 강대국 4개국에서 세계 전역으로 확대되어야 할 전환기를 맞고 있음을 예고해 준다. 마치 다시 이호철의 「판문점」으로 되돌아간 느낌이다.

한국문학은 이제 남북한 통합의 준비 시대를 맞아 비록 첫걸음이긴 하지만 분명히 변모하고 있다. 이와 마찬가지로 북한문학 역시 변하고 있음을 감지할 수 있음은 우연이 아니다.

거울 영상 효과론으로 접근하면 오늘의 남북한은 더도 덜도 아닌 쌍둥이에 다름 아닐 터이다. 헐뜯기로 말하면 두 쪽 다 입이 모자랄 지경이고, 자랑할 걸로 쳐도 역시 나팔과 북이 부족하리라. 이런 처지인지라 2천년대가 절박하게 요망하는 문학은 자기 속죄의식으로서의 문학일 것이다. 2000년 6·15 남북 정상의 역사적인 만남 이후 분단극복 통일지향문학이 새로운 단계에로 도약해야 될 처지였는데, 공교롭게도 황석영의『손님』(창작과비평, 2001.6.1)과, 손석춘의『아름다운 집』(들녘, 2001.6.15)이 불과 보름 간격으로 출간되었다. 필시 우연이 아닌 역사적인 필연이리라.

공교롭게도『손님』과『아름다운 집』은 몇 가지 대칭을 이루면서 함께 논의할 화두를 제공해 준다. 앞의 작품이 북한에서 월남해온 사람들의 이야기가 주축이라면, 뒤의 것은 남한에서 북으로 올라간 사람의 관점을 취하고 있다. 황석영이 남북한의 갈등 요인인 이념을 '손님'으로 파악코 그 과거의 망령에서 해방되고자 한 데 비하여, 손석춘은 어떤 경로를 겪었든 오늘의 조국이 결국은 '아름다운 집'일 수밖에 없다는 상징성을 구현하고 있다.『손님』은 외래적인 이념을 분단 갈등 요인으로 보면서도 그 비극적인 현장을 미시적인 관점에 입각하여 민중 속에서 찾고 있다면,『아름다운 집』은 국가와 민족의 역사적인 대사건에 초점을 맞춘 거시적인 입장을 고수하고 있다.

이런 몇 가지 대비에도 불구하고 두 작품은 다 오늘의 남북한에 접근하는 자세에서 거울 영상 반응론을 적용하고 있다는 점에서 일치한다. 분단 소재 소설에서 이 두 작품처럼 처절하게 자신을 참회하는 자세를 보여준 예는 흔하지 않다는 점 또한 닮았다.

4 ___ 황석영의 『손님』

1989년부터 1993년까지 5차례에 걸쳐 북한을 방문, 남한 방북자 가운데 가장 자유롭게 넓은 지역을 다닌 작가 황석영黃晳暎(1943.1.4~)은 5년여의 해외 망명과 5년여(1993~1998)의 투옥 경력을 가진 분단 시대의 탁월한 민주화와 통일 일꾼이다. 그럼에도 불구하고 석방 후 첫 장편인 『오래된 정원』(창작과비평, 2000)에서 보여줬던 가벼운 흔들림은 이 분야에 관심을 가졌던 독자들에게 약간 서운함을 안겨 주었음을 부인할 수 없다.

18년 만에 출소한 오현우의 행적과 애정 관계, 애인 한윤희가 감행한 송영태, 이희수 두 남자와의 사랑과 방황 후의 병사, 독일 유학 중이던 송영태의 러시아에서의 실종, 이희수의 죽음 등등이 파노라마처럼 전개되지만 당대 사회현실에 대한 절박성과 인물들의 결여된 적극성과 피상성으로 공감대가 약했음을 부인할 수 없을 것이다. '오래된 정원'에 대한 개념도 명확하지 않고, 투쟁 과정이나 옥중 생활 등등에 대한 묘사가 황석영답지 않게 갑갑하여 실감을 전파하기 어려웠는데도 좌절당한 사랑과 잃어버린 청춘 이야기라는 로망형식 때문에 오히려 운동권의 경험이 없었던 독자층에게는 흥미와 정보를 동시에 제공해준 결과를 빚었다. 어쩌면 80년대 후일담의 연장선인가 싶을 만큼 저간의 역사적 격랑을 겪은 작가혼이 이지러져 버린 것은 아니겠지 하는 안타까움과 기대감으로 초조하게 만든 게 『오래된 정원』이었다.

가장 북한을 깊숙이 체험한 작가가 10여 년의 짧지 않는 고난 뒤 새로운 남북관계를 정립해야 할 전환기를 맞아 무엇을 할 것인가 주목하던 차에 『손님』이 나왔다. 또 전작의 연속은 아니려나 하는 조바심은 이내 몇 장을 넘기는 사이에 긴장감을 고조시켜 한 치의 곁눈질도 허용치 않고 그대로 독파게 만들었다. 황석영만이 할 수 있는 분단문학의 21세기적 도약이래도 지나치지 않을 터이다.

『손님』은 황해남도 신천읍 소재 신천박물관信川博物館의 형성 배경을 민족 주체적인 작가의 시선으로 분석 평가한 통일지향 문학의 커다란 성과이다. 북한이 대외적으로 한국전쟁 시기 미국의 만행을 규탄하는 표본으로 거론하는 황해도 신천의 미제 학살기념 박물관이란 무엇인가.

해설원 여성이 지시봉을 쳐들어 주석의 교시를 짚으면서 읽었다.

"지난 어느 한 시기에 엥겔스는 영국 군대를 가장 야수적인 군대라고 불렀다. 제이차세계대전 시기에 독일 파쇼군대는 그 야수성에 있어서 영국군대를 릉가하였다. 사람의 두뇌를 가지고서는 그 당시 히틀러 악당이 감행한 만행보다 더 악독하고 더 무서운 만행을 상상할 수 없었던 것이다. 그러나 조선에서 양키들은 히틀러 도배를 훨씬 더 릉가하였다."

(…중략…)

해설원의 목소리가 차츰 높아지기 시작했다.

"지난 조국해방전쟁 시기 미제침략자들은 조선에서 인류 력사상 일찍이 그 류례를 찾아볼 수 없는 전대미문의 대규모적인 인간 살륙 만행을 감행함으로써 이십세기 식인종으로서의 야수적 본성을 만천하에 낱낱이 드러내놓았습니다. 흡혈귀 신천주둔 미군사령관 해리슨 놈의 명령에 따라 감행된 신천 대중학살은 그 야수성과 잔인성에 있어서 제이차세계대전 시기 히틀러 도배들이 감행한 오스벤찜('아우슈비츠'의 러시아어 표기. Освенцим – 인용자)의 류혈적 참화를 훨씬 릉가하였습니다. 미제 침략자들은 신천에서 살아 움직이는 모든 것은 잿가루 속에 파묻으라고 지껄이면서 오십이일 동안에 신천군 주민의 사분지 일에 해당하는 삼만오천삼백팔십삼명의 무고한 인민들을 가장 잔인하고 야수적인 방법으로 학살하는 천추에 용납 못할 귀축 같은 만행을 감행하였습니다."(『손님』, 99쪽)

이 대목을 작가는 왜 장황하게 인용했을까.

"그들은 모두 미군이라고 고쳐 말했지만 당시에 미군은 주둔하지 않고 북쪽을 향하여 차를 타고 재빨리 지나갔을 뿐이다. 군대가 오기 직전과 뒤의 사십오일 동안 후방 병력의 대부분은 치안대와 청년단이었던 것을 요섭은 자신의 형 요한과 함께 잘 알고 있었다." 물론 이 대목은 한국전쟁에서 자행된 미군의 잔학성에 대한 면죄부는 아니다. 한국전쟁의 잔혹성은 동족 사이에서 기독교라는 '손님'과 마르크시즘이라는 '손님'이 대립하여 발생한 '손님'끼리의 다툼이었음을 입증키 위한 장치이다.

이 현장을 방문한 인사는 바로 신천 찬샘골 출신의 재미 동포 류요섭 목사이다. 이렇게 서두를 잡으면 금세 소설의 얼개는 밝혀진다. 신천 출신 기독교도가 해방과 한국전쟁을 전후하여 월남, 고향 사람 일부는 북진 때 귀향, 다시 남하, 도미, 방북 기회를 잡아 고향 찾아가기라는 줄거리는 어떤 작가라도 달리 재주 피울 필요가 없는 재미교포(아니면 모국인일지라도) 고향방문단 소설의 정통 코스 얼개일 터이다. 여기서 주인공을 기독교인으로 설정하느냐 아니면 지주나 친일파로 하느냐 혹은 자영농으로 잡느냐는 문제는 작가의 역사의식과 직결될 수밖에 없다. 황석영은 21세기 통일지향문학에 걸맞게 중농 정도의 독실한 기독교인을 신천 주민들의 지배계급으로 설정하고 있다.

"갑오년에 동학 난리가 전국을 휩쓸었고 증조부는 어느 곳에선가 맞아죽었거나 병들어 객사한 것이 틀림없었다"는 류씨 집안은 황해도에서 "선대로부터 궁방전을 관리하며 야금야금 장만했던 전장이 수십 마지기는 되는 터라 밥술깨나 먹는다는 살림"으로 지냈다. 황해도에 기독교가 전파한 내력을 이 소설은 자상하게 다루고 있는데(51~56쪽), 이 과정에서 류씨 집안은 할아버지 때부터 성줏단지를 부셔버린 기독교 신자 제1기생이었고, 아버지는 장로였다.

류요섭의 형 류요한 장로는 청년단 부단장으로 반공 투쟁에 앞나섰다가 중공군 개입으로 후퇴 때 아내 안성댁이 출산으로 거동을 못해 아들 다니엘(단열)의 이름을 지어주곤 단신 월남, 재혼, 두 아들을 얻어 1960년대에 미국으로 이민, 뉴저지 백인 주택가에서 만년을 보내고 있다. 과격한 폭력적인 반공투사로 자행하지 않아도 되었던 비인간적인 살육을 저지른 형과는 달리 동생 요섭 목사는 14세 때 전쟁을 체험하면서 비인간화를 절감코, 남북 화해와 통일을 염원하는 목자로서의 면모를 지니고 있다. 그는 20년 전 미국으로 이민, 형과는 달리 빈민가인 브루클린의 허술한 아파트에서 지내고 있다.

형제는 얼마나 다른가. 아우 요섭 목사가 "우리의 고향을 차지하고 남아있는 저들에게도 우리와 같은 영혼이 있습니다. 우리가 먼저 회개하여야 합니다"라며, "형님, 하나님께 용서해 달라구 기도를 드리세요. 그러면 죽은 이들두 눈을 감을 겁니다"라고 말하면 형은 이렇게 단호히 대꾸한다.

내가 왜 용서를 빌어? 우린 십자군이댔다. 빨갱이들은 루시퍼의 새끼들이야. 사탄의 무리들이다. 나는 미카엘 천사와 한편이구 놈들은 계시록의 짐승들이다. 지금이라두 우리 주께서 명하시면 나는 마귀들과 싸운다.(『손님』, 22쪽)

류요섭 목사의 방북 3일을 앞두고 형 류요한은 죽는데, 며칠 전 형은 장로 신분에 걸맞지 않게 아우에게 "너 구신을 어떻게 생각하니?"라고 묻고는 "난 구신을 수없이 봤다"라고 실토하는데, 이 소설은 생자와 사자의 대화를 넘나들면서 역사적인 사건의 실체를 부각시키는 형식을 취하고 있다. 귀신의 등장은 단순한 사건의 객관적인 접근만을 위한 게 아니라 생자(가해자)와 사자(피해자)의 화해의 상징이자, 살아남은 자를 향한 생명에 대한 외경심의 경고이기도 하다. 어떤 명분으로든 살인은 그 피해자의 귀신에게서 자유로울 수 없다는 위하력威嚇力을 작가는 강조하고 싶었을 터이다. 허망하게 죽어간 사람들과 대조적으로 큰 죄를 짓고도 축복받은 것처럼 버젓이 잘 살아가는 사람들을 보노라면 과연 신은 있는가 라는 회의론에 앞서 만약 귀신이 없다면 공명정대한 역사적 판관으로서의 존재인 신을 새로 만들어내기라도 해야 하지 않을까 싶기도 할 판이 아닌가.

『손님』에서 설정한 귀신들은 「작가의 말」처럼 "황해도 진지노귀굿 열두마당을 기본얼개"로 삼은, "망자를 저승으로 천도하는 전국적인 형식의 넋굿"을 상징한다. "지방에 따라서 진오귀. 오구. 지노귀 등으로 불린다"는 이 굿은 민족적 토착 신앙의 마지막 모습인데, 작가는 분단 시대의 모든 비극이 "외세" 즉 '손님'인 기독교와 마르크시즘 탓으로 본다. 따라서 그 극복책으로 지노귀굿 같은 토착사상에 바탕한 귀신풀이로 귀결시킨 것은 작가의 의도된 역사관으로 볼 수 있겠다. 이것은 외세로 저질러진 비극은 외세로 치유될 수 없고, 오직 민족 주체적인 토착적 인도주의만이 그 치유법임을 시사하는 소설적 장치이기도 하다.

귀신과의 화해가 이뤄지지 않으면 현실적으로는 고향 방문이니 뭐니 하는 게 별 의미가 없는 관광여행에 불과하다는 의미도 소설은 담고 있다. 류요섭 목사가 방북 중 고향엘 가지 않았다면, 그래서 형이 살육한 숱한 억울한 희생자들의 귀신을 만나 그 억울했던 사연을 들어주지 않았다면, 형의 뼛가루를 고향 땅에다 흩뿌리지 않았다면, 형수와 조카들을 만나지 않았다면 대체 방북이란 게 누구를, 무엇을 위한 관광놀음이 될 뿐이지 않은가.

여기서 귀신과의 화해란 '역사적인 죄악'에 대한 참회에 다름 아니다. 『손님』은 분단의 갈등과 모순에 접근하는 자세에서 진지함을 벗어나 약간의 문학적인 익살기를 담아낸다. 황해도 신천이란 지역에서의 계급분화와 사회체제의 공고화 과정을 작가는 소박한 마을 사람들의 인정세태에서 찾고 있다. 자영농 내지 군소 지주계급 기반의 기독교 마을이 반공 우익 노선으로 조선민주당 – 반공 투쟁 – 월남으로 이어지는 건 누가 봐도 뻔한 일이라 작가가 상상력을 더 이상 동원할 필요도 없는 대목이다. 그리고 상당량의 증언들이 이와 같은 기독교 신자에 바탕하고 있기에 반공 우익적 입장은 이 소설이 충분하게 반영해주었다고 볼 수 있다.

이 흐름, '손님'으로서의 외래사상인 기독교 신자들과는 달리 8·15 후 좌익들이 어떻게 형성되었는가에 대한 증언은 몇몇 귀신의 증언에도 불구하고 질량적으로 좀 아쉽다. 은률 금산포 광산 굴착공 경력에다 류씨네 과수원 일꾼이기도 했던 리순남과, 머슴이었던 박일랑(이찌로 一郞)이 이 소설에 등장하는 좌익의 상징인데, 순남은 광산에 머물렀을 때 노동자회보를 통하여 "'사회주의'라넌 말콰 계급이라넌 말얼 배우게" 되었고, 이찌로는 해방 뒤 반년 만에 "박일랑 동지로 둔갑"하여 나타나 리당 위원장, 군 토지개혁 위원장이 된다. 우익 측에는 읍내를 비롯한 인근 지역의 여러 유지급 인사들을 직간접적으로 등장시켜 일종의 카리스마적 분위기를 조성하는 데 비하여 좌익 측은 주로 이 두 인물을 통하여 격변기의 사회적 흐름을 추적하고 있기에 어쩐지 형평의 원칙이 깨어지는 듯하다.

그러나 이건 작가의 의도된 정치적 이념의 탈색화 작업임을 이내 눈치 챌 수 있다. 작가는 월남한 사람들의 자상한 이력서를 통하여 그들로 하여금 회개토록 하고픈 것이다. 아쉽다면 월남자들이 일제 치하에서 어떻게 살았으며, 민족 주체성에 대하여 어떤 생각을 가졌고, 대미의식은 어떤가를 소상히 밝혀 주었으면 하는 것이지만, 작품 이대로도 대충 감을 잡을 수 있도록 장치해 두고 있으며, 이런 배려는 작가 황석영의 처지로서 친북적이라는 비난의 화살을 피하려는 세심한 기교이기도 하리라고 양해하고 넘어가자.

사실 이 소설은 작가의 우려대로 "북이나 남의 어떤 부류들이 매우 싫어할 내용일지도 모른다". 아니, 까놓고 말하면 모를 것도 없다. 분명 싫어 할 내용이다. "기독교와 맑스주의는 식민지와 분단을 거쳐 오는 동안에 우리가 자생적인 근대화를 이루지 못하고 타의에 의하여 지니게 된 모더니티라고 할 수 있다. 전통 시대의 계급적 유산이 남도에 비해 희박했던 북선지방은 이 두 가지 관념을 '개화'로 열렬하게 받아들였던 셈이다. 이를테면 하나의 뿌리를 가진 두 개의 가지였다"(「작가의 말」)라는 것이 이 소설의 주제이고 보면, 북한이 주장하는 주체사상의 근간이 달라진다. 1967년을 주체사상의 분수령으로 잡을 때, 그 이전의 북한, 즉 한국전쟁 시기의 북한은 이 소설의 지적처럼 '손님'의 사상으로서의 맑시즘에 도취한 셈이어서 그 손님을 내치고 주인의식을 세운 게 주체사상이 된다는 논리로 연계될 수 있다. 그러나 이렇게 옹호하더라도 그럼 항일투쟁기의 마르크시즘은 어떻게 평가하느냐는 새로운 문제에 부닥치게 된다. 요컨대 이 '손님'의 논리에 기독교를 넣은 건 수긍이 되지만 북한의 마르크시즘을 기독교와 동격으로 병치시킨 데 대해서는 격론의 여지가 적잖을 것으로 본다.

소설은 과연 이들을 마르크스주의자로 볼 수 있을까 의아스러운 인물인 리순남과 박일랑을 통하여 해방직후 북한의 토지개혁과 사상개조 운동의 비민주성과 비민족주체적인 양상을 비판하는 형식을 취하고 있는데, 이건 어떻게 보면 지식인 사회주의자가 아닌 기층민중을 통하여 생생한 현장감을 전해주려는 작가의 의도이기도 할 것이다.(124~126쪽의 당시 북한 프롤레타리아 의식 형성 과정 묘사를 참고할 것) 북한 프롤레타리아 의식의 정체성은 무엇일까. 작가는 이들의 입을 통하여 이렇게 규명한다.

> 넷날 장마당에 나가 웅구뎐에 가보문 찌그러딘 항아리가 있다. 기건 웅구럴 혹루 비제서 말리다가 잘못해개지구 찌그러뜨린 거야. 못씨게 댄 물건이 아닌가. 하디만 버리디 않구 반문에 팔아요. 번듯하구 잘 생긴 건 멫배나 값이 나가구 부자뎔언 색이나 무늬가 있넌 자기 항아럴 사가요. 찌그러딘 독언 가난쟁이 차례디. 하디만 초가삼간 집에 양지바른데 놓으문 장두 담구 김장두 하구 기래. 나중에 반듯한 집안이 되구 그 찌그러딘 독언 집안으 보물이란 말이디.
> 말하자문 조선으 빈농이며 가난헌 인민언 일제가 찌그러뜨린 못생긴 독이여. 그걸 귀하게 하여 시작허넌 것이 계급적 닙장이 아닌가. 너이야 그 독얼 깨어버리자는 거구.(『손님』, 128쪽)

이런 사람들, 일제 치하에서 "우리집 주인뎔 가족이 다니넌 광명교회에 나겉은 사람언 한번두 얼씬얼 못해서, 소작인이라두 제 식구가 있넌 이덜언 서루 권하구 이끌어서 교회에 더러 나가댔다. 우리 겉은 일꾼덜이나 머슴덜언 일년 사시사철 일만 하거나 하다 못해 꼴얼 베구 나무럴 하구 소 멕이기라두 하구 있대서. 그냥 먼발치서 예배당에서 들레오넌 종소리나 찬송가 소리럴 듣기만 했대서"라는 대목에 이르면 교회에 나가는 것조차 얼마나 소원하게 느껴졌던가를 엿볼 수 있다. 이왕 내친 김에 더 깊숙이 들여다보자. 이찌로는 이불이 뭔지도 모르는 화전민 출신이었다. 동네 아이들이 다 반말을 해대도 화를 낼 줄 모르는 순둥이였다.

그런데 해방이 왔다. "큰 지주나 드러내놓고 친일했던 사람들은 다 남쪽으루 달아나버리구 그래도 미적미적 북에 남아 있던 사람들은 기독교인이 대부분이었지. 뭐 별로 양심에 꺼릴 바도 없었구 어찌 되었든지 명색이 종교와 신앙의 자유는 있다고 했으니까 말이다."

소설에서는 도정공장집 맏아들 최봉수 같은 인물이 잽싸게 월남한 계층으로 나온다. 같은 월남자라도 8·15 직후에 냉큼 내려온 계층과, 어정대다가 이듬해 토지개혁이 실시되면서 내려온 계층, 이것마저도 견디다가 6·25 때 탈향한 계층은 계급의식에서 엄청난 차이가 난다고 하겠다. 따지고 보면 토지개혁 이후에도 남아 있었던 사람이라면 사실 별 죄인도 아닐 터인지라 차라리 이들을 수용해 버렸으면 어땠을까 라는 역사적인 가설도 무의미하진 않을 터인데, 이런 가상을 해보는 동기는 말할 필요도 없이 6·25가 왜 그렇게 잔혹했던가에 대한 반론이 되기도 한다. 곧 거울 영상 반영론과 통하는 논리의 연장선이다.

이미 숙청해야 할 계층은 다 월남해 버린 뒤 남은 사람들을 향한 역사적 심판은 그 정당성에 못지않게 반작용을 초래하여 20세기의 십자군 원정 같은 봉기 형태를 유발해버렸다. 그러나 초기에는 아는 사이끼리라 증오심이나 살인까지는 일어나지 않았다. 잔혹은 잔혹의 거울 영상 효과를 초래하여 점점 원수가 되다가 나중에는 피가 피를 부르는 단계로 전락해버린다. 기독교와 사회주의가 서로 죽이다가 막판에는 기독교 사이에서도, 마지못해 조선기독교연맹 위원직을 맡았던 성만까지 배교자란 누명을 씌워 곤욕을 겪게 만든다. 투쟁과 혁명은 점점 과격성만 살아남아 동지는 줄어들고 처단할 적들만 늘어난다는 원리가 그대로 적용되고 있다.

잔혹상을 소개할 필요가 있을까. 사람에게 코뚜레를 해서 끌고 다니기도 했던 이 야만적인 살육행위는 어떤 구실이나 명분 또는 이념으로도 정당성을 입증할 수 없는 인류의 죄악사일 따름이다. 여맹원 교사를 집단 폭행하는 기독교도들, 앳된 여학생이 문화공작단으로 월북 중 길을 잃자 동생 요섭이 숨겨주고 있는 걸 형 요한이 잔혹하게 죽이는 장면 등등의 참혹한 죽음은 이 소설 도처에 흔하디 흔하고 하나같이 비극적이다. 그중 가장 인상적이며 작가 황석영의 탁월한 형상성이 돋보이는 장면은 아마 요한이 순남을 연행해 가다가 처치하는 대목일 것이다.

요한아, 말 좀 하자우.

나는 대답 않고 고개만 돌려서 그를 바라 보았어.

읍내까지 갈 거 머 있갔나. 나 여기서 쥑여다우.

(…중략…)

담배나 피우라요.

순남이가 덥석 물더니 주욱 빨아 연기가 코루 나오두만. 나두 한 대를 붙여물었어.

목지 쳐들구 댕기더니 꼴 좋다. 누가 빨갱이 놀음 하래?

순남이는 말없이 담배만 빨구 섰더니 반쯤 타다 만 것을 입술 끝으로 뱉어냈지. 한숨을 하, 내쉬고 하늘로 얼굴을 쳐드는데 얼굴에 눈물이 두줄 주르르 흘러내리데. 나는 그를 바로 쳐다보지 않고 곁눈질 하며 말했어. 울긴 와?

연기 까탄에…….

일행들이 재촉을 했다.

날래 처치하구 가자우.

바로 둑방 위에 전봇대가 보였지. 나는 일행들에게 말했다.

저기 달아매라우.

단오날 그를 따라 냇가에 가서 개 잡던 생각이 났을까.

(…중략…)

요한아, 부탁 하나 하자우.

머요?

우리 식구덜 한군데 묻어달라.(『손님』 217~218쪽)

8·15 직후부터의 혼란, 6·25로 더 가혹한 대립, 인천 상륙작전 정보에 따라 후퇴하는 인민군의 허약한 틈새를 헤집고 미리 봉기한 반공 십자군 게릴라전에 의한 잔혹한 보복, 이 소식을 접하고 후퇴하던 인민군이 돌아와 다시 보복, 그에 대한 재보복, 이렇게 잔혹의 거울영상반응이 끝날 무렵에야 미군이 들어갔고, 그들은 이 미군 진입이라는 상징성으로 더욱 잔혹해질 수 있었던 셈이다. 곧 손님을 주인으로 모셨고, 그것도 못 미더워 한반도를 떠나 아예 미국으로 보금자리를 옮겨버렸다. 그리고 세기가 바뀌자 이제 화해를 청한다. 바로 새로운 손님의 모습으로. 이 손님을 맞는 쪽은 도도한 자존심이 누그러진 채 초라한 손을 내밀고 달러를 요구하기에 바쁘다. 대체 한반도의 주인은 어디로 가버렸는가.

5 ___ 손석춘의 『아름다운 집』

손석춘孫錫春(1960.1.17~)이란 작가가 있느냐고 물을 것이다. 감히 『아름다운 집』 한 권으로 그는 이미 훌륭한 민족문학 작가로 출생신고를 했다고 답하리라. 연세대 졸업, 동아일보 기자를 거쳐 한겨레신문 입사 후 문화부 차장. 노동조합위원장. 여론매체부장, 논설위원을 등을 거쳐 2011년부터 건국대에서 커뮤니케이션학과 교수로 재직하고 있다. 이 분야에 관심 가진 인사들은 시사문제를 냉철하게 다루는 명 칼럼니스트로 익히 알고 있었을 터이나 그가 슬그머니 장편소설을 냈다는 사실은 문단 동네에서는 널리 알려지지 않았다. 문단이란 그렇게 폐쇄적이고 끼리끼리 어울리는 동네라 정작 남의 울타리에서 문제작이 나와도 거들떠보지도 않는 좀팽이 패거리 아닌가. 그런데도 이 작품은 솔방솔방 팔려 통일문제에 관심 가진 많은 독자층을 확보하기에 이르렀다. 놀라운 일이다.

소설은 일기 형태를 취하고 있다. 정확히 말하면 이진선이란 주인공이 1938년 4월 1일 연세대 철학과 학생 시절부터 1998년 10월 10일 평양 고층 살림집에서 78년간의 생애를 "이현상 동지가 준 권총"으로 자결, 타계할 때까지의 일기장이다. 매일매일 쓴 것이 아니라 간헐적으로 중요한 사항이 있을 때마다 쓴 일기는 중간 중간 빠진 기간이 있는데 그건 아래와 같다. 1943년 3월 2일부터 1945년 2월 4일까지, 1949년 10월 2일부터 1950년 6월 27일까지, 1950년 9월 21일부터 1951년 9월 14일까지, 1957년 9월 20일부터 1960년 2월 12일까지, 1976년 1월 1일부터 1980년 1월 말까지, 이상 기간은 기록이 누락되어 있는 것으로 소설은 처리하고 있다.

구성은 작가가 이 기록을 중국 연변에서 주인공의 애인 최진이가 위험을 무릅쓰고 원고를 국외로 반출, 작가에게 전수시킨 경위 설명에 이어 일기를 소개해 나가다가 기록이 중단되거나, 작가가 원고를 정리하면서 유난히 감회가 깊은 대목에서 작가 자신의 삶을 소개하며 기록과 대비시켜 준다. 마지막으로 주인공이 죽은 뒤 기록물과 관련된 최진이의 고백에 이어 주인공이 남긴 유고 「김정일 동지」와 「아직 오지 않은 동지에게」가 대미를 장식한다.

이해를 위해 먼저 이진선의 외형적인 이력서를 간략히 정리하면 이렇다. 충주에서 태어나 연희전문에서 철학을 전공, 사상연구회에 가입, 활동하면서 평생의 연인이자 동지인 신여린을 만난다(1934). 투옥, 출감과 지하투쟁, 일본 중앙대 철학과 편입(1940.3), 자퇴(1942)했으나 조기 졸업장 받음, 방랑과 투쟁으로 금강산에서 수계 받고 법명 법전法田을 얻음, 용산공작영등포 공장조직 탄로(1945.2), 그간 여린은 여성노동자 및 문화운동에 전념했다. 이진선은 광주 벽돌공장으로 피신, 지리산 입산 생활 중 광복 맞는다. 연희대 교수 초청 사양, 해방일보 근무, 남북 연석회의 박헌영 수행으로 월북(첫 월북은 1946.10.12, 이어 1946.11.10에 재 월북), 해주. 평양 등지서 활동하다 노동신문 입사, 여린은 평양여학교 교사를 지냈다. 진선은 『노동신문』 종군 기자(한국전쟁)로 참전 중 부상당했는데, 아내 여린과 아들을 폭격으로 잃었다. 모스크바유학(1952.1~1953.9), 민주청년 근무(1953.10.1), 남북회담 때 서울 취재(1972.9), 퇴임(1980.2).

철학 전공에 직업이 언론인이었던지라 관심분야는 인류 역사 전반에 걸쳐 있다. 교제가 있었던 실존인물 중에는 이현상·박헌영·김삼룡·이재유 같은 일제 치하 사회주의 운동가, 백남운·윤동주·손진태·만공 스님 같은 민족주의 인사, 그리고 황장엽과는 일본유학 중 만난 이후 모스크바 시절에도 다시 만나는 등 빈번한 관계가 있었던 것으로 나타난다.

일기는 직접 겪은 일만이 아니라 국내외 정세와 역사, 이념, 인간, 진리, 민족 등 모든 문제를 거론하면서 1930년대부터 1990년대까지 반세기에 걸친 세계사를 조감하는 형식을 취하고 있다. 그러니까 지구 위에서 사회주의가 팽창 일로로 치닫던 1930년대부터 러시아 – 유럽형 사회주의가 붕괴한 1990년대까지를 다뤘기에 초점은 앞으로 사회주의의 진로 모색에 맞춰져 있다. 이게 허구든 실재했던 수기든 상관없이 "이진선이라는 지식인이 장장 60년 동안 온몸을 던져 살아간 사랑의 길, 혁명의 길이 자잘한 수첩과 수첩으로 신비롭게 이어져 있었다"라는 작가적 발상 그 자체만으로도 감동적이다. "이렇게 잔잔하면서도 감동적인 기록은 처음이었다. 조선민주주의인민공화국의 이름 없는 지식인으로 살아간 한 인간의 체온이 푸슬푸슬 낡은 지면을 통해 전류가 흐르듯 내게로 옮겨왔다. 수첩의 갈피갈피에선 따스한 숨소리까지 들려오는 듯했다"는 작가의「들어가는 이야기」는 바로 독자의 감동이기도 하다.

소설은 일기 형식을 빌려 일제 말기부터 남북한 분단 반세기의 민족사를 거시적인 관점으로 조명하는데, 역사 연표처럼 중요한 사건들이 일목요연하게 정리되면서 틈틈이 역사의 비화. 삽화들을 곁들여 문학적 흥취를 돋궈준다. 예를 들면 윤동주가 찾아와 자신의 시를 평가해 달라고 했다는「새로운 길」에 대하여 이진선은 일기에 이렇게 적고 있다. "연희동산에서 한강까지 창내벌의 들판과 숲 속으로 난 '진리의 길' 정경이 고스란히 담겨 있었다. 과연 그다운 정결이 묻어났다. 하지만 적어도 그의 시는 내겐 너무나 안온해 보인다. '어제도 가고 오늘도 갈 나의 길 새로운 길'에 담긴 의지 못지않게 시 전반은 관념적인 길 찾기처럼 느껴졌다"(1938.6.10)라는 대목은 이진선의 사상적 궤적을 느낄 수 있음과 동시에 문단 비사적인 효력을 동시에 지닌다.

"삼룡 형"(김삼룡)이 "오늘의 조선 청년에게 허무는 사치야"(1938.7.1)라든가, 만공 스님의 입을 통하여 "레닌은 훌륭한 사람이야. 나도 그렇게 생각해. 그러나 난 중이야!"(1942.9.19), 또는 "가자. 집으로 가자. 경성으로. 그곳이 나에겐 '지리산'이다"(1942.11.30)라는 등등은 정통 마르크스-레닌주의 신봉자로서의 모습을 보여준다. 그 숱한 분단문학 작품 속에서 이진선 처럼 진솔한 혁명적 사회주의자상은 드문데 그런 인간상이 공교롭게도 사회주의의 황혼기에 등장한 것은 매우 시사적이다.

자신의 다짐과는 달리 그는 변절자 소굴인 경성을 떠나 지리산엘 들어가 이현상을 만나 솔베미에서 권총을 전수받는데, 그 사연인즉 이러하다.

이 동지에 따르면, 지금 내 품속의 소련제 권총은 이재유 동지의 '무기'였다. 이재유 동지가 지난해 10월 청주보호교도소에서 옥사한 뒤, 그때까지 권총을 보관하고 있던 이 동지의 아내 박진홍 동지가 찾아와 꼭 필요한 사람에게 주라고 맡겼다는 것이다. 이재유 동지의 권총을 내가 지니게 되었다는 사실에 가슴이 떨려온다.(1945년 5월 5일 토요일)

이진선의 사상적 형성과 투쟁노선은 위에서 보듯이 조선공산당사에 나타난 분파주의가 아닌 혁명노선을 잇고 있도록 소설은 장치하고 있다. 이 노선이 광복 직후 어떤 길을 걸을 것인가는 이미 역사가 밝혀 버려 다소 싱거운 느낌이지만 당대의 현장에서 어떻게 민족문제를 봤느냐는 점이 흥미를 끈다.

평양에 북조선임시인민위원회가 발족해 토지개혁에 나섰다. 수천 년 동안 지배계급이 장악해온 땅이 마침내 인민의 품으로 돌아오기 시작했다. 하지만 남쪽의 상황을 무시한 채 북쪽 동지들이 독주하는 것이 아닌가 우려된다.

과연 이것이 조선혁명의 발전에 도움이 될 것인가? 정태식 동지에게 묻자 정 동지는 '자네 안목을 내가 다시 평가했네'라며 알 듯 모를 듯한 답만 했다. 내가 몹시 불만스러운 표정으로 바라보자 정 동지는 한참 뜸을 들인 뒤(말을 해줄까, 말까 망설인 듯하다) 그렇지 않아도 지난 달 말에 북조선에서 임시 인민 위원회 구성과 관련된 논쟁이 있었다고 전해주었다.(1946년 2월 8일 금요일)

이 날 일기는 계속하여 "김일성 동지"의 "북조선을 민주기지로 만들려면 독자적 개혁이 불가피하다"라는 주장에 대하여, 오기섭 동지는 "곧 소미공위가 열린다면서 임시정부 수립 이후에 하면 될 일"이라 반박했고, 정달헌 동지는 "인민위원회 수립은 나라를 분열시킬 만큼 중요한 사안이므로 당연히 서울 중앙과 협의해 결정해야 한다"라고 강조했다는 정태식의 말을 덧붙이면서, "왜 김일성 동지는 오기섭 동지나 정달헌 동지의 타당한 반론을 경청하지 않는가"라고 이날 일기를 끝맺는다.

관점에 따라서는 이 대목에 이르면 이진선의 사상 기반이 남로당으로 기운 것이 아니냐는 분석도 나올 법 한데, 사실 그랬다. 그는 곧 월북하여 "평양의 공기는 다소 무거웠다. 김일성 동지의 영향력이 대단했다"라는 소회를 밝히고는 이내 "왜? 박헌영이 아니고 김일성인가!"(1946.10.13)라고 자못 도전적으로 나온다.

바로 남북 노동당의 분열 조짐이 본격화되는 시점이다. 소련 육군대학 입학 축하 모임에서 "누가 조선 인민의 지도자냐를 놓고 벌어진 사소한 갈등"에서 이현상이 "김일성 동지는 조선인민들과 떨어져 중국공산당에 입당해 투쟁한 경력밖에 없다는 것을 강조"하면서 "지난 25년 조선 공산당 건설 이후 지금까지 조선 안에서 조선 인민들과 더불어 투쟁한 박헌영 동지야말로 최고 지도자라고 역설했을 때 술상이 뒤엎어졌다". 이 소문은 일파만파로 번져 이현상은 소련육군대학 입학이 취소당해 지리산 유격대로 내려오는 계기가 되었다(1948.7.25). 남북노동당 간부 사이의 갈등은 점점 골이 깊어져 내각구성에서 불만을 폭발시킨 홍증식의 주정(1948.9. 20)

을 고비로 한국전쟁을 거치면서 더욱 격렬한 투쟁단계로 돌입하게 된다.

"지난해 만포진 소련 대사관에서 10월혁명 기념연회가 열렸을 때, 이미 박헌영 동지와 김일성 동지가 전쟁 책임을 놓고 공개적인 논쟁을 벌였다는 말을 남로당 동지에게서 들었다"(1951.12.20)라는 대목은 비극을 예고한 장면이지만 주인공은 운 좋게 소련 유학길에 올라, "황장엽 동무"로부터 '종파주의자들에 대한 비판' 이야기를 들으며 "어쩌면 남로당과 북로당이 합당됐을 때부터, 아니 조선공산당 북조선 분국이 만들어질 때부터 오늘의 상황은 예견된 필연이었는지도 모른다"(1952.12.20)라는 파국을 예견하게 된다.

여기까지가 이진선이 남로당원으로서의 입장을 일관되게 견지한 시기일 것이다. 그는 이내 "오랜 고민 끝에 당을 믿기로 했다. 우리 시대의 진리를 담지하고 있는 조선로동당의 무오류성을 철저히 믿어야 하는 것은 공산주의자의 임무 아닌가"(1952.12.31)라고 술회하며, 1953년 9월 2일 소련에서 귀국하라는 명령에 따랐다.

그는 언론인으로 돌아가 남로당 사건을 객관적으로 파악할 수 있었겠지만 당의 노선에 충실한 것으로 기록은 이어진다.

그랬다, 나는.

당을 믿기로 했다.

그것은 처절한, 아름다운 선택이었다.

여린과 서돌(아들. 아내와 아들을 폭격으로 잃었다)에 이어 박(헌영) 선생마저 혁명의 제단에 바쳤다고 정리했다.

당에 대한 불신은 결국 내가 걸어온 조선혁명에 대한 배신이 아닌가.

책상 앞에 조용히 앉아 향을 피웠다. 눈물이 앞을 가렸다.

박헌영 선생을, 잊기로 했다.

박헌영 선생을 존경했지만 그보다는 당과 인민을 더 존경해야 한다고 몇 번이나 스스로에게 다짐했는지 모른다. 지하의 박헌영 선생도, 그리고 무엇보다 여린과 서돌이도 나의 이 판단을 허락할 것이라고 믿고 싶다. 살아남아야 한다는 박 선생의 생전 마지막 말씀도 있지 않았던가.

(…중략…)

혁명을 아내로, 통일된 공화국을 내 아들 서돌이로 열렬히 사랑하자. 모든 사심을 깨끗이 버리자.(1956년 1월 1일)

이후 일기는 종파주의, 수정주의 등 역사적인 사건이 없는 건 아니나 다분히 일상적인 삶의 기록으로 일관한다. 이진선의 철학적 비판력이 다시 꿈틀거리게 된 건 주체사상의 대두 시기(1956)였다. "유일사상이란 발상 자체가 얼마나 사회주의로부터 벗어나 있는가. 굳이 따지자면 한낱 정책노선에 지나지 않는 것을 일러 사상, 그것도 유일이라는 이름으로 당 전체에 확립하려는 모습은 아무래도 납득하기 어렵다. 개인숭배의 극한적 형태가 아닌가"(1967.8.29)라고 "16차 전원회의에서 김영주 동지가 제안한 '당의 유일사상체계 확립 10대원칙'이 채택된" 사실을 비판하고 있다.

"공화국이 낯선 나라로 다가오고 있다"(1968.1.1)라는 기록에 이어 일기는 호지명 동지를 거론하며 개인숭배 풍조를 비판한다. 이런 비판의식은 바로 북한의 대남정책에 대한 객관적인 분석으로 연계된다. 청와대 습격사건(1968.1)과 울진 삼척 유격대 침투사건(1968.12)을 거론하면서 "남조선 전역에서 반공이데올로기를 한층 강화시켜 주는 꼴이 되지 않은가"(1968.12.1)라는 대목은 이진선이란 인간상이 분단사회의 냉철한 이상적 혁명가임을 새삼 느끼게 만든다.

그렇다고 이진선은 한 번 빈말로라도 남한을 그리워하지는 않았다. 서울 취재를 다녀온 뒤 그 충격을 헤어나지 못하면서도 "전형적인 일본군인"으로서의 "박정희에게 구역질을 느낀다"(1972.11.30)라고 격노했다.

이진선의 비판의식은 애인 최진이를 만나면서 가속도가 붙어 "조선중앙통신이 김일성 주석에 대해서만 사용하던 '경애하는 지도자'라는 술어를 김정일에 대해서도 사용하다. 인민공화국의 타락!"(1982.5.19)이라는 단계에까지 이르게 된다.

뒷이야기는 아마 사족이 될 것이다. 이진선과 최진이는 죽었고, 기록만 남았다. 이들 남녀가 나눈 지상에서의 마지막 대화는 이렇다.

허전한 듯 진이가 물었다.

"우리가 젊은 시절 사회주의를 선택한 것이 잘못이었을까요?"

어떻게 말할까 잠시 고심했다. 저 옛날의 깊숙한 곳에서 어느 한 순간이 생생하게 되살아났다. 그래서 진이에게 자신 있게 말했다.

"그렇지는 않지요. 모두 고루 잘 살자는 것이 뭐가 잘못된 선택이었겠소. 더구나 당시는 사회주의인가, 자본주의인가 만의 문제는 아니었잖소. 민족을 배신한 친일파들을 청산하자는 것이 우리였어요. 당시 그 누가 마음 깊숙이 자본주의가 모두에게 좋다고 생각했겠어요. 자본이, 돈이 주인 되는 사회가 과연 바람직한 사회일까? 그건 분명 아니지요."

그렇게 저 먼 어느 날 여린은 내게 속삭였다. 그날의 여린의 눈빛이 살아 오늘 진이에게 옮겨온 듯한 착각마저 들었다.

"혁명이 무엇인지 진이 동무는 아세요?"

뜬금없다는 듯 진이는 빙긋 웃었다.

"우리나라 사람들이 모두 잘살게 아름다운 집을 짓는 거예요."

서돌이의 음성 그대로 진이에게 들려주었다.(1998년 6월 13일)

한 혁명가, 이진선이란 혁명가의 일생은 비극적인 최후란 점에서 님 웰즈의 『아리랑』이 준 감동과 다를 바 없다. 『아리랑』의 장지락은 혈육으로서의 아들을 남겼지만, 이진선은 혈육으로서의 아들이 아니라 민족의 혁명 후진으로서의 민중을 남겼다.

대체 이 작품은 우리 민족사의 운명을 어떻게 보려는 의도일까. 이진선의 시각은 남북한을 엇비슷한 등거리에서 동시에 비판하면서 진정한 민족, 사회혁명을 어떻게 창출해 내어야 하는가에 초점을 맞추고 있다. 겉보기로는 북로당 – 주체(유일)사상 – 김정일 체제에 대한 강력한 비판의식을 노정시키고 있으면서도 변혁에 기대를 걸고 희망을 포기하지 않았다는 점에서 차라리 비판적 지지자로 해석할 여지를 남긴다.

황석영의 『손님』이 과거의 죄악에 초점을 맞춰 속죄와 화해를 강조한다면, 손석춘의 『아름다운 집』은 지난 혁명사의 과오를 반성하고 남북한이 함께 '아름다운 집'을 세워나갈 21세기형 이데올로기를 모색하고 있다. 두 소설이 함께 여전히 얄타체제의 냉기운이 감도는 한반도 남북의 궁극적인 해빙과 민주화와 통일을 위한 이정표가 되기를 기대한다.

(『사람의 문학』, 2002. 가을)

로맨스와 불륜의
이데올로기

손석춘 장편 『유령의 사랑』론

1___무신론자의 유령

"한 유령이, 공산주의라는 한 유령이 전 유럽을 배회하고 있다"로 시작하는 『공산당 선언』(1848) 이후 얼추 70년 만에 그 혼백은 육화하여 소비에트 러시아 정권(1917)을 창출했다. 그로부터 70년 뒤 분단 한국에서 6월 항쟁(1987)의 화염이 달아오를 때 소련. 동유럽 사회주의는 이미 낙조에 접어들었다. 700여 년 족히 지속되었던 부르주아 국가권력(르네상스를 그 기점으로 삼을 때)을 무너뜨렸던 프롤레타리아 정권은 그 10분의 1도 못되는 단명으로 숱한 모략과 유언비어를 남긴 채 쇠잔한 유해를 마르크스 시대보다 더 세련되게 추악해진 부르주아의 사악한 손에 넘겨져 '사회주의의 종언'이란 역사학적인 낙인이 찍혀버렸다. 그리고 뉴 밀레니엄이란 화려한 전자공학적인 유토피아에의 환영 앞에서 서성대며 인류는 불과 몇 년 사이에 '사회주의에 대한 추억'마저 까마득해져 이라크와 아프가니스탄 폭격을 스포츠 중계처럼 즐기도록 변해 버렸다.

이제 마르크스는 유령으로도 다시 나타날 수 없는 인류의 재앙으로 각인된 채 드라큘라처럼 십자가 앞에서 먼지로 분해되어 버린 해체주의의 표상으로만 남아 역사의 저쪽 한 귀퉁이를 차지하고 있는 과거분사형 기록 속의 존재일 뿐일까. 그래서 인류 역사에서 가장 먼저 등장했던 원시적 이데올로기인 신앙조차도 그 위기를 '종교개혁'으로 극복하면서 오히려 근대화하여 '재생의 역사'를 맞았는데, 사회주의는 그런 절차도 없이 독수리에게 간을 쪼이며 사슬에 목이 매여 바위를 매달고는 바다 속으로 침전하는 프로메테우스의 운명일 수밖에 없을까.

많은 석학들이 마르틴 루터나 칼뱅의 역할을 수행하고자 분투하는 가운데 한국의 한 언론인 출신 작가가 마르크스의 부활을 위하여 피닉스의 분형焚刑을 감행했다. 피닉스 – 생명이 다할 때 향기로운 나뭇가지에 둥지를 틀고 불에 타 사라지면 그 재에서 다시 태어나는 불사조不死鳥로 재생하는 부활의 대명사인 전설의 새.

작가 손석춘이 『유령의 사랑』(들녘, 2003)에서 제기한 피닉스란 바로 마르크스의 유령으로, 런던 하이게이트의 묘지를 찾아간 한민주에게 이렇게 말한다.

왜 당신들은 나를 밟고 가지 않으려는가. 왜 당신들은 내가 걸음을 멈춘 그곳에서 단 한 걸음도 더 전진하려고 하지 않는가. 왜 앞으로 걸어가지 않고 자꾸 뒤를 돌아보는가.

(…중략…)

지하의 안식은 투쟁으로 살아온 내게 사치요 하물며 자본의 주술이 온 지구를 뒤덮고 있다면 나 마르크스의 안식은 그야말로 모욕이자 조롱감이오. 자, 귀하의 부담을 내 말끔히 씻어주겠소. 나를 깨운 귀하에게, 아니 죽은 조상과 대화를 해온 조선의 전통에, 진심으로 경의를 표하오.(312~313쪽)

무신론자의 유령, 그는 21세기의 세계사적 위기에서 한국적 샤머니즘의 위력을 빌려 부활, 현대 마르크스주의의 과제와 인류의 미래를 논하고, 작가는 거대담론이 사라졌다며 불륜소설에 홀린 우리 시대를 향하여 진정한 담론이 무엇인가를 유령의 긴급동의로 제안한다.

2____불륜과 사랑의 거리

영동 출신 빨치산 부부의 아들 한민주는 진보적인 언론기관의 논설위원에다 명 칼럼니스트로 성가가 나있는데, 어느 밤 보수 어용 신문 논객인 후배 류선일에게 끌려간 술판에서 "선배의 칼럼은 지금 위기야. 그것은 그저 좌파 상업주의에 이용해 적당하게 인기 관리를 해나가는 포퓰리즘에 지나지 않아. 그러니 제발 그만 쓰쇼. 절필하란 말이오!" "당신은 위선자야! 그저 책상 앞 마르크스주의자지. (…중략…) 제발 정신 차려"란 주정을 당한다.

30여 년 전 대학 시절에 "형, 그럼 우리 나중에 둘이서 칼(마르크스) 형님 무덤 앞에 찾아가지요. 조촐하게 막걸리 한잔 바칩시다. 멀리서 찾아온 젊은 벗들이 칼 큰형님께 절하고 조선의 술 한 잔 정히 차려 올리면 좋아하지 않겠어요"란 추억을 공유한 사이인 이 둘은 역사의 굴곡을 거치면서 정반대의 언론에서 극과 극을 이루는 논객이 되어있다. 류선일은 계속 공격한다.

칼 마르크스! 그 위대한 노동계급의 혁명가는 자기 하녀를 평생 월급 한번 주지 않고 착취했어. 게다가 하녀를 임신시켰지. 성적 착취까지 감행한 거야. 화대조차 주지 않은 지능적인 오입이지. 아니 이데올로기적 축첩이지. 뿐만인 줄 알아. 하녀에게 태어난 아이를 친구 엥겔스의 아들로 은폐하며 평생 동안 모르쇠 했지.(23쪽)

마르크스 집안의 하녀, 정확히는 아내 예니 마르크스 집안의 하녀였다가 출가한 아씨에게 보내진 헬레네 데무트를 두고 한 말이다. 사회주의 몰락 이후 온갖 비판의 융단폭격을 감행하던 중 가장 치사한 대목으로 아예 마르크스를 비인격적인 존재물로 비하시키는 데 큰 기여를 했던 여인, 그러나 엄연한 실존적 사실의 하나가 바로 그녀다. 이데올로기적 비판은 사회과학의 몫이지만 이 비인격적 모멸에 대한 해명 없이는 어떤 이념적인 피닉스도 설득력이 약해진다는 입장에서 이 소설은 출발하는데, 결론이야 너무 뻔하지 않은가. 마르크스와 데무트는 서로 진솔한 프롤레타리아적 사랑에 빠졌고 그 사랑 때문에 역경을 딛고 『자본』이 탄생할 수 있었으며, 아내 예니 마르크스조차도 이 사실을 용인했던 '불륜이 아닌 사랑'이었다는 사실을 입증해 보여주는 이외에 다른 무슨 논리가 가능하겠는가. 이런 결론 앞에서 내로남불이라고 혈압을 높힐 인사가 어디 한 둘이겠는가 마는 눈 딱 감고 손석춘의 노작을 따라 가보기로 하자.

이 너무나 명백한 결론을 도출하고자 소설은 가상 역사 대체 소설적 형식을 동원하여 유령까지 등장시키는 포스트모더니즘적 기법을 활용, 독자를 긴장 속으로 몰아간다. 한민주는 런던으로 가 계속 마르크스의 무덤엘 다녔는데, 거기서 우연히 "거의 평생을 소련 공산당 문서 보관소에서 근무"하며, "사회주의 리얼리즘에 충실"한 소설을 쓰다가 연방 분해 이후 런던으로 이주한 블라디미르 보른슈타인을 만난다. 그는 극비문서로 분류되었던 헬레네 데무트의 고백과, 칼 마르크스의 유서, 이 둘 사이에 태어난 아들 하인리히 프레데릭 데무트의 수기를 바탕으로 쓴 영문 소설 (이라기보다는 원문 그대로 인용)을 한민주의 간청으로 빌려줬고, 이를 번역하는 형식으로『유령의 사랑』제2부는 채워진다.

작가는 마르크스와 하녀의 사랑이 지고지순한 프롤레타리아적 연애의 전형(308쪽, 이하 숫자는 쪽수임)이었음을 분명히 입증하기 위하여 단일 기록만이 아닌 3종(하녀, 마르크스, 그들의 아들)의 기록에다 마르크스 유령의 증언까지 동원하여 교차 증명 형식으로 구성, 대비시켜 불륜처럼 보이는 사랑이 얼마나 불가피한 상황(예니가 가난에 견디지 못한 채 가출) 아래서 이뤄졌던가를 밝혀준다. 1833년 봄, 13세 소녀 데무트가 폰 베스트팔렌 귀족 명문집안(예니 마르크스) 하녀(62)로 들어가 마르크스와의 첫 대면부터 남몰래 사랑(66)한 나머지 그의 아내 예니에게 살의도 느꼈던 일(72), 하녀라기보다는 가족의 일원으로 봉사하는 심정에서 돈에 구애받지 않았던 정황(89), 마르크스와의 첫 포옹과 임신(107부터) 등등이 실감나게 형상화된다. 이런 사랑과 병행하여 예니가 왜 마르크스를 선택했으며, 예니는 데무트 때문에 얼마나 괴로워하며 자살도 고려했던가(81·84·90·100·106·117), 그녀가 종내에는 하녀에게 남편을 부탁하며 얼마나 숭고하게 죽어갔던가(182~185)에 대한 기록들이 부쩍 실감을 더한다. 사생아 하인리히 프레데릭 데무트의 기록(194부터)은 아버지로부터 버림받은 아들의 고아의식(206)과, 15살 생일 때 아버지와의 정식 대면(153), 성년식(171), 이 모든 난관을 극복하고 프롤레타리아 전사로서의 모습이 늠름하게 재현되어 있다. 마르크스 자신도 아들에게 남긴 유서(213)를 통하여 하녀를 향한 연정(215·225)과 그녀에 대한 속죄로 삭발하기(229), 프롤레타리아 의식을 견고화시키기(230), 인간미 물씬 풍기는 아들 몰래 훔쳐보기(232) 등등의 극적인 장면을 연출한다.

G. 셀레브리아코바의 마르스크스 전기소설 『소설 마르크스 − 프로메 테우스』(김석희 역, 공동체, 1989)와 쌍벽을 이룰 수 있는 역사대체 문학 형식 의 이 작품은 마르크스와 하녀의 사랑에 초점을 맞춰 그들의 현실적인 사 랑이 없었다면 혁명적 투지가 불가능했듯이 오늘의 진보주의자들도 프 롤레타리아에 대한 사랑이 없이는 혁명이 공허해진다는 사실을 작가는 반증한다.

소설은 마르크스 생존 시기의 역사적인 배경을 섭렵(예를 들면 보불전 쟁 162, 파리 콤뮌 163, 국제노동운동이 당 차원으로 전화하기 168 등등)함과 동시에 엥겔스의 여공 출신 아내 메어리(223)를 비롯한 마르크스의 주변 인물들 도 눈요기 거리로 등장시키면서 인류 역사의 영원한 과제인 자본가(104), 혁명(181), 지식인과 현실 문제(227~228) 등도 진지하게 거론한다.

3___다시 무엇을 할 것인가

소설은 제1부가 도입부로, 한민주와 류선일의 만남과 뜻밖에 당한 모욕 (마르크스 매도. 바로 오늘의 현실을 상징), 국제통화기금 위기 때 친구의 꼬임 에 빠져 가산을 날린 부모의 죽음으로 고2의 꿈을 접고 노동자가 된 수련 水蓮(252부터)과의 닿을 듯 말 듯 한 사랑을 거론한다. 이어 제2부는 민주의 런던 행, 소련 출신 작가 블라디미르와의 만남과 그가 쓴 작품(곧 3종류의 글) 전문 소개, 제3부는 마르크스의 유령과의 대화와 토론를 마친 뒤 귀국 한 한민주가 영문학도인 아들 혁과 민주지산의 아버지 유령 찾기와 거기 서 마르크스의 유령과의 재회를 다루며 끝난다.

작가는 ①마르크스와 하녀와 그들의 아들을 ②한민주와 수련과 아들

혁으로 대비시키면서 ①을 프롤레타리아 혁명의식을 고취한 사랑으로 평가하는 한편, ②에 대해서는 마르크스의 유령이 부활하는 형식을 취한다. ①의 마르크스와 하녀는 육체관계를 가지고 그 후예로 프롤레타리아 아들을 가지나, ②의 한민주는 수련과 아련한 추억만 남긴 채 서로의 일상으로 돌아가나, 아들 혁이 마르크스의 아들처럼 프롤레타리아 의식을 가지도록 작동하는 계기를 만들면서 끝난다는 점에서 세기가 바뀐 부자의 혁명의식엔 변함이 없음을 확인해준다. 더더욱 소중한 점은 마르크스에게도 하녀가 인간적이고 진솔한 프롤레타리아적 혁명의식을 고취했듯이 한민주에게도 노동자 수련이 그런 역할을 수행토록 만든 작가의 의도이다.

남자, 지배계급이라는 등식에다 여자, 피지배계급이라는 등식을 대응시켜 19세기와 21세기의 혁명의식을 재창출하려는 주제의식이 그대로 드러나는 대목이다.

유령이란 무엇일까. 이 작품에서는 마르크스의 유령만이 아니라 "전 유럽을 배회"하는 사회주의 사상과, 한민주를 일깨워 주는 혁명의식을 통틀어 작가는 '유령'으로 표기하고 있다. 유령은 사라지지 않을 뿐만 아니라 거침이 없어 지구 어디에나 나다닌다. 그래서 한민주가 아버지가 사라져 간 민주지산에 갔을 때 거기까지 마르크스의 유령은 나타났는데, 작가는 이 대목을 이렇게 마무리 짓는다.

"선생님! 반갑습니다. 마침내 이 땅을 찾으셨군요."
"……."
아는 체도 하지 않았다. 바투 다가서서 다정하게 팔을 잡으려 했다. 잡히지 않았다. 되처 잡으려 할 때 뒤돌아 보았다. 그 순간이었다.

소스라치게 놀라 얼어붙었다. 이마에 뻥 뚫린 총구멍에서 흘러나온 피가 온 얼굴을 칠갑하고 있었다. 머릿살이 팽팽하게 당겨졌다. 어슬비슬 뒷걸음 치자 유령이 다가섰다.(343쪽)

그 유령은 마르크스가 아니라 바로 한국의 '혁명투사'였음을 알아차린 건 한참 뒤였다. "아직 피와 살을 부여받지 못"한, 그래서 "유령에 살을 입히려다가 스스로 유령이 되"어버린 "저 와룡강의 가묘와 민주지산을 원혼으로 떠도는 아버지의 유령이기도 하다. (…중략…) 어쩌면 유령은 모든 사람의 몸 깊은 곳에 숨어있는 아버지들로부터, 아니 할아버지들로부터, 아니 그 할아버지와 할머니들로부터 연면히 내려온 유전자일지 모른다".

작가는 이 21세기의 혁명의 피닉스를 다루면서 혁명의식과 소설의 운명을 일치화 시킨다. "소설이 죽었단다. 우울한 진단이다"라고 이 작품 첫 문장은 시작된다. 이 소설의 죽음은 곧 거대담론의 소멸, 즉 사회주의의 분해를 상징하기도 한다. 인류 역사에서 서사구조(소설)의 부활은 곧 변혁과 혁명의 부활에 다름 아님을 감안한다면 이 말의 지향점에 닿을 수 있을 것이다. 자본주의가 정체된 사회에서 서사구조는 배격 당하는 소멸의 운명일 뿐이지 않는가.

이렇게 다 읽고 나면 허전한 인물 하나가 남는다. 바로 부정적 인간상인 류선일이다. 보수반동으로 한민주의 심경을 몹시도 불편하게 건드렸던 그가 이 소설 속에서 맡은 역할은 무엇일까. 반동은 영원히 풍요롭고 행복하다는 부르주아의 철학일까. 작가는 그렇게 결론 내리기에는 너무 열정적이다. 한민주가 런던에서 귀국하자 신문사를 그만 두고 미국으로 "이민을 실행에 옮"겼다는 류선일의 편지가 기다리고 있었다.

"이 땅 어딘가에는 '빨갱이'로 젊은 날에 처형당한 저의 아버지가 원혼으로 묻혀"있다는 고백을 겸하여 선일은 한민주가 시도한 마르크스의 부도덕 행위에 대한 옹호론을 일갈한다. "마르크스라고 개인적 결함이 없겠습니까만, 저는 그가 자신에게 주어진 역사적 과제를 다 한 혁명적 사상가였다고 봅니다. 우리에게 주어진 역사적 과제를 다 하는 것, 그것이 마르크스를 살리는 길이라고 생각합니다"고 충고한다.

왜 진보세력이 자신들의 정치적 목표를 이루기 위해 먼저 자신들의 역량을 결집하는 데 최선을 다하려 하지 않는지 도저히 이해할 수 없습니다. 형도 같이생활을 하시면서 보신 바가 있을 것입니다.

반면에 어떻습니까. 진보세력이 맞서 싸워야 할 자본주의 세력은 얼마나 잘 뭉치며 얼마나 또 부지런합니까. 새벽부터 일어나 조찬회의로 시작한 저들의 일정은 밤늦은 시각 술자리의 정보교환에 이르기까지 치밀하게 전개됩니다. 주말에는 골프를 치며 서로 정보를 주고받지요. 진보세력이 깡소주를 들이부으며 울분을 삭이고 건강을 해치는 바보짓을 되풀이할 때 저들은 양주를 마시며 노동자들의 가난한 누이들을 마음껏 농락하지 않습디까?

(…중략…)

'싸워야 할 대상'과 '함께 가야 할 동지'를 구분하지 못하는 사람들이 과연 진보주의자인가요?(325~326쪽)

이 편지 앞에서 민주는 망연자실하며 자책감에 빠져 "하나도 변하지 않은 것은 후배였다"며, "자기 합리화에 능했던" 자신을 역사의 심판대에 세운다. 여기서 새로운 자아 찾기가 아들 혁과 민주지산의 아버지 유령 찾기였고, 거기서 만난 마르크스의 유령이 알고 보니 한국의 혁명가였다는 건 예상된 결말이지만 정당하고 절실하다.

마르크스의 불륜에 대한 비판 - 그 당위성에 대한 각종 자료 - 그러나 마르크스의 사생활 따위가 무슨 상관인가에 대한 반론 - 어쨌거나 새로운 세기에도 혁명과 사랑의 유령은 부활한다는 결말의 도출이 이 작품의 전개양식이다. 그러나 아무래도 류선일을 내세워 오늘의 한국 진보운동 상황을 점검하는 형식을 취하는 것은 진보세력으로서는 억울한 측면이 있을 것 같다. 같은 비판이면서도 동지적 비판이냐 냉담한 관찰자의 비판이냐는 점에 따라 그 수용 측의 자세는 달라질 수밖에 없을 터인데, 아무래도 류선일의 말과 행위(이민)는 앞뒤가 모순된다.

이 부정적인 인간상의 처리가 아쉬운데도 불구하고 『유령의 사랑』이 우리의 심령을 울리는 것은 그만큼 오늘의 한국은 뉴밀레니엄 시대의 새로운 포스트모더니즘적 위기를 맞고 있기 때문이다. 이 위기는 이미 1950년의 한국전쟁 시기와는 또 다른 엄청난 민족사적 영광과 재앙을 동시에 내장한 선택임을 감안하면 이 소설이 지닌 중요성은 한층 절실해질 것이다. 뉴 밀레니엄 시대의 피닉스는 다시 살아나야 할 민족사적인 필연의 불사조이기 때문이다.

(『유령의 사랑』, 들녘, 2003, 해설 보완)

제4부

근대 민족운동의 증언록

조정래의 『아리랑』에 나타난 인간과 역사와 운명

항일 여성투사들의 사랑법
박화성의 장편 『북국의 여명』과 전향론

8·15 이후 불행해진 사람들의 이력서
한무숙 소설 속의 독립운동가들의 자화상

조정래의 『아리랑』에 나타난
인간과 역사와 운명

1___ 민족사 1백여 년의 족보를 작성한 작가

조정래는 근현대 백여 년의 우리 민족사를 『아리랑』, 『태백산맥』, 『한강』 3부작으로 완성시킨 국민작가이다. 세계 문학사를 통틀어서도 자국민의 역사를 이처럼 총체적인 시각에서 흥미진진한 대하소설로 형상화시킨 작가는 드물다. 세계 현존 작가로서 조정래처럼 국민들로부터 광범위하게 애독되는 작가 또한 흔치 않다. 이 3부작은 실로 한민족의 수난과 오욕과 투쟁과 희망의 1세기에 대한 감동적인 증언록이다.

『아리랑』은 바로 이 3부작의 첫 시대에 해당되는 일제의 강제 침탈 직전인 1904년부터 1945년 8·15까지를 다룬다. 그 무대는 징게맹갱외에 밋들을 비롯한 한반도 전역을 중심 삼아 일본, 미주 지역, 중국 동북3성인 만주. 간도 지역, 러시아 일대와 버마 등 한민족 유이민流移民의 땀과 피가 서린 모든 지역을 망라한다.

이 소설은 민족사에 등장했던 실존인물들, 최익현, 임병찬, 이강년, 신채호, 김원봉, 이회영, 박용만, 나철, 홍범도, 이상룡, 양세봉, 김일성, 윤치

호, 전명운, 이승만(무순) 등등 온갖 유형의 군상들을 당대의 이념과 정치 사상의 전형으로 부각시켜서는 작가 자신의 예리한 역사의식으로 부정과 긍정의 심판을 내려준다. 독립투사에게는 찬사가, 친일파에게는 비판이 가차 없이 가해져 독자들에게 통쾌감을 선사한다.

『아리랑』은 우리 민족사의 족보이자 정신사의 교훈이며 민중 생활사의 거울이고 독립투쟁사의 피의 기록의 증언인 한편 반민족 세력에게는 가차 없는 냉혹한 심판대가 되어, 민족 주체성의 확립을 위한 길라잡이 역할을 해준다. 부유한 자들의 오만과 패덕이 가난한 사람들의 고통과 긍지와 어우러져 역사적 운명의 수레바퀴는 돌아가며 새로운 시대의 여명을 맞도록 민족사의 이정표를 반듯하게 세워준다.

그러나 여명은 새로운 어둠을 몰아오고, 그 암흑은 다시 여명을 잉태한다. 조정래 소설의 변증법은 아리랑 고개를 넘듯이 언제나 역사의 열두 구비를 넘어 민족사의 새로운 여명을 재창조해낸다.

2___식민지 시기를 다룬 대하소설들

근대 식민지 시대는 민족사적인 수난과 저항과 치욕의 격랑이었다. 1980년대 이후 역사학적인 탐사 덕분에 그 황무지를 향한 험로가 열리기는 했으나 여전히 문학예술적인 형상화 작업은 민족문학사의 한 과제에 속하는 먼 전망으로만 남아있었다. 개화기 이후 지금까지 식민통치를 전후한 시기 속으로 미학적인 포복작업을 시도한 작품은 우선 양적으로 너무나 빈약하다.

염상섭의 「만세전」과 『삼대』, 현진건의 『적도』, 채만식의 『탁류』, 박경리의 『토지』, 이기영의 『두만강』 등을 미학적 수확으로 꼽기도 한다. 여기서 『토지』와 『두만강』 이외의 작품들은 우선 식민지 시대 전체를 관류하는 서사구조가 아니라 특정 기간만을 다룬 한계에다 지역적으로도 민족생활권의 광역화가 아닌 지방사적인 제한성을 갖고 있다는 점에서 대하소설이라기보다는 장편소설이라는 게 알맞을 것이다. 분단 이후 남북한에서 식민지 시기를 다룬 민족문학사적인 성과물로 정평이 나있는 『토지』와 『두만강』은 이 시기의 문학인이 접근할 수 없었던 분야까지도 다뤘다는 점과, 식민지의 거의 전 기간을 조망했다는 점에서 새로운 장을 열어준다.

『토지』가 작품 초반부에서는 생활 풍속사에 초점을 맞췄다가 중반부에서는 민족운동사 중 민중적 민족의식과 인간과 역사의 운명을 교직시킨데 비하여, 『두만강』은 중국 동북삼성東北三省 지역의 항일운동을 민족투쟁사의 본류로 삼고 있다는 점에서 남북한 문학의 변별성이 확연하게 드러난다. 이 두 작품이 병치하는 가운데서 조정래의 『아리랑』이 등장한다.

이기영이 식민지 시기의 농도 짙은 체험자라면 박경리는 식민 체제 아래서 성장기를 겪었는데, 그 후 세대인 조정래는 유년기에 8·15를 맞은 식민지 미체험 세대라 할 수 있다.

한국전쟁 전후 시기를 『태백산맥』이란 걸작으로 정립한 조정래는 『아리랑』에서 식민지 시기의 민족 운동사에 초점을 맞춰 훌륭하게 형상화했다. 『태백산맥』이 국토의 물리적인 실체이면서 민족의 이념적인 상징이라면, 『아리랑』은 민족의 구체적인 삶이 권력과 외세에 의하여 응어리져버린 한의 표상에 다름 아니다. 두 작품 다 정통적인 연대기적인 기술법에 따른 전지적 시각에서 쓴 것으로 한국 근현대사의 시대적인 집대성이란 점에서 일치한다. 역사적인 파노라마란 측면에서 말한다면 『아리랑』이

『태백산맥』보다 더 면밀 정교하게 짠 민족사적 축도라 하겠는데, 이는 곧 소설적 구성미로는 『태백산맥』이 보다 긴축미가 있다는 점과도 통한다.

즉 『태백산맥』은 분단 현대사 중 5년여 동안을 집중적으로 조명한 것인 데 비하여 『아리랑』은 1900년대 초부터 1945년 소련의 참전까지의 전 식민통치 기간을 다뤘다는 점에서 가히 역사교과서적인 성격이 강하다는 의미이다. 그 기간에 일어났던 민족사적인 사건을 망라하기보다는 분단의 요인에 초점을 맞췄던 『태백산맥』과는 달리 『아리랑』은 식민지 전 기간의 통치방법의 변모부터 민중 수난사와 국내외의 독립운동 양상의 변모까지를 두루 형상화시켰다는 점에서 식민지 시기 민족운동사의 교과서에 가깝다는 표현이 어울릴 것이다. 이 말은 『태백산맥』이 비역사성이라는 뜻이 아니라, 다만 두 작품을 비교한다면 그 특징이 전작은 분단의 비극적 형상화인 데 비하여 『아리랑』은 식민통치 기간의 역사적 파노라마란 점이 특이하다는 걸 강조한 것이다.

『아리랑』은 전 4부로 이뤄져 있는데, 제1부 「아, 한반도」는 일제의 실질적인 한반도 지배부터 병탄 직후까지로 역사는 이 시기를 의병투쟁기로 부르는데, 『아리랑』은 일제의 토지조사사업을 이 시기의 민족수난사의 파국의 절정으로 다루고 있다.[1]

---

1 일제의 식민지 조선에서의 농업정책의 근간은 "일본을 위한 항구적인 식량공급 기지"로 만드는 것과, "중소지주, 자작농, 자소작농 등 농촌 중간층의 성장을 억제하고 농촌사회를 일본인 및 조선인 대지주와 그 소작인으로 양분하여 농촌에서의 민족부르주아적 계층의 성장을 저지함으로써 그 식민지 지배를 영구히 하는 데 있었다고 할 수 있다". 강만길, 「일제 시대 빈민 생활사 연구」, 『강만길 저작집』 5, 창비, 2018, 31쪽. 이렇게 하려고 일제는 토지 소유권을 확립시켜 토지세를 공정하게 부과한다는 명분으로 1910년부터 1918년까지 토지조사사업을 실시했다. 역둔토와 국방토 등 국가와 왕실 소유는 물론이고 마을과 문중 소지유 및 개인 소유임을 입증하지 못한 모든 민유지 등을 국공유화함으로써 조선총독부는 산림을 포함하여 전 국토의 40%를 차지했는데, 이는 강제몰수와 마찬가지였다. 이를 동양척식주식회사(東洋拓殖株式會社), 후지흥업(不二興業), 가다쿠라(片

제2부 「민족혼」은 1918년 토지조사사업의 종료와 1919년 3·1운동으로 인한 민족운동의 주체세력이 변모하는 양상 및 신간회가 운동사의 주축으로 등장하는 것을 찬찬히 엮어내 준다.[2]

제3부 「어둠의 산하」는 만주사변[3]과 이 지역에서의 조직적인 무장투쟁을, 제4부 「동트는 광야」는 일제 말기의 극악한 탄압 아래서 독립운동의 주도세력이 누구였던가를 밝혀내는 데 초점을 맞추면서 친일파의 모습도 부각시켜 준다.

방대한 민족사의 대서사 로망인 『아리랑』은 그 무대가 김제 만경 중심의 곡창지대를 주축으로 하면서 서울을 비롯한 함경도와 만주, 연해주, 미주, 하와이, 일본 등지까지 당시 우리 민족의 생활현장을 두루 포괄하고 있다.[4]

倉), 히가시야마(東山), 후지이(藤井) 등 일본 토지회사에 싼 값에 불하 혹은 관리시켜버려 식민지 지주제를 확립시켰다. 『아리랑』은 이로 인한 피해를 소상하게 기록하고 있다. 식민지 근대화론 논쟁(이영훈과 허수열 등)의 초점인 일제가 조선인을 잘 살게 해주었다는 근대화론의 허구성을 그린 『아리랑』을 사회경제사적으로 가장 잘 입증해준 연구는 허수열, 『일제초기 조선의 농업 – 식민지근대화론의 농업개발론을 비판한다』, 한길사, 2011이다. 허수열의 이 연구 성과는 바로 소설 『아리랑』에 대한 인문학적인 입증이다.

2 新幹會는 1927년 2월부터 1931년 5월까지 존속했던 일제하 국내 최대의 사회운동 단체로 전국 지회 120~150여 개에 회원 2만 내지 4만 명이었다. 좌우 합작의 민족 유일당 이념을 지향한 이 운동은 근대 민족운동 1백년사에서 매우 소중한 단체로 평가받고 있다. 이균영, 『신간회 연구』, 역사비평사, 1993.

3 滿洲事變 혹은 滿洲戰爭. 일제의 만주침략전쟁으로 1931년 9월 18일 발발. 만주의 洲는 일본의 상용한자에 없기에 통상 州로 대체해서 사용하나 한국에서는 洲로 표기. 봉천(奉天, 현 沈阳, 瀋陽) 근교의 류타오후에서 일본군이 자신들 관할인 만주철도를 스스로 파괴(柳条湖事件)하고는 그걸 중국이 저질렀다는 위계로 만주를 점령, 괴뢰 만주국 수립(1932.3.1), 이후 중일전쟁(1937.7.7)으로 일제 침략은 확대됨.

4 근대적인 한국인의 유이민은 1863년 겨울 야밤에 함경도 농민 13가구가 두만강을 건너 연해주로 간 것을 효시로 기록한다. 이후 간도 및 만주 일대와 일본, 하와이와 미국, 멕시코 등지로 한국인의 유이민(流移民)은 확대됐다. 전반적인 유이민과 민족운동은 윤병석, 『국외 한인사회와 민족운동』, 일조각, 1996을 참고. 지역별로는 신연자, 『소련의 고

여기에다 지금까지 식민통치 기간을 다뤘던 다른 작품들, 예컨대 당시 부르주아의 타락상을 그린 염상섭의 『삼대』 같은 가족사 소설의 갈등 구조와, 채만식의 『탁류』가 지닌 한 지역 중심의 사회경제적인 부패상을 다룬 탁월성을 두루 통섭하여 『아리랑』은 그 이상의 미학적인 구성을 전개하여 소설적 흥미를 배증시켜주고 있다. 요시다와 하시모도가 자행했던 토지와 농민 수탈 양상과 이에 따른 농민운동의 생동감 있는 재현 및 투기사업이었던 미두에 대한 구체적인 해설과 박진감 넘치는 묘사 등은 근대 식민지 시대의 작가들도 이처럼 용해시켜 형상화해 내지 못했던 경지다. 작가들은 저마다의 개성적인 형상성으로 불변의 가치를 지니고 있지만, 그럼에도 불구하고 『아리랑』이 지닌 식민통치 시기의 총체적인 역사인식이라는 측면에서 보노라면 이 작품 한 편이 그 이전의 모든 작품을 망라했다고 해도 과찬이나 편견은 아니라고 할 만하다.[5]

그만큼 『아리랑』은 소설 미학적 형상성에 못지않게 식민통치 시기 전체의 민족사 그 자체를 통괄하려는 작가의 의도가 강하게 스며있다. 사건 전개와 구성 자체를 아예 민족사적인 사건의 배열 선상에다 대입시켜 등장인물을 배치했다는 게 차라리 옳을 것이다. 이런 관점에서 이 글은 『아리랑』이 지니고 있는 민족해방투쟁사에 초점을 맞춰 그 의미를 찾아보려고 한다.

러사람들』, 동아일보, 1988; 이광규, 『러시아 연해주의 한인사회』, 집문당, 1998; 조선족략사편찬조, 『조선족약사』, 백산서당, 1989; 이자경, 『한국인 멕시코 이민사』, 지식산업사, 1998; 한미동포재단·이민100주년 남가주 기념사업회, 『미주 한인 이민 100년사』, 삼화인쇄, 2002 등 참고.
5 사회경제사적인 일제의 수탈상은 허수열, 『개발 없는 개발 — 일제하, 조선경제 개발의 현상과 본질』, 은행나무, 2016 참고할 것. 이 책은 제2회(2006) 임종국상 수상작이다.

3 ___왜 가난한 사람들이 더 애국적인가

한국 근대 독립투쟁사를 읽는 독자들이 지니게 되는 가장 소박한 질문은 왕과 귀족을 비롯한 지배계층이 망쳐놓은 나라를 찾는데 왜 하층민들이 더 격렬하게 싸웠을까 하는 의문이다. 대체 '나라' 혹은 '조국'이란 무엇일까. 작가 조정래는 조국을 이렇게 정리해준다.

> 또한 조국은 영원히 민족의 것이지 무슨무슨 주의자들의 소유가 아니다. 그러므로 지난 날 식민지 역사 속에서 민족의 독립을 위해 피 흘린 모든 사람들의 공은 공정하게 평가되고 공평하게 대접되어 민족통일이 성취해 낸 통일 조국 앞에 겸손하게 바쳐지는 것으로 족하다. 나는 이런 결론을 앞에 두고 소설 『아리랑』을 쓰기 시작했다. 그건 감히 민족통일의 역사 위에서 식민지 시대의 민족 수난과 투쟁을 직시하고자 하는 의도였다.(『아리랑』 1, 「작가의 말」)

이 말에는 '조국'의 개념과, 식민지 시대의 독립운동을 다루는 방법론이 제기되어 있는데, 두 가지 다 분단 시대의 냉전적 시각에 대한 비판을 담고 있다. 부연하면 작가가 『아리랑』에서 형상화한 '나라'는 왕이나 귀족의 나라가 아닌 국민대중의 나라이며, 찾고자 했던 나라 역시 왕이나 독재자에게 통치권을 되돌려 주거나 부여하려는 의도가 아니라 국민대중에 의한 민족. 민주의 나라이며, 외세에 농단 당하는 분단국가가 아니라 민족주체에 의한 통일국가임을 의미한다. 이는 바로 3·1운동 정신이 낳은 상하이 임시정부의 헌법정신과 그대로 일치한다.[6]

---

6   기록으로만 전하던 사문서나 다름없는 현행 헌법 제1조의 이념을 시민정신으로 발현시킨 게 2016.10.29~2017.3.10까지 20회에 걸쳐 이뤄진 촛불혁명이다. 그 단초를 풀

이런 가치관에 입각해 볼 때 식민통치 아래서의 여러 민족독립운동 중 국민대중에 의한 민족주체의 민주주의 통일국가를 위한 노선이 가장 바람직한 민족해방 투쟁이었음을 예단할 수 있도록 해준다.

　　농민들의 국가관은 유학자 출신이면서도 양반행세를 하지 않은 송수익이 의병투쟁 중 국채보상운동을 설명하는 대목에서 극명하게 드러난다.

　　"국채보상운동이란 쉽고 간략하게 말해서 나라가 진 빚을 갚자는 운동인 것입니다. 다시 말해 나라가 그간에 일본한테 진 빚을 백성들 모두가 나서서 갚아주자는 뜻입니다."

　　"치이, 또 백성덜만 골창 빠지게 생겼네."

　　누군가가 퉁명스럽게 말했고,

　　"긍게 말이여. 백성들이야 고런 동전 한닢 맨져보기나 혔간디."

　　누군가가 불만스럽게 말장단을 맞추었고,

　　"빌러묵을, 언제고 닭 잡아묵는 놈 따로 있고 닭값 무는 놈 따로 있는 시상이랑게."

　　또 누군가가 야무지게 오금을 박았다.

　　그 정확한 반응들에 만족을 느끼며 송수익은 빙그레 웃고 있었다.

　　"근디, 빚얼 다 갚자는 뜻이 머신게라우? 그 빚얼 다 갚아줬응게 왜놈 느그덜이 이 땅서 물러가그라 그런 맘 묵는 것 아닐랑게라?"

　　지삼출의 물음이었다.

　　송수익은 문득 놀랐다가 그 질문자가 지삼출인 것을 알고는 보일 듯 말 듯

어 낸 것은 바로 민족해방투쟁사이며, 이를 형상화한 게 조정래이고, 이를 사회경제사적으로 명증하게 정리한 게 박찬승, 『대한민국은 민주공화국이다 ─ 헌법 제1조 성립의 역사』, 돌베개, 2013 이다. 이 책은 제7회 임종국상(2013)수상작이다.

고개를 끄덕였다. 역시 지삼출다운 눈치요 판단이라고 여겨졌던 것이다.

"맞는 말이오. 그런 뜻을 가지고 시작한 일인 것이 자명한 것이오. 그 일을 어찌들 생각하시오?"

송수익은 대원들을 둘러보았다.

"그것이야 보나마나 팔다리 띠줘감서 호랭이 달개기겄제라."(2권, 79~80쪽, 텍스트는 초판본을 기준으로 함. 이하 '권-쪽수'로 표기함.)

『아리랑』은 여러 이념과 노선을 복선으로 깔고 있으면서도 송수익을 시종 일관되게 역사적인 정통성을 확보하고 있는 민족 주체성에 입각한 주류세력으로 삼고 있다. 그는 전통 유학자이면서도 의병투쟁에서 계급 타파를 실천했으며, 만주지역으로 옮겨가서는 한때 대종교에 관심을 보이기도 했다.[7]

연해주까지 체험한 그는 농민출신의 방대근, 지삼출 등을 이끌면서 계속 진보성을 견지하다가 피체, 옥사하는데, 어느 세력의 어떤 지도자와도 화합하는 민족통합 노선의 전형으로 형상화되어 있다.

송수익과는 대조적으로 머슴 출신인 지삼출은 철도 공사장에 동원되었다가 의병, 군산 부두노동을 거쳐, 만주일대에서 투쟁하던 송수익의 분신격인 인물인데, 빈농출신 투사의 전형으로 부각된다.

빈농들의 시선에는 "나라 뺏긴 것이야 우리 잘못이 머시가 있어. 우리야 골병들게 땅 파서 오만 세금이란 세금 우로 바치고 아래로 뜯김서 산

---

7 항일투쟁 의식이 가장 강했던 大倧敎는 보성 출신 나철(羅喆, 1863~1916.9.12)이 창도(1909.1.15)한 민족종교. 처음 단군교라는 교명을 대종교로 개칭(1910.8)했다. 일제의 탄압이 심해지자 나철은 구월산 삼성사(三聖祠)에서 자결함. 湖山 朴明鎭, 『大倧敎獨立運動史』, 국학연구소, 2003 등 참고.

죄”(3권 250. 이하 숫자로만 '권-쪽수'로 표기)밖에 없는 것으로 나타난다. 이에 비하여 양반들은 "세금이라고넌 땡전 한닢 안 내고 사는 것도 모자래서 나라꺼정 팔아 묵은 것 아니여. 근디 시상이 이리 뒤집어졌어도 양반이란 것덜언 땅얼 한치도 안 뺏기고 지화자 얼씨구나 태평세월로 잘만 살아가덜 않냔 말이여. 어찌 보면 왜놈덜 보담 더 못된 종자덜이 양반이여, 양반"(3-250)이라고 못 박는다. 빈농들은 "돈 있고 권세 있는 것덜이 어디 조선사람이간디. 맘이야 발써 다 왜놈 되야부러 우리 겉은 가난허고 못난 인종덜이나 조선사람으로 남었제"(3-294)라고 한다. 민족과 계급론의 총체적인 인식을 사회과학 이론이 아닌 삶의 현장에서 터득하게 해주는 대목이다.

이렇게 나라=양반=수탈이라는 등식 속에서 왜 농민들이 구국 투쟁에 나서지 않으면 안 되었는가 하는 질문에 작가는 『태백산맥』과 똑같은 토지문제에서 그 해답을 찾고 있다. 토지조사사업으로 소작지를 잃었거나 빼앗겨버린 빈농들은 자신의 처지나 일제에 빼앗긴 땅이 얼마나 되는지 상감이나 대감은 알 턱도 없을 것이고, 억울함을 풀어줘야 할 관리에 대해서도 "관리놈덜이 백성덜 편드는 것 봤어?"(3-146)란 말로 축약한다. 『태백산맥』의 빈농들의 빨치산 입산 내력이나, 『아리랑』의 소작농들이 의병에 나서는 경위는 다를 바 없다.

고전적인 국가의 개념은 국민의 안전 보장일 터이고 마르크시즘에 따르면 부르주아의 착취기구일 터인바 그렇다면 이들 빈농들의 국가관은 후자에서 벗어날 수 없게 되며, 여기서 그들이 추구하는 나라 찾기 운동의 방향은 예견될 수 있을 것이다. 나라 찾기가 아니라 땅 찾기, 곧 생존권 투쟁이 빈농들로 하여금 의병 – 항일독립투쟁 – 국내에서는 노동자. 농민운동, 국외에서는 무장투쟁에 투신할 수밖에 없도록 내몰아댄 것이다.

생존권의 연장선으로서의 국가의식은 나라를 빼앗긴데 대하여 별 관심을 안보였던 함경도 사람들의 냉담과 무관심도 지나칠 수 없다. 탐관오리의 시달림으로 나라를 버리고 만주나 연해주로 떠나야만 했던 이들에게 애국심을 기대할 수는 없다는 취지의 신채호의 말을 인용(6-115~116)하고 있는데, 이것은 소작이나 빈농생활조차도 불가능했던 그 지역 특유의 부산물이다.

작가는 일제 식민 시기를 민족사의 대수난으로 보면서 일본에 대하여 "용서하지도 말고 잊지도 말아야 한다"(10, 「작가의 말」)는 입장으로 일관하는데, 그 근본원인으로는 두 가지를 들고 있다. 첫째는 일제(및 강대국)의 잔학상으로 제2차 대전 때 희생된 유태인이 3백만~6백만이라면서 온 세계가 그들의 희생에 공감하는 데 비하여 "우리 동포들도 일제의 총칼 앞에서 3, 4백만 명이 죽어갔다는 사실"을 거론한다. "어찌하여 다른 민족인 유태인들의 비극은 마치 우리의 일인 것처럼 실감하고 분노하며 독일군들을 증오하면서 정작 우리 자신들의 비극에 대해서는 이야기 꺼내는 것을 역겨워하고 지겨워하고 망각하려 하고 기피하려 하는가?"라고 작가는 묻는다. 이에 대하여 조정래는 자신의 수난을 전 세계적으로 알리고자 "수없이 소설을 쓰고 영화를 만들고 TV드라마를 만들었던 유태인들에게 우리는 최면을 당했다"는 것이다. 이런 현상과 대조적으로, "해방과 함께 우리 사회 모든 부분을 장악했던 친일파들의 조직적인 음모로 일제 시대는 망각이 최선이고 일제 시대 이야기를 꺼내는 것은 촌스럽고 모자라는 것으로 매도되는 최면을 당한 것"(4, 「작가의 말」)이라고 해명한다.

『아리랑』은 이런 취지에서 ①민족 수난의 기록, ②그 수난의 원인에 대한 책임 추궁, ③민족 수난의 종식을 위한 투쟁의 증언, ④역사의 거울로서의 당대의 사회 풍속사 반영, ⑤역사와 인간의 운명을 심도 깊게 다룬 인생론적 접근이라는 다섯 가지 요소를 교직시켜 나가면서 사건을 전개하고 있다.

여기서 민족 수난사는 비단 농민과 노동자들이 당한 수탈만이 아니라 심지어는 친일파들도 당했던 일인과의 차별대우까지도 세세히 언급함으로써 거시적인 민족의식을 부각시켜주고자 작가는 배려하고 있다. 수난의 원인도 침략 일본만이 아니라 미·소·중 강대국의 횡포를 두루 거론하는 한편 민족 내부의 친일반민족 세력의 암약상을 묘사하여 총체적이고 거시적인 인식을 시도하고 있다. ③의 해명을 위해서는 독립운동의 각종 유파를 총망라하고 있으며, ④와 ⑤는 연대기로서의 『아리랑』을 문학적 형상성으로 승화시켜 극적인 장치를 설정해준다. 이 대하소설은 한 시대의 풍조와 유행까지 세밀하게 소개하는 한편 등장인물 하나하나에 대하여 성격과 환경과 운명의 삼박자에 따라 한 인간의 일생이 어떻게 삶의 형태를 이뤄내는가를 실감나게 보여주고 있다.

왜 빈농들이 나라 찾기에 가장 앞장섰던가에 대한 해명으로 『아리랑』은 민족수난사를 들고 있다. 일제하의 수난을 『아리랑』은 나라와 땅과 재산 빼앗기기(제1부), 문화와 역사와 영혼 빼앗기기(제2부), 민족 말살의 단계(제3부), 민족 동원의 단계(제4부)로 보고 있다. 물론 이 네 가지는 단계별로 시행 되었다기보다는 동시성을 갖는 것이지만 연대기적인 초점은 이렇게 변모되어 왔다는 의미이다. 민족 수난의 총체적인 인식을 위하여 작가는 강제 이주 및 해외 노동력 제공을 위한 인신매매 사건부터 민족정기를 말살하기 위한 산맥의 혈 자르기까지를 두루 천착하고 있다. 여러 형태의 민족 수난상 속에서 가장 생존이 어려워진 계층으로 내몰린 빈농들은 자신의 땅 찾기에 일생을 걸게 되었는데, 그 염원이 매타작과 투옥으로 고생만 초래하자 항일독립운동으로 치닫게 되었음을 『아리랑』은 숱한 등장인물들을 통하여 보여주고 있다.

감골댁의 맏아들 방영근은 가족의 생계를 위하여 하와이 농장의 노예로 팔려가게 되는데 그나마도 대금 일부를 떼어버려 차남 대근이는 군산 부두노동을 거쳐 만주로 가 무장 항일투사가 된다. 시종 송수익과 노선을 함께한 방대근은 만주 신흥무관학교 - 연해주 - 북경 의열단 - 동북항일 연군 - 상해-중경-한국광복군 비밀 감찰대장이라는 파란만장한 경력을 거치면서 주변의 권고를 뿌리치고 독신으로 지내는데, 그는 빈농의 항일 무장투사의 한 전형이 된다.

4 ___ 친일파는 어떻게 형성되었는가

빈농이나 하류층은 다 항일투사가 되는가? 사회과학은 프롤레타리아계급이 혁명화하는 것으로 도식화할 수 있으나 철학이나 문학예술은 오히려 비겁자나 거지 또는 비열한 변절자로 전락할 수도 있다고 일깨워 준다. 한 그릇의 밥을 얻기 위하여 반드시 저항하라는 혁명철학도 있지만 노예가 되거나 구걸하라는 현실적인 대세 추종이나 유혹도 만만치 않다는 것을『아리랑』은 보여줌으로써 프롤레타리아는 선량하다는 도식화를 거부한다.

토지조사사업 때 자신의 논이라는 신고서에 도장 찍어주기를 거부하던 지주총대 나기조에게 항의하다가 따귀를 맞자 격분하여 떼다 밀어버린 것이 살인미수로 몰려 총살형을 당한 차갑수의 아들 득보는 거지 행각으로 지냈으며, 딸 옥녀는 노래패에 끌려 다니다가 명창이 되는데, 이들은 그런 고통 속에서도 아버지의 원수가 일본이라는 원한 때문에 투사로 살아간다. 판소리 명창이 된 누이 덕분에 자영농이 된 득보는 북해도로 강제 징용 당했지만 거기서 탈출하게 되며, 옥녀는 옥비란 예명으로 탈바꿈하여 장안의 명기가 되지만 송수익의 둘째아들 가원을 찾아 만주로 가서 때로는 무장투사로, 때로는 간호사로 활동하게 된다. 고아 남매가 독립투사로 성장한 한 전형인 이들과는 대조적인 인간상으로 양치성을 들 수 있다.

아버지가 죽은 뒤 남은 초가집마저 병치레 빚돈으로 내줘버리고 어머니와 다섯 남매로 남은 양치성은 부두에서 일본인에게 구걸하는 방법을 일어로 하자는 잔꾀를 썼는데 이게 인연이 되어 목포우체국 군산출장소장의 눈에 들어 급사로 들어가게 된다. 소장의 배려로 일본 정보학교를 나온 그는 빈민 출신 친일파답게 고향에서 정탐노릇을 하다가 상인을 가장한 정보 앞잡이로 만주일대를 정탐하던 중 옥비의 미모에 홀려 그녀를 납치, 동거하게 된다. 결국 자신의 정체가 탄로나 그녀로부터 칼침을 맞았지만 살아남아, 도주한 옥비에 대한 애욕과 복수심에 불탄다. 양치성은 원산경찰서 형사로 발탁되어 계장을 거쳐 도 경찰 계장으로 승진, 실적을 올려 고향으로 오고자 안간힘을 다한다. 양치성이 일본 정보학교를 나온 뒤 귀향하여 군산의 쌀 창고를 보면서 갖는 일단의 감회는 친일파들의 속내를 그대로 드러낸다.

저 쌀 창고들이 얼마나 오래 가게 될 것인가…… 백 년, 2백 년…… 그 세월을 짐작하기가 어려웠다. 벽돌과 시멘트는 돌보다 더 강하다고 했다. 일본은 앞으로도 끝없이 조선을 보호국으로 삼을 작정인 것이 분명했다. 내가 환갑나이까지 살면 앞으로 40여 년…… 그때까지도 저 쌀 창고들은 끄덕도 하지 않을 것이다…….

양치성은 숨을 깊이 들이마셨다가 천천히 내쉬었다. 내가 얼마나 운이 좋은가. 앞길이 신작로처럼 환하게 열렸는데. 그는 새롭게 안도하는 동시에 가슴 뿌듯하게 만족을 느끼고 있었다. 거렁뱅이 신세로 평생을 살아야 될 판이었는데……. 그 생각을 하자 안도감과 만족감은 더욱 크게 팽창되고 있었다.(3-277)

2백 년 – 이 숫자는 우연이 아니다. 일제 말기 지식인들 속에서는 한국이 2백 년 동안은 독립의 가망이 없다는 말이 퍼져 있었다. 영국 통치령인도의 경우를 들어 나온 이 숫자에 대한 공포는 당시 나약했던 순수문인들에게 안도의 한숨을 트게 해주었다는 삽화(9-207~208)를 연상하면 2백 년이란 숫자가 지닌 의미를 새삼 되새길 수 있을 것이다.

"군인과 경찰. 민간인을 모두 합해서 조선 땅에 와있는 왜놈들은 70여만인데 거기에 붙어먹고 있는 친일파들은 그 두 배가 넘는 150여만"(10-149. 친일파 숫자와 처리에 대해서는 11-317~318에도 언급)이라는 추산이다. "한반도의 인구가 2천여만이었던 일제 말기에 친일파와 민족반역자들은 대략 1백 70여만이었다. 그 수는 전체 민족의 10%에 미치지 않았던 것이다. 그러나 그자들이 무력을 갖춘 일본총독부의 세력과 야합함으로써 나머지 90%의 동족을 처참하게 만들었던 것이다"(7, 「작가의 말」)라는 논리와 일치한다.

이 엄청난 숫자는 '친일'의 개념에 따라 대폭 달라지는데, 8·15 직후 시도했다가 폐기된 '민족반역자·부일협력자·간상배에 대한 특별법' 초안자들은 대개 25만여 명을 그 범법자로 설정했는데 이것은 8·15 직후의 관용적 분위기를 감안해야 될 것이다. 장 드프란느는 『대독협력의 역사』에서 대독협력을 자인한 사람이 국민전체의 1%라고 밝혔는데, 일본의 한국 통치는 그 잔혹성은 고사하고 우선 식민 기간만 보더라도 독일의

프랑스지배의 열 배라는 점을 감안한다면 10% 친일파 주장설은 객관성을 띨 수 있을 것이다.[8]

드프란느는 이 책에서 대독협력의 동기로 열광, 인종忍從, 사욕의 세 가지를 들었는데, 『아리랑』에서도 이런 양상은 그대로 반영된다. 열광파는 이념적으로 비민주주의적 성향에다 군국주의에 부화뇌동하거나, 봉건제 사회의 신분적인 천대로부터의 탈출 수단으로 외세를 등에 업는 형식을 취한다. 양치성은 그 전형적인 예로 일인의 도움을 받아 출세한다. 하류층 출신으로 친일 열광파가 된 인물에는 서무룡이 있다. 방대근과 친밀한 사이로 군산 부두노동자였던 서무룡은 대근의 막내여동생 수국을 사랑했는데, 그녀를 겁탈한 지주 집 아들이자 헌병인 백남일을 테러한 범인으로 오인 받아 혹독한 고문을 당하게 된다. 위기에 처한 그를 양치성이 구해주고는 앞잡이로 만들어 버렸는데, 서무룡은 이를 계기로 열광적인 친일파로 변신한다.

『태백산맥』의 염상구를 연상하는 서무룡은 자기가 좋아했던 수국이 만주로 가버리자 그녀를 닮은 언니 보름이에게 수단방법을 가리지 않고 완력으로 접근해 깊은 관계를 가진다. 보름이는 시아버지가 무주에서 토지사업 방해로 처형당한 데다 남편이 죽자 살 길을 찾아 군산 부두의 낙미쓸이로 지내다가 친일 악질 경찰 장칠문에게 당하고서는 헤어나지 못한 채 관계가 깊어졌으나 순사계장 세끼야의 강압으로 동거 중이었다. 그런 보름이를 손 댄 무룡이는 그녀가 세끼야의 아이를 밴 것을 보고서야 그녀를 멀리하게 되었다.

---

8   ジャン・ドフラーヌ, 大久保敏彦・松本眞一郎 訳, 『対独協力の歴史』(文庫クセジュ), 白水社,, 1990; Jean Defrasne, 오쿠보 토시히코・마츠모토 신이치로 공역, 『Histoire de la Collaboration』(문고 Que Sais-Je), 백수사.

보름에겐 죽은 본 남편과의 사이에 아들 오삼봉이 있다. 그 아들이 학생시위 주동자로 구속당하자 도움을 요청하고자 서무룡을 찾아가 애원하는 보름에게 그가 한 말은 식민지 시대의 친일 행각이 어떤 성격을 띠고 있는가를 엿볼 수 있게 해준다.

"머 그리 서운해 헐 것 없구마. 생각 그리 삐딱허니 돌아간 놈이 핵교 지대로 나온다고 면서기럴 해묵어지겄어 수리조합 서기럴 해묵어지겄어. 징역살이 끝내고 나오면 나헌티 보내. 그만허먼 체신도 큭담허겄다, 배움도 있겄다, 나 밑자리 하나 맨글어 줄팅게."

서무룡이는 농담인지 진담인지 모를 말을 느물느물 지껄이고 있었다.

보름이는 울컥 화가 나서 얼굴에서 손을 뗐다. 그러나 탓할 말이 아니라고 생각했다.

"더는 어찌 잠 안되겄소?"

보름이는 애원하는 눈길로 서무룡이를 쳐다 보았다.

"그 맘언 아는디 더 욕심내덜 말어. 이놈에 시상서 질로 큰 죄가 만세 불르고 독립운동허는 죄 아니여. 글고, 그냥 풀려나먼 자석 참말로 빙신 맹그는 것이여. 그냥 풀려나도 퇴학 못 면허는디 가가, 즈그 친구덜헌티 경찰 앞잽이였다고 오해 사서 꼬라지 못쓰게 될 것잉게. 자네가 아덜헌티 큰 원망 듣게 될 것잉마."

서무룡이 정색을 하고 말했다.(9-86)

오삼봉은 어떻게 됐을까. 악질친일파를 응징하는 지하조직 혈청단 지도자로 활동 하다가 만주로 건너가 동북항일연군東北抗日聯軍에 투신, 전사하고 만다.

한때는 자신의 애인이었던 여인의 아들 문제에 대하여 이렇게 충고인 듯 협박으로 두루뭉술하게 넘어가는 이 교활성 앞에 얼마나 많은 동포들이 피눈물을 흘렸을까. 이 능글맞은 왈패는 깍쟁이 같은 백남일의 돈을 뜯어 보름이에게 거금을 줘서 "진짜배기 주먹패 오야붕"이란 평을 듣기도 한다. 이 정도 급이면 단순한 주먹패가 아니어서 일심회장이란 감투까지 걸치는데, 가히 서무룡에게나 어울릴 법한 일이다. 그러나 여기서는 그의 의리나 깡패행각이 문제가 아니라 친일의 동기와 행태가 관심거리다.

양치성이 일본적 가치관으로 무장한 열광적 친일파라면 서무룡은 세상 물정을 훤히 알면서도 자신의 주먹으로 출세할 수 있는 체제로서의 군국주의에 심취하여 열광하고 있다.

일생을 빼앗긴 땅 찾기의 꿈으로 살다가 간 남상명의 막내아들 만석은 "빌어묵을, 못 배우고 무식헌 놈덜언 친일도 못해묵는 팔자여……"라고 투덜대는데, 이 불평은 친일의 성격 자체가 지배계층의 일반론임을 시사하는 대목이다. 곧 서무룡의 친일과 양치성의 것을 비교하면 둘 다 열광적이란 점에서는 일치하면서도 서무룡 같은 유형은 항일 독립운동에는 결정적인 장애를 끼치지 않은 것으로 드러난다.

그러니 친일이나 독립운동을 너무 도식적인 관점으로 양분해서 흑백논리로 판단하는 데는 무리가 따르기도 한다.

토지조사사업에 항의하다 옥사한 소지주 박병진(무장투사 지삼출은 이집 머슴이었다)의 두 손자 중 동생 용화는 열광적인 친일파에 속한다. 그는 사범학교에 진학하여 교무주임의 소개로 일본인 검사 집 가정교사가 되어 그 집 딸 에이꼬의 유혹에 빠져들어 농락당한다. 그는 다께다 히데오란 창씨개명으로 초등학교 교사로 재직하다가 보다 큰 꿈을 위하여 동경제대 법학부에 들어간다. 용화의 시국관은 형 동화는 머리가 좋으면서도 왜 어리석게 만세 시위에 앞장섰다가 퇴학당해 일생을 망쳐버렸느냐는 데서 비롯한다.

형 동화는 목포상고 재학 때 시위로 퇴학당한 뒤 여러 가지 일을 하지만 잘 안 풀린다. 형이 수재인데도 어리석은 건 "대일본제국의 막강한 힘 앞"에서 사회주의를 망상하는 데서 드러난다는 게 용화의 생각이다. "그 도전은 목선과 철선의 싸우기였고, 토끼와 호랑이의 싸움이었다. 자신은 보통학교 4학년 때 벌써 그런 것들을 다 알았던 것이다. 그런데 어떻게 어른들이 그런 것을 모르는지 답답할 노릇이었다"라고 용화는 생각한다. 계속 그의 생각을 따라가보자.

이제 일본은 중국을 이기며 나날이 승승장구하고 있었다. 일본은 벌써 중국을 절반 가까이 차지하고 있었다. 머지않아 중국을 다 차지하게 되면 일본은 그야말로 아시아의 태양이었다. 이런 시점에서 내선일체라니, 그 아니 황공한 은혜인가. 조선 사람도 차별받지 않고 일본사람과 똑같이 된다는 건 출세하는 데 얼마나 좋은 기회인가.(11-47)

초등학교 교사로 재직 중 조선어학습이 폐지되자 교사들의 술좌석에서 사건을 묻는 교무주임에게 다께다(용화의 창씨개명)는 "당연한 조처"이며, "내선일체로 모두 황국신민이 된 마당에 조선학생들의 모국어가 어디 따로 있겠습니까"라고 대꾸한다. 일인 교무주임은 다께다에게 그게 진심이냐면서, "우리 일본이 조선과 똑같은 처지에 빠졌다면 당신 같은 부류들은 살아남지 못해. 민족반역자요 배신자들이니까. 그런데 말야, 조선 민족을 반역하고 배신한 부류들을 일본이 후대하는 게 이상하지 않나? 일본이 그 부류들을 믿는다고 생각하나? 곰곰이 생각해 봐"라고 끈질기게 노골적으로 비아냥거리지만 다께다는 한결같이 "열 번 백 번 물어도 내 대답은 아까 한 것과 똑같소"라는 것이었다. "나이가 먹어 가고 공부를 해 갈수록" "일본은 거대하고 위대한 나라"란 생각이 굳어져, "조선의 독립 이란 잠꼬대 같은 망상"이며, "어차피 독립이 안 될 바에는 내선일체가 빨 리 되어" "대접 받으면서 잘 살게 되는 것이 행복의 길"인데, "그러자면 조 선 사람들은 일본 말은 물론이고 일본글을 너무나 몰랐다"는 게 다께다 의 생각이다.(이상 11-159~163)

박용화는 그 야망에 걸맞게 학병으로 버마전선에 가게 된다.

드프란느가 두 번째로 든 인종忍從의 반민족 행위는 중산층과 소지식 인, 종교인 등등에서 흔히 나타나는 현상인데, 『아리랑』에서는 일본유학 생 중에서 그 유형을 찾도록 장치한다. 부호의 아들로 예술병에 들뜬 김 이도와 그의 친구 최문일 등은 "나쁘게 말하면 친일주의였고 좋게 말해서 순응주의였다"(11-225~226)라고 이들의 친구면서도 지하활동을 하다가 징집을 피해 지리산으로 입산한 송수익의 손자 준혁은 냉철하게 비판한 다. 인종忍從주의자로서의 적당한 친일분자는 너무나 많다. 『만선일보』에 취직한 한우섭, 철학교수 황인곤, 귀족 출신으로 검사가 된 윤동선, 경기 지역의 만석꾼으로 잡지 『조선계』를 송수익의 맏아들 중원(3·1운동 때 투 옥 당한 뒤 계속 지역운동에 투신하다가 상경, 잡지 주간을 맡았으나 사장과의 견해 차 이로 사직 후 귀향, 조선사상범 예방구금령으로 구금됨)에게 맡겼다가 이내 자신 이 차고앉아 저속한 친일잡지로 몰아가는 민동환, 변호사가 된 홍명준, 성 악가 박정애, 나운규의 열렬한 팬인 김정하 등등이 이 유형에 속한다.

마지막의 사욕 챙기기는 부르주아계층에 그 유형이 풍성하게 나타난 다. 『아리랑』의 골반을 이루고 있는 가문 중 친일파로는 이방 출신으로 일 진회 군산지부장 감투를 노리는 백종두를 들 수 있다. "자신은 나라의 녹을 먹고 살아온 명색이 관리"로 "나라가 망하는" 쪽에 투신할 수 있겠는가고 고민도 했다. 그러나 이내 그는 "한양의 대감이란 사람들은 뭔가, 상감은 또 무얼 하는가"라는 대목에 이르자 생각을 바꾼다. "기왕 나설 판이면 먼저 숟가락을 들어야 한술이라도 더 뜨고, 먼저 말뚝을 박아야 한 평이라도 더 넓게 터를 잡지"라고 결정내린 게 백종두다. 김제군 죽산면장이 된 그는 아전콤플렉스로 양반에 대하여 뼈저린 반감을 지닌 채 친일을 이익 챙기기로 활용해 나간다. 땅을 빼앗긴 농민들의 항의에 극형을 내리려는 걸 슬쩍 돌려 살려주어 원성을 피할 줄도 아는 그의 목표는 두 가지다. 첫째는 김제군수요, 둘째는 김제의 그 넓은 땅을 자신이 다 차지하는 것이었기에 이를 위해서는 일인과 관료에게 온갖 아첨도 마다하지 않는다. 그런데 김제평야의 땅을 다 차지하겠다는 라이벌인 요시다(군산농장조합회장인 그는 오쿠라 재벌 자본으로 호남 제일의 농장 지배인)와 하시모토(사업가) 등에 대해서는 견제와 적대감도 가진다. 그런 뜻에서 본다면 백종두는 자신의 이익만 챙기려 드는 인간상의 전형이다. 일제 때의 지방 토호들 대개가 몸 담았던 재산 증식의 수순에 정미소와 미선소가 있었다. 백종두역시 이 두 가지를 경영하면서 국유지를 넘보다가 하시모토의 무고로 면장 직에서 쫓겨난다. 그러자 백종두는 남은 꿈인 재산 증식에 신명을 바쳐 호남 친화회장이란 감투로 대세에 순응하다가 죽는다. 그 아버지의 야망에 미치지 못했던 아들 백남일은 공부를 등진 채 헌병보조원에서 헌병이 되어 미선소에 다니던 수국을 겁탈한 보복으로 테러를 당해 무명씨눈박이가 되어 헌병에서 쫓겨난다. 아버지가 테러로 사망하자 아들은 호남친화회장직을 계승하여 사업을 하는데, 이 백씨 일가는 나라가 망한 걸기화로 삼아 일약 부자로 발돋움한 전형이 된다.

백종두와 라이벌인 장덕풍은 보부상에서 잡화상 주인이 되어 정미소와 미선소를 낸 세력자로 부상한다. 순사부터 시작하여 군산서 형사계장까지 승진한 아들 장칠문은 아버지의 재산증식에 큰 방패가 되는데, 그 아버지가 풍으로 죽자 경찰을 사직한 뒤 그 유산을 독식하려고 동생을 쫓아버리고는 일조물산 사장으로 변신한다.

"인자 돈이 양반 맨들고 일본 권세가 양반 정허는 시상잉게"라는 서무룡의 가치기준에 따르면 이들은 신흥 양반계급이 된 셈이다. 이들과는 달리 정재규, 상규, 도규 삼형제 집안은 각양각색으로 집안이 파탄된다. 맏이 재규는 한량으로 일본인 돈을 빌렸다가 논을 떼여 버리는가 하면 동생들에게 재산을 나눠주지 않으려고 갖은 추태를 부리다가 결국은 한몫을 떼어주고는 미두로 망조가 들어 논두렁에 쓰러져 죽는다. 상규는 돈만 아는 구두쇠로 소작인 한서방의 아내를 겁탈하기도 하고, 자기 큰아들을 전문학교만 마치게 하고는 대학 진학을 안 시켜 술꾼으로 전락시켜 버린다. 둘째 아들은 돈을 훔쳐 가출해 버렸고, 셋째는 아예 논문서를 훔쳐 팔아서 도주해버리자 그 충격으로 상규는 몸을 못 쓰게 된다.

3형제의 막내 도규는 일본 유학을 마치고 운동권에 투신하여 덕유산의 이현상과 만나 위장전술로 국민총력연맹 만경지부장을 맡아 새 시대를 대비하는 주역으로 활동한다.

이 지역의 색다른 지배계층의 하나가 이동만이다. 일인의 토지구입에 앞장서서 요시다와 하시모토 사이를 오가며 온갖 재주로 백종두를 견제까지 해가면서 자신의 이익을 챙기는 이동만을 요시다는 "저따위 게 양반의 자손이라고, 조선 놈들의 양반, 한심하구나!"라고 비웃는다. 아들을 측량학교로 보내는 등 재산증식에 전력하다가 끝내는 사금채광에 투자하여 사기를 당한 뒤 사금 논에서 최후를 맞는다.

『아리랑』은 이런 세 유형의 친일행각을 그리면서도 궁극적으로는 시종 일본인과는 다른 '조센진'으로 승진과 출세의 길이 막히는 장면을 보여줌으로써 식민통치 아래서는 어떤 조선인도 그 야망을 채울 수 없다는 점을 분명히 한다.

5 ___ 누가 진정한 항일투사인가

『아리랑』은 앞에서 본 것처럼 조국의 개념을 민족 주체의 통일 민주주의 정권으로 보고 있기 때문에 의병투쟁 단계에서부터 위정척사파에 대해서는 비판적이다. 소설은 항일운동의 중심축을 무장투쟁 의병-국외의 만주. 노령 등지의 무장투쟁과 해외의 노농운동과 애국운동-국내의 노농운동과 각종 애국운동으로 잡는다.

의병투쟁 단계에서 송수익 노선을 정통으로 보는 『아리랑』은 그의 입을 통하여 장황하게 의병의 역사적인 의의를 갈파하는데(2-71~72) 이것은 최익현의 아사餓死와 그의 유지遺旨(목숨을 헛되이 하지 말고 후일을 기약하라) 및 조정에서 해산하면 선처하겠다는 조칙詔勅을 좇아 하산하겠다는 양반 출신 유기석의 주장에 대한 반론으로 이뤄져 있다. 송수익은 최익현과 황칙皇勅을 싸잡아 비판하는 입장인데, 하산에 나선 것은 유기석의 머슴과 양반 둘 뿐이었다. 유생 의병에 대한 비꼼은 총대장 이인영이 '부친 별세'란 연락을 받고 직책을 버리고 귀가하면서 의병활동을 중지하라는 통문을 돌린 사건으로 극대화된다.

송수익 대장은 이 의병투쟁에서 공허스님을 만났는데, 그는 동학농민전쟁 때 가족을 몰살당한 뒤 불문佛門의 구원을 받아 승복을 걸쳤으되 소설 『태백산맥』의 법일보다 훨씬 달통한 무도술까지 갖춘 혁명투사로 『아리랑』전편을 누빈다. 송수익과의 인연 이후 이 둘은 만주와 김제평야 전역에 걸쳐 모든 투쟁의 전위이자 교육자요 보호자이며 배후 조종자로 활약한다. 혈청단 주범으로 쫓기는 오삼봉을 만주로 밀입국 시키다가 압록강 건너편에서 일군에게 피격당하는 순간까지 공허는 이 지역의 모든 중생들에게 생불같은 존재로 부각되어 있다.

송수익은 그 자신뿐이 아니라 두 아들들도 불굴의 투사로 등장한다. 맏아들 중원은 3·1운동 때 2년형을 살고 나와 서울서 월간지를 만들었으나 사주와의 견해 차이로 하향, 금지된 야학에서 세태를 일러주면서 법규를 피하는 계몽운동에 전념하다가 조선 사상범 예방구금령으로 구속된다. 중원의 일본 유학 친구 이광민은 만주에서 홍범도 부대를 거쳐 노령과 중국 등지에서 투쟁의 선두에 서며, 허탁은 경성콤그룹 사건에 연루된다. 둘째 아들 가원은 의대를 나와 부호의 딸과 본의 아닌 결혼을 했지만 아버지의 옥바라지를 위해 신경新京(현 長春)으로 가게 되는데 그곳으로 찾아온 명창 옥비와 부부의 연을 맺는다.

의병투쟁에서 새로운 단계로의 독립운동의 전환점을 만든 계기는 송수익. 방대근의 만주 행인데, 여기서 부터는 그 현란한 투쟁사의 족보 때문에 헷갈릴 수도 있다. 『아리랑』은 송수익을 분파 초월주의자로 형상화하여 만주와 노령에서의 모든 유파의 투사들로부터 존경받는 인간상으로 창출해 낸다. 의병장 임병찬의 문중 동생벌이라는 임병서를 통하여 근왕파 독립노선도 소개는 하지만 『아리랑』은 만주까지 찾아간 임병서에게 송수익은 결별로 끝낸다.

국내 독립운동의 상징으로는 신세호를 주목할 만하다. 양반인 그는 송수익처럼 행동은 못할망정 고뇌를 하다가 종내에는 상감의 실책을 발설하게 되는데 이 단계에 이르면 이미 봉건의식은 사라진다. "나라는 없어지고, 너나없이 살기가 에로와진 세상에 장부가 헐 일얼 못험서 졸부로 무위도식꺼지 허자니 죄가 따로 없드만요. 농사라도 손수 지어야 사람 노릇이 될 것 같애서……"라며 그는 손수 일을 하게 된다. 금지시킨 책을 서당에서 가르치다가 고문도 당하는 등 수난을 예사로 받아들이면서 송수익에 대한 외경심 때문에 신세호는 송의 맏아들 중원을 사위로 맞아 궂은 일을 도맡기도 한다. 세월이 각박해져 아무런 운동도 할 수 없게 되자 신세호는 온갖 기행도 마다하지 않는데, 예를 들면 일인 수탈자 하시모토가 김제읍장으로 취임하면서 주민들에게 선심용 설탕을 나눠주려고 쌓아놓은 설탕 봉지에다 술에 취한 척 소변을 보는 등의 기행이다. 직원들에게 들켜 옷이 흙 범벅에다 팔목이 팅팅 부어 귀가하곤 하는 따위가 항다반사인 신세호다. 창씨개명도 않고 이런 기행을 일삼는 그에게는 '오줌대감'이란 별칭이 붙었는데, 정작 그 가족들은 얼마나 고통스러웠겠는가를 고려해 봄직 하지만 장인영감의 이런 기행에 대하여 송중원은 "사람들에게 경각심을 불러일으키고 있었고, 투쟁의 상징성 같은 것을 띠고 있었다"고 긍정적으로 평가한다.

만해 한용운이 집을 지으면서 총독부 쪽을 바라보지 않으려고 그 반대쪽인 북향으로 집을 앉혔다는 이야기가 묘한 파장으로 사람들의 가슴을 울렸었다. 운동의 실효성만으로 따진다면 만해의 그 행위야말로 소극적이고 무의미할 뿐이었다. 그러나 그 행위가 많은 사람들의 가슴을 울렸던 것은 만해가 표현한 투쟁의 상징성 때문이었다. 만해의 행위에 비해 장인의 행위는 훨씬 더 적극적이고 구체적일 수 있었다. 다만 차이가 있다면 명망성이었다. 만약 만해가 장인과 같은 행위를 몇 년에 걸쳐서 계속해 오고 있다면 어찌 되었을 것인가. 아마 전국이 떠들썩했을 것이다. 아니, 그 영향력으로 만해는 1년을 넘기지 못하고 감옥살이를 하게 되었을지도 모른다. 어쨌거나 그 행위는 장인의 유일한 선택이었다. 그런데 자신이 막고 나설 만한 명분도 논리도 없었다. 처남의 말마따나 장인이 유치장에 갇히고 주먹다짐을 당하고 해가며 그런 행위를 한다고 왜놈들이 오줌에 떠내려갈 것도 아니고 독립이 될 것도 아니었다. 그러나 그건 장인 앞에 내세울 논리가 될 수 없었다. 장인이 그 사실을 모르지 않기 때문이었다. 장인은 그 사실을 엄연히 알면서도 그 행위를 선택한 것이었다.(11-209)

국내 저명인사들의 친일일색 속에서 청량제 같은 상징성이나마 소중히 보듬자는 게 작가의 입장이다.

워낙 복잡한 가닥인 해외 독립투쟁을 간추리고자 『아리랑』은 실존인물 상당수를 등장시키는데 그중 작가의 애정이 엿보이는 인간상으로는 신채호(4-93 및 9-93), 나철(6-23~27), 홍범도(6-252), 이회영(4-96), 양세봉(9-258,10-28), 이상룡(8-143), 그리고 김원봉 등이 있다. 이들과는 반대로 가장 비판적으로 본 인물로는 이승만(5-186), 이광수(11-138) 등이 있다. 작가가 가장 조심스럽게 다룬 인물은 김일성(10-204)이다.

독립운동사에 관한 한 모든 유파를 다 포괄한다는 작가의 의도대로 연대기에 따라 정연하게 정리되어 있다. 국내에서는 "의병질허든 놈덜이 몸얼 피해 노동판에 숨어들어갖고 그 조합원덜 틈에 끼였을란지도 몰르요"라는 앞잡이 서무룡의 말대로 투쟁의 계보성을 작가는 중시한다. 동학-의병-독립운동이라는 역사의 흐름은 『태백산맥』에 그대로 승계되는데, 이것은 그 반대세력(친일파)의 형성을 보면 자명해진다. 시위대 진압에 나섰던 친화회장 백종두가 테러로 죽어가는 마지막 순간에 남긴 말은 "……그, 그, 그노옴덜…… 애비…… 애비…… 워어……워언수럴……"이었다. 아들 백남일의 입장에서는 "애비의 원수를 갚으라는 말을 제대로 다 끝내지 못하고 숨이 끊어진" 개인적인 원한을 풀기 위하여 독립운동가와 그 후예들(친일파를 척결하라는 세력)이 얼마나 증오스러울까를 상상해 보면 분단의 뿌리가 이미 식민지 시대에 깊숙이 내려버렸음을 감지할 수 있을 것이다.

전명운, 이승만, 박용만 등등 미주지역의 독립노선에 대한 시비는 거의 판가름 나있고, 대륙과 일본 등지에서는 20년대로 접어들면서 무정부주의와 사회주의 대 민족주의 세력의 증폭현상으로 초점이 옮겨지고 있다. 후자는 상해임정을 비롯하여 나철-서일로 이어진 대종교와, 만주지역의 무장투쟁이 한 흐름을 이루고 있다. 아나키즘과 사회주의는 미묘한 차이와 노선투쟁이 끊이지 않은데 그런 와중에서나마 왜 사회주의여야 하느냐는 질문에 대한 해답은 『아리랑』여러 곳에서 다뤄지고 있다.

일본 유학은 친일파의 양성이라는 통념의 틀을 깨트린 것이 바로 사회주의 때문이라는 말을 유승현(야학운동가로 3·1운동 때 2년형을 복역한 뒤 일제 말기에는 위장 전향하여 군산미곡상회에 들어감)과 유학생 출신 운동가인 정도규의 대화에서 들을 수 있다.

"그 사상이 없었더라면 친일파가 되기 십상이겠지. 일본식 공부도 그렇고, 동경이고 대판이고 조선 젊은 놈들 기죽고 주눅 들기 딱 좋으니까"라는 정도규의 지적은 당시 유학생들이 품었음직한 사고의 한 전형이 된다. 이와 똑같은 말을 송중원과 허탁이 하게 되는데 그 내역을 보자.

"……공부한 걸 생계를 위해 써먹자면 그때부터 친일파가 되는 게 우리 운명이니까."

송중원이 쓰게 웃었다.

"참 비참하지. 사회주의가 없었더라면 대학생활이 죽도 밥도 아닐 뻔 했어. 자넨 그래도 글 쓰는 재주가 있어서 다행이야. 문학을 하기로 작정했나?"

"에이, 그런 소리 말어. 책을 읽을수록 점점 자신이 없어져. 난 틀렸어."

송중원은 당황스러워했다.(8-118)

왜 사회주의에 경도하게 되었느냐는 데 대한 해명은 1920년 개최된 코민테른 제2회대회의 「민족·식민지 문제에 관한 테제」의 영향이라는 해명이 따른다. 윌슨의 민족자결주의가 "우리가 미국한테 뭔가 속고 있는 것 아닙니까?"(6-125)라는 의문을 갖게 만들었다면, "소비에트에서 들려오는 소리는 무엇입니까! 식민지 약소민족의 해방입니다"(위와 같음)라는 외침으로 대체되던 시대였다. 코민테른에 의한 해방투쟁은 1928년 제6회대회에서 「식민지·반식민지의 혁명운동에 관한 테제」로 부르주아와의 분리를 제창할 때까지 커다란 영향력을 끼쳐 국내에서는 신간회에 의한 통일노선이 추구되기도 했으나, 1930년 국제적색노동조합(프로핀테른)의 「9월 테제」 이후에는 농민·노동자의 각 소그룹들이 활동하던 시대를 맞게 된다. 1935년 코민테른 제7회대회의 인민전선 정책 선언 무렵에는 극악한 탄압으로 국내외에서 독립운동의 최악의 시기를 맞는데, 동북항일연군의 창출은 바로 이런 시대적인 배경에서 이뤄진 것이다.

만주 지역 무장투쟁의 각고한 어려움의 상징인 민생단과 반 민생단 투쟁을 비롯한 여러 투쟁 양상은 『아리랑』에서 전반에 걸쳐 편견 없이 소개되고 있는데, 그 절정을 독자들은 방대근의 중경 행에서 시사 받을 수 있다. 1941년 3월, 6명의 부하를 이끌고 동만주 돈화 북쪽에 이르게 된 방대근에게 내려진 명령은 "이 길로 쏘련으로 이동하시오"란 것이었다.

방대근은 항일연군의 활동이 이제 막을 내렸음을 알았다. 주보중 장군의 결정이라면 곧 당의 결정이었다. 주보중 장군은 5로군을 맡고 있는 동시에 동북항일연군의 총사령관이었던 것이다. 그는 당 중앙의 핵심인 주은래가 만주로 파견한 인물이었다.

쏘련으로 후퇴?······

방대근은 고개를 저었다. 흑하사변의 기억이 너무나 뚜렷하게 남아있었다. 다시는 그런 일을 당할 수는 없었다.

(···중략···)

"동지덜, 잘 드릉시오. 어지께 이 얘기 들어서 다 알고 있겄지만 우리 항일연군은 쏘련으로 후퇴허고 있소. 인자 항일연군이 만주서 헐 일언 끝난 것이오. 헌디 나가 생각 허기로넌 쏘련으로 가봤자 환영받을 것 겉지도 않고, 그리 헐 일도 없을 것 겉소. 그래서 나넌 안 가기로 작정혔소. 그러면 동지덜헌테 남은 길은 두가지요. 첫째는 쏘련으로 가는 것이고, 둘째는 각자 집으로 돌아가 후일얼 기약허는 것이오. 그것은 동지덜 자유의사에 맽길 것이니 좋을대로 선택허시오."

그건 곧 부대 해산을 알리는 것이었다.

대원들은 말이 없었다. 그 침묵은 오래 계속되었다.

"어째 말덜이 없소?"

"말 하나마나지요. 대장님이 안 가시는데 누가 쏘련엘 가겠습니까."

어느 대원의 단호한 말이었다.

"알겠소. 그러면 우리 후일얼 기약허도록 헙시다. 총얼 땅에 묻고 여그서 뜹시다. 동지덜 노자라도 장만헐 사람얼 찾아가야 헝게."

방대근은 착잡하게 말했고, 대원들은 모두 고개를 떨구었다.(11-125)

동북지역 무장투쟁의 상징이었던 항일연군의 최후는 이렇게 묘사되는데, 이 장면은 매우 중요하다. 김일성이 소련 행을 선택한 것과는 달리 방대근은 상해 임정이 머물러 있던 중경 행을 선택했다. 송가원도 마찬가지였다. 그 뒷이야기는 차라리 삽화이리라.

6___혁명과 사랑과 삶의 굴레

이색적인 미인상 창조에도 장기를 지닌 작가 조정래는 『태백산맥』의 소화와 같은 신비적인 여인상을 『아리랑』에서는 명창 옥비와, 방영근의 누이이자 대근의 누나인 보름이와 수국으로 대치시켜준다. 세 여인은 남자로 하여금 누구나 매혹 당하도록 묘사되어 있는데, 그녀들은 한결같이 자신의 아름다움에 대한 자만보다는 투쟁에의 헌신을 더 소중히 여기는 것으로 나타난다. 본명이 옥녀인 옥비는 어려서 소리패에 납치당해 명창으로 길러져 자유의 몸이 되는데, 서울에서 파트론 이병연의 도움아래 인기 있는 명창으로 지내다가 송가원을 따라 만주로 떠나면서 투사로 변신한다. 수국은 자신을 첩으로 삼으려는 일인 하시모토를 피해 군산으로 나가 백종두의 미선소에 다니던 중 그 아들로부터 당한 뒤 공허스님의 설법으로 재생을 각오하고 만주로 떠났지만 양치성 때문에 많은 고초를 겪는다.

『태백산맥』의 소화가 신비적인 마력으로 남성을 끌었듯이 이들도 그런 유형의 여인상인데 어떤 연유에서건 남성 편력이 많은 점과 빨치산 투사로서의 면모를 갖춘 용맹성을 동시에 지녔다는 사실이 돋보인다.

보름이와 수국이는 숙명처럼 사랑의 성취는 없이 남성들로부터 계속 당하기만 하는 여인상으로 그려지는 데 비하여 옥비의 로맨스는 『아리랑』

에서 일품에 속한다. 작가는『아리랑』에서 일인, 지주 및 친일파 남성들이 행하는 외도를 추악하고 비도덕적이며 폭력적으로 그리는 것과 대조적으로 독립운동가의 사랑은 예외 없이 미화시키고 있다. 공허 스님과 과부 홍씨의 사랑이나, 허탁과 퇴기 설죽, 대근의 신흥군관학교 동기이자 동지인 윤주협과 간호학교 출신 민수희, 그리고 송수익을 사모하여 만주까지 따라간 필녀의 청아한 사랑 등등은 동지애와 결합되지 않는 사랑은 타락이라는 말이 지나치지 않을 정도로 순화되어 있다. 남편을 여읜 필녀가 수감 중인 송수익을 마지막으로 접견하는 장면(10-158~159)은 일품이다.

그런데 자세히 보면 미묘한 현상이 나타난다. 대개의 경우 지식인 여성에 대하여는 부정적인 측면이 강한데, 예외가 있다면 바람직한 독립운동 정신이 있는 여성의 경우에는 영혼과 육체가 아름답게 부각된다는 것이다. 송가원이 깜빡 실수로 결혼까지 했던 박미애란 여성은 남편이 시아버지의 옥바라지를 위해 만주로 떠나려 하자 함께 따라갈 생각은커녕 아예 헤어지는 계기로 삼아버릴 정도로 결혼 그 자체를 호사의 수단으로만 생각하는 허영녀의 전형으로 그려져 있다.

관리의 미움을 받아 하와이 노예로 끌려간 남용석의 아내 말녀(선미)는 인천에서 중학을 나와 간호원으로 있었다는 경력을 들추면서 사사건건 남편에게 맞서는 여인상으로 나타난다. 가정보다는 이승만의 여학교 일을 돕는다는 핑계로 줄창 집을 비우던 그녀는 결국 남편의 손으로 죽임을 당하고 증오의 대상을 없앤 용석 역시 자살하고 마는데, 이 사건에서 선미가 이승만과 연계된 여인상이라는 점은 시사하는 바가 많다.

아름다운 사랑이란 암흑시대도 밝힐 수 있는 투쟁의 등대임은 역사가 증명해 준 바와 같다. 그러나 혁명에 성공과 실패가 있듯이 아름다운 사랑의 뒷장에는 반드시 슬픈 사랑의 희생자도 있다. 토지 문제로 나섰다가 뭇매를 맞고 성불구가 되어 버렸던 김용철은 아내를 달달 볶아대는 바람에 삼포댁은 최 부잣집 머슴 한서방과 줄행랑을 쳐버린다. 그녀를 찾아 떠돌다 끝내 아내를 못 만난 김용철은 고향 당산나무 아래서 자살하고 마는데, 마을 사람들은 삼포댁 욕을 실컷 하다가는 "음기 승헌 년이 어디 따로 있간디. 좆대감지 맛 본 지집년덜 치고 그 구녕에 석 달 열흘만 헛바람 돌면 다 환장허고 나스제. 지 연장 실허지 않음사 지집얼 어찌 믿어"라는 인생론으로 귀착시킨다.

밀정에서 경찰로 출세한 양치성은 어떤가. 그 잔학상은 원산에서 이주하(실존 인물)의 행방을 찾기 위하여 최현옥을 온갖 고통으로 윽박지르다가 끝내는 성고문까지 하는 장면에서 극대화된다. 그것으로도 최현옥이 버티면서 털어놓지 않자 화가 나서 잠시 집으로 돌아가는데 그때의 상냥함이란!(12-24~26) 인간이 이렇게 악과 선을 순식간에 바꿔가며 연출할 수 있는 재능을 지닐 수 있는 건 축복이기도 하지만 재앙이기도 하다. 최현옥은 양치성이 집에서 따스한 물에 목욕으로 피로를 풀고 있는 동안 벽에다 머리를 박아 자살하고 말았다. 비극이, 죽음이라는 인생 최대의 패배가 곧 역사의 승리임을 일깨워 주는 뭉클한 장면이다.

사랑만이 인생의 전부는 아니다. 역시 돈만이 전부도 아닐 터이다. 그래서 돈만 좇던 인간상들의 최후를 『아리랑』에서는 비참하게 다 죽고 마는 것으로 끝맺는다. 작가의 바람일까.

나라의 멸망에 못지않게 소중한 정조를 빼앗긴 수국이 얼이 빠져 떠돌 때 그녀의 얼을 되 넣어 준 것은 독립의 투지도 아니요 돈도 아니었다. 땡초 공허가 "알맹이는 맘이고 껍데기넌 몸인 것이오"란 설법이었는데, 『아리랑』도 역사의 숱한 곡절을 겪으면서도 궁극적으로 남는 것은 인생이란 무엇일까란 개똥철학 같은 질문으로 귀착한다. 이에 대한 선문답으로 『아리랑』은 송가원과 옥비의 사랑의 결실인 딸을 받아낸 민수희와 그녀의 남편 윤주협이 주고받는 대화를 통해 제시한다.

> "애 아버지 된 기분이 어떻습니까?"
>
> 윤주협이 찻잔을 들며 물었다.
>
> "뭐……, 얼떨떨하고……, 그렇습니다."
>
> "송가원이 어색하고 쑥스럽게 웃으며 어물거렸다.
>
> "나는 첫애를 본 순간 아, 인간의 조상은 원숭이란 말이 맞구나 하는 생각밖에 떠오른 것이 없습니다."
>
> "아이, 당신은……."
>
> 민수희가 남편에게 눈을 흘겼다.
>
> "아닙니다. 저도 아까 애를 보고 깜짝 놀랐습니다. 딸인지 아들인지 구별도 안 되고, 누굴 닮았는지도 모르겠고, 기분이 아주 이상했는데 윤 선생님 말씀 듣고 보니 저도 그런 비슷한 생각을 한 것 같습니다."
>
> 송가원이 좀 짓궂게 웃었다.(11-179)

이렇게 인간은 살아갈 뿐이다. 다시 원숭이 같은, 그러나 원숭이와는 다른 아이를 낳기 위하여. 그러면서 세월은 흐르고 그 세월 속에 역사는 기록된다. 대체 인간에게 운명이란 무엇일까를 작가는 등장인물 개개인에 따라 그에 걸맞는 삶의 궤적을 이 소설은 만들어준다. 그것은 알 듯하면서도 영원한 수수께끼인 인간과 역사와 운명의 변증법을 떠올리게 만든다.

(『조정래 대하소설 '아리랑' 연구』, 해냄, 1996;『임헌영평론선집』, 지식을만드는지식, 2015를 수정·보완)

항일 여성투사들의
사랑법

박화성의 장편 『북국의 여명』과 전향론

1___사회주의적 투사 여류작가

박화성朴花城(1903.4.16~1988.1.30)의 장편소설 『북국北國의 여명黎明』에 대하여 최대의 찬사를 보낸 건 카프 평단의 맹장 한효韓曉였다.

"존경하는 여사여! / 현재 우리들이 가질 수 있는 가장 광휘 있는 독창적인 작가의 한 사람이고 가장 진실성 있는 양심적인 예술가의 한 사람인 여사에게 나는 이렇게 내 마음의 일편이나마 말 할 수 있는 기회를 가지게 된 것을 무한히 기뻐합니다"라고 서두를 뗀 이 불굴의 투사 평론가는 서간체 형식이지만 『북국의 여명』을 본격적으로 다룬 이 글에서 이렇게 찬탄한다.

> 그리하여 읽는 사람으로 하여금 현실의 한복판에 육박하는 듯한 감격과 흥분을 가지게 하고야마는 실로 매력적인 형상! 그렇게도 명민하고 그렇게도 투철하고, 그렇게도 풍부하고, 그렇게도 광휘 있는 형상의 앞에서 나는 참으

로 놀라지 않을 수가 없었습니다.[1]

카프진영에서만 좋아했던 게 아니라 미학적 결벽주의자로 악명 높았던 평론가 김문집金文輯(『친일인명사전』수록)조차도 "가장 총명한 조선의 여류 프롤레타리아 소설가, 이것이 당신에게 씌워진 화관花冠입니다. 나도 이 화관에 대해서 이의가 없습니다"라고 했다.[2]

근대 소설사에서 혁명적인 여성작가로는 단연 강경애姜敬愛로, 그녀의 장편소설『인간문제』(1934)는 독보적인 금자탑을 이루고 있다. 이에 비하면 박화성은 식민지 시기의 하층민 소재 단편들에 대해서는 일정한 평가를 받고 있으나, 장편소설은 별로 주목받지 못했다. 8·15 이후 대중작가로 활동한 까닭에 식민지 시기의 작품조차도 거기에 휩쓸려 도외시당해 버린 탓이 크다. 그 이유는 박화성이 8·15 후 조선문학가동맹 목포지부장을 지냈을 뿐만 아니라 한국전쟁 중 군중집회에서 궐기문을 낭독한 때문이라고 차범석은 증언했다. 이후 한동안 문단 활동을 할 수 없었던 그녀는 1955년 장기영 한국일보 사장의 배려로『고개를 넘으면』을 연재하면서 창작활동을 재개했으나 주로 대중소설을 썼다. 그런데도 1964년 자전적 소설『눈보라의 운하』(여원사) 출판기념회장에서 극우파 평론가 윤

---

1   한효,「평론가로서 작가에게 보내는 편지」,『신동아』, 1936.3. 물론 한효는 "그 작품 전체를 통한 위대한 영웅적인 이념이라든가 자본주의적 여러 기구에 대한 냉혹한 폭로라든가 이러한 여사의 관점은 장면 장면에 창일(漲溢)되어 있으나 (…중략…) 사건의 전형성을 형상의 개성에 외면적으로 나열함에 그치고 말았습니다"라고 아쉬워한다. 그러면서도 한효는 "여사의 정신의 날카로운 매력보다도, 모든 여사의 타오르는 고뇌보다도 여사의 불굴한 이념의 속에 있어서 항상 나를 감격시키는 것이었습니다"라며 이념적인 불굴의 투지를 긍정한다.

2   김문집,「여류작가의 성적(性的) 귀환론 — 화성을 논평하면서」, 평론집『비평문학』, 청색지사, 1938 참고·인용.

모가 무대로 나가 "박화성은 ××주의자다"라고 소리 질러 분위기를 싸늘하게 만들었다고 할 정도로 그녀에 대한 이념적인 잣대는 가혹했다.[3]

이렇게 묻혀가던 박화성을 재조명하도록 만든 건 서정자 교수였다.[4]

특히 박화성의 소설 중 가장 혁명적인 이념으로 불타는 여주인공을 내세웠다고 정평이 나있는 장편소설인 『북국의 여명』을 서정자는 주목했다.[5]

이 작가의 소설에서 누구나 거론하는 특징은 사회의식의 첨예화 현상이다. 특히 일제 식민치하를 시대적 배경으로 한 작품에 이런 현상은 유독 짙게 반영되어 있는데, 그중 『북극의 여명』은 사회주의적 민족해방 투쟁 노선에 입각하고 있어 이채롭다. 작가는 사회주의 투쟁 이외의 다른 모든 노선에 대하여 가차 없는 비판을 가하면서 여주인공이 이념적으로 일관된 투지를 보여준다는 점에서 근대 소설사에서 흔하지 않는 예에 속한다.

1903년 목포에서 넉넉한 집안의 4남매 중 막내로 출생한 박화성은 축첩한 아버지에 대한 불신감과 기독교도인 어머니 사이에서 성장하면서 자의식이 유난히 강해졌다. 목포 정명貞明여학교(1916)를 거쳐 서울 숙명여고보(1918)를 졸업, 천안. 아산 등지에서 공립보통학교 교사, 광주의 야학 교사, 영광중학 교사(1922~1925)를 지냈는데, 영광에 있었을 때 시조

---

3   목포 출신으로 매우 가까웠던 극작가 차범석의 증언. 서정자, 「박화성의 역사의식과 그 소설화 – 해방 후 소설에 나타난 상징성과 이중구조」(박화성탄생 100주년 기념 심포지엄), 재인용.

4   서정자 편, 『박화성문학전집』, 전 20권, 푸른사상, 2004. 이 전집의 각권 해설과 연보를 직접 다룬 서정자는 박화성에 관한 모든 행사를 주관하면서 많은 연구논문을 발표했다. 이하 『전집』과 권수로 표기한다.

5   『조선중앙일보』(1935.4.1~12.4)에 연재된 이 작품은 8 · 15 후 한성도서에서 출간 준비 중 한국전쟁으로 소실되어 버렸음을 작가는 자전소설 『눈보라의 운하』에서 증언해 준다. 이를 서정자가 재정리, 『전집』 2권에다 실으면서 이 작품에 대한 본격적인 연구가 이뤄지기 시작했다.

시인 조운曺雲의 소개로 춘원을 만났고, 이후 이광수의 도움으로 등단, 일약 문명文名을 높였다. 그런데도 박화성은 민족혁명의 이념에서는 투철하리만큼 일관된 지조를 지킨 작가로 알려져 있다.[6]

1922년 일제는 제2차 조선교육령을 실시, 여자고등보통학교를 그 이전(1911년 제1차교육령)의 3년제에서 4년 또는 5년제로 변경했는데, 박화성은 신제 여고보에 대한 열망으로 숙명여고보 4년제를 다시 졸업(1926), 도일, 니혼日本여대 영문과를 수료(1926~1929)했다. 니혼여자대학은 "여인을 인간으로, 여인을 부인으로, 여인을 국민으로 만든다"라는 창학 이념을 가진 일본 최초의 사립 여성교육기관이다. 이 시기에 그녀는 사회주의에 경도, 근우회槿友會 동경지부 대표(1928.1), 오빠의 동지 P씨와의 파혼(1928), 함께 자취했던 친구가 이사하면서 박화성의 짐을 옮겨 놓았던 모 거물급 운동가와의 관계, 운동가인 김국진金國鎭과 결혼했다.[7]

박화성의 첫 사상적 은사에 해당하는 인물은 오빠 박제민朴濟民(목포 노동연맹 사건에 연루)일 것이다. 그녀는 8·15 전에 작고한 이 오빠를 형이라고 호칭하며 애절하게 동지애와 형제애를 담은 서간체식 추도문 「시풍 형

---

6 박화성은 문단 선배 작가 이익상(李益相, 『친일인명사전』 등재)이 『매일신보』에 다른 신문의 원고료(연재의 경우 월 2원)보다 4배가 많은 8원을 줄 테니 연재소설을 써달라고 했으나 거절, "그때만이 아니라 후일 『매일신보』가 없어지던 날까지도 글자 하나 그 총독부 기관지에 발표하지 않았다". 그녀는 "일제 말기에 일문으로 글을 쓰라는 것에 반항하면서, 차라리 붓대를 꺾겠다는 결심으로 집필을 거부"하기도 했다.(「문단 교유기」, 『전집』 20, 217쪽) 이와 똑같은 장면이 자전소설 「눈보라의 운하」(『전집』 14, 188쪽)에도 나온다.

7 P씨와 모 거물급 인사가 누군지는 서정자도 밝히지 않거나 못하고 있다. 아마 더 세월이 흘러야 밝혀질 것이다. 와세다대학에 적을 둔 김국진과의 비밀 결혼은 1928년 박화성이 25살 때였고, 이듬해에 딸 승해(勝海)를 낳았다. 김국진 역시 앞으로 더 밝혀야 할 과제다. 서정자는 김국진의 딸 김승해와의 인터뷰(2003.9.27)를 통해 북한에서 고위직을 지냈다고 증언했는데, 이로 미뤄 볼 때 전향을 않은 것으로 유추하고 있다.

께」를 썼다. 시풍 형은 "노동자의 이익을 위하여 싸우는 그 단체의 간부로서 활동하다가 영어圈圈의 몸"이 되어 복역 중 치근염으로 온갖 고생을 다했으나 병보석도 치유도 시켜주지 않은 채 최악의 상태로 몰려 만기 출소했지만 경성 S병원에서 하악골 전부를 치아 째로 온통 빼어버리는 대수술을 했다. "연단에 서서 사자후를 발할 때는 더욱 미남자로 보이던 그 좋은 얼굴과 턱은 여지없이 비뚤어지고 찌그러지고 입조차 그러하매 말소리까지 제대로 나오지 못하였으니 형은 완전히 육체적으로 폐인이 되고 말았습니다"라고 박화성은 증언한다. 그런 몸으로도 역사적인 낙관론으로 경성과 도쿄와 고향을 넘나들며 좌절하지 않고 투쟁했던 박제민을 더욱 높이 평가하는 이유를 작가는 이렇게 풀어준다.

> 형은 밤낮 전문적으로 들여다보고 궁리하는 세계지도를 걸어놓고 7년 전 (1939년)부터 예언을 하셨지요? 세계강국의 정치적 대세를 지리적으로 경제적으로 상세하게 해설하고 그 각국의 물자와 영토의 획득의 일로로써 필연적으로 생길 침략적 수단의 피차의 알력의 진전이 반드시 전쟁으로써 나타나되 먼저 영국이 붙으면 삼국의 동맹인 이국(伊國)과 일본이 독일편으로 나설 것, (…중략…) 그러면 미국은 대세를 관망하다가 예상대로 친의(親誼)적으로 영국의 편으로 나설 것, 그러면 세계대전은 벌어지고 마는데 일본은 사면초가로 좌우강적이나 그러나 워낙 큰 대전은 바로 머리 위에서 큰 손을 버리고 자칫하면 움켜쥐어 버리려고 하는 소련이라고. 소련은 가만있는 척하다가 갑자기 독일을 쳐부수고 이어 일본에게 덤빌 것이라고. 그렇게 되면 그야말로 그때가 일본의 최후이요, 조선의 독립은 되고야 말 것이라고.[8]

---

8   「時風 형께」(『예술문화』, 1946.2), 『전집』 18, 304쪽 재인용. 이 예견은 적중했다.

이런 오빠가 남편과 번갈아 투옥, 피신하는 등으로 역경을 겪으면서도 박화성은 자신의 내면적인 투지를 굳혔다. 박제민이 남긴 가르침 중 그녀에게 가장 아픈 건 바로 전향자에 대한 비판의식이었다.

"나는 조선인으로서의 지조와 절개만을 잃지 않으려고 이 고초를 겪는다. 그때만 오면 구구히 아껴두었던 이 병신을 던져 완전독립의 초석이 될 터이다" 하고 흥분하셨고, 삼 년을 지나서는 사 년이 남았다고 좋아하면서 소위 사회주의자들의 사상 전향을 극도로 미워하고 전향자의 성명이나 모임을 보면 침을 뱉었고 광주서 열리는 무슨 회니 목포경찰서에서 열리는 무슨 좌담회니에 출석하는 자들을 저주하고 욕하면서 "더러운 자식들, 차라리 뒤여져라. 이제 사오 년 후이면 독립이 될 터인데 그놈들이 그때는 무슨 낯짝으로 주의자이라고 할려고" 하고 통탄을 마지않았지요?[9]

1931년 남편 김국진이 불온 비라 사건으로 피체, 출옥(1934)한 뒤 팔봉 김기진 형제(형은 김복진)의 소개로 간도間島(龍井 東興중학 교사. 1921년에 설립한 이 학교는 당시 공산주의 사상 전파 민족교육으로 유명. 현재의 룡정중학)로 떠났다.[10]

---

9   위의 글, 305쪽, 재인용. 이 글에는 연도가 약간 틀린 부분이 있으나 그런 게 흠집이 안 될 만큼 감동을 준다. 『북국의 여명』은 이런 개인사적인 배경에서 쓴 작품이다.

10   박화성은 1935년 『북국의 여명』을 연재 중이던 봄에 이태준의 초청으로 원산엘 갔던 김에 바로 용정으로 갔다. 서정자는 그녀의 용정행을 1936년으로 보고 있는데, 어느 게 맞는지는 모르겠으나 박화성 자신은 「문단 교유기」에서 『북국의 여명』을 연재 중인 봄이라고 하며, 그곳에서 이 소설 원고를 "부지런히 서울로 써 보내며" 강경애, 박영준 등과의 친교를 자세히 밝혔다. 박화성의 남편 김국진은 동흥중 교사로 근무하며 강경애의 집에 유숙 중이었다. 박화성은 강경애에 대하여 "뚱뚱하고 애교 덩어리"라고 묘사하며, "환대는 참으로 기막히게 극진했다. 그의 남편 장씨(張河一)는 미남이었으나 좀 신경질이 있어 보였다"라고 했다. 이 무렵의 강경애는 성숙한 작가의식과 투쟁의식으로 매우 성실

가족은 버려도 동지는 버릴 수 없다는 남편에게 박화성은 남매(딸 勝海, 아들 勝山)를 맡겼는데, 이 갈등의 계절에 강경애는 박화성에게 동지 김국진에게 돌아오라는 권고의 편지를 보냈다. 그런데도 박화성은 천독근千篤根과 재혼했다.[11]

『북국의 여명』은 여주인공이 신제 교육제도에 의한 여고보에 편입학하는 장면에서 시작한다. 여주인공 백효순白曉舜(일명 영재)은 어릴 적부터 신동이라 불릴 정도로 다재다능한 데다 고운 외모 때문에 뭇 남성들의 사랑을 한 몸에 받으면서도 차갑고 냉담한 성격이다. 남성이든 여성이든 자기 기준의 생각에서 다르거나 틀린다고 생각하면 직설적으로 말하는 성격이며, 투쟁하지 않는 사람들과는 상종조차 하지 않는, 모든 가치관을 사회투쟁에다 맞추는 특이한 여인상으로 부각된다.

이런 백효순에게 현실인식 방법을 깨우쳐 주거나 동지와 친구들을 소개하고 도쿄 유학을 주선해 주는 등 가장 큰 영향력을 끼친 인물은 사상가인 동경 유학생이다. 투쟁으로 인해 몇 차례 감옥 신세를 지다가 나중에는 전향하게 되는 오빠 백남혁이 바로 그 주인공이다.

소설의 시대적 배경은 작가 박화성의 성장과정과 거의 일치하여 제2

하게 창작활동을 할 때였으나 건강이 나빴다. 강경애에 대해서는 이상경 편, 『강경애 전집』, 소명출판, 1999, 참고.

11 1903년 무안 출신인 천독근(千篤根)의 본명은 천석암(千石岩). 중동학교, 동경공과대학(東京工科大學) 방직과(紡織科)를 졸업했다. 유학 시절 신간회 동경지회 재무부 총무간사, 동경유학생 학우회 주최 하기(夏期) 순회 강연에 참가하는 등 사회운동. 귀국 후 목포지역의 직물업계 거두로 활동, 전국적인 명성을 얻어 일제 말기에는 목포부회의원, 전남 도의원 등 지냄. 8·15 후에는 전남 섬유공업조합 회장, 남일운수주식회사 사장 등 역임. 현재 세상에 알려진 박화성의 세 아들은 방송언론인이자 평론가인 천승준(부인은 작가 이규희), 작가 천승세, 영문학자 천승걸(전 서울대 영문과 교수).

차 교육 개혁령에 따른 여고보 4학년 편입학(1926)부터 졸업, 유학, 결혼, 투쟁, 투옥 당한 남편 면회 등 고난을 겪다가 옥중 전향한 남편과 어린 남매를 버리고 동지들이 이미 가있는 북국 도문圖們을 향하여 떠나는 1934년까지로, 일제 치하에서 사회주의 운동이 가장 왕성했던 시기이다.

이 작품은 1935년 4월 1일부터 12월까지 신문에 연재된 소설인데, 작가로서는 남편이 간도로 떠난 뒤 혹독한 현실과 직면하여 실존적인 벼랑에 섰던 시련기였다.

소설 게재지인 『조선중앙일보』(『중외일보』를 1933.3.7부터 제호 변경)는 당시 3대 민간지(『조선일보』, 『동아일보』) 중 가장 민족의식이 강했던 진보적인 일간지였다. 발행인은 여운형, 영업국장 홍증식, 사회부장 박팔양, 학예부장 이태준 등등의 진용으로 알 수 있듯이 강력한 민족의식으로 일관했으나 1936년 8월 13일 베를린 올림픽 마라톤 우승선수 손기정의 일장기 말소 사건으로 2주간 휴간, 속간 신청을 냈으나 총독부가 불허, 폐간 당했다. 『동아일보』는 이에 자극 받아 8월 25일 자에 손기정 일장기 말소 사진을 게재, 휴간당했으나 복간되었다.

『조선중앙일보』는 당시 이태준 소설을 계속 연재했다. 『제2의 운명』(1933.8~1934.2), 『불멸의 함성』(1934.5~1935.3), 이후에도 『성모』, 『황진이』를 폐간 때까지 연재하던 터였다. 『불멸의 함성』 연재가 3월 30일까지 끝나고 그 뒤를 이어 박화성의 소설을 싣도록 기획했던지라 신문사 측으로서는 상당한 기대가 있었던 것으로 유추할 수 있다.

이런 일련의 조건들이 『북국의 여명』을 작가로 하여금 심혈을 기울여 투사형 여인상의 부각으로 몰아가는 데 일조했을 것이다.

2___기독교에 대한 비판적 접근

여주인공 백효순의 반생기를 현재와 과거를 오가며 엮어내는 전기형식의 소설인 『북국의 여명』은 그녀가 신제 여고보 4년에 편입학하여 동경으로 떠나기 이전까지는 다소 지루한 남성 편력담이 주축을 이룬다. 위에서 본 간략한 작가의 경력과 거의 똑같은 무대, 비슷한 시기와 이력이 소설에 그대로 펼쳐진다.

효순에게 첫 사회적 저항의 계기가 된 것은 기독교인 것으로 나타난다. 사윗감은 반드시 세례를 받은 사람이어야 한다고 할 정도로 독실한 기독교 신자인 그녀의 어머니는 모든 투쟁을 부정적으로 여길 뿐만 아니라 나름대로 세속적인 잣대를 가지고 있는 인물이지만 자식들에게만은 헌신적이다. 특히 재능을 가진 막내딸 백효순에 대한 기대와 애정은 유달라서 오히려 심한 갈등을 일으킬 정도였다. 그녀가 서양 사람들을 미워하게 되고, 성경시간만 되면 입을 꼭 다물게 된 사건은 어느 날 서양부인의 서툰 말에서 비롯한다.

'모세 장인'(『출애급기』 18장에 등장하는 이드로)을 "모세 시아버지"로, 시험에 들게 하지 마옵시고를 "시험에 빠지도록 하여 주시옵소서"라고 기도를 해 교실 안을 웃음바다로 만들었는데, 이때 효순이 크게 웃어버린 게 화근이 되어 서양부인에게 벌을 받게 된다. 자신의 잘못은 모른 채 남을 책망하는 서양부인에게 모멸감을 느끼고부터 효순은 토라진다.

그 후로 영재(효순)는 서양사람 보기를 원수와 같이 하였다. 선교의 목적을 띠고 와서는 저희는 좋은 집에서 편히 살면서 조선아이들을 가르칠 때는 저희 마음대로만 후리려 들고 그들에게 알랑거리고 아첨하는 사람만을 도와

주고 사랑하면서도 조선 사람은 가축과 같이 알아주는 그 서양 사람들이 끝없이 미웠다.(『북국의 여명』, 『전집』2, 138쪽)

영재는 효순의 아명으로 소설의 전반부에는 거의가 영재로 표기되어 있다.

부모의 권유로 효순은 C학교 5학년에 입학 하지만 얼마 안가 감옥소 같은 C학교를 탈출한다.[12]

작가는 C여학교를 버리고 S(숙명)여학교로 편입할 당시의 여주인공 효순의 심경을 "어린 가슴에는 벌써 혁명적인 성질이 깃들어 있어 그(녀)의 C학교를 탈출한 것은 자체 혁명의 첫 걸음이었다"고 언급한다.

그(녀)가 C학교로 자기의 짐을 찾으러 갔을 때 그의 동급생들은 눈물을 흘리며 섭섭하여 하였으나 그는 개선장군의 의기로써 농 속에 갇힌 처녀들을 둘러보고 가엾게 생각하였다. 그의 온순하고 착하여만 보이는 어린 가슴에는 벌써 혁명적인 성질이 깃들여 있어 그의 C학교를 탈출한 것은 자체 혁명의 첫 걸음이었다.(『전집』2, 140쪽)

이 대목은 작가 자신이 어머니에게 영향받았던 신앙심과 정명학교에

---

12 C학교는 정신여학교(貞信女學校). 미국 북장로회 선교사 엘러스(Miss, Annie Ellers)가 제중원 사택에다 정동여학당(貞洞女學堂)으로 개설(1887), 정신여학교로 개칭(1909)했다. 이 소설에서는 기독교 신앙 강요 때문에 비판적으로 묘사되어 있으나 항일의식이 강해 수난받은 학교였다. 일제 말기에는 풍문학원(豊文學園)에 병합, 사실상 폐교(1943.3)당했다가 8·15 후 복교하였다. 박화성은 1916년 정신여학교 5학년에 편입했는데, 김말봉과 같은 반이었다. 이 소설에 그려진 것처럼 서신 검열, 기숙사에서의 외출 금지, 월 1회 면회만 허용 등 억압에 대한 불만으로 박화성은 가을학기에 숙명여학교로 편입해버렸다.

서의 체험이 은연중 반기독교적인 경향으로 나타난 것으로 풀이할 수 있다. 그런 한편 당시 사회주의 운동권에서 강력한 반기독교적 성향을 띠었던 사회적인 영향도 무시할 수 없을 것이다. 실지로 한반도에서의 기독교 전파는 1893~1909년간 네비우스 방법Nevius Method에 의한 것이었다.[13]

중국보다 한 세대 늦게 도래한 한국의 개신교는 효율적인 선교 방법으로 미국·캐나다·오스트레일리아 등 여러 교단의 과열경쟁을 막고자 선교 구역을 설정했다. 서울·평양·원산 등 대도시는 공동선교 구역으로 하여 모든 교파가 자유롭게 선교활동을 하도록 허용했으나 기타는 지역별로 분담했다. 예를 들면 이 소설의 배경인 호남지역은 미국 남장로회가 주로 맡았던 구역이다. 담당 구역의 선교단에 따라 근본주의 신앙이 강세를 보이는가 하면 진보적인 자유주의 신앙이 센 지역도 생기는 등 차이가 있었지만 일반적으로 평안도(미 북장로회와 북 감리회)는 근본주의, 함경도(캐나다 장로회)는 자유주의 신학, 서울(공동구역) 경기(미 남북감리회) 지역은 사회복음주의가 강했다고 한다.

미국 유학생은 서울을 제치고 평안도가 1위를 차지할 정도로 신앙의 형태에 따라 차이가 났는데, 이런 기독교적 강세에도 불구하고 노농운동도 성행하여 반기독교적 분위기도 만만치 않았다.[14]

13　John Livingston Nevius(1829~1893), 미 북장로회 소속 중국 선교사. 남부 닝보(宁波) 선교(1854~1870) 실패 후 옌타이(烟台) 선교의 성공(1871~1893)을 교훈삼아 네비우스 선교원칙(The Nevius Plan)을 세움. 비신도인 원주민과 함께 생활하며 자립, 원주민 식 토착교회 건립, 원주민 목사 우선, 경제 향상과 의료 봉사 및 교육 도모 등을 선교 방침으로 삼았다. 네비우스가 1890년 2주간 서울에 체재하며 당시 한국 선교의 주요 인물이었던 언더우드(H. G. Underwood), 모펫(S. A. Moffett), 게일(J. S. Gale), 기포드(D. L. Gifford) 등에게 선교방법을 소개, 한국에 널리 실시됨. 곽안련(Charles Allen Clarke), 박용규 역, 『한국교회와 네비우스 선교정책』, 대한기독교서회, 1994 등 참고.

14　김상태, 「평안도 기독교 세력과 친미 엘리트의 형성」, 『역사비평』, 1998. 겨울, 참고 인용. 이 글은 평안도만이 아니라 한국 전체에 걸친 기독교 전파의 영향력을 분석하고 있다.

그래서인지 백효순 주변의 여인상으로는 여학교를 졸업하고 다시 여학원에 진학하여 교사가 된 강영숙을 비롯하여 여럿 있지만 근대 소설에서 흔히 만나는 기독교인은 보이지 않는다. 중요하지 않는 인물로 효순의 선배인 민충희를 등장시켜, K읍에서 가장 진실한 신자에다 인격자로 규정하고 있지만 말끝마다 양반 자랑에다 외국인에게 간사 떨며 아첨하며 돈에 대한 욕심이 누구보다 많다는 식으로 비꼬면서 오히려 "하나님에게 대한 회의적 태도"를 야기하는 부정적 인물로 비판하고 만다.

> 민충희는 K읍에서 가장 진실한 신자이었고 교회나 사회에서 제일로 치는 인격자이었다. 그러나 그는 말끝마다에서 양반자랑을 하였다. 자기는 민충정공의 후예라 하면서도 외국인에게는 간사를 떨며 아첨하였고 돈에 대한 욕심도 누구보다도 많았다. 영재(효순)는 민충희에게 대한 존경과 신임을 걷어 버리고 선배라는 그가 지극히 믿고 공경한다는 하나님에게 대한 회의적 태도까지 가져보게 되었다.(『전집』 2, 171쪽)

효순의 오빠 백남혁도 기독교와 외세를 동일시하며 여동생과 같은 사상적 기반을 가진다. 그는 여동생이 자신의 학비를 대주기 위해 교편생활을 해준데 대한 보답으로 자신이 교사로 있으면서 효순에게 일본 유학을 가라고 하려던 참이었는데 기어이 그걸 못 참고 사표를 던지게 된 배경을 이렇게 하소연한다.

> 이 해 가을도 거의 저물어간 시월 그믐에 남혁에게서 한 장의 엽서가 왔다. "나는 교장과 싸우고 그 학교를 나왔다. 이제야 스물네 살의 피가 끓는 청년이 서양 놈의 구역나는 한 그릇의 밥을 얻어먹으려고 의기를 꺾을 수는 없

다. 나는 지금 동경을 향하여 떠나려고 부산 역두에서 이 엽서를 보낸다. 어머니를 부탁한다. 고학을 목적함이다."(『전집』2, 179쪽)

행간에 스며있는 의미로 보면 당시 이들의 뇌리에는 서구 제국주의 세력을 일본 침략자들과 다를 바 없이 보고 있었음을 감지할 수 있는 대목이다.

3___ 혁명을 위한 연애와 사랑

소설 전반부는 효순을 둘러싼 남성들의 싱겁기 짝이 없는 구애작전이 주조다. 재색을 겸비한 재원으로서의 효순은 남녀 모두에게 인기 있는 존재인데, 먼저 주변의 여인상을 일별하면 아래와 같이 정리된다.

① 강영숙 : 학비가 없어 퇴학당할 처지에 있는 효순을 위해 친척 오빠의 후원을 얻어 지원 받게 해주는 등 도움을 주는 처지지만 투쟁하지 않고 안일하게 살아가는 여인이라는 생각으로 효순은 그녀를 멀리한다. 효순을 좋아하던 손병주와 결혼하여 자신이 꿈꾸던 교수 부인이 되는 현실적인 여인상의 전형.

② 이경채 : 어릴 적 가난한 집안사정으로 설향이라는 기생이었으나 효순을 만나 공부를 시작, 후에 효순 오빠인 백남혁의 아내가 됨. 이건 필시 이광수의 『무정』의 영향을 받은 듯하다. 영채의 행적과 닮은 장면이다.

③ 백숙희 : 가난 때문에 나이 많은 남자의 소실로 들어가지만 남편이 죽고, 교육을 통해 새 삶을 이룰 계획을 가지나 친정의 가난 때문에 첩살이로 들어간다.

④ 오순정 : 폐결핵 환자 김철수에게 속아 결혼했다가 곧 과부가 되지만 시댁의 배려로 도쿄에 감. 운동가 백상현의 영향으로 투사로 성장한다. 애인을 따라 북국으로 떠나는데, 효순이 나중에 북국 행을 감행하게 된 것도 이들의 은밀한 초청이 있었기 때문이다.

네 여인상 중 효순이 가장 편애한 것은 투사 오순정뿐이다. ①강영숙은 비판적인 여인상으로, ②이경채와 ③백숙희는 효순이 적극적으로 도와준 대상인 데 비하여 오순정은 그 불우한 처지에도 불구하고 아내를 잃은 백상현과 혁명과 사랑을 동시에 추구, 혁명대오에서 탈락하지 않고 끝까지 투쟁하는 부부로 부상된다.

이들과 쌍벽을 이루는 남성상은 아래와 같다.

① 리창우 : 아내가 있음에도 백효순을 사랑하는 C대 정치학과에 다닌 청년 투사. 백효순의 첫사랑이자 사상적 영향을 가장 많이 받은 인물. 그녀가 최진의 도움을 받아 동경으로 공부하러 가게 됐다는 말을 듣고도 자신들의 사랑은 효순이 공부하고 온 후에 이루자고 말할 정도로 초연한 자세를 보여준다. 백남혁, 백상현과 함께 수영하러 갔다가 익사.

② 채용식 : 효순을 좋아 하지만 투쟁을 외면한 채 현실적으로 살아간다는 이유 때문에 거절당함. 도미 캘리포니아대를 졸업한 철학박사로 모교의 교수가 됨.

③ 최진 : 보통 학교 수석 훈도를 거쳐 중학교 교유가 됨. 효순의 사상운동을 지지하고 학비를 대어주는 등 적극적인 면모를 지님. 그러나 직장을 지키기 위해 현실과 타협. 효순과 약혼까지 했지만 그녀의 실천적인 투쟁 활동을 극력 만류하다가 파혼 당함.

④ 손병주 : 효순에게 구애 했다가 거절당하자 곧바로 효순의 룸메이트였던 강영숙에게 구혼, 결혼한다. 모교의 교수가 됨.

⑤ 김준호 : 강진 출신의 뛰어난 학식과 언변술을 가진 사상가. 연상의 효순과 결혼함. 결혼 이후 효순은 학업을 중퇴, 운동에 집중하며 그의 옥바라지를 함. 4년여 투옥생활 중 김준호는 전향을 해버려 효순은 아이 둘과 김준호, 그리고 노모를 버린 채 홀로 북으로 떠난다.

⑥ 백상현 : 백남혁, 리창우와 절친한 친구로 사상가임. 김철수의 동생(옥숙)과 결혼을 했다가 옥숙도 김철수와 같은 병으로 죽자, 오순정과 사랑, 함께 북으로 떠남.

⑦ 백남혁 : 효순의 오빠.

①~⑤까지의 모든 남성이 처음에는 효순을 사랑했으나 이루지 못하자 다른 여성(그것도 효순의 주변 여성)을 구하는 것으로 사건이 전개된다는 천편일률성이 거슬리지만 그게 이 작품에서는 중요하지 않다. 문제는 효순의 입장에서 남성상의 매력을 무엇으로 평가하느냐는 게 흥미 거리일 것이다.

많은 남성들이 우러러보는 탓에서인지 효순은 사랑에 냉담해 보이는데, 우선 첫 관문에서는 이념적인 일체감의 기준으로 후보자를 잔혹하게 탈락시키고 있다. 첫 사랑 리창우가 죽게 된 것은 오히려 효순에게 운명의 예시 같은 사건인지 모른다. 만약 그가 살았다면 그녀는 사랑의 방황을 않았을 수도 있었을 것이다. 이후 그녀가 만나는 모든 남자의 평가 기준이 리창우였기 때문에 투쟁력을 가장 비중 높은 평가 기준으로 삼아 거의 모든 남자를 낙방시킨 것이다.

②채용식은 교수가 된 뒤건만 효순이 전향한 남편 ⑤김준호를 버리

고 북국 행을 감행할 때 동행하겠다고 따라 나서서 함경도 길주 명천을 지나 영안까지 동행하며, "나를 따라 돌아가 주시지 않겠거든 나를 데리고 가 주십시오"라며 진심 어린 구애를 한다. 이 장면은 뭉클한 감동을 자아내는데, 효순의 처지로서는 그 사랑을 받아들일 법도 하건만 "당신이 가야 하겠다고 정하신 길로 바쁘게 굳세게 쭉 바로 나가십시오. 그러면 어느 날에나 우리에게 반드시 더운 피 흰 피 합하며 반갑고 멋있는 악수를 힘차게 할 때가 오고야 말 겁니다. 자, 부디 안녕히 가세요"라고 하직을 고하면서 소설은 끝맺는다.

약삭빠른 ④손병주와의 사랑은 다섯 남자 중 가장 싱겁게 끝나버려 별 할 말이 없고, 나머지 두 남성은 인연이 얽히고설킨다.

우선 효순과 같은 학교 훈도였던 ③최진은 끈질긴 구애 작전이 주효하여 1927년 1월 1일 동경에서 약혼을 하게 되었다기보다는 얼떨결에 얽혀들게 된다. 약혼이랬자 그냥 둘이서 결혼을 약속하는 식인데 여기에 이르기까지의 곡절에는 당시 동경 유학생 운동권의 윤리의식이 한몫한다.

효순이 심하게 앓고 있을 때 동경으로 찾아간 최진에게 효순은 투사답게 "최 선생이 이번에 이렇게 오신 것은 온전히 개인의 감정을 만족시키기 위해서 오신 것이에요. 차라리 방학을 이용해서 외롭고 처량한 가운데 있는 (투옥 중인) 상현 씨 면회를 가시든지 여기 왕래하시는 그 경비로다가 희생된 사람들에게 책이라도 사서 차입해 주셨으면 얼마나 값있었겠어요?"라며 냉담하게 대한다. 그러나 내심 극심한 외로움에 최진의 방문이 눈물 나게 고마웠던지라 떠나려는 그를 도리어 잡는다. 최진은 며칠 동안 효순의 병간호를 하면서 ②채용식이 효순에게 보낸 편지를 통하여 그가 효순과 같은 노정을 밟기 위해 영문과에서 사회과로 옮겼고, 그녀를 위해 영문으로 된 소비에트 러시아의 문예지를 보내는 등의 정성을 보고 사뭇 위기감을 느낀다. 거기에다 "그만 어디루 저, 저 북쪽 나라로 달아나 버릴까 부다. 북쪽나라—그리로 가고 싶구나"라고 쓴 그녀의 일기장까지 보게 되자 더욱 착잡해진다.

이런 와중에서 효순은 최진과 약혼을 서약하게 되는데, "그렇지만 선생과 약혼하게까지 된 그 첫째 원인은 선생과 내가 동지라는 그 점에서 서로 서로의 진보와 향상을 목적한 것이니까 만일 우리들 중에 누구든지 상대자의 진취를 방해 한다든가 또 선생과 나를 얽어맨 원인의 전부인 주의 사상에 변동이 생길 때에는 우리의 결합은 도저히 성공할 수 없는 것이라는 것이야 서로 잘 알고 있지 않습니까?"라는 전제를 확인한다. 이 무렵 동경 유학생 운동권의 남녀 윤리는 어땠을까.

"하기는 내가 최 선생과 한 방에서 밤을 지냈다는 조건만으로 허혼했다는 건 지금 생각해도 결코 현명한 태도는 아니었어요. 일 학기부터 전선에 나서서 실천운동 하는 동무들과 좀 사귀어 보니깐 아주 그들은 정조문제에서 여간 해방된 게 아니던데요. 그러고 성 문제를 초월한 것처럼도 보이고 이성이란 별다른 게 아니라는 듯이 마구 남녀동지가 한 방에서 뒹구는데 나는 보기가 좀 딱했지만 그들은 뭐 아주 예사로 여겨요. 그러구도 일들은 아주 척척 잘들 해 나가요. 그걸 보니까 나는 아주 그들에게 비해서 봉건적이고 인습적이고 관념적이에요."

(…중략…)

"글세 십 칠팔 세 중학생들이 전문학생인 여자들과 공공히 부부생활하고 지낸 일이 없나, 좋아하는 남녀끼리 부동해서 온천에를 댕긴다, 어디를 간다 해 가지구 마구 터놓고 부부처럼 지낸 일이 없나, 거참 듣기에도 무시무시하리만큼 대담무쌍한 연애 행동들을 취했었지요. 그러니까 순전히 연애 중심의 애욕 갈등에서 그런 불건전한 생활들을 하던 그들에게 비한다면 일정한 주의와 목표 아래서 투쟁을 위하여 그러한 태도를 가지게 되는 그 동무들이야말로 과연 진실의 이해를 드려도 좋을 겝니다."

(…중략…)

"그야 그럴 수도 있겠지요 물론. 그러나 그건 각자의 수양과 이지의 힘이 어느 정도까지 진보되어 있느냐의 문제니까 지금쯤은 그런다 할지라도 투쟁 방법이 단련됨에 따라서 이성의 문제도 훨씬 더 결백하게 될 걸요."(『전집』2, 345~346쪽)

이런 사랑과 이념적 결속 상태는 당시 카프소설에서도 찾아보기 어려운 대목이다. 마치 1980년대 운동권 소설을 읽는 기분이거나, 이념지향성만으로 본다면 북녘의 『청춘송가』(남대현 작)를 능가하는 것 같다.

매주 토요일 오후마다 효순의 하숙에서는 조선 여자들끼리만 모이는 독서회가 열렸다. 독서회 활동을 적극적으로 하던 효순도 "현재 세계정세라든가 ××투쟁의 방법과 정책들을 논하는 데 있어서는" 벙어리가 될 수밖엔 없었다. 그럼에도 효순은 상현의 소개로 각 단체의 투사들을 많이 알게 되고, 그들의 주최인 여러 모임에도 빠지지 않고 출석한다. 얼마 후 최진에게 독서회 회원이 되는 것도, 독서회를 조직하는 것도 좋지만 실제 운동에만은 나서지 말아달라는 편지를 받는다. 그러나 효순은 개의치 않고 급기야 ××(근우회)동경지회의 최고 간부로 임명되기에 이른다. 동시에 효순의 실천을 저지하는 계속되는 최진의 편지에 "이론을 구체화시키는 게 어찌 불가하냐. 실천이 없는 이론은 사랑이 없는 부부보다도 더 허무한 것이다"라고 반박하며, 파혼의 뜻을 담은 최후의 통첩을 보낸다.

최진의 답장이 없던 어느 날 효순은 우연히 와세다 정치학과에 유학 중인 김준호라는 한 살 연하의 청년을 알게 된다. 그는 조용한 성격이었지만 어느 누구보다 이론 쪽으로 강한 데다 언변술도 뛰어나 몸을 아끼지 않고 실천하는 남자였다. 망년회 석상에서 그는 이렇게 사자후를 토한다.

여러분! 과거의 잘못을 결산하는 이 자리에서 비겁하거나 주저하거나 또한 이것을 명일로 미루는 게으름이 있어서는 아니 됩니다. 우리의 투쟁을 방해하고 더럽히는 당파싸움! 이것을 두드려 부시기가 그렇게 힘이 들어서 아직도 서로 서로 책임을 밀고만 계십니까? 여러분! 우리의 적나라한 순정과 혈성으로 짜내는 xx적 깃발만이 대중의 정당한 지도자가 될 것이리라는 것을 알으시는 여러분이라면 왜 그 작은 자존심과 허영심에서 서로서로의 의견을 굽히기를 싫어하십니까? 여러분! 하루 바삐, 아니 이 순간 이 자리에서라도 어서 그 위선의 값싼 틀을 찢어버리고 폭발탄과 같은 두려운 정열을 가지고서 보무당당히 맞추어 나갑시다"(『전집』 2, 378~379쪽)

이 연설을 듣고 효순은 "오냐, 나도 껍질을 벗자"며 최진에 대한 고민을 털어 버렸다.

소설은 너무나 순조롭게 그녀의 애정과 투쟁 노선에 척척 맞아떨어지는데, 아니나 다를까, 최진에게 파혼선언 전보를 받는다. 준호와 효순은 결혼했으나 이내 준호의 투옥과 가난으로 효순에겐 시련이 닥친다.

그러나 그녀가 주장하는 사랑관은 "두뇌가 명석한 사람", "존경할 수 있는 사람", "진정으로 사랑할 수 있는 사람"이란 세 가지 조건임을 부각시킨다. 한마디로 혁명을 위한 애정이지 순수한 애정 그 자체를 부인하는 자세로 일관하고 있다.

4 ___ 사회운동과의 직접적인 연계

효순이 최진과 파혼한 이유가 혁명의 실천을 못 하도록 한 데 있다면 남편 김준호와 헤어져 북국으로 떠난 이유는 전향이었다. 소설에서 백남혁과 김준호는 탁월한 운동가였으면서도 전향한 것으로 나타나는데, 이건 작가 박화성 주변의 실존 인물과는 반대로 설정되어 있다. 오히려 박화성의 첫 남편 김국진은 출옥 후 간도 행을 감행했으며, 오빠 역시 온갖 고통에도 전향을 증오했다. 다른 주변 인물들도 전향의 흔적보다는 투쟁을 계속했을 가능성이 많다.

그런데 소설에서는 여주인공을 투사로 형상화하는 반면 남주인공이 전향하는 것으로 부각시켜 이를 비판한 것은 작가의 내면적인 갈등을 1930년대의 혹독한 현실적인 삶 속에서 자아비판을 겸한 채찍으로 삼았을 가능성이 있다. 박화성은 이런 점에서 가장 치열한 사회의식을 일생동안 간직했던 여류작가의 한 분으로 평가할 만한 충분한 근거가 됨직하다.

이 소설에서 직접 언급하고 있는 역사적인 사건으로는 ①동경 유학생 독서회 운동, ②근우회 동경 지부로 풀이되는 효순이 대표를 맡은 사건, ③M(목포)노동총동맹 사건, ④전라남도 일대의 적색농민운동 등이다.

> 매주 토요일 오후마다 효순의 하숙에서는 조선 여자들끼리만 모이는 독서회가 열렸다.
>
> 회원은 효순의 동무들로서 처음에는 오륙 명 되는 사람들에게 효순이가 강의를 했지만 다음에는 상현이가 강사로 오게 되었다. 상현이의 소개로 순정이 이하 여학생들이 오륙 명이나 더 와서 토요일 오후만 되면 효순의 육첩방은 십삼 인의 회원으로 꽉 찰 만큼 되었다.(『전집』 2, 364쪽)

독서회에 대하여 좀 더 자세한 기록이나 정보가 없어서 아쉽지만 이렇게만이라도 유학생의 서클 활동을 묘사한 장면은 소설사에서 흔하지 않다.

일요일마다 높은 정도의 연구회를 가지고 있는 만큼 효순이쯤은 이 회에서 뛰어나는 존재라 할지라도 어느 때는 그들의 말을 알아듣지 못하는 때조차 있었다. 서적 속에서만 후벼 판다면 그들이 떨어질지 모르나 현재 세계정세라든가 ××투쟁의 방법과 정책들을 논하는 데 있어서는 효순이는 벙어리가 될 수밖에 없었다.

"탁상공론(卓上空論)이라더니 실천행동이란 과연 위대한 효과를 주는 것이로구나."

(…중략…)

효순이는 상현의 소개로 각 단체의 투사들을 많이 알게 되었고 그들의 주최인 여러 모임에도 빠지지 않고 출석하였다. 그 때마다 효순이는 놀래지 않고는, 감탄하지 않고는, 견디지 못하였다.

(…중략…)

그는 비로소 실제운동에 가담할 의사를 가지고 선배인 동지들의 지도를 받아 독서회원 이외에 온량한 분자의 동무들까지 동원하여 XX동경지회를 조직코자 준비임원회의 과정을 지나 창립대회까지 열게 되었다.

효순이를 비롯하여 효순의 동무들은 동회의 최고 간부들이 되었으나 임원회석상에서는 효순 측의 간부들이 이미 한 투사로써 모험에 대한 경험과 지식을 풍부히 가지고 있는 단체 측 간부들의 의견과 주장을 따라가는 수밖에 없었다.(『전집』 2, 364~365쪽)

바로 근우회 동경지부(1928.1.22)의 탄생 장면으로 봐도 좋을 듯하다.

최진과 손병주처럼 국내 노농총동맹 사건에 연루되어 투옥 당하는 인물들을 통하여 당시 사회운동의 옆모습이 간접 투사된다. 일제하 노동투쟁, 특히 농민운동은 3·1운동 이후 개량적인 합법적 운동(조선농민사계 및 전조선농민사계, 기독교계 농촌운동 단체, 협동조합사 계열의 운동단체, 지방 유력자 후원의 농사 개량단체 등)에서 1930년대 이후 점점 사회주의적 색채를 띠면서 탄압 국면으로 바뀌게 되었는데, 소설은 이런 역사적인 정황을 고스란히 담아내고 있다. 특히 농민운동 검거의 절정을 이룬 해가 1932년으로 그 이후는 감소 추세를 보이고 있다.

호남지역의 사회주의 운동 단체가 일반화된 시점은 1924~1925년으로 보는 게 보통인데, 조선노농총동맹 창립(1924) 때 참가한 170개 단체 중 전남지역 참가단체가 143개로 압도적인 우위였음을 볼 수 있으며 그 주도권은 북성회北星會와 화요회 계가 잡고 있었다. 그 뒤 전조선민중운동자대회(1925)를 둘러싸고 화요파 중심의 1·2차 전남도당 기반이 광주와 전남 동남부 지역을, 서울청년회 계열이 전남 북서, 남서부 지역에 집중 배치되었다고 전한다. 이후 서울 청년회가 대거 입당하는 형상(1927년경)이었다가 ML파와 서울청년회계의 대립 속에서 신간회가 창립되었으나 전반적으로 전남지역 운동권은 침체에 빠졌다가 1929년 11월 3일 광주학생운동으로 재기, 새로운 운동층이 대두한 것으로 보는 게 일반적인 연구 경향이다.[15]

전남노농협의회(1931), 전남사회운동협의회(1932), 적색농민조합건설준비위원회(1933) 등이 이 지역운동의 주류를 형성했는데, 소설에서는 작가의 고향이자 백효순의 고향이기도 한 목포와 그녀의 남편 김준호의 고

---

15   김점숙, 「1920년대 전남지방 농민운동」, 역사문제연구소, 『한국 근현대 지역운동사』 2(호남편), 여강, 1993 인용 및 참고.

향인 강진을 중심으로 노농동맹 등 제반 운동을 다루고 있다.

특히 전남해방운동자동맹(1925)은 서울청년회 계열 조직으로 이 계열은 간도지역과 연계가 있었는데, 박화성이 간도에 체재 했던 점으로 미뤄 보면 이 작품도 그런 맥락으로 풀이할 수 있겠지만 소설에서는 별다른 언급이 없어 아쉽다.

이 소설에서 가장 돋보이는 장면은 효순이 전향론에 대해 야멸차게 비판한 대목이다. 2년 형기를 마친 준호가 고향으로 돌아오지만 몸을 섭양할 틈도 없이 경찰의 주목을 피하면서 ××농민조합을 조직할 일에 온 힘을 바치다가 그 계획이 발각되어 또다시 구속, 3년 형을 받는다.

> 이게 무슨 감상적인 못난 것이냐? 나는 준호 씨의 아내로써 이 고초를 겪는 것은 아니다. 적어도 그의 한 동지로서 그의 어린 가족을 보호하여야 하는 책임을 이행하는 것이며 그가 옥중에서 ××의 보수를 받을 때 나는 집안에서 그와 같은 수난을 겪는 것이다. 오냐, 이보다 더 험한 모든 괴롬아 오려거든 오너라. 내 뼈가 가루가 될 때까지 나는, 나는 싸워서 이길 터이다.(『전집』 2, 453~454쪽. 이하 괄호는 쪽수)

두 아이와 남은 효순은 극심한 추위와 거센 바람에 셋방살이 집이 무너지는 등 근대 소설사에서도 보기 어려운 궁핍상을 그린 대목(450~453)이 나온다. 준호의 형무소 생활을 살짝 보여주는 장면도 인상적이다. 당시 기결수는 2개월에 서신 한통과 면회 1회가 허용되었다.(455~457)

효순은 아이들을 잃을 위험에 처하기도 하지만 좌절하지 않은 채 면회도 가고 차입도 차질 없게 해 주는 등 준호의 옥바라지를 하던 중 유모노릇까지 감행한다. 아이들을 어머니에게 맡겨둔 채 효순은 유모생활을 하며 생계를 이어간다.

주변에서는 가족도 돌보지 못하고 두 번째나 징역살이하는 김준호를 호되게 비난하는데, 효순은 도리어 "외려 칭찬을 받아야 할 사람"이라고 옹호한다. "버러지라도 제 몸 생각할 줄 알고 짐승이라도 처자를 생각할 줄 알지만, 저런 일은 사람 아니고는 못할 일이니까요. 저런 것이 사람이란 동물이 짐승보다 귀하다는 것을 보여주는 것이랍니다"라고 옹호한다. 이에 그녀의 어머니는 "얌전하고 순하던 것이 어째서 저렇게 미쳐 버렸는가 몰라. 그것도 교회 안에서 나간 탓이지"라고 신앙타령을 늘어놓는다.

이렇듯 투지가 팔팔한 효순은 자신이 돌봐 주던 아이의 아버지(홀아비)에게 느닷없는 구애를 받으면서 탈출하여 집으로 돌아왔는데, 준호의 전향 성명서 소식이 전해온다. 예상대로 전향한 남편이 가출옥으로 다른 친구들보다 먼저 나와 약간은 계면쩍고 어색해 하면서 효순이를 끌어안으려 하자 "싫어요"라며, "당신의 정체를 분명히 안 다음에 당신에게 안기든지 하지 그렇지 않으면 영 당신의 품에서 나가버리고 말테니까"라고 저항했다.

준호는 자상하게 자신의 건강문제와, 세상에 나와서 건설적인 사업을 하겠노라는 뜻의 장황한 전향의 변을 늘어놓는데, 이 장면은 근대 소설사에 나타난 비전향문학의 한 전형이 됨직하다.

> 준호 : "글쎄 좀 더 들어봐요. 나는 인간을 두 유형(類型)으로 분류했소. 건설형과 파괴형으로. 파괴형은 공상적이오, 열정적이오, 비밀한 정력으로 자기의 생각을 변화하게 하고 능력을 선천적으로 갖춘 사람이요 건설형은 현실적이오, 이지적이오, 그저 착실하게 자기의 맡은 일을 꾸준히 해 가는 사람이요 그러니까 어느 사람이든지 이 두 가지 유형 중에 자기가 선천적으로 타고

난 천품에 적합한 일을 해야지 그렇지 못하면 실패를 하고 마는 것이란 말이오."(474)

효순 : "당신의 말대로 하면 사람은 누구나 선천적으로 타고난 파괴형과 건설형 이 두 천성에 순하면 흥하고 역하면 패한다는 게 아니오? 당신 딴은 독특한 사회철학을 안출한 것처럼 생각하는 모양이지만 그건 모든 모순과 불합리를 합리화하려는 속악한 형이상학적인 숙명론의 한 변증에 지나지 못하는 말이오. 나도 인간의 성격 소질의 선천성을 전부 부인하지는 않지만 이 선천성은 실천의 용광로에서 개조되고 극복된다는 것을 확신하여 왔고 적으나마 내 경험을 가지고도 있소. 물론 하루 이틀에 용이하게 될 것은 아니겠지만 끊이지 않는 자기비판과 실천을 통해서 얼마든지 극복 청산할 수 있다는 것은 부인하지 못하겠지요? 그러니까 당신의 말은 순전한 궤변이란 말이야요."(475)

준호 : "여보 그렇게 해도 알아듣지 못하고? 근시안자, 자칭 영웅들은 자기네의 갈 길로 갈는지 모르지만 나는 내 건강이나 성격 소질로 보아서, 또 당신으로 보더라도 그동안 나 없는 동안에 얼마나 죽을 뻔한 고생을 하였소?"

효순 : "천만에. 나는 고생한 일이 없어요. 사 년 동안 모든 고통을 당하기는 많이 당했지만 일찍 나는 그 고통에서 비명을 쳐본 일이 없으니까."

준호 : "그래도 오죽이나 몸은 약해졌소? 그러니 괜히 그렇게 서둘지 말고 우리 건강이나 회복시키고 어린것들이나 기르면서 합시다 그려. 계몽도 좋고 구원사업도 좋지 않소?"

효순 : "여보 그래 당신은 그 의견을 끝끝내 고집할 작정이오?"

준호 : "그렇소 내 양심에 아무런 가책이 없는 정당하고 현명한 길인데 왜 고집하지 않겠소."

효순 : "에끼 이 철면피! 비겁자!" (476)

이에 효순은 "십 년 동안 공들여 쌓아 논 생명의 탑이 이 날에 무너지고 사 년 동안 핏물 들여 써놓은 역사의 페이지가 이 날에 불살라지고 마는 것"이라며, "아하, 나는 어리석었다. 울 것이 무엇이냐? 물론 가장 믿고 존경하고 사랑하던 동지를, 남편을, 잃어버리는 것은, 아니, 잃어버리는 것보다도 그에게서 배신을 당했다는 것은 살을 찢어 뜯는 만큼 분하고 원통하고 아까운 일이다. 그러나 이미 중심 없는 비겁자를 위하여 울면 뭘 하느냐? 눈물은 오히려 나를 유약한 여성으로 만들 위험성이 있지 않느냐?"고 단호하게 선언한다.

사업이란 말을 또 하겠거든 당신에게서 그 혀를 빼내시오. 우리의 거룩한 일터에는 당신 같은 비겁함을 들이지 아니 하오. 용자만이 할 수 있는 우리 앞에 당신 같은 비겁자의 손을 우리는 요구하지 아니하오. 우리의 노래는 당신 같은 패배자의 입에서 불려지기를 허락지 아니 하오. 가시오 가. 오늘로부터 당신과 나 사이에는 건너뛰지 못할 구렁텅이가 생겼어요. 당신은 당신의 길로, 나는 내 길로 가야지요. (478~479)

이 장면은 이 소설의 절정을 이룬다. 긴장미와 투지가 생생하게 돋보인다. 전향론을 둘러싼 논쟁은 근대 소설사에서 가장 치열한 대목의 하나인데, 이 장면이야말로 주목할 만하다.

이래서 그녀는 북국의 여명을 찾아 떠나는 것이다. 마침 북국으로 떠난 상현과 순정이 비밀리에 거처를 알려주며 탈출해 오라는 전갈을 받은 터였다.

작가는 이 소설에서 무얼 가장 부각시키고 싶었을까. 아마 전향문제였으리라. 이 작품을 썼던 1935년은 우리 근대사에서 전향이 가장 성행하던 일대 과도기였다. 1931년 3월 27일 일본 사법차관 통첩 제270호에 의해 치안유지법 위반 사건 취급 방법으로 정식 인정된 전향제도는 엄청난 파급을 가져왔다. 혁명사상의 파기와 사회운동에서의 일탈, 사상은 버리되 합법적인 사회운동에 투신, 사상을 버리고 합법적인 운동에 투신할지 미정, 사상에 회의를 느껴 버릴 가능성이 보이는 경우, 사상은 안 버렸으나 운동에서 몸을 빼는 경우로 나눠 거기에 상응하는 감형 등 처분을 내리도록 조처했던 게 전향의 실체이다.

이런 역사적인 절박성 속에서 박화성은 전향문제를 부각시키고자 자전적인 요소에다 결론 부분에서 사실과는 다르게 전향문제를 강력하게 제기했을 것이다.

그래서일까, 박화성은 작고할 때까지 사상적인 동요를 느끼지 않은 채 작품 속에서 어떤 형태로든 일관된 변혁의 이념을 반영시킨 분단 시대의 드문 이념형 작가로 평가받고 있다. 그것은 『북국의 여명』에서 제기했던 전향 문제에서 작가 스스로가 자유로울 수 없어서였을까, 아니면 내면적인 이념적 신념에서였을까.

흥미 있는 사실은 이 소설이나 박화성 자신의 처신과는 달리 현실적으로는 두 아이를 가진 남편(김국진)이 간도에서 투쟁 중인데도 박화성은 그 비전향 투사 남편을 버리고 자신은 천독근과 재혼(1938년 혼인 신고)했다는 것이다. 그러니 박화성은 현실투항주의자가 된 게 아닌가. 이 소설과는 완전히 반대의 길을 작가는 걸었다. 역설적으로 그런 길을 걸었기에 박화성은 자신의 이념을 고수할 수 있었던 것인가?

(박화성 탄생 1백주년 기념 심포지엄, '박화성 선생의 문학과 역사의식'의 일환으로, ① 한국소설가협회 주관, 서울 아카데미 하우스, 2004.6.3. ② 한국예총 목포지부 주관, 목포 샹그리아비치 호텔, 2004.6.25. 두 차례에 걸쳐 실시되었는데 여기서의 발제문을 수정하여 『한국소설』, 2004.9 게재. 이 3가지를 수정 보완)

8·15 이후
불행해진 사람들의 이력서

한무숙 소설 속의 독립운동가들의 자화상

1___무엇이 인간의 운명을 움직이는가

한무숙韓戊淑(1918.10.25~1993.1.30) 소설에 나타난 근현대사의 역사인식에
초점을 맞춘 이유는 이 분야에 관한 연구가 가장 미약하기 때문에 그 현
상을 타파해 보려는 시도와, 거시적인 관점에서 객관적으로 이 작가를 평
가하기 위해서다.

그간 한무숙 연구는 두 권의 연구서에 24편의 글에 집약되어 있는데, 사
회의식이나 역사적 관점에서 쓴 논문은 3편(임헌영, 조남현, 장영우)뿐이다.[1]

서정성이나 작가의 내면성 탐구에 뒤지지 않게 사회성이나 역사성 추
구도 병행되어야 하는데 너무 일방적인 연구 시각에만 집중하면 문학사
적인 가치를 훼손시킬 수도 있다는 우려를 낳기 쉽다. 더구나 한무숙의
소설에서는 사회. 역사적인 요소에 대한 쟁점들이 제대로 평가받지 못하
고 있기에 자칫하면 전통적인 정서나 인간 개체의 성격이 빚은 비극을 그

---

[1]   한무숙재단 편, 『한무숙문학연구』, 을유문화사, 1996; 구명숙 외, 『한무숙문학의 지평』,
    예림기획, 2008 참고.

린 작가로 한계 지을 우려 또한 없지 않다.

그 중 특히 출간 60주년을 맞은 장편『역사는 흐른다』의 경우는 아직도 그 텍스트 연구조차 제대로 안된 채 방치 상태에 있다.[2]

대개 역사와 인간이 대립할 때 발생하는 비극적인 정황은 "남편, 부모, 자녀, 형제 같은 가족에 대한 사랑, 국가적인 삶, 시민들의 애국심, 지배자의 의지"[3] 등 인간 활동의 모든 분야에서의 갈등에서 발생한다. 그러나 이런 외부적인 요인 말고도 현대사회는 인간의 심리적인 측면이 작용하기도 하는데, 한무숙은 자신의 문학을 이렇게 요약한다.

나는 사람의 성격이 곧 운명이 되고, 아집과 미망이 비극을 자아내는 이야기를 썼다. 그리고 그런 일은 어느 특정인에게만 있는 일이 아니고 존재 그 자체가 모순인 인간 모두에게 내잠(內潛)되어 있는 슬픈 본태라는 것을 말하고 싶었다.

그러니까 반드시 이상적인 인간들이 아니고 신의 영역에서 악마의 영역까지 차지하고 있다는 인간 본성이 언제나 나의 관심의 과녁이 되는 것이다. 나이를 먹을수록 선과 악의 또렷한 선이 흐려져 가는 것은 아무리 훌륭하다는 사람에게서도 어쩌다가는 환멸을 느끼기도 하고, 못되고 추하다는 사람에게서 뜻하지 않게 아름다움을 느끼게 되는 경우를 당할 때가 있기 때문이리라.

---

2 『역사는 흐른다』는 ① 자양당(1950), ② 정음사(1956), ③ 민중서관(1959), ④ 여원사(1975), ⑤ 자유문학(1989), ⑥ 한무숙전집 등 6종이 나와 있다. 이들은 서로 장별 분류나 주인공 이름, 몇 가지 사건, 무대 설정 등이 틀리기 때문에 정확한 판본 확정이 절실하다.

3 헤겔, 두행숙 역, 『미학』(전 3권), 나남출판사, 1998. 3권, 제3부 「개별예술들의 체계」, 제3편 「낭만적 예술」의 제3장 「시문학」의 마지막 장인 「극시」 중 3. 「극시의 종류와 그 역사적인 주요 계기들」의 a. 「비극, 희극, 일반극의 원리」, 682쪽. 헤겔은 이어서 신앙의 갈등을 비극의 요인으로 들었으나 생략했다.

내 감성이 무디어진 것이 아니고 그만큼 더 사람을 사랑하게 된 것이라면 얼마나 좋을까! 어쨌든 나는 내 작중 인물의 어리석고 못나고 버림받은 가엾고 딱한 사람들의 그 비참과 불행과 우행(愚行)을 통하여 그 고뇌와 비참으로 터득한 어떤 예지로써 스스로 삶 자체의 순교자가 되기를 바라는 것이다.

산다는 것은 인간이 극복해야 되는 가장 큰 과제가 아니겠는가!⁴

한무숙은 역사와 개체의 갈등을 성격에서 구한다고 주장하는데, 이것은 이미 헤겔이 "근대비극에서는 개인들이 지닌 목적의 실체성이 아닌 그들의 주관적인 마음이나 심정 또는 그들의 특수한 성격이 끝까지 충족되고자 고집하는 것이 그들을 행동하게 하고 열정적으로 충동시킨다"⁵는 지적과 일치한다.

그러나 이런 작가의 지적에도 불구하고 정작 한무숙 소설에 나타난 비극의 원인은 헤겔적인 셰익스피어의 성격극이라기보다는 칼 야스퍼스의 현대적 비극론에 가깝다. 야스퍼스는 "문학작품에 나타나있는 비극적인 것의 의미는 결코 한 가지 공식으로 나타낼 수는 없다. (…중략…) 상황, 사건, 사회세력, 신앙상의 관념, 성격 등은 비극적인 것을 현상으로서 드러내는 수단이다. 위대한 문학작품에는 해석적 입장에서 그 근거까지를 통찰할 수 있는 것은 하나도 없다. 위대한 문학작품에는 다만 해석 가능성의 윤곽이 있을 뿐이다"⁶고 했다.

이 말은 한무숙의 소설세계가 결코 인간의 내면적인 심리구조나 전통

---

4   「어리석고 못난 인간 본성을 추구하며」, 『한무숙문학전집』 8, 수필집 『내 마음에 뜬 달』 수록, 60쪽. 이하 전집 제목 생략하고 권수만 표시함.
5   헤겔, c. 「극시와 그 종류들의 구체적인 발전」, 앞의 책, 714쪽.
6   Karl Theodor Jaspers, 황문수 역, 『비극론. 인간론』, 범우사, 1989. 제1장 6절 「비극적 지식의 해석의 방향」, 37쪽.

미의 분석만으로는 그 참모습을 간파할 수 없다는 뜻으로 풀이할 수 있다. 『역사는 흐른다』를 비롯한 한무숙 소설이 지닌 사회와 역사에 대한 입장은 한국 소설사에서 특이한 작가적 개성이 반영되어 있기 때문에 이 문제를 집중적으로 추구해보고자 하지만 야스퍼스의 지적대로 이 글 역시 새로운 해석 가능성의 윤곽을 그리는 수준에 머물 따름이다.

2 ___ 민족과 국가와 개인의 삶

한무숙은 인간의 삶을 좌우하는 요인으로 개인의 성격을 거론했음에도 불구하고 정작 그의 소설은 외부적인 여러 요인에 의하여 한 인간의 운명이 농단당하는 것으로 사건을 전개한다. 그 외부적인 요인 중 가장 중요한 것의 하나가 뜻밖에도 '민족과 국가'관으로, 동시대 다른 작가에 비하여 유난히 독립투사가 많이 등장한다. 그런 때문인지 『역사는 흐른다』를 비롯한 몇몇 작품에 나타나 있는 민족의식이나 국가에 대한 인식은 견고하고도 전진적이다.

> "진정한 조선 사람이면 다 같지요. 국민이라는 것이, 민족이라는 것이 무엇입니까. 같은 역사와 같은 소망과 목적과 같은 이해를 가진 공동체가 아닙니까? 의사소통은 스스로 되는 것이지요."[7]

『역사는 흐른다』의 배선명이 망명지 미국에서 일제와 투쟁하면서 한

---

7   『역사는 흐른다』, 여원사, 1975, 262쪽. 이하 『역사는』으로 표기한다.

말이다. 그는 1907년 7월 31일 일제에 의하여 한국군대가 강제 해산 당하자 이에 항거, 피신, 미국인 윌슨 목사의 도움으로 도미, 갖은 고생 끝에 대 자산가로 성장, 상하이 임시정부계, 국내 교육 및 교회 등을 비롯한 여러 분야에 독립운동 자금을 대주고 있다.

그 대화 상대는 S여전 박옥련 교장인데 본명은 금년으로, 그녀는 이 소설의 첫 장면에 등장하는 의성군수 조동준이 하녀 부용을 겁탈하여 태어난 사생아이다. 조동준의 딸 완구가 독립투사 집안의 이규직과 결혼하자 그 시녀로 따라갔는데, 배선명은 군대 해산 때 이규직의 집으로 피신했고, 금년은 그가 안전하게 피신, 탈출하는 데 일조했다.

한편 금년은 하녀의 신분을 탈피하고자 가출, 아펜셀러의 양녀로 들어가 박옥련으로 개명, 도미 유학 후 여성교육자이자 독립운동가로 변신해서 보스턴 세계기독교대회에 참가하는 등 맹활약하게 된다. 두 사람은 대화를 진척시켜 가던 중 그 기구한 인연을 알게 되면서 더욱 친밀해진다. 이런 대목에 이르면 응당 둘 사이에 사랑이 싹틀 법도 하지만 작가는 아예 그런 오락용 연애 사건을 장치할 생각이 전혀 없다.

배선명은 이 소설의 긍정적인 인물의 하나로 신비화되어 있다. 미국에서 그의 고난의 역정(산 호세에서 농장 경영, 금광 매입 등)만으로도 가히 장편소설의 소재가 됨직 하건만 역시 작가는 소설의 통속성을 억제한다. 그는 8·15 이후 영광스럽게 귀국, 작곡가 성재경의 신작 교향악 〈우국지사〉 도미 기념 연주회에서 조석구 장군과 만난다. 하나는 미국 망명객 사업가이고 다른 한쪽은 중국 망명자 장군인 이 두 독립투사의 만남은 한국의 정체성을 상징하는 것으로 이 소설의 대미를 장식한다.

여기서 주목할 구절은 "같은 소망과 목적과 같은 이해를 가진 공동체"란 말이다. '단일민족론'이 지배적이었던 한국인의 속성에다 식민통치 아래서 독립투쟁을 하던 시기에 국민이나 민족에 대한 이런 해석은 한무숙이 지닌 역사인식에서 한 세대 앞선 선구성을 느끼게 해준다.[8]

한무숙이 이 대하소설을 쓴 것은 1948년 10~11월이었다. 한국은 남북이 분단, 두개의 정부(남한은 8월, 북한은 9월)가 들어선 직후로, 남한의 이승만 정권은 '일민주의一民主義'를 대한국민당(1948.10.9 발기총회) 당시黨是로 내걸고 교육과 언론매체를 통하여 강력하게 선전하던 시기였다. 일민주의란 "영명하신 우리 맨 높은最高 지도자이신 이승만 각하께옵서 만드신 것"(안호상)으로, "단군을 시조로 한 단일민족국가"임을 강조한 통치철학으로 부각되었다.[9]

12년 장기 독재통치자였던 이승만(1948~1960년 하야, 망명)의 정치노선으로서의 '일민주의'와 달리 남북 협상주창자였던 김구 노선을 비롯한 여러 유형의 민족주의가 1945~1948년간 있었지만 진보정당들조차도 '단일민족설'을 탈피하지는 못한 상태였다.

이런 시대에 한무숙이 앤더슨의 '상상의 공동체' 이론과 비슷한 민족론을 제기한 것은 실로 경이로우며, 이것은 곧 이 작가의 문학이 담고 있

---

8   한국은 전통적으로 '단일 민족설'이 지배, '민족에 대한 가치관을 절대시했는데, 한무숙이 지적한 것과 같은 개념이 한국 학계에서 일반화된 것은 1990년대 이후이다. Benedict Anderson의 *Imagined Communities: Reflections in the Origin and Spread of Nationalism*(초판 1983, 개정판 1991)이 『상상의 공동체 – 민족주의의 기원과 전파에 대한 성찰』이란 제목으로 번역(초판 1991, 개정판 2007) 되면서였다. 특히 이 책 8장 「애국심과 인종주의」는 인종주의적 민족주의에 대한 편견을 불식하는 데 큰 도움을 준다. 우연의 일치일지라도 한무숙의 이런 주장은 주목할 필요가 있다.

9   서중석, 『이승만의 정치 이데올로기』, 역사비평, 2005, 20~21쪽. '일민주의'는 이승만 단독의 창도가 아닌 공동연구 결실이었다. 서 교수는 일민주의가 파시즘과 '유일 영도자론'의 근거가 되었으나 1953년경 "자유당의 문헌 속에는 오랫동안 남아 있었지만 실제는 사라져 버렸다"(162쪽)고 보았다. 참고로 말하면 5·16쿠데타로 장기 집권(1961~1979)한 박정희는 '민족 중흥'을 모토로 삼았다.

는 역사적인 자세의 연결 고리를 풀어주는 열쇠가 된다.

한무숙이 국수주의나 독재체제의 이데올로기에 가까이 하지 않았다는 사실은 위에서 본 '민족론'만으로도 충분한데, 그렇다고 국가의식이나 민족 고유의 전통문화에 소홀했던 것은 아니다. 그녀는 민족문화에 대하여 이렇게 정리한다.

사람은 감동의 근원으로서 '조국'을 의식할 때가 많다. 그리고 우리는 이들 유물 속에 우리 선인들의 삶의 자취와 뜻과 호흡을 직접 느끼며 알 수 없는 감동에 사로잡히게 되는 것이다. 그것은 민족의식의 확인일 수도 있고 또 민족에의 신뢰를 실감할 수도 있게 한다. 시대가 바뀌어도 '나' 속에 그들의 삶과 호흡이 그대로 이어져 있는 것을 느낄 때 남겨진 것을 아끼고 또 뒷사람들에게 전하는 것은 오직 고고학자들의 직업적 관심과 전문적인 소임으로만 머무르게 하여서는 안 될 것이라는 것을 절감한다. 그것은 어느 특정인들에게 맡겨진 관리뿐이어서는 안 되고 국민 모두가 역사 속에 현대를 탐구하는 태도여야 될 것이라고 생각하기 때문이다.[10]

이 지적은 바로 앤더슨의 '상상의 공동체'의 연장선으로 읽을 수 있는데, 1945년 이후 한국문화가 '단일민족론'을 주장하면서도 전통 부정론이 강했던 상황을 고려하면 그 의미가 더 절실할 것이다. 그는 이렇게도 말한다. "한복을 입는다. 한복이 다른 의상보다 뛰어나게 아름다워서라든가 멋들어지게 어울린다든가 하는 것은 이유가 못 된다. 털짐승이 날 적부터 저 종족마다의 털가죽을 몸에 감고 있듯이 사람도 나라마다 다른 옷

---

10 (수필)「유물도 미래에 산다」, 『전집』 8, 139쪽.

을 가지고 있는 것이다. 호랑이가 호랑이 가죽에 싸여 호랑일 수 있듯이 한국에 태어나, 한국 사람인 까닭에 한복은 피부처럼 생리에 가깝다." 이어 그녀는 "호랑이는 자기 의지로 가죽을 감게 된 것이 아니지만 우리는 우리의 의지로 의상을 선택한 것이다. 의상이 짐승의 가죽처럼 숙명적인 것이 아니고 즐거움이 되는 소이所以도 여기 있지 않겠는가"라면서 "어쨌든 한복은 나에게 있어 '입는다'는 말조차 기이하게 들리도록 몸에 붙어버린 것이 되고 만 것이다"[11]라고 했다.

이 말 속에는 정치적 구호나 통치 방법으로서의 '민족론'이 아닌, 삶의 실체로서의 국민국가 단위의 공동체 의식이 담겨 있는데, 아래 인용도 이런 맥락에서 살펴볼 수 있다.

얼마 전부터 나는 우리 것에 대한 집착이 점점 커가는 것을 억제할 수 없게 되었다. 우리 것이라 함은 내 것에 대한 재발견과 회복―좀 거창한 말이지만 우리만의 특성, 우리만의 의식세계, 우리만의 관심, 우리만의 역사에 대한 애정과 집착이다.[12]

구태여 우리 것에 '집착'한다고 강조한 것은 한국 현대사가 그만큼 외래문화 지향성이란 점을 역설적으로 나타낸 반어법이다. 여기서 한걸음 더 깊이 들어가면 민족적 주체성의 표징으로 이어진다. 그녀는 일본 여행기 「저항과 공감」에서 "뭐니 뭐니 해도 종전終戰(태평양전쟁에서 항복한 뒤 일본은 패배라 하지 않고 '종전'이라 부른다) 당시 일본은 기술면에 있어 한국보다는 월등 앞서 있었으니까요"라는 한 일본인의 주장에, 작가는 그들의 환

---

11 (수필)「나의 의장(衣裝)」, 『전집』 7, 132쪽.
12 (수필)「어리석고 못난 인간 본성을 추구하며」, 『전집』 8, 60쪽.

대를 받으면서도 발끈하며 "당시의 실정은 그랬을지도 모르지만 그런 것으로 민족의 우열을 결정지을 수는 없다고 생각합니다.'미국인은 흑인에게는 구두닦이밖에 시키지 않으면서 흑인은 구두닦이밖에 못한다고 말한다'했던 버나드 쇼의 말을 상기해 주셨으면 좋겠어요. 하물며 우리는 흑인두 아니구, 옛날에는 일본의 스승이었던 시대두 있었던 거에요"라고 단호하게 이의를 제기한다. 이어 그는 "저지른 사람(식민통치자)은 잊을 수 있으리라. 그러나 하수자下手者(피식민자)의 행위와 그 책임은 모두 시간이라는 실체 없는 거대한 무엇에 의해 치워져 버리겠지만, 역사란 유기체이다. 입었던 상흔은 굳어 새 살이 나기 전에는 건드려질 때마다 덧난다. 과거를 따지자는 것이 아니고 현재를 가지자는 것이다"[13]라고 착잡한 심경을 토로한다.

우수하면 지배해도 되고, 강하면 다스려도 된다는 논리의 연장선에는 한국 근대사 이래 식민통치 이데올로기였던 근대화론과 맞닿아 있는데 그 단초는 1920년대의 민족개량주의에 있다. 이광수를 비롯한 민족개량주의론자들은 한국이 국가를 통치할 능력이 없기에 식민통치를 그대로 수용하여 교육과 계몽에 힘써야 한다면서 독립운동을 시대착오적인 행위로 비판했다.[14]

근대화론자들은 그 연장선에서 8·15 이후 오늘까지도 일제 식민통치는 한국의 경제적 발전을 가져다주었다는 이유를 들어 긍정적으로 평가하면서, 독립운동세력을 폄하하고 있다.[15]

---

13   (여행기)「저항과 공감」,『전집』9, 239~240쪽.
14   민족개량주의는 이미 한국에서는 상식화되어 있기에 자세한 설명을 생략한다. 문학사에서의 논쟁은 임헌영,「민족개조론 시비」, 임헌영·홍정선 편,『한국근대비평사의 쟁점』, 동성사, 1986 참고.
15   이런 논조는 박지향·김철·김일영·이영훈 편,『해방전후사의 재인식』1·2, 책세상,

아래에서 살펴보겠지만 한무숙의 역사인식은 이런 이데올로기와는 달리 민족독립투쟁 노선에 입각해 있는데, 그 중핵이 바로 세계적 보편성에 입각한 '상상의 공동체'로서의 민족의식이다.

3___『역사는 흐른다』에 나타난 민족과 국가의식

『역사는 흐른다』에 대해서는 장영우·조남현 두 교수가 문학사회사적인 관점에서 다뤘는데, 장영우는 이 소설이 백범 김구 노선이라고 주장해서 주목을 받았고, 조남현은 "독립운동사적 관점"에 의한 "신성사神聖史"로 파악하면서 주요 주인공들은 "영웅사관과 연결된다"라고 평가했다.[16]

한무숙의 등단작이자 대표작인 『역사는 흐른다』는 한국 소설사에서 다음 두 가지 이유로 재평가 받아야 할 중요한 의미를 지니고 있다. 첫째는 8·15 이후 남북한 문학사에서 처음으로 시도한 대하적 역사소설이란 점이다. 이 시기에 출간된 역사성을 지닌 장편으로는 안회남의 『폭풍의 역사』(1947)와 박노갑의 『사십년』(1948) 등이 있는데, 앞의 것은 1919년 3·1운동부터 1946년 3·1운동 기념행사를 좌우파가 서로 다른 장소에서 개최하여 대립했던 사건까지를 계급투쟁의 시각으로 다룬 작품이며, 뒤의 것은 을사늑약乙巳勒約(1905)부터 1947년경까지를 단독정부 수립 반대의 관점에서 다루고 있다. 북한에서는 이기영의 장편 『땅』(1948~1949)

2006을 비롯한 극우파의 이데올로기로 이어져 한때 역사교과서 개정 주장으로 나타나기도 했다. 최근의 『반일 종족주의』 따위도 여기에 속한다.

16 장영우, 「한무숙 소설의 현실인식」; 조남현, 「한무숙 소설의 갈래와 항심」. 둘 다 구명숙 외, 『한무숙문학의 지평』, 예림기획, 2008에 수록.

이 출간됐는데 그 시대적 배경은 일제 식민 시기부터 토지개혁까지로 잡고 있다.

8·15 직후 3년 동안은 역사적인 격변기로 문학인들이 창작보다는 정치적인 활동으로 분주했던 탓도 있었겠지만, 어떤 이유든 1894년 동학농민전쟁 시기부터 1945년 12월까지의 반세기를 시대적인 배경으로 삼아 대하소설 형식(대개 가족사 중심으로 3대까지를 다룬다)으로 쓴 작품은 처음이란 점에서 일단 주목받을 만하다.[17]

두 번째 주시해야 될 요인으로는 8·15 직후의 다양했던 정파와 사회운동과 이데올로기 중 어떤 특정 계열과도 관련을 맺지 않은 채 앤더슨의 '상상의 공동체' 이론에 입각한 작가의 투명한 역사의식을 반영시켰다는 점이다. 위에 든 이 시기의 역사소설에서 보듯이 당시 거의 모든 문학인은 정치이데올로기에 직간접적으로 관련을 맺었지만 한무숙의 『역사는 흐른다』만은 예외인데, 이것이 작가의 세련된 역사의식과 사회의식 때문인지, 아니면 그 당시 문단(뿐이 아니라 정치사회 전반)과 전혀 교류가 없었던 작가의 처지 때문인지는 모르겠으나 결과적으로는 중도적인 투명성을 담보해냈기 때문에 주목할 필요가 있다.

이 소설에서 작가가 제시하는 역사란 위에서 본 민족과 국가관에 입각한 영웅이 아닌 보통사람들의 삶의 기록이다. 독립운동을 절대선으로 보고 친일세력을 절대악으로 보는 춘추필법의 논리가 아니라 저마다의 주어진 운명에 따라 역사의 굴곡을 힘겹게 헤쳐 나가는 것으로 작가는 그

---

17 근대 개화기를 시대적인 배경으로 삼은 장편으로는 일제 식민지 시대에도 염상섭 『삼대』(1930), 김남천 『대하』(1939), 이기영 『봄』(1940), 한설야 『탑』(1941) 등 손꼽을 정도밖에 없다. 동학농민혁명부터 8·15까지를 시대적 배경으로 삼은 대하소설은 박경리의 『토지』에 이르러서야 그 전성기를 맞았다.

려준다. 소설은 톨스토이의 『전쟁과 평화』처럼 두 가문의 역사를 중심으로 그 주변 인물들을 흡수하여 사건을 전개해 나간다.

이조판서 조덕하의 큰 아들 조동준과 아우 조동원이 동학농민전쟁 때 (1894) 농민군에게 맞아 죽은 이후 동준의 아들 병구. 용구, 딸 완구 및 동원의 유복자 석구의 활동이 한 흐름을 형성한다. 이와 병행하는 다른 한 주축은 을미년 명성황후 시해(1895) 때 척외상소斥倭上疏를 올렸다가 일본 헌병에게 연행당해 옥사한 이현종의 두 아들 규혁. 규직 및 규직의 딸 이갑혜의 삶이 소설의 다른 한 골조를 이룬다.

이 역사의 격랑을 작가는 냉철하게 어떤 동요나 동조도 없이 객관적으로 묘사해 나가는데 그 첫 비극의 대면은 동학농민전쟁이었다. 의성군수 조동준은 군기고의 열쇠를 순순히 넘겨달라는 농민군의 요구에 "나를 죽이고 탈취한다면 모르되 내 물건이 아니거늘 어찌 내 손에서야 내어 놓겠는가"(49쪽)라며 관료로서의 양식을 지키다가 형제가 함께 희생당했다.

이런 개인적인 비극 앞에서 가족들의 시각은 당연히 "동학! 동학! 몸서리나는 동학이었다. 악종惡腫은 칼로 째어 고름을 내야만 되는 것이었으나 사람들이 수술을 기피忌避하고 무서워하는 것과 마찬가지로 여인의 가냘픈 신경에는 목격한 피비린내 나는 그 무시무시한 광경이 지옥을 연상시켜 잊을 수 없는 심각한 인상"(51쪽)이었을 테고, 그 진압군을 지아비의 원수 갚기로 반겼다고 한들 그리 놀랄 일은 아니다.

그러나 작가는 의연히 객관적인 입장에 서서 "계급투쟁階級鬪爭을 목적으로 비장한 각오를 가지고 일어선 그들"이라고 그 실상을 수긍하면서도, "술렁거리는 인심은 흑백의 판별을 못하고 단순한 반란과 노략질로만 알고 꺼려하고 무서워하였던 것"이라고 동학의 입장과 농민의 대응을 달리 나타냈다. 이런 관점은 1948년 당시의 역사의식으로는 감당하기 어려운 작가적 용단이기도 하다. 역사 교과서는 여전히 '동학란'으로 규정하여 그 관련자들이 1980년대에 와서도 자신의 조상이 동학농민전쟁에 가담했던 사실을 숨겨왔던 우리의 분단 냉전 이념 체제의 정황을 감안해 보면 이 작가의 동학 묘사가 얼마나 진취적이었던가를 유추할 수 있다.

그들이 "계급타파의 봉화烽火를 들고 일어선 지 수삭 간 들불 붙듯 퍼져 나가는 기세로 북을 향하여 가차 없이 무찌른 사람들 중에는 성격이 둔탁하고 무도한 탐관오리들, 목숨을 위해서는 환부역조換父易祖라도 할 겁나한 위인들이 태반"이란 설명은 동학을 지지하는 자세이고, 그 희생자 중 "이조 오백 년의 종사를 위하여 고충孤忠을 지킨 자가 있었으니 의성군수 조동준이 바로 그 사람이었다"(46~47쪽)라는 건 어떤 혁명에도 억울한 희생이 따른다는 동학 비판론이다.

이런 양비론兩非論의 자세는 한무숙 소설의 전편을 관통하는 앤더슨의 민족관의 발로에 다름 아니다. 작가는 이 소설에서 독립운동가를 긍정적 인물로 묘사하면서도, 의병들의 활동에 대해서는 비판적 지지의 입장을 취한다. 조씨 가문의 세 형제는 의병대열에서 춥고 배고픔을 못 참아 탈출을 감행하는데 이건 결코 의병에 대한 거부가 아니라 양반 자제들이 지닌 한계를 지적한 것이라고 할 수 있다.

명성황후의 피살에 저항한 이현종은 을사늑약에 항거하여 자결한 실존 인물 민영환과 함께 높이 평가하면서도 정작 황후에 대한 작가의 시선은 너무나 싸늘하여 "중전인지 행전인지 무당 판수에 미쳐 돈이니 쌀이니 물 퍼붓듯 한다"(53쪽)라며 부패의 전형으로 매도한다. 왜 그런 황후의 죽음에 이현종이 항거하다가 희생되었을까라는 질문에 대한 응답은 의외로 명료하다. 위에서 보았듯이 이 작가의 역사의식은 앤더슨의 상상의 공동체에 기반한 '우리 것'에 대한 애착으로 이뤄져 있기 때문이다.

이런 역사의식을 바탕삼아 전개하는 이 소설에서는 여러 독립투쟁 노선 중 두 흐름을 추출하여 이야기의 주축으로 삼는다. 하나는 미국 망명가를 중심으로 한 기독교계 독립운동으로, 여기에는 구 한국군 출신인 배선명, 노비였다가 가출하여 교육가가 된 박옥련, 집안의 강제 결혼을 박차고 가출하여 선교사 덕분에 도미하여 스탠포드 대학을 나온 송창규 목사 등이 중요 인물들이다. 이들은 배선명의 지도로 활동하는데, 굳이 따진다면 도산 안창호 노선으로 분류될 것이다.

우리는 무엇보다도 광복을 최대의 목표로 하여 일제에 대항해야 하기 때문에 좌우합작에도 힘써야 합니다. 오늘날 우리에게 시급한 것은 이념 문제가 아니고 독립이니까요. 하여 임정의 김구 선생은 중국 국민당 장 총통의 권유를 받아들여 지난 4월 20일 좌익계인 조선 의용대를 광복군의 제1지대로 흡수 통합한 바도 있습니다.(272쪽)

배선명은 "1940년 9월 17일 중경의 가능嘉陵이라는 빈관賓館에서 결성되었던" 광복군에 대해서도 언급한다. "한말 의병 독립군의 자주자립의 정신적 맥을 이어받고 중국 국민당 정부의 지원 아래 임정臨政 요인에 의해 출범"(271쪽)된 광복군의 조석구 장군을 거론하는데, 그가 바로 이 소설에 등장하는 다른 하나의 독립노선이다.[18]

---

18 여러 자료에 의하면 해외 독립군들은 일본의 항복을 8월 10일경 연합국으로부터 통보받고 알았던 것으로 나온다. 이 작품에서는 조석구 장군이 8월 14일에 안 것으로 나오지만 『백범일지』는 8월 10일경 서안에서 안 것으로 나온다. 도진순 주해, 『백범일지』, 돌베개, 1997, 398쪽; 김삼웅, 『백범 김구 평전』, 시대의창, 2004, 461쪽 참고. 시일의 차이에도 불구하고 1948년에 집필한 소설에서 이처럼 일본의 항복을 미리 안 것으로 그릴 수 있었던 작가의 취재력은 대단하다. 『백범일지』가 인쇄본으로 처음 출간된 게 1947년 12월 15일이었는데, 당시에는 해외 독립운동가들의 실록이나 기록이 정확하게 전수되지 않았

소설에서는 조동원의 유복자 조석구 장군이 그 중심축으로 나오는데, 그는 일본군에 강제 동원되었다가 탈출한 학병으로 비호대飛虎隊를 구성하고, 널리 알려진 "OSS와의 합작으로 학병을 일제의 군대 내에 침투시키려는 놀랄 만한 전략 속에서 수복 계획"(345쪽)을 완료한다. 그러나 조석구 장군은 1945년 8월 14일 시안西安에서 일본의 항복 소식을 듣고 기뻐하는 것이 아니라 아래와 같이 탄식한다.[19]

아아, 일본이 항복! 꿈인가 생신가? 그럼 30년에 가까운 세월을 일신을 던져 온갖 간난 속에서 뼈를 깎으며 이룩하려 했던 조국 광복의 서광이 비치기 시작했단 말인가? 이 날을 기다리며 모든 것을 바쳤던 일들이 일시에 되살아나 조 장군의 가슴은 터질 것만 같았다. 조 장군은 저도 모르는 사이에 주먹으로 탁자를 내려치고 있었다. 만감이 밀려와서 아무 말도 할 수가 없었다. 기뻐해야 할 날이 왔는데도 기쁨보다 실망이 더 커 그는 울고만 싶었다.

모든 계획이 수포로 돌아간 절통함이 번개같이 그의 머리를 스쳐 갔다. 사전에 일본이 항복함으로써 광복군은 활약할 수 있었던 절호의 기회를 놓치고

다. 이런 사실을 감안할 때 작가에게 정확한 정보 제공자가 있었을 가능성을 점칠 수 있다. 앞으로 텍스트 연구와 함께 찬찬히 천착할 필요가 있다. 아니면 한무숙이 『백범일지』를 읽었을까? OSS에 대해서는 태륜기 『회상의 황하』, 김준엽 『장정』 등이 참고가 된다.

19 광복군 창설에 대해서는 김자동, 『상하이 일기 – 임정의 품안에서』, 도서출판 두꺼비, 2012 중 제2부 「1. 광복군 창립과 제2차 세계대전」을 참고할 것. 광복군 창설 관련 자료는 일본 내무성 경보국 보안과의 『특고월보(特高月報)』, 1943.1에 실린 기사만 남아 있다. 김자동은 자신이 들었던 증언과 기억으로 당시의 기록을 이렇게 전한다. "대한민국 22년(1940) 9월 17일 충칭시내 지링빈관(嘉陵賓館)에서 '광복군 총사령부 성립 전례'를 거행함으로써 마침내 광복군이 탄생했다. 이 전례에는 중국군을 대표해 충칭위수사령부 류치(劉崎) 장군과 중국 국공합작기구인 국민참정회의 저우언라이(周恩來), 둥비우(董必武, 공산당) 및 우테청(吳鐵城, 국민당) 등 각계 인사 200여 명이 참석했다."(151~152) 이런 희귀정보를 한무숙은 어떻게 얻었을까.

만 것이었다.

그는 전신에서 힘이 탈진해 감을 느꼈다. 무엇보다도 조선이 이 전쟁에 뚜렷한 공적을 세우지 못했으니 후일 국제간에 발언권을 가질 수 있을까 하는 염려와 기우가 그의 가슴을 움켜잡았다.(347쪽)

이 인용문은 중국에서 활동했던 독립운동가들이 가졌던 보편적인 정서라, 이를 1948년에 집필한 작품에다 삽입시킨 건 이 작가가 아무래도 실존 모델이나 독립운동 관련 정보 제공자가 있었을 것으로 추정케 만든다.

작가는 이 문제와 관련하여 "누가 38선을 그었는가?"라고 추궁하다가 "소련이 참전하기 직전에만이라도 (일본이) 손을 들어 주었더라면 이런 비극은 발생하지 않았을 것이 아니었겠는가. 약해도 가난해도 한 핏줄 모여 오순도순 살 수만 있었더라면 하는 간절한 마음—이 너무나 정당하고 순수하고 근본적인 바람은 그들의 그 악착 때문에 짓밟히고 만 것이다"[20]라

---

20 (수필)「다시 사무치는 분단의 한」,『전집』8, 88쪽. 이 대목은 곰곰이 따져볼 만하다. 38 선 획정에 대해서는 설이 구구한데 일본의 항복 날짜와 관련된 주장이 나온 것은 한참 뒤의 일이다. 일본의 포츠담 선언 수락(항복)이 히로시마 원폭 투하일(8.6)이었다면 소 련은 참전의 기회를 잃었을 것이고, 수락 결정 어전회의가 있었던 8월 9일에 만약 일본 이 항복이 아닌 초토결전(焦土決戰) 강경론이 승리했다면 소련군은 남사하린과 북해 도, 오우(奧羽)까지 진출하여 일본이 분단됐을 것이라고 주장한 오다카 도모오(尾高朝 雄) 도쿄대 교수의 말을 소개하면서 강만길은 "일본의 식민 지배가 한반도 분단의 직접 적인 원인으로 얼마나 절실하게 작용했는가를 알 수 있게 된다"라고 했다. 강만길,「통일 운동 시대의 역사인식」,『강만길 저작집』6, 창비, 2018, 434~435쪽. 강만길,「고쳐 쓴 한국 현대사」(『강만길 저작집』16)의 256~259쪽에서도 이 문제에 대하여 "일본이 항 복한 시점은 소련군이 참전하여 한반도의 일부를 점령한 시점인 동시에 소련군이 한반 도 전체를 점령하기에는 이른 시점이었다. 다시 말하면 한반도가 미소 양군에 의해 분할 점령되는 반면, 소련군이 한반도 전체를 점령하고 나아가서 홋카이도와 같은 일본 영토 일부에 상륙하는 것을 방지할 수 있는 시점이었다. 35년간 한반도를 식민지배한 일본은 태평양전쟁의 패배로 연합국에 항복하면서 한반도가 분할될 결정적 요인을 만들어놓은 것이다"라고 했다.

고도 했다. 역사적인 가정법과 상상력이 돋보이는 대목이다.

조씨 집안의 후손들은 조석구 같은 독립투사와는 달리 친일파로 변절하여 도지사까지 된 인물(용구)도 있었다. 그러나 이씨 집안의 두 형제(규혁, 규직)는 다 순국한다. 형은 외국어에 능통한 인물로 헤이그 특사 사건(1907) 때 이위종과 인천 부두에서 만나기로 약조했으나 탄로되어 피체, 희생되었기에 그 결과 이준, 이상설, 이위종 셋만 떠난 것으로 소설은 묘사한다.[21]

작가는 기독교에서의 신사참배 문제에 대해서는 "큰일을 도모하는 사람이 무슨 수단인들 쓰지 않겠습니까. 굳은 지조와 한결같은 열성으로 끝까지 힘을 바친다면 사소한 티는 부끄러울 것이 없지요"(263쪽)라는 입장인데, 이것은 8·15 이후 오늘까지 기독교계의 쟁점으로 남아있다.

소설의 마지막은 성재경의 연주회에서 배선명과 조석구 장군, 송창규 목사가 만나는 장면인데, 이건 앤더슨의 '상상의 공동체'에 입각한 작가의 이상론이다. 1948년의 시점에서 한국의 미래가 친일파가 청산된 독립운동세력에 의하여 다져지기를 바라는 것은 이 작가의 소박한 염원이었을 것이다. 그러나 이 소설의 제목처럼 역사는 흘러 '상상의 공동체'가 파탄을 맞으면서 한무숙의 소설세계는 다른 형태의 비극을 잉태한다.

---

21 『역사는 흐른다』, 89~90쪽. 이 장면은 역사적인 사실과 차이가 있다. 4월 20일경 이준이 중명전에서 고종으로부터 헤이그 특사 임명장을 받아 부산항을 출발, 일본 경유, 블라지보스토크-길림성 용정에서 이상설과 합류, 6월 4일 페테르부르크에서 이위종을 만나 헤이그로 향했다. 이위종이 헤이그 인터내셔널 클럽에서 연설한 건 7월 8일, 7월 10일 단식을 시작한 이준이 순국한 건 14일이다. 문화재청, 『대한제국 1907 헤이그 특사』, 2007, 175~199쪽 참고. 그러나 역사적인 사실과 소설이 다르다고 이 작품에 대한 평가가 달라져서는 안 된다. 소설에서는 허구가 가능하기 때문이다. 푸시킨은 『폴타바』에서 고의적으로 역사적인 사실을 왜곡시키기도 했다.

4___왜 8·15 이후 독립운동가들은 불행해졌나

한무숙이 『역사는 흐른다』의 속편을 썼다면 어떻게 됐을까. 그 해답을 독자들은 여러 작품에 등장하는 독립운동 전력을 가진 인물들을 통하여 얻을 수 있다.

작가가 『역사는 흐른다』에서 봉건 관료로서 충성심이 갸륵한 인물로 부각시킨 조동준을 "입궐入闕하여 상시에 상감을 뫼시고 지척에서 나라 정사에 참여하는 것도 좋으나 풍월을 동무삼고 순박한 백성들과 조석으로 교류하며 다스리는 외방外方살이도 그리 나쁘지만은 않은 것이었다"(20쪽)라고 평한다. 이런 풍류 인간상이 조동준으로 하여금 하녀를 겁탈하고서도 아무런 양심의 가책을 느끼지 않도록 만드는데, 이건 그런 행위를 합리화시켰던 봉건 시대의 윤리의식 탓도 있겠지만 근본적으로 한무숙 소설에 등장하는 품격 있는 한량이나 타락자, 독립운동을 하다가 변절해버린 인간상의 속성이기도 하다.

『빛의 계단』의 임형인은 호색한이라는 풍문을 달고 다니는 '실업계의 기린아'로 그리 향기롭지 못한 소문이 무성한 부정적인 인물인데, 그의 전력은 독립운동가였다. 학병 기피의 지도급 활동가였던 그는 어머니가 위독해지자 동경에서 일시 귀국, 그리워하던 죽은 친구의 누이 '그녀'를 만나지만 입술 한번 합하지 못하고 동경으로 다시 건너갔다가 검거되어 혹독한 악형을 받는다. 해방직후에 지바千葉 형무소를 나온 그는 한국인 노동자와 학병 500여 명을 이끌고 귀국하여 주소도 남기지 않고 이사해버린 그녀의 수소문에 나선다. 어렵사리 찾았더니 마침 미군 장교에 기대 안겨 지프차에서 내리는 초록빛 양장 차림의 그녀를 보게 된다.

그녀가 "모멸의 표정조차 없이" 안하무인으로 그를 무시한 채 문 안으로 들어가 버린 후 그는 "독을 먹고 사는 열대의 어떤 동물마냥 스스로의 내부에서 자신을 부식시키는 독물 같은 상념을 키우며" 닥치는 대로 살게 된다. 아버지가 외아들의 옥살이로 충격을 받아 선산에 묻힌 지 두 달 만에 귀국한 터라 혈혈단신으로 아무 거리낄 것도 없었다. 닥치는 대로 여성 편력에 나서는 임형인은 잔인하게 사업 수완을 발휘하여 부를 긁어모으는 한편 술집에서 만난 댄서와 호텔에서 동거하며 모멸 섞인 삶 속에서 허우적거린다. 이런 임형인이 자기의 채무자였던 부호 이사장의 파산과 죽음을 계기로 남편과 집을 잃고 두 아이를 거느린 가련한 그의 젊은 아내를 만나게 되면서 진정한 삶에 회귀하는 시점에 돌연 폐암 진단을 받고 숨진다. 임형인이 안타깝게 눈감으면서 잃었던 사랑의 환희로 마지막 '빛의 계단'을 확인하는 게 『빛의 계단』이다.[22]

「허물어진 환상」의 이혁구는 열렬한 크리스천이며 독립 운동가였는데, 부하의 실책으로 분실한 중요 연락서류를 검사의 손에서 빼어내야만 했다. 희생자를 대폭 축소시킬 수 있는 기밀서류를 검사의 아내인 어릴 적 친구 영희에게 빼내어달라고 간청하자 그녀는 그 서류를 빼내서 건네주는 대신 불태워버렸고, 그녀는 그 충격으로 사흘 후 7개월 된 태아를 사산한다. 이 일로 그녀의 남편은 수난, 구금, 질병 끝에 석방되어 해방 후 3년 만에 급성 복막염으로 죽어버렸고, 그녀는 6·25전쟁 중 부산 어느 다방에서 일한다. 혁구는 그 다방에 출입하는 예술가들이 부탁하는 안내장이나 보고문, 초청장 겉봉이나 써주는 일로 소일하는데 사람들은 "너무 고문을 심히 받아 천치"가 되어버렸다고 동정하지만 작가는 이 대목에서 "남이 시킨다고 천진난만하게 그것에만 골똘하는 폐인이 된 혁명가 ─ 그

---

22 『전집』2권 수록. 김시태는 임형인을 "해방 후의 사회적 혼란 속에서 방황하는 한 지식인의 삶을 담고 있다"라고 평했다. 이 책의 작품해설 김시태, 「빛과 어둠의 형이상」 참고.

는 '고문을 너무 받아 천치가 된 것'이 아니고, 의미를 잃어버린 자기 존재에 걸려 넘어진 것 같았다"고 싸늘하게 비꼰다.[23]

「천사」 역시 한 독립운동가의 타락상을 그려준다. 교편을 잡은 일도 없지만 '송 선상'으로 불려지는 '나'는 일제 때 친구 K의 배신으로 S를 잃고 자신 역시 폐인으로 전락해 버렸는데, 그 원인을 작가는 이렇게 진단한다.

> 말하자면 나의 삶의 여백(餘白) - 즉 '했더라면'하는 가능성(可能性) - 그런 것에 대한 과대망상인 것이다. 그들에게는 불우의 천재라는 것이 현재의 나의 위치였고 그런 선입관 때문에 나의 무위(無爲)가 오히려 무슨 절조(絶操)로 보이는 것이다.[24]

위의 세 작품의 주인공은 예외 없이 독립운동 전력자들이 8·15 후의 무능과 무위, 허무주의의 나락으로 귀착되고 마는데, 이런 계열의 소설 중 가장 비극적인 인간상은 『석류나무집 이야기』의 정충권일 것이다.

화가 지망생이자 독립운동가였던 그는 심한 고문을 당해 실성, 기억 상실증을 앓고 있지만 애인 혜련이란 이름만은 기억하며 자신이 그린 그녀의 초상화를 고이 간직하고 있다. 그러나 박혜련은 정충권을 밀고한 송호상에게 완벽하게 속아 하와이로 떠나버린 지 오래다. 송호상은 되레 정충권이 동지를 팔려다 처결된 것으로 속여 혜련을 유혹했던 것이다. 정충

---

23 『전집』 5 수록. 임헌영, 「한무숙 소설에서의 사회의식」. 이 해설에서 "끊임없는 변혁의 의지와 투지들이 당대적 권력의 탄압 아래서 패배와 분열로만 일관해 온 우리 현대사에 대한 관조적인 현실 인식의 자세"라고 평했다.

24 『전집』 6 수록, 135쪽.

권은 비록 기억상실증이지만 살아남아 석류나무가 있는 형의 저택에서 애인의 환영을 그리며 지내고 있는데 형이 죽자 그 집을 송호상의 아들 송영호가 우연히 사들여 한 집에서 지내게 된다.

그러던 중 하와이에서 귀국한 송호상. 박혜련 내외가 아들의 집에 도착하면서 정충권이 살아있음을 알게 된다. 두 사람이 정충권을 다시 보았을 때의 경악은 비극을 예고한다. 송호상은 자신의 죄악을 완벽하게 지우고자 정충권을 몰래 죽이려 한밤중에 안채로 들어간다. 그러나 송호상이 그의 목을 누르려들자 중증 치매 환자 정충권의 불가사의한 반격으로 촛불이 넘어지면서 불이 붙는다. 결국 이 불로 정충권은 소사燒死하고 송호상도 중화상을 입고 죽는다. 결말은 멜로드라마를 닮았지만 한국 현대사의 비극을 축약적으로 보여준 작품임에는 틀림없다.

"완전히 인간에서 떠나 버린 저 노인(정충권)이 왜 그렇게 보는 사람에게 감동을 줄까? 나는 저 노인을 볼 때마다, 무언지 포착할 수는 없는, 글쎄, 가장 깊은 영혼이라고나 할까 — 그런 것을 느껴요"(78쪽)라고 부모에 얽힌 악연을 전연 몰랐던 송영호는 말하는데, 그건 한 인간의 집념이 지닌 한恨의 발산일 것이다.

정충권의 질녀인 소복의 미녀 선영은 4·19로 몰락하여 병사한 재계 거물인 전 자유당 국회의원의 딸이다. 독립운동가를 사지에 몰아넣었던 송호상의 아들 송영호가 가세가 기울어 병든 삼촌과 함께 저택을 내줘야 하는 선영에게 "이 집은 내가 혼자 갖기에는 너무 커요. 나와 함께 살아주세요"라고 구애하는 장면은 윗세대가 지닌 원한을 해원解寃하는 절차이자 일면 사회정의가 사라지는 증좌이기도 하다. 그것은 곧 독립운동가 정충권의 완벽한 패배를 확인시켜주는 것이다.

왜 독립운동가들은 8·15 후 이렇게 시들어가야만 했을까. 그것은 앤더슨이 제시한 '상상의 공동체'가 사라져 갔다는 상징성에 다름 아니다. 독립운동가들이 애인을 빼앗겼다는 사실은 자신의 꿈(이상 혹은 상상의 공동체)을 상실했다는 수사학으로 읽을 수 있다. 그들은 마치 인간 자체로 볼 때 무능력자나 우유부단한 성격파탄자로 보여 남의 동정을 받는 입장으로 바뀌어 버린다. 독립운동가의 원래 모습은 지도력을 갖춘 인간상이었는데 무엇이 그들을 이토록 황폐화시켰을까에 대하여 작가는 전혀 어떤 암시도 주지 않는다. 작가는 냉철하게 그들을 동정도 않지만 비판도 않는다. 변화해버린 세태를 그대로 보여주는데, 그걸 보통사람들과 독립운동가를 대비시킴으로써 분단 시대의 가치가 전도된 사회체제를 제시할 뿐이다.

　더 냉정하게 말하면 친일파들이 남한 단독정부 수립의 주동세력들로 부상하면서 독립투사들은 감시와 탄압의 대상으로 전락해버렸고, 그로 말미암아 온갖 좌절과 파멸과 수모를 당했음을 한무숙은 상징적으로 그린 것이 아닐까 유추할 수밖에 없다. 그러나 이렇게만 봐주기에는 소설에 허점이 있다. 이들을 감시 사찰하는 권력의 악행이 전혀 없기 때문이다.

5　맺는 말

한무숙은 자신의 문학에 대하여 "숱한 소설을 발표했지만 아직 회심작이라는 것을 쓴 것 같지가 않다. 다만 처음부터 일관되고 있는 것은 존재의 의미, 죽음의 의미, 변천의 신비의 추적이다"[25]라고 회고했다. 이 겸허성

25　「'삶의 고뇌' 삭이려 문학을 택했다」, 『전집』 9 수록, 436쪽.

앞에서 이 글은 작가가 의식했든 않았든 '존재의 의미'가 남긴 역사적인 가치를 추적하면서 한무숙 문학이 지닌 중립성 내지 관용성의 연원은 무엇인가를 밝히고자 했다. 정치 이데올로기로는 중도파라고 밖에 부를 수 없는데, 저자가 생각하기에도 적당한 술어가 아니다. 그럼 한무숙으로 하여금 『역사는 흐른다』에 나타난 온정주의와 독립운동 정신에 대한 투철성은 어디서 비롯된 것일까.

노블레스 오블리제를 연상해 봤지만 그것도 아니다. 유교적 휴머니즘이나 기독교적 휴머니즘으로도 미처 다 풀 수 없다. 저자는 그것을 한국의 전통적인 풍류정신에서 구하면 어떨까 싶다. 이미 위에서 언급했듯이 의성군수 조동준이 지녔던 그 넉넉함과 투철한 관료의식, 여기에다 부패에 물들지 않을 정도의 풍류정신이 그를 한층 돋보이게 하는데, 작가는 이런 인물을 부상시키고자 애를 쓴 흔적이 있다. 이런 인간상이라면 가히 나라가 위태로워지면 앞장 설 것이며, 불의 앞에서는 칼 같은 의협심을 발휘할 듯한데, 그 정신의 바탕을 한국적 풍류의식이라면 어떨까.

바로 이런 인간상으로 한무숙은 둘째 아버지를 거론하고 있다.

둘째 아버지께선 언제나 바람같이 들르셨다가 바람같이 떠나시곤 하셨다. 남루한 몰골로 나타나서서 며칠 묵는 동안에 때를 벗고 떠나실 때는 약간 기이한 인상을 주기는 했으나 귀티가 흘렀다. 카이제르 수염에 숱이 많은 눈썹, 쌍꺼풀이 진 커다란 눈 등으로 몹시 이국적인 얼굴인데 양인(洋人)으로 보기에는 키가 작고 몸이 너무 빈약했다. 한일합병 전에 동경 유학을 했던 분인데 나라를 잃고부터는 바람같이 떠돌아 다녀 우리는 방랑객 둘째 아버지라고 불렀다. 나는 이 중부님이 정말 좋았다. 기막히게 유식하고 믿어지지 않을 만큼 손재간이 뛰어나고 화제가 풍부했기 때문이다.

천주교 순교자들의 치명 장면 이야기도 이분으로부터 들었다.[26]

한무숙 소설에 등장하는 운치 있는 남성상의 원형은 바로 이 인물이 거나 이 원형에다 다른 모델들을 첨삭한 것이 아닐까 생각된다.

역사인식도 궁극적으로는 인간 개체의 의식에 따라 결정된다. 따라서 한무숙이 동학농민전쟁 시대부터 분단 시대에 이르는 한국 현대사를 조명하는 가치관은 작가 자신의 인생관의 표출에 다름 아니다.

이 글에서는 독립운동가들만 다뤘지만 사실은 그 뒤 한국사에 나타난 역사적인 사건, 예를 들면 4·19혁명을 다룬 「대열 속에서」 같은 소설이나, 한 상류층 여성의 원죄의식을 다룬 「감정이 있는 심연」은 탁월하지만

---

26 수필 「만남」, 『전집』 8, 61쪽. 한무숙의 아들 김호기 박사도 '정치적 중도'라는 술어에 비판적이었다. 그는 『역사는 흐른다』의 조동준의 모델이 한길명이라고 구두로 밝힌 바 있다. 영, 독, 불, 러시아어에도 능통했던 한길명은 많은 일화를 남겼다. 독립운동을 하다 블라디보스토크에서 자결한 것으로 알려진 한길명에 대해서는 한무숙의 여동생인 한묘숙(한말숙의 언니)도 인상 깊은 인물로 언급(「30년 넘게 유해 찾아 헤매는 한묘숙 씨, 그 기구한 삶」, 『신동아』, 2011.4)할 만큼 이 집안의 신화적인 존재로 알려져 있다.
민족문제연구소가 보관하고 있는 자료에 따르면 한길명(韓吉命)은 러시아 동양학원 한국어 교사였는데, 학원 숙사에서 1908년 2월 25일 자살했다는 기록이 있다. 기록에 의하면 그는 러시아 초청으로 동양학원의 한국어 교사를 지냈다. 당시 이 지역에서는 최재형(崔在亨, 1858~1920)이 재력과 명성과 투쟁력을 겸비한 최고의 민족 지도자였다. 마침 간도지역에서 러일전쟁 때 의병을 조직해 항일전에 참전했던 이범윤(李範允, 1856~1940)이 이 지역으로 1905년 망명해 오자 둘이 힘을 모아 최대구모의 의병부대를 형성(1907)했는데, 안중근(1879~1910)도 함께였다. 안중근이 특파독립대장으로 함경북도 일대의 일본군 경찰대를 기습한 것이 1908년 6월이었는데, 그 몇 달 전에 한길명은 자결했다. 1901년부터 한길명과 알고 지냈던 이범윤은 그에게 무장 투쟁 동참을 권유했으나 그는 온건노선을 주장해서 무투 세력과 미묘한 관계였을 수도 있다. 더구나 한길명은 일어에도 능통해 현지 일인들과도 교유가 있었던 터였다. 그러나 그는 항일 무장투쟁으로 말미암아 러시아와 일본 두 쪽으로부터 핍박받던 동포를 보호하기 위해 활동했던 것으로도 볼 수 있다.

여기서는 논외로 삼았다.[27]

연구 각도를 바꾸면 한무숙의 숨겨진 재능은 얼마든지 더 밝혀질 것이다.

한무숙 문학 연구 방법론의 축을 넓혀 현대사의 굴곡 속에 종횡으로 연결된 등장인물들을 구조적으로 해석하고 이들을 통해 작가 한무숙이 표출하고자 한 인식체계를 재조명하는 것은 우리 한국 현대문학사에서 매우 의미 있는 작업이 될 것이다. 역사인식을 통하여 한무숙의 소설세계를 조명하고자 했던 이 글이 한무숙 문학을 총체적으로 연구하는 다각도의 접근에 작으나마 도움이 되기를 바란다.

(조지 워싱턴 대학에서 한무숙의 영애 김영기 교수가 주관한 2009년도 '한무숙 문학 심포지엄' 발제문을 보완하여 『문학나무』, 2009.봄호에 게재한 것을 재수정, 보완)

---

27 임헌영, 「한무숙 소설에서의 사회의식」(각주 1 『한무숙문학연구』에 수록). 여기서는 주로 「대열 속에서」를 집중적으로 다뤘다. 「감정이 있는 심연」에 대해서는 「한무숙 작품 해설」, 『한국대표문학전집』 8, 삼중당, 1974 수록.

인명 찾아보기

주제어 찾아보기